Knaur

Von Judy Mercer ist außerdem erschienen:

Die Fremde im Spiegel

Über die Autorin:

Judy Mercer hat an der Universität von Georgia ihr Studium als Rundfunkjournalistin abgeschlossen. Sie war in Funk und Fernsehen Nachrichtenredakteurin und in leitender Position in der Werbebranche tätig. Heute lebt sie als freie Schriftstellerin mit ihrem Mann in Marion County, California.

Judy Mercer

Erinnerung kann tödlich sein

Roman

Aus dem Amerikanischen
von Charlotte Breuer

Knaur

Die amerikanische Originalausgabe erschien 1997
unter dem Titel *Double Take* bei
Pocket Books, a division of Simon and Schuster, New York

Besuchen Sie uns im Internet:
www.droemer-knaur.de

Vollständige Taschenbuchausgabe Juni 1999
Droemersche Verlagsanstalt Th. Knaur Nachf., München

Umschlaggestaltung Agentur Zero, München
Umschlagabbildung Image Bank, München
Satz MPM, Wasserburg
Druck und Bindung Clausen & Bosse, Leck
Printed in Germany
ISBN 3-426-61175-9

2 4 5 3 1

Für Maizelle Woodward Mercer,
in liebevoller und dankbarer Erinnerung,
und für Arthur Adolph Mercer, *Doc* ...
dem ich solche Dinge nicht oft genug sage.

1

Aber du bist doch tot!«
Die Frau, die an dem einsamen Strand hockte, fuhr heftig zusammen, verlor das Gleichgewicht. Beim Vornüberfallen landete sie unsanft mit den Händen im Sand, das perfekte, kleine Schneckenhaus, das sie gerade hatte aufheben wollen, schnitt ihr ins Knie, und ihr entfuhr ein leiser Schmerzensschrei. Dann hörte sie die Stimme wieder, ein ersticktes, unverständliches Geräusch irgendwo in der Dunkelheit hinter ihr, diesmal lauter und näher.
Sie riß den Kopf hoch und spannte alle Muskeln an, machte sich zur Flucht bereit. Um sie herum war nichts zu sehen als das Meer, der weiße Schaum der Wellen, die in sanften Bögen über den Strand spülten, und zu beiden Seiten Sand, so weit das Auge reichte. Es war ein Uhr nachts. Es war niemand da, der ihr hätte helfen können, und nichts, wohin sie flüchten konnte.
Sie grub das Schneckenhaus unter ihrem Knie aus dem Sand, eine schwache Waffe. Ihre Gedanken rasten. Wie nah war er? Konnte sie ihn angreifen? Es war ein Mann, keine Frage. Eine bedrohlich klingende Männerstimme.
Sie richtete sich halb auf, mühsam ihr Gleichgewicht haltend, positionierte ihre Füße wie ein ungeschickter Sprinter in den Startblöcken und wollte auf den immer noch drei, vier Meter von ihr entfernten Angreifer zustürzen, der langsam näher kam. Da erst begann sie zu verstehen. Die Stimme hatte nicht bedrohlich geklungen. Der Mann stand

unter Schock. Er rannte auch nicht auf sie zu, sondern schien gegen seinen Willen von einer unsichtbaren Kraft zu ihr hingezogen zu werden.
Ariel Gold richtete sich auf. Der Wind peitschte ihr das Haar ins Gesicht, doch sie warf den Kopf zurück und blieb abwartend stehen.
Der Mann war ihr völlig unbekannt, was sie aber nicht überraschte, denn sie war erst vor einer Stunde auf der Insel angekommen. Er war blond, schmal und etwa Ende Dreißig, schätzte sie. Seine Krawatte hing ihm lose um den Hals, und sein Jackett war offen. Er war barfuß. Ariel nahm all diese Eindrücke in Bruchteilen von Sekunden auf. Was sie vor allem verblüffte, war sein Gesichtsausdruck. Im kühlen Licht des silbrigen Mondes sah sie in ein Gesicht, das versteinert war vor Angst, Schmerz und unbändigem Erstaunen. Der Mann starrte sie an, als sei er soeben einem Geist begegnet.
Zögernd streckte er eine Hand nach ihr aus.
»Jane?« sagte er.

2

Ariel atmete tief aus und spürte, wie ihr Körper sich langsam entspannte. Der Mann, dachte sie, hatte allen Grund, entgeistert zu sein.

»Ich glaube, Sie haben mich mit meiner Schwester verwechselt«, sagte sie.

Selbst jetzt noch, ein halbes Jahr nachdem sie erfahren hatte, daß sie eine Zwillingsschwester gehabt hatte, die gestorben war, an ihrer Stelle gestorben war, ohne daß sie sie je kennengelernt hatte, schmerzte es, ihren Namen zu hören. Es war hart, an den Alptraum erinnert zu werden, der sie beinahe zusammengebracht hätte.

»Jane hat manchmal den Sommer hier auf Kiawah verbracht«, sagte Ariel freundlich. »Ich nehme an, Sie haben sie gekannt?«

Der Mann reagierte nicht auf ihre Frage. Ariel war sich nicht einmal sicher, ob er sie überhaupt gehört hatte – oder irgend etwas von dem, was sie gesagt hatte. Er war etwa einen Meter vor ihr stehengeblieben, so als könne er es nicht ertragen, sich ihr noch weiter zu nähern. Seine Augen erforschten ihr Gesicht, ihr Haar, ihren Körper mit einer Eindringlichkeit, die sie als beängstigend empfunden hätte, wäre da nicht diese Ungläubigkeit in seinem Blick gewesen.

Ariels Knie begann zu pochen. Sie bemerkte, daß sie mit dem Daumen nervös die Wölbung des Schneckenhauses in ihrer Hand nachfuhr, und ihre Wade schmerzte krampfhaft in der Stellung, in die sie sich gebracht hatte, noch unentschlossen, ob sie fliehen oder kämpfen sollte. Der Mann hatte bisher immer noch nichts gesagt. Sein Schweigen ängstigte sie nicht, aber es machte sie zusehends unsicherer. Sie steckte das Schneckenhaus in ihre Hosentasche, wischte sich die sandigen Hände an ihren Shorts ab und streckte ihm ihre Hand entgegen.

»Ariel Gold. Und Sie sind ...?«

Die Haut unter seinen blassen Augen begann zu zittern, verursacht durch ein leichtes Zucken in den unteren Augenlidern. Innerhalb von Sekunden zog er sich in sich zurück, ja, er schien regelrecht zu schrumpfen.

»Sie haben«, sagte er, »so viel Ähnlichkeit ...«

»Das hat man mir schon oft gesagt.« Ariel ließ ihre Hand sinken. »Haben Sie sie gut gekannt?«

Er runzelte die Stirn. »Jane hatte keine Schwester. Jane hatte überhaupt keine Geschwister, und ihre Mutter war tot. Sogar ihr Vater war tot.« Nur die Worte waren vorwurfsvoll, der Ton eher gleichmütig. Er hatte denselben deutlichen Akzent, den Ariel am Flughafen von Charleston schon gehört hatte. »Ich begreife nicht, wer Sie sind«, sagte er.

»Sie wissen offenbar eine Menge über sie.« Ariel seufzte. »Wußten Sie denn auch, daß ihre Mutter – unsere Mutter – starb, als Jane ein Baby war? Daß Jane von unserem Großvater großgezogen wurde?« Sie wartete einen Augenblick ab. »Kennen Sie B. F.?«

Er neigte seinen Kopf ganz leicht, fast wie zu einem Nicken, zeigte jedoch keine weitere Reaktion. Ariel schaute auf den Atlantik hinaus. Es sah so aus, als würde sie nur etwas erfahren, wenn sie selbst etwas erzählte, und die Neugier auf ihre Schwester, das tiefe Bedürfnis, mit jemandem zu reden, der sie gut gekannt hatte, gewann die Oberhand. Sie beantwortete seine unausgesprochene Frage. So, als sei es das Natürlichste auf der Welt, hier mit einem Fremden zu plaudern, während andere Menschen schliefen, als ob es nicht schon merkwürdig genug wäre, daß sie sich zu dieser Stunde am Strand aufhielten, und als ob ihre Vergangenheit nichts Ungewöhnliches enthielte.

»Es ist eine lange Geschichte. Was B. F. nicht wußte, war, daß es zwei Babys gegeben hatte. Zwillinge. Ich wurde zurückgelassen, weil ... na ja, ich will es kurz machen. Ich wurde von Adoptiveltern in Kalifornien großgezogen. Ich bin Jane nie begegnet. Bis vor wenigen Monaten wußte ich nichts über meine leiblichen Eltern ...«

Als sie sah, daß sich seine Verblüffung in Skepsis verwandelte, erklärte Ariel: »Hören Sie, ich sauge mir das nicht aus den Fingern. Es kommt durchaus vor, daß Säuglinge bei der Geburt getrennt werden, und zwar viel häufiger, als Sie ...«

»Ich habe nicht gesagt, daß ich Ihnen nicht glaube«, unterbrach er sie höflich. »Ihr Gesicht ist ein ziemlich überzeugender Beweis, nicht wahr? Nein, ich dachte nur gerade, daß Jane recht hatte. Sie hat einmal versucht, mir etwas zu beschreiben. Sie sagte, sie hätte schon immer das Gefühl gehabt, unvollständig zu sein, als gäbe es tief in ihrem Inneren eine Leere – sie nannte es ihre ›innere Leere‹. Hattie hat ihr erklärt –« Er lächelte. »Ist die gute alte Hattie immer noch da?«

Ariel war so sehr in seiner Erzählung von Jane gefangen, daß sie ein paar Sekunden brauchte, bevor sie registrierte, daß er sie etwas gefragt hatte. »Hattie?« Sie zwinkerte. »Na klar.«

Er nickte und schlenderte bis an die Stelle, wo das Wasser über den Sand spülte. Ohne darauf zu achten, daß seine Hose völlig durchnäßt wurde, ging er in die Knie und hob etwas auf, das wie der abgebrochene Stiel einer Kinderschaufel aussah. Abwesend begann er, an dem ausgefransten Ende des Holzstücks zu knibbeln.

»Hattie hat ihr erklärt«, sagte er, »so etwas käme bei Frauen vor, und daß sie eines Tages einem Mann begegnen würde – ›wahrscheinlich irgend so einem nichtsnutzigen Schlawiner‹, sagte sie –, ›dann wirst du so vollständig sein wie Sears und Roebuck.‹« Er lachte in sich hinein. »Kein sehr romantisches Bild, nicht wahr? Andererseits hat Hattie mit Romantik nicht viel am Hut, und ausnahmsweise hat Hattie diesmal nicht recht behalten.«

Er hatte angefangen, irgend etwas in den Sand zu schreiben oder zu zeichnen. Er hielt das zersplitterte Stück Holz in der Hand, wie ein Kind einen Stift hält, und kratzte tiefe Furchen in den Sand, die seine ganze Aufmerksamkeit beanspruchten. Er schien kaum noch zu hören, was Ariel sagte.

»*Ich* wußte, was Jane meinte; diese Leere würde nicht durch jemanden gefüllt werden, dem sie noch nicht begegnet war, sie war von jemandem verlassen worden, der aus ihrem Leben verschwunden war. Das war nichts anderes als Einsamkeit und Sehnsucht. Die Leere, die entsteht, wenn Trauer und Scham und Angst einem ein Loch in die Eingeweide fressen.«

Ariel trat vorsichtig näher. Sein langes, schmales Gesicht wirkte beinahe gespenstisch. Schatten ließen seine Wangenknochen hervortreten, und seine Schläfen sahen neben der breiten Stirn eingefallen aus. Im Mondlicht blitzte an seinem Handgelenk etwas auf – etwas Metallisches, das gleich wieder von seinem Ärmel bedeckt wurde, als er seine Hand bewegte. Sie konnte nicht erkennen, was er mit so großer Konzentration in den Sand ritzte.

»Sprechen Sie von Jane?« fragte sie leise.

Er hob den Kopf und sah sie forschend an, eine Braue hochgezogen. In diesem Augenblick bemerkte Ariel, daß er nicht die Frau aus seiner Erinnerung ansah, sondern die, die vor ihm stand. Als er schließlich zu sprechen begann, hatte sie plötzlich das Gefühl, dort und zugleich weit weg zu sein, als schwebte sie hoch oben über der einsamen, mondbeschienenen Landschaft und beobachte die beiden winzigen Gestalten am Strand. Sie verspürte eine seltsame Vertrautheit mit diesem Mann. Sein Akzent war ihr so fremd wie ein exotischer Duft, doch während er seine Erinnerungen mit ihr teilte, schien die Vergangenheit wirklicher zu werden als die Gegenwart.

»In dem Sommer, als ich Jane kennenlernte, war sie gerade neun geworden«, sagte er. »Ich war dreizehn. Wir hatten vieles gemeinsam, trotz unseres Altersunterschieds, und eine Zeitlang, bis sie hier neue Freunde gefunden hatte, waren wir unzertrennlich. Sie hatte weder Vater noch Mutter. Ich hatte auch keinen Vater und praktisch keine Mutter. Sie hatte keine Geschwister und würde auch nie welche haben ... Na ja«, sagte er, »so glaubte sie jedenfalls.

Ich war sehr einsam und ziemlich kindlich für mein Alter, ein absoluter Außenseiter. Ich wollte alles sein, nur nicht der, der ich war, ich wollte überall sein, nur nicht hier. Also träumte ich mich fort von hier, lebte ganz in meiner Phantasie, und Jane paßte genau in meine Phantasiewelt. Eigentlich war sie es sogar, die die Führung übernahm. Sie war so schnell, so ...« Er suchte nach Worten, um ein kleines Mädchen aus einer längst vergangenen Zeit wieder zum Leben zu erwecken. »Jane war eine leidenschaftliche Leseratte, und sie hatte lauter Wörter und Geschichten und romantische Träume im Kopf.

In jenem ersten Sommer beschäftigte sie sich mit Götter- und Heldensagen, mit Rittern und Burgfräulein und Drachen, wissen Sie, und sie beschloß, wir sollten Epimetheus und Pandora sein, weil die beiden auch weder Mutter noch Vater hatten. Kennen Sie die Legende? Das Paradies der

Kinder? In unseren Spielen gelang es uns aber immer, die Übel wieder in die Büchse zurückzustopfen oder Mittel und Wege zu finden, sie zu überwinden, und die Helden zu spielen, indem wir Seuchen ausrotteten und das Böse besiegten und so weiter. Manchmal wurde Jane es auch leid, die Pandora zu spielen – sie konnte ganz schön schwierig sein, wissen Sie –, und dann übernahm sie die Rolle der Hoffnung. Wir dachten uns kleine Dramen aus mit der unglaublichsten Mischung aus Figuren, die man sich vorstellen kann, und es gelang ihr fast immer, die Hoffnung in ihnen auftreten zu lassen, und sei es auch nur in einer Nebenrolle. Wir haben sogar die Odyssee nachgespielt, wenn ich mich recht erinnere.« Er lachte kurz auf. »Gott, waren wir jung. Und unglaublich naiv. Und es ist wirklich schrecklich lange her.«

»Als ›es weder Gefahr noch irgendein Übel auf der Welt gab‹«, murmelte Ariel.

Er fuhr zusammen und starrte sie mit offenem Mund an. Die Stimmung war gebrochen. »Wie in aller Welt –? Das ist aus dieser Geschichte, nicht wahr?« Aufgeregt fuhr er fort: »Jane hat das auch immer gemacht! Haben Sie das gewußt? Sie konnte sich an ganze Passagen aus irgendwelchen Geschichten erinnern und sie wortwörtlich in unsere Rollenspiele einarbeiten, und sie hat nie verstanden, warum ich das nicht auch konnte. Sie konnte so ungnädig werden, wenn ich den Text nicht behielt, den sie mir gegeben hatte!«

Ariel hockte sich neben ihn. »Erzählen Sie mir mehr von Jane.«

»Unglaublich«, sagte er. Er schüttelte den Kopf, wie um wieder klar denken zu können, und als er seine Erzählung fortsetzte, war sein fast tranceartiger Zustand verschwunden.

»Es gibt nicht viel mehr zu erzählen. Bis zum nächsten Sommer hatte sie mehr Freunde, als sie zählen konnte, und sie versuchte sogar, mich mitzunehmen, wenn sie Krabben fangen gingen oder Austern rösteten, aber ich war einfach zu alt für diese Kinder. Der Altersunterschied machte sich deutlich bemerkbar, und, um die Wahrheit zu sagen, Jane war sowieso die einzige, die mich dabeihaben wollte.

Während der nächsten zwei, drei Sommer, die sie hier verbrachte, war ich zufällig nicht da, und als wir uns wiedersahen, war sie kein Kind mehr, und ich war ein Mann.« Er wurde plötzlich nachdenklich. »Zumindest versuchten sie, einen aus mir zu machen. Man hatte mich schon ziemlich früh auf die Kadettenschule geschickt. Ich hatte inzwischen ein Jahr in der Citadel hinter mir, und ich war –« Er zuckte die Achseln und warf das Stück Holz fort. »Jane hat sich alle Mühe gegeben, und außer ihr wäre weiß Gott niemand in der Lage gewesen, diesen Sommer für mich erträglich zu machen. Wir haben stundenlang miteinander geredet.« Er ließ seinen Blick über den Strand schweifen, um sich zu orientieren. »Wahrscheinlich haben wir mehr als einmal genau an dieser Stelle gesessen.

Sie versuchte, mich mit Scherzen aus meinem Trübsinn zu befreien. So war sie. Für ihr Alter hatte sie einen bemerkenswert ausgeprägten Sinn für Humor. Komisch. Wenn das nichts fruchtete, versuchte sie mir klarzumachen, daß es Blödsinn war, etwas darauf zu geben, was andere Leute dachten. Dann kam sie immer mit irgendwelchen Zitaten – eins ihrer Lieblingszitate war: ›Das beste Rezept für Mißerfolg ist der Versuch, es jedem recht zu machen‹ – und beschwor mich, auf meine eigene Stimme zu hören. Können Sie sich das vorstellen? Sie kann damals höchstens vierzehn, fünfzehn gewesen sein. Sie glaubte immer noch an Gut und Böse und an ein Happy-End, und ich, angeblich ein Erwachsener, hätte mich am liebsten wieder auf das Märchen eingelassen.«

Er sah Ariel kurz an und wandte sich wieder ab. »Ich bin zu ihrer Hochzeit gegangen. Wir waren über die Jahre in Verbindung geblieben, vorwiegend auf ihre Initiative. Sie sagte, sie wolle den einzigen ›Bruder‹, den sie habe, nicht verlieren. Und dann haben wir uns schließlich doch aus den Augen verloren – ich nehme an, es lag an ihrem Mann. So was kommt vor«, sagte er wie beiläufig.

Während des Schweigens, das folgte, wartete Ariel darauf, daß er weitererzählen würde. Als es so schien, als hätte er nichts mehr zu sagen, begann sie zu bohren.

»Vor einer Weile erwähnten Sie, daß Jane sich ›unvollständig‹ gefühlt hat, und Sie sagten etwas von ›Angst‹. Das habe ich nicht ganz verstanden. Wovor mußten Sie oder Jane denn Angst haben?«

Er stand abrupt auf und klopfte sich den Sand von der Hose. »Angst? Es gab weiß Gott nichts, wovor Jane hätte Angst haben müssen. Nicht, solange B. F. sie beschützte. Der Mann war zwar nicht eigentlich ihr Vater, aber er hat dem Begriff ›väterlicher Beschützer‹ einen ganz neuen Sinn gegeben.«

»Ach ja?« sagte Ariel gereizt. Instinktiv machte sie sich bereit, ihren Großvater zu verteidigen. »Man sollte ihm dankbar sein, daß er es wenigstens versucht hat, nicht wahr? Schließlich hat auch er sie nicht mehr schützen können. Nicht vor ihrem Mörder.«

Er wurde sehr still.

»Nein. Mörder suchen sich ihre Opfer ebenso willkürlich aus wie Gott.«

Er klopfte ein letztes Mal seine Hose ab. »Meine liebe, lustige, schöne Jane. Wer hätte das weniger verdient als sie? Natürlich hatten Sie vorhin recht. Jane hatte keine Angst.«

Bevor Ariel auf den Füßen war, war er schon wieder auf dem Weg zurück in die Richtung, aus der er gekommen

war, und als sie hinter ihm herrufen wollte, fiel ihr auf, daß er ihr seinen Namen nicht genannt hatte.
»Hey!« rief sie. »Warten Sie doch einen Moment!«
Sie sah sich nach ihren Sandalen um und rannte, nachdem sie sie eilig aufgehoben hatte, auf die Dünen zu. Als sie oben ankam, war er verschwunden.
Sie hastete zurück ans Wasser, doch die Flut hatte schon eingesetzt. Was immer er geschrieben hatte, war nicht mehr zu erkennen.

3

Die Sonne stand hoch am Himmel, als Ariel verschlafen zu blinzeln begann. Blitzschnell kniff sie die Augen zusammen, um sich vor dem gleißenden Licht zu schützen, das durch die offenen Fenster fiel, und genauso schnell öffnete sie sie wieder. Nicht die Sonne hatte sie aus dem Tiefschlaf gerissen, sondern ein Geräusch, ein metallisches Klappern.

Erschrocken fuhr sie hoch und versuchte, ihre Gedanken zu sortieren. Sie befand sich auf Kiawah Island in South Carolina. Sie war in einem leeren Haus zu Bett gegangen, in B. F.s Haus, aber B. F. war nicht hier – er hatte sich für heute abend angekündigt. Was noch schlimmer war: Sie hatte ihre Hunde in Kalifornien zurückgelassen. Das bereute sie in diesem Augenblick zutiefst.

War das Klappern, das sie gehört hatte, von draußen gekommen? Hatte sie es geträumt? Ängstlich schaute sie zur Zimmerdecke, wo der Ventilator sich lautlos drehte. War das Ding dabei, sich aus seiner Verankerung zu lösen, würde es im nächsten Augenblick auf sie herabsausen? In diesem Augenblick ertönte das Geräusch von neuem und machte kurzen Prozeß mit ihren Überlegungen. Ariel legte ihren Kopf schief und lauschte angestrengt.

Das Geräusch kam aus dem Inneren des Hauses. Aus dem Erdgeschoß. Während sie in ihren Morgenmantel schlüpfte, versuchte sie, sich den Grundriß der unteren Etage vorzustellen, konnte sich jedoch nur verschwommen erinnern.

Sie hatte am Abend vorher nur wenige Zimmer des alten Hauses inspiziert, bevor sie an den Strand gegangen war. Der Mann am Strand! Konnte es sein, daß er ihr hierher gefolgt war? Sie verwarf den Gedanken wieder, noch bevor sie ihn zu Ende gedacht hatte. Er hatte sich in keiner Weise für sie interessiert, nur für ihre Schwester, an die sie ihn erinnerte. Und er war harmlos gewesen, dessen war sie sich sicher. Sie schnüffelte. Es roch nach Kaffee. War jemand eingebrochen und hatte Kaffee gekocht? Sie schnüffelte noch mal. Und Speck gebraten?

Mit entschlossenen Bewegungen verknotete Ariel den Gürtel ihres Morgenmantels und setzte ihre Brille auf. Sie ging bis zum Treppenabsatz, schlich die Stufen hinunter, immer den Geräuschen nach, die offenbar aus der Küche kamen. Vor der Tür blieb sie stehen und spähte in den großen, altmodisch eingerichteten Raum.

Hattie Best stellte unsanft eine gußeiserne Bratpfanne auf eine glühendrote Herdspirale. »Habe ich dich geweckt?« fragte sie. »Tut mir leid. Ich hab versucht, leise zu sein – und zwar seit drei Stunden.«

Hatties steifer Rücken war der Tür zugekehrt. Wie es möglich war, daß sie Ariel hatte kommen hören, war der jungen Frau ein Rätsel. Aber ihr war einiges an B. F.s Haushälterin und alter Freundin ein Rätsel.

Die magere, etwa siebzigjährige Frau legte eine letzte dicke Scheibe Speck auf etwas, das aussah wie eine Papiertüte, schlug ein paar Eier in die Pfanne und begann, mit schnellen, geübten Bewegungen etwas Weißes, Körniges in eine Kasserolle zu rühren.

»Guten Morgen«, sagte Ariel. »Wann bist du denn angekommen?« Sie räusperte sich vernehmlich. »Was ist das, was du da machst?«

»Vor drei Stunden, wie ich schon sagte. Und was ich hier

mache, ist Frühstück – obwohl es eher Mittagessenszeit ist.«
Ariel warf einen Blick auf ihre Uhr. »Für mich nicht. In Kalifornien ist es noch nicht mal sieben. Ich meinte, was ist das, was du da zubereitest? Haferbrei?«
»Du bist hier nicht in Kalifornien, und das ist kein Haferbrei. Es ist Grütze.« Nach einem kurzen Blick auf Ariels verquollene Augen und ihr Haar, das ihr in alle Richtungen vom Kopf abstand, deutete Hattie mit einer Kopfbewegung auf die Kaffeemaschine und eine Henkeltasse, die daneben stand.
Ariel schenkte sich einen starken Kaffee ein und trat an die Verandatür. Eine Zeitlang beobachtete sie ein zänkisch schimpfendes Eichhörnchen, dessen Gefährte offenbar mit irgendeinem Stückchen Küchenabfall beschäftigt war und ihm keine Beachtung schenkte. Ariel sah zu Hattie hinüber. Die Ähnlichkeit war unübersehbar.
Gähnend schlenderte sie zurück und setzte sich an den Tisch, an dem für zwei gedeckt war. Wie eine Gastgeberin mit einem schwierigen Gast versuchte sie, ein Gespräch in Gang zu bringen.
»Ich bin erst gegen Mitternacht hier angekommen und bin dann noch zum Strand hinunterspaziert, weil ich zu aufgedreht war, um zu schlafen. Der Flug hat endlos lange gedauert, dann hatte ich Streß mit der Autovermietungsfirma, und schließlich die Fahrt von Charleston bis hierher ...«, sie pustete in ihre Kaffeetasse. Da Hattie, wie erwartet, keinen Kommentar von sich gab, fuhr sie fort: »Ich hatte dauernd das Gefühl, ich hätte mich verfahren, und außer mir war kein Mensch auf der Straße unterwegs. Ich meine, ich habe keine Menschenseele gesehen, von dem Zeitpunkt, als ich die Insel erreicht hatte, bis ... Das heißt, das stimmt ja gar nicht! Hattie, letzte Nacht war ein Mann am Strand – na ja, genaugenommen war es heute morgen –,

der dich und B. F. kennt. Er war mit Jane befreundet, als die beiden noch Kinder waren. Kannst du dir vorstellen, wer das gewesen sein könnte? Ein dünner, blonder Mann, etwa Ende Dreißig?«

Hattie stellte Ariel einen Teller hin und füllte dann ihren eigenen. »Du hast es also geschafft, auch seinen Namen zu vergessen, wie?« fragte sie hinterhältig.

Ariel schwieg. Jedem normalen Menschen wäre diese Frage völlig belanglos vorgekommen. Da sie sich jedoch an nichts erinnerte, was länger als ein halbes Jahr zurücklag, fiel Ariel nicht unter die Kategorie »normal«.

Während ihr Großvater weder ihre Identität noch ihre Amnesie je in Frage gestellt hatte, konnte sie das von dieser Frau, die Jane großgezogen hatte, nicht behaupten. Wenn Hattie ihr Mißtrauen auch bei den wenigen Gelegenheiten, als sie sich begegnet waren, nicht ausgesprochen hatte, so hatte sie es Ariel doch deutlich spüren lassen.

Langsam nahm Ariel die Gabel in ihre Hand und begann zu essen. »Der Mann hat mir seinen Namen nicht genannt«, sagte sie. »Du weißt nicht zufällig, wer es gewesen sein könnte?«

»Jane hatte viele Freunde, und die meisten hab ich nicht mehr gesehen, seit sie Kinder waren, also würde ich sie jetzt sowieso nicht mehr kennen. Hör zu, es geht mich nichts an, was du tust, aber sich mitten in der Nacht mit fremden Männern zu unterhalten ist nicht gerade besonders schlau. Bei all den Drogensüchtigen, die da draußen herumlungern, könnte dein Urlaub schneller vorbei sein, als dir lieb ist.«

Ariel wußte nicht, was sie darauf antworten sollte. »Äh ... was tut man auf Grütze?« fragte sie. »Irgendwas scheint noch, äh, zu fehlen.«

Hattie zuckte die Achseln. »Salz. Pfeffer.«

Ariel würzte den Brei kräftig nach und mischte ihn unter ihr

Rührei. Die Lebensmittel, die Hattie eingekauft hatte, standen noch immer aufgereiht auf einem alten Schränkchen. Ariel langte nach einer Flasche Worcestershiresauce. »Darf ich?« fragte sie und gab einen Schuß Soße auf ihren Teller. »Schmeckt schon besser«, sagte sie. »Hervorragend.«
Eine Zeitlang war außer Ariels genüßlichem Schmatzen kein Geräusch in der Küche zu hören. Sie wollte sich gerade noch etwas Kaffee holen, als sie bemerkte, daß sie die einzige war, die aß.
Sie schluckte. »Was ist los?«
Hatties halb geschlossene Augen waren pechschwarz und kein bißchen freundlich. Sie sagte nur: »Worcestershiresauce.«
Ariel biß sich auf die Unterlippe. Hatte sie irgendwie die Etikette der Südstaaten verletzt?
»Ja?« fragte sie.
»Du hast sie auf deine Grütze getan.«
»Stimmt«, gab Ariel zu.
»Jane hat das auch immer gemacht. Jane war die einzige, die ich je gekannt habe, die ihre Grütze damit gewürzt hat.«
»Oh«, sagte Ariel. Sie betrachtete die Frau, die ihr gegenübersaß, und fühlte sich plötzlich sehr unbehaglich.
Hatties versteinertes Gesicht war von tiefen Linien zerfurcht, vor allem von der Nase bis zu den heruntergezogenen Mundwinkeln. Ariel fragte sich, ob diese Falten neu waren, ob sie von der Trauer über Janes sinnlosen Tod gegraben worden waren. Hattie hatte eine ausgeprägte Adlernase, eingefallene Wangen und ungewöhnlich stark hervortretende Wangenknochen. Nicht zum erstenmal grübelte Ariel über die Ereignisse nach, die mit der Zeit solche eindrucksvollen Gesichtszüge hinterlassen hatten. Ein Ölgemälde, das in B. F.s Haus in Los Angeles über dem Kaminsims hing, kam ihr in den Sinn. Es zeigte eine India-

nerin vom Stamm der Seminolen, deren würdevolle, abwartende Haltung sie an Hattie erinnerte. Auch Hatties halb geschlossene Augen warteten auf ihre Reaktion.
»Meine Anwesenheit muß eine Belastung für dich sein«, sagte Ariel. »Eine Fremde im Haus zu haben, die dich an Jane erinnert.«
»Das tust du nicht«, sagte Hattie und stand vom Tisch auf. Es lag weder Hast noch Freundlichkeit in ihren Bewegungen, als sie ihren Teller mit dem fast unberührten Essen vom Tisch nahm und in Folie wickelte.
»Auch wenn du jetzt Kontaktlinsen trägst, ihre Frisur nachahmst und abgenommen hast ...«, sie warf einen Blick über ihre Schulter, um zu sehen, wie Ariel darauf reagierte. Ariel wirkte nicht begeistert. »Allerdings wüßte ich wirklich zu gern, woher du so viel über Jane weißt. Zum Beispiel das mit der Worcestershiresauce.« Sie sah Ariel herausfordernd an. »Als ob B. F. nicht schon genug Kummer hätte«, sagte sie trocken.
Ariel öffnete den Mund, um etwas zu sagen, doch plötzlich fiel ihr von all den Argumenten, die sie häufig – auch sich selbst gegenüber – vorbrachte, wie »alles Zufall« oder »das ist die unheimliche Ähnlichkeit von Zwillingen«, keins mehr ein.
»Moment mal. Wo ist B. F.? Ich hatte angenommen, ihr würdet alle zusammen kommen.«
Mit einem durchdringenden Blick, einer Art visuellem letzten Wort nahm Hattie die schwere Pfanne vom Herd, versenkte sie in dem heißen Spülwasser und machte sich voller Ingrimm daran, sie zu schrubben. »Er hat's sich anders überlegt«, knurrte sie. »Er ist in New York.«
»In New – soll das heißen, er kommt nicht?«
»Er hat irgendwas von einem aggressiven Firmenaufkäufer oder -verkäufer gesagt, aber ich nehme an, daß er herkommt, wenn er kann. Früher oder später.«

Am liebsten hätte Ariel ihren Frühstücksteller an die Wand geworfen. Oder nach Hattie.

»Ich bin ja nicht neugierig – aber wieso hast du mir nichts davon gesagt? Wann genau hat er es sich denn ›anders überlegt‹?«

»Mir hat er's gestern gesagt, da warst du schon abgereist. Du bist gerade aufgestanden, ich hab's dir gerade gesagt. Er ist mit seinem eigenen Flugzeug raufgeflogen, und wahrscheinlich wird er jeden Moment hier aufkreuzen, also geh mir nicht auf die Nerven damit.«

Ariels Zorn war schon wieder verpufft. In den letzten vier Monaten hatte sie wie ein wild gewordener Kuli gearbeitet, und sie hatte nicht vor, sich an ihrem freien Wochenende, noch dazu in dieser Hitze, auf eine Kraftprobe mit Hattie einzulassen. Sie würde ihren Aufenthalt auf der Insel genießen, selbst wenn es das letzte sein sollte, was sie tat.

»Wenn du mich entschuldigen würdest«, sagte sie. »Ich werde mich mit Sonnenmilch einreiben und ausprobieren, worin sich der Atlantik vom Pazifik unterscheidet.«

Ariel war bis zur Treppe gekommen, als Hattie ihr hinterherrief. Die Alte trocknete sich die Hände mit einem Geschirrtuch ab und legte dabei eine Gründlichkeit an den Tag wie ein Chirurg, der sich auf eine Operation vorbereitet.

»B. F. läßt dir sagen, daß er so bald wie möglich herkommt. Er hat mir gesagt, daß er einen Mann gebeten hat, ein paar Shrimps rüberzubringen, und ich soll Frogmore Stew zum Abendessen machen.«

Ariel nickte. »Schön. Vielen Dank.« Sie hatte keine Ahnung, was Frogmore Stew war, aber sie hatte gelernt, rechtzeitig auszusteigen, wenn sie einmal in Führung war. Sie machte sich auf den Weg nach oben.

»Abendessen ist um sieben Uhr fertig«, rief Hattie ihr nach. »Und es läßt sich nicht warm halten.«

4

Mit allem Nachdruck, den er in eine so unbedeutende Geste legen konnte, drückte Henry Heller die Ausschalttaste seines Handys und ärgerte sich, daß er ein Tastentelefon benutzte.

Er würde sich ein altmodisches schwarzes Telefon mit Wählscheibe besorgen, sagte er sich. Er würde sich extra für die Gespräche mit seiner Exfrau – der Exfrau, die die Mutter seines Sohnes war – eine zusätzliche Leitung legen lassen. Das langsame Drehen der Scheibe würde ihn viel besser auf das drohende Unheil vorbereiten als das Drücken von ein paar lächerlichen Tasten, und das schrille Läuten in der Leitung wäre ein angemessenes Alarmsignal. Vor allem, und das war überhaupt das Beste, würde es ihm eine enorme Befriedigung bescheren, zum Schluß den Hörer auf die Gabel zu donnern, was nach einem Gespräch mit Emily einfach unvermeidlich war.

Als er sich in seinem Stuhl zurücklehnte und die langen Beine ausstreckte, spürte er wieder seinen ständig schmerzenden Rücken. Es war viel leichter, dachte er, über die Eigenarten von Telefonen zu sinnieren, als sich zu überlegen, wie er mit dem neuesten und bisher bei weitem schlimmsten Problem mit Sam umgehen sollte.

Emily hatte ihm eben erklärt, ihr Sohn sei neuerdings zum Dieb geworden. Es war nichts Weltbewegendes, nur ein kleiner Ladendiebstahl – er hatte ein paar CDs mitgehen lassen –, aber wenn Henry etwas verachtete, dann war es

Diebstahl. Der Geschmack des Jungen war auch nicht gerade berauschend. Pearl Jam und Smashing Pumpkins …
Komisch, dachte Henry. Wenn Sam schon so blöd war, CDs zu stehlen, hätte er gedacht, daß er wenigstens etwas Vernünftiges klauen würde, wie Van Cliburn oder zumindest Elton John, Herrgott noch mal! Der Dreizehnjährige hatte aus unerfindlichen Gründen eine solche Leidenschaft für das Klavierspielen entwickelt, daß er, wenn er nicht gerade Sport trieb, ständig an seinem Keyboard saß, seine langen, dünnen Finger auf den Tasten herumtanzen ließ und die kompliziertesten Stücke spielte, von Liszt bis zu »Great Balls of Fire«. Oder er hörte sich dergleichen auf seinem Walkman an.

Was Henry jedoch viel mehr beunruhigte als die Geschmacksverirrung seines Sprößlings, war die Frage, was den Jungen zu der Annahme brachte, er hätte es nötig zu stehlen. Von moralischen Fragen einmal abgesehen, dachte Henry, sollte der Kindesunterhalt, den er monatlich zahlte, ausreichen, um so etwas auszuschließen. Moment mal, als was hatte er »so etwas« eigentlich zu verstehen? Als einen Akt der Rebellion? War es das? Ein pubertärer Initiationsritus, der so unvermeidlich war wie Akne?

Er wußte, daß es eine schwere Last sein konnte, dreizehn zu sein, aber er war in dem Alter nie so tief gesunken, daß er eine Straftat begangen hätte, dachte Henry selbstgerecht. Andererseits hatte auch er damals … Er verzog das Gesicht bei der Erinnerung an seine eigene Teenagerzeit. Während der mehr als dreißig Jahre, die seitdem vergangen und weiß Gott kein Zuckerschlecken gewesen waren, hatte er sich nie wieder von soviel Dummheit und solch bodenlosem Leichtsinn leiten lassen. Und er mußte eines zugeben: Außer seinen rebellischen Hormonen hatte er keinen Grund gehabt aufzubegehren. Es hatte ihm nie an Freunden, einem bescheidenen Luxus und an elterlicher Zuwendung gemangelt. Himmel, selbst der Cleaver Clan war im Vergleich zu ihm und seinen Eltern eine verkorkste Familie gewesen! Henry strich seinen kurzen, graumelierten Bart, während er den Gedanken weiter verfolgte: Er war mit beiden Elternteilen aufgewachsen. War Sams Diebstahl genauso wie eine Reihe immer ernsterer Missetaten, die er während der zwei Jahre begangen hatte, seit seine Eltern getrennt lebten, Ausdruck seiner Wut? War es Unsicherheit? War es das Verlangen nach Aufmerksamkeit?

Henry schnaubte. Er hatte sich lange genug als Amateurpsychologe versucht, diese Situation verlangte nach professioneller Hilfe. Er machte sich eine Notiz, die ihn daran erinnern sollte, seinen ehemaligen Schwager – den Bruder von einer anderen Ex – anzurufen, und kaum hatte er das Problem in Gedanken an den fähigen Dr. David Friedman delegiert, fiel ihm plötzlich auf, wie spät es war.

Er griff nach dem sich vor ihm auftürmenden Stapel Papier, schnappte sich seinen Hut und eilte zu seinem Wagen. Mit der für ihn typischen Mißachtung von lästigen Vorschriften wie Geschwindigkeitsbegrenzungen gab er Gas. Er war spät dran auf dem Weg zu einer Konferenz im Studio, die er selbst einberufen hatte, und eine Menge hochbezahlter Talente, Produzenten, Korrespondenten und Finanziers von der Sendung DIE OFFENE AKTE würde es ihm ziemlich übelnehmen, wenn er sie warten ließe.

Nach den neuesten Erhebungen waren die Einschaltquoten des unterhaltsamen Woolf-Television-Nachrichtenmagazins, für das Henry als Supervising Producer arbeitete, leicht gestiegen. Obwohl Henry eigentlich abergläubisch war, was das Untersuchen der Zähne eines geschenkten Gauls anging – eine peinliche, unprofessionelle Schwäche, die er niemals zugeben würde –, erwartete man von ihm, daß er den Faktor oder die Kombination von Faktoren, die zu diesem unerwarteten Erfolg geführt hatten, benannte und analysierte.

Er hatte seine Theorien.

Ein in seinen Augen nicht unwichtiger Faktor trieb sich zur Zeit in Südkalifornien herum und lebte in Saus und Braus in einem der Häuser ihres stinkreichen Großvaters (Henry konnte bis heute noch nicht mal schätzen, wie viele Häuser dieser Mann besaß). Ariel Gold hatte als Produzentin der Show schon immer großen Einsatz gezeigt. In letzter Zeit jedoch – eigentlich seit den Ereignissen des letzten Winters – war sie absolut erstklassig. Ihre Zwillingsschwester, Jane Macaulay, war tot und in gewissem Sinne auch die alte Ariel Gold.

Die Ereignisse hatten ihr Leben verändert, und Henry konnte sich die wundersame Verwandlung seiner Kollegin immer noch nicht erklären. Sie konnte das ebensowenig, doch sie hatte beschlossen, sich nicht weiter damit auseinanderzusetzen, was für eine Frau, die zu den wißbegierigsten Menschen gehörte, die Henry kannte, äußerst ungewöhnlich war. Die alte Ariel war verschlossen und ziemlich verbissen gewesen, eine unauffällige Einzelgängerin, die sich hinter ihrem Übergewicht, einer Clark-Kent-Brille und einer Garderobe, die Elizabeth II. als altmodisch empfunden hätte, verschanzt hatte.

Ihre Zwillingsschwester Jane war ein erfolgreiches Model gewesen.

Um ein Haar wäre Ariel ihr von Angesicht zu Angesicht begegnet.

Zum wiederholten Mal versuchte Henry sich vorzustellen – wie auch Ariel es zweifellos schon tausendmal verzweifelt getan hatte –, wie diese Begegnung ausgesehen haben könnte. Zwei genetisch identische Frauen, die jeweils von der Existenz der anderen nichts ahnten, von einer Laune des

Schicksals zusammengeführt. Hätten sie sich selbst in ihrem Gegenüber wiedererkannt? Hätten sie sich trotz der durch ihre gänzlich verschiedenen Lebensstile bedingten äußerlichen Unterschiede zueinander hingezogen gefühlt? Hätte eine tiefe Seelenverwandtschaft sie unweigerlich zusammengeführt? Oder wären sie, ohne einander zu erkennen, aneinander vorbeigegangen? Die Chance, das herauszufinden, war ihnen nicht vergönnt gewesen.

Henry hatte sich früher schon einmal mit den zum Teil unheimlichen Übereinstimmungen im Leben von eineiigen Zwillingen beschäftigt. Zu diesen unheimlichen Parallelen gehörte offenbar auch, daß die beiden Frauen, die jeweils am entgegengesetzten Ende des Kontinents aufgewachsen waren, schließlich nur wenige Kilometer voneinander entfernt gelebt hatten. An jenem entscheidenden Abend hatten ihre Wege sich vor diesem Restaurant gekreuzt – die eine kam an, als die andere das Restaurant gerade verließ und in ihren Wagen auf dem Parkplatz stieg; die eine in Gedanken beschäftigt mit einem ganz gewöhnlichen Problem, der Tatsache ihrer gescheiterten Ehe, die andere in einer Mission unterwegs, die alles andere als gewöhnlich war: Sie verfolgte einen Killer und hatte vor, ihn zu stellen.

Die beiden Schwestern waren nur wenige Schritte voneinander entfernt gewesen, als Jane in ihren Wagen stieg. Sie muß gerade dabeigewesen sein, die Fahrertür zuzuschlagen, als Ariel auf das Restaurant zuging. Dann drehte sie den Zündschlüssel. Dem Mann, der die Autobombe angebracht hatte, waren die Ähnlichkeiten zwischen den beiden Frauen offenbar nicht entgangen. Der Fehler bedeutete für Jane den Tod.

Ariel hatte keine Erinnerung an die Detonation. Sie konnte sich auch nicht daran erinnern, daß sie durch die Explosion verletzt worden war. Auch an den Mann, den sie in dem

Restaurant treffen wollte, den Mann, der nach wie vor von dem Willen besessen war, sie zu töten, konnte sie sich nicht erinnern. In diesem schrecklichen Augenblick war ihre Erinnerung ebenso komplett ausgelöscht worden wie das Leben ihrer Schwester.

Aber Ariel hatte überlebt. Sie hatte sich die Tricks und Kniffe ihres Berufs mit dem heiligen Eifer eines Fernsehpredigers wieder neu angeeignet. Sie hatte die langweiligsten Aufgaben ohne Murren erledigt. Sie hatte ihre Nemesis, den Computer, bezwungen. Sie hatte die Techniken und Arbeitsmethoden ihrer Kollegen aufmerksam studiert. Sie hatte sich zu einer wandelnden Enzyklopädie der Fakten über ihre Konkurrenz in den Medien entwickelt. Sie brütete stundenlang über Zeitungen und Zeitschriften, auf der Suche nach irgendeinem Hinweis, der zu einem der ungelösten Fälle führen könnte, auf die sich DIE OFFENE AKTE spezialisiert hatte, und aufgrund ihres nahezu fotografischen Gedächtnisses war sie in der Lage, das Gelesene jederzeit wörtlich zu zitieren.

Schon in den ersten Tagen ihres persönlichen Umbruchs hatte Ariel anders ausgesehen. Zunächst waren es kaum merkliche Veränderungen gewesen, wie eine veränderte Haltung und ungewohnte Nuancen, in ihrer Körpersprache. Henry hätte schwören können, daß sie sogar anders roch. Nach einer ganz besonderen Seifensorte. Oder wie etwas Undefinierbares, etwas, an das man sich schwach erinnert, wie Regen auf Waldblumen vielleicht, oder ... Er brachte sich in eine bequemere Position.

Henry erinnerte sich, wie ihm kleine Accessoires an ihrer Kleidung aufgefallen waren: eine Brosche, ein Halstuch oder ein Gürtel, scheinbar lässig getragen. Und dann, als das Übergewicht verschwunden war, hatte sich erst die komplette Kleidung und schließlich ihr Gesicht verändert.

Henry konnte sich nicht vorstellen, daß die plötzliche Geschicklichkeit im Frisieren und Schminken und die Sorgfalt, die Ariel neuerdings auf ihre Erscheinung verwendete – das Augenbrauenzupfen, die sorgsame Pflege der Fingernägel oder was immer es war, das Frauen mit sich selbst anstellten –, das Ergebnis einer geheimnisvollen Verwandlung waren. Jede halbwegs intelligente Frau, die jeden Monat Gott weiß wie viele Frauenmagazine studierte, mußte sich auf die Dauer irgendwelche von den in diesen Heften beschriebenen Tricks aneignen, und einiges war schließlich durch einen simplen Blick in den Spiegel zu erkennen. Henry glaubte, daß die alte Ariel genau das vermieden hatte. Daß sie es heute ab und zu tat, war, soweit es Henry betraf, der einzige geheimnisvolle Faktor bei der ganzen Sache.

Ariel gegenüber behielt er seine Meinung für sich, und sie wollte sie auch nicht hören.

Henry wunderte sich über die Verwandlung von Ariel nicht mehr als über die Veränderung seiner selbst – oder, genauer gesagt, über seine veränderten Gefühle ihr gegenüber. Er wußte, daß sie nicht mehr nur einfach jemand war, der für ihn arbeitete; er war sich nicht sicher, was sie statt dessen war.

Bisher hatte er es noch nicht gewagt, dieses heiße Eisen anzufassen, geschweige denn, mit Ariel darüber zu sprechen.

5

Am Tag zuvor hatte Ariel zwei Dinge gelernt, die die Atlantikküste von der Pazifikküste unterscheiden. Die erste Sache war offensichtlich: achtundneunzig Prozent Luftfeuchtigkeit konnte man schlecht ignorieren. Die zweite Erkenntnis kam untertags, daß man nämlich, auch wenn der Atlantik wärmer war – was zumindest in South Carolina der Fall war –, trotzdem viel mehr Zeit im Wasser verbrachte, um sich abzukühlen. Das wiederum führte zu einer dritten, schmerzlichen Lektion: wenn man wie ein Jojo unaufhörlich zwischen Strand und Meer hin- und herrannte, hielten nicht alle »wasserfesten« Sonnenlotionen, was die Werbung versprach.

Ariel saß am Frühstückstisch und versuchte immer wieder, eine Position auf ihrem Stuhl zu finden, in der die Rückseiten ihrer krebsroten Oberschenkel beim Sitzen nicht schmerzten. Sie roch nach After-Sun-Lotion, sie sandte Hitzewellen aus wie eine Wunderkerze (die in diesem Staat erlaubt waren, wie sie bemerkt hatte), und sie fühlte sich, als hätte sie auf ziemlich grobem Sandpapier geschlafen. Wenigstens war nicht auch noch Hattie da, um sie zu quälen.

Ariel war erleichtert gewesen, als sie feststellte, daß Hattie nicht da war; andererseits fand sie die Stille im Haus unheimlich.

Lustlos schnitt sie einen Pfirsich in ihr Müsli, leckte sich die klebrigen Finger ab und lauschte auf das leise Surren des Ventilators an der Decke. Sie hoffte, daß das nicht über das ganze lange, für die Jahreszeit viel zu heiße Wochenende so weitergehen würde. Was würde sie mit sich anfangen, fragte sie sich. Sie kannte hier keine Menschenseele. Es war zu heiß, um nach Charleston hineinzufahren, und sie konnte auch nicht zurück an den Strand.

Vorsichtig zog sie ihr T-Shirt aus, um ein bißchen Luft an ihren verbrannten Oberkörper zu lassen. Sie wünschte, sie hätte mehr als die zwölf Kilo abgenommen, dann wäre weniger Haut übrig, die schmerzte. Sie wünschte, der Himmel hätte sich nicht ausgerechnet dieses Wochenende ausgesucht, um eine Hitzewelle zu schicken, die alle Rekorde zu brechen drohte. Sie wünschte, sie hätte sich von B. F. nicht überreden lassen herzukommen.

»Ich armes kleines Geschöpf«, sang sie vor sich hin, während sie ihr Müsli aß.

Kurz vor Sonnenuntergang legte Ariel ein Akrostichon-Rätsel beiseite, das ihr hartnäckig seine Lösung verbarg und überlegte, ob sie ins Haus gehen sollte, um sich etwas Kühles zu trinken zu holen. Statt dessen blieb sie wippend in einem der weißen Schaukelstühle auf der Veranda sitzen, die sich um das ganze Haus herum zog, und starrte in den Garten hinaus, einen friedlichen, leicht verwilderten Dschungel aus Fächerpalmen und riesigen, von Flechten überwucherten Eichen. Sie hatte den ganzen Tag gefaulenzt und träge vor sich hin gedöst, und das war genau das gewesen, was sie gebraucht hatte. Den Kopf gegen den hohen Stuhlrücken gelehnt, lauschte sie dem dumpfen, noch weit entfernten Grollen eines Gewitters. Sie fürchtete sich nicht vor dem Donner, der schon den ganzen Nachmittag immer wieder wie ein zorniger Riese am Himmel rumorte. Doch jetzt entdeckte sie eine riesige schwarze Wolke vor der untergehenden Sonne. Deren letzte hervorschimmernde Strahlen verliehen dem rosafarbenen Himmel einen goldenen Hauch.

Der nächste Donnerschlag war lauter, wie ein Rollen von Baßtrommeln, die in der Ferne widerhallten. Hinter Ariel ertönte eine fast genauso tiefe Stimme. Mit einem Aufschrei sprang sie aus ihrem Schaukelstuhl und fuhr blitzschnell herum.

»Hey, Ariel Gold!« rief B. F. Coulter aus, als er die Verandatür aufstieß. »Paß auf, daß du nicht von der Veranda fliegst!«

Eine Hand vor die Brust geschlagen, den Mund vor Schreck aufgerissen, hielt Ariel sich am Geländer der Veranda fest. Ihr schossen alle möglichen Antworten durch den Kopf, doch während ihr Puls sich wieder normalisierte, starrte sie den hünenhaften, weißhaarigen Alten entgeistert an und sagte nur: »Also, du redest ja wie jemand, der noch nie einen Kühlschrank gesehen hat. Ist das nicht komisch für einen, der gerade aus seinem Privatflugzeug gestiegen ist?«

»Hör auf, deinem Großvater zu sagen, wie er sich auszudrücken hat, und komm her zu mir.«

»Sei vorsichtig, ich hab Sonnenbrand«, sagte Ariel und ließ sich von ihm umarmen.

»Wieso hat Hattie dich hier allein gelassen?« fragte B. F. und starrte ungnädig auf den Krabbensalat auf seinem Teller. »Ich hätte Sarge nicht zu Monroe gehen lassen, wenn ich gewußt hätte, daß keiner hier ist, der dir was Anständiges kocht.« Er schob sich eine Gabel von dem unwürdigen Salat in den Mund. »Wie hat dir übrigens das Frogmore Stew geschmeckt?«

»Wahrscheinlich ist Hattie weggefahren, weil ihr die Gesellschaft ihrer Kusine angenehmer ist als meine.« Ariel zuckte zusammen, als auf einen Blitz ein besonders lautes Donnern folgte. »Außerdem kann ich selber kochen, weißt du, und der Salat ist gar nicht schlecht. Er schmeckt mir, und Frogmore Stew hat mir auch geschmeckt. Wer ist übrigens dieser Monroe?«

»Der Kerl, der für mich nach dem Haus und dem Auto und ein paar anderen Sachen sieht. Seine Frau liegt mit irgend 'ner Krankheit im Bett, und Sarge hat ihm ein bißchen Gemüse und noch irgendwas rübergebracht.« B. F. machte eine wegwerfende Handbewegung mit der Gabel in der Hand, um seinen Mißmut über Hattie und über Sarge, seinen Koch und Leibwächter, zum Ausdruck zu bringen. »Es gefällt mir nicht, daß Hattie dich einfach allein läßt«, sagte er, »wo du doch hier keinen kennst. Ich hab sie schließlich nicht aus Florida herbestellt, damit sie ihre Familie besucht.«

»Tu mir den Gefallen und sprich sie nicht darauf an. Hattie macht sich Sorgen um dich. Sie glaubt, ich sei nur hinter deinem Geld her. Vielleicht wird sie sich ja mit der Zeit an mich gewöhnen.«

»Hör zu«, sagte B. F. »Jetzt geht's los.« Er legte den Kopf schief, um zu lauschen, und lächelte in sich hinein, als zuerst einzelne und dann ganze Kaskaden von Regentropfen auf das Blechdach trommelten. »Wie du es fertigbringst, in L. A. zu leben, wo man das ganze Jahr über keinen anständigen Wolkenbruch erlebt, ist mir ein Rätsel.«

Er richtete die Zinken seiner Gabel auf Ariel, als wollte er etwas klarstellen. »Okay«, sagte er. »Ich werde nicht mit Hattie darüber reden. Aber du versprichst mir, daß du dir von dieser halsstarrigen Alten nichts gefallen läßt. Sie mischt sich in viel zu viele Dinge ein. Genau wie dieser verdammte Sarge McManus.«

Ariel hörte ein Geräusch, und wie auf Bestellung kam Sarge aus der Küche, eine Dose Cola in der einen Hand und in der anderen ein Handtuch, mit dem er sich die kurzen grauen Haare trockenrieb. »Es hat angefangen zu regnen«, informierte er die beiden. Der kleine breitschultrige Mann nickte Ariel zum Gruß zu.

»Schon mal was von Basalzellenkrebs gehört?« fragte er.

Es dauerte einen Augenblick, bis Ariel begriff, daß er von ihrem Sonnenbrand sprach, B. F. hatte sie deswegen auch schon zurechtgewiesen. »'n Abend, Sarge«, sagte sie. »Wie geht's Mrs. Monroe?«

»Der fehlt nichts, außer daß sie sechs Kinder hat. Diese Flasche von ihrem Ehemann sollte sich ein anderes Hobby zulegen und seinen ...« Offenbar wußte er plötzlich nicht so recht, wie er den Satz beenden sollte, und errötete bis unter die Haarwurzeln.

Er wandte sich schnell an seinen Dienstherrn. »B. F.«, begann er, nur um im nächsten Moment kampflustig die Unterlippe vorzuschieben. Die Schultern des alten Mannes bebten schon vor Lachen.

»Du solltest dir besser überlegen, was du sagst, Sarge«, riet ihm B. F. »Die Leute hier könnten Anstoß daran nehmen, wenn ein halber Yankee sich so unfein über sie ausläßt.«

»Monroe sagt, es hätte in letzter Zeit hier in der Gegend mehrere Einbrüche gegeben«, sagte Sarge, ohne auf den Spott des Alten einzugehen. »Und zwar in den Sommerhäusern. Drüben auf Edisto haben sie einem, der sie in seinem Haus überrascht hat, eins über die Rübe gebrummt. Der liegt jetzt im Krankenhaus.«

»Wer?« fragte B. F., inzwischen wieder ganz ernst.

»Keiner, den wir kennen. Ein Arzt, ich glaub, aus New Jersey. Leider hat er keinen von den Einbrechern richtig gesehen. Es heißt, es wären Jungs hier aus der Gegend, aber bisher ist noch nichts von dem, was geklaut wurde, irgendwo aufgetaucht. Also, wer weiß?

B. F., wir hätten hier schon längst eine Alarmanlage einbauen sollen, und wir haben uns jetzt lange genug darüber gestritten. Ich fahre morgen früh nach Charleston und kümmere mich darum, und wenn wir das Ding erst mal haben, sorgt ihr gefälligst beide dafür ...« – sein Befehl galt auch Ariel –, »... daß es regelmäßig eingeschaltet wird.«

Das Telefon läutete. Ariel fiel auf, daß sie das Geräusch zum erstenmal hörte. Noch bevor sie ausgemacht hatte, woher das Geräusch kam, war Sarge schon auf dem Weg in die Küche. Als er nach einer geraumen Weile zurückkam, war sein Gesicht kreidebleich. Er leckte sich die Lippen und setzte zwei-, dreimal an, bevor er sprechen konnte.

»Das war Foy aus dem Anglerladen«, sagte er zu B. F. »Jemand ist in den Laden gekommen und hat ihm erzählt, daß man John William tot aufgefunden hat.« Er verschränkte die Arme vor der Brust, so, als wollte er die schlechte Nachricht abwehren, die er eben vernommen hatte. »Er sagte, es war Selbstmord.«

Ariel schaute ihren Großvater an und sah denselben Schmerz in seinem Gesichtsausdruck. Vorsichtig fragte sie: »Wer ist John William?«

6

»Gott hab Erbarmen. Ich kann es nicht glauben, daß es schon wieder passiert ist.«

Ariel fand B. F. zusammengesunken in seinem Lehnsessel, er starrte auf seine Socken und murmelte leise vor sich hin. Das Kinn auf der Brust, die langen, kräftigen Beine wie zwei Baumstümpfe auf einer Fußbank ausgestreckt, schwenkte er ein Glas Brandy, das noch ziemlich unberührt aussah. Vielleicht hatte er es einfach vergessen.

Nachdem Sarge seine offensichtlich schreckliche Neuigkeit verkündet hatte, hatten die beiden Männer sich lange wortlos angestarrt. Schließlich hatte B. F. Ariels Hand abwesend getätschelt und sich mit Sarge in die Küche zurückgezogen, wo die beiden kurz miteinander geredet hatten. Ariel hatte gehört, wie die Verandatür geschlossen wurde, dann war B. F. allein zurückgekommen und hatte betrübt den Kopf geschüttelt. Da er offenbar nicht in der Stimmung war, mit jemandem zu reden, hatte Ariel sich darangemacht, den Tisch abzuräumen. Sie wußte immer noch nicht, wer John William war.

»B. F.«, begann sie, hielt jedoch inne, als sie Schritte in der Diele hörte. Als sie sich umdrehte, sah sie Hattie in der Wohnzimmertür stehen, sie trocknete sich gerade das Gesicht mit einem riesigen Taschentuch.

»Ich hab's schon gehört«, sagte Hattie.

»Mhm«, brummte B. F., ohne aufzublicken.

»Sie sagen, er hätte sich das Leben genommen.«

»Mhm.«

»Im Haus der Barrons in Charleston«, sagte Hattie, die B. F.s Grunzen offenbar als Aufforderung aufgefaßt hatte, ihm noch mehr zu erzählen. »In der Garage, in seinem Auto, heißt es.« So schrecklich, wie die Worte in jedem Fall geklungen hätten, hatte Ariel jedoch den Eindruck, als hätten sie in diesem Fall eine besondere Bedeutung. Sie wandte sich zu B. F. um, um zu sehen, wie er reagierte.

Er machte eine kaum merkliche Kopfbewegung und schloß lediglich die Augen. Nach einer Weile flüsterte er etwas, das klang wie: »Der Herr habe Erbarmen.«

Hattie zerknüllte das Taschentuch in ihrer Faust und betrachtete ihren Dienstherrn voller Besorgnis. Dann, nachdem sie Ariel einen kurzen Blick zugeworfen hatte, verschwand sie in der Küche. Da es nicht so aussah, als ob sie irgend etwas aus B. F. herausbekommen würde, überlegte Ariel, ob sie Hattie folgen sollte, verwarf die Idee jedoch sofort wieder. Sie setzte sich B. F. gegenüber in einen Sessel und konzentrierte sich auf ihre Stickerei, wartend.

Bis B. F. sich rührte, war eine prächtige Lilie auf dem Stoff erblüht.

»Kleinstadttratsch«, brummte er vor sich hin, offenbar, um sich von quälenderen Gedanken abzulenken. Zum erstenmal nippte er an seinem Brandy. »Bis Mitternacht werden sie die arme Seele bis zum Hals in irgendeinen Skandal verwickelt haben. Wer weiß, was sie noch für ein Gewäsch verbreiten. Es würde mich nicht wundern, wenn es am Ende heißt, er hätte mit Drogen gedealt.« Er sah Ariel an und lächelte erschöpft. »John William war Drogist«, erklärte er. »Ein Apotheker.«

Sein Blick fiel auf Ariels Stickerei. Er seufzte. »Jane hat auch immer solche Handarbeiten gemacht, hab ich dir das schon erzählt? Ich schwöre dir, ich wünschte, ihr hättet euch kennengelernt! Stell dir vor, ihr wärt jetzt beide hier und würdet eure kleinen Deckchen nähen!«

»Das ist kein ›Deckchen‹.« Als Ariel ihren Großvater immer mehr in Melancholie verfallen sah, wurde sie lebhaft. »B. F., erzähl mir doch, was John William dir bedeutet hat. Wer war er?«

Der Alte stellte sein Glas auf dem kleinen Tisch neben seinem Sessel ab. Mühsam beugte er sich vor, um seine Socken zu lockern, während er ausgiebig mit den Zehen wackelte.

»John William Barron war der Neffe von Sarge. Ich hab ihn schon immer gekannt. Seinen Vater kannte ich auch – den Bruder von Sarge. Erinnerst du dich noch an das Ölgemälde über dem Kaminsims in meinem Haus in L.A.? Das Bild, das dir so gut gefallen hat? Das ist von John Barron. John Early Barron hat es gemalt, und John Early Barron war der Vater von John William.«

»Moment mal. Wieso hat Sarge McManus einen Bruder namens Barron? Und noch was, als ich dich gefragt hab, wer der Mann auf dem Bild ist, hast du da nicht gesagt: ›Der wäre inzwischen entweder ein sehr alter Mann oder bereits tot.‹? Der Mann auf dem Bild ist jung, um die Zwanzig. Der Maler muß mindestens genauso alt gewesen sein, aber Sarge ist erst – tja, wie alt? Sechzig?«

B. F. hielt drei Finger hoch.

»Okay, dreiundsechzig.« Ariel schüttelte kurz den Kopf, um ihre Gehirnzellen auf Mathematik zu programmieren. »Dann muß sein Bruder ja ziemlich früh mit der Malerei angefangen haben. Oder er muß wesentlich älter als Sarge gewesen sein, oder …? Jetzt komm ich ganz durcheinander.«

B. F. kicherte in sich hinein. »Du gehst eben alles von der analytischen Seite an, was? Nein, du hast recht. John wäre jetzt achtzig, wenn er nach lebte, und er war eigentlich Sarges Stiefbruder. Allerdings war er für Sarge eher so etwas wie ein zweiter Vater; Sarge hat ihn verehrt und bewundert. Das lag irgendwie in der Familie, weißt du«, sagte er nachdenklich. »Ich meine, Kinder in großen Abständen in die Welt zu setzen. Bei John war es genauso.«

»B. F., könntest du mir die Geschichte vielleicht von Anfang an erzählen? Ich kapier das alles nicht so richtig.«

»Die Sache ist ganz einfach. John Barrons Vater ist gestorben, und seine Mutter hat Jackson McManus, Sarges Daddy, geheiratet. Der Mann war Witwer, okay?«

»So weit, so gut.«

»Sarge war damals noch ganz klein, ich schätze, so zwei, drei Jahre alt. John wird aber schon so gut wie erwachsen gewesen sein – mit dem Malen hatte er schon angefangen –, und es kann nicht mehr allzulange gedauert haben, bis er selbst geheiratet hat. Johns erste Frau war ihm nicht unbedingt ebenbürtig – in gesellschaftlicher Hinsicht, wenn du mir folgen kannst –, und ich habe das Mädel eigentlich kaum gekannt. Ihre Ehe hat gerade lange genug gehalten, um eine Tochter hervorzubringen, bevor die junge Mama mit einem Hausierer durchgebrannt ist. Und ich kann dir eins sagen: das war wirklich ein Skandal! Die Barrons waren eine altehrwürdige Familie hier in der Gegend, alter Landadel.« B. F. schüttelte den Kopf, während er sich erinnerte. »Ungefähr zu der Zeit, kurz bevor der Vogel das Nest verlassen hat, hab ich mich mit John Barron angefreundet. Das wird so um 1940 gewesen sein, auf keinen Fall viel später. John hat die Ohren steifgehalten, hat es allen gezeigt und seine Tochter allein großgezogen – so ungerührt, als wäre seine Frau bloß zu einem Treffen der Missionshelferinnen gegangen. Trotzdem war er nicht mehr derselbe.«

»Moment mal. Du hast mir nie erzählt, wie du Sarge kennengelernt hast oder daß er aus der Gegend stammt – oder daß du selbst von hier bist, um es genau zu sagen.«

»Bin ich nicht. Deine Großmutter stammte aus Charleston. Ihr Geburtshaus ist inzwischen der Abrißbirne zum Opfer gefallen, aber das Haus, in dem wir sitzen, gehörte ursprünglich auch ihrer Familie, es war ihr Sommerhaus. Sie hat es geerbt. Ich glaube, hier ist sie immer am glücklichsten gewesen.«

Ariels Blick wanderte zu einer Reihe gerahmter Fotografien hinüber, die sie am Nachmittag schon einmal betrachtet hatte. Mehrere zeigten zwei Mädchen in verschiedenen Altersstufen. Die eine war natürlich Jane und die andere B. F.s Tochter Suzanne, ihre und Janes Mutter. Ariels Interesse galt jedoch einem vergilbten Porträt einer hübschen jungen Frau mit sanft gelocktem braunem Haar und einem Sträußchen Gardenien an der Bluse.

»Wie hast du deine – wie hast du meine Großmutter kennengelernt?«

»Atlanta. Da bin ich Miss Margaret begegnet.« B. F. schien dankbar zu sein, über etwas Erfreulicheres sprechen zu können.

»Sie war dort zu Besuch bei ihren Kusinen. Der Vater dieser Kusinen war Bankier, und ich war auf der Suche nach einem Kredit. Er hat mich zu sich nach Hause zum Abendessen eingeladen. Er hatte zwei Töchter, damals wie heute unverheiratet – was keinen wundert. Sie sahen aus wie zwei Bulldoggen und hatten Stimmen wie Chihuahuas, und viel Verstand besaßen sie auch nicht. Jedenfalls hat er wohl angenommen, daß ich keine schlechte Partie wäre, auch wenn ich damals nicht besonders wohlhabend war. Oder es war ein verzweifelter Versuch, wenigstens eine von diesen beiden Schreckschrauben unter die Haube zu bringen. Aber

es hat nicht so funktioniert, wie er sich das vorgestellt hatte, denn ich lernte Margaret dort kennen.
Ihre Familie war reich – altes Geld –, und ihre Leute waren nicht besonders erfreut darüber, daß ich ihr den Hof machte. Im Gegensatz zu dem Bankier sahen sie in mir nicht gerade den heißen Tip –«
»Den was?«
»Den heißen Tip. Den Favoriten. Du interessierst dich wohl nicht für den Sport der Könige, was?«
»Erzähl weiter.«
B. F. nahm einen Schluck von seinem Brandy und zuckte die Achseln. »Das war's eigentlich schon. Es war eine der wenigen Situationen, in der die süße, scheue Margaret sich durchsetzte. Sie war wild entschlossen, mit mir zusammenzusein, und das war sie dann vierundzwanzig Jahre lang – schöne Jahre waren das.« Er verzog den Mund zu einem breiten Grinsen. »Genau wie der Bankier wußte Margaret, wie man sich den Richtigen aussucht.«
Ariel sah ihren Großvater gequält an. »Vielleicht sollten wir auf die Barrons zurückkommen.«
»Ja, das war es eigentlich, was ich dir erzählen wollte, nicht wahr?« sagte B. F. langsam und atmete schwer aus. »Die Geschichte von John und John William. Seit heute abend wissen wir, daß der Sohn kein glücklicheres Ende gefunden hat als der Vater.« Der Alte nippte an seinem Brandy und glättete sein weißes Haar, das wie Löwenzahnflaum von seinem Kopf abstand. »Wo war ich denn stehengeblieben?«
»Die Frau war mit einem Hausierer durchgebrannt, John malte und zog gleichzeitig seine Tochter groß, und es war ungefähr 1940.«
B. F. nickte, dachte einen Moment lang nach und setzte dann seine Geschichte fort.
»Irgendwann machte John Barron sich einen Namen, und

zwar nicht nur hier in der Gegend. Um ehrlich zu sein, ich hätte fast erwartet, daß du seinen Namen kennst. Seine Werke werden in ganz Amerika ausgestellt – ach was, in der ganzen Welt –, und da es nicht viele davon gibt, sind sie ziemlich schwer zu bekommen. Das Dumme ist nur, die ganze Anerkennung kam zu spät.

Daß er zu seinen Lebzeiten keinen Erfolg hatte, war kein finanzielles Problem für John. Er hatte ziemlich viel Geld von seiner Mutter geerbt und es gut angelegt. Aber es machte ihn trübsinnig, übellaunig. Ich erinnere mich, daß er immer wieder fürchterliche Kopfschmerzen bekam, und er entwickelte sich zu einem regelrechten Einsiedler. Ironischerweise ist ihm das posthum zugute gekommen – es hat seiner Person etwas ›Mystisches‹ verliehen, wenn du verstehst, was ich meine. Exzentrischer, melancholischer Künstler, der das Rampenlicht scheute, blablabla. Aber das war keine Masche. Nur die wenigsten von uns kannten ihn wirklich – oder glaubten, ihn zu kennen. Aber ich will nicht vorgreifen.

Nachdem er also jahrelang völlig zurückgezogen gelebt hatte, schien sich auf einmal alles zu ändern. Als er etwa Mitte Vierzig war, hat er noch einmal geheiratet. Eine Frau namens Grace.« B. F. seufzte. »Ach Gott!« sagte er, und ein müdes Lächeln huschte über sein Gesicht. »Amazing Grace!«

Er leerte sein Glas und betrachtete die Lampe neben seinem Sessel, die in diesem Augenblick ebenso wie alle anderen Lampen im Haus zuerst schwächer wurde, für eine kurze Sekunde ganz ausging und gleich wieder hell aufleuchtete.

»Ich hole am besten ein paar Kerzen, wenn das mit dem Gewitter so weitergeht«, sagte er. Kaum hatte er das ausgesprochen, kam Hattie ins Zimmer, eine Kerosinlampe und Streichhölzer in der Hand. Sie stellte beides in B. F.s Reichweite ab und verschwand wieder in die Küche. Als hätte es keine Unterbrechung gegeben, fuhr B. F. mit seinem Bericht fort.

»Grace war nicht aus dieser Gegend. John hat sie, wenn ich mich recht erinnere, oben im Norden kennengelernt, und sie war wirklich eine Wucht. Vielleicht ein bißchen ungehobelt am Anfang, aber mein Gott! Schwarzes Haar, leuchtend blaue Augen ... Du kennst ja diese Sorte schöner Frauen. Man konnte es John nicht verdenken, daß er dumm genug war, eine Frau zu heiraten, die so jung war, daß sie seine Tochter hätte sein können. Sie war tatsächlich kaum älter als Halley, aber –«

»Wer ist Halley?«

»Johns Tochter. Von der hab ich dir doch schon erzählt.«

»Aber du hast nicht ... Egal, erzähl weiter.«

»Na ja, manche Leute haben das zwar anders gesehen, aber ich fand es ganz in Ordnung, daß John Grace geheiratet hat. Was später passiert ist, war schließlich nicht ihre Schuld. Das Mädel war wie der Sonnenschein! Hat ihr Bestes versucht, um John aufzumuntern, und am Anfang sah es so aus, als würde sie es schaffen. Ich hab sie in dem Jahr einoder zweimal zusammen gesehen, und ich hätte schwören können, daß er glücklich war.«

B. F. starrte schweigend durch Ariel hindurch.

»Und was ist dann passiert?« fragte sie schließlich.

»Dasselbe wie heute nacht. Ein anderes Auto, dasselbe Ergebnis. In einer kalten Herbstnacht hat John Barron sein Garagentor verriegelt, ist in seinen brandneuen sechsundfünfziger Buick Roadmaster gestiegen und hat den Motor angestellt.«

»Mein Gott.« Ariel mußte die Information erst einmal verdauen, bevor sie ihre Gedanken laut aussprach: »Ich hatte mich schon gefragt, warum ihr euch alle so sicher wart, daß das, was heute nacht geschehen ist, kein Unfall gewesen sein kann.«

B. F. bewegte seine Lippen, als wolle er noch etwas sagen. Als er schwieg, legte Ariel ihre Handarbeit, die sie längst vergessen hatte, beiseite, trat hinter seinen Sessel und begann, seine Schultern zu massieren. Sie dachte über das nach, was er ihr erzählt hatte, und war gerade dabei, seinen Nacken zu bearbeiten, als das Licht endgültig ausging.

Sie hörte B. F. im Dunkeln mit den Streichhölzern rascheln. Einen Augenblick später leuchtete die Kerosinlampe auf, während gleichzeitig draußen vor den Wohnzimmerfenstern ein greller Blitz die Nacht erhellte. Als der darauffolgende Donner verklungen war, sagte Ariel: »Moment mal! Hast du nicht etwas Wichtiges ausgelassen? Was ist mit John William? Wann kam der auf die Welt?«

B. F. stellte die Lampe auf den Tisch, lehnte sich in seinem Sessel zurück und gab ihr mit einem ungeduldigen Schulterzucken zu verstehen, sie solle mit ihrer Massage fortfahren.

»Er wurde etwa sieben oder acht Monate nach dem Tod seines Vaters geboren«, sagte er. »Soviel ich weiß, hat John noch nicht mal gewußt, daß er unterwegs war.«

Er warf Ariel über seine Schulter einen kurzen Blick zu und fügte trocken hinzu: »Spar dir den Gedanken. John William Barron sieht seinem Vater nicht nur ähnlich, er ist ihm wie aus dem Gesicht geschnitten. Das war vom Tag seiner Geburt an keine Frage. Leider hat er offenbar mehr von seinem Vater geerbt als sein Äußeres.«

7

Henry? Hier ist Ariel.«
»Ich weiß, wer dran ist. Was gibt's für ein Problem?«
»Woher weißt du, daß es ein Problem gibt?«
»Erzähl's mir doch einfach.«
Die Telefonleitung, die in der vergangenen Nacht gleichzeitig mit dem Strom ausgefallen war, funktionierte endlich wieder, und Ariel hatte sofort in Los Angeles angerufen. Obwohl heute Samstag war, hatte sie Henry an seinem Schreibtisch erwischt, das war allerdings nicht ungewöhnlich. Es hörte sich so an, als hätte er den Mund voll, ebenfalls nichts Ungewöhnliches.
»Was ißt du denn gerade?«
»Tofu. Hör auf, mir dumme Fragen zu stellen, und komm zur Sache.«
»Ich werde am Dienstag noch nicht zurück sein. Sieht so aus, als ob ich an dem Tag zu einer Beerdigung gehen muß.«
»Um Gottes willen! Es ist doch nicht B. F. –«
»Nein, nein!«
»Wer denn?«
»Ein Mann namens John William Barron. Jemand, den ich nicht kenne.«
»Ich bin mir nicht sicher, ob ich die Antwort wirklich wissen will, aber warum gehst du zur Beerdigung von jemandem, dem du noch nie begegnet bist? Ist das in den Südstaaten so üblich?«
Ariel starrte kurz den Telefonhörer an. Anfangs hatte sie es

strikt abgelehnt, zu dem Begräbnis zu gehen. Als B. F. sie gebeten hatte, zu bleiben und ihn zum Friedhof zu begleiten, hatte sie gesagt: »Kommt überhaupt nicht in Frage.« Sie hatte ihm erklärt, sie habe keine passende Kleidung mitgebracht. »Dann kauf dir was«, hatte B. F. geantwortet. Sie habe den Mann doch gar nicht gekannt, hatte sie beharrt, und die Familie würde es sicherlich merkwürdig finden, wenn eine Fremde bei der Beerdigung auftauchte. »Er hatte nicht viele Angehörige«, hatte B. F. erwidert. »Und ich habe auch nicht viele. Du bist so ziemlich das einzige, was mir an Familie geblieben ist.« Und damit war die Sache abgemacht.

»Es wird eine Autopsie durchgeführt«, erklärte sie Henry. »Wir wissen also nicht genau, wann die Beerdigung stattfindet, aber ich schätze, es wird am Dienstag sein. Und, hör zu, tu mir einen Gefallen: Besorg mir ein paar Informationen über einen Künstler, einen Maler namens John Early Barron, ja? Er hat sich 1956 in Charleston das Leben genommen.«

Ariel konnte buchstäblich hören, wie Henry seine grauen Zellen in Bewegung setzte.

»Du hast doch eben gesagt, der Verblichene hieß ebenfalls Barron, stimmt's? Wo ist der Zusammenhang? Wie ist der Typ ums Leben gekommen? Wieso machen sie eine Obduktion? Und wer ist John Early Barron?«

Ariel mußte grinsen. Sie wußte genau, was Henry in diesem Augenblick für ein Gesicht machte. Wie sie ihn kannte, nahm er gerade einen Bleistift zur Hand. Selbst die Krümel in seinem Bart konnte sie sich vorstellen – wahrscheinlich von einer Zimtschnecke oder einem Donut. »Bleib auf dem Teppich, Henry. Ich glaube kaum, daß das Material für DIE OFFENE AKTE abgibt. Ich bin einfach nur neugierig.«

»Das ist ja was ganz Neues.«

»›Das Leben eines Menschen ist schon dann sinnvoll, wenn es nur dazu dient, seine Neugier zu befriedigen‹«, zitierte Ariel, immer noch grinsend.
»Wo hast du denn diese Weisheit aufgeschnappt?«
»Ich glaube, es ist ein jiddisches Sprichwort.«
»Oj! Ein jiddisches Sprichwort mit einem Südstaatenakzent! Apropos, wie lebt es sich denn so mit Daddy Warbucks da unten in Dixieland – abgesehen von dem Mangel an Ablenkung, unter dem du offenbar leidest? Denn das wird doch wohl der Grund dafür sein, daß du an der Beerdigung von Fremden teilnimmst.«
»Am Anfang war's ein bißchen frustrierend, aber trotz des Todesfalls, über den du dich so lustig machst, bin ich froh, daß ich hergekommen bin. Soweit ich mich erinnere, ist es das erste Mal kein Problem, wenn ich mich an etwas nicht erinnern kann. Ich bin noch nie hier gewesen und habe keinen von den Leuten hier gekannt, bevor mir mein Gedächtnis abhanden gekommen ist, deswegen habe ich nicht die Probleme wie in L.A. Das ist eine ziemliche Erleichterung, um der Wahrheit die Ehre zu geben.«
»Wo du es gerade erwähnst – ich nehme an, es ist zwecklos, dich zu fragen, ob du dich an eine Geschichte erinnerst, an der wir vor etwa neun Monaten gearbeitet haben. Es ging um eine Vermißtenmeldung, die damals ziemlich viel Staub aufgewirbelt hat. Dieser Computer-Tycoon.«
»Tut mir leid.« Ariel lächelte Hattie zu, die mit einem uralten Staubsauger an ihr vorbeitrottete, woraufhin Hattie das Gesicht zu einer möglicherweise als Lächeln gemeinten Grimasse verzog. »Aber«, sagte Ariel, »ich habe in den letzten Monaten jeden ungelösten Fall studiert, über den wir je gesendet haben. Und ich kann nicht sagen, daß ich mich an etwas Derartiges erinnere.«
»Wir haben nichts darüber gesendet.«

»Ach so. War das eins von meinen Themen?«
»Nein. Richard Cummings hat daran gearbeitet. Er ist ausgestiegen, bevor du angefangen hast – oder bevor du sozusagen wieder angefangen hast. Vor der Amnesie.«
»Wieso fragst du danach?«
»Nur so. Hör zu, ich muß mich auf die Socken machen. Bist du also Mittwoch wieder da oder wann?«
»Ich ruf dich wieder an«, sagte Ariel.
Henry brummte etwas Unverständliches und legte auf.
»Ja«, sagte Ariel in die tote Leitung. »Hat mich auch gefreut, mit dir zu reden.«
Als sie den Hörer auflegte, erhob sich im Wohnzimmer und fast gleichzeitig im Eßzimmer ein ohrenbetäubender Lärm.
»Schalt den gottverdammten Staubsauger aus!« brüllte B. F.
Die schweren, zweieinhalb Meter hohen Schiebetüren, die die beiden Räume voneinander trennten – massive Kiefer, laut Auskunft von B. F. –, wurden geschlossen, so daß nur noch ein gedämpftes Brummen zu hören war.
»Hast du schon mal in Erwägung gezogen, eine Klimaanlage in dieses Haus einbauen zu lassen?« fragte Ariel. Sie war zu ihrem Großvater ins Wohnzimmer gegangen und schenkte sich ein Glas Eistee aus einer Karaffe ein, die neben ihm stand.
»Nein.«
»Ach so.« Sie nahm den letzten Eiswürfel aus einem uralten Blecheimer und kühlte sich die Stirn damit, bevor sie ihn in ihr Glas fallen ließ.
»Man hätte meinen sollen, daß es nach dem Regen ein bißchen abkühlen würde, oder?« Als sie die Zeitung auf seinem Schoß sah, fragte sie: »Steht irgendwas über John William drin?«
»Nur ein paar Zeilen auf der zweiten Seite. Kein Nachruf.

Wahrscheinlich war es zu spät, um noch eine Anzeige aufzugeben.«
Ariel nahm den Nachrichtenteil entgegen, den er ihr reichte. Dem knappen Artikel entnahm sie, daß die Leiche des Apothekers John William Barron, 36, geboren in Charleston und dort seitdem ansässig, in der vergangenen Nacht in dessen Wohnhaus gefunden worden war und daß Ermittlungen zur Feststellung der Todesursache eingeleitet worden waren. Im folgenden wurde näher darauf eingegangen, daß der Verstorbene der Sohn eines »international anerkannten Malers aus Charleston« gewesen war.
John Early Barron hatte diesem Artikel zufolge zu seinen Lebzeiten wenig Anerkennung gefunden, da es sehr schwierig gewesen war, sich in »einer Ära der abstrakten Malerei als Landschaftsmaler und Porträtkünstler durchzusetzen«. Anscheinend war er vor allem durch seine »bewegenden Porträts« posthum zu Ruhm gelangt. Am liebsten hatte er Indianer aus dem Südosten gemalt, vor allem Cherokees und Seminolen. »Doch erst mit seinen Porträts der Gullah von den Sea Islands«, las Ariel laut vor, »fand Barron seinen ureigenen Stil.«
»Wer sind denn die Gullah?«
»Die Farbigen hier in der Gegend. Ihre Sprache. Sie sprechen Kreolisch, das klingt so süß wie Zuckersirup. Ist mit dem Geechee verwandt.«
»Und was ist ... Schon gut.« Ariel wandte sich wieder der Zeitung zu. Sie erfuhr, daß Barrons Arbeiten unter zeitgenössischen Sammlern sehr gefragt waren und daß zu den »staatlichen Sammlungen, die seine Bilder ausstellten«, unter anderen »das Charleston Museum, das Cleveland Museum of Art, das Art Institute in Chicago und die Vose Gallery in Boston« gehörten.
Der Artikel endete mit der Feststellung, »der prägnante Stil

des Künstlers« sei »Ausdruck seines schwierigen Lebens gewesen, dessen tragisches Ende Gerüchte und Spekulationen« ausgelöst hatte. John Early Barron hatte sich 1956 in seinem Haus in Charleston das Leben genommen. Er war damals vierundvierzig Jahre alt gewesen.

»Wow! Dein alter Freund ist ja 'ne richtige Berühmtheit, was?«

Als B. F. ihren Kommentar lediglich mit hochgezogenen Augenbrauen quittierte, fragte Ariel: »Was meinen die mit ›Gerüchte und Spekulationen‹?«

»Wenn jemand sich umbringt, versammeln sich die Geier.«

»Sie erwähnen aber mit keinem Wort, daß John William sich auch umgebracht hat, nicht wahr? Ich frage mich, ob er einen Abschiedsbrief hinterlassen hat. Hey!« Ihr war gerade aufgefallen, was ebenfalls nicht in der Zeitung stand. »Du hast mir deine Geschichte gestern abend nicht zu Ende erzählt. Hatte John William Familie? War er verheiratet?«

»Er war mal verheiratet. Die Ehe hat ungefähr so lange gehalten wie die seines Vaters, nur daß die beiden keine Kinder hatten. Früher sind die Barrons eine stolze, fruchtbare Familie gewesen, aber es sieht wohl so aus, als würden sie langsam aussterben.«

In diesem Augenblick füllte sich der Raum plötzlich mit Staubsaugerlärm, als Sarge, das Gesicht verzogen, die Türen öffnete, eintrat und sie gleich darauf hinter sich zuschob.

»Die Obduktion wird heute noch durchgeführt«, sagte er. »Am Dienstag ist die Beerdigung.«

B. F. nickte. »Haben sie einen Abschiedsbrief gefunden?«

»Nein.«

»Komisch. Ich hab John William in den letzten Jahren nicht oft gesehen, aber ich hätte nicht gedacht, daß er sich so verändert hätte.«

Sarge lachte traurig. »Er hat schon immer was übrig gehabt für dramatische Effekte.«

»Wenn man sich's überlegt, ist es eigentlich immer verwunderlich, wenn einer, der sich das Leben nimmt, keinen Brief hinterläßt, um sich selbst zu loben oder zu rechtfertigen. Hast du die Adressen von Grace und Halley rausgefunden?«

»Ja, John William hatte ihre Telefonnummern in seinem Adreßbuch notiert. Sie wohnen beide in Savannah.« Sarge hatte sich ein Glas Tee eingegossen, stellte jedoch, als er im Eiseimer nur noch Wasser vorfand, das Glas wieder weg und vergrub die Hände in den Hosentaschen. »Es ist immer beschissen, wenn man die Angehörigen unterrichten muß, da kann man noch so lange Polizist gewesen sein. Und ich Idiot biete mich auch noch freiwillig an.«

Das dumpfe Dröhnen des Staubsaugers verstummte. Während sich eine fast unheimliche Stille ausbreitete, trat Sarge an eins der Fenster, die zur vorderen Veranda hin lagen. Der Himmel war verhangen, und in dem fahlen Licht, das durch die alten, stumpfen Scheiben fiel, wirkte sein Gesicht grau und eingefallen.

»Ich bin mir nicht mal sicher, ob Grace verstanden hat, was ich ihr gesagt hab«, sagte er. »Sie wurde ganz weinerlich, aber nicht so, wie man es erwarten würde, versteht ihr? Immerhin hatte sie gerade erfahren, daß ihr einziger Sohn tot ist. Ich hab die Frau seit dreißig Jahren nicht gesehen, ich kann's also nicht beurteilen, aber ich hätte schwören können, daß sie stockbesoffen war.«

»Was ist mit Halley?« fragte B. F. »Wie hat sie's aufgenommen?«

Sarge runzelte die Stirn. »Ganz komisch. So, wie sie reagiert hat, hätte man meinen können, ich hätte sie nur angerufen, um ihr zu sagen, daß ihr Reader's-Digest-Abo ausgelaufen ist.«

»Hast du nicht mal erzählt, sie und ihr Bruder hätten sich sehr nahegestanden?«

»Er war jedenfalls der Meinung. Vielleicht war das ja einseitig. Ich hab Halley auch nicht öfter gesehen als Grace. Ich weiß noch nicht mal, ob ich sie auf der Straße erkennen würde.«

»Die Leute reagieren sehr unterschiedlich auf traurige Nachrichten«, bemerkte B. F., »und Halley hat Barron-Blut in den Adern. Wenn sie ihrem Vater auch nur ein bißchen ähnlich ist – John war immer stolz wie ein Sultan –, dann könnte sie die schlimmsten Seelenqualen leiden und sich trotzdem so aufführen, als wäre sie auf einer Gartenparty.«

Von der oberen Etage her war ein leises Läuten zu hören. Bevor Ariel sich das Geräusch erklären konnte, brummte B. F.: »Ein Fax.« Er erhob sich schwerfällig aus seinem Sessel und sagte, nachdem er sein Gleichgewicht gefunden hatte: »Ich werde wahrscheinlich 'ne Weile telefonieren. Ruft mich, wenn das Abendessen fertig ist.«

»Ich geh schnell neues Eis holen«, sagte Ariel und nahm den Eimer vom Tisch. Als sie zurückkehrte, schenkte sie Sarge ein Glas Tee ein und sagte: »Das mit deinem Neffen tut mir sehr leid.«

»Ja. Danke.«

»Ihr beide habt euch wohl sehr nahegestanden?«

Sarge hielt sich sein Glas an die Wange, um sich in der drückenden Schwüle Kühlung zu verschaffen.

»Könnte man so sagen. Wir haben uns nicht besonders oft gesehen, und wir hatten ungefähr soviel gemeinsam wie ...« Als ihm keine bessere Analogie einfiel, zuckte er die Achseln und sagte: »Wir waren so unterschiedlich wie Tag und Nacht, aber ich hab trotzdem immer versucht, ›für ihn dazusein‹, wie man so schön sagt.«

»B. F. sagt, er hatte keine Familie.«

»Stimmt.«
»Kannst du dir vorstellen – kann sich irgend jemand vorstellen, warum er das getan hat?«
Sekundenlang starrte Sarge vor sich hin, während seine Kiefermuskeln krampfhaft arbeiteten. Ariel hatte das Gefühl, daß er Mühe hatte, sich zu beherrschen. Sie erwartete, daß er ihr gleich sagen würde, sie solle sich um ihre eigenen Angelegenheiten kümmern. Schließlich bemerkte er nur: »Es wäre einfacher, wenn er einen Abschiedsbrief hinterlassen hätte.«
»Wenn ein Mensch in Verzweiflung versinkt, schreibt er keine Briefe, sondern bringt sich einfach um«, dachte Ariel. Laut sagte sie: »Komisch, daß er keinen geschrieben hat, nicht wahr?«
»Ja.«
Seine letzte Antwort hatte er mit Nachdruck vorgebracht, so daß Ariel es vorzog, das Thema zu wechseln. »Ich wußte gar nicht, daß du hier in der Gegend aufgewachsen bist. Wie bist du denn in L.A. gelandet?«
»Eine größere Entfernung konnte ich in diesem Land nicht zwischen mich und diesen Ort bringen.«
»B. F. sagt, er hätte dich schon immer gekannt, aber er hat mir nicht erzählt, wie es dazu gekommen ist, daß du für ihn arbeitest.«
»Ganz einfach. Hat er dir von meinem Bruder erzählt?«
Ariel nickte.
»Als John tot war – vor allem nach dem, wie er gestorben war –, hab ich es hier nicht mehr aus gehalten. Ich hab gemacht, daß ich möglichst weit wegkam. Bin in L.A. auf die Polizeischule gegangen, hab geheiratet, hab mich wieder scheiden lassen, bin in einem Supermarkt von einem Punker angeschossen worden – ich war nicht mal im Dienst, wollte mir nur 'ne Schachtel Zigaretten kaufen, als er den Laden

überfallen hat –, bin für berufsunfähig erklärt worden und frühzeitig in Rente gegangen. Ende der Geschichte.«

»Wieso hab ich das Gefühl, daß du ein paar Kapitel ausgelassen hast? Ich hab gehört, du hast mehrere Auszeichnungen bekommen, bevor du in den Ruhestand getreten bist.«

»Ich war 'n ganz normaler Durchschnittsbulle«, sagte Sarge.

»Aber von der Polizei in L.A. zum Punjab und Prudhomme in Personalunion in B. F.s persönlichem Dienst – eine merkwürdige Mischung, wenn ich das sagen darf –, ist das nicht ein ziemlich großer Schritt?«

Als hätte die Frage ihn an seine Pflichten erinnert, erwiderte er: »Ich muß noch eine Flunder füllen.«

Sarge, der so gar nicht aussah wie ein Koch, begab sich in die Küche. Er forderte Ariel nicht auf mitzukommen, andererseits bat er sie auch nicht zu bleiben, wo sie war.

Voller Bewunderung sah sie ihm zu, wie er mit der schlafwandlerischen Sicherheit eines Chefkochs Zwiebeln, Sellerie und Paprikaschoten hackte, den Fisch mit chirurgischer Präzision zerlegte und den Schinken in Würfel schnitt, die kaum größer als Atome waren. Er war gerade dabei, mit einem Schneebesen Eier schaumig zu schlagen, sein granitharter Bizeps wölbte sich dabei unter dem T-Shirt, als er endlich auf Ariels letzte Frage antwortete.

»Ich hab nicht gleich bei B. F. angefangen, nachdem ich aus dem Polizeidienst ausgeschieden war. Ich hatte etwas Geld von meinem Vater geerbt – längst nicht so viel, wie John William von seiner Mutter geerbt hat, aber es reichte, um im Westen von L.A. ein kleines Restaurant zu eröffnen. Ich habe schon immer gern gekocht, und ich dachte mir, gutes Essen zu einem guten Preis würde sich immer gut verkaufen lassen.«

Er tat ein Stück Butter in eine große, gußeiserne Pfanne.

»Hör auf meinen Rat«, sagte er. »Versuch nie, ein Restaurant zu eröffnen.«

»Es hätte funktionieren müssen.«

»Hat's aber nicht. B. F. mußte schließlich meine Schulden bezahlen. Dann wurde er krank und –«

»Was soll das heißen, ›er wurde krank‹? Wie krank?«

Sarge rührte das Gemüse um, das er in die Pfanne gegeben hatte, und sah sie mit zusammengekniffenen Augen über die Schulter hinweg an. »Bypass. Hat er dir das nicht erzählt?«

»Hat er nicht.«

»Ich achte nicht auf seine Diät, weil ich ihm den Spaß nicht verderben will.«

Ariel stand abrupt auf, verschränkte die Arme vor der Brust und trat ans Fenster, um die unangenehme Information zu verdauen. Nachdem sie minutenlang in den Garten hinausgestarrt hatte, fragte sie: »Geht es ihm denn jetzt wieder gut?«

»Besser, als er es verdient hätte.« Sarge schob die Pfanne auf eine ausgeschaltete Herdplatte. »Wir haben alle unsere Laster«, sagte er, zog eine filterlose Zigarette aus seiner Brusttasche und ging an ihr vorbei in den Garten. Er zündete ein Streichholz an, inhalierte mit sichtlichem Genuß und trat die Zigarette nach drei, vier tiefen Zügen mit dem Fuß aus. Es hatte etwas Rührendes, wie er die Kippe vorsichtig aufhob und sie in den Mülleimer beförderte.

»Drei Stück am Tag, mehr nicht«, sagte er und machte sich wieder an die Arbeit.

»B. F. hat etwas für mich getan, als John starb«, sagte Sarge, »etwas, das ich ihm nie vergessen werde. Es war nicht das erste Mal, daß er mir einen Freundschaftsdienst erwiesen hat, und als er meine Schulden bezahlt hat, war es nicht das letzte Mal. Das Geld hab ich ihm schon lange zurückgezahlt,

aber ich werde immer in seiner Nähe bleiben, solange er lebt.«
»Du mißtraust mir doch nicht immer noch, oder?« fragte Ariel, durch seine Offenheit ermutigt.
»Nein. Ich hab mich über dich erkundigt.«
»Du –« Sie biß sich auf die Lippe.
»Es war Hatties Idee, aber ich hätt's sowieso getan. Ich hab mich an deine Fersen geheftet, als wäre ich wieder in Uniform, als hätte ich es darauf abgesehen, die Geschichte von irgendeinem Verdächtigen auseinanderzunehmen. Ich hab alles überprüft: die Gemeinde, wo du und Jane zur Welt gekommen seid, deine Akte bei der Jugendbehörde, deine Adoption, deine Heirat, den Tod von deinem jungen Ehemann, den der Typ umgelegt hat, der dich auch beinahe erwischt hätte, als du versucht hast, ihn dingfest zu machen. Es stimmte alles mit dem überein, was du erzählt hast. Du würdest nicht in B. F. Coulters Küche herumsitzen, wenn es anders gewesen wäre, verlaß dich drauf.«
Ariel nahm ihm seine Hexenjagd nicht übel; im Gegenteil, sie war froh darüber. »Hast du irgendwas rausgefunden, was ich nicht weiß?«
»Nicht daß ich wüßte.« Sarge verzog die Mundwinkel zu einem schiefen Grinsen, als er ihr enttäuschtes Gesicht sah.
»Ich würde dich aber gern was fragen.«
»Was denn?«
»Prudhomme ist mir ja ein Begriff, aber wer ist Punjab?«
Ariel brauchte einen Augenblick, um sich zu erinnern, worauf er anspielte. »Ach so«, sagte sie und mußte lachen.
»Hast du nie die ›Little Orphan Annie‹-Comics gelesen? Das ist dieser hünenhafte Typ ... der furchtlose Leibwächter von Daddy Warbucks.«
»Geh deinen Großvater holen«, sagte Sarge. »Das Abendessen ist fertig.«

8

Der Totengottesdienst für John William Barron wurde in der St. Michael's Episcopal Church in Charleston gehalten, wo (wie B. F. Ariel während der Taxifahrt durch die Stadt erklärt hatte) solche Berühmtheiten wie George Washington oder Robert E. Lee gebetet hatten, als sie in der Stadt zu Besuch gewesen waren.

Diesmal waren nicht so renommierte Persönlichkeiten in dem Gotteshaus anwesend, und die Kirche war spärlich besetzt. In den historischen Kirchenbänken verteilt, saßen nur wenige Trauergäste – Nachbarn, Geschäftsleute und Kunden von John William, wie B. F. vermutete.

Von den Leuten der Dinnerparty, zu der sie und B. F. am Abend zuvor eingeladen gewesen waren, konnte Ariel niemanden entdecken. Wenige der Gäste hatten John William gekannt, und das auch nur flüchtig. Ariel, die reinste Reinkarnation von Jane, hatte wesentlich mehr im Zentrum des allgemeinen Interesses gestanden als der arme John William. Sie war fast in der Lage gewesen, die Gedanken der Leute in Form von Sprechblasen über ihren Köpfen zu sehen:

... Sie ist ja längst nicht so schlank wie Jane ... Und auch nicht so charmant, wie ihre Schwester war. Muß wohl daran liegen, daß sie im Norden oder sonstwo aufgewachsen ist ... Komisch, wieso läßt sie sich nicht den Spalt zwischen ihren Schneidezähnen richten? ... Was hat sie nur mit ihrer Nase gemacht? Sieht ja gerade so aus, als hätte sie sie von Vivien Leigh gestohlen!

Ariel konnte es den Leuten nicht verdenken, daß sie ihre Vergleiche zogen; sie tat es ja selbst. Sie rieb sich ihre sonnenverbrannte, allzu perfekte, von einem Schönheitschirurgen gerichtete Nase und fragte sich, wie es wohl gewesen wäre, wenn sie und Jane gemeinsam aufgewachsen wären. Wäre sie eifersüchtig auf ihre Schwester gewesen, hätte sie versucht, mit Janes natürlicher Perfektion zu wetteifern? Aber wenn sie in einer Familie aufgewachsen wäre, in der sie so viel Liebe und Unterstützung erfahren hätte wie Jane, hätte sie dann überhaupt Grund gehabt, eifersüchtig zu sein? Was wäre sie wohl heute für ein Mensch? Was wäre, wenn? Was wäre, wenn? Wie Hattie treffend bemerkt hatte: »Wenn Frösche Flügel hätten, würden sie nicht immer so unsanft auf ihrem Hintern landen.«
Hattie hatte gesagt, sie hätte schon an zu vielen Begräbnissen teilgenommen, und hatte es abgelehnt mitzukommen. Ariel fiel auf, daß keine Farbigen in der Kirche waren, und sie fragte sich, ob das vielleicht auf den wahren Grund für Hatties Fernbleiben hindeutete.
Sie sah sich um in der vagen Hoffnung, den Mann vom Strand unter den Trauergästen zu finden, sah ihn jedoch nirgendwo. Der tragische Selbstmord und die daraus entstandenen familiären und gesellschaftlichen Verpflichtungen hatten sie die Begegnung völlig vergessen lassen, doch nun nahm sie sich vor, B. F. später zu fragen, ob er wußte, wer der Mann gewesen sein könnte.
Außer Sarge war nur ein weiteres Mitglied der Familie anwesend, eine Frau, bei der es sich, nach den geflüsterten Kommentaren zu urteilen, um Halley, die Schwester des Toten, handeln mußte. Sie war kurz vor dem Gottesdienst gekommen und hatte allein in der ersten Reihe Platz genommen. Sie trug ein schwarzes Kostüm und einen Hut mit einem fast undurchsichtigen schwarzem Schleier. Sie hielt

ihren Kopf gesenkt. Falls sie weinte, war ihr das nicht anzumerken, und sie schaute nicht ein einziges Mal zum Sarg ihres Bruders hinüber.

Der Sarg war geschlossen. Obwohl Ariel nicht den Wunsch verspürt hatte, den Leichnam zu sehen, fühlte sie sich durch die Tatsache, daß der Tote für sie kein Gesicht hatte, erst recht deplaziert. Sie fragte sich, ob die Art seines Todes die Leute davon abgehalten hatte, an der Beerdigung teilzunehmen, oder ob er einfach nicht viele Freunde gehabt hatte. Sie fragte sich, warum das Leben einem so jungen Mann unerträglich erschienen war – einem Mann, der zu Depressionen neigte, wie Sarge und B. F. angedeutet hatten. Was Ariel sich jedoch vor allem fragte: Wo war seine Mutter?

Sarge kannte immer noch einige Leute »aus der Stadt«, und hier in seinen alten Jagdgründen war es allgemein bekannt, daß er jahrelang in L.A. als Polizist gearbeitet hatte. Seit die Leiche entdeckt worden war, hatte er dafür gesorgt, daß er zumindest am Rande über den Stand der Ermittlungen informiert war.

Gleich am ersten Abend hatte er in Erfahrung gebracht, daß das Gerücht, von dem Hattie gehört hatte, der Wahrheit entsprach: Offenbar war sein Neffe an einer Kohlenmonoxidvergiftung gestorben. Man hatte John William tot auf dem Fahrersitz seines Wagen gefunden. Auf dem Boden der Garage lag Erbrochenes. Das Schlimmste jedoch war der Anblick seines Oberkörpers gewesen, der aus der offenen Fahrertür hing, einen Arm ausgestreckt, als hätte er vergeblich um Hilfe gebeten.

Es gab zwar noch keinen offiziellen Autopsiebericht, aber Sarge hatte gehört, daß Johns Blut hellrot gefärbt gewesen war. Diese hellrote Färbung deutete ebenso wie die Tatsache, daß er sich übergeben hatte, auf eine Kohlenmonoxidvergiftung hin.

Die automatische Schaltung des Wagens war auf Parken gestellt, der Motor hatte stillgestanden, und der Tank war leer gewesen. Da man nur noch geringe Mengen Kohlenmonoxid in der Garage feststellen konnte, wurde davon ausgegangen, daß der Motor bereits Stunden zuvor wegen Benzinmangels ausgegangen war. Es gab noch keine offizielle Stellungnahme, wann genau John William gestorben war, doch es hatte nicht viel Spürsinn dazu gehört, aus den Indizien zu schließen, daß er schon eine ganze Weile tot war, als man ihn fand. Nach dem, was er beim gemeinsamen Training im örtlichen Fitneßcenter von ein paar Polizisten in Erfahrung gebracht hatte, die an den Tatort gerufen worden waren, schätzte Sarge, daß der Tod etwa zwölf Stunden – oder länger – vor achtzehn Uhr dreißig Freitagabend eingetreten war; dem Zeitpunkt, als John Williams Angestellter, ein Apotheker namens Grover Washburn, die Leiche gefunden hatte. Der Mann hatte sich nichts dabei gedacht, als John William am Freitagmorgen nicht zur Arbeit erschienen war. Es kam häufig vor, daß er den Drugstore morgens öffnete, hatte er bei der Polizei ausgesagt. Allerdings hatte er zugegeben, daß er am Freitagmorgen leicht verärgert darüber gewesen war, denn er hatte bereits am Abend zuvor allein gearbeitet. Aber John William war schließlich der Chef. Wenn er sich einen Vormittag frei nehmen wollte, dann war es sein gutes Recht. Normalerweise jedoch gab er ihm vorher Bescheid, und diesmal hatte er ihm nur einen Zettel in die antike Registrierkasse gelegt.

Laut Auskunft von Sarges Informationsquellen hatte Washburn erklärt, daß die Registrierkasse häufig für solche Zwecke benutzt wurde. Da eine der ersten Handlungen am frühen Morgen darin bestand, die Kasse mit Bargeld aufzufüllen, bevor der Drugstore öffnete, bot es sich an, dort eine

Nachricht zu hinterlegen, wenn man sichergehen wollte, daß sie gleich gefunden wurde. Es fehlte kein Geld in der Kasse.

Als sein Arbeitgeber bis zum Nachmittag weder angerufen hatte noch im Drugstore erschienen war, hatte Washburn angefangen, sich Sorgen zu machen. Er rief bei Barron zu Hause an, erreichte jedoch niemanden. Dann kam ein wahrer Ansturm von Kunden. Den ganzen Nachmittag hatte Washburn alle Hände voll zu tun, und er ärgerte sich, daß Barron ihn mit der Arbeit allein ließ. Nach Feierabend fuhr er zu Barrons Haus, um nachzusehen, was los war, und, das gab er ganz offen zu, um seinem Ärger Luft zu machen. Als er ankam, fand er die Haustür unverschlossen, im Haus selbst war niemand. Er ging durch alle Zimmer und rief nach Barron. Schließlich betrat er die Garage.

Ariel wurde aus ihren Gedanken gerissen, als B. F. sie in die Seite stieß. Der Gottesdienst war zu Ende, und die Trauergäste erhoben sich von ihren Plätzen. Gemeinsam mit dem Pfarrer verließ die schwarzverschleierte Halley die Kirche gerade durch eine Seitentür. Sarge, der ganz allein in der zweiten Reihe gesessen hatte, kam auf Ariel und B. F. zu.

»Wo ist John Williams Mutter?« fragte Ariel, an B. F. gewandt. »Wo ist Grace?«

B. F. zuckte die Achseln, erkundigte sich bei Sarge und erhielt die gleiche Antwort.

»Gehen wir mit zum Friedhof?« wollte Ariel wissen.

»Hast du's nicht gehört?« B. F. zog seine weißen, buschigen Augenbrauen zusammen. »Normalerweise müßte ich derjenige sein, der schwerhörig ist. Der Pope hat gesagt, die Beerdigung ist privat. ›Freunde‹ sind bei diesem Washburn draußen in Mount Pleasant zum Kaffee eingeladen.« An Sarge gewandt, sagte er: »Was soll das eigentlich mit der privaten Beerdigung? So was hab ich ja noch nie gehört.«

»Kann sein wegen der Hitze. Oder es hat was mit Grace zu tun. Vielleicht fühlt sie sich nicht danach, all den Leuten zu begegnen, und will sich allein von ihrem Sohn verabschieden.« Sarge verzog verächtlich die Mundwinkel. »Natürlich zerreißen sich bereits alle das Maul darüber, warum er ›es getan hat‹.«

Als sie aus der Kirche traten, war Ariel dem Himmel dankbar, daß sie an diesem brütend heißen Tag nicht auch noch an einer Beerdigung teilnehmen mußte. Bis Sarge mit B. F.s Lincoln vorfuhr, »kochte« sie bereits – so hatte es eine Lady auf der gestrigen Party ausgedrückt –, und B. F. war naßgeschwitzt. Sarge hatte die Klimaanlage auf höchste Stufe geschaltet, und sie war erleichtert, als der alte Mann, dessen Gesicht rot glühte, in den kühlen Wagen stieg.

Auf dem Weg zu dem kleinen Vorort Mount Pleasant lernte Ariel wieder einmal etwas über sich selbst. Sie überquerten gerade die wohl höchste, schmalste und endloseste Brücke der Welt, als Ariel feststellte, daß zu dem, was sie über ihre eigene Person nicht wußte, auch Höhenangst gehörte. Sie drückte ihre Augen fest zu und kämpfte gegen den Schwindel an.

»Stimmt was nicht?« fragte B. F., der neben ihr saß.

»Alles in Ordnung. Ich hab nur die Sonne in den Augen.«

»Du hast 'ne Sonnenbrille auf der Nase, und dieser Wagen hat getönte Scheiben. Jane litt auch unter Höhenangst.«

Ariel spürte, daß der Boden unter den Reifen sich geändert hatte. »Kannst sie wieder aufmachen«, sagte B. F.

Der Leichenschmaus war alles andere als das, was Ariel sich darunter vorgestellt hatte. Grover Washburn schien mehr Interesse an einem der Gäste als am Trauern zu haben, und alle Geladenen schienen sich weit mehr für das Büfett zu interessieren als für den armen Verblichenen. Ariel wurde beinahe von einem beleibten Herrn über den

Haufen gerannt, der unbedingt das letzte gefüllte Ei ergattern wollte.
Immerhin bemühten sich einige der Trauergäste, sich ernst und feierlich zu geben, doch Ariel sah mehr als ein schlecht verhülltes Grinsen, und ihr entging nicht, wie manche sich im Flüsterton darüber empörten, daß die Mutter des Toten nicht zum Gottesdienst erschienen war.
Die schwarzverschleierte Frau, die sie in der Kirche gesehen hatte, war nicht unter den Gästen.
»Ich bin hierhergekommen, um mein Beileid zu bekunden, aber ich weiß überhaupt nicht, wem ich es bekunden soll«, brummte B. F., während er die Eiswürfel in seinem Glas schüttelte. »Laß uns gehen.«
Am frühen Abend schlenderten Ariel und ihr Großvater über die schmalen Pfade, die sich um sein Haus schlängelten. Es war ihr letzter Spaziergang, bevor Ariel zum Flughafen aufbrechen und in das wirkliche Leben zurückkehren würde.
Als sie eine kleine hölzerne Brücke überquerten, die über einen brackigen Priel führte, streiften ihre Köpfe das Laub an den ausladenden Ästen einer riesigen, mit Flechten behangenen Eiche; ein Vogel – ein Bussard, wie B. F. erklärte – krächzte in der einsetzenden Dämmerung, und irgend etwas huschte durch das dichte Unterholz neben der Brücke.
»Flußotter«, sagte B. F. »Wahrscheinlich eine Mama mit ihren Babys.«
Ariel sah nichts außer einem Zweig, der sich bewegte. Sie schaute zum Himmel hinauf, wo die Sterne bereits zu sehen waren. »Die Sterne werde ich vermissen«, sagte sie. »Wenn man in L. A. wohnt, weiß man gar nicht, daß es die gibt.«
»Du brauchst nicht zurückzufahren, das weißt du ja. Wenn du in Geldangelegenheiten nicht so stur wärst, bräuchtest du nie wieder zu arbeiten.«

»Fang nicht wieder damit an. Wenn du so wild darauf bist, den schnöden Mammon unter die Leute zu bringen, ruf bei UNICEF an oder sonstwo.«
»Na, dann laß mich dich wenigstens nach Hause fliegen.«
»Nein.« Ariel hakte sich bei ihm unter. »So, und jetzt laß uns ans Wasser spazieren. Ich möchte noch einen letzten Blick auf das Meer werfen.«
Der Strand, jetzt von der Flut überspült, war wesentlich schmaler als an Ariels erstem Abend auf der Insel.
»B. F.«, sagte sie, »ich bin hier einem Mann begegnet, der dich kannte. Er war ...« Als sie versuchte, sich das Gesicht vorzustellen, das sie vor fünf Tagen gesehen hatte, war ihre Erinnerung nur noch verschwommen. Einen Augenblick lang kam es ihr so vor, als hätte sie sich alles nur eingebildet. »Er war blond, mittelgroß. Er hat mir erzählt, er und Jane seien Freunde gewesen, als sie noch Kinder waren.«
»Jane hatte viele Freunde, Liebes. Ich weiß nicht ...«
Ariel versuchte angestrengt, sich an Einzelheiten zu erinnern. »Ich glaube, er hat gesagt, er war ein Einzelkind. Ach ja, und er ist auf die Citadel gegangen.«
»Das reicht nicht gerade für einen Steckbrief, Ariel Gold. Wieso, zum Teufel, hast du diesen Kerl nicht einfach nach seinem Namen gefragt?«
»Na, das hab ich, aber er ... Ist auch egal. Es ist nicht wichtig. Was ist das?« Ariel zeigte auf etwas Kleines, Dunkles nah am Wasser. Sie zog ihre Schuhe aus und stapfte durch den tiefen, losen Dünensand bis hinunter zum Strand, aber noch bevor sie nahe genug herangekommen war, wußte sie, daß das, was sie gesehen hatte, nichts weiter war als eine tote Möwe. Wie zu einem letzten Gebet hatte der tote Vogel einen Flügel ausgebreitet.
Vielleicht lag es an der Beerdigung, vielleicht war es der dahinscheidende Tag oder auch der bevorstehende Abschied

von ihrem Großvater. Was immer der Grund war, Ariel wurde melancholisch. Bevor sie wieder zu dem alten Mann zurückkehrte, warf sie noch einen letzten Blick auf das glitzernde Wasser. Fetzen eines Gedichtes kamen ihr in den Sinn.

»... zögernd nicht
und eilend nicht«,

hieß es da,

»Antwortete mir die See,
wisperte mir durch die Nacht
und, ganz deutlich vor Tagesanbruch,
lispelte mir das leise und süße Wort: Tod.«

Ariel befand sich dreißigtausend Fuß über dem Mississippi, als sie aus dem Halbschlaf aufschreckte. Sie schaltete die Lampe über ihrem Platz ein und bat die Stewardeß um eine Tasse Kaffee. Das Flugzeug war so leer, daß sie die ganze Reihe für sich allein hatte. Sie stellte ihre Reisetasche auf den Sitz neben sich und nahm die Zeitungen heraus, die sie sich am Flughafen gekauft hatte, die Charleston Post und den Charleston Courier.

Nach ihrem Abstecher auf Kiawah kamen ihr die Schlagzeilen deprimierender vor denn je. »Man kann dich doch nicht eine Minute aus den Augen lassen«, schalt sie die Welt und legte das Titelblatt beiseite, um sich etwas leichterer Kost zuzuwenden. Plötzlich fiel ihr Blick auf eine Überschrift im Feuilletonteil: »Tragisches Vermächtnis?« Der dazugehörige Artikel berichtete über das geheimnisvolle Leben des berühmten Künstlers John Early Barron, dessen außerordentliches Talent erst posthum Berühmtheit erlangt hatte, über seinen tragischen Tod und den des Sohnes, der nun das gleiche Ende gefunden hatte.

Das Foto, das den Artikel illustrierte, zeigte den Vater, doch Ariel brauchte keins von dem Sohn zu sehen. B. F. hatte recht gehabt, als er gesagt hatte, John William sei seinem Vater wie aus dem Gesicht geschnitten gewesen. Die hellen Augen, das blonde Haar, die breite Stirn, die asketischen Züge waren unverkennbar. Ariel hatte das Gesicht, das sie ihrem Großvater nicht hatte beschreiben können, mit einem Mal wieder deutlich vor Augen, und irgendwie wunderte es sie noch nicht einmal, daß der Mann am Strand John William gewesen war.

9

Du mußt Sam Heller sein«, sagte Ariel zu dem dunkelhaarigen Jungen in Henrys Büro.

Es war nicht schwer zu erraten. Der Junge hatte zwar hellere Augen, doch sie lagen genauso tief wie die von Henry. Außerdem war er ebenso lang und schlaksig wie sein Vater – seine Hemdsärmel waren ihm drei Zentimeter zu kurz –, und er hatte den unverkennbaren mürrischen Gesichtsausdruck. Er warf Ariel einen Blick zu, der zu sagen schien: »Was geht das dich an?«, dann starrte er wieder auf seine langen, schmalen Hände, mit denen er sich auf den Knien abstützte. Der Stuhl gab ein quietschendes Geräusch von sich, als er Ariel langsam wieder den Rücken zudrehte.

»Ist dein Dad irgendwo in der Nähe?« fragte Ariel.

»Jap. Irgendwo.«

Entweder war Sam dem Stimmbruch entwachsen, oder er gab sich große Mühe, einen Bariton durchzuhalten.

»Er hat dir nicht zufällig gesagt, wann er von ›irgendwo‹ zurückkommt?«

»Nö.«

»Was hast du da?« Ariel war gerade aufgefallen, daß Sam irgend etwas lose in der Hand hielt.

»'ne CD.« Der Junge verdrehte entnervt die Augen.

»Das habe ich mir fast gedacht.« Ariel reckte den Hals, um zu lesen, was auf der CD stand. JERRY LEE konnte sie erkennen, der Rest war von Sams Daumen verdeckt.

»Lewis?« fragte sie.

Er betrachtete die CD, als könne er sich nicht erinnern, welche er in der Hand hielt. »Jap.«
»Ich hätte gedacht, Jerry Lee Lewis wäre ein bißchen vor deiner Zeit gewesen. Jedenfalls war es vor meiner Zeit.«
Ein winziger Funken Interesse leuchtete in Sams Augen auf. »Jap, der Rock 'n' Roll, das ist klar, aber Sie müssen ihn doch gehört haben, als er mit Country Music angefangen hat. Das war in den sechziger Jahren.«
Ariel verkniff sich ein Grinsen. Sein Ton ließ vermuten, daß er von einer Zeit sprach, als die Erde noch von Dinosauriern bevölkert war. »Genau. Als ich in die Grundschule ging, stand ich total auf Country Music.« Sie verschränkte die Arme vor der Brust und lehnte sich gegen die Tür. »Apropos Schule. Hat die nicht schon wieder angefangen? Wie kommst du zu dem Glück, einen Tag freizuhaben?«
Der Junge wurde sofort wieder mißmutig. »Dad will mich einem Richter vorstellen.«
Ariel zog es vor, ihn lieber nicht nach dem Grund zu fragen, und begab sich zurück auf sicheres Terrain. »Nimmst du die Musik durch die Fingerspitzen auf?«
Sams Miene wurde noch düsterer. »Mein Discman ist kaputt.« Bei dem letzten Wort kippte seine Stimme um, und er drehte Ariel wieder den Rücken zu, diesmal mit Nachdruck.
Huch, dachte Ariel. Gut, daß ich ihn nicht gefragt habe, in welche Klasse er geht oder sonst was Dummes. Sie hatte nicht die leiseste Ahnung vom richtigen Umgang mit Jungs im Teenageralter.
»Nun«, sagte sie, »da du offenbar mit anderen Dingen beschäftigt bist, geh ich wohl besser zurück an meinen Schreibtisch. Wenn dein Dad zurückkommt, sag ihm doch bitte, er möchte sich bei Ariel melden, ja?«
Sie war erst seit zwei Stunden wieder an ihrem Arbeitsplatz,

und schon kam es ihr so vor, als sei sie nie weg gewesen. Carolina mit seinen Sümpfen und Fächerpalmen, den Piazze und schmiedeeisernen Gittern schien Welten entfernt zu sein, und der todgeweihte Mann am Strand kam ihr regelrecht unwirklich vor. Daß sie in der vergangenen Nacht von ihm geträumt hatte – es war ein besonders abstruser Traum gewesen –, verstärkte diesen Eindruck noch.

Als sie in der letzten Nacht zu Hause angekommen war, war es bereits viel zu spät gewesen, um B. F. noch anzurufen, und in der Hektik heute morgen – sie hatte vor der Arbeit die Hunde aus dem Tierheim abgeholt und in ihr Haus gebracht – hatte sie auch keine Zeit zum Telefonieren gefunden. Ariel ging der Gedanke nicht aus dem Kopf, daß sie womöglich die letzte gewesen war, die John William lebend gesehen hatte, doch gleichzeitig wußte sie nicht, ob das überhaupt eine Rolle spielte. Sie hatte das Gefühl, die Behörden in Charleston über ihre nächtliche Begegnung mit dem Mann informieren zu müssen, konnte sich jedoch nicht vorstellen, was die Polizei mit dieser Information anfangen sollte. Er hatte in jener Nacht gewiß nichts gesagt, was auf seine Absicht hingedeutet hätte. Überhaupt konnte sie sich nicht erinnern, daß er irgend etwas gesagt hätte, was für die Ermittlungen von Bedeutung sein könnte.

Sie schaute auf die Uhr und dann auf das Telefon. Sie wußte, daß B. F. heute nach New York geflogen war. Nach kurzem Zögern wählte sie die Nummer seiner Wohnung in Manhattan. Niemand ging an den Apparat. Das störrische alte Walroß weigerte sich nach wie vor, einen Anrufbeantworter für sein persönliches Telefon anzuschaffen. In dieser Frage ließ er nicht mit sich reden. Ariel hinterließ eine Nachricht in seinem Büro, wo er sich während seines New-York-Aufenthaltes möglicherweise melden würde, und be-

ließ es dabei. Sie wandte sich wieder dem Projekt zu, über das sie mit Henry reden wollte.
Nachdem sie am frühen Morgen durch ihren merkwürdigen Traum geweckt worden war, hatte sie nicht wieder einschlafen können. Wie gewohnt, wenn sie wach im Bett lag, hatte sie eine der Zeitschriften von einem Stapel neben ihrem Bett genommen, der während ihrer Abwesenheit die Ausmaße des Turms von Pisa angenommen hatte. Sie hatte angefangen, einen Bericht in einer merkwürdigen medizinischen Fachzeitschrift zu lesen, eine Fallstudie, die sich mit Angstpsychosen befaßte, und war darüber vollends wach geworden. Dieser Bericht lag nun auf ihrem Schreibtisch. Ariel spürte die freudige Erregung in sich aufsteigen, die sie immer befiel, wenn sie an einer neuen Idee für DIE OFFENE AKTE arbeitete.
Es handelte sich bei dem Artikel um die Studie eines Psychiaters, der einen Fall von angeblich geheilter Amnesie vorstellte. Eine seiner Patientinnen hatte, nachdem ihre Erinnerung anscheinend wiedergekehrt war, festgestellt, daß sie in einen seit langem ungelösten Mordfall verwickelt war. Während die Angaben, die sie machen konnte, eher vage waren, widersprachen sie jedoch nicht dem bisher vorliegenden Beweismaterial. Bei der Patientin handelte es sich um eine ehrbare Bürgerin, die nichts zu gewinnen, aber alles zu verlieren hatte. Der Psychiater schien Ariel zwar allzu enthusiastisch, aber der Bericht war immerhin so frisch, daß die Tinte noch nicht mal trocken war. Es war ein absolut neues und heißes Thema, und Ariel konnte es kaum glauben, daß sich noch niemand darauf gestürzt hatte. Als allererstes hatte sie sich am frühen Vormittag die Rechte gesichert. Das würde ihr Aufhänger werden, ihr Pilotprojekt für eine Serie ähnlicher Fälle. Ihr großes Thema waren die derzeit gängigen und teilweise umstrittenen Therapie-

ansätze zur Behandlung von Amnesie und anderer Angstsyndrome. Vor allem die Auswirkungen dieser Therapien auf ihre Nutznießer (beziehungsweise Opfer, je nachdem, von welchem Gesichtspunkt aus man die Sache betrachtete) wollte sie unter die Lupe nehmen. Sie hatte bereits mit einem der Redakteure des Nachrichtenmagazins über ihre Idee gesprochen und war auf Begeisterung gestoßen. Anschließend hatte sie telefonisch die ersten Erkundigungen eingezogen, und mit jedem Anruf wuchs ihr Enthusiasmus. Dieses Projekt hatte, falls sie es verwirklichen sollte, nichts mit ihrer eigenen Situation zu tun: Mit der Amnesie, die die ersten einunddreißig Jahre ihres Lebens gelöscht hatte. Allerdings erwiesen sich die intensiven Recherchen, die sie in eigener Sache durchgeführt hatte, als äußerst nützlich.

Sie war gerade dabei, ihre Stichwortliste zu ergänzen – Posttraumatisches Streßsyndrom, False-Memory-Syndrom, Eye Movement Desensitization and Reprocessing, kurz EMDR, Kognitive Therapie, Exposure-Therapie –, als sie spürte, daß jemand hinter ihr stand. Sie spürte ein leichtes Kribbeln im Bauch und fühlte sich ertappt, nicht weil sie sich beobachtet glaubte, sondern weil ihr Körper so verräterisch reagierte.

»Hey«, sagte sie, ohne zu wissen, warum sie so unwirsch war. »Sei vorsichtig!«

Henry Heller hatte Ariels Unterlagen beiseite geschoben und sich auf ihre Schreibtischkante gesetzt. »Ich höre, du hast Sams Bekanntschaft gemacht«, sagte er. »Reizender Bengel, was?«

»Kommt auf seinen Vater.« Ariel setzte ein freundlicheres Gesicht auf. »Also. Ich bin wieder da.«

»Wurde auch Zeit. ›Trennung frischt die Liebe auf.‹ Wie du siehst, hab ich auch ein paar Zitate auf Lager.«

»›Eine Frau kann keine größere Sünde begehen, als nicht

dazusein, wenn ein Mann sie bei sich haben will. Nur eines ist noch schlimmer: dazusein, wenn er sie nicht sehen will.‹ Fang bloß nicht an, mit mir um die Wette zu zitieren, Chef. Du würdest sowieso den kürzeren ziehen.«

»Du hast Farbe bekommen.«

»Und ich bin dabei, mich zu häuten. Sehr reizvoll. Doppelter Wortsinn beabsichtigt.«

Henry betrachtete ihre leuchtend rote Nase, die fein geschwungenen Augenbrauen und die veränderlichen Augen, die heute grün waren ... In den Zeiten, als sie sie noch hinter dicken Brillengläsern versteckt hatte, wäre ihm nie aufgefallen, welche Farbe sie hatten. Sein Blick wanderte über die Wangenknochen, von denen bis vor kurzem noch keine Spur zu sehen gewesen war, die vollen, zu einem schüchternen Lächeln verzogenen Lippen, das kräftige Haar, das von der Sonne oder von L'Oreal oder was auch immer ein paar blonde Strähnen bekommen hatte. Er räusperte sich. »Hm. Du siehst nicht schlecht aus.«

Ariel erzählte ihm von dem Projekt, mit dem sie liebäugelte. Henry gratulierte ihr zu ihrer Spürnase, mit der sie diese Fallstudie entdeckt hatte, riet ihr, den Aspekt der Amnesie mit allem Drum und Dran nicht überzubetonen, und machte ihr schließlich Vorschläge für einen leicht veränderten Ansatz.

»Dad?«

Sam stand im Flur direkt vor Henrys Büro, die Hände in den Gesäßtaschen seiner Jeans, und machte ein ungeduldiges Gesicht. Er trat von einem Bein auf das andere und sagte: »Sollten wir nicht um halb zwölf dasein?«

»Stimmt. Bin gleich da.« Abwesend begann Henry, in seinen Jackentaschen zu wühlen.

»Sam sagt, du willst ihn einem Richter vorstellen?«

»Ja. Du weißt nicht zufällig, wo Richter O'Connell sein Büro hat? Ich muß die Adresse doch irgendwo haben.«

Henry starrte mit zusammengekniffenen Augen auf einen Zettel, den er in Armeslänge von sich weghielt. Mit der anderen Hand wühlte er noch immer in seinen Taschen herum.

»Hier.« Ariel reicht Henry die Lesebrille, die er eben auf ihrem Schreibtisch abgelegt hatte, und fragte: »Soll das eine Art Berufsberatung sein? Will Sam etwa Richter werden?«

Henry schnaubte verächtlich. »Eher Rechtsbrecher. O'Connell ist der Freund von einem Freund, der mir geraten hat, ich soll den Richter bitten, mal ein paar ernste Worte mit Sam zu reden.«

»Ach so. Was hat der Junge denn ausgefressen? Er nimmt doch hoffentlich keine Drogen?«

»Nicht daß ich wüßte. Gott, ich will es nicht hoffen! Nein, Sam hat nur beschlossen, eine Karriere als Kleinkrimineller anzustreben, das ist alles. Er hat ein paar CDs gesehen, die er unbedingt haben wollte, und ganz vergessen, daß man die Dinger bezahlen muß. Wir haben die CDs zurückgegeben, und Sam hat sich entschuldigt. Sie haben noch mal davon abgesehen, Anzeige zu erstatten.«

»Ah ...« Ariel verzog das Gesicht. »Jedenfalls kannst du nicht behaupten, daß er sich nicht für Musik interessiert. Aber, nur so aus Neugier – was ist denn mit seinem Discman passiert?«

»Ich hab ihn mit dem Hammer platt gehauen«, sagte Henry. »Und jetzt ist Sam sauer.«

Henry stand auf, immer noch in seinen Taschen wühlend.

»Ach ja. Über den Künstler, nach dem du gefragt hast, haben wir nicht viel gefunden, aber die Unterlagen liegen auf meinem Schreibtisch. Kannst ja schon mal 'n Blick draufwerfen.«

»In Ordnung«, sagte Ariel. Die Chancen, im allgemeinen

Chaos des Büros Henrys Schreibtisch zu finden, war ungefähr so aussichtsreich, wie Atlantis zu entdecken.
Sie sah ihm nach, wie er seinem Sohn zögernd einen Arm um die Schultern legte. Ohne sich anzusehen oder ein Wort miteinander zu wechseln, machten die beiden sich auf den Weg zu ihrer Verabredung mit dem Richter.

10

Bist du mir immer noch böse?«
Ariel hielt das zappelnde, schlabbernde, glückliche Fellknäuel namens Stonewall in den Armen, während sie sich bei Jessie erkundigte, ob sie ihr verziehen hatte.

Die große Schäferhündin war äußerst reserviert gewesen, als sie die beiden Hunde am Vormittag aus dem Tierheim abgeholt hatte. Jedesmal, wenn Ariel versucht hatte, sie anzusehen, hatte sie sich abgewendet und ihr mit würdevoller Herablassung zu verstehen gegeben, daß sie es als persönlichen Verrat empfand, im Tierheim einquartiert zu werden.

»Du bist also immer noch sauer. Dann will ich euch mal euer Abendessen kredenzen, vielleicht sieht die Welt dann schon ganz anders aus.«

Ariel kraulte zärtlich Stonewalls beigefarbene Stirn und ließ ihn los. Er begann, aufgeregt zwischen dem Wassernapf, ihren Beinen und einem widerlichen, halb zerkauten alten Lederknochen hin und her zu trippeln, den er ihr offenbar als Begrüßungsgeschenk anbieten wollte. Das schmuddelige Wesen hatte ihrer Zwillingsschwester gehört, und B. F. hatte ihn Ariel mehr oder weniger aufgezwungen, nachdem Jane gestorben war. Eigentlich hatte er nicht allzuviel Überredungskunst aufbringen müssen. Stonewall hatte Ariel für sich gewonnen, als er sie zum erstenmal mit seinen goldenen Augen erblickt hatte. Manchmal hatte Ariel das Gefühl, die Hingabe, die er ihr vom ersten Augenblick an entgegengebracht hatte, beruhte auf einer Art instinktivem Gefühl der Zugehörigkeit. Vielleicht hatte er aber auch einfach blitzschnell erkannt, daß sie seine beste Chance war.

»Ja, ja, ja«, sagte sie zu ihm. »Du liebst mich, und du hast mich vermißt, und du bist eine durch und durch treue Seele.«

Erst nachdem Ariel die Hunde gefüttert, den Anrufbeantworter abgehört (keine Nachricht von B. F.), die Post durchgesehen, sich selbst etwas zu essen gemacht und sich damit an den Tisch gesetzt hatte, machte Jessie den ersten zaghaften Versuch, sich mit ihr zu versöhnen. Sie hatte einen Erkundungsgang durch den Garten gemacht und trottete nun auf die Dose mit Hundekuchen zu, die auf der Küchenanrichte stand. Einen bedeutungsschwangeren Moment lang starrte sie die Blechdose an und warf ihrem Frauchen dann ganz lässig einen Blick über die Schulter hinweg zu.

»Du willst mir wohl demonstrieren, wer hier der Boß ist, was? Ich soll also meine Mahlzeit unterbrechen, wenn Madame geruhen, mir ihre Aufmerksamkeit zu schenken?«

Jessies Blick wanderte zu der Dose zurück.

»Okay. Du hast gewonnen.« Ariel gab zuerst der Schäferhündin und dann Stonewall, der durch die Gartentür geschossen kam, als sie den Deckel der Dose aufgemacht hatte, einen Hundekuchen. Der kleinere Hund verschlang seinen Kuchen mit einem Bissen, während Jessie höflich knabberte, einen Krümel aufleckte, der zu Boden gefallen war, nur um anschließend wieder die Dose anzustarren.

»Übertreib's nicht.«

Bis Ariel ihr Abendessen beendet hatte, war Stonewall verschwunden, wahrscheinlich an einen verbotenen Ort wie die Chaiselongue im Schlafzimmer, und Jessie war zu ihren Füßen eingeschlafen.

Während sie Stonewall von ihrer Schwester geerbt hatte, hatte sie Jessie sozusagen von sich selbst geerbt. An dem Morgen, als sie aufgewacht war und nicht mehr wußte, wer sie war und was sie in diesem Haus zu suchen hatte, an dem Morgen nach dem Mord an Jane, dem sie eigentlich zum Opfer hätte fallen sollen, hatte sie die Schäferhündin eingesperrt in der Küche gefunden.

Der grimmig dreinblickende Hund war ihr ebensowenig vertraut wie ihr eigenes Gesicht im Spiegel, und es war schwer zu sagen, was beängstigender war. Jessie schien sie auch nicht gleich zu erkennen. Lange, schreckliche Sekunden des Entsetzens waren vergangen, bis die Hündin ihre für den Angriff angespannten Muskeln entspannt, ihre Ohren aufgerichtet und den Kopf schief gelegt hatte. Ariel nahm an, daß der Hund damals völlig verängstigt reagiert hatte; die vergangene Nacht war für das arme Tier mindestens ebenso traumatisch gewesen wie für sie.

Wie sich während der folgenden schrecklichen Wochen herausgestellt hatte, war Ariel einem Killer auf den Fersen gewesen. Er hatte ihren Mann ermordet, und sie hätte sein nächstes Opfer werden sollen. Er war in ihr Haus eingebrochen, hatte Jessie in die Küche gelockt und eingesperrt, während er jedes Zimmer nach Beweismaterial durchsuchte, das Ariel gegen ihn zusammengetragen hatte. Ariel konnte sich vorstellen, wie die Hündin in Panik geraten war: eingesperrt und nicht in der Lage, ihr Territorium zu verteidigen. In der folgenden Nacht hatte sie ihre Chance bekommen.

Ariel streichelte Jessies schwarzbraunes Fell mit ihrem nackten Fuß und kraulte ihr den rosafarbenen Bauch mit den Zehen. Die Narbe am Bauch der Hündin, die deutlich spürbar war, erinnerte Ariel daran, daß Jessie ihr in dieser zweiten Nacht das Leben gerettet hatte. Jessie hatte überlebt, der Angreifer nicht.

Ariel wurde ganz flau im Magen, als sie sich an das Gesicht des Toten erinnerte, der kaum einen Meter von der Stelle entfernt, wo sie nun saß, auf dem Boden ausgestreckt gelegen hatte.
Noch ein Bild kam ihr in den Sinn: Das schmale, ausdrucksstarke Gesicht von John William Barron, so, wie es im Tode erstarrt ausgesehen haben mußte. Sie stellte sich einen einsamen jungen Außenseiter vor, der sich nach dem Vater sehnte, den er nie gekannt hatte, der in eine Phantasiewelt geflüchtet und zu einem melancholischen Mann herangewachsen war, verfolgt von »Trauer, Scham und Angst«.
Ariel rief nach Stonewall. Noch bevor sie die Hundeleinen vom Haken genommen hatte, war Jessie schon an ihrer Seite, und kurz darauf traten die drei aus der Haustür und spazierten durch die ruhigen, dunklen Straßen des Viertels. Ariel plauderte kurz mit einem Nachbarn, der seinen Mops ausführte, einem Gentleman, der seinem Hund auf beunruhigende Weise ähnlich sah. Jessie hielt kurz an, um eine Katze zu beschnuppern, die ihren Weg kreuzte, und beide Hunde blieben immer wieder stehen, um jeden Geruch zu überprüfen, der sich während ihrer Einkerkerung im Tierheim verändert hatte.
Sosehr Ariel sich auch bemühte, es gelang ihr nicht, das Gespenst von John William Barron aus ihrem Kopf zu vertreiben. Die Dämonen, die ihn verfolgt hatten, machten nun ihr das Leben schwer, und sie wurde den Gedanken an seine provokativen Worte nicht los, an die sie sich sehr genau zu erinnern glaubte.
Daß er »Trauer« empfunden hatte, konnte sie verstehen, aber wieso »Schande«? Vielleicht die Sünden des Vaters ... Ein Vater, der sich das Leben genommen hatte. Und was war mit der »Angst«? John William hatte ihr nicht gesagt, wovor er sich fürchtete, doch sie erinnerte sich, daß er

eindeutig von Angst gesprochen hatte, und nur wenige Stunden später war er tot. Ein junger Mann kam Ariel entgegen. Er schob im Laufen einen dreirädrigen Jogger-Buggy vor sich her, dessen kleiner Insasse voller Freude »Hund!« rief und seine kleine Hand ausstreckte, um das Fell der Hunde zu berühren. Ariel lächelte, als das kleine Mädchen im Tempo des Joggers an ihr vorbeisauste. Ihr Lächeln verblaßte mit den leiser werdenden Schritten des Läufers.

Wie groß war die Wahrscheinlichkeit, fragte sie sich, daß ein Mensch, dessen Leben vom Selbstmord des Vaters überschattet war, dieselbe schreckliche, endgültige Tat an demselben Ort und auf dieselbe Weise verübte? Konnte jemand, der am eigenen Leib den Schmerz dieses ungeheuerlichen Verlusts verspürt hatte, so gefühllos sein, anderen dasselbe Leid zuzufügen? Vielleicht waren die Kinder von Selbstmördern ähnlich vorgeprägt wie die Kinder von Alkoholikern und Schlägern. Vielleicht waren sie eher bereit, Selbstmord als Lösung ihrer Probleme zu sehen, weil sie aus persönlicher Erfahrung wußten, daß diese Möglichkeit existierte.

Vielleicht aber auch nicht.

Ariel kehrte nach Hause zurück, ließ die Hunde von der Leine und rief in New York an.

»Ich hoffe, es ist was Wichtiges«, sagte B. F. verschlafen.

»Tut mir leid. Hab ich dich geweckt?«

»Nein. Ja.« Ariel hörte ein rauhes Räuspern und Hintergrundgeräusche, die abrupt abbrachen, bevor B. F. sagte: »Ich hab mir ein Spiel der Mets gegen die Braves angesehen, aber ich muß wohl eingenickt sein. Weißt du, wer gewonnen hat?«

»Sorry, leider nicht. B. F., ich habe, hm, makabre Neuigkeiten, und ich brauche deinen Rat. Der Mann, dem ich am

Strand begegnet bin ... Weißt du noch? Der, nach dem ich dich gefragt hab? Also, ich bin mir zu neunundneunzig Prozent sicher, daß das John William Barron war.« Eigentlich war sich Ariel absolut sicher, sie hatte jedoch das Gefühl, daß dieser winzige Zweifel der Geschichte ein wenig von ihrem Schrecken nahm. »Ich bin ihm in derselben Nacht begegnet, in der er gestorben ist«, fügte sie hinzu. Es herrschte Totenstille am anderen Ende der Leitung, bevor B. F. antwortete.

»Gott segne Amerika«, sagte er mit einem langen, tiefen Seufzer. »Wie kommst du darauf?«

»Ich hab in der Zeitung ein Bild von seinem Vater gesehen. Was ich dich fragen wollte, ist, meinst du, ich sollte mich bei der Polizei in Charleston melden?«

»Hat der Junge irgendwas zu dir gesagt, aus dem du hättest schließen können, was er vorhatte?«

»Nein ... Eigentlich nicht.«

»Aber?«

»Sind die Untersuchungen schon abgeschlossen? Steht fest, daß es Selbstmord war?«

»Nein, nicht vor Freitag nach den Informationen von Sarge. Aber wenn du etwas weißt, was dagegen spricht – oder wenn du einen Verdacht hast –, dann spielt es keine Rolle, ob die Untersuchungen abgeschlossen sind. Was ist es denn?«

»Wahrscheinlich gar nichts. Hör zu, sag Sarge, er soll seinen Freunden bei der Polizei sagen, daß John William um ein Uhr nachts am Strand von Kiawah gewesen ist – soweit ich mich erinnere, war das von eins bis halb zwei – und daß er vor irgend etwas Angst hatte. Er hat mir nicht gesagt, wovor, und ich kann auch nicht sagen, ob er um sein Leben fürchtete.«

»Über was in aller Welt habt ihr beide euch denn unterhalten?«

»Eigentlich hat er hauptsächlich über Jane gesprochen. Er hat angedeutet, daß es zwischen euch, äh, Differenzen gab wegen irgendwas.«

»Wir hatten Differenzen darüber, daß er Jane nicht in Ruhe gelassen hat.«

Bereits mehr als einmal war Ariel aufgefallen, daß B. F.s weicher Südstaatenakzent verschwand, sobald er ernst wurde. »John William war ein charakterschwacher, verwirrter Junge, der sein Leben lang in einer Identitätskrise steckte«, sagte er unverblümt. »Ich behaupte ja nicht, daß das seine Schuld war – schließlich ist er unter schwierigen Umständen aufgewachsen –, und ich streite auch nicht ab, daß ich Jane vielleicht zu sehr behütet habe ...« Er räusperte sich und fuhr dann in einem versöhnlicheren Ton fort: »Ich will mich für nichts entschuldigen. John William neigte dazu, die Dinge zu dramatisieren. Wo er auftauchte, passierte irgendeine Katastrophe. Ich wollte nicht, daß er einen sensiblen, liebevollen Menschen wie Jane in irgendwelche Tragödien verwickelt, und mein Instinkt hat mir am Ende recht gegeben, stimmt's? Ich habe keine Ahnung, welche ›Ängste‹ er meinte, als er mit dir gesprochen hat, aber es würde mich nicht wundern, wenn es sich um kleine grüne Männchen handelte.«

»Meine Güte.« Ariel zog die Brauen zusammen.

»Ich werde Sarge ausrichten, was du gesagt hast. Er soll seinen Kumpels deine Nummer geben, wenn sie Wert darauf legen, aber ich will nicht, daß du dich jetzt, wo er tot ist, von seinen Hirngespinsten verrückt machen läßt, ebenso wie ich nicht wollte, daß er Jane damit behelligte, als er noch lebte.«

Ein paar Sekunden lang lauschte Ariel seinem schweren Atem. »Geht es dir gut?«

»Blendend. Und jetzt leg auf und gönn einem alten Mann

seinen wohlverdienten Schlaf. Und, hey – wir bleiben in Verbindung, hörst du?«

»Ja, Sir. Schlaf gut.«

Leise legte sie den Hörer auf und beschloß, dem Beispiel ihres Großvaters zu folgen. Sie hatte sich noch immer nicht an die Zeitverschiebung gewöhnt, und in der vergangenen Nacht hatte sie auch nicht viel Schlaf bekommen.

Sie überprüfte die Alarmanlage, weckte Jessie, die, nach ihren zuckenden Beinen zu urteilen, gerade von einer Verfolgungsjagd träumte, und schaltete das Licht aus. Die Schäferhündin schaute verwirrt in der Küche umher, vielleicht auf der Suche nach dem flüchtenden Kaninchen. Doch dann stand sie gähnend auf, streckte sich und folgte Ariel ins Schlafzimmer.

11

Henry wirkte abwesend an jenem Donnerstag, das war Ariel schon den ganzen Tag aufgefallen. Es war jedoch nicht der typische gedankenverlorene Blick, den er aufsetzte, wenn er über eine neue Idee für die Show nachdachte. Es war auch nicht der besessene Blick, der sich einstellte, wenn die Idee begann, Formen anzunehmen. Und es war nicht die gedankenlose Zerstreutheit, die er beim Autofahren an den Tag legte, wenn er, wie immer, das Gaspedal durchtrat und an alles zu denken schien außer an den Straßenverkehr, und seine Mitfahrer an den Rand des Nervenzusammenbruchs brachte.

»Wie läuft's denn so mit Sam?« fragte Ariel ihn am Abend, als sie zufällig gemeinsam das Studio verließen. »Hat es noch irgendwelche Probleme gegeben?«

Henry starrte Ariel länger an, als es hätte nötig sein sollen, um sich zu erinnern, wer sein Sohn war. »Nein, es ist alles in Ordnung. Jedenfalls fürs erste. Kannst du hier einen Augenblick warten?«

Er ging noch einmal in sein Büro zurück, und als er wiederkam, hatte er einen Aktenordner unter dem Arm.

»Hausaufgaben?« fragte Ariel.

»Laß uns irgendwo zusammen was essen gehen, hast du Lust? Du hast doch ein bißchen Zeit, oder?«

»Oh, Henry, es tut mir so leid – hättest du mich doch ein bißchen früher gefragt! Ich fürchte, ich habe Karten für die Oper. Ich würde ja absagen, aber François kommt mich gleich mit einer Limousine abholen, und wir sind nach der Vorstellung mit Pavarotti zum Dinner verabredet.«

Henry hätte nicht dümmer dreinschauen können, wenn sie mit den Armen geflattert und wie ein Huhn gegackert hätte.

»Okay, okay«, sagte er mit finsterer Miene. »Das war wohl nicht besonders geschickt gefragt.«

»Nein, aber es hat mir sehr geschmeichelt, daß du mir fast geglaubt hättest. Ich hätte Lust auf was Fettiges. Wo ist das Chili-Restaurant, wo du immer hingehst?«

»In einer Gegend, wo du nicht mit deinem Auto hinfahren kannst, es sei denn, du willst sämtliche abschraubbaren Teile loswerden. Los, komm, ich fahre.«

Ariel überlegte kurz, was ihr mehr wert war, ihr neuer Minivan oder ihr Leben.

»Machen wir einen Kompromiß: Wir nehmen deinen Wagen, aber ich fahre.«

»Wie du willst. An der Kiste kannst du sowieso nichts mehr ruinieren. Aber sei vorsichtig mit der Kupplung. Die hat ihr Eigenleben.«

Nach einer kurzen, ruhigen Fahrt, während der Henry nur sprach, um sie durch die Stadt zu lotsen, saßen sie schon bald in einer Ecknische des Hollywood Diner. Ariel war ziemlich sicher, daß der Schnellimbiß sich in seiner offenbar langen Geschichte kaum jemals mit irgendwelchen Sternen geschmückt hatte – weder mit denen aus der Filmbranche noch mit denen, die für gutes Essen verliehen werden.

Die Kunstlederbezüge auf den Sitzen waren so rissig wie altes Pergament, und ihre Farbe erinnerte an getrocknetes Blut. Das Muster der marmorierten Resopaltischplatten war nur noch in der Mitte der Tische erkennbar, und alles in dem Laden, das nicht aus rostfreiem Stahl war, war entweder rot oder gelb – oder war es zumindest einmal gewesen. Es fehlte jedoch nicht an Kundschaft, und der Duft nach Fritiertem – Zwiebeln und allen möglichen gebratenen Speisen – ließ Ariel das Wasser im Mund zusammenlaufen. »Hier gibt's bestimmt 'n gut gerösteten Kaffee«, sagte sie grinsend und stützte sich mit den Armen auf dem Tisch ab. Im gleichen Augenblick jedoch schreckte sie zurück, schnappte sich eine Papierserviette und wischte zuerst ihre Ärmel und dann die Tischplatte ab.

»Henry, als ich gesagt hab, ich hätte Lust auf was Fettiges, hättest du das nicht so wörtlich nehmen müssen.« Sie warf die Serviette in den Aschenbecher und rieb sich die Hände. »Ich hab das Gefühl, dieser Laden ist in Wirklichkeit ein Labor fürs Gesundheitsamt. Wie hoch muß der Cholesterinspiegel in den Adern eines Menschen sein, bis er zu Stein erstarrt wie Lots Frau ..., so was in der Art wird hier getestet, was? Wie schnell stirbt man an Leichengift? Kann man Kolibakterien schmecken?«

»Lots Frau ist nicht zu Stein erstarrt.« Henry hielt zwei Finger hoch, und irgend jemand in dem Tollhaus mußte das Zeichen verstanden haben, denn Henry bedankte sich mit einem Grinsen, bevor er sich wieder Ariel zuwandte.

»Deine Idee mit dieser Psycho-Show scheint ein Treffer zu werden«, sagte Henry, auf Ariels Projekt über unorthodoxe Therapiemethoden anspielend. »Wie steht's mit dem Interview mit der Frau, die meint, sie sei in einen Mordfall verwickelt. Geht das klar?«

»Ich hab mich bereits um die Exklusivrechte gekümmert«, sagte Ariel, »aber unsere Anwälte verhandeln noch mit ihren Anwälten. Sie gehen anscheinend davon aus, daß das für einen richtigen Film reicht, was wesentlich mehr Geld einbringen würde als ein popeliges Interview. Wir haben zwei weitere Fälle ausgegraben, die sehr vielversprechend sind. In einem geht es um TA, Transaktionsanalyse, und der andere ist ein Renner zum Thema EMDR, aber ich finde –«

»Hör zu, Schlagwörter sind Spitze, und dein Thema ist Spitze«, fiel Henry ihr ins Wort. »Aber denk dran, das ist sozusagen nur der Zement, das, was die Sache zusammenhält. Die Menschen, die ihre Geschichte erzählen, sind das, was die Leute vor der Glotze davon abhält, auf ihren Fernbedienungen herumzuklimpern. Die Leute wollen nicht aufgeklärt werden. Sie wollen Menschen vorgeführt bekommen.«

»Ja, Sir.« Ariel hatte diesen Vortrag schon mehr als einmal gehört.

»Was ist mit den Informationen über diesen Barron, die wir für dich zusammengetragen haben?« fragte Henry. »Über diesen Künstler. Sollte ich darüber näher Bescheid wissen?«

»Nein. Das ist was Persönliches.« Ariel war gerade dabei, die Gewürze in einer Reihe neben dem Serviettenspender aufzubauen. Sie rückte die Ketchupflasche noch einmal zurecht. »Trotzdem vielen Dank.«

Unter den Informationen, die die Produktionsassistenten von DIE OFFENE AKTE gesammelt hatten, befand sich nichts, was Ariel nicht schon vorher gewußt hatte, es war reine Zeitverschwendung gewesen – ebenso wie ihr Anruf bei B. F., so schien es ihr.

Sie hatte einen Anruf von einem Polizisten aus Charleston namens Newton erhalten. Er hatte ihre Aussage aufgenommen, sich bei ihr bedankt, und das war's auch schon gewesen. Sie hatte Mühe, sich nicht wie jemand vorzukommen, der auf Sensationen aus ist, wie einer von diesen Parasiten, die nach jeder Tragödie plötzlich mit Augenzeugenberichten und vertraulichen Informationen von ihren »besten Freunden« aus allen Löchern gekrochen kamen.

»Dieser Künstler, John Early Barron«, erklärte sie Henry,

»war ein Freund von B. F., und B. F. hat dessen Sohn, John William Barron, von klein auf gekannt. Die traurige Wahrheit ist, daß Selbstmord bei den Barrons in der Familie zu liegen scheint.« Sie schenkte ihm ein bedrücktes Lächeln. »Worüber wolltest du eigentlich mit mir sprechen? Was hast du für Unterlagen?«

»Erinnerst du dich, daß ich am Telefon über eine Sache gesprochen hab, an der wir vor längerer Zeit gearbeitet haben – ein Projekt, das wir nie gesendet haben?«

»Du meinst das, woran ich mich nicht erinnere? Klar. Was ist damit?«

»Ich möchte, daß du dir was ansiehst.« Er kramte in einem Stapel Papier herum und reichte Ariel vier Fotos. Sie sah ihn verblüfft an, bevor sie sie der Reihe nach betrachtete.

»Und?« fragte sie, nicht schlauer als zuvor.

»Ich nehme an, du erkennst niemand auf diesen Fotos?«

Ariel zögerte, beschloß, sich ihre Fragen für später aufzuheben, und nahm die Fotos noch einmal genauer unter die Lupe. Schließlich zuckte sie die Achseln und schüttelte den Kopf.

Henry tippte mit dem Finger auf das oberste Bild. Es zeigte einen Mann von etwa Mitte Dreißig vor einem Gebäude mit vielen Säulen, das wie eine Behörde aussah. Sein Gesichtsausdruck, verblüfft und alles andere als erfreut, ließ darauf schließen, daß die Kamera ihn in einem unpassenden Moment erwischt hatte, und nach den auf dem Foto unscharf abgelichteten Beinen zu urteilen, hatte er es eilig gehabt. Ariel fand, daß der Mann attraktiv aussah. Mehr als attraktiv. Vor allem, wenn man auf energetische Typen stand. Große, schlaksige, energetische Typen.

»Grant Lacy«, sagte Henry.

»Lacy? Lacy ...? Ah! Der Typ, der verschwunden ist oder vermißt wird oder was auch immer? Ich hab ein oder zwei

Artikel über ihn gelesen in meiner Anfangszeit.« Sie betrachtete das Foto genauer. »Aber ich hab noch nie ein Bild von ihm gesehen.«
»Er ist kamerascheu.«
»Die ganze Sache – der ganze Wirbel – war vor meiner Zeit. Wann war das noch mal?«
»Vor neun Monaten.«
»Genau. Stimmt, da hab ich die Schlagzeilen verpaßt. Er war wiederaufgetaucht ... Oder, warte ... Was war da noch?«
»Er ist nicht aufgetaucht, und es ist nichts passiert.«
Ariel schloß die Augen und durchforstete ihr Gedächtnis. »Junges Genie. Hat eine eigene Computerfirma gegründet. Micro-irgendwas? Star. MicroStar. Zurückhaltender Typ. Extrem exzentrisch.«
»Yeah, Doktor Seltsam. Mit fünfundzwanzig ein gemachter Mann. Das muß so vor sieben, acht Jahren gewesen sein. Er war zigfacher Millionär, als er, laut Aussage seiner Frau, eines Abends joggen ging und nie wieder gesehen wurde. Das heißt, ›gesehen‹ wurde er an allen möglichen Orten, in einem McDonald's in Poughkeepsie, auf einer Mall in Fort Worth, vor allem von den Leseratten, die ihre Lektüre in der Warteschlange im Supermarkt verschlingen.«
»Ich garantiere dir: Wer ihn einmal gesehen hat, erinnert sich an ihn«, murmelte Ariel, während sie noch einen bewundernden Blick auf das Foto warf. »Womöglich würde ich mich sogar an ihn erinnern.« Sie bemerkte, daß Henry sie stirnrunzelnd ansah. »Was ist los?« fragte sie und nahm sich, ohne auf eine Antwort zu warten, das nächste Foto vor, das offenbar aus einem Hochglanzmagazin stammte. »Lacys Frau?«
»Ja. Sie hat die Kontrolle über MicroStar übernommen. Jedenfalls nominell. Sie ist Restauratorin von Beruf.«

Mrs. Lacy war blond, hübsch und braungebrannt. Ihr Kleid schien ein Original-Designerstück zu sein, und die Klunker, die sie um den nackten Hals trug, wirkten im Gegensatz zu ihrem Lächeln echt. »Sieht aus wie eine teure Ehefrau.«
»Es heißt, sie hätte selbst einiges an den Füßen, aber ihre paar lumpigen Millionen sind nichts gegen das, was sie hätte, wenn es sich herausstellte, daß Lacy tot ist. Entweder hat sie mit seinem Verschwinden nichts zu tun, oder irgend jemand hat einen Fehler gemacht, oder sie ist nicht geldgierig.«
An Mrs. Lacys aufgesetztem Lächeln war nicht zu erkennen, ob sie unschuldig, unfähig oder habgierig war. Ariel nahm sich das dritte Foto vor. Die Grobkörnigkeit der Aufnahme ließ darauf schließen, daß es sich um die Reproduktion eines Zeitungsfotos handelte.
»Das«, sagte Henry, »ist der Mann, der die Firma seit Lacys Verschwinden tatsächlich leitet. Clifford Gilroy, früher Chef der Finanzabteilung. Was Innovationen angeht, befindet MicroStar sich zur Zeit nicht gerade auf der Höhe, aber es heißt, daß es der Firma jetzt finanziell bessergeht als früher.«
»Sieht ziemlich solide aus«, sagte Ariel. »Der typische Geschäftsmann. Aber du hast mir immer noch nicht gesagt –«
Sie wurde unterbrochen, als die Kellnerin mit einem Tablett erschien, auf dem Kaffee in dicken Henkeltassen und zwei Portionen dampfendes Chili in Keramikschalen standen. Sie machten Platz auf dem Tisch, während Henry den Bohneneintopf so gierig anstarrte, daß Ariel dachte, er würde sich gleich genüßlich die Lippen lecken.
Sie selbst betrachtete den Inhalt ihrer Schale mit einer gewissen Beklommenheit, bevor sie ein wenig von dem Chili auf ihren Löffel nahm, pustete und dann daran schnupperte. Es duftete nicht schlecht. Henry war bereits

dabei, kräftig zuzulangen. Ariel faßte sich ein Herz und schob ihren Löffel in den Mund, erstarrte jedoch im gleichen Augenblick und stürzte sich auf ihr Wasserglas.
»Ist deine Zunge aus Asbest?« krächzte sie.
»Was?« fragte Henry mit vollem Mund. »Zu heiß? Dann mußt du blasen.«
Ariel trocknete sich die Augen mit einer Serviette. »Wer ist der Mann auf dem letzten Foto? Sieht aus wie ein Abklatsch von Lacy.«
»Sein Bruder. Vaughn Lacy, leitet irgendeine Abteilung bei MicroStar. Er hat nicht davon profitiert, als sein Bruder sich in Luft aufgelöst hat, jedenfalls nicht auf dem Papier.«
»Hat denn überhaupt jemand davon profitiert?«
»Na ja, es wurde gemunkelt, Lacys Buchführung sei ziemlich unorthodox gewesen. Es hieß, er hätte immer mengenweise Bargeld auf Konten im Ausland und in Bankschließfächern untergebracht. Auf jeden Fall besaß er eine beachtliche Kunstsammlung, die er sich im Laufe der Zeit zusammengekauft hatte. Er hat das als reine Geldanlage betrieben, hat immer Künstler gekauft, deren Werke seiner Meinung nach im Wert steigen würden. Ich hab mir sagen lassen, daß er eine gute Nase hatte.
Aber da MicroStar eine Privatfirma ist, kann, wenn überhaupt, nur das Finanzamt sagen, wie groß Lacys Vermögen ist und wer möglicherweise davon profitieren würde, wenn er tot wäre. Es scheint jedenfalls niemand was davon zu haben, wenn er fünf Jahre verschwunden bleibt, ohne daß seine Leiche auftaucht.«
Ariel probierte noch einmal vorsichtig von ihrem Chili, starrte verblüfft in ihre Schale und nahm noch einen Löffel. »Wieso erzählst du mir das alles?«
»Ein Typ namens Richard Cummings arbeitete damals als

Produzent für uns und war an der Lacy-Geschichte dran. Am Anfang war er ganz begeistert von der Sache. Und dann hat er von einem auf den anderen Tag alles hingeschmissen, weil er angeblich ein Angebot aus Übersee bekommen hat, dem er nicht widerstehen konnte.

Ich hab also andere Leute auf seine Projekte angesetzt, und als ich mich dann nach einer Weile nach dieser Lacy-Sache erkundigte, hat der zuständige Produzent mir erklärt, da sei nichts rauszuholen. Er sagte, Cummings hätte dick ›Schrott‹ auf die Akte geschrieben und darunter notiert, die Bullen stünden kurz davor, den Schuldigen im Fall Lacy zu verhaften.«

»Ich kann mich gar nicht daran erinnern, etwas über eine Verhaftung gelesen zu haben.«

»Es gab keine Verhaftung. Entweder hat Cummings sich geirrt, oder –«

In diesem Augenblick brachte die Kellnerin zwei Stücke Applepie. Es waren die dicksten Stücke Applepie, die Ariel je gesehen hatte, und neben jedem prangte eine fette Kugel Vanilleeis.

Ariel starrte entgeistert auf ihren Teller. »Hast du diese Kalorienbombe für mich bestellt? Als Angriff auf meine Arterien? Ganz zu schweigen von meinen Hüften ...«

»Iß. Laß es dir schmecken«, sagte Henry und machte sich über seinen Nachtisch her. Nachdem er das Eis und einen guten Teil des Kuchens verputzt hatte, sagte er: »Damals hatten wir eine ganze Flut von guten Storys – unter anderen die, für die wir den Peabody gekriegt haben –, und Lacy ist erst mal in der Schublade gelandet. Das aber nicht nur bei uns. Es war nämlich nicht das erste Mal, daß er von der Bildfläche verschwunden ist. Als er vor ein paar Jahren einen seiner größten Erfolge gelandet hatte, ist er danach auch erst mal untergetaucht.«

»Neun Monate lang?«

Henry verputzte den letzten Rest von seinem Kuchen. »Nein, nur ein paar Wochen, aber vor neun Monaten wußte ja noch keiner, daß er diesmal neun Monate verschwunden bleiben würde. Also hat die Polizei den Fall auch vorläufig zu den Akten gelegt. Es gab weder eine heiße Spur noch eine heiße Story.

Lacy ist schließlich keine Berühmtheit. Er ist reich, aber er ist kein Enkel von Paul Getty; niemand hat der Familie seine Ohren mit der Post zugeschickt. Es gab keine Leiche, kein Blut, keinen Sex und keinen Skandal. In einem Tausend-Seelen-Kaff wäre er vielleicht berühmt genug gewesen, um in den Schlagzeilen zu bleiben. Aber nicht hier in der Gegend.«

»Also, der Mann verschwindet, und keiner schert sich darum? Bloß weil er nicht berühmt ist?«

Henry zuckte die Achseln. »Seine fünfzehn Minuten Ruhm waren halt schon um.«

»Kann es vielleicht am Verlauf dieses Gespräches liegen, daß ich Sodbrennen kriege?«

»Du wirst gleich sehen, worauf dieses Gespräch hinausläuft. Vor einer Woche hab ich zufällig mitbekommen, wie einer unserer Rechercheure – es war Theo Bell – sich mit jemandem unterhalten hat. Theo und Richard Cummings waren mehr oder weniger befreundet, und er erzählte, er habe Cummings zufällig getroffen, als er wegen der Olympiade in Atlanta war. Anscheinend stammt Cummings aus Atlanta und war dorthin zurückgezogen. Jedenfalls meinte Theo, er würde liebend gern wissen, was für ein ›großartiges Angebot aus Übersee der gute alte Dick‹ an Land gezogen hätte, und daß er so ein offenbar höchst lukratives Angebot auch nicht verschmähen würde. Er sagte, Cummings sei vor einem teuren Restaurant aus einem nagel-

neuen Porsche gestiegen, gekleidet wie ein Dressman, mit einer heißen Biene im Schlepptau.«
»Glaubst du, ich kann mir den Rest von der Pie einpacken lassen?«

»Und daraus hast du scharfsinnig geschlossen, daß es zwischen Grant Lacy und Richard Cummings' Porsche eine Verbindung geben muß – der Porsche als Schweigegeld sozusagen. Wie kommst du darauf? Vielleicht«, meinte Ariel, »hatte er den Wagen ja schon, als er noch für dich arbeitete.«
Sie saß am Steuer von Henrys Oldsmobile – einer klapprigen alten Kiste, die mit einem Porsche nichts gemein hatte. Die beiden waren auf dem Weg zurück ins Studio. »Manche Leute stehen einfach auf schicke Autos.« Sie warf Henry von der Seite einen Blick zu. »Oder vielleicht gehörte Cummings der Porsche gar nicht. Vielleicht gehörte er der ›heißen Biene‹.«
»Als er für mich gearbeitet hat, hat er keinen Porsche gefahren, und es war sein Wagen. Fred hat nämlich auch das Nummernschild erwähnt, und auf dem standen die Buchstaben CUMN ON.«
»Tut mir wirklich furchtbar leid, daß ich mich an diesen offenbar so attraktiven Typen nicht erinnern kann. Aber meinst du nicht, es ist ein bißchen weit hergeholt, diese Lacy-Geschichte damit in Verbindung zu bringen, daß bei Cummings ein Jahr später der Wohlstand ausgebrochen ist?«
»Möglich. Aber ich hab da so eine spezielle Antenne.«
»Ah! Das berühmte Hellersche Frühwarnsystem. Also, warum hast du das nicht gleich gesagt?«
»Ich vertraue meiner Antenne, sie hat mich noch nie getäuscht. Wenn dieser kleine Wichser auf meinem persönlichen Radarschirm auftaucht, knöpf ich ihn mir vor.«

»Hast du sonst noch irgendwas – nicht daß das unbedingt nötig wäre, du bist ja praktisch schon im Besitz des rauchenden Colts.«

»Im Moment noch nicht. Ich habe versucht, etwas über diesen unverhofften Glücksfall aus ›Übersee‹ rauszufinden, von dem er soviel erzählt hat, und mich mit ein paar alten Kumpels aus der Branche unterhalten, die sowohl hier als auch drüben in Europa und in Asien zu tun haben. Keiner von denen hat je was von Cummings gehört.«

»›Übersee‹ muß nicht unbedingt Europa oder Asien bedeuten, und außerdem kann es doch genausogut sein, daß Cummings die Branche gewechselt hat. Vielleicht hat er einen Onkel, der ein paar Smaragdminen in Südafrika besitzt.«

»Und vielleicht ist meine Tante Becky ein Revuestar.«

»Ich hab eine Idee.«

»Ach ja?«

»Ruf Cummings an und frag ihn, woher er das Geld hat.«

»Mann, warum bin ich da nicht selbst drauf gekommen? ›Hey, Dick, laß dir gratulieren! Ich hab gehört, du hast plötzlich echt fette Kohle. Wo hast du die her?‹ – ›Danke, Henry. Ich hab da so einen Goldesel, dem ich die Daumenschrauben angesetzt hab. Und was gibt's bei dir Neues?‹ Den schlauen Trick muß ich mir merken.«

»Ich denke immer noch –«

»Laß es lieber. Du kannst anfangen zu denken, wenn wir alle Fakten zusammen haben. Immerhin bin ich schon auf ein oder zwei interessante Dinge gestoßen, seit ich mir diese Lacy-Akte vorgenommen habe.«

Ariel bog in den leeren Parkplatz des Studios ein, parkte neben ihrem Minivan und schaltete den Motor ab. »Was für Dinge?«

»Theo Bell hat zufällig mitbekommen, wie ich wegen dieser Cummings-Sache mit Paris telefoniert hab.«

»Theo hat Ohren wie Dumbo und ein Riesenklatschmaul, das überall zur Stelle ist, wo es Ärger gibt.«

»Mag sein. Jedenfalls hat er mich daraufhin gefragt, ob in der Akte ein Informant erwähnt sei. Ich hab nachgesehen und nichts gefunden. Überhaupt war die Akte äußerst dünn, gemessen an der Zeit, die Cummings in die Story investiert hat.

Theo hat erzählt, Cummings hätte einen Anruf von jemandem erhalten, der sich mit ihm treffen wollte – jemand, der Informationen verkaufen wollte, wie Theo vermutete. Cummings sei nicht überrascht gewesen. Aber er ist sofort auf das Angebot angesprungen, denn er hat auf der Stelle ein Squashspiel abgesagt, für das er und Theo sich nach der Arbeit verabredet hatten. Als Theo dann am nächsten Tag fragte, wie es denn gelaufen sei, hat Cummings behauptet, es sei überhaupt nichts gelaufen, der Anrufer sei nicht aufgetaucht. Ein paar Wochen später hat Cummings dann gekündigt.«

»Aber Henry, wenn nichts dabei herausgekommen ist, wird Cummings auch keine Aufzeichnungen darüber gemacht haben.«

»Na ja, aber das ist es ja gerade. Theo glaubt nicht, daß nichts dabei herausgekommen ist.«

»Und wieso?«

»Theo meinte, das soll ich dich fragen. Anscheinend haben er und Cummings in der Nähe von deinem Schreibtisch gestanden, als Cummings erzählte, er hätte in irgendeiner Bar in der Nähe des Dodger-Stadions so lange gewartet, bis er einen Schwips hatte, und sei anschließend nach Hause gegangen. Theo sagt, du hättest Cummings ›ganz komisch‹ angeguckt und beinahe etwas gesagt. Später hätte Theo dich dann gefragt, was das zu bedeuten hatte, und du hättest gesagt, du hättest Cummings am Abend zuvor an einem

Straßenmarkt bei dir in der Nähe getroffen – auf dem Markt in Brentwood auf dem San Vicente Boulevard, Ecke 26. Straße.«

»Na und?«

»Cummings hat damals in der Gegend um Silverlake gewohnt, ganz in der Nähe des Stadions. Der Brentwood-Markt liegt am anderen Ende der Stadt. Und du hast behauptet, du hättest ihn dort gesehen, und zwar an einem Tisch vor einem Deli.« In die darauf folgende bedeutungsschwangere Pause hinein fragte Ariel: »Und?«

»Und er war nicht allein. Daraus könnte man schließen, daß du den angeblich nicht existierenden ›Informanten‹ gesehen hast.«

Henry grinste gequält. »Das einzige Problem, meine Süße, ist, daß du dich nicht erinnern kannst.«

12

Also, ich hab mir diese Fotos so oft angesehen, daß ich schon anfange, von diesen vier Leuten zu träumen. Ich kann mich immer noch nicht erinnern, ob ich einen von denen zusammen mit Cummings auf dem Markt in Brentwood gesehen hab.« Ariel knallte die Lacy-Akte auf Henrys Schreibtisch und sagte: »Ich hab den lieben Theo Bell nach dem Gespräch gefragt, das er und ich damals angeblich geführt haben sollen. Du hättest mal hören sollen, wie er sich die Würmer einzeln aus der Nase ziehen ließ. Es hat ihm richtig Spaß gemacht, mich zappeln zu sehen. Er hat gesagt, ich hätte ihm überhaupt nichts erzählt, und dann meinte er noch ziemlich abfällig, ich sei noch nie dafür bekannt gewesen, meine ›Informationen preiszugeben‹.«

»Du bist nicht gerade eine begnadete Mannschaftsspielerin gewesen, meine Liebe.«

»Irgendwann spring ich auf meinen Schreibtisch und verkünde lauthals, daß ich vor einem halben Jahr einen Computer nicht von einem Küchenschrank unterscheiden konnte und daß ich zur Zeit alles von der Pike auf neu lernen muß wie eine Praktikantin ... Aber eins würde ich doch gern wissen. Wieso hast du mich damals nicht auf diese Lacy-Geschichte angesprochen – bevor mein Gedächtnis mich verlassen hat?«

»Wieso hast du mir ›damals‹ nicht gesteckt, daß ich eine Schmeißfliege unter meinen Mitarbeitern hatte? Wenn du dich recht erinnerst, hatte ich bis letzte Woche keine blasse

Ahnung davon, daß du diesen ›Informanten‹ zusammen mit Cummings gesehen hast.«

»Tja, also ich hab mir die Aufzeichnungen angesehen – jedenfalls das, was da ist. Cummings war anscheinend nicht gerade der Typ, der sich totarbeitet, oder?«

»Ach, er hat seine Sache gar nicht schlecht gemacht, das muß ich ihm lassen. Der Typ hatte Biß, der war hartnäckig. Den hat so leicht nichts aus der Fassung gebracht. Wenn jemand, den er an der Strippe hatte, einfach den Hörer auflegte, stand er am nächsten Tag mit der Kamera bei dem vor der Tür.« Henry machte ein abschätziges Gesicht. »Der würde einen erstklassigen Privatdetektiv abgeben. Das wäre der richtige Job für ihn, untreue Ehefrauen beschatten, die sich in der Mittagspause für ein schnelles Nümmerchen mit ihrem Lover treffen, und sie heimlich ablichten, wenn sie's gerade treiben.«

Ariel dachte einen Moment lang über das nach, was Henry gesagt hatte. Schließlich sagte sie: »Es ist also kaum anzunehmen, daß Cummings Lacy so leicht sausenlassen würde. Aber noch mal zurück zu der Akte. Ich hab alles durchgelesen, aber nichts gefunden, was mir wesentlich erschienen wäre. Außer natürlich dem einzigen, was einem gleich ins Auge springt.«

Henry legte die Fingerspitzen aneinander und grinste wie die Katze aus ALICE IM WUNDERLAND. »Ach ja«, sagte er, »und das wäre ...?«

»In seinen Aufzeichnungen erwähnt Cummings ein Gespräch mit Lacys Frau. Im ganzen Haus hier gibt es weder etwas Schriftliches noch ein Tonband, noch einen Hinweis auf die Existenz eines Tonbandes von diesem Interview. Ich nehme an, du gehst davon aus, daß er alle wichtigen Sachen aus der Akte vernichtet und dabei diese kleine Notiz übersehen hat.«

»Genau das hat er meiner Meinung nach getan, und ich sage dir, was ich tun werde. Diese Sache ist ab sofort einer der wichtigsten ungelösten Fälle der OFFENEN AKTE, und ich werde den Fall höchstpersönlich übernehmen. So wahr ich hier sitze, dieser Cummings ist ein geldgeiler Bastard, der über dieses sogenannte ›lukrative Angebot‹ völlig durchgedreht ist, und ich schwöre dir, ich werde diesem Arsch das Fell über die Ohren ziehen!«

Wütend knallte Henry seine Schreibtischschublade zu. »Ich betrachte es als persönliche Beleidigung nicht nur für mich, sondern für unseren gesamten Berufsstand, wenn so was passiert. Dieser Grant Lacy interessiert mich einen Scheißdreck. Es ist mir egal, ob er ermordet wurde oder ob er sein Geld auf den Cayman-Inseln verpraßt. Ich werde nicht zulassen, daß Richard Cummings die Integrität meines Berufs oder die unserer Show ruiniert.« Er strich sich nervös über den Bart. »Ich kann Diebe nicht ausstehen«, sagte er. »Und genau das ist Cummings. Wenn ein Reporter zum Verbrecher wird, dann bestiehlt er jeden, der sich darauf verläßt, daß er seinen Beruf mit Anstand ausübt.«

Ariel setzte sich auf einen der klapprigen Stühle, von denen Henry sich nicht trennen konnte. »Es gibt eine Menge Leute«, sagte sie, »die davon überzeugt sind, daß Integrität und das Geschäft mit Nachrichten sich gegenseitig ausschließen.«

»Wenn ich das durchgehen lasse, würde ich ja in dasselbe Horn blasen.«

»Tja, seit ich diesen Job geerbt hab, schlage ich mich mit Vorbehalten herum. Wenn unsere Branche ins Zwielicht geraten ist, kommt das nicht von ungefähr, stimmt's? Mal davon abgesehen, daß einige Leute tatsächlich Schmiergelder annehmen, kommt es unserer Glaubwürdigkeit nicht unbedingt zugute, wenn Nachrichtenjournalisten so viel verdienen wie die Superstars im Sport oder wenn Leute wie Diane Sawyer und Geraldo Rivera andauernd um alle möglichen Pseudoberühmtheiten herumscharwenzeln und sie nach ihrem Geschlechtsleben ausfragen. Ich sage dir, solange sich die Medien wie die Schmeißfliegen auf jeden sensationellen Mord und jeden prickelnden Skandal stürzen, können wir nicht damit rechnen, daß man uns den Respekt entgegenbringt, wie Harry Reasoner ihn genossen hat. Oder Walter Cronkite oder Edward R. Murrow oder –«

»Nellie Bly«, warf Henry ein und verzog gequält das Gesicht. »Du bist nicht nur sexistisch, sondern auch noch naiv, und ich rede nicht über den Wert von Nachrichten, ich rede über Ethik.«

»Ich auch. Wie groß ist der Unterschied zwischen bloßem Aufbauschen und kaltschnäuziger Manipulation?«

»Ungefähr so groß wie der Unterschied zwischen einem Bullen, der einen Jugendlichen, den er beim Haschrauchen erwischt, mit einer Verwarnung davonkommen läßt, und einem, der selber Drogen dealt. Das eine ist Ausdruck von Urteilsvermögen, das andere ist kriminell.«

»Das bringt uns auch nicht weiter. Hör zu, ich bin immer noch nicht davon überzeugt, daß du etwas gegen Cummings in der Hand hast, aber falls er tatsächlich gegen Bezahlung Beweise unterdrückt hat – womöglich sogar Beweismittel in einem Mordfall –, dann muß das an die Öffentlichkeit. Also, wie gehen wir weiter vor?«

»Wir werden erstens feststellen, was Cummings gemacht hat, nachdem er bei uns ausgestiegen ist, und zweitens werden wir, wie ich schon sagte, den Fall Lacy wieder aufrollen, und zwar in aller Öffentlichkeit. Wer weiß, vielleicht ziehen wir ja irgendwas an Land, wenn wir die Netze weit genug auswerfen.«

»Falls Mr. Lacy einem Gewaltverbrechen zum Opfer gefallen ist, könnte es auch sein, daß wir irgend jemand empfindlich aufschrecken.«

»Vielleicht krieg ich ja auch einen Anruf von einem Informanten«, sagte Henry grimmig. »Ich würde mich doch todschick in einem Porsche machen, meinst du nicht?«

Ariel schnaubte verächtlich. »Die Vorstellung allein dreht mir den Magen um. Du könntest immer noch einfach Cummings anrufen und ihn ganz direkt fragen. Er steht im Telefonbuch von Atlanta. Ich hab nachgesehen.«

Henry verdrehte die Augen.

»War ja nur ein Vorschlag.«

»Hm ... Ich möchte ihn ja doch wissen lassen, daß wir wieder an der Geschichte dran sind, nicht wahr? Es ist vielleicht gar keine schlechte Idee, ihn anzurufen. Aber nicht ich werde das tun, sondern du.«

»Und was soll ich ihm sagen?«

»Sag ihm ... Sag ihm, du hättest von Theo gehört, wo er steckt. Sag ihm, daß es eine neue Entwicklung in der Lacy-Story gibt und daß wir den Fall noch mal aufrollen. Laß irgendeine Bemerkung über die kümmerlichen Informationen fallen, die er in der Akte hinterlassen hat. Frag ihn nach dem Interview mit der Ehefrau. Und, wenn du es irgendwie einflechten kannst – und davon bin ich überzeugt –, laß ihn wissen, daß du von dem ›anonymen‹ Anrufer weißt.«

»Irgendwie beschleicht mich das Gefühl, daß ich benutzt werde, Henry. Sonst noch was? Soll ich nebenbei noch erwähnen, daß ich ihn auf dem Markt in Brentwood gesehen hab?«

»Ich würde sagen, das behalten wir vorerst noch für uns. Aber, wo du mich schon fragst, es gibt tatsächlich noch was. Ich wollte dich bitten, ein kleines Experiment im Zusammenhang mit diesem Angstneurosen-Projekt durchzuführen, an dem du gerade arbeitest.«

Ariel spürte, wie sich ihre Muskeln anspannten. »Was für ein Experiment?«

»Probier mal eine von diesen neuen Therapien zur Gedächtniswiedergewinnung aus. Vielleicht dieses EMDR-Dings. Wie hieß das noch? Eye Movement irgendwas. Was, wenn es funktioniert? Wäre es nicht zu deinem eigenen Vorteil, wenn du dein Gedächtnis wiedererlangen würdest?«

»Und wäre es nicht zu deinem Vorteil, wenn ich mich erinnerte, wen ich mit Richard Cummings zusammen gesehen habe?«

»Das wäre zweifellos ein willkommener Nebeneffekt, aber ich denke dabei in erster Linie an dich.«

»Ich glaub dir jedes Wort, Henry, und – ich zitiere: ›Vielleicht ist meine Tante Becky ein Revuestar.‹ Ich habe dir von Anfang an klipp und klar gesagt, daß diese Idee nichts mit meiner persönlichen Situation zu tun hat, okay?«

»Was hast du denn schon zu verlieren?«

»Hab ich's gesagt oder nicht?«

»Du benimmst dich total unvernünftig.«

»Und du willst mich ausnutzen.«

»Denk drüber nach.«

»Leck mich.«

»Ariel!«

Henry spielte den Schockierten. Mit weit aufgerissenen Augen starrte er zur Tür hinüber, die sich gerade öffnete.

»Was gibt's?« fragte er Lisa Jolley, eine Produzentin, deren Schreibtisch neben Ariels stand.

»Anruf für Ariel«, sagte die rothaarige Frau zu Henry und dann, an Ariel gerichtet: »Persönlich. Hört sich an wie dein Großvater.«

»Ich dachte, es würde dich interessieren, zu welchen Schlüssen sie bei der Untersuchung von John Williams Todesursa-

che gekommen sind«, sagte B. F. »Der Fall ist noch nicht abgeschlossen, und die Polizei wird sich wahrscheinlich noch mal bei dir melden.«
»Wieso?« fragte Ariel. Sie spürte, wie ihr Puls schneller schlug. »Was ist denn passiert?«
»Also, sicher weiß ich nur eins. Sie haben eine Beule an seinem Kopf gefunden, die er sich kurz vor seinem Tod zugezogen haben muß. Er ist auf jeden Fall an Kohlenmonoxidvergiftung gestorben, aber es sind zumindest Zweifel aufgetaucht, ob er freiwillig aus dem Leben geschieden ist. Daß er keinen Abschiedsbrief hinterlassen hat, gefällt diesem Newton überhaupt nicht, hab ich mir sagen lassen, und auch die Tatsache, daß die Haustür nicht abgeschlossen war. Ich nehme an, deine Aussage, nach der John William sich vor etwas oder jemandem fürchtete, wird wohl zu seinen Zweifeln beigetragen haben.«
Ariel lief ein Schauer über den Rücken. »Na ja, ich hoffe, ich habe das nicht überbewertet.«
»Hat er's gesagt oder nicht?«
»Ja, sicher. Er hat's gesagt.«
»Also ...?«
Nachdem sie noch ein paar Sätze gewechselt hatten, legte Ariel auf und starrte ins Leere. Sie ließ noch einmal die unwirkliche, mitternächtliche Begegnung mit John William vor ihrem geistigen Auge ablaufen und versuchte, sich genau zu erinnern, was er gesagt hatte.
Er hatte von der »Leere« gesprochen, die Jane als Jugendliche empfunden hatte, die Leere, die er auf die Trennung von ihrer Zwillingsschwester zurückführte. Er hatte auch etwas von Einsamkeit erwähnt, fiel Ariel plötzlich wieder ein, und von Sehnsucht, und in diesem Zusammenhang hatte er die Worte »Trauer, Scham und Angst« benutzt. Nachdenklich rieb sie sich die Unterlippe. Waren das die Gefühle eines

Mannes, der vorhatte, sich das Leben zu nehmen, oder paßten sie eher zu einem, der fürchtete, jemand anders wollte ihn umbringen?

Später, erinnerte sie sich, hatte sie ihn direkt gefragt, wovor er oder Jane sich hätten fürchten müssen, und er hatte irgend etwas gesagt wie: »Jane hatte keine Angst.« Diese Antwort war nur auf eine Weise zu deuten. Ariel runzelte die Stirn. Da war noch etwas gewesen ... »Mörder suchen sich ihre Opfer ebenso willkürlich aus wie Gott«, hatte John William gesagt. Sie atmete verblüfft aus. Das hatte sie ganz vergessen. Sie suchte auf ihrem Schreibtisch nach der Nummer des Polizisten in Charleston, die er ihr durchgegeben hatte, »für den Fall, daß ihr doch noch etwas einfiel« – doch dann hielt sie plötzlich inne, als ihr ein Gedanke kam. Vielleicht sollte sie noch mal nach Charleston fliegen. Wäre das nicht der perfekte Stoff für einen Beitrag in der OFFENEN AKTE? Sie wollte sich gerade auf den Weg zu Henry machen, um ihm den Vorschlag zu unterbreiten, als sie die Idee auch schon wieder verwarf. Es handelte sich hier um laufende polizeiliche Ermittlungen, von einem ungelösten Fall konnte zu diesem Zeitpunkt noch nicht die Rede sein, und sie hatte keinen Grund, sich in diese Sache einzumischen. Außerdem hatte sie auch so schon genug zu tun.

Und doch hinterließ diese Sache einen unguten Beigeschmack. Es war durchaus möglich, daß sie tatsächlich die letzte gewesen war, die mit John William gesprochen hatte. Sie hatte das Gefühl, daß diese Dinge, die er ihr kurz vor seinem Tod anvertraut hatte, sie auf unerklärliche Weise zu etwas verpflichteten, daß sie ihm etwas schuldig war. Den Gefallen eines begründeten Verdachts zum Beispiel. Wenn sie nun nicht die letzte gewesen war, mit der er gesprochen hatte? Wenn nicht sie, sondern sein Mörder der letzte gewesen war ...

Ariel riß sich von diesen Gedanken los und redete sich selbst zu, die Dinge nicht so zu dramatisieren. B. F. hatte gesagt, der Polizist aus Charleston würde sich wahrscheinlich noch mal bei ihr melden. Wenn er es tat, würde sie ihm sagen, daß John William das Wort »Mord« gebraucht hatte. Er würde dann schon wissen, wie er mit dieser Information umzugehen hatte.

Der nächste Anruf kam jedoch nicht von Detective Newton, sondern von B. F., und er kam am darauffolgenden Nachmittag.

Es war Sonntag, eine Woche und ein Tag nach John Williams Tod. Ariel hatte die Hunde gerade angeleint und wollte sich mit ihnen auf den Weg in den Park machen, als das Telefon läutete. Sie überlegte, ob sie es einfach klingeln lassen und später den Anrufbeantworter abhören sollte, doch das war etwas, das ihr gewöhnlich schwerfiel.

»Ich habe gerade erfahren, daß Halley Barron tot ist«, sagte B. F. ohne Umschweife.

Die Worte wirkten wie ein Schock. Während der lähmenden Sekunden, die vergingen, bis Ariel den Namen einordnen konnte, spürte sie, wie ihr die Angst in die Glieder kroch. Sie atmete tief ein. Das war keine Hiobsbotschaft; es war niemand, den sie kannte – nur John Williams Schwester. Kaum hatte sie den Gedanken zu Ende gedacht, überkam sie eine Mischung aus Schuldgefühlen und blankem Entsetzen. »Was ist passiert?« fragte sie. »Sie hat doch nicht ...?«

»Verkehrsunfall. Sie und Grace waren gestern abend auf dem Weg von Savannah nach Charleston, um sich um das Haus zu kümmern, wie Grace sagte. Irgendwie ist der Wagen außer Kontrolle geraten, und Halley wurde auf die Straße geschleudert. Es ist auf dieser zweispurigen Strecke passiert, zwischen Walterboro und ... Ist egal, du kennst die

Gegend sowieso nicht. Jedenfalls, jemand hat den Krach gehört, als der Wagen gegen einen Baum geprallt ist, und hat die Polizei angerufen. Halley war schon tot, als sie kamen. Komisch ... Wenn ich an Halley denke, sehe ich immer dieses kleine Mädchen von früher vor mir, ich hab sie ja schließlich all die Jahre nie gesehen. Sie war so ein zartes kleines Ding und so still. Sie hatte viel mehr Persönlichkeit als ihr Bruder.«

»Und was ist mit Grace?«

»Die hat ein paar Schrammen abgekriegt. Hat irgendwas gebrochen und Schnittwunden im Gesicht, ich glaub, es ist nichts Schlimmes. Aber eine Sache war ein bißchen merkwürdig – und traurig.«

Ariel nahm Jessie die Leine ab und versuchte, den frustrierten, umhertänzelnden Stonewall zu trösten, als ihr plötzlich klar wurde, was sie die ganze Zeit an B. F. gestört hatte. »Was ist mit deiner Stimme?« fragte sie.

Sie hörte ein gedämpftes Hupen am anderen Ende der Leitung, dann sagte B. F. mit belegter Stimme: »'n Katarrh.«

»Wie bitte?«

»'ne Erkältung, nehm ich an.«

»Ach so.« Ariel fühlte sich durch störende Hintergrundgeräusche irritiert und hielt sich das andere Ohr zu, als ob sie B. F. dann besser verstehen könnte. »Eine schlimme Erkältung?«

»Hast du schon mal 'ne gute gehabt?«

Ariel sagte nichts dazu. »Du wolltest gerade von etwas Merkwürdigem an dem Unfall erzählen.«

»Ja. Einer der Polizisten, die an den Unfallort gerufen wurden – ein Typ namens Long –, hat es Sarge erzählt. Er sagt, Grace war nicht ganz bei sich, als sie ankamen. Völlig weggetreten, verstehst du? Sie saß neben Halleys Leiche, saß einfach da und blutete wie ein angestochenes ... Also, dieser Mann sagt, sie schien noch nicht mal zu bemerken, daß sie verletzt war. Sie saß da und murmelte so komische Sachen vor sich hin wie: ›Warte nur, du wirst schon sehen‹ und ›Mach dir keine Sorgen‹, als wüßte sie nicht, daß Halley tot war.«

»Na ja, das ist doch gar nicht so mysteriös. Sie stand unter Schock – wahrscheinlich wollte sie nicht akzeptieren, daß Halley tot war –, und sie versuchte, sie zu trösten und ihr zu sagen, daß Hilfe unterwegs war.« Ariel zog Stonewall mit dem Fuß zu sich heran und befreite ihn von seiner Leine.

»Von mysteriös hab ich nichts gesagt, Ariel Gold, und ich war noch nicht fertig. Dieser Typ hat Sarge erzählt, als sie auf Grace zugingen, hätte sie sie mit klaren Augen angesehen und ihnen erklärt: ›Das ist meine Stieftochter Halley Irene Barron. Sie ist tot.‹«

Ariel fluchte leise vor sich hin und fragte, als die Hintergrundgeräusche lauter wurden: »Wo bist du überhaupt?«

»In 'ner Flugzeughalle. Wir fliegen gleich rüber nach Charleston, um –«

»Du bist erkältet und willst trotzdem fliegen? Das solltest du nicht tun.«

»Monroe hat mich angerufen und gesagt, daß in ein Haus, nur eine halbe Meile von meinem entfernt, eingebrochen worden ist. Sarge ist neulich durch diese Sache mit John William völlig abgelenkt worden und hat immer noch nicht diese verdammte Alarmanlage eingebaut. Er will unbedingt zurück und sich darum kümmern.«

»Ich verstehe nicht, warum du ihn begleiten mußt.«

»Hattie ist immer noch in South Carolina, und ich hab mir ein paar Tage Urlaub genommen. Wenn sie da ist und Sarge auch, hab ich wenigstens was davon.«

»Du hast dir Urlaub genommen? Wie krank bist du eigentlich?«
»Es macht mich krank, in zweistündigen Geschäftsbesprechungen zu sitzen, die eigentlich nur so lange dauern dürften, wie ich brauche, um diesen jungen Schleimscheißern aus New York zu sagen, daß ich schon im Geschäft war, als sie noch in die Windeln gemacht haben«, knurrte B. F. »Moment mal; ich hab einen Anruf auf der anderen Leitung.« Einen Augenblick später sagte er: »Ich muß los. Ich ruf dich in ein oder zwei Tagen an.«
Ariel nahm die Hunde wieder an die Leine und ging in den Park. Doch während sie Stöcke für Jessie warf, mußte sie die ganze Zeit an die jüngste Tragödie denken, die die Familie Barron heimgesucht hatte.
Nach dem, was bei ihr von den Gesprächen mit B. F. hängengeblieben war, mußte Halley der letzte Sproß einer ehemals stolzen Familie gewesen sein. Machte das aus ihrem Tod ein besonders tragisches Ereignis? fragte sie sich. Vielleicht mußten alte, erschöpfte Familien ebenso irgendwann zugrunde gehen wie ein ausgemergelter Körper. Diese düsteren Gedanken erinnerten Ariel daran, daß auch sie und B. F. die letzten Überlebenden ihrer Familie waren. Es lief ihr eiskalt über den Rücken, und sie beschloß, die Sache vorerst auf sich beruhen zu lassen.
Als sie sich nach Stonewall umschaute, sah sie eine Hundebesitzerin, eine Schauspielerin, die einem älteren Herrn einen Kuß zuwarf. Der Mann war ebenfalls Schauspieler, Ariel kannte ihn aus verschiedenen alten Fernsehserien. Sie versuchte gerade, sich an seinen Namen zu erinnern, als ein riesiger Rhodesian Ridgeback zu den beiden hinübertrottete, neben dem nichtsahnenden Mann stehenblieb und das Bein hob.
Ariel wollte ihm eine Warnungzu rufen, doch es war bereits

zu spät. Das charmante Lächeln des Schauspielers wich blankem Entsetzen. Wie jemand, der gerade eine Hiobsbotschaft vernommen hat, starrte er auf den dunklen Fleck auf seiner Khakihose, sah sich in seiner unmittelbaren Nähe nach dem Missetäter um (der bereits das Weite gesucht hatte) und ließ dann den Blick etwas weiter durch den Park schweifen, um nach einem Zeugen der Untat zu suchen. Schließlich wandte er sich tapfer lächelnd wieder seiner Gesprächspartnerin zu.

Als der Schauspieler mit seinem Bichon frisé an ihr vorbeikam, fiel ihr sein Name plötzlich wieder ein. »Guten Abend, Tony«, sagte sie und bemühte sich, nicht zu grinsen. Ihr Gegenüber murmelte einen unverständlichen Gruß und bewegte sich mit steifen Schritten in die Richtung seines Jeeps. Ariel begann, ihre Hunde einzusammeln.

Während Ariel Jessie an die Leine nahm und nach Stonewall rief, kam sie zu dem Schluß, daß Shaw recht hatte: »Das Leben hört nicht auf, lustig zu sein, wenn jemand stirbt, es hört aber auch nicht auf, ernst zu sein, wenn die Leute lachen.«

13

Ariel war mit ihren Aufzeichnungen über populäre Verhaltensmuster und Therapiemarotten beschäftigt – Urschrei-Therapie und EST und I'm OK, you're OK und so weiter –, kam jedoch nicht umhin, den heftigen Streit mitzubekommen, der sich hinter den Glasscheiben von Henrys Büro abspielte.

Die gutaussehende Frau, deren Lippen sich im Zeitraffertempo bewegten und die mit ihren Fäusten auf Henrys Schreibtisch trommelte, trug zerrissene Jeans, ein T-Shirt mit einem Werbeaufdruck für irgendeinen Kinofilm (das sich über einem eindrucksvollen Busen spannte) und Wanderschuhe. Sie trug kein Make-up. Sie hatte auch keins nötig.

Nach Henrys gelangweiltem Gesichtsausdruck und seiner betont lässigen Haltung zu urteilen – die Füße auf dem Schreibtisch, die Hände hinter dem Kopf verschränkt –, gab er sich alle Mühe, unerschütterlich zu wirken. Ariel wußte genau, daß er kurz davor stand, in die Luft zu gehen. Und sie kannte nur eine einzige Person, die in der Lage war, Henry dermaßen auf die Palme zu bringen. Sie war sich ziemlich sicher, daß die Frau in Henrys Büro Emily war, Sams Mutter.

Sollte ihre Vermutung richtig sein, dann gab es etwas, das sie an Emilys Anblick überraschte. Sie hatte keine Ahnung gehabt, daß Henrys letzte Exfrau so schön und so jung war. Nach ihrem Äußeren schloß Ariel, daß sie Sam im Teenageralter bekommen haben mußte.

Die Frau fuchtelte mit dem Zeigefinger vor Henrys Gesicht herum, schnappte sich ihren teuren Lederrucksack, riß die Tür auf und stürmte an Ariel vorbei aus dem Studio. Gleichzeitig war aus Henrys Büro ein lautes Krachen zu hören. Als Ariel herumfuhr, sah sie braune Flüssigkeit an der Glaswand herunterlaufen. Zufrieden sah Henry zu, wie die Schlieren sich in die Länge zogen, nahm eine neue Tasse und goß sich frischen Kaffee ein. Dann, offenbar ohne sich dessen bewußt zu sein, daß ihn ein Dutzend Augenpaare anstarrten, stand er auf, schloß die Tür, setzte sich wieder an seinen Schreibtisch, nahm den Telefonhörer auf und wählte eine Nummer.

Geflüsterte Kommentare und leises Kichern gingen durch das Großraumbüro. Ariel verdrehte nur die Augen, als ein Kollege ihr zugrinste, und konzentrierte sich wieder auf ihre Arbeit.

Nachdem sie ihm ausreichend Zeit gelassen hatte, sich wieder abzuregen, klopfte Ariel an Henrys Tür, öffnete sie und steckte ihren Kopf hinein.

»Darf ich reinkommen?« fragte sie.

»Richard Cummings hat zwei Tage nach dem ominösen Anruf von diesem Informanten seine Wohnung gekündigt«, sagte Henry. Er begann, mit seinem Stuhl zu schaukeln, der so fürchterlich quietschte, daß Henrys nächste hämische Bemerkung beinah im Lärm unterging. »Bevor er abgehauen ist, hat er sich einen Porsche gekauft, einen Carrera, und die Kohle, neunundsechzigfünf, hat er bar auf den Tisch gelegt.«

»Mein Gott, Henry! Du klingst ja wie Inspektor Javert auf der Jagd nach Jean Valjean! Wie sieht Cummings' derzeitiger Kontostand denn aus – oder hast du das noch niemandem aus der Nase gezogen?«

»Ich arbeite dran. Außerdem habe ich überall bekanntgegeben, daß wir wieder an der Lacy-Story arbeiten. Der Köder ist ausgelegt.«

»Und ich bin der Köder. Ich hab Cummings angerufen.«

Henrys Stuhl kam mit einem letzten Quietschen zum Stillstand.

»Er gab sich ganz begeistert darüber, daß wir wieder an der Story dran sind. Er wollte wissen, was aus der Verhaftung geworden ist, die damals angeblich kurz bevorstand, und er hat behauptet, die Ehefrau hätte das Interview in letzter Minute abgesagt. Dann wollte er noch wissen, ob wir schon irgendwas Neues hätten, und hat mich nach Atlanta eingeladen. ›Ihr müßt mich demnächst mal alle besuchen kommen, Schätzchen, hörst du!‹ Er war ungefähr so charmant wie 'ne Krake, aber ich frage mich trotzdem, ob du bei ihm nicht auf der falschen Fährte bist, Henry.«

»Bin ich nicht.«

»Vielleicht hatte der Mensch, mit dem er sich auf dem Markt in Brentwood getroffen hat, überhaupt nichts mit der Sache zu tun.«

»Und warum hat er dann geleugnet, daß er überhaupt dort gewesen ist?«

Ariel trat übertrieben vorsichtig über ein paar Tassenscherben hinweg, die in einer häßlichen Kaffeepfütze auf dem Boden lagen, und setzte sich. »Du hast Glück gehabt, daß die Scheibe nicht zu Bruch gegangen ist.«

»Ich hätte Emily durch die Scheibe schmeißen sollen.«

»Ah ... das war also Emily. Du hast mir nie erzählt, daß sie aussieht wie die junge Ingrid Bergman.«

»Ich kann mich nicht erinnern, überhaupt etwas über sie erzählt zu haben.«

»Die Betonung lag auf jung, falls du es nicht bemerkt haben solltest.«

»Sie ist auch nicht jünger als du. Wenn ich mich recht

erinnere, ist sie sogar ein bißchen älter, aber ihre Unreife läßt sich nicht verbergen.«

»Man sollte annehmen, daß nur eine Frau, die du immer noch liebst, dich so aus der Fassung bringen kann.«

»Man sollte annehmen, daß der Wohlfahrtsstaat ein Segen für die Menschheit ist.«

»Du liebst sie also nicht mehr?«

»Sam wird für eine Zeitlang bei mir wohnen.«

Ariel zog die Brauen hoch. »Ist schon wieder was passiert?«

»Emily muß für ein paar Wochen nach Oregon, um nach Drehorten zu suchen. Sie kann ihn nicht aus der Schule nehmen, aber sie hat schon lange, bevor sie davon wußte, verlangt, daß ich Sam übernehme. Sie wird angeblich nicht mehr mit ihm fertig.« Henry begann, an seinem Bart herumzufummeln. »Zum erstenmal in ihrem Leben hat sie etwas richtig erkannt. Es wird höchste Zeit.«

»Wann zieht er bei dir ein?«

»Samstag«, sagte Henry wenig begeistert.

»Na dann, viel Glück. Aber ich wollte dir eigentlich was anderes sagen. Es ist zwar ziemlich kurzfristig, aber ich würde dich gern heute abend zu einer kleinen Party bei mir zu Hause einladen. Hast du Zeit?«

Es war das erste Mal, daß Ariel ihn zu sich einlud, und Henry zögerte kurz, bevor er sich nach dem Anlaß erkundigte.

»Ursprünglich wollte ich nur Marguerite und Carl Harris zum Essen einladen, um ein bißchen mit ihnen zu feiern«, sagte Ariel. »Du erinnerst dich doch sicherlich an Marguerite? Meine Nachbarin, die Bühnenschriftstellerin? Sie hat gerade die Nachricht bekommen, daß die Finanzierung ihres neuen Stücks – das erste seit Jahren – gesichert ist. Aber gestern hat Win Peacock angerufen. Er ist gerade in der Stadt, und da hab ich ihn auch eingeladen, und dann hab ich mir gedacht, ich mach einfach eine Party draus, und hab Laya noch gefragt, ob sie kommen mag. Also was ist? Hast du Lust?«

Laya, von der Ariel sprach, war eine enge Freundin ihrer Schwester gewesen. Henry wußte, daß sie seit Janes Tod mit Ariel befreundet war, es war also nichts Ungewöhnliches, daß sie sie eingeladen hatte. Bei Win Peacock allerdings sah die Sache ganz anders aus.

Der ehemalige Korrespondent hatte sich verdächtig auffällig für Ariel interessiert, bevor er gekündigt hatte und als Moderator zur Konkurrenz gegangen war, einem Sender in der Nähe von New York. Andererseits gab es kaum weibliche Wesen auf dieser Welt, für die Win sich nicht interessierte. Aber bei Ariel hatte er sich ziemlich engagiert. Als dieser Psychopath sich vor einem halben Jahr auf Ariel gestürzt hatte, war Win zwischen sie und das Messer getreten und war aufgeschlitzt worden wie eine Weihnachtsgans. Henry unterstellte ihm jedoch, daß nicht Ritterlichkeit, sondern ein Versehen Win in diese unglückliche Lage gebracht hatte.

»Weswegen hat Peacock *dich* denn angerufen?« fragte er.

»Die unverschämte Betonung möchte ich überhört haben«, sagte Ariel ausweichend. »Also, kommst du nun oder nicht?«

Grinsend verließ sie sein Büro. Ihr war weder entgangen, daß sie seine Frage nicht beantwortet hatte noch daß er offenbar verstimmt war.

Soll er ruhig ein bißchen schmoren, dachte sie. Falls er glaubte, daß Win sich aus beruflichen Gründen für sie interessierte, konnte das gar nicht schaden. Falls er annahm, Wins Interesse sei persönlicher Natur, hätte sie auch dagegen nichts einzuwenden, wie sie zu ihrer eigenen Überraschung feststellte. Sie wußte ebensogut wie Henry, welcher

Ruf Win Peacock vorauseilte, und die Vorstellung, daß so ein gutaussehender (und in den Augen zahlloser Frauen begehrenswerter) Mann sie attraktiv fand, tat ihrem Ego sogar richtig gut.
Erst später fiel Ariel auf, daß sie nicht die einzige war, die eine Frage unbeantwortet gelassen hatte. Sie hatte Henry gefragt, ob er seine Frau immer noch liebte.

14

Ariel hatte keine Erfahrung als Gastgeberin. Nach dem, was man ihr über ihr erstes Leben erzählt hatte, hatte sie sich früher nur äußerst selten in dieser Rolle versucht, und dies war sozusagen ihre Premiere in ihrer jetzigen Inkarnation. Obwohl es eine recht kleine Party werden würde, war sie ziemlich nervös.

Sie machte Feuer im offenen Kamin, was an diesem milden Abend eigentlich überflüssig war. Aber das machte nichts, sie würde einfach die Fenster offenlassen. Wie die Kerzen, die sie ebenfalls anzündete, würde das Feuer zu einer gemütlichen Atmosphäre beitragen. Sie wischte sich die Hände ab und ließ den Blick durch das Zimmer schweifen, um sicherzugehen, daß sie kein schief hängendes Bild, kein braunes Blatt an den Topfpflanzen und keine Staubflocke übersehen hatte.

Dieses Haus gehörte zu den glücklichen Erbschaften aus ihrer Vergangenheit. Die abgeschiedene Wohngegend, in der es stand, war in den dreißiger Jahren angelegt worden und vom Wandel der Zeiten weitgehend unberührt geblieben – bis auf die ins Astronomische gestiegenen Grundstückspreise. Das Haus, das ihre Adoptiveltern in den fünfziger Jahren zu einem bescheidenen Preis erstanden hatten, war solide gebaut und phantasievoll gestaltet; nachdem es in ihren Besitz übergegangen war, war es nicht weniger liebevoll renoviert worden. Während das Haus schon immer mit gewölbten Decken, Parkettfußböden und Rundbogentüren ausgestattet gewesen war, waren nun verglaste Terrassentüren und Dachfenster hinzugekommen. Wo sich heute Ariels Schlafzimmer befand, waren wahrscheinlich früher einmal zwei Zimmer gewesen. Auf diese Weise war zwar kein Platz für ein Gästezimmer geblieben, dafür verfügte Ariel über ein geräumiges, regelrecht luxuriöses Refugium. Die Küche war zweifellos von jemandem eingerichtet worden, der etwas vom Kochen verstand und an nichts gespart hatte.

Es war nicht zu übersehen, daß die alte Ariel sich der Einrichtung ihres Hauses mit einer Hingabe gewidmet hatte, die sie sich selbst gegenüber versagt hatte. Unerklärlich blieb, warum die neue Ariel sich vom ersten Augenblick an in dieser Umgebung zu Hause gefühlt hatte, während alles andere an dieser asketischen Frau, die sie einmal gewesen war, ihr doch so fremd vorkam.

Nach einem letzten prüfenden Blick auf den gedeckten Tisch eilte sie in die Küche, wo es bereits appetitlich duftete. In einem Ofen brutzelte ein gefüllter Schweinebraten, in dem anderen garte ein Gratin dauphinois. Die frischen grünen Bohnen waren geputzt, die Vorspeisen angerichtet, und ein Blick in den Spiegel bestätigte Ariel, daß sie das Abbild einer perfekt gestylten, selbstbewußten Gastgeberin war.

»›Stil‹«, erklärte sie Jessie, die ihr Frauchen mißtrauisch beäugte, »›bedeutet zu wissen, wer man ist, was man sagen will, und sich nicht um die Meinung anderer zu scheren.‹«

Es läutete an der Tür, und Jessie brach in wütendes Gebell aus. Im gleichen Augenblick kam Stonewall mit einer frisch erlegten Strumpfhose ins Eßzimmer getrottet. Ariel stürzte hinter ihm her, um ihm seine Beute zu entreißen. Als der verrückte Hund gerade unter dem Tisch verschwand, läutete es zum zweitenmal. Leise fluchend eilte Ariel an die Tür.

Win Peacock sah noch mehr aus wie ein Hollywood-Star, als Ariel es in Erinnerung hatte: blondes Haar, kantiges Kinn und ein wenig zu herb, um als hübsch bezeichnet zu werden. Der ehemalige Korrespondent der OFFENEN AKTE zog eine Braue hoch und pfiff durch die Zähne, als Stonewall laut bellend angeschossen kam wie ein Wachhund, dem gerade wieder eingefallen war, welche Pflichten er zu erfüllen hatte. »Aus!« rief Ariel, während sie sich im stillen fragte, wo er die Strumpfhose gelassen haben mochte.

Der Abend entwickelte sich zu einer jener glücklichen Gelegenheiten, die sich allein dem Zufall verdanken und sich mit keinem noch so großen Planungsaufwand herbeiführen lassen.

Marguerite Harris war auf ihre typisch exzentrische Art äußerst unterhaltsam. Vor lauter Begeisterung darüber, daß sie ihr neues Stück an den Mann gebracht hatte, sprühte die zierliche Siebzigjährige mit den rostrot gefärbten Haaren förmlich vor Energie. Mit ihren schmalen, von Altersflecken übersäten Händen so anmutig wie eine Geisha gestikulierend, hielt sie ihre Zuhörerschaft in Bann.

Carl, ihr amüsanter und amüsierter Mann, spielte gekonnt den Gegenpart. Aufgrund seines weltgewandten Auftretens hätte man meinen können, er sei einmal Botschafter gewesen, doch in Wirklichkeit war es das Resultat einer Ausbildung zum Schauspieler, die er absolviert hatte, bevor die meisten anderen Gäste geboren waren.

Wie üblich hielt die mysteriöse Laya sich an die Devise: »Rede nicht, es sei denn, du kannst das Schweigen verbessern.« Auf ihre stille Art strahlte sie eine besondere Energie aus, und die große, schöne Farbige war eine so leidenschaftliche Zuhörerin, daß alles, was man ihr sagte, an Bedeutung zu gewinnen schien.

Win Peacock stellte einmal mehr unter Beweis, daß er Frauen jeden Altes und Charakters zu betören wußte. Er schäkerte mit der ehrenwerten Marguerite und lockte Laya auf subtile Weise aus der Reserve. Er flirtete mit Ariel, machte ihr Komplimente, unterstrich sein Lob auf ihre gute Küche mit einem gesegneten Appetit und gab Anekdoten zum besten, aus denen seine Bewunderung für ihre beruflichen Fähigkeiten sprach.

Mochte sein kühnes Auftreten auch berechnend sein, so war es doch faszinierend, ihn in Aktion zu sehen, und Ariel fühlte sich an ein Spiel der Prärieindianer erinnert: Die Krieger mußten sich in den Kampf stürzen, einen Feind berühren und unbehelligt zu entkommen suchen – und alles nur zum Spaß.

Henry war die große Überraschung. Er entpuppte sich als begnadeter Erzähler, ein Talent, das Ariel bisher an ihm unbekannt gewesen war. Die maliziösen Geschichten und Anekdoten über die Mißgeschicke von Stars und Sternchen aus der Filmwelt, über die Schwächen von Politikern aus seinem Bekanntenkreis und über seine eigenen Missetaten während seiner frühen Jahre in der Nachrichtenbranche waren wahrscheinlich frei erfunden, und sie waren, wie sein Sohn sich ausdrücken würde, furchterregend. Aber sie waren auch witzig. Auch wenn er Win zwischendurch mit einem unterkühlten Blick bedachte und über die Entstehung der verwegenen Narbe in Wins Gesicht (die dieser Gentleman unbewußt immer wieder liebevoll streichelte) eine Geschichte erzählte, die erstunken und erlogen war, so führte Henry sich doch wesentlich zivilisierter auf, als Ariel erwartet hatte.

Kurz bevor die Party sich auflöste, ging Ariel in die Küche, um frischen Kaffee aufzubrühen. Sie war gerade dabei, Wasser in den Filter zu gießen, als sie hinter sich ein

Geräusch hörte und fast gleichzeitig im Nacken den warmen Atem von jemandem spürte, der ihr etwas zuflüsterte. Sie fuhr herum und starrte in das Gesicht von Win Peacock. Er grinste. »Hab ich dir schon gesagt, wie umwerfend du neuerdings aussiehst?«

»Du hast es erwähnt.«

»Ich bin noch bis Donnerstag in der Stadt; hast du irgendwann abends mal Zeit?«

Ariel sah Win direkt in die Augen. »Ich glaube nicht«, sagte sie. »Ich weiß, wie du dir die Narbe auf der Wange tatsächlich zugezogen hast, erinnerst du dich? Und die, die du vermutlich am Bauch hast. Es gibt nicht viele Leute, die schon mal ihr Leben für mich riskiert haben. Ich möchte eine Freundschaft, die mir etwas bedeutet, nicht mit unnötigen Komplikationen belasten.«

Win lachte und zeigte seine perfekten weißen Zähne. »Ich gebe es ja nur ungern zu, aber wenn ich gewußt hätte, daß der Typ ein Messer hatte, hättest du wahrscheinlich das Loch im Bauch gehabt. Und ich möchte mich aus rein geschäftlichen Gründen mit dir treffen. Bei LifeTime wird die Stelle eines koordinierenden Produzenten neu besetzt. Ich hab den zuständigen Leuten von dir erzählt, und sie sind interessiert. Wie sieht's bei dir aus?«

»Worüber hast du denn mit Mr. Wunderbar in der Küche geredet?« fragte Henry.

Die anderen Gäste hatten sich bereits auf den Weg gemacht, und Ariel hatte Henry zur Tür begleitet, um sich müde zu verabschieden.

»Dies und das.«

»Ach so.« Henry stopfte die Hände in die Hosentaschen. »Ach ja«, sagte er und zog Ariels Strumpfhose aus der Tasche. »Ich hab mich unter dem Tisch mit den Füßen in dem Ding verheddert, aber ich wollte es dir lieber nicht beim Essen über den Tisch reichen.«

Ariel schloß die Augen und verzog das Gesicht. »Stonewall«, sagte sie, »du bist doch vollkommen ...«

Weiter kam sie nicht, denn plötzlich waren Henrys Lippen auf ihrem Mund. Sie spürte eine Hand an ihrem Kinn und die andere in ihrem Nacken.

Noch bevor sie begriff, wie ihr geschah, wanderten Henrys Lippen über ihr Gesicht, zu ihrem Ohr, flüsterten etwas, berührten ein Auge, dann das andere. Und dann waren sie auch schon wieder fort. Ariel schwankte, als würde sie vom Wind erfaßt, und öffnete die Augen. Henry lächelte.

»Jetzt geht's mir schon besser«, sagte er, mehr zu sich selbst als zu ihr. Er hob die Strumpfhose auf, die zu Boden gefallen war, und legte sie zärtlich in ihre Hand. »Schlaf gut«, sagte er, »und vergiß nicht abzuschließen.«

Im nächsten Augenblick war er verschwunden.

Wie benommen befühlte Ariel ihr Kinn, wo sie eben noch sein Bart gekratzt hatte. Sie stand immer noch wie angewurzelt an ihrer Türschwelle, als das Telefon läutete.

15

Sarge McManus hatte sich kurz gefaßt und sich so sachlich wie möglich ausgedrückt in Anbetracht der Tatsache, daß die Uhr in South Carolina erst drei in der Früh anzeigte und das, was er zu sagen hatte, furchterregend war.

»Er ist nicht auf der Intensivstation, und er schwebt nicht in Lebensgefahr. Hast du das verstanden, Ariel? Ja?«

»Ja. Okay«, stieß Ariel zwischen zusammengebissenen Zähnen hervor. »Aber es ist eine Lungenentzündung? Besteht kein Zweifel?« Sie schlang ihren anderen Arm um die Brust, um ihr Zittern zu unterdrücken.

»Wenn er sich hätte impfen lassen – wie es sich nach Ansicht des Arztes für jeden über Sechzig gehört –, wäre das nicht passiert. Aber B. F. hat weder für Ärzte noch für Impfungen was übrig. Der hält sich für unverwüstlich.«

Das meiste von dem, was Sarge sagte, ging an Ariel vorbei. »Aber es fällt ihm schwer zu atmen, hast du gesagt.«

»Das kriegen die schon in den Griff. Jedenfalls hatte er keine Schwierigkeiten, mir zu befehlen, dich auf keinen Fall anzurufen, das kann ich dir sagen. Hattie ist übrigens auch krank, aber sie hat nur die Grippe. Ich nehme an, daß es bei B. F. genauso angefangen hat, aber dann hat er seine Grippe eben verschleppt.«

Nachdem Ariel Sarge versprochen hatte, den nächsten Flug nach South Carolina zu nehmen, rief sie bei Henry an, der noch nicht zu Hause angekommen war. Sie hinterließ eine

Nachricht auf seinem Anrufbeantworter. Sie hatte bereits telefonisch ihren Flug gebucht und war gerade dabei, ziemlich hektisch ihre Sachen zu packen, als er zurückrief. Offenbar hatte er an ihrem Ton auf dem Anrufbeantworter erkannt, daß es Probleme gab.

»Was ist los?«

»B. F. hat eine Lungenentzündung. Ich muß zurück nach South Carolina.«

»Wie schlimm steht's denn um ihn?«

»Sarge sagt, er schwebt nicht in Lebensgefahr. Aber er ist achtzig, Henry.«

»Soll ich dich zum Flughafen bringen?«

»Ich muß in aller Herrgottsfrühe los. Ich hab schon den Shuttlebus bestellt.«

»Bestell ihn ab. Kann ich sonst noch was für dich tun?«

»Nein, nichts – Gott, die Hunde! Ich hab die Hunde ganz vergessen!«

Jessie, die Ariel die ganze Zeit beobachtet hatte – den Kopf auf die Pfoten gelegt, aber die Ohren gespitzt –, sprang sofort auf.

»Ich bring sie zum Tierheim«, erbot sich Henry. »Oder, warte... Soll ich vielleicht lieber in dein Haus ziehen, solange du weg bist? Auf die Hunde aufpassen? Das Haus hüten?«

Ariel ließ sich auf ihr Bett sinken und starrte hilflos auf den Pullover, den sie beinahe eingepackt hätte, um in eine Gegend zu fahren, wo über dreißig Grad herrschten ...

»Das würdest du tun?«

»Jedenfalls bis Samstag – wenn Sam kommt.«

Nachdem sie sich für den Morgen verabredet und kurz ein paar dringende geschäftliche Dinge besprochen hatten, sagte Ariel zögernd: »Und, Henry, wegen heute abend –«

»Nicht jetzt«, sagte er mit einer Stimme, die Ariel noch nie

gehört hatte. »Wir werden später noch genug Zeit haben, darüber zu reden.«
Es würde der Tag kommen, an dem Ariel Grund hatte, sich an diese Worte zu erinnern.

16

Ariels Nachricht auf Henrys Anrufbeantworter war die letzte von dreien gewesen. Während er sich einen Schlummertrunk einschenkte, den er anschließend irgendwo abstellte und sofort vergaß, grübelte Henry über die ersten beiden nach. Sie waren beide von Marty Spitz, einem Kumpel aus dem örtlichen Leichenschauhaus.

Es hatte sich herausgestellt, daß die Leiche eines Mannes, der von einem Zug erfaßt worden war und dabei sein Leben gelassen hatte, mit dem falschen Namen auf dem Grabstein beerdigt worden war. Die vor neun Monaten vorgenommene Identifizierung der Leiche stellte sich als schlichtweg falsch heraus: Der Verstorbene war quicklebendig in Arizona aufgetaucht. Angezeigt hatte ihn eine Frau, die sich für seine rechtlich angetraute Gattin hielt und die zu ihrem Entsetzen herausgefunden hatte, daß sie nicht die einzige war, die diese zweifelhafte Ehre für sich beanspruchte. Die ehemalige Witwe zeigte sich darüber ebensowenig erfreut wie die Frau aus Arizona.

Wenn ein Bigamist namens Craig Fiore am Leben war, hatte Henrys Freund überflüssigerweise noch einmal betont, dann mußte der Tote, den man auf den Eisenbahnschienen in Carson gefunden hatte, jemand anders gewesen sein. Das Problem war nur, daß die Leiche von der siebenhundert Tonnen schweren Lokomotive und zwanzig Güterwaggons zu Hackfleisch zermanscht worden war. Interessant war jedoch, daß der Unfall sich in derselben Nacht ereignet hatte, in der Grant Lacy verschwunden war. Außerdem lag die Stelle, an der der Mann zerfetzt worden war, nur wenige Meilen von dem Clubhaus des Virginia Country Club in Long Beach entfernt, wo Lacy an jenem Abend nie aufgetaucht war.

Marty Spitz war gerade dabei zu erklären, er hätte gehört, daß Henry an einer Geschichte über Lacy arbeitete, »also dachte ich mir, daß dich das interessieren –«, als das Band zu Ende war.

Marty hatte noch einmal zurückgerufen. »Ich mach jetzt Feierabend. Ruf mich an, wenn du mehr wissen willst«, hatte er in einem Ton gesagt, als hätte er es als persönliche Beleidigung empfunden, daß der Apparat sich beim erstenmal abgeschaltet hatte.

Wenn der Tote auf den Schienen Lacy war, überlegte Henry, wieso hatte die Polizei das damals nicht festgestellt? Ein Prominenter verschwindet. In derselben Nacht wird jemand nur wenige Meilen von der Stelle entfernt, wo er zuletzt gesehen wurde, von einem Zug überrollt, und niemand kommt auf die Idee, einen Zusammenhang zu vermuten? Das ergab keinen Sinn. Es sei denn, die Bullen hatten den Zusammenhang erkannt, waren jedoch zu dem Schluß gekommen, daß Lacy nicht der Tote sein konnte. Aber wenn das der Fall war, warum hatte Marty, die Leichenhausratte, dann angerufen?

Sollte es sich andererseits bei dem Toten tatsächlich um Lacy handeln, was hatte ein Zusammenstoß mit dem Güterzug mit Cummings plötzlichem Reichtum zu tun?

Könnte es sein, fragte Henry sich besorgt, daß ich mich doch geirrt habe, was Cummings angeht? Hab ich völlig den Überblick verloren?

Er kratzte sich sein bärtiges Kinn und sah sich nach seinem Glas um. Als er es auf dem Bücherregal gefunden hatte, stellte er fest, daß auch dieses Glas wieder einen häßlichen Ring auf dem Holz hinterlassen hatte. Er wischte ohne Erfolg an der Stelle herum und hoffte auf ein Signal von seinem persönlichen Radarsystem, auf die altvertraute innere Antenne, die ihm sagte, ob er auf der richtigen Fährte war oder nicht. Offenbar hatte sie für heute bereits Feierabend gemacht. Henry kippte den wäßrigen Scotch und beschloß, ihrem Beispiel zu folgen.

Während er nach seinem Schlafanzug suchte (die Putzfrau war dagewesen und hatte ihn wie immer an einem anderen Ort verstaut), kam ihm Win Peacock wieder in den Sinn.

Er würde eine ganze Menge darum geben zu wissen, weswegen der unvergleichliche Mr. Peacock Ariel angerufen hatte und was er heute in der Küche von ihr gewollt hatte.

Ariel war auf eine besondere Art naiv. Sie war verwundbar, weil sie ein Leben ohne Vergangenheit führte, überlegte Henry, ohne die Lebenserfahrung, die Menschen in ihrem Alter normalerweise angesammelt hatten, war sie verwundbar. Was ihre Psyche anging, war sie sozusagen noch Jungfrau. Ein schutzloses Baby ... das jeder Strauchdieb auflesen konnte.

Henry konnte sich lebhaft vorstellen, welchen Kommentar Ariel zu dieser schiefen Metapher machen würde – und erst recht zu seinem Zynismus. Andererseits hatte er es nach drei gescheiterten Ehen nicht anders verdient.

Henry fiel ein Satz ein, den sein Vater zu sagen pflegte, wenn sein halbwüchsiger Sohn ihm mit seiner klugscheißerischen, besserwisserischen Art mal wieder auf die Nerven ging. »Die einzigen Menschen, die auf Lebenserfahrung völlig verzichten können«, hatte er gestöhnt, »sind Teenager.«

Ariel war heute so unbedarft wie er damals. Sie war zwar vor langer Zeit einmal verheiratet gewesen, aber sie konnte

sich nicht daran erinnern. Ariel hatte keinerlei Erinnerung an ihren Mann, nicht einmal an seinen Tod.
Okay, sie war intelligent und belesen, und obwohl ihre eigene Vergangenheit aus ihrer Datenbank gelöscht worden war, verfügte sie nach wie vor über einen außergewöhnlichen Reichtum an Allgemeinwissen. Das war bemerkenswert, räumte Henry ein. Aber angelesenes Wissen kann fehlende Lebenserfahrung nicht wettmachen, es kann nicht die schützende Hornhaut ersetzen, die man nur durch Erfahrung bekommt. Ariel besaß keine Hornhaut, nicht die Sorte, die einen vor Enttäuschungen in der Liebe bewahrt. Jedenfalls nicht, soweit er das beurteilen konnte.
Es sei denn, man berücksichtigte das, was ihr letzten Winter widerfahren war, dachte Henry grimmig. Dieser Psychopath, der sich an sie herangemacht und schließlich versucht hatte, sie umzubringen. Aber daß sie nicht erkannt hatte, was das für ein Geistesgestörter war, bewies einmal mehr, daß Henry ihre psychische Konstitution völlig richtig einschätzte. Seitdem war sie viel zu sehr damit beschäftigt, sich wieder in ihren Job einzuarbeiten, ihre neue Familie – und sich selbst – kennenzulernen, um sich auf irgendwelche zusätzlichen Beziehungen einzulassen. Ein Windhund wie Peacock konnte ihr nur weh tun.
Henry fand seinen Schlafanzug. Anscheinend hatte die Putzfrau ihn gestärkt. Er zerknüllte ihn und schlug ihn auf die Bettkante. Das machte den Stoff zwar auch nicht weicher, aber es machte seinem Unmut Luft.
Was immer Peacock auch vorhaben mochte, dachte Henry voller Genugtuung, er würde so schnell nicht zum Zuge kommen. Dann mußte er plötzlich daran denken, wie er Ariel geküßt hatte – das war nicht geplant gewesen, war einfach über ihn gekommen –, an die Sorge, die in Ariels

Stimme gelegen hatte, als er mit ihr telefoniert hatte, daran, daß der einzige Verwandte, den sie noch auf der Welt hatte, am anderen Ende von Amerika im Krankenhaus lag. Schuldgefühle stiegen in ihm auf. Aber sie verscheuchten nicht seine Genugtuung.

17

»Ich dachte, wir wären dich grade erst losgeworden«, sagte B. F. mit beängstigend schwacher Stimme und wandte sein bleiches Gesicht ab.

»Ich wollte schon immer mal sehen, wie sich ein alter Büffel im Krankenhaus macht«, sagte Ariel. Sie betrachtete die Infusionsnadel, die in B. F.s Arm steckte, das Sauerstoffgerät, das zwar nicht in Betrieb war, aber dennoch unheilvoll wirkte, und rang sich ein wenig überzeugendes Lächeln ab. Alles in allem war es nicht so schlimm, wie sie befürchtet hatte. »Das muß ja die reinste Peepshow abgeben, wenn du die Bettpfanne benutzen mußt. Aber keine Sorge«, sie drückte ihm einen Kuß auf die Hand, »ich werde dir die Kameras vom Hals halten, und ich werde keiner Menschenseele erzählen, wie du ohne Gebiß aussiehst.«

Das schreckte ihn auf.

»Die Zähne bleiben drin.« Sein Atem rasselte, doch er brachte es fertig, unwirsch zu klingen. »Ich kann nur für dich hoffen, daß du meine Gene geerbt hast.«

»So gefällst du mir schon besser. Hör zu, B. F., jeder wird mal krank, selbst ein so störrischer alter Esel wie du.«

»Ich hab Sarge gesagt, er soll dich nicht anrufen.«

»Sarge ist wenigstens vernünftig.« Ariel sah sich in dem Krankenzimmer um. »Die Blumenläden in Charleston müssen ja völlig ausverkauft sein. Wer sind denn all die Bewunderer?«

»'n paar scheinheilige Geschäftspartner, die mir viel lieber Kränze geschickt hätten.«

Ariel lächelte amüsiert. »Am besten, du bist so starrköpfig wie immer und läßt sie noch ein bißchen warten. So, und was kann ich für dich tun? Brauchst du irgendwas?«

»Yeah. Ablenkung. Wo ist Sarge? Hat er auf dich gewartet?«

»Er kommt gleich, aber er kann nicht bleiben. Monroes Frau – wie hieß sie gleich? Helen? – ist wieder gesund und kümmert sich um Hattie, damit er zu –«

»– Halley Barrons Beerdigung gehen kann. Eigentlich wollte ich da auch hingehen, aber es sieht wohl so aus, als ob das jetzt doch nicht klappt.«

»Wieso wolltest du zu der Beerdigung gehen? Du hast die Frau doch seit Jahrzehnten nicht gesehen.«

»Du weißt doch, wie das mit alten Leuten und Begräbnissen ist. Geh mit Sarge, ja? Der ist völlig unfähig als Berichterstatter. Wenn du mitgehst, kannst du mir hinterher erzählen, wie es war.«

»Wieso findet eigentlich jedesmal eine Beerdigung statt, wenn ich hierherkomme?« rief Ariel. »Ich komm mir langsam vor wie 'n Profi im Trauern!«

»Das Kleid, das du anhast, sieht ja auch schon aus wie 'n Trauerkleid. Hast du gedacht, ich würde den Löffel abgeben, während du an meinem Bett stehst?«

»B. F. –«

»Aber es ist hübsch, steht dir wirklich gut. Und absolut passend für den Anlaß. Jetzt geh schon, beeil dich!«

»Was gibt's denn da zu sehen?«

Ariel schützte ihre Augen mit einer Hand gegen das Sonnenlicht und schaute in dieselbe Richtung wie Sarge. Auf der anderen Straßenseite neben B. F.s Lincoln stand ein nagelneuer Wagen geparkt und davor, an die Fahrertür gelehnt, ein Mann in einem dunklen Anzug. Er hatte silbergraues Haar, ein fleischiges Gesicht und eine kompakte Statur, und seine Miene wirkte passend für eine Beerdigung. Seine Aufmerksamkeit schien einer schwarzen Limousine zu gelten, die in diesem Augenblick würdevoll um die Ecke bog und vor der Seitentür der Kapelle hielt. Die Insassen waren durch die getönten Scheiben hindurch nicht zu erkennen. Ariel richtete ihren Blick wieder auf den silberhaarigen Mann. »Wer ist das?« fragte sie.

»Marv Newton.« Sarge schaltete zuerst die Klimaanlage und dann den Motor aus. »Detective Marv Newton – der, der dich angerufen hat. Wüßte mal gern, was der hier zu suchen hat.«

»Vielleicht hat er Halley gekannt?«

»Unwahrscheinlich. Es wird hier kaum noch Leute geben, die sie kennen, schließlich ist sie vor dreißig Jahren von hier weggezogen.« Sarge löste seinen Sicherheitsgurt. »Okay, laß uns gehen.«

Als sie im Vorraum der Kapelle stehenblieben, damit ihre Augen sich an die Dunkelheit gewöhnen konnten, trat ein ernst dreinblickender Mann im schwarzen Anzug auf sie zu und wies ihnen den Raum an, in den sie sich begeben sollten. Falls es jemanden gab, von dem man behaupten konnte, er sei in der Lage, beerdigungsmäßig zu zwitschern, so war es dieser Mann.

»Was um des lieben Himmels willen mache ich bloß hier«, murmelte Ariel und wäre fast mit Sarge zusammengestoßen, der auf der Türschwelle stehengeblieben war. Sie ging an seinem breiten Rücken vorbei, der ihr wie ein Schrank die Sicht versperrte, und betrat den gutbesetzten Saal.

»Hast du nicht gesagt, es gibt nicht viele Leute, die sie gekannt haben?« flüsterte Ariel.

»Die meisten werden wohl nicht von hier sein. Die einzige, die ich kenne, ist die alte Lady Pruitt. Sie hat schon bei den Barrons nebenan gelebt, als ich noch hier gewohnt habe. Und natürlich Newton.« Mit einem Nicken erwiderte er den Gruß des Polizisten, der in der letzten Reihe Platz nahm.
»Was glaubst du, warum sie hier beerdigt wird, anstatt in – wo hat sie noch gewohnt? Savannah?«
»Die letzten zehn, fünfzehn Jahre, ja. Davor hat sie in Richmond gewohnt, hat John William mir, glaub ich, mal erzählt.«
Sie nahmen ihre Plätze ein, und Ariel beobachtete das Geschehen durch ihre halb geschlossenen Augen, während Orgelmusik die Luft erzittern ließ.
Ein imposantes Blumenmeer füllte die Kapelle: Kränze und Sträuße und Topfblumen. Unter den Trauergästen, hauptsächlich Menschen mittleren Alters, befanden sich mehr Frauen als Männer. Der Sarg war geschlossen.
Ariel rückte dicht an Sarges Ohr heran und flüsterte: »Ich dachte immer, im Süden sei es üblich, die Toten im offenen Sarg aufzubahren.«
»Ich hab gehört, sie soll fürchterlich zugerichtet sein. Auch das, was man aufgebahrt noch von ihr sehen würde«, erklärte Sarge fast ohne die Lippen zu bewegen.
Ariel bemerkte, wie eine Frau zu einer Art Miniaturempore etwas abseits in einer Ecke geführt wurde. Sie war ganz in Schwarz gekleidet – zumindest nach dem zu urteilen, was oberhalb der Brüstung sichtbar war –, einschließlich der Schlinge, in der sie ihren Arm trug. Das mußte Grace sein, die Stiefmutter, vermutete Ariel. Der dichte schwarze Schleier, der ihr Gesicht verhüllte, erinnerte Ariel an die Frau, die sie vor fast genau einer Woche bei John Williams Beerdigung gesehen hatte, dieselbe Frau, die nun in dem Sarg lag.

Von den vielen Fragen, die Ariel durch den Kopf gingen, konnte die Armschlinge möglicherweise eine beantworten. Dieses Begräbnis fand später als üblich statt – Halley war bereits in der Nacht zum Freitag gestorben, und heute war Dienstag –, aber vielleicht, überlegte Ariel, war Grace erst seit heute wieder auf den Beinen.
Es gab noch verschiedene andere Dinge, die Ariel sich nicht erklären konnte. Warum zum Beispiel kam Grace zur Beerdigung ihrer Stieftochter, während sie dem Begräbnis ihres Sohnes ferngeblieben war? Weil Halley ihr nähergestanden hatte? Nein, dachte Ariel; selbst wenn das stimmte, reichte es als Erklärung nicht aus. Offenbar ging sie von der falschen Seite an die Frage heran: Wahrscheinlich war Grace so verzweifelt über den Tod ihres Sohnes gewesen, daß sie es nicht ertragen konnte, ihn öffentlich zu betrauern.
Der Gedanke schnürte Ariel die Kehle zu. Sie empfand tiefes Mitleid für eine Frau, die ihre Kinder überlebte – das Kind, das sie zur Welt gebracht hatte, und das Kind, das sie großgezogen hatte. Das war wider die Natur; es mußte nahezu unerträglich sein.
Als die Musik mit einem kräftigen Schlußakkord endete, der noch einen Moment lang nachhallte, trat ein Mann auf das Podium. Er ging leicht gebeugt, hatte graues, gelocktes Haar und einen Vollbart. Mit einem Akzent ähnlich dem, der in und um Charleston zu hören war, stellte er sich als James Salter vor, Dekan des Junior College von Savannah, wo Dr. Barron unterrichtet hatte. Ariel stellte betroffen fest, daß sie bis jetzt nicht einmal gewußt hatte, daß Halley Professorin gewesen war. Es jetzt und hier zu erfahren trug noch mehr dazu bei, daß sie sich fehl am Platze vorkam.
Man sei zwar aus einem traurigen Anlaß zusammengekommen, sagte der Dekan, könne sich jedoch glücklich schätzen, daß man in der Lage war, die Trauerfeier genau nach

Halleys Wünschen zu gestalten. Wie immer, erklärte er, hatte sie ihre eigenen Vorstellungen gehabt. Als praktisch veranlagte Frau hatte sie die weise Voraussicht besessen, für den Fall ihres Todes genaue Anweisungen zu hinterlassen, und er werde sein Bestes tun, um ihren Wünschen gerecht zu werden. Anschließend hielt er eine kurze, und, wie es Ariel schien, gut vorbereitete Ansprache, von der sie jedoch nicht viel mitbekam, weil sie ihren Gedanken nachhing.

Ihr war plötzlich wieder eingefallen, daß Sarge gar nicht auf ihre Frage eingegangen war, warum Halley in einem Ort begraben wurde, den sie vor dreißig Jahren verlassen hatte und wo es kaum jemanden gab, der ihr Grab pflegen würde. War das ihr Wunsch gewesen, oder hatte Grace die Entscheidung getroffen? Oder war wieder einmal die simpelste Erklärung zutreffend: daß in Charleston ein Familiengrab existierte, wo sämtliche Mitglieder der Familie Barron beerdigt wurden?

Ariel bemerkte, daß eine Frau auf das Podium getreten war, wahrscheinlich eine Kollegin und Freundin von Halley, sagte sie sich. Sie versuchte, sich auf die Rede der Frau zu konzentrieren. Mit wenigen, leidenschaftlichen Sätzen lobte die Frau die ungewöhnliche Disziplin der Toten, ihren Mut und ihre Selbstlosigkeit, Tugenden, die im Zeitalter der Egomanie selten geworden waren. Halley Barron schien außerdem eine Freundin der knappen Form gewesen zu sein. Das Gedicht, das von einer anderen Frau, der letzten Rednerin, vorgetragen wurde, war so kurz wie ein Limerick.

»Ein Freund, der meint, es schickt sich nicht«,

rezitierte sie,

»Wenn ich einmal ein Lied umdicht,
Dem sei gesagt: was eigentlich
Hier umgedichtet wird, bin ich.«

Ariel hatte nicht mitbekommen, von wem das Gedicht stammte.
Zum Schluß spielte ein Violinist den Kanon in D-Dur von Pachelbel. Ariel lauschte der beschwingten Melodie, die vielleicht nicht unbedingt das war, was man gewöhnlich bei einer Trauerfeier zu hören bekam. Die Musik irritierte sie jedoch weniger als das eben vorgetragene Gedicht.
Sie betrachtete die Frau, die abgesondert von den übrigen Trauergästen auf ihrer kleinen Empore saß, und fragte sich, was es zu bedeuten hatte, daß sie so stocksteif dasaß. Fühlte Grace Barron sich durch die etwas unorthodoxe Art der Feierlichkeiten brüskiert? Hatte sie das Gedicht überhaupt gehört und nahm sie die Musik überhaupt wahr? Sie mußte an die Frau denken, die beides ausgesucht hatte. Und sie fragte sich einmal mehr, was sie überhaupt hier zu suchen hatte.
Sie blickte zu dem Polizisten nach hinten, der immer noch mit grimmigem Gesicht in der letzten Reihe saß. Er fixierte die Stiefmutter mit finsterem Blick.

18

Ich wußte gar nicht, daß die alte Lady Pruitt noch so fit ist, daß sie auf anderer Leute Beerdigungen auftaucht«, sagte B. F. zu Sarge. »Ich dachte, sie sei längst selbst Ehrengast bei einer solchen Veranstaltung gewesen.«

B. F. wirkte ein bißchen fiebrig, dachte Ariel. Allerdings konnte das auch an seiner hellen Freude über den Tratsch liegen.

»Pruitt«, sagte sie zu Sarge. »Das war die Nachbarin, hast du gesagt, nicht wahr? Schon als du noch bei den Barrons gewohnt hast. Wann war das eigentlich?«

»Als Dad Mama Val geheiratet hat, Johns Mutter. Da sind wir zu ihr gezogen. Ich bin in ihrem Haus aufgewachsen. John ist dann, als seine Mutter starb, wieder zurück in das Haus gezogen, und kurz darauf ist mein Vater auch gestorben.«

»Das ist also dasselbe Haus, in dem John William gelebt hat?«

»Und gestorben ist.«

»Eine ganz gewöhnliche Familie!« rief Ariel aus. Die beiden Männer sahen sie fragend an.

»Ich würde die Barrons nicht gerade als eine ganz gewöhnliche Familie bezeichnen«, sagte B. F.

»Nein, nein. Das war der Film, in dem das Stück von Pachelbel vorkam – die Musik, die heute bei der Trauerfeier gespielt wurde. Das hat mich die ganze Zeit verrückt gemacht, daß ich mich nicht erinnern konnte, woher ich die

Melodie kenne.« Sie schaute von einem zum anderen, hob die Schultern und breitete die Hände aus, als wollte sie sagen: Was kann ich dafür?

»Wie war das eigentlich mit Grace?« fragte sie. »Ist sie in dem Haus geblieben, nachdem ihr Mann gestorben war?«

»Ich könnte nicht sagen, daß sie viel im Hause ›geblieben‹ wäre«, sagte Sarge, »aber jedenfalls hat sie noch einige Jahre lang in dem Haus gewohnt.«

»Der Ort hat sie wohl eher bedrückt«, sagte B. F. »Sie ist viel in der Welt herumgereist, als der Junge ein bißchen größer war. Eigentlich hat Halley den Jungen großgezogen – würdest du das nicht auch sagen?« Er verlagerte mühsam sein Gewicht und drehte seinen massigen Körper in die Richtung, in der Sarge saß.

»Ja. Bis sie fortgegangen ist, um zu promovieren. Danach hat er sich mehr oder weniger selbst großgezogen. Es gab immer irgendeine Haushälterin, Grace kam meistens nur noch auf Stippvisite nach Hause. Er war noch ziemlich jung, als sie ihn auf die Kadettenschule geschickt hat, vielleicht zu jung, aber für ihn konnte es eigentlich nicht mehr schlimmer werden.« Sarges Blick verlor sich in der Ferne. »Der arme Junge war immer völlig durcheinander. Er konnte nie verstehen, warum seine Mutter sich erst an ihn klammerte – und zwar in einer Weise, die meiner Meinung nach alles andere als gesund war – und ihn im nächsten Augenblick einfach allein ließ.«

»Inwiefern ungesund?« fragte Ariel.

Sarge zögerte. »Na ja, ich weiß das alles nur aus zweiter Hand – aus Bemerkungen, die ich über die Jahre hier und da aufgeschnappt hab. Ich denke, Grace hat in gewisser Weise versucht, in John William einen Ersatz für ihren Mann zu finden. Er sah seinem Vater so ähnlich, und auch im Charakter wurde er immer mehr wie John – sensibel und verschlossen und einzelgängerisch ... Wer weiß? Vielleicht hat es ihr weh getan, ihn um sich zu haben. Aber das Ergebnis war, daß er wußte, woran er war. Er war immer so liebebedürftig. Und dann gab es Zeiten, da hat sie ihn mit ihrer Liebe fast erdrückt, aber selbst ein Kind spürt, wenn es mißbraucht wird. Wahrscheinlich hatte er Schuldgefühle, weil er nicht sein Vater war. Es würde mich auch nicht wundern, wenn er sich eingebildet hätte, er sei schuld am Tod seines Vaters, was natürlich Blödsinn ist, aber es hat ja noch nie jemand behauptet, Gefühle seien vernünftig.«

Dem war nichts entgegenzusetzen. Nachdem alle eine Weile schweigend vor sich hin gestarrt hatten, sagte B. F.: »Und als ob alles nicht schon kompliziert genug gewesen wäre, war da ja noch die Sache mit Johns Testament.«

»Was war damit?« fragte Ariel.

»Er hat alles – und zwar ein beträchtliches Vermögen – seinen Kindern vermacht, jedem die Hälfte.«

»Ich dachte, er hätte nichts davon gewußt, daß Grace schwanger war.«

»Ich habe gesagt, ich *weiß* nicht, ob er es gewußt hat. Aber das spielt auch keine Rolle. In dem Testament stand, daß Halley alles erben würde, es sei denn, es wären bis zu Johns Tod weitere Nachkommen hinzugekommen, dann sollte das Erbe unter allen zu gleichen Teilen aufgeteilt werden.«

Ariel dachte einen Moment lang über das nach, was B. F. gesagt hatte, dann fragte sie: »Hatte John William immer noch ein großes Vermögen, als er starb? Hatte er noch was übrig von seiner Hälfte?«

B. F. zog die Brauen hoch und sah Sarge fragend an.

»Er schien nicht auf besonders großem Fuß zu leben, und ich hab mir sagen lassen, daß er das Talent meines Bruders geerbt hatte, Geld klug anzulegen. Schade, daß er von seinen anderen Talenten nichts abgekriegt hat.«

»Du meinst in künstlerischer Hinsicht?« fragte Ariel. »John William war Künstler?«
Sarge nickte. »Ich glaube, es war eine der größten Enttäuschungen in seinem Leben, eine regelrechte Tragödie, als er erkennen mußte, daß er nie mehr sein würde als ein guter Techniker. Ihm fehlte einfach Johns natürliche Begabung.«
»Wer hat denn eigentlich *sein* Geld geerbt?« wollte B. F. plötzlich wissen. »Ich hab ganz vergessen zu fragen, was mit John Williams Testament ist.«
»Halley«, sagte Sarge.
»Gütiger Himmel«, sagte B. F. nur und kniff die Lippen zusammen, als hätte er gerade etwas Verdorbenes verschluckt.
»Und wer hat –«, begann Ariel, als ihr Großvater ihr ins Wort fiel: »Kann mir einer von euch einen Schluck Wasser geben?«
Ariel sprang auf. Während sie ein Glas mit kaltem Wasser füllte, sagte sie: »Wir müssen unbedingt etwas essen! Ist euch eigentlich klar, daß ich seit dem Frühstück nichts mehr bekommen habe – und zwar nach meinem Frühstück im Flugzeug!«

Ariel ließ sich in das weiche Sofa sinken und versuchte vergebens, sich mit der Hand frische Luft zuzufächeln. Eigentlich war es für sie erst acht Uhr; woher sollte ihr Körper wissen, daß es bereits elf war? Sie war sich nicht sicher, ob man die Tagestemperatur von dreißig Grad immer noch als Hitzewelle bezeichnen konnte, aber die Luftfeuchtigkeit war eine Zumutung: ein fairer Tausch gegen die smogverpestete Luft in Kalifornien, trotzdem eine Last, so schwer wie nasse Wolle. Sie fühlte sich völlig zerschlagen. Sie überlegte, ob sie einfach sitzen bleiben und heute auf dem Sofa schlafen sollte.

»Alles fertig«, sagte Sarge und warf sich ein Geschirrtuch über die Schulter, als er das Wohnzimmer betrat. »Und du offenbar auch.«

»Fix und fertig«, gab sie zu. »Das Wetter macht mich fertig. Und meine Sorgen auch. Von unserer Kranken im ersten Stock ganz zu schweigen. Es ist wirklich eine harte Prüfung, für jemanden Florence Nightingale zu spielen, der einen für Lizzi Borden hält.« Sie grinste erschöpft. »Irgendwie hab ich das Gefühl, meine liebevolle Fürsorge macht überhaupt keinen Eindruck auf Hattie, den alten Dragoner.«

»Vielleicht geht es ihr ähnlich wie Grace mit John William. Du siehst aus wie Jane. Sie ist tot, du lebst. Das tut ihr weh. Irgendwann wird sie schon noch auftauen. Im übrigen wüßte ich mal gern, warum ihre Tante aus Beaufort nicht die Krankenschwester spielen kann.«

»Kusine. Sie muß sich um ihre Enkelkinder kümmern. Hattie will nicht, daß sie die Kinder vernachlässigt.«

Sarge setzte sich in B. F.s Lieblingssessel und wischte einen Fleck von dem kleinen Tisch, der daneben stand. »Na dann ...«, sagte er, »... werde ich das halt übernehmen.«

»Werd nicht übereifrig. Ich schaff das schon.«

In der Küche klingelte das Telefon.

Sarge nahm das Gespräch entgegen und rief gleich darauf Ariel an den Apparat. Es war Henry, der anrief, um sich zu erkundigen, wie es B. F. ging.

»Es ist nicht so schlimm, wie ich befürchtet hatte«, sagte Ariel. »Aber ich bin trotzdem froh, daß ich hergekommen bin.«

»Gut. Das ist gut. Ich wollte dir nur sagen, daß eben ein Detective aus Charleston hier angerufen hat, ein Typ namens Newton. Ich hab ihm B. F.s Nummer gegeben.«

»Vielleicht erfahre ich ja jetzt, warum er heute auf der Beerdigung war.«

»Du warst schon wieder auf einer Beerdigung?«
»War ich.«
»Noch jemand, den du nicht gekannt hast?«
»Bin ihr nie im Leben begegnet.«
»Was macht ihr eigentlich da auf eurer Insel – lest ihr den ganzen Tag die Todesanzeigen? Gibt es bei euch kein Fernsehen?«
»Dieses Mal war es die Halbschwester von dem Mann, auf dessen Beerdigung ich beim letzten Mal war.«
»Mein Gott, das scheint ja 'ne Lemmingfamilie zu sein. Jetzt sag bloß noch, die hat sich auch selbst umgebracht.«
»Nein, Halley Barron hat sich nicht umgebracht. Sie starb bei einem Autounfall.«
»Bist du sicher, daß das keine Story abgibt?«
»Das frage ich mich langsam. Vielleicht kann ich dir mehr sagen, wenn ich mit Newton gesprochen hab. Wie geht's den Hunden? Irgendwelche Probleme?«
»Jessie liegt neben der Haustür und scheint darauf zu warten, daß du nach Hause kommst. Ja, und der andere ... Wie sehr hast du an dieser Pflanze gehangen, die in deinem Eßzimmer gestanden hat?«
Ariel seufzte. »Sonst noch was?«
»Nichts Wichtiges. Ich hab Marguerite Harris getroffen, als sie mit diesem Fossil von einem Dackel spazierenging. Ich hab ihr von B. F. erzählt, und sie läßt dich grüßen. Das war's auch schon. Ach ja, Peacock hat 'ne Nachricht auf deinem Anrufbeantworter hinterlassen – irgendwas wegen einer Verabredung für morgen abend.«
»Ach du Schande! Das hab ich ja vollkommen vergessen! Hat er gesagt, wo ich ihn erreichen kann?«
Henry las ihr die Telefonnummer des Hotels vor, die er aufgeschrieben hatte, machte ein paar ungeschickte Versuche, etwas über den Zweck der Verabredung in Erfahrung

zu bringen, gab es aber schließlich auf und fragte, wie lange sie noch vorhätte, in South Carolina zu bleiben.

»Zwei oder drei Tage, wenn alles gutgeht. Ich sollte jetzt besser auflegen. Hier gibt's noch nicht solche technischen Neuerungen wie eine Anklopf-Funktion, und ich will Newtons Anruf nicht verpassen.«

»Und du mußt Peacock zurückrufen, ich weiß schon«, stichelte Henry. »Ruf mich an, sobald du weißt, wann du zurückkommst.«

Ariel war es schon so gewohnt, daß er die Angewohnheit hatte, abrupt aufzulegen, daß sie es gar nicht mehr registrierte.

Da sie Win in seinem Hotel nicht erreichte, hinterließ sie ihre Nummer an der Rezeption. Sie war gerade bis an die Küchentür gekommen, als das Telefon erneut klingelte.

»Marv Newton hier. Spreche ich mit Ariel Gold?« Von ihrer letzten Unterhaltung mit dem Detective erinnerte sich Ariel an die Stimme, einen angenehmen, melodischen Bariton. Sie schien gar nicht zu dem Mann mit dem versteinerten Gesicht zu passen, den sie bei der Beerdigung gesehen hatte.

»Ich hatte mir schon fast gedacht, daß Sie das heute morgen neben Jackie McManus in der Kapelle waren«, sagte Newton.

»Jackie?« Ariel schaute amüsiert zum Wohnzimmer hinüber. »Sie haben einen verdammt langen Arbeitstag, Detective. Was kann ich für Sie tun?«

»Eine Frage: Kenne ich Sie nicht irgendwoher?«

»Mich? Ich glaube kaum.« Sie hatte seine Frage spontan beantwortet, ohne sich etwas dabei zu denken. Doch kaum hatte sie sie ausgesprochen, wurde Ariel hellhörig. »Wieso? Warum fragen Sie mich das?« Ihre Vergangenheit, dieses fast leere Buch, das nicht mehr als ein paar eindimensionale

Fakten enthielt, war ihr stets präsent. Sie sehnte sich danach, die Seiten zu füllen, sie mit Menschen zu bevölkern. War er ihr bekannt vorgekommen? War es möglich, daß er sie kannte?

»Ich habe ein sehr gutes Gedächtnis für Gesichter«, sagte der Polizist. »Manchmal macht mich das ganz verrückt, vor allem wenn ich ein Gesicht nicht einordnen kann. Sie stammen nicht aus dieser Gegend, nicht wahr?«

»Nein, aus Los Angeles. Sind Sie schon mal dort gewesen?«

»Nein, Ma'am, noch nie. Macht nichts; es wird mir schon wieder einfallen. Hören Sie, Miss Gold, ich habe die Aufzeichnungen von unserem letzten Gespräch vor mir liegen, und ich habe da noch ein, zwei Fragen zu Ihrer Begegnung mit John William Barron. Vor allem über Ihre Bemerkung, daß das Wort ›Angst‹ gefallen ist, würde ich gern noch mal mit Ihnen sprechen. Seit unserem letzten Telefongespräch haben sich ein paar Dinge ergeben, die mich ziemlich neugierig gemacht haben.«

»Was für Dinge?«

»Wenn ich mich recht erinnere, haben Sie erklärt, er hätte Ihnen nicht gesagt, wovor genau er sich fürchte, ist das richtig?«

Ariel bestätigte es.

»Er hat während der ganzen Unterhaltung keine Person erwähnt, die die Ursache für seine Angst gewesen sein könnte?«

»Sie meinen, zum Beispiel Grace Barron?«

Ariel hörte ein lautes Quietschen, das so ähnlich klang wie Henry Hellers Drehstuhl, und als Marv Newton antwortete, klang seine Stimme alles andere als melodisch.

»Er hat ihren Namen erwähnt?«

»Nein, Detective Newton, das hat er nicht. Das war nur

blind geraten.« Und ich hab ins Schwarze getroffen, dachte Ariel. »Glauben Sie, Mrs. Barron hat irgend etwas mit dem Tod ihres Sohnes zu tun?«

»Bisher wissen wir noch nicht, ob irgend jemand außer ihm selbst mit seinem Tod ›etwas zu tun hatte‹. Aber wir müssen jede Möglichkeit überprüfen, und ich bin Ihnen dankbar für Ihre Hilfe. Sie haben also in jener Nacht niemanden sonst dort am Strand gesehen, ist das richtig? Nicht in den Dünen? Nicht auf den öffentlichen Parkplätzen in der Nähe des Strandhotels?«

»Niemand«, sagte Ariel, und dann fügte sie langsam hinzu: »Aber mir fällt gerade wieder ein ... John William hat eine indirekte Bemerkung über seine Mutter gemacht.«

»Inwiefern ›indirekt‹? Was hat er gesagt?«

»Na ja, wahrscheinlich hat es nichts zu bedeuten, aber er sagte ... Er hat über seine Kindheit gesprochen, und er sagte, er hätte ›praktisch keine Mutter‹ gehabt. Ich glaube, so hat er sich ausgedrückt.«

»Klingt nicht gerade so, als hätte er große Stücke auf seine Mutter gehalten, nicht wahr?« brummte Newton und bat sie, es zu wiederholen, damit er mitschreiben konnte.

»Mir ist auch noch etwas anderes eingefallen, was er gesagt hat; allerdings, so aus dem Zusammenhang gerissen, könnte es mißverständlich sein.«

»Wenn es Ihnen nichts ausmacht, Ma'am, lassen Sie mich das mal auseinandersortieren.«

»›Mörder suchen sich ihre Opfer ebenso willkürlich aus wie Gott.‹«

»Wie bitte?«

Ariel wiederholte den seltsamen Kommentar und versicherte Newton, daß das alles war, woran sie sich erinnerte.

»Werden Sie sich noch eine Weile hier in der Gegend aufhalten, Miss Gold? Könnten Sie vielleicht aufs Revier kommen und das hier noch einmal mit mir durchgehen? Eine Aussage unterschreiben?«

Sie vereinbarten einen Termin für den folgenden Vormittag, und als der Detective sich nach dem Wohlbefinden ihres Großvaters erkundigte, klang seine Stimme wieder so melodiös wie zu Anfang (»Mr. B. F. Coulter ist Ihr Großvater, wie ich gehört habe? Es geht ihm schon wieder besser, hat mir jemand erzählt?«).

Als Ariel auflegte, kam sie sich schmutzig vor und empfand Schuldgefühle, die völlig unangebracht waren. Wie schon nach dem ersten Gespräch mit Newton kam sie sich vor wie eine Klatschtante, die sich auf indiskrete Weise in anderer Leute Tragödien einmischt.

Kindesmord. Das Wort wog so schwer wie Blei. Es war undenkbar. Leute, die man kannte, brachten ihre Kinder nicht um.

Sie war sich ziemlich sicher, daß Newton anderer Meinung war und daß er mit ihrer Hilfe versuchte, seinen Verdacht zu beweisen.

Ariel goß sich ein Glas Eistee ein und ging in das »Vorderzimmer«, wie B. F. sein Wohnzimmer nannte. Sarge war nicht mehr da. Sie fand ihn auf der Veranda, zurückgelehnt in einem Schaukelstuhl, die Füße auf dem Geländer.

»Hier draußen ist es kühler, nicht wahr?« sagte sie und setzte sich auf die Stufen. Die Grillen, die plötzlich verstummt waren, als ob das Quietschen der Tür sie gestört hätte, begannen wieder zu zirpen.

Einen Moment lang lauschte Ariel ihrem Gesang, dann sagte sie: »Der letzte Anrufer war Marv Newton.«

»Hast du irgendwas aus ihm rausbekommen?«

»Wie kommst du darauf?«

Ariel konnte seinen sardonischen Blick im Dunkeln nicht

sehen, doch sie spürte ihn. »Wenn mich nicht alles täuscht«, sagte sie, »geht er davon aus, daß Grace Barron etwas mit dem Tod deines Neffen zu tun hat.«

»Ich hab mich schon gefragt, wie lange er braucht, um auf die Idee zu kommen.«

Ariel sah ihn verblüfft an. »*Du* glaubst, sie hatte was damit zu tun?«

»Das hab ich nicht gesagt. John William und Grace haben sich vor ein paar Jahren überworfen. Es war nur eine Frage der Zeit, bis der alte Marv die Gerüchte hören würde.«

Ariel dachte einen Moment lang darüber nach, bevor sie sich erkundigte, worüber die beiden sich zerstritten hatten.

»John William hat nie mit mir darüber gesprochen, aber die beiden haben danach kaum noch Kontakt miteinander gehabt.«

»Ist sie deswegen nicht zu seiner Beerdigung gekommen?«

»Ich fände es schlimm, wenn sie sich so sehr entzweit hätten, aber bei Familienstreitigkeiten weiß man nie.«

»Aber, mein Gott, Sarge, selbst wenn er sich nicht ... Selbst wenn es kein Selbstmord war, hätte dieses ›Zerwürfnis‹ schon der reinste Weltuntergang sein müssen, um seine Mutter dazu zu bringen, ihn kaltblütig zu ermorden!«

»So was kommt vor.«

»Dieser Streit ... Ist Grace deswegen weggezogen?«

»Keine Ahnung.« Der Schaukelstuhl quietschte, als Sarge sich seitlich zu einem Tisch hinüberlehnte. Er zündete ein Streichholz an, und Ariel sah, wie er genüßlich begann, eine seiner rationierten Zigaretten zu rauchen.

»Was ist mit Halley?« fragte sie. »Wieso ist sie von hier weggezogen?«

»Ich glaube nicht, daß das irgendeinen besonderen Grund hatte. Sie ist einfach nie wieder zurückgekommen, nachdem sie ans College gegangen war. Wahrscheinlich hat sie in

Richmond, oder wo sie auch immer studiert hat, einen Job gefunden und ist einfach dortgeblieben.«

»Erzähl mir noch ein bißchen über sie«, sagte Ariel und lehnte sich gegen das Geländer. »Wie alt war sie, als ihr Vater starb?«

Ein kleiner, orangefarbener Punkt leuchtete auf, als Sarge nachdenklich an seiner Zigarette zog. »Vierzehn, vielleicht fünfzehn.«

»Weißt du, was mich fasziniert? Wenn dein Neffe wirklich vorhatte sich umzubringen ... Ich meine, wir haben hier einen Mann, der es liebte, sich in Szene zu setzen und die Dinge zu dramatisieren, wie B. F. sagt, und der hinterläßt nicht nur keinen Abschiedsbrief, sondern noch nicht einmal irgendwelche Anweisungen zu seiner Beerdigung, seinem letzten Auftritt hier in diesem Jammertal, und doch –«

»Die meisten Menschen denken nicht gern –«

»Ich weiß. Die meisten Menschen denken nicht gern darüber nach, daß das Leben auch ohne sie weitergeht. Aber was ich sagen wollte: Halley, die *nicht* wußte, daß sie bald sterben würde, hat die Nachwelt *sehr genau* über ihre Wünsche informiert.«

»Wenn ich danach gehe, wie sie auf mich gewirkt hat, als ich sie wegen John William angerufen hab: da schien sie mir reichlich Haare auf den Zähnen zu haben.« Sarge schnippte die Asche von seiner Zigarette über das Geländer, bevor er weitersprach. »So hab ich sie überhaupt nicht in Erinnerung. Als Kind war sie so ... zerbrechlich«, sagte er nachdenklich, als durchforstete er lange verschüttete Erinnerungen. »Sie hatte so etwas Schüchternes, so etwas Altmodisches an sich. Wie sie sich ausdrückte. Wie sie ihre Haare frisierte ... John, ihr Vater, war ihre ganze Welt. Nachdem ihre Mutter das Weite gesucht hatte, als sie noch ein Baby war, und er sie allein großgezogen hat, bis er Grace kennenlernte, waren die beiden ein Herz und eine Seele.« Dann fügte er widerwillig hinzu: »Sie war es übrigens, die seine Leiche gefunden hat, wußtest du das?«

»Nein! Mein Gott, Sarge, das arme Kind!«

»Irgendein Arzt hat sie damals für eine ganze Weile fortgeschickt. Monate. Sie war in so 'ner Klinik oder 'nem Sanatorium in Columbia, wenn ich mich recht erinnere. Um die Zeit bin ich von hier weggegangen und hab von da an alles nur noch vom Hörensagen mitbekommen. Ich weiß allerdings, daß sie, als sie schließlich zurückkam – kurz nach der Geburt von John William –, wie ausgewechselt war. Sie war ganz ernst, erwachsen, und ... ich weiß nicht.«

»Kein Wunder, daß sie mit Tod und Verlust ziemlich realistisch umzugehen wußte. Erst die Mutter, dann der Vater und jetzt auch noch der Bruder.«

»Ja. Und sie war ganz verrückt nach ihm, soviel ich weiß. Hat ihn nach Strich und Faden verwöhnt.«

»Vielleicht war das Baby für sie eine Art Fortsetzung, eine Möglichkeit, dem Vater, den sie so geliebt hatte, weiterhin nahe zu sein.« Ariel suchte sich eine bequemere Position und schaute in Sarges blasses Gesicht. »Was glaubst du, wie sie ihren Freunden ihre Wünsche mitgeteilt hat – ich meine, welches Gedicht und welche Musik sie bei ihrer Beerdigung vorgetragen haben wollte und so weiter?«

»Vielleicht stand es in ihrem Testament?«

»Wahrscheinlich. Weißt du, was sonst noch drinstand?«

Sarge seufzte, als würde ihm das ganze Gespräch zuviel, aber er stand ihr Rede und Antwort.

»Ich habe gehört, daß sie der Uni, an der sie unterrichtete, eine beträchtliche Summe vermacht hat, und der Rest sollte an ihren einzigen Erben gehen – falls diese Person zum Zeitpunkt ihres Todes noch lebte.«

»Du willst doch nicht etwa sagen ...«

»Doch. Grace. Und nach dem, was Halley gerade erst von John William geerbt hat, wäre es doch interessant zu wissen, ob der ›Rest‹ am Ende eine wesentlich größere Summe war, als Halley im Sinn hatte, als sie ihr Testament gemacht hat.«

»Das wird ja immer verworrener«, sinnierte Ariel. »Dabei fällt mir noch etwas ein, was ich dich gern fragen würde. Wieso hat John Barron eigentlich damals seine Frau aus seinem Testament gestrichen?«

»Er hat sie nicht gestrichen, sie war nie eingeschlossen. Mein Bruder mag ein Künstler und ein Träumer gewesen sein, aber er war kein Trottel. Vor allem wenn es um Geld ging. Als ich hörte, daß er diese Frau heiraten wollte, die seine Tochter hätte sein können, da hab ich, sagen wir mal, ziemlich zynisch reagiert. Daraufhin hat er mir erklärt, er habe ein Testament aufgesetzt, in dem er festgelegt habe, daß die Hälfte seines Vermögens auf Grace übergehen würde – aber erst nach fünf Jahren. Falls die Ehe nicht so lange hielt, sollte sie nur den Pflichtteil bekommen, was in ihrem Fall, wie sich dann herausstellte, auf einen Trostpreis hinauslief.«

»South Carolina gehört nicht zu den Staaten, in denen es Gütertrennung gibt, wenn ich recht informiert bin.«

»Stimmt.«

»Das scheint mir nicht besonders fair zu sein, oder?«

»Ich finde es ziemlich klug. Grace ist letztlich gar nicht schlecht weggekommen. Sie konnte in dem Haus wohnen, so lange sie wollte, und dann war da noch eine ›Kleinigkeit‹. John hat seiner Frau die gesamte Einrichtung des Hauses vermacht. Sie hatte es komplett neu eingerichtet und gestaltet, als sie heirateten, und so fand er, sie sollte die Sachen bekommen, die sie ausgesucht hatte. In dem Haus – in dem Anbau, wo John sein Atelier hatte – befanden sich aber auch

alle seine Werke, und bis auf ein paar wenige, die John ausdrücklich Halley vermacht hat, hat Grace sie alle bekommen.«
»Wie schön für sie!« sagte Ariel.
»Hast du überhaupt eine Vorstellung davon, was diese Bilder heute für einen Wert haben?«
Aus der Art und Weise, wie er anschließend durch die Zähne pfiff und die Augen verdrehte, schloß Ariel, daß sie ein Vermögen wert sein mußten.
»Ich will dir mal was sagen«, fuhr Sarge nachdenklich fort. »Im nachhinein bin ich zu der Auffassung gelangt, daß es eine Menge über Johns seelische Verfassung aussagt, wie gering er seine eigenen Bilder schätzte, wie wenig ihm ihr potentieller Wert bewußt war. Ich glaube, wenn er sich nicht für einen Versager gehalten hätte, hätte er sich nicht das Leben genommen. Sein Brief ist der beste Beweis für meine Annahme.«
»Der Brief? Ach, du meinst seinen Abschiedsbrief! Dein Bruder hat also einen Abschiedsbrief hinterlassen?«
Sarge nickte. »O ja«, sagte er grimmig. »John hat keine halben Sachen gemacht; er hat einen Abschiedsbrief hinterlassen.«
Ariel nippte an ihrem Tee und hoffte, daß er noch mehr erzählen würde. Es dauerte mehrere Minuten, bis Sarge den Inhalt des Briefes wiedergab, den er offenbar seit langem auswendig kannte.
»Das Schlimmste ist eingetreten«, rezitierte er so emotionslos, als sei es der Wetterbericht. »Die Flamme ist erloschen, seht ihr, und diesen Schmerz kann ich nicht ertragen. Ich bin zu der Erkenntnis gelangt, daß ich mich nicht länger mit Leib und Seele einem Ziel verschreiben kann, das mir immer sinnloser erscheint. Diese Impotenz, diese Selbstzweifel zermürben mich vollkommen, und was sie aus mir machen, ist verabscheuungswürdig.«

Sarge räusperte sich und zog ein letztes Mal an seiner Zigarette, die kleine rote Funken regnete, als er sie über das Geländer warf.

Ariel dachte über die Worte seines Bruders nach, als Sarge sagte: »Willst du was ganz Gemeines hören? Mein Bruder hat sich die Finger wund gemalt. Er hat seine ganze Seele in diese Bilder gelegt. Und als er dann schließlich ›entdeckt‹ wurde, kam das Gerücht auf, die Bilder seien gar nicht sein Werk, er hätte lediglich seinen Namen unter die Bilder des ›echten Künstlers‹ gesetzt, und die Scham darüber hätte ihn schließlich in den Selbstmord getrieben. Ich war damals gerade auf dem Weg hierher, als mir das Gerücht zu Ohren kam, und ich hab dann den zwielichtigen Typen ausfindig gemacht, der es in die Welt gesetzt hatte. Als ich mit ihm fertig war, hatte er kein Interesse mehr, sich über die Barrons das Maul zu zerreißen.«

19

Henry hatte geschlafen wie ein Bär und war mit den Vögeln aufgewacht – das heißt, eigentlich mit Stonewall. Der Hund stand auf den Hinterbeinen neben dem Bett, die Vorderpfoten direkt vor Henrys Nase, als er die Augen aufschlug. Sogar im Schlaf hatte er gespürt, daß ihn jemand anstarrte.

Vergeblich versuchte er, wieder einzuschlafen und den schönen Traum zu Ende zu träumen, aus dem der Hund ihn gerissen hatte. Er rekelte sich wohlig in dem weichen Bett. Ariels Matratze war unglaublich bequem, in ihren Kissenbezügen hing – obwohl sie frisch gewaschen waren – Ariels Duft. Plötzlich erinnerte er sich, daß es Ariel war, von der er geträumt hatte.

Henry stand auf, ging ins Bad und duschte erst mal kalt.

Um acht Uhr saß er schon seit einer Stunde an seinem Schreibtisch im Studio und ging die letzten Entwicklungen im Fall Lacy durch.

Gestern hatte er Marty im Leichenschauhaus einen Besuch abgestattet – das heißt, eigentlich hatten sie sich auf der Laderampe getroffen, wo es heller und lebhafter war und wo die einzigen Gerüche, die einen belästigten, aus Mülleimern und Auspuffrohren kamen.

Marty hatte dem, was er auf dem Anrufbeantworter hinterlassen hatte, wenig hinzuzufügen. Bei der Leiche, die unter einem mit einem frommen Epitaph versehenen Grabstein auf dem Friedhof in Torrance lag, handelte es sich nicht um die sterblichen Überreste eines Mannes namens Craig Fiore. Mr. Fiore freute sich nach wie vor seines Lebens und hatte sich eine zweite Ehefrau zugelegt, ohne sich zuvor der ersten auf korrektem Weg zu entledigen. Wie es dazu gekommen war, daß man die Leichenteile, die von den Eisenbahnschienen in Carson geborgen worden waren, Fiore zugeschrieben hatte, entzog sich Martys Kenntnis. Er wußte allerdings, daß sie exhumiert werden sollten.

Um sich nähere Informationen zu beschaffen, war Henry zum Polizeihauptquartier im Parker Center in der Innenstadt gefahren. Dort hatte er allerdings lediglich in Erfahrung gebracht, daß die Beweise, die am Unfallort gefunden worden waren, zu dem eindeutigen Schluß geführt hatten, daß es sich bei dem Toten um Fiore handelte. In den nächsten Tagen sollte eine Anhörung zu dem Fall stattfinden, doch bis dahin verweigerten der Bigamist und sein Anwalt jegliche Aussage.

Henry blickte auf, als er ein Räuspern hörte, und schaute in das grinsende Gesicht seiner Assistentin.

»Dir stehen ja schon die Haare zu Berge«, sagte Tara Castanera und reichte ihm einen Stapel Papiere. »Das ist alles für dich reingekommen, seit du gestern Feierabend gemacht hast.«

Henry fuhr sich mit der Hand durch die Haare und suchte in dem Chaos auf seinem Schreibtisch nach seiner Lesebrille. »Was ist denn mit deinen passiert?« fragte er.

»Meinen was?«

»Deinen Haaren.«

»Oh. Savannah-Gold.«

»Hä?«

»So heißt die Farbe. Gefällt sie dir? Ich überlege gerade, ob ich sie mir schneiden lasse. Superkurz, eine Art New-Age/Audrey-Hepburn-Look.«

»Hmm«, sagte Henry. Er war es gewohnt, daß Tara in Sachen Mode eine außergewöhnliche Kreativität an den Tag legte, und hatte nicht weiter zugehört. Einem der Zettel, die Tara ihm gegeben hatte, entnahm er, daß Clifford Gilroy zurückgerufen hatte. Sehr interessant. Bevor die Neuigkeiten über die Leichenverwechslung bekanntgeworden waren, hatte der kommissarische Chef von MicroStar nicht ein einziges Mal auf einen Anruf reagiert. Wieso, dachte Henry, meldete er sich ausgerechnet jetzt, wo die Journalisten sich zweifellos auf ihn stürzten wie die Geier?
Er wollte gerade den Hörer abnehmen, als Tara sagte: »Kannst du noch einen Augenblick warten? Ich hab die Anrufe für Ariel weitergegeben, aber es waren ein paar dabei, bei denen ich mir nicht sicher war, wie ich vorgehen sollte. Am besten siehst du dir die mal an.«
Henry ging etwa ein halbes Dutzend Zettel durch und versah sie mit Anmerkungen. »Was ist das hier?« fragte er, während er eine Nachricht mit zusammengekniffenen Augen betrachtete.
»Ein Anruf von einem Psychologen. Der hat irgendwas von PTSD gesagt. Was ist eigentlich PTSD?«
»Was ich jeden Abend erlebe, wenn ich nach Hause komme, genannt Posttraumatisches Streßsyndrom.« Henry gab Tamara die Zettel zurück. »Sag Theo, er soll den Seelenklempner zurückrufen.«
»Hab ich. Er hat ihn schon angerufen.«
»Und wieso fragst du mich dann?«
»Fred hat vergeblich versucht, Ariel bei ihrem Großvater zu erreichen. Es geht um eine Frage, die er hat. Er will wissen, wann sie zurückkommt.«
»Das will er nur wissen, weil er eine neugierige Nase ist«, brummte Henry. Er war bereits dabei, Gilroys Nummer zu wählen.

Wahrscheinlich hatte Gilroy seine offizielle Aussage inzwischen so oft wiederholt, daß er sie auswendig kannte, dachte Henry.
Der ehemalige Finanzchef drückte sich gestelzt aus: »Natürlich geben wir die Hoffnung nicht auf. Es wurden verschiedene Menschen zur gleichen Zeit wie Grant vermißt gemeldet. Dieser ... Zwischenfall mit dem Zug muß nicht unbedingt etwas mit Grant zu tun haben.«
»Kann es sein, daß Lacy sich in der Gegend aufgehalten hat? Ist er manchmal dort gelaufen?«
»Alles ist möglich.«
»Aber ist es wahrscheinlich?«
»Sie wissen vermutlich, daß der Unfallort nicht weit von seinem Haus entfernt liegt. Grant hatte ... Ich weiß, daß Grant sich verschiedene Routen zurechtgelegt hatte, verschieden lange Strecken, die er abwechselnd lief. Allerdings kenne ich die Strecken nicht.«
»Er könnte es also sein.«
Henry hörte einen Seufzer. »Ich bin davon überzeugt, daß Grant nichts davon abhalten könnte, hierherzukommen, wenn er noch lebte. Er hat MicroStar gegründet. MicroStar ist sein geistiges Erbe.«
Henry war verblüfft über die plötzliche Offenheit. Wahrscheinlich machten der Streß und die Aufregung sich bemerkbar, dachte er.
»Mr. Heller, diese ... diese obszöne Farce wurde erst gestern aufgedeckt. Ich glaube, Sie haben vorher bereits mehrmals angerufen.«
»Das ist richtig.«
»Wieso?«
»Wegen einer interessanten Sache, auf die ich gestoßen bin. Etwas, worauf mich einer meiner Mitarbeiter gebracht hat.«
»Was für eine Sache?«

»Kennen Sie einen Mann –« Henry unterbrach sich. Es gab Dinge, die man besser von Angesicht zu Angesicht besprach.

»Welchen Mann soll ich kennen? Diese ›Sache‹, ist das etwas, womit Sie lieber zur Polizei gehen sollten? Oder handelt es sich um irgendwelche schmutzigen Unterstellungen?«

Er weiß, um was es geht, spürte Henry instinktiv. War er derjenige, mit dem Cummings sich getroffen hat, oder hat er lediglich ein Gerücht gehört?

»Nun?« sagte Gilroy.

»Ich denke, wir sollten uns treffen, Mr. Gilroy.«

»Sie und ich und Ihr Kameramann? Das bezweifle ich.«

»Ich habe nichts von –«

»Ich weiß, was ihr Presseleute aus völlig harmlosen Antworten machen könnt, und, um ehrlich zu sein, ich bin nicht besonders schlagfertig. MicroStar ist inzwischen eine gute, solide Firma. Unsere Finanzen sind solide; unsere Zukunft ist solide. Ich rede jetzt mit Ihnen. Wenn Sie etwas wissen, irgend etwas, das uns zum Schaden gereichen könnte – irgend etwas über einen unserer Mitarbeiter –, dann will ich es hören, und ich meine nicht über einen Sender.«

»Ich führe nichts Hinterhältiges im Schilde, Mr. Gilroy, und es liegt uns fern, irgendwelche Geschichten zu frisieren.«

»Vergessen Sie nicht, daß wir einige erstklassige Anwälte an der Hand haben, Heller, und ich scheue mich nicht, sie Ihnen auf den Hals zu hetzen.«

Das Freizeichen in der Leitung sagte Henry, daß er schon mal besser gewesen war; vielleicht war es ausgerechnet die Hinterhältigkeit, die er soeben in Abrede gestellt hatte, die ihm seine Technik verdarb.

Es wurde ein harter Arbeitstag. Henry gab Anweisungen

aus, verteilte Aufgaben. Während der normalen Hektik, die das Zusammenstellen einer Fernseh-Nachrichtenshow mit sich brachte, behielt Henry ständig die Lacy-Sache im Hinterkopf.

Noch einmal versuchte er vergeblich, Vaughn Lacy, Grant Lacys Bruder, zu erreichen. Mit Betty Lacy hatte er diesmal mehr Glück. Die Ehefrau oder Witwe des Vermißten ging nach dem ersten Klingeln ans Telefon. Entweder hatte sie gerade ein Telefongespräch beendet, dachte Henry, oder sie hatte gerade jemanden anrufen wollen.

Mrs. Lacy machte einen gestreßten Eindruck und wirkte, als ob es ihr leid tat, den Hörer aufgenommen zu haben. Sie sagte, sie wisse nicht mehr als er über diese neue Entwicklung, sie hoffe »natürlich«, daß es sich bei dem falschen Toten nicht um ihren Mann handelte, daß sie jedoch in jedem Fall erleichtert wäre, wenn der Fall zu einem »Abschluß« käme. Nach diesen Worten brach sie in Tränen aus und legte auf.

Sein Bauch sagte Henry, daß der falsche Tote Lacy sein mußte. Ob Mrs. Lacy jedoch ihren Abschluß bekam, würde sich erst noch zeigen. Falls ja, konnte er seine Sendung vergessen; abgeschlossene Fälle kamen für DIE OFFENE AKTE nicht in Frage. Natürlich gab es immer noch ein paar interessante Fragen, die einer Antwort harrten. Zum Beispiel, warum der Millionär – der nach Auskunft der obengenannten Ehefrau das Haus verlassen hatte, um zu joggen – sich auf eine Kraftprobe mit einem Güterzug eingelassen hatte.

Henry wußte nicht, in welchem Zustand sich die sterblichen Überreste zum Zeitpunkt der Beerdigung befunden hatten (Marty hatte voller Enthusiasmus angeboten, ihm eine detailgetreue Beschreibung zu liefern, doch Henry war nicht in der Stimmung gewesen, sich solche gruseligen Dinge anzuhören). Und er hatte keine Lust, sich vorzustellen, in welchem Zustand sie sich inzwischen befanden. Einzelteile wurden schließlich nicht einbalsamiert. Natürlich gab es immer noch die Zähne, aber warum hatten sie die nicht gleich überprüft? Und was waren das für »schlüssige Beweise«, die die Polizei davon überzeugt hatten, es handele sich um Fiore? Man konnte doch wohl mit Sicherheit davon ausgehen, daß das Opfer keine Hundemarke um den Hals getragen hatte!

Henry wußte nur eins: Egal, wer der Mann auf den Schienen gewesen war, ob es sich nun herausstellte, daß es sich um Grant Lacy handelte, oder ob der Fall nie eine Geschichte für DIE OFFENE AKTE ergeben würde, er war immer noch an der Sache dran. Und nicht Lacy, sondern sein Exmitarbeiter war die Beute, hinter der er her war: Richard Cummings, dieser Erpresser.

20

Aber hier konnte ich nicht bleiben, denn in dem leeren Hundestall war jetzt ein großer Hund – mit einer tiefen Stimme und schwarzem Haar wie ›Er‹ –, und er wurde sehr grimmig bei meinem Anblick und zerrte an der Kette, um über mich herzufallen.«

Ariel klappte das Buch zu. »Das wär's für heute.«

»An dieser Stelle kannst du doch nicht aufhören«, protestierte B. F. »Lies noch ein bißchen weiter.«

»Ich wußte gar nicht, daß du so ein Dickens-Fan bist.« Während sie an ihrem Wasserglas nippte, betrachtete sie ihren Großvater unauffällig über ihren Brillenrand hinweg. Er hatte wieder ein wenig Farbe bekommen, aber seine Lungen waren immer noch verschleimt, und das Fieber war auch noch nicht ganz verschwunden.

»Es gibt noch vieles, was du nicht über mich weißt.« Er seufzte theatralisch. »Ich bin genauso mit allen Wassern gewaschen wie David Copperfield. Wir haben beide einen schweren Start im Leben gehabt und beide den Mumm besessen, ihn zu überwinden. Das Buch hab ich bestimmt ein halbes Dutzend mal gelesen.«

»Was für einen schweren Start?« fragte Ariel neugierig.

»Wenn du es so eilig hast, zur Polizei zu gehen und das Verbrechen des Jahrhunderts aufzuklären – was meiner Meinung nach bloß deswegen ein Verbrechen ist, weil Selbstmord vor dem Gesetz als solches gilt –, dann hast du keine Zeit, dir meine Lebensgeschichte mit der nötigen Ruhe anzuhören.«

»Okay, aber laß uns das nicht vergessen. Ich will die komplette Heldensage hören, und zwar angefangen mit: ›Ich wurde geboren ...‹ Also, Sarge sagt, das Polizeihauptquartier ist auf der Lockwood Street?« Sie breitete einen Stadtplan aus, den sie im Haus gefunden hatte. »Er meinte, ich könnte von hier aus zu Fuß hingehen.«

»Ja, du mußt rechts abbiegen, wenn du aus dem Haupteingang kommst. Hier, ich zeig's dir.«

Ariel wandte sich zum Gehen, als B. F. sagte: »Newton ist auf der falschen Fährte, Ariel Gold, das kannst du ihm von mir ausrichten. Die Grace Barron, die ich gekannt habe, könnte keinen Mord begehen.« Einen Moment lang starrte er schweigend an die Decke und gab sich seinen sentimentalen Erinnerungen hin. »Das Mädel war so lebhaft wie Tangomusik. Wenn die einen mit ihren großen Augen ansah, dann gab sie einem das Gefühl, man sei der unwiderstehlichste Mann auf der Welt. Solche aufrichtigen blauen Augen. Wie diese wunderschönen Blumen. Wie Morning Glories. ›Glorie‹«, murmelte er vor sich hin.

B. F. räusperte sich, als er Ariels Blick bemerkte. »So hab ich sie halt immer genannt«, sagte er.

»Hör zu, mein Lieber, Grace oder ›Glorie‹ oder wie auch immer – dieses ›Mädel‹ ist inzwischen vierzig Jahre älter, und ich brauche dir nicht zu erzählen, daß das Leben einem übel mitspielen kann. Aber ich stimme dir zu. Eine Mutter, die ihr eigenes Kind ermordet, das ist zu ... das ist einfach grauenhaft, das kann man sich nicht vorstellen, nicht wahr?«

Sie blieb stehen, die Hand am Türknauf. »Aber ich will dir noch was sagen. Ich bin mir nicht so sicher wie du, daß nicht doch jemand anders John William umgebracht hat.«

»Haben Sie sich alles gründlich durchgelesen, Miss Gold?« Marv Newton betrachtete mit zusammengekniffenen Augen die Aussage, die Ariel unterschreiben sollte, dann nahm er seine Brille ab und sah sie direkt an. Sie hielt seinem Blick stand, aber da er auf einem Auge ganz leicht schielte, war es schwer festzustellen, wohin er genau schaute. Ariel bemerkte, daß er sich der Verunsicherung durchaus bewußt war, die er seinem Gegenüber bereitete, ja er schien diesen Umstand zu seinem Vorteil zu nutzen.

»Sonst würde ich nicht unterschreiben.« Dankbar, daß sie sich auf etwas anderes konzentrieren konnte, nahm sie den Stift in die Hand.

»Genau das hat John William Barron in der letzten Nacht seines Lebens wortwörtlich zu Ihnen gesagt – richtig?«

»Moment mal!« Ariel hörte auf zu schreiben. »Wenn Sie das so formulieren, hätte ich nicht übel Lust, alles zurückzunehmen! Ich hoffe, ich habe mich eindeutig ausgedrückt: Es ist das, woran ich mich erinnere. Ich hatte kein Tonband dabei. Ich konnte ja nicht ahnen, daß diese Unterhaltung von Bedeutung sein würde. Ich wußte ja noch nicht mal, wer er war!«

Entnervt nahm sie die Fotos in die Hand, die ihr vorgelegt worden waren, um sicherzugehen, daß der Mann, mit dem sie gesprochen hatte, tatsächlich John William Barron gewesen war. Während sie sie noch einmal eingehend betrachtete, klopfte es. Der Mann, der seinen Kopf zur Tür hereinstreckte, wollte gerade etwas sagen, doch als er Ariel bemerkte, nickte er ihr zum Gruß zu, sagte: »Marv!« und bedeutete ihm, er möge in den Korridor kommen. Als die Tür sich hinter den beiden Männern schloß, widmete Ariel sich wieder den Fotos.

Minuten später wurde sie von Newtons melodischem Bariton aus ihren Gedanken gerissen.

»Tut mir leid. Alles in Ordnung? Wollen Sie wirklich keinen Kaffee?«
Ariel lehnte dankend ab. Ihr fiel auf, daß Newton im Vergleich zu seinem bisherigen geschäftigen Auftreten jetzt einen gestreßten Eindruck machte.
»Probleme?« fragte sie.
»Sie befinden sich auf einem Polizeirevier, Miss Gold.« Newtons fleischiges Gesicht drückte Kummer aus. »Haben Sie von dieser Sache mit dem Arzt in Edisto gehört? Ferguson? Der ein paar Einbrecher auf frischer Tat ertappt hat? Der ist gestorben«, sagte er. »Jetzt ist es Totschlag.« Er seufzte. »Sie haben sich also die Bilder noch mal angesehen? Sind Sie immer noch sicher, daß das der Mann ist, mit dem Sie sich unterhalten haben?«
»Ja.«
»Mann!« rief er plötzlich aus. »Das ist es! Jetzt weiß ich wieder, wo ich Sie gesehen habe!« Er nahm eins von den Fotos und warf einen flüchtigen Blick darauf. Dann sah er Ariel an, und ein Lächeln breitete sich auf seinem Gesicht aus.
»Ich dachte, Sie hätten behauptet, diesen Mann bis vor ein paar Wochen noch nie gesehen zu haben.«
»Das habe ich mehr als einmal gesagt. Es stimmt.«
Newton nickte. Er setzte sich ganz dicht neben Ariel auf die Schreibtischkante. Er beugte sich zu ihr hinunter und kostete dabei die Wirkung seines Glasauges voll aus.
»Wenn das der Fall ist, wie erklären Sie sich dann die Existenz eines gewissen Fotos im Hause des Verstorbenen? Ein Foto, auf dem Sie beide zu sehen sind, Sie und John William Barron – und es hat den Anschein, als ob Sie sehr vertraut miteinander gewesen wären.«
Ariel zog verwirrt die Augenbrauen zusammen. »Erklären kann ich es mir nicht. Es ist nicht zu erklären, weil es nicht sein kann.«

Oder doch? Hatte sie John William schon vor ihrer nächtlichen Begegnung gekannt? Sie verspürte dieselbe gespannte Aufregung wie gestern abend am Telefon. Ihr Verstand meldete sich regelmäßig ab, wenn plötzlich die Hoffnung auftauchte, ein Gesicht könnte ihr tatsächlich bekannt vorkommen. Am selben Vormittag, vor dem Krankenhaus, war es ihr schon einmal passiert, als ein Fremder zum Gruß angesetzt, es sich dann jedoch anders überlegt hatte. Einen Moment lang war sie sich sicher gewesen, daß der Mann sie kannte und drauf und dran gewesen war, sie mit Namen anzusprechen.
Sie befeuchtete ihre Lippen. »Sind Sie sicher, daß ich auf diesem Foto bin? Was ist das für ein Foto? Darf ich es mal sehen?«
»Na, das ist aber eine interessante Reaktion. Sie und das Opfer sitzen zusammen in einem Boot. Beim Angeln. Auf dem Foto sind Sie schätzungsweise zwanzig. Er sieht älter aus, etwas älter als auf diesem Bild hier.« Er wedelte mit einem Foto vor ihrer Nase herum. »Derselbe Gesichtsausdruck. Wie ein Totengräber. Sie dagegen lachen, wenn ich mich recht erinnere.«
Inzwischen hatte Ariels Verstand sich wieder eingeschaltet. Sie atmete tief aus. »Das ist meine Schwester«, sagte sie. »Ich hab Ihnen doch erzählt, daß die beiden befreundet waren. Sie hat oft den Sommer hier verbracht.«
»Nein, Ma'am. Wie ich schon sagte, ich hab ein Gedächtnis für Gesichter. Die Frau auf dem Foto sind Sie.«
»Die Frau auf dem Foto ist Jane. Wir waren Zwillinge.«
Die ersten Anzeichen von Zweifel flammten in den Augen des Polizisten auf. Einen Augenblick später ließ er seine Schultern hängen. »Sie haben mir nie erzählt, daß sie Ihre Zwillingsschwester war. Wenn ich's mir recht überlege, haben Sie mir auch nicht erzählt, wieso Ihre Schwester John William Barron kannte und Sie nicht.«

Ariel nahm das Protokoll in die Hand und starrte auf ihre säuberlich abgetippte Aussage. Die Worte waren ihr so vertraut, daß sie ihre Bedeutung zu verlieren schienen. »Jane ist bei unserem Großvater aufgewachsen«, sagte sie. »Ich nicht. All dies hat nichts mit Ihrem Fall zu tun, Detective. Könnten wir vielleicht zum Thema zurückkommen?«

Zögernd willigte Newton ein, doch kaum hatte er »Okay« gesagt, als sein Telefon läutete. Er nahm den Hörer auf und bellte seinen Namen hinein. Eine Minute lang hörte er schweigend zu. »Moment bitte.« Er drückte eine Taste, murmelte: »Bin gleich wieder da« und verließ das Büro.

Als er diesmal zurückkam, wirkte er geistesabwesend. Sekundenlang sah er durch Ariel hindurch, bis er schließlich den Kopf schüttelte, als wolle er wach werden. »Möchten Sie Ihre Aussage noch einmal durchlesen?«

»Nein.«

»Es ist das, was er nach Ihrem besten Wissen und Gewissen gesagt hat?«

»Wenn man glaubt, daß ›die Wahrheit wichtiger ist als die Fakten‹«, murmelte Ariel vor sich hin.

»Wie bitte?«

»Detective Newton, ich möchte nicht auf ein totes Pferd einprügeln, aber ich möchte genausowenig durch gedankenlos ausgesprochene Worte einer Frau, die ohnehin schon am Boden zerstört ist, noch mehr Schaden zufügen. Ich möchte mich darauf verlassen können, daß Sie berücksichtigen, in welchem Zusammenhang dies alles gesagt wurde.«

Newton hatte den Kopf gesenkt und kniff sich mit Daumen und Zeigefinger in die Nasenwurzel. Ariel hatte das Gefühl, als könne sie seine Gedanken lesen; er rechnete sich aus, wie viele Jahre er noch vor sich hatte, bis er in den Ruhestand treten konnte.

»Ich glaube, ich habe alles richtig verstanden«, sagte er ruhig. »Es war mitten in der Nacht, es war Vollmond, und die Wellen rauschten. Sie haben erklärt, Sie beide hätten sich über die Zeit unterhalten, als Ihre Schwester und der Verstorbene noch Kinder waren, und Sie können nicht beschwören, daß er tatsächlich Angst *hatte*, nur, daß er *gesagt hat*, er habe Angst.«

Als er den Kopf hob, schaute Ariel in das Gesicht eines völlig erschöpften Mannes. »Miss Gold, ich nehme an, wenn Barron ausdrücklich gesagt hätte, er sei davon überzeugt, daß ihm jemand nach dem Leben trachte, hätten Sie das sofort gemeldet. Hätte er eine bestimmte Person direkt verdächtigt, würden Sie es mir sagen. Aber das haben Sie nicht. Was er gesagt hat, hat er gesagt, egal, in welcher Stimmung er in jener Nacht war. Es ist nur ein mögliches Stück in einem Puzzle, und für sich allein ist es kein Beweis. Ich danke Ihnen für Ihre ... Gewissenhaftigkeit. Aber wir stehen nicht vor der Kamera. Niemand wird Sie verklagen. Und – lassen Sie mich das noch einmal betonen – niemand ist darauf aus, irgend jemanden fälschlicherweise zu beschuldigen. Niemand.«

»Was war das eigentlich für eine Verletzung, die John William am Kopf hatte – eine Beule?« Ariel ging instinktiv in die Offensive.

»Ich glaube nicht, daß ich etwas Genaueres dazu gesagt habe. Aber Sie haben hier« – er deutete auf ihre Aussage – »erklärt, Sie hätten nichts gesehen, nicht wahr?«

»Es war dunkel. Wenn es keine Wunde war, etwas, das normalerweise deutlich sichtbar ist, hätte ich es nicht erkennen können.«

Newton erwiderte nichts.

»Ich meine, wenn es unter dem Haaransatz verborgen war ...«

»Mhmm.«
»Er hat jedenfalls nichts davon gesagt, daß er verletzt sei. Er wirkte nicht verletzt.«
»Mhmm«, wiederholte Newton. »Wie steht es mit Schmuck? Ist Ihnen aufgefallen, ob er irgendwelchen Schmuck trug?«
Ariel war verblüfft. »Schmuck?« sagte sie. »Was zum Beispiel?«
»Irgendwas. Ein Ring, eine Armbanduhr. Was man halt als Schmuck trägt.«
»Ich kann mich nicht erinnern, etwas gesehen ...« Plötzlich fiel ihr wieder ein, daß an seinem Handgelenk etwas aufgeblitzt hatte, als er die Zeichen in den Sand geschrieben hatte. Sie schloß die Augen, um sich die Situation zu vergegenwärtigen. »Er trug etwas an seinem Handgelenk. Es könnte eine Uhr gewesen sein, nehme ich an, aber ich glaube, es war ein Armband. Es war ziemlich breit – und silbern.«
»An welchem Handgelenk?«
»Am rechten.«
»Sind Sie sicher, daß es das rechte war?«
Als sie nickte, rief er die Stenographin noch einmal zurück, die ihre Aussage aufgenommen hatte. Er bat Ariel, zu wiederholen, was sie gerade gesagt hatte, und dann warteten sie schweigend ab, bis die Aussage ergänzt worden war. Ariel unterschrieb noch einmal.
Nachdem der Polizist sie in den großen Vorraum gebracht hatte, blieb Ariel noch eine Weile in Gedanken dort stehen und überlegte, was es mit dem Armband auf sich haben könnte.
Sie spürte, daß jemand sie beobachtete. Eine Frau mittleren Alters, die an einem Computer arbeitete, starrte sie an, doch als Ariel zu ihr hinüberlächelte, heftete sie ihren Blick wieder auf den Monitor.

Ariel spürte die Erinnerung an die gerade erlebten enttäuschten Hoffnungen in sich aufsteigen. Hör auf damit! befahl sie sich. Die Frau kennt dich nicht, und du kennst sie auch nicht. Wahrscheinlich hat sie sich gerade nur überlegt, ob sie dich darauf aufmerksam machen soll, daß deine Unterhose zu sehen ist. Sie trat auf den Schreibtisch zu, an dem die Frau saß.
»Verzeihen Sie. Gibt es hier in der Nähe ein Restaurant, wo ich um diese Zeit noch zu Mittag essen kann?«
Die Frau sah sie mit leuchtenden, neugierigen Augen an, als hätte sie Ariel gerade erst bemerkt.
»Mittagessen?« fragte sie und fuhr sich in einer Art und Weise mit der Zunge über die Schneidezähne, die Ariel an ihren Hund Stonewall erinnerte. »Ja ... Sicher. Gehen Sie einen Block weit« – sie deutete in die Richtung – »und dann links. Nach zwei Blocks biegen Sie rechts in die Bee Street.« Sie schaute auf den Stadtplan, den Ariel ihr hinhielt, und zeigte mit dem Finger auf die Stelle. »Das Restaurant heißt Estene's.«
Ariel war bereits auf dem Weg zur Tür, als die Frau hinter ihr herrief: »Sind Sie wirklich die Frau aus dieser Fernsehsendung?«
»Wie bitte?«
»Ich hab gehört, wie Marv Newton davon sprach, Sie seien aus Los Angeles, und daß Sie in dieser Sendung DIE OFFENE AKTE mitwirken. Aber ich hab Sie gar nicht wiedererkannt.«
Ariel lächelte. »Ich arbeite hinter den Kulissen. Schauen Sie sich die Sendung manchmal an?«
»Na ja ... ab und zu.« Sie strich sich ihr schütteres Haar glatt. »Mir hat besonders dieser eine Moderator gefallen, der, der nicht mehr dabei ist. Win irgendwas? Er sah ein bißchen aus wie Robert Redford.«
»Peacock. Passen Sie auf. Sie geben mir Ihren Namen und

Ihre Adresse, und ich bitte Win, Ihnen ein Autogramm zu schicken, wenn Sie möchten.«

Ihre leuchtenden Augen weiteten sich. »Das würden Sie wirklich tun?« Sie riß ein leeres Blatt von ihrem Notizblock und begann zu schreiben. »Werden Sie eine Sendung über Mr. Barron machen?«

»Möglich. Wieso?«

»Ach, ich habe ihn nämlich gekannt! Ich kaufe schon seit Jahren in seinem Drugstore ein.« Sie warf einen kurzen Blick zu der Tür, durch die Newton verschwunden war, leckte sich die Lippen und fuhr leise fort: »Stimmt es, daß Sie Leute für Informationen bezahlen? Zum Beispiel für ein Exklusivinterview?«

»So etwas kommt vor.«

»Gehen Sie jetzt gleich rüber zu Estene's?«

»Das könnte ich tun.«

»Sobald Pat – das ist meine Kollegin – sobald sie aus der Pause kommt, könnte ich mich dort mit Ihnen treffen. In ...«, sie schaute auf ihre Armbanduhr, »... zwanzig Minuten.«

»Hören Sie ...«, Ariel warf einen Blick auf den Zettel, den sie ihr gegeben hatte, »Vera? Mr. Barrons Tod wird von der Polizei untersucht. Wenn Sie etwas Wichtiges wissen, sollten Sie es Detective Newton sagen, nicht mir.« Bei dem Gedanken an das, was Henry dazu sagen würde, blieben ihr die Worte beinahe im Hals stecken.

»Das habe ich bereits.«

»Ach so. Na ja, wenn es etwas Vertrauliches ist, sollten Sie vielleicht lieber nicht –«

»Ist es nicht.«

»Wir sehen uns in zwanzig Minuten.«

Beim Verlassen des Polizeireviers bemerkte Ariel einen Mann, der an ein Auto gelehnt am Randstein stand. Er hielt eine Zeitung geöffnet in Händen, las aber nicht darin. Sie konnte seine Augen sehen; er beobachtete sie nachdenklich, so kam es ihr jedenfalls vor. Als sie ihn direkt anblickte, hob er die Zeitung.
Ohne zu überlegen, getrieben von dem eigenen Unmut, der sie in solchen Situationen überfiel, eilte sie die Stufen hinunter und blieb direkt vor ihm stehen. »Ja?« fragte sie. Die Zeitung senkte sich langsam um einige Zentimeter.
»Sie meinen mich zu kennen, nicht wahr? Glauben Sie mir, Sie kennen mich nicht.« Sie kam sich schon unendlich lächerlich vor. Noch bevor der Mann irgend etwas sagen konnte, fügte sie hinzu: »Genau! Ich weiß. Ihr Fehler.« Mit diesen Worten drehte sie sich auf dem Absatz um.
Während sie in dem Restaurant auf die Frau aus dem Polizeirevier wartete, stöhnte sie innerlich. Was war nur in sie gefahren? Sie wußte es. Sie hatte es satt, nicht zu wissen, was und wen sie kannte. Sie hatte es satt, auf diesen herbeiphantasierten Durchbruch zu warten, sich zu fragen, ob er jemals kommen würde und ob sie sich jemals an irgend etwas erinnern würde. Sie war mit einer Behinderung geschlagen, die keine Lobby besaß, für die es keine Prothesen gab, kein Rehabilitationsprogramm und keine Heilmethoden. Amnesie ist nichts für Hasenfüße, dachte sie.
Bei dem Gedanken daran, was der Mann wohl gedacht haben mochte, mußte sie unwillkürlich grinsen. Er war ziemlich gutaussehend gewesen und hatte gewirkt, als sei ihm gerade der Schock seines Lebens widerfahren. Zweifellos war er davon überzeugt, daß sie den Verstand verloren hatte.
Vielleicht war es ja so. Sie dachte an den Mann, den sie heute morgen vor dem Krankenhaus gesehen hatte. War es

derselbe? Folgte er ihr? Jetzt bist du völlig durchgedreht, dachte sie, als Vera Bloodworth sich gewichtig auf dem Stuhl ihr gegenüber niederließ.

»Mögen Sie Gemüsesuppe?« erkundigte sich die Sekretärin. »Es ist das Beste auf der Karte.«

»Okay«, sagte Ariel. »Hören Sie, Vera, ich möchte ganz offen mit Ihnen sein. Ich bin nicht befugt, Leuten Geld anzubieten, ohne daß ich weiß, was für Informationen sie überhaupt zu bieten haben. Sie müssen mir schon irgend etwas sagen, damit ich mir eine Vorstellung davon machen kann, was Ihre Informationen wert sind. Und ich müßte wahrscheinlich zuerst noch mit meinem Chef reden.«

Veras leuchtende Augen verfinsterten sich kaum merklich, doch sie zuckte gutmütig die Achseln. Ihre rosa Zunge schoß aus dem Mund und befeuchtete die Oberlippe. »Ach, ich habe eigentlich gar nicht mit Geld gerechnet. Es würde mir einfach einen Riesenspaß machen, wenn ich das, was ich Ihnen sage, in Ihrer Show hören würde, verstehen Sie, was ich meine?«

»Ich könnte Sie ja zum Essen einladen«, sagte Ariel lächelnd.

Kurze Zeit darauf saß Ariel vor einer Schüssel dampfender Suppe, tunkte frisches Maisbrot und hörte Vera zu, die so begierig war, ihre Geschichte loszuwerden, daß sie ihre Bulette kalt werden ließ.

»... und weil Corinne auf der Missionsversammlung überall herum erzählt hat, was sie gesehen hat –«

Ariel hielt eine Hand hoch. »Ich komme nicht mehr mit. Sie sind Missionarin?«

»Wer? Ich?« Vera sah sie verblüfft an. »Nein. Mein Missionstreffen. Na, Sie wissen schon, in der Kirche. Das W.M.U.«

»Ah ja.« Ariel hatte keine Ahnung, wovon die Rede war, hielt die Frage jedoch für nebensächlich.

»Corinne hat es uns allen erzählt, und ich hab ihr gesagt, sie soll es Marv erzählen. Sie sehen also, ich war es sogar, die dafür gesorgt hat, daß er es erfährt, und es ist überhaupt kein Geheimnis, weil wir es alle wissen.« Sie biß ein winziges Stück von ihrer Bulette ab, bevor sie mit verschwörerisch gesenkter Stimme fortfuhr und endlich zur Sache kam.

»Corinne wohnt schräg gegenüber von den Barrons. Ganz früh an dem Morgen, als Mr. Barron tot aufgefunden wurde, war sie in ihrem Vorgarten, um die Blumen zu gießen. Sie hat behauptet, deswegen sei sie so früh aufgestanden – Sie wissen schon, weil man doch die Blumen gießen soll, bevor die Sonne zu heiß wird. Das ist ja alles gut und schön, aber ich weiß, warum sie's in Wirklichkeit war.«

»In Wirklichkeit ...?«

»So früh auf war. Corinne ist ungefähr zehn Jahre jünger als ich, neunundvierzig oder so. Ich kann mich noch erinnern, wie es mir in dem Alter ergangen ist, wissen Sie? Also, Sie kennen ja noch nichts davon, aber ich weiß Bescheid. Wenn man nicht gerade die fliegende Hitze hat, friert man gottserbärmlich, und manche können einfach diese Hormone nicht vertragen. Dann schläft man schlecht und wird nachts dauernd wach, und dann gehen einem all diese schrecklichen Sachen durch den Kopf. Manchmal gibt man's dann einfach auf und steht auf. Und deswegen ist sie draußen gewesen, wenn Sie mich fragen.«

Ariel verzog die Mundwinkel zu einem Pseudolächeln und hakte nach: »Und Corinne hat etwas gesehen?«

»Na klar.«

»Was denn?«

»Ein Auto. Corinne hat gemerkt, wie drüben bei den Barrons die Garage aufging, aber sie konnte von ihrem Vorgarten aus nicht in die Garage hineinsehen. Dann ist dieser

Wagen rausgekommen. Und es muß irgend jemand, und zwar einer, der noch lebte, in der Garage gewesen sein, oder der, der den Wagen gefahren hat, hat so eine Fernbedienung gehabt, weil nämlich anschließend das Garagentor zuging.«
Vera hatte die Hände hochgehoben und ließ sie langsam sinken und hörbar auf den Tisch schlagen. »Dann ist das Auto mit ausgeschalteten Scheinwerfern weggefahren, und dabei war es noch gar nicht richtig hell.«
Ariel hatte inzwischen ihre Suppe vergessen. »Konnte sie erkennen, wer am Steuer saß?«
»Wie ich schon sagte, es war ja noch nicht richtig hell.«
»Hat sie denn gesehen, was für ein Auto es war?«
»Ein mittelgroßer blauer Chevrolet, zweitürig, nicht ganz neu, aber auch noch nicht alt. Sie meinte, der Wagen könnte so zwei, drei Jahre alt gewesen sein.«
»Das ist ja ein Ding.« Ariel blinzelte. »Das ist ... ungewöhnlich scharf beobachtet.«
»Corinnes Sohn ist Autohändler im Norden von Charleston. Sie kriegt alle drei Jahre ein neues Auto zum Händlerpreis, deswegen kennt sie sich so gut aus. Ich hatte angenommen, wissen Sie, daß Mr. Barron sich das Leben genommen hätte. Na ja, wegen seinem Vater und alldem. Aber nachdem Corinne mir erzählt hat, was sie gesehen hat, na ja ...« Vera schnalzte bedeutungsvoll mit der Zunge und warf einen Blick auf ihre Uhr. »Heiliger Strohsack!«
Sie wickelte ihre Bulette in eine Serviette, stopfte sie in ihre Handtasche, aus der sie dann einen Taschenspiegel und einen Lippenstift hervorholte. Währenddessen redete sie die ganze Zeit weiter.
»Es ist eine schlimme Sache, wenn man den Leuten weismachen will, jemand hätte sich das Leben genommen, und Mr. Barron war ein netter Mann, Miss Gold. Sie waren beide nett, aber er besonders. Wenn also jemand versucht, es so

aussehen zu lassen, als ob er sich das selbst angetan hatte …«, sie zog die Oberlippe hoch, um zu überprüfen, ob ihre Zähne etwas von dem Lippenstift abbekommen hatten (und um kurz mit der Zunge darüberzufahren), so daß ihre Worte kaum noch zu verstehen waren, »… dann bin ich, offen gesagt, der Meinung«, sie klappte ihren Taschenspiegel zu, »daß das bestraft werden muß.«

»Sie waren ›beide nett‹? Wer denn noch?«

»Der Mann, der für Mr. Barron gearbeitet hat. Ich weiß nicht, wie er heißt, aber er ist wirklich furchtbar nett.« Vera erhob sich und reichte Ariel die Hand. »Vielen Dank für das Mittagessen und für das Autogramm, das Sie mir versprochen haben. Das ist wirklich furchtbar nett von Ihnen!«

21

Was hast du denn damit vor?« wollte Ariel von Sarge wissen, den sie zufällig vor dem Krankenhaus traf, und deutete auf B. F.s dicke, abgewetzte Aktentasche. »In seinem Zustand kann er doch nicht schon wieder arbeiten!«
»Es schadet ihm viel mehr, wenn er sich dauernd darüber aufregt, daß er nicht weiß, was vor sich geht, als wenn er sich ein bißchen um seine Geschäfte kümmert.«
»Weiß sein Arzt Bescheid?«
»Weiß er. Er hat schließlich klein beigegeben. Hast du mit Marv Newton gesprochen?«
»Ja. Es gibt ein paar Neuigkeiten. Anscheinend war John William in der Nacht, in der er starb, nicht allein im Haus.«
Sarge blieb mitten in der Eingangshalle stehen und packte Ariel am Arm. Verblüfft starrte sie zuerst auf seine Hand und dann in sein Gesicht. Plötzlich fiel ihr wieder ein, daß sie nicht von dem Fremden redete, dem sie ein einziges Mal begegnet war, sondern von Sarges Neffen.
»Hat Marv dir das gesagt?«
»Nein.« Ariel trat zur Seite, um einem unglücklich dreinblickenden Mann mit einem Strauß rostfarbener Chrysanthemen Platz zu machen. Als er mit eingezogenen Schultern vorbeigegangen war, wandte sie sich wieder Sarge zu. »Er hat mir überhaupt nichts gesagt. Eine Nachbarin hat ein Auto aus der Garage fahren sehen.«
Sie legte ihre Hand auf Sarges Pranke. »B. F. wird das sicher

auch interessieren, nehme ich mal an. Es reicht mir, wenn ich es einmal erzähle.«

Sie fanden ihn schlafend vor. Er atmete lautstark durch den offenen Mund. Ariel zögerte in der Tür, es war ihr unangenehm, den alten Mann in seiner Verletzlichkeit zu sehen.

Plötzlich ertönte ein lautes Scheppern auf dem Flur hinter ihr – ein Pfleger hatte eine Bettpfanne fallen lassen, die glücklicherweise leer war –, und B. F. fuhr erschrocken aus dem Schlaf. Er blinzelte Ariel und Sarge an, zog seine buschigen Brauen zusammen und murmelte ein paar Verwünschungen, die seit Hippokrates' Zeiten zum Repertoire von Krankenhauspatienten gehören.

»... hier kriegt man die ganze Nacht keinen Schlaf, dauernd rennt jemand rein und raus ... die wecken einen um vier Uhr morgens auf, um einem frisches Wasser zu bringen, das man nicht trinken würde, wenn sie einen schlafen ließen ...«, er rückte sein Kopfkissen zurecht, »... und jetzt spielen sie auch noch auf dem Flur mit Bettpfannen Fußball. Da soll ein Mensch gesund werden ...«

»Laß mich mal machen«, sagte Ariel und langte nach seinem Kissen. »Stütz ihn mal einen Moment, Sarge. So ... Besser?« Ihre fürsorgliche Art ging dem Patienten erst recht auf die Nerven.

»Das reicht! Es reicht!« brummte B. F. und schob sie von dem Kissen weg. »Hör auf, mich zu bemuttern. Als nächstes fängst du noch an, mich mit ›wir‹ und ›uns‹ anzureden, wie diese blöde Kuh von der Nachtschicht. ›Dann wollen wir uns mal ansehen, was unsere Temperatur heute sagt‹«, äffte er die Nachtschwester nach, wobei er die Lippen schürzte, als würde er ein Kumquat aussaugen. »›Oh! Wir haben keine Lust, den Blutdruck gemessen zu bekommen. Jetzt wollen wir aber mal schön brav sein ... Wir müssen das von der positiven Seite sehen.‹«

Ariel war der Nachtschwester schon einmal begegnet; B. F.s Karikatur der spitzlippigen, mit einer Turmfrisur bewehrten Frau, die stets viel zu beschäftigt wirkte – so, als wäre sie in Gedanken bereits bei dem nächsten Patienten –, war absolut treffend.

»Freut mich zu sehen, daß es dir wieder bessergeht«, sagte Sarge. »Soll ich dir die Glotze anmachen? Oder willst du lieber 'ne Partie Gin Rummy spielen?«

B. F. würdigte die Frage mit keiner Antwort. »Stell meine Tasche auf das Ding da«, sagte er und deutete auf den ausklappbaren Tisch an seiner Nachtkommode. »Ich will sie in Reichweite haben.« Ariel, die offenbar protestieren wollte, ließ er erst gar nicht zu Wort kommen. »Was ist denn bei deiner Unterredung mit Eliot Ness auf dem Revier herausgekommen? Habt ihr alles unter Kontrolle?«

Ariel warf B. F.s stämmigem Faktotum einen kurzen Blick zu, bevor sie ihren Großvater ansah. »Ich habe Sarge gerade schon erzählt, daß John William in der Nacht, in der er gestorben ist, Besuch gehabt hat.«

Sarge verschränkte die Arme vor seinem breiten Brustkorb, und B. F. runzelte die Stirn. Beide Männer warteten darauf, daß Ariel sich ausführlicher äußerte.

»Eine Nachbarin hat bei der Polizei ausgesagt, daß sie gesehen hat, wie kurz vor der Morgendämmerung ein Auto aus der Garage gefahren ist. Entweder hat der Fahrer eine Fernbedienung benutzt, oder er oder sie hatte einen Komplizen in der Garage – oder John William war zu dem Zeitpunkt noch am Leben. Jedenfalls ging die Garagentür zu, als das Auto wegfuhr.«

»Wer hat dir das erzählt?« fragte Sarge.

»Eine Frau namens Bloodworth. Sie arbeitet als Sekretärin bei der Polizei.«

»Du bist doch kaum zwei Stunden weg gewesen«, sagte

B. F. »Ich wüßte mal gern, wie du es geschafft hast, einer vollkommen Fremden diese Geschichte direkt unter den Augen der Polizei aus der Nase zu ziehen.«
Ariel wandte sich an Sarge. »Mich würde auch etwas interessieren. Du hast doch am Anfang so einen heißen Draht zur Polizei gehabt, der offenbar inzwischen tot ist. Wie kommt das?«
Sarges Mundwinkel zuckte nervös. »Marv Newton hat den Fall übernommen. Wir beide kennen uns schon ziemlich lange, und wir sind nicht unbedingt die dicksten Freunde. Es schien mir das Diplomatischste, mich von da an aus der Sache rauszuhalten.«
»Newton«, sagte B. F. nachdenklich. »Hatte der nicht 'ne ältere Schwester? Hübsches Mädel – aber 'n ziemlicher Frühentwickler?« Er riskierte einen kurzen Blick in Ariels Richtung, während er etwas vor sich hin murmelte, das klang wie: »... Flittchen, wenn ich mich recht erinnere.«
Ariel, neugierig geworden, wandte sich erneut an Sarge.
»Marv ist in Ordnung«, sagte er, ohne auf B. F.s Bemerkung einzugehen. »Auch wenn er besser Gospelsänger geworden wäre als Polizist.« Er ging auf die Tür zu. »Ich muß noch die Okraschoten für das Perloo besorgen, das ich für Hattie kochen soll. Sie macht sich übrigens ganz schön Sorgen um dich«, sagte er zu B. F. »Sie hat sogar ihre Kusine gebeten, einen Juju für dich zu machen.« Sein Grinsen wirkte leicht boshaft. »Ich werd ihr sagen, du hättest dich nach ihr erkundigt.« An Ariel gewandt, fügte er hinzu: »Helen Monroe hat mich gebeten, ein Überdruckventil für ihren Einmachkessel zu kaufen, und dann hab ich noch ein paar andere Sachen zu erledigen. Reicht es, wenn ich dich in zwei Stunden abhole?«
Sie nickte und sah ihm nach, wie er das Zimmer verließ. Sie kam sich vor, als wäre sie in einem anderen Jahrhun-

dert gelandet, einem fernen Kontinent, auf einem anderen Stern. Allerdings hatte sie durch die Monate, die sie bereits als Fremde in ihrer eigenen Haut verbracht hatte, reichlich Übung darin, sich an ungewohnte Situationen anzupassen.

»Das klingt ja ganz so, als hätte Sarge mehr als einen Grund gehabt, von hier fortzugehen, als er noch jung und unbekümmert war«, sagte sie. »Und was sind, bitte schön, ›Juju‹ und ›Perloo‹«?

»Darüber kannst du dich von Sarge aufklären lassen. Aber wenn du ihn über seine bewegte Vergangenheit ausfragst, wirst du wahrscheinlich kein Glück haben. Und jetzt erzähl mir von dieser Nachbarin und was die gesehen hat.«

Ariel berichtete ihm, was sie von Vera Bloodworth und von Newton erfahren hatte.

»Ich wüßte wirklich gern, was das für eine Kopfverletzung war, die John William hatte«, sagte sie, »und was für ein Auto Grace Barron fährt.« Ihr fiel wieder ein, daß Newton sie nach Schmuck gefragt hatte. »Ich hatte gehofft, Sarge könnte darüber und über ein paar andere Dinge etwas in Erfahrung bringen, aber das scheint wohl nicht der Fall zu sein.«

»Was für andere Dinge?«

»Na ja, angenommen, es war tatsächlich Mord. Tut mir leid, B. F., aber es sieht fast so aus. Wer hatte ein Motiv? Mrs. Barron? Was könnte sie nach Meinung der Polizei dazu gebracht haben, ihren Sohn zu ermorden?«

»Erstens, Ariel Gold, muß niemand ein Motiv nachweisen. Zweitens, wo hast du deinen Verstand gelassen? Du weißt doch ebensogut wie ich, daß die meisten Morde selbst in unserer gefahrvollen Zeit von Leuten begangen werden, die dem Opfer besonders nahestanden, und deren ›Motive‹ sind nichts weiter als überkochende Gefühle. Jähzorn oder Eifersucht oder einfach Mißverständnisse. Irgendeiner läßt sich vollaufen, schnappt sich den nächsten stumpfen Gegenstand oder ein Fleischermesser oder eine Knarre und stürzt sich auf einen seiner Lieben.«

»Ich weiß, aber ...« Ariel erinnerte sich plötzlich an etwas, das Sarge gesagt hatte. Als er Grace angerufen hatte, um sie über den Tod ihres Sohnes zu unterrichten, hatte er den Eindruck, sie sei ›stockbesoffen‹ gewesen. Und das war mitten am Tag gewesen, wenn Ariel sich recht erinnerte.

»Leute, die im Affekt töten, vor allem dann, wenn sie betrunken sind, machen sich gewöhnlich nicht allzuviel Mühe, ihre Spuren zu verwischen. Sie flüchten in Panik oder stürzen sich über die Leiche und jammern und beschwören, sie hätten das nicht gewollt.

Und überleg dir mal folgendes: Grace ist sechzig oder noch älter. Was glauben die eigentlich, wie die kleine alte Dame den Mord ausgeführt hat? Soll sie ihrem Sohn vielleicht eins übergebraten und den Bewußtlosen dann in die Garage geschleppt haben?«

»Schade, daß ich es nicht miterleben werde, wenn du mal in das Alter kommst. Ich würde zu gern deine Reaktion sehen, wenn man dich eine ›kleine alte Dame‹ nennt.«

»Okay, das war leicht übertrieben, um meine Meinung zu verdeutlichen. Aber, ich bitte dich, sie können doch nicht im Ernst annehmen, daß sie soviel Kraft hat. John William war zwar kein Hüne, aber ...«

»Ich bin es nicht, der behauptet, Grace hätte ihn ermordet – oder sonst irgend jemand! Und du machst auf mich den Eindruck, als wolltest du dich selbst überzeugen.«

»Ich spiele nur des Teufels Advokaten. Selbst wenn Grace die fitteste Sechzigjährige der Südstaaten wäre, hätte sie ihn nicht allein hochheben können. Wenn sie oder irgend jemand anders ihn in die Garage geschleift hätte, müßte die

Polizei doch Spuren gefunden haben. Schleifspuren von den Schuhen oder verwischten Staub oder so etwas.«

»Du hast doch gesagt, jemand hätte das Garagentor geschlossen, kurz nachdem dieser blaue Chevrolet weggefahren ist, nicht wahr?«

»Das hat die Nachbarin jedenfalls behauptet, ja, aber bevor wir uns über einen möglichen Komplizen den Kopf zerbrechen, laß uns noch mal auf das Motiv zurückkommen und überlegen, wer eins gehabt haben könnte. Was weißt du eigentlich über John Williams kurze Ehe, über seine Exfrau?«

»Noch weniger als darüber, was Amelie Earhart auf Howland Island erlebt hat. Ich hab damals eine Einladung zur Hochzeit bekommen. Hattie hat einen selbstgestickten Kopfkissenbezug geschickt oder so was Ähnliches – und ein Kärtchen geschrieben, ich sei leider verhindert. Ich glaub, einen Monat später haben wir schon gehört, sie hätten sich wieder getrennt. Soviel ich weiß, haben wir den Kopfkissenbezug damals nicht zurückbekommen.«

»Was ist mit dem Mann, der für ihn gearbeitet hat? Wie hieß der noch mal?«

»Washington?«

»Washman. Nein, Washburn. Oder? Na ja, jedenfalls scheinst du über den auch nicht viel zu wissen.«

»Glücklicherweise ist das nicht unser Problem, sondern Newtons. Und selbst Sarge sagt, daß er seine Sache gar nicht schlecht macht.«

»Stimmt, aber ...« Ariel überlegte, ob sie versuchen sollte, ihrem Großvater zu erklären, daß sie sich dem Jugendfreund ihrer Schwester auf unerklärliche Weise verpflichtet fühlte. Sie seufzte. »Stimmt, kein Aber. Da ich keinen Zugang zu den Informationen habe, die der Polizei vorliegen, und da Newton mir gegenüber nicht so mitteilsam ist wie die Polizei gegenüber Jessica Fletcher, muß ich mich eben auf meine Intuition als Amateurdetektivin verlassen. Ich hab heute übrigens noch etwas erfahren. Dieser Arzt, der auf Edisto von diesen Einbrechern zusammengeschlagen wurde, ist heute im Krankenhaus gestorben. Das ist also ein echter Mordfall, den Newton jetzt auch noch zu lösen hat.«

B. F. schüttelte den Kopf. »Zum Kotzen«, sagte er. »Ich beneide den Mann nicht um seinen Job. Apropos Job, wie steht's denn mit deiner Arbeit? Wer kümmert sich darum, während du hier draußen Clara Barton spielst?«

»Alles geregelt.«

»Was ist mit dem Kerl, für den du arbeitest? Wird der nicht langsam nervös?«

»Henry? Er wird das schon ein paar Tage lang schaffen, ohne mein Haus abzubrennen.«

»Dein Haus? Er wohnt in deinem Haus? Aha ...«

»Nichts, ›aha‹. Er hat sich freiwillig angeboten. Ich dachte, das wäre es, was du wissen wolltest.«

»Du hattest mir gar nichts davon erzählt.«

»Nicht? Dann weiß ich nicht –«

»Wieso wirst du auf einmal so nervös?«

»Ich mach dir einen Vorschlag. Du siehst zu, daß du wieder gesund wirst, und ich geh nach Hause. Einverstanden?«

22

Hab ich dir schon erzählt, daß ich auch was von John William geerbt hab?«

Sarge lenkte den Lincoln um ein Schlagloch herum, bevor er vorsichtig in eine schmale, ungeteerte Gasse einbog. »Kein Geld«, fügte er hinzu, »nur ein paar Kleinigkeiten, von denen er wußte, daß ich daran hänge.«

Ariel, die sich schon darüber gewundert hatte, daß Sarge eine ungewohnte Strecke fuhr, bemerkte den freudlosen Ausdruck in seinem Gesicht. »Das ist nicht leicht für dich, nicht wahr?«

»Macht es dir was aus, kurz mit mir in sein Haus zu gehen?«

Er hielt vor einem Nebengebäude, das durch einen überdachten Weg mit einem großen Backsteinhaus verbunden war. Ein mit Ziegelsteinen gepflasterter Weg führte von der Einfahrt zu einer steilen Treppe auf der Rückseite des Hauses, über die man zum hinteren Eingang gelangte. Als Ariel ihren Hals reckte, um einen Blick auf die Seite des Hauses zu erhaschen, entdeckte sie einen langen, freitragenden Balkon, der sich im zweiten Stock bis zur Vorderseite zog, und ein Türmchen auf dem Dach.

»Ist das ein altes Haus?« fragte sie.

»Ziemlich alt – allerdings nicht für Charlestoner Verhältnisse.«

Sarge beäugte das Haus mit einem gewissen Widerstreben und knurrte vor sich hin, als er bemerkte, daß die Hintertür offenstand. »Sieht so aus, als ob Julian schon da wäre.«

»Julian?«
»Rechtsanwalt. Testamentsvollstrecker.« Er drückte die Tür weiter auf. »Komm mit.«
Sie betraten eine kleine Küche, die in dem dämmrigen Licht des späten Nachmittags wie eine düstere, kühle, modrige Höhle wirkte. Es lag nicht etwa an einem Mangel an Sauberkeit, daß die Luft in der Küche muffig roch, sondern daran, daß sie seit zwei Wochen unbenutzt und ungelüftet war.
»Hallo?« rief Sarge. »Julian? Bist du da?«
Sie hörten, wie hinter einer verschlossenen Tür zur Küche eine Toilette abgezogen und ein Wasserhahn aufgedreht wurde, und gleich darauf trat ein großer, kräftig gebauter Mann heraus, der sich die Hände an der khakifarbenen Hose seines Gabardineanzugs abwischte. Er verzog das Gesicht zu einem übertrieben komischen Grinsen, als er sah, daß Sarge nicht allein war.
»Tja«, sagte er leicht verlegen, »jedenfalls hab ich mir die Hände gewaschen.« Er streckte Ariel eine feuchte Hand entgegen. »Julian Taliaferro. Und Sie sind . . .?«
»Ariel Gold«, stellte Sarge sie vor, »B. F. Coulters Enkelin.«
Der Anwalt hielt Ariels Hand mit beiden Händen fest und sagte: »Die geheimnisvolle Zwillingsschwester aus Kalifornien! Da laust mich doch der Affe, Schätzchen, natürlich sind Sie das! Ich habe schon von Ihnen gehört.« Er grinste von einem Ohr bis zum anderen. »Freut mich, Sie kennenzulernen. Ich war mit Jane befreundet, als wir noch im Sandkasten gespielt haben. Jackie hat mir gar nichts davon erzählt, daß er eine schöne Frau mitbringen würde.«
Er zog die verblüffte Ariel an sich, legte ihr einen Arm über die Schulter und klopfte Sarge gutgelaunt auf die Schulter. »Du alter Schuft – ich will verdammt sein, wenn du nicht so aussiehst, als könntest du immer noch im Alleingang ein

Touchdown machen! Hat er Ihnen jemals erzählt«, fragte er Ariel, »daß er mal eine lebende Legende gewesen ist? Als ich dreißig Jahre nach ihm den Halfback gespielt hab, haben sie immer noch von ihm gesprochen, als wenn er der Größte wäre.«

»Wo ist dein Wagen? Ich hab ihn draußen nicht gesehen?« fragte Sarge, der seinen Kopf schief legen mußte, um seinen über einsneunzig großen Fan direkt anzusehen.

»Bin auf Schusters Rappen hergekommen. Genau drei komma zwölf Kilometer von der Kanzlei bis hier.« Er tätschelte sich seinen Bauch, der so aussah, als wäre er hart genug, um Kleinkalibergeschosse abzuwehren, und sagte: »Ich mache jeden Morgen einen Dauerlauf, trainiere täglich eine Dreiviertelstunde im Fitneßstudio, gehe, soweit möglich, überallhin zu Fuß – und fresse jeden Abend wie ein Scheunendrescher. Hey, Jackie, hast du gewußt, daß du immer noch den Schulrekord hältst? Zweihunderteinunddreißig Yards in einem einzigen Spiel«, klärte er Ariel auf, »dreiundzwanzig Runs.«

Julian Taliaferro atmete tief ein. »Also, ich würde sagen, du gehst einfach rein und holst dir deinen Krempel. Du brauchst mich schließlich nicht zum Händchenhalten, und außerdem kennst du dich hier besser aus als ich. Ich werd dich dann schon beim Rausgehen abtasten.«

Sarge nickte wenig begeistert. Bis die anderen beiden ihm ins Eßzimmer folgten, war er schon auf dem Weg ins nächste Zimmer.

»Ich hab gehört, Mr. Coulter liegt im Krankenhaus«, sagte der Rechtsanwalt zu Ariel. »Ich hoffe, es geht ihm gut?«

»Einigermaßen, ja.« Es war das erste Mal, daß Ariel Gelegenheit hatte, etwas zu sagen, aber sie war sowieso wesentlich mehr daran interessiert, sich umzusehen.

Sie befanden sich in einem förmlich eingerichteten Raum

mit einer hohen, stuckverzierten Zimmerdecke. An den bis auf Brusthöhe mit Holz getäfelten Wänden rankte auf der leicht vergilbten Tapete blaßgrüner Efeu. Zwischen zwei mit schwerem Stoff verhangenen Fenstern, die vom Boden bis zur Decke reichten, stand eine Bank im Empirestil. Ariel schlenderte zu einem Büfett aus Walnußholz, streichelte die samtene Oberfläche und betrachtete den passenden Eßtisch, um den zwölf Stühle gruppiert waren. Es herrschte eine unheimliche Stille in dem musealen Raum. Ariel hätte sich nie träumen lassen, daß Sarge in einer solchen Umgebung aufgewachsen war.

»Ganz schön vornehm, was?« sagte Julian.

Ariel hob zustimmend die Brauen und trat an eins der Fenster. »Darf ich?« fragte sie. Kleine Stäubchen tanzten im Sonnenlicht, als sie die Vorhänge beiseite schob und hinausschaute.

»Da steht ja ein Schild im Vorgarten«, sagte sie.

»Das Haus steht zum Verkauf.« Julian gesellte sich zu ihr ans Fenster. »Eine echte Schande. Das Haus ist schon ich weiß nicht wie lange in Familienbesitz.«

»Gehört es jetzt Grace Barron?«

»Sieht so aus.«

»Offenbar hat sie nicht vor, wieder hierherzuziehen.«

»Ich glaube nicht.«

»Wo ist sie überhaupt im Moment? Wohnt sie nicht hier?«

»Sie ist zurück nach Savannah gefahren, sagt ihr Anwalt. Gleich nach der Beerdigung. Traurige Geschichte.«

Ariel nickte und reckte den Hals, um die Nachbarhäuser zu sehen. Sie fragte sich, in welchem wohl die von den Wechseljahren geplagte Freundin von Corinne wohnen mochte.

»Wo ist die Garage?«

Julians Gesicht verfinsterte sich. »Da unten.« Er deutete auf die andere Seite des Hauses, und seine Stimme klang bedrückt, als er hinzufügte: »Unter dem vorderen Zimmer.« Er stopfte die Hände in die Hosentaschen und räusperte sich. »Dabei fällt mir ein, daß ich nachlässig war. Ich habe natürlich von der Sache mit Ihrer Schwester gehört. Eine schreckliche Sache. Es hat mir so leid getan, als ich davon hörte.«

Ariel drehte sich um und betrachtete das offene, freundliche Gesicht des Anwalts.

Obwohl sie ihn auf Mitte bis Ende Dreißig schätzte, etwa gleichaltrig mit John William, wirkte er wesentlich jünger. Er hatte helle, pfirsichglatte Haut, und seine Wangen waren leicht gerötet, wie bei jemandem, der gerade aus der frischen Luft kommt, oder wie bei einem englischen Schuljungen. Er sah aus wie ein Mann, der noch nie in seinem Leben ernsthafte Sorgen oder Probleme bewältigen mußte, der die Dinge nahm, wie sie kamen.

»Sie haben mich neugierig gemacht«, sagte Ariel. »Sie haben gesagt, Sie und Jane seien Freunde gewesen. Die meisten Leute machen eine Bemerkung über unsere Ähnlichkeit. Wie kommt es, daß Sie nichts dazu gesagt haben?«

Julian lächelte. »Na ja, sie war damals noch ziemlich klein. Ein Freund von mir hatte mich damals für den Sommer nach Kiawah eingeladen, aber danach hatte ich kaum noch Kontakt zu den Leuten hier. Ich war ein armer Junge, wissen Sie – ich mußte in den Ferien immer arbeiten.«

»Sie haben Jane also nur als Kind gekannt?«

»Tut mir leid, daß ich das nicht gleich gesagt habe.«

Ariel nickte. »Darf ich mir den Rest des Hauses ansehen?«

»Aber bitte. Dort geht's ins Wohnzimmer. Ich kann nicht behaupten, daß es meinem Geschmack entspricht, aber es ist gediegen eingerichtet.«

Es war gediegen eingerichtet und geräumig, ebenso wie das Badezimmer mit seinen altmodischen schwarzen und wei-

ßen Kacheln und dem alten Spülkasten mit Kettenzug, dem auf einem Säulenfuß ruhenden Waschbecken und der vierfüßigen Badewanne, die so groß war, daß selbst B. F. sich darin hätte ausstrecken können.
Die Bibliothek war sicherlich John Williams Lieblingszimmer gewesen, dachte Ariel. Die wuchtigen Ledersessel sahen so aus, als wären sie jahrelang ausgiebig benutzt worden. Der Brokatbezug einer Ottomane war an einigen Stellen schon fadenscheinig, und auf einem kleinen Tisch daneben lagen mehrere abgenutzte Pfeifen. Es lag immer noch ein schwacher Geruch von Tabakrauch in der Luft. Die vielen Bücher, eine Mischung aus alten, ledergebundenen Schinken, modernen Büchern mit bunten Schutzumschlägen und Taschenbüchern, standen offenbar nicht zum Schmuck in den Regalen. Ariel befühlte einige regelrecht zerlesene Bände einer beachtlichen Dickens-Sammlung.
»Ich möchte ja nicht geschmacklos sein, aber da Mrs. Barron das Haus offenbar verkauft ... Glauben Sie, daß sie auch den Inhalt verkaufen wird? Zum Beispiel die Bücher?«
»Soweit ich informiert bin, will sie überhaupt nichts behalten, und da die Stieftochter ... Wissen Sie das eigentlich? Daß sie die Erbin von John William war? Da die arme Seele also nicht mehr dazu gekommen ist, ein neues Testament aufzusetzen, wird wohl alles, was John William nicht ausdrücklich für jemand Bestimmten vorgesehen hat, verkauft werden. Ich nehme an, daß das Haus samt Inhalt versteigert wird.«
»Ich würde gern ein Gebot auf die Dickens-Bände machen. Für meinen Großvater.«
»Da läßt sich sicher was machen.« Er nahm eine Visitenkarte aus seiner Brusttasche. Die Kanzlei nannte sich Taliaferro & Taliaferro, Rechtsanwälte.
»Rufen Sie mich an«, sagte einer der Taliaferros.

»Ihr Vater?« Ariel wedelte mit der Karte.

»Nee. Den zweiten hab ich erfunden«, sagte er, ohne eine Miene zu verziehen. »Klingt doch gut, oder? Klingt nach Familientradition.«

Ariel zögerte.

»Ich nehme Sie auf den Arm«, sagte Julian, doch er lächelte nicht. »In Wirklichkeit bin ich beide. Gespaltene Persönlichkeit. Sagen Sie mal, stimmt es, was man sich erzählt? Daß Sie John William begegnet sind? Daß Sie in der Nacht, in der er gestorben ist, mit ihm gesprochen haben?«

Ariel nickte, räusperte sich und überlegte, ob Julians Art von Humor zu den Besonderheiten der Südstaaten gehörte, die sie noch nicht kennengelernt hatte. »Ich möchte Sie auch etwas fragen«, sagte sie. »Wann hat John William sein Testament aufgesetzt?«

Seine Mundwinkel verzogen sich kaum merklich nach unten. »Vor zwei Jahren. Nachdem einer unserer ehemaligen Klassenkameraden bei einem Flugzeugabsturz ums Leben gekommen war, hat John William endlich meinen Rat befolgt und ist zu mir in die Kanzlei gekommen. Sehen Sie, John William war keiner von den armen Jungs. Ich hatte ihm schon seit Jahren in den Ohren gelegen, etwas schriftlich festzulegen.«

»Waren Sie beide gut befreundet?«

»Ach, das würde ich nicht unbedingt sagen. Nein, Ma'am. Aber wir kannten uns schon seit Ewigkeiten. Wir waren zusammen im Kindergarten und zusammen in der Schule, bis er auf die Kadettenschule gewechselt ist.«

»War er denn überhaupt mit irgend jemandem eng befreundet?«

Julian biß sich auf die Unterlippe und dachte nach. »Ich nehme an, daß er ein paar Freunde gehabt hat.«

»Ich verstehe«, log Ariel. In diesem Augenblick entdeckte

sie etwas, das sie so verblüffte, daß ihr ein leises »Oh!« entfuhr.

Auf einem Klapptisch vor der einzigen Wand, an der keine Bücherregale standen, waren mehrere gerahmte Fotos gruppiert. Das Bild in der vordersten Reihe war der Schnappschuß, an den Marv Newton sich erinnert hatte. Als Ariel es in die Hand nahm und die Gesichter betrachtete, wurde ihr der Verlust einmal mehr schmerzlich bewußt. Sie hatte viele Fotos von Jane gesehen. In B. F.s Wohnungen, sowohl hier als auch in Kalifornien, hatte sie Schnappschüsse aus Janes Kindheit gesehen und Aufnahmen von Profis. Wahrscheinlich hatte sie Jane schon auf den Titelbildern von allen möglichen Modemagazinen gesehen, bevor sie auch nur geahnt hatte, daß sie mit ihr verwandt war. Doch weder das kleine Mädchen noch das professionell geschminkte, perfekt gestylte Model waren wie die junge Frau auf diesem Foto, die vor Freude über ein paar kleine Fische, die sie triumphierend in die Höhe hielt, über das ganze Gesicht strahlte. Die kleine Lücke zwischen den oberen Schneidezähnen war die gleiche, die Ariel im Spiegel sah. Der große Mund und die weit auseinanderstehenden Augen waren die ihren. Der Wirbel an der Stirn, in diesem ausgelassenen Augenblick von keinem Kamm gebändigt, war derselbe, mit dem Ariel immer wieder zu kämpfen hatte, und die auffallend lange Nase, auf den professionellen Fotos selten im Profil zu sehen, war ebenfalls einmal ihre gewesen. Einzig die Narbe am Kinn, Andenken an einen Unfall in der Kindheit, gehörte der anderen Frau allein.

Wie war es möglich, daß man jemanden vermißte, den man niemals gekannt hatte, fragte sie sich.

»Sieht so aus, als wären die beiden Freunde geblieben«, sagte Julian leise.

Ariel schluckte. Der zweite im Boot war John William,

schon damals ein grüblerischer junger Mann. »›Wir kommen weinend auf die Welt, beklagen uns ein Leben lang und sterben enttäuscht‹«, murmelte sie.

»Wie war das?«

»Schon gut«, sagte Ariel, peinlich berührt. Sie wollte das Bild gerade wieder hinstellen, als ihr das Armband an John Williams Handgelenk auffiel. Als sie das Foto unter eine kleine Wandlampe hielt, konnte sie einen breiten silbernen Armreif erkennen, der mit irgendeiner Art von mattglänzenden Edelsteinen geschmückt war. Ariel hatte den Eindruck, daß es sich um Indianerschmuck handelte.

»Das muß schon ein seltsames Gefühl sein«, sagte Julian, »ein Foto zu sehen, das so aussieht, als sei man selbst darauf, und man ist es doch nicht. Ich habe gehört, Sie sind ihr nie begegnet?«

»Erstaunlich, was die Leute hier in der Stadt so alles hören.«

»Stimmt. Es hat seine Vor- und Nachteile, wenn jeder über den anderen Bescheid weiß. Wenn jemand im Haus krank ist oder wenn ein Kind nicht rechtzeitig aus der Schule nach Hause kommt, ist es ganz nützlich, aber wenn man unten am See parken will, ohne daß Mama was davon erfährt, dann ist es eher unangenehm.«

»Haben Sie Kinder?«

»Nein, Ma'am. Mir fehlt die dazu erforderliche Frau. Zumindest betrachtet man das bei uns in der Gegend noch als Voraussetzung. Aber erzählen Sie mir doch ein bißchen davon, wie es ist, ein Zwilling zu sein. Sie sind der einzige eineiige Zwilling, mit dem ich je gesprochen habe.«

»Ich kann Ihnen nichts darüber erzählen, da Jane tot war, bevor ich überhaupt wußte, daß ich ein Zwilling bin ... Jetzt schauen Sie nicht gleich so, als ob Sie auf eine Mine getreten wären! Es ist schon in Ordnung.«

Einen Stock tiefer war ein dumpfes Geräusch zu hören.

Ariel zog die Brauen zusammen. »Ich habe aber ein bißchen was darüber gelesen.«
In Wahrheit las sie alles zu dem Thema, was sie finden konnte. Manchmal, wenn sie etwas über die unheimlichen Übereinstimmungen las, die man bei eineiigen Zwillingen beobachtete, oder wenn sie Fotos von sich und Jane betrachtete, konnte sie Janes Gegenwart spüren, ihr eigenes Spiegelbild neben sich, lachend, ihre Sätze beendend und ihre Gedanken lesend, Fähigkeiten, die man Zwillingen nachsagt.
Als sie einen letzten verstohlenen Blick auf das Foto warf, wurde sie von Trauer überwältigt.
Es waren die verlorenen Jahre, die sie am meisten quälten, all die Jahre, die sie hätten gemeinsam verbringen können. Wenn ihr Vater an dem Tag, als der Staat Kalifornien Ariel unter seine bürokratischen Fittiche genommen hatte, bloß nicht Jane allein mitgenommen hätte – aus einem Grund, den sie nie erfahren würde. Wenn ihre Adoptiveltern bloß nicht so fehlgeleitet gewesen und ihr die Wahrheit nicht bis zum Ende vorenthalten hätten. Wenn, wenn, wenn ...
Ariel riß sich aus ihren Gedanken. Wenn sie Jane ihr Leben lang gekannt hätte, würde sie sich wahrscheinlich sowieso an keine Minute davon erinnern. Die Amnesie, diese perverse Zeitdiebin, hatte ihr alles Gewesene geraubt, alles außer der Gegenwart, und hatte ihre Vergangenheit in den Abgrund des Nichts gezerrt.
Sie bemerkte, daß Julian Taliaferro sie beobachtete. Sein Gesichtsausdruck verriet nichts, doch seine blauen Augen fixierten sie eindringlich, und wenn sie sich bisher vorgemacht hatte, er sei nichts weiter als ein stereotyper lieber Kerl, so fühlte sie sich eines Besseren belehrt. Sie lächelte ihn freundlich an. Eins hatte sie immerhin inzwischen gelernt, nämlich daß es gefährlich war, von der langsamen

Sprache der Südstaatler auf einen langsamen Verstand zu schließen; sie würde nicht noch einmal den Fehler begehen, ihn zu unterschätzen.

Unruhig spähte sie in den dunklen Flur. »Er wird gleich wieder dasein«, sagte Julian. »Erzählen Sie mir doch, was Sie über eineiige Zwillinge gelesen haben.«

»Wenn es Sie wirklich interessiert.«

»Erzählen Sie.«

»Okay. Also ...« Ariel begann, im Raum auf und ab zu gehen, und überlegte, womit sie anfangen sollte. »Natürlich interessiere ich mich vor allem für Zwillingspaare, die irgendwann getrennt wurden. Es ist erstaunlich, wie ähnlich sie sich sein können, manchmal ist die Übereinstimmung sogar noch größer als bei Zwillingen, die gemeinsam aufgewachsen sind.«

»Wie kommt's?«

»Die Theorie besagt, daß die Eltern von Zwillingen, die zusammen groß werden, möglicherweise darauf achten, die Unterschiede zu fördern, die Individualität der Kinder zu unterstützen. Wollen Sie das wirklich hören?«

»Kommen Sie, setzen Sie sich. Erzählen Sie's mir.«

Die Luft entwich aus den steifen alten Ledersesseln, als sie sich darin niederließen. »Es gibt einen berühmten Fall von männlichen eineiigen Zwillingen, die nach der Geburt getrennt wurden«, sagte Ariel. »Als sie sich vierzig Jahre später wieder begegneten, stellten sie fest, daß sie beide Frauen mit demselben Namen geheiratet hatten, daß sie geschieden und wieder verheiratet waren – und wieder hatten die Frauen denselben Namen. Und sie hatten beide ihren ältesten Söhnen denselben Namen gegeben. Sie waren in denselben Ort in Urlaub gefahren, waren sich aber aus unerfindlichen Gründen nie begegnet. Sie hatten dieselben Hobbys und fuhren denselben Autotyp, sogar die Farbe

war dieselbe.« Sie hob die Arme, wie um zu sagen: Ob Sie's glauben oder nicht. »Hab ich schon erwähnt, daß sie auch Hunde mit demselben Namen hatten?«
»Ist das alles wahr, oder haben Sie sich das gerade ausgedacht?«
»Großes Ehrenwort.« Ariel erwähnte nur die eher harmlosen Dinge – kein Wort über Zwillinge, die genau gespürt hatten, als ihr Bruder oder ihre Schwester gestorben war, einige von ihnen von dem psychischen Erlebnis so sehr am Boden zerstört, daß sie sich für kurze Zeit nicht sicher waren, ob nicht sie selbst gestorben waren.
»Mal sehen«, fuhr sie fort. »Geteilter Schmerz ist ein interessantes Thema. Wie dieser Zwilling, der plötzlich von unerklärlichen Schmerzen überwältigt wurde. Er rief seinen Bruder in einem anderen Staat an und erfuhr, daß dieser sich gerade an derselben Stelle eine Muskelverletzung zugezogen hatte. Und zwar im Unterleib.« Sie verzog das Gesicht. »Und ... ach ja, man hat folgendes festgestellt: Wenn ein männlicher eineiiger Zwilling schwul ist, ist die Wahrscheinlichkeit, daß der andere ebenfalls schwul ist, dreimal so hoch, wie wenn es sich um zweieiige Zwillinge handelte.«
Taliaferro wirkte leicht irritiert. »Ich kenne nur ein Paar«, sagte er. »Zwillinge, meine ich, und das waren zweieiige. Die waren beide falsch wie Klapperschlangen, das hatten sie jedenfalls gemeinsam.«
»Erstaunlich. Ich meine, daß Sie nicht mehr Zwillinge kennen. Es gibt allein in den USA zweieinhalb Millionen Zwillingspaare, und jedes Jahr werden weitere dreißigtausend geboren.« Ariel hielt ihre Hände hoch. »Aber genug davon! Was hat Sarge eigentlich alles geerbt? In der Zeit hätte er ja ganz Rom plündern können!«
»Würde mich nicht wundern, wenn er sich Zeit für einen

sentimentalen Abschied nimmt. Wahrscheinlich kommt es ihn ganz schön hart an, durch dieses Haus zu gehen, in dem er aufgewachsen ist und wo zwei von seinen nächsten Verwandten ... Na ja, Sie wissen schon.«

Ariel mußte zugeben, daß er recht hatte, und ging noch einmal an den kleinen Tisch mit den Fotos zurück.

John Early Barron war leicht zu erkennen. Auf dem Bild war er etwa Anfang Vierzig. Ariel fiel auf, daß sie ihn sich immer als einen Mann mittleren Alters vorgestellt hatte, aber dies war zweifellos eines der letzten Fotos von ihm.

Die nachdenkliche junge Frau auf dem Studiofoto, das offenbar in den fünfziger Jahren aufgenommen war, mußte Halley sein. Ariel konnte verstehen, was Sarge ihr zu beschreiben versucht hatte. Er hatte gesagt, Halley sei als Mädchen irgendwie »altmodisch« gewesen. Es war schwer, genau zu sagen, was den Eindruck ausmachte, aber in den Augen des Mädchens lag eine Naivität, die nicht in die zweite Hälfte des zwanzigsten Jahrhunderts zu passen schien. Eine gewisse ... Stille. Was immer es auch war, es hatte nichts mit der Qualität der Fotografie zu tun. Dieses Mädchen hätte auch auf eine Daguerreotypie gepaßt.

Ariel warf nur einen kurzen Blick auf die beiden älteren Leute, von denen sie annahm, daß es sich um John Barrons Mutter und Sarges Vater handelte. Es war eine regelrechte Erleichterung, in dieser Galerie der Toten ein Bild von jemandem zu entdecken, der noch nicht unter der Erde war: ein sehr junger Sarge in der Uniform der Polizei von Los Angeles.

»Ein strammer Bursche, was?« sagte Julian. Er schlug die Beine übereinander und machte es sich so bequem, als hätte er nichts dagegen, den Rest des Tages mit Warten zuzubringen. »Erinnern Sie mich daran, daß ich Jackie frage, ob er ein paar von den Bildern haben will oder Kopien davon. Wenn ja, werde ich mich an Miss Barron wenden.«

Ariel hatte unter den Fotos keins entdeckt, auf dem diese Dame abgebildet war. Sie wollte gerade etwas dazu sagen, als hinter ihr eine ärgerliche Stimme fragte: »Und weswegen wollen Sie sich an Miss Barron wenden?«

Als Ariel sich umdrehte, sah sie jemanden im Flur stehen. Sie konnte gerade noch erkennen, daß es sich um eine Frau handelte, als Julian Taliaferro leise fluchend aufsprang und ihr mit seinen breiten Schultern die Sicht versperrte.

»Verzeihen Sie, Ma'am, aber Sie haben mich fast zu Tode erschreckt, verdammt noch mal.« Julian schnaubte wie ein erschöpftes Pferd und ging auf die Frau zu, die so reglos dastand wie eine leere Ritterrüstung.

Sie war von Kopf bis Fuß in Schwarz gekleidet: schwarzes Kostüm, schwarze Strümpfe, schwarze Schuhe. Seltsamerweise trug sie trotz des dämmrigen Lichts eine dunkle Sonnenbrille. Ihr Mund war nur als schmale Linie zu erkennen. Sie hielt das Kinn vorgereckt, ihr rechter Arm ruhte in einer schwarzen Schlinge. Das einzige an ihr, das nicht schwarz war, war der weiße Verband, der eine Hälfte ihres Gesichts bedeckte. Ariel zweifelte keinen Augenblick daran, daß das Grace Barron war.

Ihre Vermutung wurde bestätigt, als Julian erneut das Wort ergriff.

»Miss Barron? Das dachte ich mir. Ich bin Julian Taliaferro, der Anwalt Ihres Sohnes. Kommen Sie, Miss Barron, ich möchte Ihnen die Enkelin von B. F. Coulter vorstellen.«

Er faßte sie am Ellbogen, und nachdem sie einige Sekunden lang unwillig gezögert hatte, ließ Grace Barron sich in den Raum geleiten.

»Ariel, darf ich Ihnen Miss John Barron vorstellen? Miss Barron, Ariel Gold.«

Die formvollendete Vorstellungszeremonie schien der Gelegenheit angemessen, denn die kleine, adrette Frau an

Julians Seite hielt sich aufrecht wie eine Königin. Queen Victoria hätte in ihrem Trauerflor nicht majestätischer aussehen können, und Ariel war fast in Versuchung, einen Knicks zu machen.

»B. F. Coulters Enkelin, sagten Sie?«

Julian temperierte sein jungenhaftes Lächeln mit dem Respekt, der jenen gebührt, die gerade durch den Tod beraubt wurden. »Ja, Ma'am.«

»Dann fürchte ich, verstehe ich nicht recht«, sagte Mrs. Barron. Sie sprach mit dem Akzent, der der gesellschaftlichen Elite von Charleston eigen war, wie Ariel inzwischen gelernt hatte. Der Unterschied war undefinierbar, zumindest für fremde Ohren wie Ariels, aber er war nicht zu überhören.

»Was ist es, das Sie nicht verstehen?« erkundigte Julian sich höflich.

»Ich meine gehört zu haben, daß Mr. Coulters Enkelin gestorben sei.« Die dunklen Brillengläser waren auf Ariel gerichtet. Es war unmöglich zu erkennen, was sich dahinter verbarg.

»Ja, Ma'am. Aber er hatte zwei Enkelinnen. Zwillinge.«

»Ach, wirklich?« Ohne ihren Blick von Ariel zu nehmen, fügte sie hinzu: »Sie haben mir noch nicht gesagt, was Sie beide hier tun.«

»Nun, ich kann auch nicht gerade behaupten, daß ich Sie hier erwartet hätte, Miss Barron. Man hatte mir gesagt, Sie seien nach der Beerdigung nach Savannah zurückgekehrt.« Julians Ton war immer noch respektvoll und sein Lächeln so höflich wie zuvor, doch ein gewisser gereizter Unterton machte sich bemerkbar.

Grace Barron wandte sich schließlich dem Mann zu, mit dem sie sich unterhielt. Ihr glattes, dunkles Haar, das sie ungewöhnlich kurz geschnitten trug, wies nur eine einzelne silberne Strähne an der Schläfe auf, die im Licht der kleinen Wandlampe glänzte.

»Ich habe es mir anders überlegt, Mr. Taliaferro«, sagte sie.

Darauf wußte Julian keine Antwort.

»Was, sagten Sie, tun Sie in diesem Haus?«

»Jackie McManus ist hier, um die Sachen abzuholen, die Ihr Sohn ihm vermacht hat, Miss Barron. Ms. Gold ist mit ihm befreundet, und ich bin hier in meiner Eigenschaft als Testamentsvollstrecker. Ich habe Ihren Anwalt davon in Kenntnis gesetzt, daß wir heute nachmittag hier sein würden. Aus reiner Höflichkeit natürlich. Ich konnte ja nicht wissen, daß ich Ihnen Unannehmlichkeiten bereiten würde, da man mir gesagt hatte, Sie seien nach Hause zurückgekehrt.«

»Wenn ich das Testament meiner Tochter richtig verstanden habe, ist *dies* mein Zuhause.«

Ariel hatte noch nie einen Schlagabtausch erlebt, der mit solch ausgesuchter Höflichkeit geführt wurde. Sie kam sich vor wie eine unsichtbare Zuschauerin, die zwei Schauspieler bei einem überaus zivilisierten Zweikampf beobachtete.

»Aber selbstverständlich.« Julian setzte ein regelrecht gütiges Lächeln auf. »Ihnen ist jedoch sicherlich bewußt, daß dieses Testament noch gerichtlich bestätigt werden muß.«

Ariel nahm sich vor, Julian anzurufen, falls sie jemals einen Anwalt benötigen sollte.

In diesem Augenblick nahm Grace ihre Sonnenbrille ab. Die Haut um ihre Augen herum war in verschiedenen Schattierungen von dunkelviolett bis gelb verfärbt. Wo sich einmal ihre rechte Augenbraue befunden hatte, verlief jetzt eine schwarze Naht, die sich bis zu ihrem äußeren Augenwinkel schlängelte. Das blutunterlaufene Auge war fast zugeschwollen. Es war ein meisterhaft plazierter theatralischer Schachzug, dem ein noch geschickterer, verbaler Kunstgriff folgte.

»Jackie ist hier, sagen Sie? Wie schön! Ich habe meinen Schwager schon viel zu lange nicht mehr gesehen. Wo ist er?« Sie sah sich um, als erwarte sie, daß Sarge plötzlich aus dem Dämmerlicht auftauchen würde, ging auf eine Stehlampe zu und schaltete sie an. Mit ihrem entstellten Gesicht, das in dem grellen Licht noch schrecklicher aussah, lächelte sie Julian und Ariel an, die sie beide stumm vor Schreck anstarrten. »So. Das ist besser, nicht wahr? Wieso haben Sie beide bloß die ganze Zeit im Dunkeln gesessen?«

»Mein Gott.« Ariel konnte sich gerade noch beherrschen, die Worte nicht laut auszusprechen. Geschickt und eindrucksvoll hatte die Frau den Rückzug angetreten, ohne das Gesicht zu verlieren. Sie war die Herrin dieses Hauses, eine sympathische Frau, schrecklich entstellt und verletzlich und dennoch voller Charme.

»Ah«, sagte Julian. »In der Tat, Ma'am.« Er tätschelte das Sofa. »Setzen Sie sich doch hierher.«

Grace nahm Platz, jedoch nicht auf dem Sofa, sondern in einem der ledernen Ohrensessel. Sie glättete ihren Rock mit einer Geste, die beinahe kokett wirkte, hob charmant die verbliebene Braue und wies mit der Hand auf die beiden anderen Sessel.

Julian und Ariel setzten sich.

»Dann erzählen Sie mal«, forderte Grace Ariel auf, »wie geht es denn Ihrem Großvater? Ich habe ihn einmal sehr gemocht, wissen Sie. Er war immer ein echter Galahad und der netteste Mann, den man sich vorstellen kann! Wahrscheinlich ist er das immer noch.«

Ihre Koketterie wirkte unter den gegebenen Umständen äußerst irritierend. Ariel fragte sich, ob der Schmerz über den tragischen Verlust ihrer Kinder die Frau, die ihr gegenübersaß, völlig aus der Bahn geworfen hatte. Mit sanfter Stimme sprach sie ihr schließlich, auch im Namen ihres Großvaters, ihr Beileid aus.

Mit einem leichten Nicken bedankte sich Grace für die Anteilnahme, zog ein Taschentuch aus ihrer schwarzen Krokotasche und betupfte sich vorsichtig die Augen. Ariel konnte keine Tränen entdecken, doch der intensive Duft, der von dem Spitzentüchlein ausging, ließ ihre eigenen Augen beinahe tränen. Es war White Shoulders, ein Parfüm, das sie verabscheute.

Nachdem Julian ebenfalls seine Kondolenz entboten hatte, wurde seine Stimme wieder lebhafter.

»Ariel hat vorhin den Wunsch geäußert, ein paar von Ihren Büchern zu erwerben, um sie Mr. Coulter zu schenken.«

»Die Dickens-Bände«, sagte Ariel. »Allerdings ist dies wohl nicht der rechte Augenblick, um Miss Barron ...« Sie bemerkte, daß Grace sie wie gebannt anstarrte. Doch dann schüttelte sie sich kurz und wurde plötzlich munter.

»Aber das macht überhaupt nichts! Ich meine sogar, mich zu erinnern, daß Halley einmal davon gesprochen hat, John William hätte eine wunderschöne alte Ausgabe von ... ich weiß nicht mehr, irgendeinem Buch von Dickens. Das muß B. F. unbedingt bekommen – als Geschenk von seiner alten Verehrerin.«

Sie sah sich unschlüssig um, bevor sie sich erhob. »Ich bin natürlich schon seit Jahren nicht mehr hier gewesen, aber ich kann ja mal nachsehen ...«

Sie begann, unbeholfen die Bücherregale zu durchsuchen, während sie die ganze Zeit redete, ja, es war beinahe ein kindliches Plappern, so schien es Ariel, die sie neugierig beobachtete.

Miss John Early Barron war ungebrochen von Schmerz und Trauer. Ihre Körperhaltung war eindrucksvoll, ihre Figur perfekt. Der Teil ihres Gesichts, den der Verband nicht verdeckte, war, ebenso wie ihr Hals, beneidenswert faltenlos. Offenbar hatte sie sich dem alten Grundsatz der Südstaaten verschrieben, nach dem eine Dame eine lilienweiße Haut zu haben hatte, und hielt sich von der Sonne fern. Trotz der silbernen Strähne in ihrem Haar (und selbst wenn der »dunkle« Teil gefärbt war) wirkte sie für ihr Alter erstaunlich frisch. Hätte Ariel es nicht besser gewußt, sie hätte sie niemals auf sechzig geschätzt.

Ihr Benehmen war regelrecht mädchenhaft.

B. F. hatte die junge Grace als »lebhaft« beschrieben. Die Zeit hatte sie in Quecksilber verwandelt. Als Ariel ihr vorschlug, sie möge es doch einfach den Leuten von der Immobilienfirma überlassen, sich um die Bücher zu kümmern, winkte Grace nur ab und fuhr fort, Schubladen und Schranktüren zu öffnen, während sie weiter munter drauflosplapperte.

»Halley hat diese Bibliothek geliebt! Haben Sie sie gekannt? Nein? Ach, ich wünschte, Sie hätten sie kennengelernt. Natürlich hätte sie nie in Erwägung gezogen, wieder hierher zurückzuziehen. Das Haus birgt einfach zu viele traurige Erinnerungen. Für uns beide. Und ohne mich wäre sie sowieso nicht umgezogen. Sie war mein Leben! Meine Gesundheit ist auch nicht mehr das, was sie einmal war. Die Nerven, wissen Sie.

Aber diese Bibliothek hat sie wirklich geliebt. Es bricht mir das Herz, mich von den Büchern zu trennen, wenn ich bedenke, wie sie an ihnen gehangen hat, aber sie war der Bücherwurm. Ich fürchte, ich bin ziemlich ungebildet, wenn Sie die Wahrheit wissen wollen.

Hm«, sagte sie. »Vielleicht war das Buch doch wertvoller, als ich dachte. Es scheint ebenfalls weg zu sein.«

»Ebenfalls?« fragte Julian.

»Sie wissen es nicht? Das wundert mich. Der örtliche Buschfunk scheint wohl nicht mehr so reibungslos zu funktionieren wie früher.«

»Ma'am?«

Grace schloß eine Schranktür mit mehr Nachdruck, als erforderlich war. »Meine Tochter ist nach John Williams Beerdigung hier gewesen. Sie sagte mir, daß einige Dinge zu fehlen schienen. Da sie sich aber nicht vollkommen sicher war – eigentlich auch nicht sein konnte –, hat sie ihren Verdacht nicht gemeldet. Aber ich habe es getan. Ich habe die Polizei angerufen und verlangt, daß man der Sache nachgeht! Schließlich hat die Tür offengestanden, und jeder hätte hereinkommen können, nicht wahr? Diese Einbrecher, über die man dauernd in der Zeitung liest. Und der Mann, der in dem Drugstore gearbeitet hat, der ist einfach hier hereinspaziert. Wer weiß ...«

Sie spähte stirnrunzelnd in einen der Schränke. »Was in aller Welt ...?« Mühsam zog sie eine in Geschenkpapier gewickelte Schachtel heraus und drückte sie unbeholfen gegen das Regal. Sie neigte ihren Kopf, um die Aufschrift auf dem Umschlag lesen zu können, der unter der Schleife steckte. Dann sah sie Julian und Ariel fragend an, als wüßten sie eine Erklärung.

»Da steht mein Name drauf«, sagte sie, und ihre Augen füllten sich mit echten Tränen. »Mr. Taliaferro? Mit diesem einen Arm schaffe ich es nicht ...«

Der Anwalt nahm ihr das Päckchen ab und betrachtete den Umschlag. »Ich nehme an, es kann niemand bestreiten, daß es für Sie vorgesehen ist. Möchten Sie, daß ich den Brief für Sie öffne?«

Auf Grace' Nicken hin riß er den Umschlag auf, entnahm ihm eine Karte und reichte sie ihr. Sie setzte eine Lesebrille auf. Sie las die Karte erst einmal und dann noch einmal. Ihre

Lippen begannen zu zittern, sie klemmte sie zwischen ihren Zähnen ein. Mit einemmal sah sie so aus, als sei ihr übel geworden. Ohne Kommentar legte sie die Karte beiseite und sagte: »Würden Sie das Päckchen bitte öffnen?«

Nachdem er das bunte Papier entfernt hatte, wühlte Julian in einem Nest aus Holzwolle. Plötzlich starrte er mit offenem Mund auf das, was er gefunden hatte, und holte ganz vorsichtig eine Pistole aus der Schachtel.

Grace stieß einen erstickten Schrei aus, es war ein Laut wie von einem tödlich verwundeten Tier. Ariel riß ihren Blick von der Pistole los und sah zu Grace hinüber, die sich mühsam aus ihrem Sessel erhob. Bevor irgend jemand dazu kam, auch nur ein Wort zu sagen, hatte die Frau nach ihrer Handtasche gegriffen und war verschwunden. Sie hörten, wie die Haustür zugeschlagen wurde.

Behutsam legte Julian die Pistole zurück in die Schachtel. Er und Ariel starrten sich wortlos an, als Sarge mit einer Angelrute erschien.

»Okay, du Winkeladvokat«, sagte er, »ich hab meine Beute vor der Hintertür gestapelt. Sieh dir den Krempel an, damit wir aus diesem Mausoleum verduften können.«

23

Henry hatte sich geirrt. Das Individuum, das vor neun Monaten von einem Güterzug zermanscht worden war, hatte tatsächlich eine Erkennungsmarke getragen. Dies hatte – unter anderem – dazu geführt, daß man die Leiche identifiziert hatte. Falsch identifiziert hatte.
Der Irrtum war noch zementiert worden durch die Aussage der »Witwe«, die weder die Erkennungsmarke noch die sterblichen Überreste zu sehen brauchte, um zu der Überzeugung zu gelangen, daß ihr Mann tot war. (Erstere war ihr vorgelegt worden, woraufhin sie sie zweifelsfrei identifiziert hatte, letztere zu begutachten hatte man ihr erspart.) Mr. Fiore war ein verantwortungsbewußter, zuverlässiger Mann gewesen, hatte sie erklärt. Wenn er am Leben wäre, wäre er nach Hause gekommen; das war er aber nicht. Natürlich war er seit dem Vorfall auch nicht zu Hause aufgekreuzt, sondern hatte sich nach Arizona abgesetzt.
Einige Details waren noch unklar, aber aus dem, was Henry sich nach einer Reihe von Telefongesprächen zusammenreimen konnte, war mit Mrs. Fiore nicht gut Kirschen essen. Ein Polizist aus Carson – ein Mann namens Pete –, der das Vergnügen gehabt hatte, die Lady persönlich kennenzulernen, knurrte: »Wenn ihr Auftritt im Leichenschauhaus eine Kostprobe ihres üblichen Charmes war, dann ist es kein Wunder, daß der Typ sich aus dem Staub gemacht hat. Die Alte würde Arnold Schwarzenegger glatt in die Flucht schlagen – oder ihn so weit bringen, daß er versucht, einen

Güterzug mit seiner Stirn aufzuhalten! Wenn ich allerdings mit dieser Gewitterziege verheiratet wäre, würde ich sie vor den Güterzug stoßen.«
Henry unterbrach Pete, um sich nach den Einzelheiten des Zugunglücks zu erkundigen: »Was hat der Lokführer eigentlich ausgesagt? Hat der Typ einfach so auf den Schienen gestanden oder was?«
Pete wußte es nicht. »Ich bin nur ein paar Tage lang an dem Fall dran gewesen, dann wurde hier alles umstrukturiert, und ich wurde auf einen anderen Fall angesetzt. Aber passen Sie auf: Die Alte hat uns erklärt, ihr Männe hätte um Viertel vor sieben zu Hause sein müssen und er sei noch nie zu spät gekommen. Das glaub ich ihr sogar. Die Alte hat ihm Tag und Nacht im Nacken gesessen. Sie hatte seinen Terminkalender – der Typ war Vertreter, verkaufte Bürobedarf, wissen Sie –, und sie wußte auf die Minute genau, wo er gewesen war, weil sie dauernd hinter ihm herspioniert hat. Können Sie sich das vorstellen? Die hat den Mann dermaßen unter Kontrolle gehabt, als ob sie fürchtete, er würde sich in Luft auflösen, sobald sie ihn aus den Augen ließ. Was er dann ja tatsächlich gemacht hat, wenn man sich's genau überlegt.
Und soll ich Ihnen noch was Unglaubliches sagen? Neulich hab ich mich zufällig mit dem Kollegen aus Scottsdale unterhalten. Der hat die andere Frau kennengelernt, die dieses arme Schwein geheiratet hat, nachdem er verduftet war. Er sagt, sie ist ein absoluter Giftzahn. Soll man das für möglich halten? Er flüchtet vor dieser Xanthippe und hat nichts Besseres zu tun, als sich sofort wieder so einem Exemplar an den Hals zu schmeißen. Ich meine, so was kann doch wohl nicht wahr sein!«
»Also«, sagte Henry. »Ihr habt also nie überprüft, ob die Leiche jemand anders hätte sein können?«

»Mann, wir hatten doch die Erkennungsmarke. Wir hatten die Brieftasche ... Da war sogar noch ein bißchen Kleingeld drin und 'ne Kreditkarte von 'ner Tankstelle. Die lag ungefähr zwanzig Meter entfernt vom größten Teil der Leiche. Und – wir hatten das Auto.«

»Das Auto? Sie meinen, Fiore hat sein Auto am Unfallort stehenlassen?«

»Allerdings. Hat die Tür offenstehen lassen, damit es so aussah, als ob ihm was aus dem Fenster gefallen wäre, und er wäre ausgestiegen, um zurückzugehen und es aufzuheben. Und als ob er dabei den Zug nicht bemerkt hätte.«

»Er muß die Schienen bereits überquert haben«, sagte Henry, dem es schwerfiel, eine Logik in dem merkwürdigen Geschehen zu entdecken. »Dann hat er gesehen, wie der andere von dem Zug überrollt wurde, und ist zurückgegangen, um den Unfallort zu präparieren. Gehen Sie davon aus, daß es sich so abgespielt hat?«

»Keine Ahnung, Kumpel. Ich weiß es nicht. Vielleicht hat Fiore einfach die günstige Gelegenheit erkannt und sie beim Schopf ergriffen. Vielleicht steckt aber auch mehr dahinter. Soweit ich weiß, hat er sich bisher noch nicht dazu geäußert.«

»Was ist denn mit der Erkennungsmarke? Die Blutgruppe. Die muß ja wohl mit der von Fiore übereingestimmt haben.«

»Das war keine offizielle Erkennungsmarke – ich meine, nicht so eine, wie es sie beim Militär gibt. Sie war echt Silber; ein Schmuckstück, würde ich sagen. Ich würde wetten, daß seine Frau ihm die geschenkt hat. Die hat ihrem Männe die Hundemarke verpaßt, um sicherzugehen, daß man ihn zu ihr zurückbringen würde, falls er sich auf Abwege begibt.«

»Für was muß dieser Volltrottel sich denn jetzt vor Gericht verantworten?«

»Na ja, in Arizona sitzt er erst mal wegen Bigamie. Und hier? Da haben Sie die Auswahl: Behinderung der Justiz, Fälschung von Beweismitteln, Veränderung des Unfallortes, Behinderung von Ermittlungen, strafbare Vortäuschung eines Tatbestandes –«

»Sie glauben, es war kein Zufall, daß er am Unfallort zugegen war? Daß er den Unfall ›arrangiert‹ hat, um eine Leiche zu haben, die er als seine ausgeben konnte?«

»Alles ist möglich. Vor allem, wenn es darum geht, uns die Arbeit zu erschweren.«

»Was werden Sie jetzt unternehmen, um die Leiche zu identifizieren?«

»Nichts«, sagte Pete. »Ich hab mit dem Fall nichts mehr zu tun.«

24

Ariel ließ ihren Blick über den vom Mond beschienenen, menschenleeren Strand schweifen. An der Stelle, wo sie, soweit sie sich erinnern konnte, vor zwei Wochen mit John William gesprochen hatte, setzte sie sich in den Sand und dachte nach.

Sie wußte inzwischen, daß er ein verbitterter Mann gewesen war, zu Grausamkeiten durchaus in der Lage. Ihr war nicht klar, was er mit dem »Geschenk« hatte sagen wollen, das er seiner Mutter hinterlassen hatte, doch er hatte zweifellos beabsichtigt, ihr damit Schmerz zu bereiten.

Ariel gingen noch einmal die Worte durch den Kopf, die auf der begleitenden Karte gestanden hatten. Sie hatte sie noch wortwörtlich in Erinnerung. »*Ich bin mir sicher, daß du sie wiedererkennst. Du könntest deinen Mitmenschen einen Gefallen tun, indem du sie auf dich selbst richtest und abdrückst. Herzlichen Glückwunsch zum Geburtstag, Grace.*«

Die Unterschrift lautete: »*Hoffnungsvoll, John William.*«

Ariel schauderte. Wie Grace Barron sich zur Zeit fühlen mußte, ging über ihre Vorstellungskraft. Sie konnte sich nicht erklären, was das Ganze zu bedeuten hatte. Die Pistole paßte hinten und vorne nicht ins Bild; die Pistole war in den Dramen, die sich innerhalb der Familie Barron abgespielt hatte, bisher nicht vorgekommen.

Das Leben und Sterben in dieser Familie schien tatsächlich nach allen Regeln des klassischen Dramas zu verlaufen.

War diese letzte, grausame Geste von seiten John Williams womöglich nichts weiter als ein Teil davon? Eine Demonstration seines Hangs zum Theatralischen? Falls das Geschenk als Strafe gedacht war, was war dann das dazugehörende Verbrechen gewesen? fragte sich Ariel.
Sarges Reaktion auf all das hatte sie nicht minder irritiert. Als er von Grace' Auftauchen und von der Pistole erfahren hatte, als er die Karte gelesen hatte, verhielt er sich äußerst seltsam. Auf der Fahrt zurück nach Kiawah redete er so gut wie gar nicht. Er kochte das Abendessen, signalisierte, daß er keine Gesellschaft wünschte, und zog sich nach dem Essen zurück.
Ariel hatte sich besondere Mühe gegeben, als sie Hattie ihr Essen gebracht hatte. Geduldig stand sie mit dem Tablett in der Hand und wartete, bis die Frau, die Ariels Hilfe abgelehnt hatte, obwohl sie immer noch geschwächt war, sich mühsam bis zu ihrem Stuhl durchgekämpft hatte. Während Hattie in ihrem Essen herumstocherte, hatte Ariel ihr Bett gemacht.
Sie wußte, daß sie mit Small talk bei Hattie nicht landen konnte, und ihr stand auch nicht der Sinn danach; ihr gingen viel zu wichtige Dinge durch den Kopf. Mit ein paar suggestiven, scheinbar beiläufigen Bemerkungen versuchte sie herauszufinden, was die schweigsame Frau über die Barrons wußte.
Hattie ließ sich nicht täuschen. Sie fragte Ariel ganz direkt, warum sie sich nach »diesen Leuten« erkundigte.
»Weißt du noch, wie ich dich nach diesem Mann am Strand gefragt hab? Es hat sich herausgestellt, daß das John William war. Nur wenige Stunden später ist er gestorben, und ich bin vielleicht die letzte, die mit ihm gesprochen hat, und ich habe das Gefühl ...« Während sie das Laken nach Krankenschwesternmanier um die Matratze schlug, überlegte

Ariel, wie sie Hattie erklären sollte, warum sie sich dem Toten verpflichtet fühlte. Sie sah verstohlen zu ihr hinüber. Ermutigt durch den konzentrierten Blick in den dunklen, fast schwarzen, an einen Raubvogel erinnernden Augen, sagte sie: »Jane war mit ihm befreundet. Wenn sie hier wäre, wenn sie davon überzeugt wäre, daß ... jemand ihm etwas zuleide getan hat, würde sie bestimmt alles in ihrer Macht Stehende tun, um ihren Freund zu rächen. Ich fühle mich irgendwie verpflichtet, das für sie zu tun. Außerdem, falls Grace nichts damit zu tun hat, und dessen bin ich mir sicher, möchte ich nicht, daß ihr noch mehr Leid zugefügt wird.« Sie schüttelte ein Kopfkissen auf, hielt es vor dem Bauch umklammert und wartete ab, ob Hattie etwas dazu sagen würde.

»Du fühlst dich ›verpflichtet‹«, sagte Hattie, wie um sich zu vergewissern, daß sie sie richtig verstanden hatte, »weil Jane ›mit ihm befreundet war‹.«

»Ja.«

»Du kommst hierher und redest all diese Leute, die dir nichts bedeuten, mit Vornamen an, als würdest du sie von klein auf kennen und als hättest du ein Recht darauf, in ihrem Leben eine Rolle zu spielen, redest großartig von ›Schmerz‹ und ›Rache‹ und ›Trauer‹. Du kommst daher, gehst mir auf die Nerven und versuchst, etwas über das Privatleben von anderen Leuten aus mir herauszubekommen, als wäre ich irgendeine einfältige Negerin, die du mühelos um den Finger wickeln kannst.«

Hattie machte eine Atempause. Als sie fortfuhr, klang ihre Stimme ruhiger, aber ihre Worte trieften vor Gift.

»Nun, das wird dir nicht gelingen. B. F. kannst du vielleicht zum Narren halten, mich nicht. Ich weiß nicht, was du willst, und ich weiß nicht, woher du Dinge über meine Jane weißt, die du eigentlich gar nicht wissen kannst, aber du bist nicht Jane. Du bist nicht im entferntesten wie mein Mädchen, und du wirst nie sein wie sie oder aussehen wie sie, egal, wie sehr du dich anstrengst.« Hattie lehnte sich vor, ihre Brust hob und senkte sich schwer. Die nächsten Worte spuckte sie regelrecht aus.

»Pack deine Tricks und deine neugierige Nase ein und mach dich dahin zurück, wo du hergekommen bist. Hast du mich verstanden? Laß uns gefälligst in Frieden!«

Ariel hatte das Gefühl, daß all ihr Blut in den Kopf geschossen war, ihre Ohren glühten, als stünden sie in Flammen. Sie hatte nicht einmal geahnt, wie abgrundtief Hattie sie verachtete.

Hatties völlig unbegründete Zweifel daran, daß sie Janes Schwester war, machten ihr nicht viel aus. Mit tödlicher Genauigkeit jedoch hatte Hattie den Finger auf ihre wunden Punkte gelegt, und das traf Ariel bis ins Mark.

Sie wußte nur zu gut, daß es nichts gab, was ihre Einmischung in die Tragödie der Familie Barron rechtfertigte. Sie fühlte sich immer unwohl bei ihren Nachforschungen und fragte sich stets aufs neue, ob ihr Verhalten nicht zu indiskret war. Hattie hätte ihre Achillessehne nicht zielsicherer treffen können, wenn sie hellseherisch wäre.

Ganz vorsichtig, als sei sie die Kranke, legte Ariel das Kopfkissen zurück. »Du wirst es sicher allein ins Bett schaffen.«

An der Tür drehte sie sich noch einmal um. »Ich weiß nicht, womit ich dich so sehr gegen mich aufgebracht habe«, sagte sie förmlich, »aber was immer es gewesen sein mag, ich habe es nicht mit Absicht getan. Du tust mir unrecht. Vielleicht steht es mir nicht zu, mich um die Angelegenheiten der Barrons zu kümmern, aber ich weiß, daß ich zu dieser Familie gehöre, und ich werde nicht weggehen, darauf kannst du dich verlassen. Und, Hattie ...« Ariel hatte

Mühe, ruhig zu bleiben. »Die Anspielung auf deine Hautfarbe war ein mieser Schachzug. Wenn du allen Ernstes glaubst, daß das etwas mit unserem Problem zu tun hat, dann bist du tatsächlich einfältig.«

Leise schloß sie die Tür.

Ariel wurde es ganz heiß, als der Ärger erneut in ihr aufstieg, und sie war froh über den feuchten, salzigen Wind, der ihr Gesicht kühlte. Hattie hatte richtig erkannt, daß sie versucht hatte, sie auszuhorchen. Aber mit ihren geistigen Verirrungen, ihren giftigen Anspielungen und persönlichen Verdächtigungen konnte die Alte ihr gestohlen bleiben. Es ist schließlich nicht meine Schuld, dachte Ariel, daß ich jetzt an Janes Stelle hier bin, damit wird Hattie allein klarkommen müssen. Bis dahin sollte jemand anders die Krankenschwester spielen, sie hatte erst mal genug davon.

Ariel schlüpfte aus ihrem Bademantel, faltete ihn zusammen und legte ihn auf ihre Sandalen. Das Wasser war warm. Als es die Träger ihres Badeanzugs erreichte, begann sie zu schwimmen, und als ihre Arme ermüdeten, drehte sie sich auf den Rücken und ließ sich treiben. Sie konzentrierte sich auf ein Thema, das ihr weniger Magendrücken bereitete: die Barrons.

Ihr war aufgefallen, daß Grace heute kaum und wenn, dann nur in Andeutungen über ihren Sohn gesprochen hatte. Sie hatte zugegeben, daß sie seit langer Zeit nicht mehr in seinem Haus gewesen war; also stimmten offenbar die Gerüchte über die Familienfehde.

Diese Geschichte war eine interessante Abwandlung der alten Märchen, in denen doch stets die Stiefmutter als die Böse auftrat. Bei den Barrons hatte Halley Grace als Erbin eingesetzt, es war Halleys Begräbnis, an dem Grace teilgenommen hatte, und es war Halley, von der sie voller Zuneigung gesprochen hatte.

Ariel wurde die Frage nicht los, wie sich diese Beziehung entwickelt haben mochte. Es wäre ja eher zu erwarten gewesen, daß Halley die »lebhafte« junge Fremde abgelehnt hätte, die ihr den Vater streitig machte. Der Vater jedoch hatte letztlich beide Frauen auf grausame Weise verlassen, überlegte Ariel. Und dann war sein Sohn auf die Welt gekommen. Vielleicht war die Geburt von John William der Auslöser gewesen, der die Zuneigung zwischen den beiden überlebenden Frauen hatte entstehen lassen. Vielleicht war er ein lebendes Band der Liebe gewesen? Und es mußte ein solches Band gegeben haben, denn es konnte kein Zufall sein, daß Grace und Halley in derselben Stadt gelebt hatten. Mit den Füßen paddelnd, blickte Ariel auf den endlosen Ozean hinaus, der sich nur scheinbar aus eigener Kraft bewegte, in Wirklichkeit aber den Kräften des Mondes gehorchte.
Hatte Halley ihre Stiefmutter wirklich geliebt? Hatte sie sich bereitwillig als Lebensader und Rettungsanker zur Verfügung gestellt? Oder hatte sie unter Grace' Fuchtel gestanden? Sie hatte nie eine eigene Familie gegründet, und bei der Beerdigung war weit und breit keine Spur von einem etwaigen Lebenspartner oder einer Lebenspartnerin gewesen. Ariel hatte mehrere junge Leute gesehen, wahrscheinlich ihre Studenten. Vielleicht war die Arbeit Halleys ganze Leidenschaft gewesen. Sie war die einzige Hauptperson in diesem Drama, der Ariel nie begegnet war. Sie konnte sich nur schwer vorstellen, was Halley für ein Mensch gewesen war.
Die Halley Barron, die in den Trauerreden beschrieben wurde, schien eine disziplinierte, in hohem Maße selbstlose Frau gewesen zu sein. Sarge hatte gesagt, sie hätte »Haare auf den Zähnen«. Mitten im Grübeln fragte Ariel sich plötzlich, warum sie überhaupt über Halley nachdachte,

wenn es weder einen Hinweis darauf gab, daß sie etwas mit dem Tod von John William zu tun hatte, noch Zweifel daran bestanden, daß ihr eigener Tod etwas anderes als ein Unfall gewesen war. Wieso konnte sie nicht damit aufhören, sich den Kopf über sie zu zerbrechen?

Als sie begann, zum Strand zurückzuschwimmen, mußte sie daran denken, wie sie selbst von Leuten charakterisiert worden war, die sie in ihrem ersten Leben gekannt hatten. »Eine Einzelgängerin« hatte Henry sie genannt. Sie war als »reserviert« beschrieben worden, als »zugeknöpft« und »auf ihre Privatsphäre bedacht«. Sie mußte so langweilig wie ein Holzklotz auf ihre Mitmenschen gewirkt haben, dachte Ariel. Aber sie hatte Kummer gekannt. Und sie hatte Liebe erfahren, auch wenn sie keine Erinnerung daran hatte. Und sie war mutig gewesen.

Letzteres hatte man auch von Halley gesagt, von dieser praktisch veranlagten, ernsten Frau, die scheinbar ebenso eindimensional gewesen war wie die alte Ariel. Und es nicht war.

Sie spürte Boden unter den Füßen und watete mühsam durch die Wellen zurück zum Strand, während sie ihr Gedächtnis nach Hinweisen auf die Tote durchforstete.

Sarges »zerbrechliches, scheues und altmodisches« Mädchen war Grace zufolge eine leidenschaftliche Leserin gewesen. Das ließ darauf schließen, daß sie Phantasie besessen hatte. Daß sie nach dem Tod ihres Vaters in einem Sanatorium gewesen war, sprach ebenfalls für diese Annahme – offenbar hatte sie eine Art Nervenzusammenbruch erlitten. Doch sie hatte nicht nur das, sondern auch das Grauen überlebt, das über sie gekommen war, als sie die Leiche gefunden hatte, und war zäh genug gewesen, um sich zu erholen. Sie war nach Hause zurückgekehrt.

Ariel blieb stehen. Sie war ziemlich außer Atem, was ihr gar nicht gefiel. Es war schon spät. Außerdem war es längst nicht mehr so warm, und sie fröstelte, als der Wind ihr über die nassen Glieder fuhr. Die Hände auf die Hüften gestützt, blieb sie einen Moment lang stehen, um Luft zu schöpfen, dann bückte sie sich nach ihrem Bademantel. Er lag nicht mehr so, wie sie ihn abgelegt hatte; der Kragen war teilweise mit Sand bedeckt.

Ariel starrte den Bademantel an. Hatte sie ihn nicht genau auf ihre Sandalen gelegt? Sie hob den Kopf und suchte den Strand in beiden Richtungen mit den Augen ab. Es war weit und breit niemand zu sehen. In dem losen Sand waren immer noch die Spuren von all den Leuten zu erkennen, die sich hier am Tag getummelt hatten. Sie ließ ihren Blick noch einmal über den leeren Strand schweifen, bevor sie den Bademantel aufhob und sich darin einwickelte. Zitternd fuhr sie mit der Hand in die Manteltasche. Ihre Finger schlossen sich um den Schlüsselbund. Ariel lauschte auf das sanfte, beruhigende Rauschen des Meeres und begann wieder zu atmen. Das hast du davon, sagte sie sich, daß du dich mit Dingen herumplagst, die dich nichts angehen, wie Hattie ja bereits treffend bemerkt hat.

Sie hatte keinen Zugang zu Informationen von offizieller Stelle. Sie wußte nicht, wie sie mehr über John Williams Exfrau herausfinden sollte oder über seinen Angestellten namens Washman oder Washburn, oder über irgendwelche anderen Freunde, von denen Julian Taliaferro annahm, daß er sie gehabt hatte. Und ihre Spekulationen über seine Schwester waren völlig abwegig.

Mit einem Mal sah sie John William so deutlich vor sich wie in jener Nacht, als sie ihm hier begegnet war. Wieder stand er vor ihr am Strand und ließ eine Vergangenheit wieder aufleben, in der auch Ariel vorgekommen wäre, hätte das Schicksal nicht blind in den Verlauf der Dinge eingegriffen.

Sie konnte das Rätsel einfach nicht auf sich beruhen lassen. Ich würde zu gern wissen, dachte sie, wer John William in der Nacht, als er gestorben ist, besucht hat. Und worum es in dem Streit zwischen ihm und Grace ging. Und was das für Gegenstände sind, die angeblich im Haus fehlen. Und was die Pistole zu bedeuten hat. Ihre Augen zogen sich zusammen. Die Pistole! Mehr als alles andere weckte der abgrundtiefe Haß, der in diesem gräßlichen »Geschenk« zum Ausdruck kam, ihre Neugier. Und erinnerte sie an etwas, das ihr bereits Stunden zuvor aufgefallen war.

Das Überraschungspäckchen sollte die Empfängerin verletzen, Punkt. Es kam Ariel jedoch höchst unwahrscheinlich vor, daß jemand sich die Mühe machen würde, einen solchen Vergeltungsschlag vorzubereiten, um sich dann selbst um das Vergnügen zu bringen, seine Wirkung mitzuerleben.

Alle ihre Zweifel, ob John William freiwillig in den Tod gegangen war, waren mit einem Mal verschwunden.

25

Der Anruf kam am nächsten Morgen um acht.

Als Ariel aufwachte, war sie allein im Haus gewesen – na ja, so gut wie allein. Sie nahm an, daß Hattie nach wie vor in ihrem Zimmer überwinterte, hatte aber nicht nachgesehen. Sie saß gerade mit einer Schüssel Cornflakes auf den Stufen der hinteren Veranda, genoß die milde, beinahe schon herbstliche Sonne und las die Zeitung (einen Artikel über ein neun Monate zurückliegendes Zugunglück, das im Zusammenhang mit dem Verschwinden des Multimillionärs Grant Lacy neu untersucht wurde), als das Telefon klingelte.

»Tja«, sagte B. F. mit gedämpfter Stimme, »sie haben Grace Barron heute morgen verhaftet.«

»Nein!«

Er sparte sich die Mühe, ihr zu antworten.

»Wieso? Was haben sie denn gegen sie in der Hand?« fragte Ariel.

Ihr Großvater seufzte. »Jedenfalls genug, um sie von der Polizei in Savannah verhaften zu lassen. Mehr wußte Ouida auch nicht.«

»Wer ist Ouida?«

»Die Frau, die mir mein Frühstück gebracht hat. Sie hat früher mal für die Bellflowers gearbeitet; ich kenne sie schon seit Jahren.«

Ariel schüttelte den Kopf. Ihr war immer noch nicht recht klar, wie der örtliche Buschfunk funktionierte. »Und woher wußte Ouida oder wer auch immer, daß die Polizei von Savannah Grace Barron verhaftet hat?«

»Das hat sie nicht gesagt, aber ich nehm an, sie hat's von Bo gehört.«

»Ja, das erklärt natürlich wieder mal alles ...«

»Bo Rawlins. Ihr Bruder. Der ist Schlosser drüben im Knast. Wieso fragst du mich nach all diesen Leuten? Kannst du dir nicht vorstellen, daß mich diese Sache mit Grace ganz schön mitnimmt? Wann kommst du zu mir?«

»Ich weiß nicht, wie ich ins Krankenhaus kommen soll. Sarge ist weg, und er hat das Auto mitgenommen.«

»Dann nimm das andere.«

»Welches andere?«

»Das in der Garage. Die Schlüssel hängen an einem Haken neben dem Telefon.«

Ariel sah nach. Kleine und große Schlüssel, jeder mit einem Anhänger versehen, hingen nebeneinander an Haken aus Porzellan. Einer war mit GARAGE gekennzeichnet. Daneben hing ein goldener Schlüsselring mit zwei Schlüsseln und einem großen goldenen A. Die Schlüssel sahen aus wie Autoschlüssel. Das A sah aus, als sei es aus echtem Gold.

»Ich wußte gar nicht, daß du noch ein Auto hier hast«, sagte Ariel in den Hörer. »Und wieso ›A‹?«

»Wie?«

»›A‹. Wieso hängt ein A an dem Schlüsselring?«

»Weil dein Name mit A anfängt.«

»Mein ...? B. F., wovon redest du überhaupt?«

»Der Zeitpunkt ist nicht gerade gut gewählt, aber so ist das Leben. Und jetzt beeil dich, und mach, daß du herkommst.«

Ariel hörte ein Klicken in der Leitung, dann das Freizeichen. Sie legte auf, ging durch die Hintertür hinaus und barfuß durch taunasses Gras zur Garage. An dem alten hölzernen Tor hing ein nagelneues Vorhängeschloß, die Scharniere waren frisch geölt. Ariel schob das schwere Tor auf. Ein schnittiger gelber Wagen glitzerte im Sonnenlicht, das in Streifen durch die Dachsparren drang und die Dunkelheit in der Garage durchschnitt.

Ariel runzelte die Stirn. Zunächst glaubte sie, es handele sich bei dem Auto um einen Austin-Healy. Doch noch bevor ihre Augen sich an das dämmrige Licht gewöhnt hatten, wußte sie, daß sie sich irrte; es war auch kein MG oder ein Alfa Romeo oder irgendeine andere, ihr bekannte Marke. Sie ging um den Wagen herum. Er war ungefähr so groß wie ihr fünfundfünfziger Thunderbird, der von der Bombe zerfetzt worden war, ein Sportwagen mit einem weißen Faltdach. Vorsichtig befühlte sie einen blankpolierten, butterfarbenen Kotflügel. Er war aus Fiberglas. Sie schloß die Fahrertür auf und war verblüfft. Die Tür schwang nicht nach außen, sondern glitt nach vorne.

»Was zum Teufel ...?« murmelte sie. Sie setzte sich ans Steuer, betrachtete die Hupe und streckte ihre Hand nach einem K aus, das über einem grün-weiß karierten Wimpel und dem Wort Darrin angebracht war. Im Handschuhfach fand sie ein Handbuch mit dem Titel KAISER DARRIN, Baujahr 1954, und darunter ihren Namen mit dem Hinweis, daß sie die Besitzerin war.

»Oh!« entfuhr es ihr unwillkürlich vor lauter Staunen, und gleich darauf: »O nein!« Sie stieg aus und begann, Selbstgespräche zu führen. »Das kann er doch nicht machen!« und »Er weiß doch ganz genau, daß ich das nicht möchte!« sagte sie und eilte ins Haus zurück. Vor sich hin murmelnd, ging sie unter die Dusche.

Seit dem Augenblick, als B. F. erfahren hatte, daß Ariel seine Enkelin war, versuchte er, all die verlorenen Jahre wettzumachen. Wenn er sie nicht gerade dazu überredete, ihren Job aufzugeben und zu ihm und seiner seltsamen Gefolgschaft zu ziehen, bot er ihr an, mit ihm auf seiner Luxusjacht durch die Weltgeschichte zu segeln. Immer wieder schickte er Blumen – dutzendweise Pfingstrosen und holländische Tulpen, ungeachtet der Jahreszeit – und Geschenke, die zum Teil ungewöhnlich, aber ausnahmslos wunderbar waren. Nachdem er schnell herausgefunden hatte, daß sie nichts annehmen würde, was sündhaft teuer war, hatte er mit großem Geschick ganz besondere Geschenke ausgewählt: einen amischen Quilt, eine winzige Porzellandose, die komplette OUR-GANG-Serie auf Video, eine riesige, flache antike Holzschüssel, die vom jahrelangen Brotteigkneten wunderbar glatt poliert war. Am 4. Juli war er mit Wunderkerzen aufgekreuzt, die er nach Kalifornien geschmuggelt hatte, und einer zwei Meter langen amerikanischen Flagge mit achtundvierzig Sternen, einem Andenken an die Jahre, die er als Soldat im Krieg verbracht hatte.

All das jedoch war etwas ganz anderes als ein Oldtimer von hohem Sammlerwert.

Im Bewußtsein der geballten Pferdestärken, die unter der Motorhaube brummten, fuhr Ariel so vorsichtig zum Krankenhaus, als säße neben ihr ein Edelsteinschleifer bei der Arbeit. Am liebsten hätte sie den kleinen Roadster überhaupt nicht gefahren, doch sie konnte nicht so lange warten, bis Sarge endlich, von wo immer er sein mochte, zurückkehrte.

»Bist du vollkommen verrückt geworden?« rief sie, als sie in B. F.s Zimmer stürmte.

»Gefällt es dir nicht?«

»Darum geht es nicht, das weißt du ganz genau!«

B. F.s Mundwinkel verzogen sich nach unten, seine Lippen zitterten kaum merklich. »Ich wollte es dir eigentlich persönlich überreichen, aber ich wußte ja nicht, daß ich bei deinem nächsten Besuch im Krankenhaus liegen würde.«

Ariel schwieg.
B. F. unternahm einen neuen Versuch. »Dieser Bulli, den du dir gekauft hast, ist doch nichts für dich, Ariel Gold! Der kleine Flitzer hat einen Cadillac-V-8-Motor unter der Haube! Der fährt locker zweihundertzwanzig. Okay, ist ja schon gut.« B. F. verzog das Gesicht zu einem wehmütigen Lächeln. »Aber es ist doch ein nettes kleines Auto oder nicht?«
Ariel bemerkte, daß ihr Großvater schon wieder eine viel gesündere Farbe hatte und daß er längst nicht mehr so schwer atmete. Er sah gut aus.
»Es ist schön«, gab sie zu.
Er nickte. »Nach allem, was die Statistiken sagen, bin ich immer davon ausgegangen, daß Margaret mich überleben würde. Aber als sie mich dann reingelegt hat und vor mir gestorben ist, na ja, da dachte ich, Suzanne ...« Seine breiten Schultern hoben und senkten sich. »Und dann kam Jane.« Es war nicht nötig, das näher auszuführen.
Seine Stimme wurde lauter und deutlicher. »Was glaubst du wohl, wozu ich all dieses Geld angehäuft habe? Was glaubst du, was ich damit vorhatte? Dieses kleine Auto, meine Liebe, ist nichts im Vergleich zu dem, was ich dir geben würde, wenn ich könnte. Ich wünschte, ich könnte mir noch zwanzig Jahre kaufen, um sie mit dir zu verbringen. Ich wünschte, ich könnte mir genug Zeit kaufen, um meine Urenkel zu erleben. Ich wünschte, ich könnte dir das Glück kaufen, mit jemand zusammenzuleben, den du bis an dein Lebensende liebst. Das kann ich nicht. Fahr das Auto. Hab Spaß dran. Wenn du auch nur einen Funken Güte in deinem Herzen hast, dann mach's mir nicht so schwer.«
Ariel öffnete den Mund, um zu protestieren, überlegte es sich jedoch im letzten Moment anders. »Wir werden uns später darüber unterhalten«, sagte sie. Sie war sich ziemlich sicher, daß sie soeben nach allen Regeln der Kunst ausge-

trickst worden war, dennoch war sie tief gerührt. Sie setzte sich auf die Bettkante, befühlte B. F.s Stirn und lächelte.
»Kühl!«
»Da hast du verdammt recht. So, und was machen wir mit Grace Barron?«
»Wir? Hast du nicht gesagt, Marv Newton macht seine Sache gut?«
»Wenn er den Haftbefehl für Grace Barron ausgestellt hat, dann braucht er jede Hilfe, die er kriegen kann. Du glaubst doch immer noch, daß sie unschuldig ist, oder?«
»Ja, ich habe meine Meinung nicht geändert. Ich hab sie gestern kennengelernt.«
»Du hast Grace kennengelernt? Wo?«
»Sarge und ich ... Sarge benimmt sich übrigens äußerst merkwürdig, aber darüber reden wir später. Wir sind, nachdem wir hier waren, zum Haus der Barrons gefahren, und plötzlich stand Grace da. Ich weiß nicht, wie sie ausgesehen hat, bevor sie diesen Unfall hatte, aber im Moment sieht sie ziemlich übel aus, B. F. Sie hat einen Verband am Kopf, aber wenn der Teil ihres Gesichts, der darunter verborgen ist, schlimmer aussieht als das, was zu sehen ist, kann sie einem leid tun. Sie trägt einen Arm in einer Schlinge, und sie ... ist sie schon immer so sprunghaft gewesen? Erst tritt sie auf wie die eiserne Matrone, und im nächsten Augenblick ist sie ein einziges Nervenbündel.« Ariel warf ihrem Großvater einen verstohlenen Blick zu. »Sie ist ganz schön kokett, dafür daß sie schon so alt ist. Und sie hat dich in guter Erinnerung. ›Galahad‹ hat sie dich, glaub ich, genannt.«
Ein schelmisches Lächeln huschte über B. F.s Gesicht. Er räusperte sich und sagte: »Wirf nicht so wahllos mit Wörtern um dich wie ›alt‹. Wenn sie alt ist, was bin ich dann? Ein Tattergreis?«
»Deinem albernen Grinsen nach zu urteilen, bist du auf

dem besten Weg dahin.« Ariel berichtete von ihrer Begegnung mit Grace und mit Julian Taliaferro, den B. F. jedoch nicht kannte.

»Ich glaube allerdings, daß ich seinen Vater gekannt habe. Er war ein erstklassiger Tischler. Großer Kerl. Hat sich immer Ziegen gehalten.«

Ariel ließ sich unwillkürlich ablenken. »Wozu?«

»Sie werden ihm wohl geschmeckt haben.«

»Komische Sorte Haustiere –« Sie unterbrach sich. »Was hast du gesagt?«

»Das waren keine Haustiere.«

»Du meinst ...«

»Rümpf nicht die Nase, bevor du's nicht probiert hast. Es geht nichts über ein Ziegenfleischragout mit 'ner Scheibe Weißbrot dazu.«

Eine dicke Krankenschwester in einer engen Gymnastikhose und einem Hemd, das aussah wie ein Schlafanzugoberteil, kam herein, verscheuchte Ariel von der Bettkante und machte sich munter plaudernd daran, B. F.s Blutdruck zu messen.

»Sie haben wohl vor, alt zu werden«, schmeichelte sie B. F., als sie die Manschette von seinem Arm löste. B. F. nuschelte eine Frage um das Thermometer herum, das sie ihm in den Mund gestopft hatte.

»Hundertvierzig zu fünfundachtzig. Gar nicht übel.« Die Schwester zog das Thermometer heraus und starrte mit zusammengekniffenen Augen darauf. »Sieht so aus, als müßten wir Sie bald gehen lassen. Sobald Sie wieder bei Kräften sind.«

Sie machte sich an B. F.s Bett zu schaffen, während sie weiterhin ununterbrochen plapperte (sie war mindestens die zehnte, die Ariel fragte: »Sie sind wohl nicht hier aus der Gegend, was?«), und verließ schließlich das Zimmer. Ihre strammen, mit Nylonleggins umhüllten Oberschenkel machten beim Gehen ein rhythmisches Reibegeräusch.

»Möchte wissen, warum die heutzutage keine Schwesterntracht mehr tragen«, brummte B. F. »Wie soll man Vertrauen zu einer Frau haben, die ein T-Shirt mit kleinen rosa Luftballons anhat?«

»Du scheinst ja auf dem Weg der Besserung zu sein, wenn du schon wieder spitzfindige Bemerkungen über die Kleidermode machen kannst.«

»Womit du wohl andeuten willst, daß du dich wieder in Richtung Westen aufmachen willst.«

»Vielleicht noch nicht sofort. Ich wollte Henry vorschlagen, daß ich mich ein bißchen genauer mit der Barron-Geschichte befasse. Möglicherweise wäre das ein Thema für eine Sendung.«

B. F. grinste, verkniff sich jedoch einen Kommentar. Eine Weile saßen beide still da und hingen ihren Gedanken nach. Es war Ariel, die schließlich das Schweigen brach.

»Was meine Überzeugung angeht, daß Grace unschuldig ist«, sagte sie, »das ist reine Gefühlssache. Das hat nichts mit Logik zu tun, weißt du.« Unruhig trat sie ans Fenster und bog die Lamellen der Jalousie auseinander.

Außer dem wuchernden Immergrün draußen vor dem Fenster und dem stockenden Verkehr auf der Straße gab es nicht viel zu sehen.

»Ich weiß einfach nicht ..., wie ich mich in einer Welt zurechtfinden soll, in der Mütter ihre eigenen Kinder ermorden, in der die simpelsten menschlichen Prinzipien mißachtet werden.« Ein Linienbus war an der Haltestelle zum Stehen gekommen. Ariel sah den Leuten einen Moment lang beim Aus- und Einsteigen zu. »Ich möchte gern glauben, daß Grace unschuldig ist, aber ›Nichts ist gefährlicher als eine Idee, wenn es die einzige ist, die wir haben‹.«

»Und das bedeutet?«
»Falls wir eine Sendung über den Fall machen, muß ich wesentlich objektiver werden. Es könnte sein, daß dir das nicht gefällt.«
»Sollte es sich herausstellen, daß Grace Barron John William aus Versehen oder mit Absicht getötet hat, meine Liebe, dann spielen meine Empfindlichkeiten eine sehr untergeordnete Rolle.«
Eine extrem dicke Frau mit Lockenwicklern im Haar und einem prallvollen Einkaufsnetz in der Hand stieg aus dem Bus und ließ sich schwerfällig auf eine Bank fallen. Der Bus, dessen Motorengeräusch sich nicht weniger erschöpft anhörte, setzte sich rumpelnd in Bewegung. Ariels Blick wanderte zu dem Parkplatz jenseits der Straße, wo der gelbe Darrin in einer der hinteren Reihen geparkt stand.
Sie fühlte sich plötzlich wie Weihnachten. Der Mann, der vor dem Auto stand, schien ebenso begeistert zu sein wie sie. Sie beugte sich vor, um besser sehen zu können. Sie mußte lächeln, als der Bewunderer sich anscheinend ebenfalls vorbeugte, obwohl sie es aus der Entfernung nicht ganz genau erkennen konnte. Dann sah es auf einmal so aus, als versuchte er, die Tür zu öffnen, und Ariels Lächeln verschwand. Sie war sich sicher, daß sie das Auto abgeschlossen hatte. Oder doch nicht? Ein Betonmischer polterte vorbei, und gleich darauf folgte ein Bus, der an der Haltestelle stehenblieb, so daß ihr die Sicht versperrt wurde. Ein ganzer Pulk von Touristen stieg aus; niemand hatte es eilig.
B. F. machte sich hinter ihr bemerkbar. »Hat es dir die Sprache verschlagen?«
Ariel ließ die Jalousie los. »Bin gleich wieder da«, sagte sie.
Der Darrin war tatsächlich nicht abgeschlossen. Von dem Mann war weit und breit keine Spur zu sehen.
Ariel hatte nicht den Eindruck, als ob jemand sich an dem

Auto zu schaffen gemacht hätte. Nach einem kurzen Blick in das Innere des Wagens lief sie ans Ende des Parkplatzes und spähte hinter den Seitenflügel des Krankenhauses. Es war niemand zu sehen außer einem Mann in weißer Krankenhauskleidung, der auf den Stufen des Hinterausgangs saß und heimlich rauchte. Er war ziemlich schmächtig, während der Mann, den Ariel auf dem Parkplatz gesehen hatte, groß und kräftig gebaut war; außerdem war er nicht weiß gekleidet gewesen. Ariel ging zu ihrem Auto zurück. Die Zeitschrift und die Zeitung, die sie auf dem Beifahrersitz hatte liegenlassen, waren noch da. Grant Lacy starrte ihr aus dem Artikel entgegen, den sie am Vormittag gelesen hatte.

»Wenn es sich nicht gerade um einen persönlichen Notfall gehandelt hat, über den zu reden uns beiden nur peinlich wäre, wüßte ich mal gern, wieso du plötzlich losgerannt bist wie von der Tarantel gestochen.« B. F. saß mit baumelnden Beinen auf der Bettkante, einen Pantoffel am Fuß, den anderen in der Hand. Er sah so aus, als wäre er drauf und dran, sich einer Miliztruppe anzuschließen.

»Ich habe nur eben nach dem Auto gesehen. Ich wußte auf einmal nicht mehr, ob ich es abgeschlossen hatte.«

»Nach dem Auto gesehen«, wiederholte B. F. ungläubig. Er ließ den einen Pantoffel fallen und streifte den anderen ab. »Die Kiste ist versichert«, brummte er. »Als nächstes läßt du noch 'ne Alarmanlage einbauen. Du bist ja genauso schlimm wie Sarge.« Er zog sich die Decke über. »Der Mann ist völlig besessen von ... Was hast du eigentlich eben über ihn gesagt?«

»Was?«

»Sarge. Hast du nicht gesagt, er würde sich anders als sonst benehmen?«

»Ja, zumindest gestern abend. Bei den Barrons im Haus ist etwas vorgefallen, etwas ... ziemlich Merkwürdiges. Als wir ihm davon erzählt haben – er war nicht dabei, als es passierte –, hat er plötzlich dichtgemacht. Wie eine Sphinx.«

»Was ist denn passiert? Und wieso merkwürdig?«

Ariel erzählte ihm von der in Geschenkpapier eingewickelten Pistole und von der Karte, die dabeilag. »Kaum hatte Grace die Pistole gesehen, ist sie verschwunden. Danach haben wir sie nicht mehr gesehen.«

»Die Pistole ...« B. F.s Stimme klang nachdenklich. »Wie sah die aus?«

»Es war ein Revolver. Ein Colt, glaube ich. Es war eine Achtunddreißiger ...« Ariel bemerkte, daß die Gesichtszüge ihres Großvaters erschlafft waren; seine Augen starrten ins Nichts.

»Was ist los?« fragte sie. »Alles in Ordnung?«

Einen Augenblick später schien er wieder zur Besinnung zu kommen. »Ich sehe nur Gespenster«, sagte er müde. »Hast du Lust, einem alten Mann was vorzulesen?«

»Aber ... natürlich. Ich hab die Zeitung von heute mitgebracht und die Newsweek, nur ... ich hab sie im Auto liegenlassen.«

»Laß uns von den Dramen im richtigen Leben ein bißchen Abstand nehmen, okay? Wie wär's mit ein bißchen Dikkens?«

Ariel nahm das Buch und begann, an der Stelle weiterzulesen, wo sie gestern aufgehört hatte, doch David Copperfields Mühen und Qualen konnten die irritierende Reaktion ihres Großvaters nicht aus ihren Gedanken vertreiben.

»Kurzum«, wie Dickens' geplagter Mr. Micawber zu sagen pflegte, sie beschloß, Sarge McManus aufzusuchen und ihn zu fragen, was es mit dieser Pistole auf sich hatte, die jeden, der sie sah oder von ihr hörte, so sonderbar reagieren ließ.

26

Es war kurz vor fünf Uhr nachmittags in Los Angeles, und Henry stand auf dem Parkplatz vor dem Hauptgebäude von MicroStar. Er war auf der Suche nach einem Angestellten namens Marcus Black, einer der wenigen Namen, die Cummings in seiner Akte vermerkt hatte. Er wußte weder, wie Black aussah, noch, ob der Mann ihm irgendwelche Informationen geben konnte. Wie Henry mittlerweile festgestellt hatte, ließ die Tatsache, daß der Name nicht eliminiert worden war, nicht gerade darauf schließen, daß es sich um eine brauchbare Quelle handelte. Zwei weitere Personen wurden in Cummings' spärlichen Aufzeichnungen genannt. Ein Anlageberater, mit dem Grant Lacy Geschäfte gemacht hatte, war ebensowenig bereit gewesen, mit Henry zu sprechen, wie er es bei Cummings gewesen war: »Schweigepflicht gegenüber Klienten – Sie verstehen.« Ein Kunsthändler war auch nicht gesprächiger gewesen. Er hatte bereitwillig eingeräumt, daß er hin und wieder für Lacy tätig gewesen war, hatte jedoch nie von Cummings gehört und konnte oder wollte nicht erklären, wieso der ehemalige Fernsehjournalist sich seinen Namen notiert hatte.
Henry hatte den Ordner mit den Zeitungsausschnitten über Lacy gründlich studiert. Außer den groben Fakten, den Berichten, die zur Zeit von Lacys Verschwinden und kurz danach erschienen waren, enthielten die Artikel größtenteils aufgewärmtes Hintergrundmaterial und, was die Regenbogenpresse anging, Phantasiegeschichten.

Die Presse hatte sich auf die Story gestürzt wie eine Meute ausgehungerter Hyänen – »Exzentrischer Unternehmer spurlos verschwunden« und »Lacy von Ufo entführt?« und so weiter –, doch die Klatschgeschichten hatten bestenfalls Unterhaltungswert.

Henry setzte jedoch eine gewisse Hoffnung in ein Treffen, das für den späteren Abend verabredet war. Nachdem er sich zunächst beim Los Angeles Police Department und dann bei der Polizei von Long Beach erkundigt hatte, hatte er in Erfahrung gebracht, daß der Fall vom Sheriff's Department bearbeitet worden war. In der dortigen Abteilung für die Fahndung nach vermißten Personen arbeitete eine Frau, die Henry flüchtig kannte. Marge Luzzatto hatte ihm versprochen, nach ihrem Feierabend um sechs auf ihn zu warten.

Die ersten Leute kamen aus der Tür von MicroStar. Die meisten waren jung, und sie waren gekleidet, als kämen sie aus dem Fitneßstudio oder als hätten sie gerade ihre Autos gewaschen. Henry ging auf eine Frau zu, die ihm zuverlässiger als die anderen erschien, eine Brünette in einem streng geschnittenen Kostüm.

»Marcus?« sagte sie auf Henrys Frage hin und musterte die Visitenkarte, die er ihr in die Hand gedrückt hatte. »Den hab ich gerade noch gesehen. Er wird wahrscheinlich jeden Moment kommen.« Sie hängte sich ihre Tasche über die Schulter und sah Henry neugierig an. »Hat das irgendwas mit Grant zu tun? Machen Sie eine Sendung über seinen Verschwindetrick?«

Henry wurde hellhörig. »Trick?«

Ihre Lippen verzogen sich zu einem Lächeln, und sie klopfte mit seiner Karte gegen ihre kleinen, gleichmäßigen Zähne, als müsse sie sich ihre Antwort gut überlegen.

»Nur so eine Redensart. Obwohl es durchaus möglich wäre,

nicht wahr? Keine Leiche, keine Anrufe von irgendwelchen Erpressern, keiner wird verhaftet. Grant joggt in den Sonnenaufgang, und das Leben geht einfach weiter – für die meisten vielleicht sogar besser, als wenn er dageblieben wäre.«

»Wollen Sie damit sagen, daß Sie – oder irgend jemand anders – Probleme gehabt hätten, wenn er nicht verschwunden wäre?«

»Es kommen einem schließlich alle möglichen Gerüchte zu Ohren, nicht wahr? Und Grant hat weiß Gott Anlaß dazu gegeben. Wissen Sie, Sie erinnern mich ein bißchen an ihn. Die Größe, die dunklen Augen ...«

Ihre waren blau und machten einen lässigen Seitwärtsschwenk. »Das ist der unansehnliche Marcus da drüben, neben dem roten Geo«, sagte sie und deutete mit der Visitenkarte in die Richtung, bevor sie sie in ihre Handtasche steckte. »Ich wüßte ja zu gern, warum Sie sich mit ihm unterhalten wollen, aber ich fürchte, Sie müssen sich beeilen, wenn Sie ihn erwischen wollen.«

»Ja, aber hören Sie ... Wären Sie eventuell bereit, mir mehr über diese Gerüchte zu erzählen, die Ihnen zu Ohren gekommen sind, wenn ich Sie später anrufe?«

»Heute nicht mehr, ich habe zu tun. Aber, sicher, rufen Sie mich an. Fragen Sie nach Claudia, Claudia Wynn aus der Vertriebsabteilung. Oder, noch besser ...« Ohne ihren Blick von Henrys Augen abzuwenden, langte sie in ihre Handtasche und holte ein silbernes Kartenetui hervor. »Meine Visitenkarte. Rufen Sie mich ruhig zu Hause an, egal wann.«

Henry nahm die Karte entgegen, tippte an seinen Hut und ging auf den Mann zu, den Claudia Wynn ihm gezeigt hatte. Er spürte ihren Blick in seinem Rücken.

Marcus Black war blaß und pummelig, trug einen spärli-

chen Schnurrbart, den er sich besser abrasiert hätte, und hatte den Mundgeruch eines starken Rauchers, der zu geizig ist, sich Pfefferminzdrops zu kaufen.
Er studierte Henrys Karte mit kritisch zusammengezogenen Augenbrauen, schaute ihn kurz an, richtete dann seinen Blick auf einen Punkt oberhalb von Henrys linker Schulter und fragte: »Was kann ich für Sie tun?«
»Gestatten Sie mir, Sie zu einem Drink einzuladen, dann werden wir sehen, ob wir etwas füreinander tun können.« Gewöhnlich war es nicht Henrys Art, auf diese Weise an Informanten für Die Offene Akte heranzutreten, doch Black strahlte etwas aus, das ihn zur Vorsicht veranlaßte. Er fragte sich, ob er der Mann gewesen sein könnte, den Ariel zusammen mit Cummings gesehen hatte, und wünschte, er hätte eine von diesen winzigen Kameras bei sich, mit denen er und seine Kollegen manchmal Leute heimlich filmten. Er machte einen Schritt nach links, um sich in Blacks Blickfeld zu bringen. Black schaute in eine andere Richtung. Er kaute auf seiner Unterlippe herum und starrte ein paar Sekunden lang nachdenklich vor sich hin, ehe er Henrys Einladung annahm.
»Im Century Hotel, zwei Blocks weiter westlich, gibt es eine Bar«, sagte er. »Gleich hinter der Eingangshalle. Folgen Sie mir, wenn Sie wollen.«
Black war ein echter Sonntagsfahrer. Henry stand dauernd mit dem Fuß auf der Bremse und fluchte vor sich hin, während er alle Mühe hatte, nicht zu dicht aufzufahren. Nachdem sie ihre Autos abgestellt hatten, schien Black wild entschlossen, die verlorene Zeit wieder aufzuholen. Er rannte förmlich in die Bar, ließ sich keuchend auf einem Barhocker nieder, steckte sich eine Salem an und begann zu reden.
»Sie arbeiten mit diesem Cummings zusammen, stimmt's?« fragte er die Luft neben Henry.

»Früher. Richard arbeitet nicht mehr für uns.«
»Aber er hat Ihnen doch sicherlich geraten, sich mit mir in Verbindung zu setzen, oder?«
»Indirekt.«
Black warf Henry einen kurzen, fragenden Blick zu, dann konzentrierte er sich wieder auf die Stelle neben seinem linken Ohr. »Ich habe mich schon gefragt, wie lange es dauern würde, bis ich wieder von euch höre«, sagte er.
»Cummings hat Ihnen also den Eindruck vermittelt, wir würden uns bei Ihnen melden?«
»Nun, das hat er nicht direkt gesagt, aber er schien an dem, was ich zu sagen hatte, sehr interessiert zu sein.«
»An dem, was Sie zu sagen hatten, als Sie sich mit ihm auf dem Markt in Brentwood getroffen haben?« fragte Henry aufs Geratewohl.
»Wo?«
»Schon gut. Wir sind interessiert. Sehr sogar. Aber einige Dinge sind uns noch nicht ganz klar, deswegen hatte ich gehofft, Sie würden das Ganze noch einmal mit mir durchgehen.«
Black stieß eine Nebelbank aus und lehnte sich begierig vor, als die Kellnerin zu ihnen trat. Nachdem sie die Bestellungen entgegengenommen hatte, sagte Black: »Cummings hat gesagt, ich würde in die Show kommen, ich meine, so richtig ins Fernsehen, stimmt das?«
»Durchaus möglich.«
Black kaute hungrig auf seiner Unterlippe und zog dann mit nicht minder großer Gier an seiner Salem.
»Also«, sagte Henry, »kommen wir zur Sache.« Er befühlte seine Jackentaschen, als ob er nach seinen Notizen suchte, um seine Erinnerung aufzufrischen. Schließlich zog er ein zerknittertes Blatt Papier hervor (einen Brief von Sams Lehrer, der ihn wegen Sams schwacher Leistungen um ein

Gespräch bat) und tat, als läse er seine Aufzeichnungen. »Helfen Sie mir auf die Sprünge. Was war noch Ihre Funktion bei MicroStar?«

Auf dem Weg zum Hauptquartier des Sheriff's Department fluchte Henry über den stockenden Verkehr und ließ sich durch den Kopf gehen, was er von Black erfahren hatte. Black, bei MicroStar als Buchhalter angestellt, war ein unverbesserlicher Schnüffler. Er hatte, sowohl bevor als auch nachdem Lacy von der Bühne abgetreten war, ständig in den Akten herumspioniert und wußte (oder behauptete zu wissen), daß das verschwundene Genie kurz vor einem sensationellen Durchbruch gestanden hatte. Es hatte etwas mit der Sicherheit im Internet zu tun, was Henry nicht ganz verstanden hatte. Es hatte ihm jedoch keine Schwierigkeiten bereitet zu begreifen, daß es um viel Geld ging, und er fragte sich, wie verläßlich Blacks »Insidertips« waren. Wenn Lacys Projekt vor neun Monaten so gut wie reif gewesen war, wieso war es dann jetzt nicht auf dem Markt? Henry hielt es sogar für wahrscheinlich, daß die Konkurrenz MicroStar mittlerweile zuvorgekommen war.
Wurden solche Dinge nicht etwa gleichzeitig überall in der Industrie entwickelt? Wurde nicht überall Industriespionage betrieben? Henry beschloß, gleich am Montag einen seiner Experten darauf anzusetzen.
Zwei Polizisten auf Motorrädern tauchten hinten auf, ließen ungeduldig ihre Motoren aufheulen und brausten schließlich im Slalom durch den zäh fließenden Verkehr wie wild gewordene Hornissen. In einiger Entfernung konnte man eine Menge blinkender Lichter und ineinander verkeilte Autokarossen ausmachen.
Zähneknirschend starrte Henry in das Verkehrschaos. Als er in der rechten Spur eine Lücke entdeckte, lenkte er seinen

lahmen Oldsmobile in einem todesmutigen Manöver über die verstopfte Spur hinweg auf die Autobahnausfahrt. Die anderen Straßen waren aber genauso verstopft wie die Autobahn. Um diese Tageszeit war es einfach nicht zum Aushalten, dachte er entnervt; andererseits war die Verkehrsdichte mittlerweile so hoch, daß man fast jederzeit mit Staus rechnen mußte.

Marge Luzzatto wartete vor dem Gebäude auf ihn. Sie ging ungeduldig auf und ab und machte ein verdrießliches Gesicht.

»Ich hab gerade eine Doppelschicht hinter mir, Heller, außerdem zwei voll verplante freie Tage vor mir, und du kommst zu spät!«

»Erzähl das den verdammten Sonntagsfahrern. Komm schon, ich spendier dir 'n Hamburger.«

»Ein andermal. Ich bin zu einem Abendessen bei Kerzenlicht eingeladen, und der Koch sieht wesentlich besser aus als du, also laß uns zur Sache kommen.«

Henry bat sie, ihm alles zu erzählen, was sie über den Fall Grant Lacy wußte. Im wesentlichen lief es darauf hinaus, daß Grant Lacy im vergangenen Jahr in seiner exklusiven Wohngegend Virginia Country Club ein paar Tage vor Weihnachten zu einem abendlichen Dauerlauf aufgebrochen war. Als er zur Schlafenszeit nicht wieder zu Hause aufgetaucht war, hatte seine Frau die Polizei angerufen, und die hatte sofort reagiert. Man hatte eine Sonderkommission eingerichtet und Ermittlungen eingeleitet.

»Was ist denn mit der Achtundvierzig-Stunden-Faustregel?« fragte Henry. »Ich dachte immer, daß die Polizei erst nach ein paar Tagen aktiv wird.«

»Nicht, wenn die VP, die vermißte Person, einer Risikogruppe angehört oder wenn der Verdacht besteht, daß ein Verbrechen vorliegt. Neues Staatsgesetz.«

»Und weil Lacy reich ist, gehört er einer Risikogruppe an.«
»Das perfekte Opfer für eine erpresserische Entführung, und wir waren auf die entsprechenden Anrufe vorbereitet. Es kamen aber keine. Na ja ...« Marge schaute aus dem Fenster. Dann fuhr sie unvermittelt mit ihrem Bericht fort. »Nicht nur, daß er als potentielles Entführungsopfer in Frage kam. Laut Aussage seiner Frau hatten die beiden sich weder gestritten, noch gab es irgendwelche persönlichen oder sonstigen Probleme, die ihn dazu gebracht haben könnten, freiwillig unterzutauchen. Überhaupt war er allem Anschein nach ein ganz normaler, anständiger Bürger; sein Auto stand in der Garage, sein Boot lag im Jachthafen, und sein Geld war, soweit wir das feststellen konnten, immer noch auf der Bank – was man bei ihm womöglich sogar wörtlich nehmen kann. Er wäre aber auf jeden Fall unter die Risikogruppe gefallen.«
Marge erklärte, Lacys Name sei in MUPS, das neue landesweite System zur Erfassung von Vermißten und unidentifizierten Personen, sowie in das NCIC, das National Crime Information Center, eingegeben, und alle anderen in solchen Fällen üblichen Schritte seien unternommen worden. »Der Fall wurde gewissenhaft bearbeitet«, fügte sie hinzu. »Der Mann war schließlich ein ziemlich hochkarätiger ›Vermißter‹.
Du kennst ja die Prozedur, Henry. Wir haben die Familie befragt. Die Ehefrau, den Bruder, Nachbarn und Freunde. Vor allem die Frauen. Der Kerl sah ziemlich sexy aus, wußtest du das? Er hatte so etwas von einem genialen Fanatiker. Brennende Leidenschaft und all das ...« Marge ertappte sich dabei, wie sie die lederne Ummantelung an ihrem Lenkrad streichelte, und räusperte sich.
»Jedenfalls dachten wir, daß genausogut eine andere Frau dahinterstecken könnte. Falsch. Wir haben die Kranken-

häuser überprüft. Wir haben uns erkundigt, ob er von einem unserer Jungs wegen irgendeiner anderen Sache aufgegriffen worden war –«

»Moment mal. Ich hab irgendwann mal gehört«, sagte Henry, der sich an das erinnerte, was Cummings behauptet hatte, »ihr wärt drauf und dran gewesen, jemand im Zusammenhang mit diesem Fall zu verhaften. Wer war das eigentlich, und was ist daraus geworden?«

»Ich weiß nicht, woher du deine Informationen bekommst, aber ich hoffe, du hast nichts dafür bezahlt. Das ist Schwachsinn. Wir haben gegen niemand irgendwas in der Hand gehabt.«

Henry nickte. Es überraschte ihn nicht.

»Wie ich schon sagte ...« Marge warf einen Blick auf ihre Uhr, nahm eine Flasche Atemfrisch vom Armaturenbrett und sprühte sich den Mund aus. »Wir haben das ganze Programm durchgezogen. Wir haben die Fluglinien überprüft, die Züge, die Busse, die die Stadt verließen. Wir haben sein Kreditkartenkonto überwacht – die Karten waren übrigens immer noch in seiner Brieftasche bei ihm zu Hause. Wir haben seinen Terminkalender durchforstet, sind alle Termine durchgegangen, auch die, die er dann nicht mehr eingehalten hat. Wir haben jede noch so kleine Spur verfolgt ...«

Sie lehnte sich frustriert zurück. »Als irgendein Schwachkopf uns meldete, er hätte Lacy mitten in der Nacht beim Schwimmen beobachtet, haben wir Taucher in den Teich geschickt. Im Dezember! Einmal dachten wir, wir hätten eine heiße Spur. Eine Angestellte einer Fluggesellschaft in Boston war sich absolut sicher, sie hätte Lacy ein Erster-Klasse-Ticket nach Madrid verkauft. Sie war zufällig Künstlerin, Henry – mit dem Job bei der Fluggesellschaft verdiente sie ihre Brötchen –, und das Porträt, das sie uns gezeichnet hat, war Lacy wie er leibt und lebt, jedes Detail stimmte, sogar die Art und Weise, wie er sein Haar scheitelte. Ha! Was für ein Affentheater! Dann kam ein Fax aus Boston –«

»Okay«, sagte Henry und tätschelte ihr väterlich das Knie, um sich dafür zu entschuldigen, daß er keine Lust hatte, sich ihre Klagen anzuhören. »Ihr habt also alles getan, was in eurer Macht stand. Aber kommen wir zurück auf die Nacht, in der er sich in Luft aufgelöst hat. Hat ihn irgend jemand gesehen?«

»Nur seine Frau hat ihn gesehen, als er das Haus verließ. Außer dem Idioten, der ihn beim Schwimmen ›beobachtet‹ hat, hat keiner der Nachbarn ihn gesehen, weder an dem Abend noch irgendwann danach. Aber das heißt nicht viel«, knurrte Marge. »Die Häuser in der Gegend liegen weitab von der Straße, die meisten sind von Mauern oder Hecken umgeben. Na ja, du kennst ja diese vornehmen Viertel.«

»Hast du von diesem Zusammenstoß zwischen einem Fußgänger und einem Güterzug gehört, der sich in derselben Nacht ereignet hat?«

»Ja, diese Woche.« Marge blickte noch finsterer drein.

»Wieso habt ihr nicht davon erfahren, als es passiert ist? Vor allem, wo es doch ganz in der Nähe von Lacys Haus war?«

»Normalerweise hätten wir davon erfahren, auch wenn die Kollegen aus Carson noch nichts von unserem ›Vermißten‹ wissen konnten. Aber der Anruf kam erst mitten in der Nacht, erinnerst du dich? Der Gerichtsmediziner hätte sich früher oder später mit uns in Verbindung gesetzt, wenn die Leiche nicht identifiziert worden wäre. Aber das war nicht der Fall. Bis wir mit unseren Ermittlungen angefangen hatten, hatten die Jungs in Carson ihren Fall schon gelöst. Das glaubten sie zumindest. Wie ich höre, ist selten eine Leiche so schnell identifiziert worden. Ungefähr sieben

Sekunden nachdem sie von dem Zugunglück erfahren hatten, hatten sie diese Ehefrau – Fiore? – am Telefon.«
»Ich nehme an, dieser Bahnübergang lag auf Fiores Weg?«
»Nicht unbedingt, aber es war eine nahe liegende Ausweichstrecke, falls er zum Beispiel in einen Stau geriet. Vielleicht wollte er auch so spät wie möglich nach Hause kommen.« Marge grinste. »Ich hab gehört, er hatte allen Grund dazu.«
»Was passiert denn jetzt mit der Leiche?«
»Die wird wieder ausgebuddelt, ich glaube morgen früh.« Marge verzog angewidert das Gesicht. »Guten Appetit.«
»Und wenn es Lacy ist?«
»Kommt drauf an. Die Todesursache ist ja wohl kaum ein großes Rätsel, und, zu Recht oder zu Unrecht, sie haben keine Autopsie gemacht – nur einen Bluttest, um zu überprüfen, ob Drogen im Spiel waren. Sie haben nichts gefunden. Mit Sicherheit handelte es sich um eine männliche weiße Leiche, und das Alter könnte auch ungefähr hinkommen. Die Blutgruppe stimmt mit der von Lacy überein. Es war Blutgruppe A, die ungefähr jeder zweite hat einschließlich Fiore, und Rhesus positiv, wie bei Lacy und Fiore und bei fast allen anderen in diesem Land. Mal sehen, was bei der Untersuchung der Zähne herauskommt. Und bei den Fingerabdrücken, falls es noch welche gibt. Wer weiß, was die nach so einer Zeit in der Leiche noch alles entdecken?«
»Was ist mit seinen Habseligkeiten?«
»Falls er einen Personalausweis bei sich hatte, müssen wir davon ausgehen, daß Fiore – oder jemand anders – ihm den entwendet hat. Seine Kleider haben sie weggeworfen. Die waren völlig zerfetzt. Mrs. Fiore wollte sie nicht zurückhaben.«
Marge schaute demonstrativ auf ihre Uhr. »Alles weitere später. Ich höre eine gekühlte Flasche nach mir rufen.«
»Nur noch eins. Du hättest fast noch was über irgendwelche

Anrufe gesagt, die hereinkamen, gleich nachdem Lacy verschwunden ist. Aber dann hast du nicht weitergesprochen. Hab ich das richtig mitbekommen? Komm schon, Luzzatto!«

Die Polizistin sah Henry scharf an, bevor sie ihm mit dem erhobenen Zeigefinger vor der Nase herumfuchtelte. »Das ist aber ganz inoffiziell, kapiert? Vor allem, wenn sich herausstellt, daß es sich bei der Leiche tatsächlich um Lacy handelt! Wir haben es damals geschafft, das von den gierigen Klauen der Presse fernzuhalten, und wenn ich dächte, daß es sich um was Entscheidendes handelte, würde ich es dir jetzt auch nicht sagen, aber ... Also, wenn du es durchsickern läßt, kriegst du nie wieder was von mir. Weder von mir noch von irgendeinem anderen Polizisten.«

»Du kennst mich doch.«

»Zwei Tage nachdem Lacy verschwunden war, hat jemand bei ihm zu Hause angerufen, und zwar aus einer Telefonzelle in San Pedro. Die Stimme war elektronisch verzerrt, okay? Mrs. Lacy geht ans Telefon, und diese fiese Roboterstimme sagt so was wie: ›Wir haben ihn. Wenn Sie ihn wiedersehen wollen‹ ...« Marge zog eine Schnute. »Keine Einzelheiten. Der Roboter hat sich nie wieder gemeldet. Keine Geldforderungen. Nichts.«

»Glaubst du, es war irgendein Perverser? Der Fall war ja bis dahin schon ziemlich durch die Presse gegangen.«

»Wahrscheinlich. Wenn solche Sachen passieren, kommen alle möglichen Verrückten aus ihren Löchern. Es könnte genausogut ein Trittbrettfahrer gewesen sein, der versuchen wollte, aus der Situation Kapital zu schlagen.«

»Aber warum –«

»Mrs. Lacy hat dieser miesen Type auf unsere Anweisung hin erklärt, sie würde keinen Penny rausrücken, solange sie nicht mit ihrem Mann gesprochen hätte. Das haben sie ihr wohl abgekauft. Die haben sich gesagt, daß sie ohne Köder keinen Fang machen können. Oder ...« Marge ließ das Wort aufreizend im Raum stehen. Sie nahm eine Haarbürste aus ihrer Handtasche, betrachtete sich im Rückspiegel und begann, sich zu frisieren.

»Oder?«

»Es besteht immer noch die Möglichkeit, daß der Anruf echt war. Könnte sein, daß die Entführer die Nerven verloren haben – die Übergabe ist schließlich immer das größte Risiko – und beschlossen haben aufzugeben.« Sie sah Henry direkt an. »Vielleicht war Lacy zu dem Zeitpunkt schon nicht mehr in der Lage, mit irgend jemand zu reden.«

27

Ariel war die Sache nicht geheuer. Seit sie festgestellt hatte, daß das Auto nicht abgeschlossen war, versuchte sie, gegen das Gefühl anzugehen. Nachdem sie das Krankenhaus verlassen hatte, war sie kurz in der Bibliothek und anschließend in einem Lebensmittelladen gewesen, hatte Henry den Artikel über Lacy zugefaxt, den sie in der Post & Courier gefunden hatte, aber die innere Unruhe war geblieben.

Eigentlich hatte sie keinen Grund, beunruhigt zu sein. Das hatte sie sich mehrmals während der langen Heimfahrt gesagt, als sie das Gefühl nicht los wurde, hinter sich das Geräusch eines Motors zu hören. Sie hatte ihr Tempo fast auf Schrittgeschwindigkeit gedrosselt, aber es waren keine Scheinwerfer zu sehen gewesen. Und genau das hatte sie an ein gewisses, geheimnisvolles Auto erinnert, das ohne Licht aus der Garage eines Toten gefahren war.

Die Vorstellung kam ihr im Dunkeln noch viel unheimlicher vor.

Erleichtert stellte sie fest, daß der Lincoln in der Einfahrt stand.

Ein wunderbarer Duft kam ihr entgegen, als sie die Hintertür öffnete. Sie trat an den Herd und hob vorsichtig den Deckel von einem schweren, gußeisernen Topf, doch im nächsten Augenblick fuhr sie zusammen, als sie eine Stimme hinter sich hörte, und der Deckel fiel krachend zurück auf den Topf.

»Ich kann deine Speicheldrüsen ja bis hierher arbeiten hören«, sagte Sarge.

»Hast du auch gehört, wie mir das Herz vor Schreck stehengeblieben ist?« fuhr Ariel ihn an. »Macht es dir Spaß, dich von hinten an andere Leute heranzuschleichen? Was ist eigentlich mit dir los?«

»Ich hätte gedacht, dein neues Auto würde dich in eine bessere Laune versetzen.«

»Ach, du hast also von dieser kleinen Überraschung gewußt, was?«

»Du stellst es ja gerade so dar, als hätte dir jemand einen üblen Streich gespielt.«

»Na ja, also ich hätte von dir erwartet ...« Ariel unterbrach sich. »Tut mir leid«, sagte sie. »Ich bin ein bißchen nervös. Diese Straße wird jeden Abend dunkler.« Sie rang sich ein schiefes Lächeln ab. »Was ist denn in dem Topf?«

»Das, meine Liebe, ist meine berühmte, persönliche Version von Pilau, hier in der Gegend unter dem Namen Perloo und anderswo als Pilaf oder Jambalaya beziehungsweise unter euch Banausen aus den unterentwickelten Gebieten als Huhn mit Reis bekannt. Hast du Hunger?«

»Ich sterbe vor Hunger. Aber darf ich dich zuerst etwas fragen?«

»Bitte.«

»Was war gestern abend mit dir los?«

»Überhaupt nichts«, sagte Sarge zwanglos und machte sich daran, diverse Dinge aus dem Kühlschrank und aus verschiedenen Schränken zu holen.

»Wirklich nicht?« beharrte Ariel. »Du warst aber auf einmal ziemlich schweigsam.«

Sarge schlug ein Ei in eine Schüssel, goß Buttermilch in einen Meßbecher, gab sie zu dem Ei und sagte nichts.

»Hast du von Grace Barrons Verhaftung gehört?«

»Mhmm.«
Wider besseres Wissen fragte Ariel: »Was weißt du über die Pistole?«
Sarges Hände hielten mitten in ihren routinierten Bewegungen inne. Er neigte den Kopf zur Seite und verharrte in dieser Stellung mehrere Sekunden lang, in denen die Küchenuhr plötzlich lauter zu ticken schien. Dann drehte er sich langsam um und sah Ariel ausdruckslos an.
»Ariel«, sagte er, »nur weil es Informationen über gewisse Dinge gibt, heißt das noch lange nicht, daß du ein Recht hast, sie zu erfahren.«
Ariel errötete und schwieg. Als das Telefon die Stille durchbrach, stürzte sie los, um das Gespräch entgegenzunehmen.
»Ich hab schon zehnmal versucht, dich unter dieser Nummer zu erreichen«, sagte eine Stimme, die sie sofort erkannte. »Und ich hab mich langsam gefragt, ob du dir vielleicht einen Scherz erlaubt hast.«
»Win!« rief Ariel aus. Dankbar für die Erlösung entschuldigte sie sich wortreich für das Fehlen eines Anrufbeantworters.
»Hey! Für einen so herzlichen Empfang ruf ich dich demnächst den ganzen Tag an! Wie geht's denn so, Süße? Was machst du im schönen Land der Magnolien?«
Ariel gewann ihre Fassung zurück. Mit etwas mehr Zurückhaltung erzählte sie ihm von B. F.s Krankheit, die ihre plötzliche Abreise nötig gemacht hatte.
»Also«, schloß sie, »es tut mir leid, daß ich dich versetzt habe.«
»Kein Problem, aber ich habe den Eindruck, daß du einen Freund gebrauchen könntest. Hör zu, ich bin in New York, das ist eigentlich gar nicht weit weg von dir. Ich könnte meine Pläne fürs Wochenende abblasen und mich in einen Flieger setzen. Ich bin als Freund ganz brauchbar.«

»Na ja, also, vielen Dank, aber meinem Großvater geht es schon wieder besser, und ich komme zurecht.« Sie wandte Sarge ihren Rücken zu. »Was war das denn nun für ein Job, von dem du gesprochen hast? Nicht daß ich interessiert wäre; ich bin immer noch dabei, mich in den einzuarbeiten, den ich habe.«

»Erinnere mich daran, daß ich dir irgendwann mal die Geschichte von Jack erzähle, einem Workaholic, der die schönen Seiten des Lebens so lange vernachlässigt hat, bis er ein richtiger Langweiler war. Jedenfalls ... Es geht um den Posten eines koordinierenden Produzenten, wie ich dir schon sagte. Ron geht Mitte Oktober weg – das ist unser derzeitiger CP –, das heißt also, wir haben einen Monat Zeit, uns zu überlegen, wen wir einstellen. Die hohen Tiere bei LifeTime haben bereits von dir gehört. Sie halten dich für eine Mischung aus Diane Sawyer und Bob Woodward – ihre Figur, von beiden das Talent – und können es kaum abwarten, sich mit dir zu unterhalten. Ich hab ihnen gesagt, es wäre besser, wenn ich zuerst mal bei dir vorfühle, um zu hören, wie du die Sache siehst. Also, wie siehst du sie nun?«

»Wie ich schon sagte, ich bin eigentlich –«

»Ach, komm schon, Ariel. Wenn die Kohle stimmt – und es geht hier tatsächlich um das große Geld –, wird es doch möglich sein, daß du dich aus der Symbiose mit dem alten Heller lösen kannst.«

»Wie bitte?«

»Ihr beide seid doch die reinsten siamesischen Zwillinge, oder? Ich möchte mir lieber nicht vorstellen, was Henry der Habicht mit mir machen würde, wenn er wüßte, daß ich versuche, dich unter ihm wegzulocken – natürlich rein bildlich gesprochen. Das ›bildlich‹ nehme ich jedenfalls an. Oder sollte ich da etwa falsch liegen?«

»Du hast doch wirklich eine eingleisige Phantasie, und die

gleitet jedesmal ins Schlafzimmer ab. Mit wem soll ich mich unterhalten und wann?«

Ariels Augen zogen sich zusammen, als Win in sich hinein lachte. Nicht zum erstenmal wurde ihr klar, daß man diesen Peacock nicht unterschätzen durfte. »Wieviel Geld genau ist übrigens ›das große Geld‹?«

»Jedenfalls wesentlich mehr, als das, was du zur Zeit verdienst, was immer das sein mag. Dieser Job ist ein Riesensprung auf der Karriereleiter. Über die Einzelheiten mußt du dich mit Manny Littell auseinandersetzen, das ist unser Produzent; der wird dich dann anrufen.«

»Win, wissen die von meiner Amnesie? Ich meine, die Berufserfahrung, die in meinem Lebenslauf steht, kann ich ja nun nicht mehr vorweisen.«

»Was du nicht weißt, macht dich nicht heiß, Süße. Man muß denen nicht gleich alles auf die Nase binden. Wir alle hier haben die Sendungen gesehen, die du gemacht hast, seit ich aus L.A. weggegangen bin, und das war auf keinen Fall die Arbeit einer Anfängerin, meine Liebe. Ich würde dir raten, dein kleines Problem für dich zu behalten.«

Ariel diskutierte noch eine Weile mit ihm, hörte sich an, was er zu sagen hatte, und willigte schließlich ein, sich auf seinen Vorschlag einzulassen. »Vielen Dank, Win.« Sie lächelte vor sich hin. Als Win anfing zu singen, lachte sie laut auf.

»Sail on, silver girl«, ertönte sein schöner Bariton, »sail on by …«

»Du bringst mich in Verlegenheit.«

»Your time has come to shine. All your dreams are on their way.«

»Mach's gut, Win.«

»I'm sailing right behind«, sang er noch immer, als Ariel leise auflegte.

»Willst du eine neue Stelle antreten?« fragte Sarge. Er versuchte offenbar, ein Gespräch anzufangen, vielleicht hatte er auch einfach nur die düstere Stimmung überwunden, die ihn am vorangegangenen Abend befallen hatte.
Ariel deckte den Tisch und summte gedankenverloren vor sich hin. Sie verkniff sich eine Bemerkung über seine Neugier; sie wollte lieber den alten Sarge wiederhaben, als sich mit ihm zu streiten.
»Nein, aber es kann nichts schaden, wenn ich mir anhöre, was diese Leute zu sagen haben.«
Sie setzten sich an ein Ende des üppig gedeckten Mahagonitisches, und eine Zeitlang war kein anderes Geräusch zu hören als das Klappern des Bestecks auf ihren Tellern. Es schmerzte Ariel, dem leeren Stuhl ihres Großvaters gegenüberzusitzen. Selbst in seiner Abwesenheit war er präsent.
»Bist du heute bei B. F. gewesen?« fragte sie. »Er sieht schon viel besser aus, findest du nicht?«
Sarge nickte. »Ich war am späten Nachmittag da, du warst gerade gegangen.«
Ariel war in der Bibliothek gewesen und hatte im Telefonbuch von Savannah die Adresse von Grace Barron nachgeschlagen. Einer spontanen Eingebung folgend, hatte sie sich auch die Adresse des College notiert, an dem Halley unterrichtet hatte. Sie schätzte die Entfernung bis Savannah auf etwa einhundertsechzig Kilometer. Wenn sie den Darrin voll ausfuhr, konnte sie im Handumdrehen dort sein.
Der Gedanke an eine Spritztour mit offenem Verdeck über die Autobahn nagte an ihrem Gewissen. Sie mußte sich noch überlegen, wie sie mit B. F.s wahnsinnigem Geschenk umgehen sollte. Wie konnte sie es ablehnen, ohne ihn zu verletzen? Wieso glaubte sie, es ablehnen zu müssen?
»Ich habe überlegt, ob ich mir einen Nachmittag frei nehme«, sagte sie zu Sarge. »Vielleicht ein bißchen herumfah-

ren und die Gegend erkunden. Meinst du, du könntest mich im Krankenhaus vertreten?«

»Wann?«

Ariel hatte vor, sich gleich am nächsten Tag auf den Weg zu machen. Sie würde zwar Grace' Vernehmung zur Anklage verpassen, doch davon versprach sie sich ohnehin keine Überraschungen, und sie wußte nicht, wie lange sie ihren Aufenthalt hier noch würde rechtfertigen können. Diese Frage würde sich erst klären, wenn sie mit Henry Rücksprache hielt, und sie hatte vor, ihn nach dem Essen anzurufen. Der Gedanke an Henry nagte ebenfalls an ihrem Gewissen. Was wäre, wenn das Angebot von LifeTime tatsächlich zu einem Ergebnis führte? Henry war ihr gegenüber sehr großzügig gewesen. Als sie ohne eine Vergangenheit aufgewacht war, war er mit seinen langen Beinen und seinem hitzigen Temperament in ihr leeres Leben getreten. Er hatte ihre Amnesie für sich behalten und ihr einen Crashkurs in ihrem Beruf gegeben. Er war ihr Mentor, Lehrer und Freund gewesen.

Das Lied, mit dem Win sie aufgezogen hatte, war ihr seitdem nicht mehr aus dem Kopf gegangen. Lästig wie eine Mücke, summte es in ihren Ohren, ein Spiegelbild ihrer Gedanken. »I'm on your side when times get rough and friends just can't be found ...«

Mit einer kurzen Kopfbewegung schaltete sie Garfunkel ab. Was sich allerdings nicht so leicht abschütteln ließ, war die Erinnerung an den letzten Abend in L.A., an diesen unerwarteten Kuß. Es war nicht das erste Mal, daß sie daran denken mußte.

Sarge sah sie fragend an. »Was hast du mich gerade gefragt?« sagte Ariel.

»Wann wolltest du deinen Ausflug machen?«

»Morgen vielleicht? Hast du morgen Zeit?«

»Klar. Nach dem Gesicht zu urteilen, das du da eben gemacht hast, mußt du ja allerhand vorhaben.«
»Ich wollte nicht ... Ich hab gar keine bestimmten Pläne«, log sie. »Ich dachte einfach, es würde mir guttun, ein bißchen Abstand zu gewinnen, über alles nachzudenken, weißt du?«
»Ah ja. Das hab ich heute morgen auch gemacht. Ich war mit Julian Taliaferro im Fitneßclub und hab zwei Stunden lang geschwitzt und nachgedacht. Es fällt mir schwerer als früher.«
»Das Schwitzen oder das Denken?« Sie mußten beide grinsen. Es tat gut, daß sie wieder Freunde waren. »Das Huhn mit Reis – Verzeihung, das Perloo – war hervorragend. Was ist übrigens Juju?«
»Zauberei. Voodoo. Die hiesige Version. Wieso?«
»Und Hattie glaubt an so was?«
Sarge verschluckte sich beinahe. »Hattie? Nie im Leben!«
»Aber du hast doch zu B. F. gesagt, sie hätte ihre Kusine gebeten –«
»Das war ein Scherz. Ein schlechter Versuch, ironisch zu sein oder so. Hattie glaubt nur, was sie sieht. Oft noch nicht mal das.«
Ariel überlegte, wie ihr unerklärliches Wissen um Janes Eigenarten auf Hattie wirken mußte, und verstand ein wenig besser, warum die Frau so mißtrauisch war. »Was meinst du, warum geht sie eigentlich nicht ans Telefon, wenn wir nicht da sind? Win hat gesagt, er hätte schon mehrmals versucht, hier anzurufen.«
»Ich glaube, Hattie hat kaum jemals gute Nachrichten über das Telefon erhalten. Sie tut einfach so, als ob sie es nicht hört.«
»Was ist eigentlich mit ihr, Sarge? Was ist sie für eine Frau?«

Anstatt ihr zu antworten, verdrehte Sarge theatralisch die Augen.
»Komm schon! Sei doch nicht so! Mich interessiert nur, was sie mit B. F. zu tun hat. Ich recherchiere nicht für Roots II. Die Abstammungsgeschichte kannst du dir sparen. Wer ist sie?«
So liebenswürdig, daß Ariel kaum bemerkte, wie geschickt er ihre Frage umging, sagte Sarge: »Was du vor allen Dingen lernen mußt, ist, daß man hier in der Gegend einen Menschen nach dem beurteilt, wo er herkommt.« Er zerkrümelte ein Stück Maisbrot. »Deine Schwester war auch immer ganz wild darauf, sich die Geschichten von anderen Leuten anzuhören. Aber sie war nicht so aufdringlich.«
»Ich kann nichts dafür, daß ich nicht so eine vornehme Erziehung genossen habe.«
»Bist du etwa eifersüchtig?« fragte Sarge, nur halb im Scherz.
»Ich glaube, ich erlebe gerade eine Art verspätete Geschwisterrivalität. Die perfekte Jane. Sie war nicht nur schön, sondern auch wohlerzogen. Man sollte meinen, daß ich die Höflichere sein müßte. ›Vor allem die Unscheinbaren sind auf gute Manieren angewiesen. Wer schön ist, kann sich alles erlauben.‹«
»Am Anfang habe ich es als erfrischende Bescheidenheit empfunden, wenn du dich selbst so runtergemacht hast.« Sarge ließ die unausgesprochene Schlußfolgerung einen Moment lang im Raum stehen. »Jane war nicht perfekt. Du weißt ja, ich hab sie schon gekannt, als sie noch ganz klein war. So, wie sie aufwuchs, konnte sie manchmal ein ganz schön verwöhntes Blag sein. Das lag natürlich nur an B. F. Hattie hat ihr jedesmal ganz schnell den Kopf geradegerückt. Dann hat sie Jane mit diesem durchdringenden Blick fixiert, der einem durch Mark und Bein geht, und

gesagt: ›Du tust jetzt genau das, was ich dir sage, oder du kriegst die Rute zu spüren.‹« Er lachte in sich hinein. »Diese Hattie ist schon ein Original.«

»Wenn du meinst.«

Sarge setzte sich bequemer. »B. F. hat mir ein bißchen über deine Kindheit erzählt. Scheint nicht besonders lustig gewesen zu sein.«

»Nein.«

»Diese Leute, die dich adoptiert haben ... Wieso haben die das überhaupt gemacht? Ich meine, wenn sie so lieblos waren.«

»Meine Mutter war nicht lieblos«, sagte Ariel unbewußt abwesend, »aber sie starb, als ich noch klein war. Mit meinem Vater war das eine andere Sache. Der war steinhart. Lawton Munson war wie ein alttestamentarischer Prophet, der auf die schiefe Bahn geraten ist. Eine Art durchgedrehter Moses, der dauernd die Bibel zitierte und die Regeln befolgte, die ihm in den Kram paßten ... wie zum Beispiel, die Nachkommen nicht zu schonen.«

Ariel verzog angewidert den Mund und trank ihr Wasser aus, als müsse sie einen üblen Geschmack wegspülen.

»Du verabscheust den Mann ja regelrecht«, sagte Sarge.

»Nein. Ich verabscheue das, was er dem hilflosen kleinen Mädchen angetan hat.«

»Dem hilflosen kleinen ...? Ach, du sprichst von dir. Das hört sich so an, als ob du von jemand anderem sprichst.«

»Das hat mal jemand, der genauso verkorkst war, ganz gut in Worte gefaßt: ›Es gelingt mir nicht, zwischen mir und allen anderen zu unterscheiden.‹«

Nachdem Sarge einen Moment lang darüber nachgedacht hatte, kam er zu dem Schluß, daß es die Mühe nicht wert war, und sagte: »Wie merkst du dir bloß all das Zeug?«

»›Ich habe ein Gedächtnis wie ein Elefant. Es kommt sogar

häufig vor, daß Elefanten sich von mir auf die Sprünge helfen lassen.‹« Sie schnippte mit den Fingern. »Willst du noch mehr hören? Mein Vorrat ist schier unerschöpflich!«

»Jane hat auch dauernd in Zitaten geredet. Du bist wie sie, und du bist doch anders. Ich hatte immer angenommen, daß eineiige Zwillinge sich in allem gleichen würden.«

»Genetisch tun sie das. Aber die Umgebung hat einen großen Einfluß: Veranlagung contra Erziehung.«

»Wie bitte?«

Ariel begann, den Tisch abzuräumen. »Es heißt, daß bestimmte Eigenschaften auf Vererbung beruhen. Phantasie zum Beispiel. Und die Art und Weise, wie man auf Streß reagiert. Dagegen hat es etwas mit Erziehung zu tun, ob man aggressiv oder ehrgeizig ist. Das Bedürfnis nach menschlicher Nähe – man könnte auch sagen, nach Zuneigung – scheint ebenfalls mehr oder weniger ausgeprägt zu sein, je nachdem, wie man aufwächst. Was ich sagen will, ist: Von den Genen wird man programmiert, aber von der Umgebung wird man geformt.«

»Und was bedeutet das, wenn man dich und Jane als Beispiel nimmt?«

»Uns? Wir waren beide ziemlich kreativ, beide auf unsere eigene Weise stark. Aber Jane ist in einer liebevollen Familie aufgewachsen, in der sie sich geborgen fühlte. Diese Dinge waren für sie selbstverständlich. Sie wurde dazu erzogen, selbstbewußt und offen zu sein, aber sie war auch, wie B. F. einmal gesagt hat, ›irgendwie passiv‹. Ich bin in einem gefühlsarmen Zuhause aufgewachsen. Ich tue mich schwer mit Beziehungen, und ich mußte aggressiv sein, um zu überleben. Ich stand immer unter dem Druck, alles gut zu machen, mir selbst zu beweisen, daß ich etwas wert war.«

»Du sprichst immer in der Vergangenheit. Wieso ist das heute anders?«

»Ich habe gelesen, daß Amnesie einen Menschen völlig verändern kann. Vielleicht gibt sie einem die Chance, das zu sein, was man geworden wäre, wenn die Umstände einen nicht behindert hätten.«
»Du hast wohl auf alles eine Antwort, was?«
»Nein, Sir. Nicht, was dieses Thema angeht.«

28

Die Fahrt zurück zu Ariels Haus zog sich in die Länge. Es lag nicht am Verkehr, aus unerfindlichen Gründen war die Autobahn ziemlich leer. Es lag an Henrys Stimmung. Er war es nicht gewohnt, sich einsam zu fühlen.

Claudia Wynn, die Frau aus der Vertriebsabteilung von MicroStar, hatte ihren Abend verplant. Luzzatto war zu einem Abendessen bei Kerzenlicht eingeladen. Selbst der widerliche Marcus Black hatte etwas von Plänen für den Abend angedeutet. Henry dagegen war auf dem Weg in ein leeres Haus. Das Abendessen für die Hunde war längst überfällig, fiel ihm ein. Zumindest die beiden Köter würden sich freuen, ihn zu sehen.

Als er in Ariels Garage fuhr, betrachtete er den Van neben seinem Oldsmobile. Das einzige, was ihn tröstete, war, daß der Wagen zu neu war, um ihn an Ariel zu erinnern.

Er schaffte es, die Alarmanlage auszuschalten, ohne die Polizei auf den Plan zu rufen. Bei Stonewall sah die Sache schon anders aus; der gelbe Köter stürzte auf ihn zu und begann, sich an seinem Bein zu reiben. Jessie blieb derweil sitzen und schaute so würdevoll drein wie einer der Löwen an der New York Library. Als sie das Auto gehört hatte, hatte sie sofort gewußt, daß es nicht Ariel war, die nach Hause kam; sie legte den Kopf auf die Pfoten und gähnte ausgiebig, als wollte sie ihre Enttäuschung noch deutlicher zum Ausdruck bringen.

»Na, war es anstrengend, den ganzen Tag das Haus zu bewachen? Ich hätte genausogut ein Einbrecher sein kön-

nen, und du bleibst einfach da liegen wie ein nasser Sack.« Henry verzog das Gesicht. »Jetzt fang ich schon an, mit einem Hund zu reden.«
Er warf sein Jackett über einen Stuhl und ging in die Küche. Als er die Kühlschranktür öffnete, ließ die Schäferhündin sich dazu herab, in der Küche zu erscheinen. Sie setzte sich mitten in die Tür und wartete. Offenbar wuchs ihr Appetit, denn sie ließ die Zunge aus dem Maul hängen und begann zu hecheln. Mit der Würde ist es also auch nicht so weit her, dachte Henry.
»Hier, bon appétit«, sagte er, während er die gefüllten Hundenäpfe auf den Boden stellte. Er ging ans Telefon und rief in South Carolina an.
»Hallo«, meldete sich eine mürrische männliche Stimme.
Einen Augenblick lang war Henry irritiert, bis ihm einfiel, daß das Sarge McManus sein mußte. Nachdem er ein paar höfliche Floskeln mit dem Mann ausgetauscht hatte, über dessen Funktion er sich immer noch nicht ganz im klaren war, kam Ariel ans Telefon.
»Ich wollte dich gerade anrufen.« Irgend etwas stimmte nicht mit ihrer Stimme. Henrys Radar meldete sich sofort.
»Keine Sorge, dieses Gespräch geht auf deine Rechnung. Wo liegt das Problem?«
Sie zögerte einen Augenblick zu lange.
»Sekunde«, sagte Ariel.
Er hörte, wie am anderen Ende gesprochen wurde, anscheinend hatte sie eine Hand über den Hörer gelegt, dann sprach sie wieder mit ihm.
»Wer sagt denn, daß es ein Problem gibt? Ich hab Sarge nur gerade gesagt, er soll sich ruhig schon hinlegen. Hör zu, Henry, ich glaube, es wäre ganz gut, wenn ich noch ein bißchen hierbliebe. Diese Sache mit den Barrons könnte eine Story ergeben.«

Vielleicht zum erstenmal in seinem Berufsleben gelang es Henry nicht, sich auf die Geschichte zu konzentrieren. Er konnte sich noch nicht einmal daran erinnern, um welche Geschichte es sich handelte.
»Die Barrons«, wiederholte er.
»Henry? Hallo? Der Selbstmord in den fünfziger Jahren. Der Selbstmord vor vierzehn Tagen, der, wie es inzwischen aussieht, möglicherweise gar keiner war. Der Unfall, eine Woche später.«
Henry hörte, wie Ariel tief einatmete, und machte sich auf weitere Neuigkeiten gefaßt.
»Die Mutter des angeblichen Selbstmörders ist heute unter dem Verdacht, ihren Sohn ermordet zu haben, verhaftet worden. Und ich glaube nicht, daß sie es war, Henry.«
»Okay, okay. Hilf mir auf die Sprünge.«
Ariel zählte ihm die relevanten Fakten auf.
»Also«, rekapitulierte Henry, »was wir haben und was die Polizei ebenfalls hat, ist eine Anspielung auf Angst und sogar Mord in einem Gespräch, das du in der Nacht, als er gestorben ist, mit ihm geführt hast, irgendeine Kopfverletzung, ein Auto, das beim Verlassen der Garage gesehen wurde, und kein Abschiedsbrief. Nicht schlecht. Dazu kommt ein offenbar als Racheakt geplantes Geschenk und ein Schenker, dem die Genugtuung der Übergabe versagt bleibt, weil er tot ist. Ist es das in etwa?«
»Großmutter, was hast du nur für einen scharfen Verstand!«
»Ach ja, und außer der Tatsache, daß das hübsche Päckchen für Mami bestimmt war, haben wir noch deine sentimentale Überzeugung, daß sie unschuldig ist.«
»Was ist mit den Sachen, die nach Halleys Aussage aus dem Haus fehlen? Könnte das nicht nahelegen, daß –«
»Du meinst, die Sachen, von denen die Mutter behauptet,

Halley hätte gesagt, daß sie fehlen? Der Polizei hat Halley das nicht gesagt. Wir haben nichts als das Wort der Mutter, daß sie es gesagt haben soll. Vielleicht versucht die alte Dame nur einen Schuldigen aufzuscheuchen, um den Verdacht von sich abzulenken. Außerdem hat sie noch nicht mal gesagt, Halley hätte gesagt, die Sachen ›fehlten‹, sondern, ich zitiere, was ich von dir gehört habe: sie ›könnten fehlen‹.

Ariel, das Päckchen mit der Pistole war eindeutig für die Mutter vorgesehen. Die Mutter lebte im Streit mit dem Opfer – und zwar in ernstem Streit. Das Opfer hat seine Mutter in dem Gespräch mit dir ziemlich abfällig erwähnt. Die Mutter ist die Erbin. Wie kommst du darauf, daß sie unschuldig ist? Hast du eine Vision gehabt?«

»Die Tatsache, daß Grace John Williams Vermögen geerbt hat, zählt nicht. John William hat es ihr nicht vermacht; das war Halley.«

»Na, also, vielleicht hat sie den Unfall inszeniert, um die Stieftochter ebenfalls loszuwerden.«

»Und riskiert, daß sie selber dabei draufgeht?«

»So was scheint doch in der Familie zu liegen, das mußt du schließlich zugeben.«

»Henry, ich hab sie kennengelernt. Sie ist sechzig Jahre alt. Sie ist eine kleine, zierliche Südstaaten-Lady mit grauen Haaren und schlechten Nerven.«

»Hey! Es gibt immer noch Leute, die nach einem Mord nervös sind.«

»Für einen Mann, der sich auf sein inneres Radarsystem verläßt, bist du reichlich unerbittlich, was meine Instinkte angeht.«

Henry seufzte. »Ich habe ebensoviel Respekt vor Mutterliebe wie du, meine Kleine, aber ich habe eine ganze Menge mehr von dieser großen, schlechten Welt gesehen.«

»Wenn ich mich recht erinnere, bist *du* derjenige, der mich immer wieder gefragt hat, ob diese Sache etwas für DIE OFFENE AKTE sein könnte.«

»Das war, als es um Pathos und Geheimnis und künstlerisches Genie ging, das im Nebel der Zeit versunken war, Ariel. Das war, bevor die Polizei auf die Idee kam, das letzte Kapitel umzuschreiben und aus dem Selbstmord einen Mord zu machen, und bevor sie eine Verdächtige hatten, gegen die sie offenbar genug in der Hand haben, um Anklage zu erheben. In diesem Fall wird ganz offiziell von der Polizei ermittelt. Wieso sollten wir uns da reinhängen?«

»Im Fall Grant Lacy wird auch offiziell ermittelt.«

»Ich habe ein persönliches Interesse an dem Fall Lacy.«

»Und ich habe ein persönliches Interesse an diesem Fall.«

»Okay.« Henry seufzte. »Bleib noch ein paar Tage. Sieh dich um. Aber denk an die ›Magnolien aus Stahl‹. Wenn die Töchter der Konföderation den Krieg geführt hätten, würden wir heute die Flagge der Südstaaten hissen.«

»Interessanter Gedanke. Fast so interessant wie der Einfall, so zu tun, als sei man von einem Güterzug überfahren worden. Ich nehme an, das hast du bereits gewußt, aber ich hab dir einen Artikel aus einer hiesigen Zeitung rübergefaxt.«

»Ich wußte es, ich hab dein Fax bekommen, und ich bin an der Sache dran.«

»Immer noch auf der Jagd nach dem ruchlosen Richard Cummings?«

»Das Gespräch geht auf deine Kosten. Interessiert es dich, was ich bisher rausgefunden hab?«

Henry setzte sich verkehrt herum auf einen von Ariels Küchenstühlen und brachte sie auf den neuesten Stand seiner Nachforschungen.

»Cummings hat also gelogen, als er sagte, die Polizei stünde kurz vor einer Verhaftung«, sagte Ariel, als er seinen Bericht beendet hatte.

»Wie gedruckt. Wäre echt hilfreich, wenn du dich erinnern könntest, mit wem du ihn damals gesehen hast.«

»Wäre echt nett, wenn du aufhören könntest, mir das immer wieder unter die Nase zu reiben. Dieser Marcus Black ... Wenn Cummings die Akte gesäubert hat, ist es nicht merkwürdig, daß Blacks Name immer noch drinstand?«

»Solche offensichtlichen Fragen kann ich mir selber stellen. Bis nächste Woche weiß ich, ob seine Informationen irgendeinen Wert haben, aber auch wenn alles stimmt, hat es womöglich nichts mit Lacys Verschwinden zu tun.«

»Die Leiche auf den Schienen scheint aber auch nicht viel mit Lacy zu tun zu haben.«

»Wieso nicht? Der Zeitpunkt stimmt, und die Örtlichkeit stimmt.«

»Ach ja? Meinst du, Lacy hatte vor, zehn, fünfzehn Kilometer zu laufen? So weit müßte es doch ungefähr sein von seinem Haus bis zum Bahnübergang und zurück oder? Wenn wir davon ausgehen, daß er dort kehrtmachen wollte. War er so ein leidenschaftlicher Jogger? Um wieviel Uhr ist er zu Hause aufgebrochen? Um wieviel Uhr hat sich das Zugunglück ereignet? Kann er zur fraglichen Zeit am Bahnübergang gewesen sein? Oder, wenn er wirklich ein durchtrainierter Läufer war, hätte er dann vielleicht schon wieder auf dem Rückweg sein müssen?«

»Ich mache diesen Job schon eine ganze Weile, Ariel. Ich kenne mich einigermaßen mit logistischen Problemen aus.«

»Du klingst ja richtig verstimmt.«

»Und du klingst ... Schon gut.«

»Henry, ist Virginia Country Club nicht eine vornehme Wohngegend? Wieso sollte ein Mann, der dort wohnt, sich in ein Gewerbegebiet begeben, wo es qualmt und stinkt, um sich Bewegung und frische Luft zu verschaffen?«

»Falls du darauf anspielen solltest, daß der abendliche Lauf nur ein Vorwand für ein Stelldichein gewesen sein könnte oder so was, vergiß es. Die Bullen haben mir gesagt, er sei kein Frauentyp gewesen.«

»Das wollte ich überhaupt nicht sagen. Ich wollte nur auf das zurückkommen, was ich von Anfang an gesagt habe: Ich glaube nicht, daß das Zugunglück etwas mit Lacy zu tun hat. Hast du überhaupt eine Ahnung, wie viele Leute sich in L.A. täglich in Luft auflösen? Wie viele von zu Hause abhauen? Ich weiß es nicht, und ich wette, du auch nicht. Das kann genausogut so ein armer Alzheimer-Kranker gewesen sein, der drauflos spaziert ist und plötzlich auf den Schienen stand, oder ein Jugendlicher, der es zu Hause satt hatte. Es könnte sogar jemand aus einer ganz anderen Gegend gewesen sein, einer, der vom Zug gefallen ist, was weiß ich. Nur weil es am selben Tag passiert ist, meinst du, es muß Lacy sein; und ich sage dir, daß jeden Tag x Leute verschwinden. Es gibt wirklich nicht viel, was auf einen Zusammenhang zwischen Lacy und dem Zugunglück schließen läßt.«

»Ich kann dir ein paar Zahlen geben, die du für dein x einsetzen kannst.« Henry suchte in seinen Taschen nach dem Notizzettel. »Allein in der Stadt Los Angeles werden jährlich rund viertausend Erwachsene als vermißt gemeldet, im letzten Jahr sogar viertausendvierhundert. Das sind pro Tag ein Dutzend Männer und Frauen aller Rassen, Jugendliche unter achtzehn nicht mitgezählt, von denen jedes Jahr ungefähr achttausendfünfhundert verschwinden. Das Opfer des Zugunglücks war aber weder ein Jugendlicher noch alt und mit Sicherheit keine Frau.« Er machte eine Atempause.

»Luzzatto hat gesagt, das Opfer war weiß und männlich, und das Alter könnte ungefähr hinkommen. Wenn sie das, was von den Leichenteilen noch übrig ist, erst mal untersucht haben, werden wir wissen, ob es Grant Lacy ist.«

»Oder auch nicht.«

»Stimmt. Es könnte sich herausstellen, daß er es nicht ist. Außerdem, selbst wenn es Lacys Leiche ist, wissen wir immer noch nicht, ob der Unfall – wenn es einer war – etwas mit dem Bestechungsgeld zu tun hat, das Cummings eingesteckt hat, und was er damit zu tun hat. Und wenn es die Leiche eines Unbekannten ist, fange ich wieder bei Null an.«

»Irgendwo ist Lacy hingegangen. Er hat sich schließlich nicht in Luft aufgelöst.«

»Ach ja? Wenn man den Boulevardblättern glaubt, ist er von einem UFO entführt worden. Er ist zur Zeit damit beschäftigt, Computer für Marsianer zu entwickeln.«

»Leute, die Computer entwickeln, sind Marsianer.«

Henry wechselte das Thema. »Was soll ich eigentlich mit den Hunden machen, wenn Sam übermorgen kommt?«

»Hättest du Lust, noch länger in meinem Haus zu bleiben? Im Arbeitszimmer steht eine Schlafcouch, die könnte Sam benutzen.«

»Meinetwegen. Hast du eine Hausratversicherung?«

»So, wie du von dem Jungen redest, sollte man meinen, er wäre ein Rowdy. Alles außer den Hunden ist ersetzbar.«

Henry fummelte an einem losen Knopf an seinem Hemd. »Ich nehme an, du hast inzwischen mit Peacock telefoniert?«

»Was? Ach so, ja, hab ich.« Es entstand eine kaum merkliche Pause, bevor Ariel in einem anderen Ton hinzufügte: »Es geht ihm gut.«

»Das hab ich auch schon gehört.« Henry runzelte die Stirn. »Eigentlich war ich nicht um sein Wohlergehen besorgt.«

Ariel wechselte das Thema.

Nachdem Henry aufgelegt hatte, blieb er auf dem Stuhl sitzen und bewegte seinen Mund hin und her wie ein nachdenkliches Karnickel.

»Was gibt's?« fragte er Stonewall, der ausnahmsweise mucksmäuschenstill war. Der kleine Hund hockte zu Henrys Füßen und machte ein ebenso nachdenkliches Gesicht wie er.

»Du brauchst mich gar nicht so unschuldig anzusehen.« Er kraulte den Hund hinter dem einen aufgestellten Ohr, dann ging er an den Kühlschrank und kramte in den Tiefkühlfertiggerichten herum, die er auf Vorrat gekauft hatte. Keins davon weckte seinen Appetit. Wahllos nahm er eins heraus und schob es in die Mikrowelle.

Er fragte sich, was Ariel so selbstbewußt reagieren ließ, und fürchtete zugleich, daß er es bereits wußte.

29

Ariel bemerkte das zuckende rote Licht im Rückspiegel, kurz bevor sie die Polizeisirene hörte. Beklommen nahm sie den Fuß vom Gas. Die Tachonadel war gerade auf die erlaubte Höchstgeschwindigkeit zurückgewandert, als der Streifenwagen an ihr vorbeiraste.

»Puh!« schnaufte Ariel erleichtert, während ihr gleichzeitig der arme Verkehrssünder leid tat, dem die Polizei auf den Fersen war. Den Rest der Strecke bis Savannah fuhr sie in einem etwas gemäßigteren Tempo.

Als sie an einer Tankstelle anhielt, um sich einen Stadtplan zu kaufen, öffneten sich die Schleusen des Himmels. Es war ein kurzer, warmer Schauer, der schon fast wieder vorübergezogen war, als Ariel den alten Stadtkern erreichte, der im wahrsten Sinne des Wortes aus einem anderen Jahrhundert stammte.

Der Regen hatte die Luftfeuchtigkeit erhöht, und einen Moment lang hatte Ariel das Gefühl, als ob das historische Viertel in der schweren, schwülen, von der Abendsonne erwärmten Luft schwebte, eingefangen auf einer alten Fotografie. Die meisten Häuser waren alt und teilweise renovierungsbedürftig, doch die Altersspuren verliehen ihnen eine würdevolle Patina. Die verschiedensten Baustile waren vertreten. Palladianismus, gleich daneben Regency und um die Ecke Klassizismus. Massive, mit Moosen und Flechten behangene Eichen säumten kleine Parks und hüllten die steinernen Statuen auf den Rasenflächen in dunkle Schatten.

Ariels beinahe fotografisches Erinnerungsvermögen, das ihr gleichzeitig auf frustrierende Weise fremd war, sagte ihr, daß Savannah vor mehr als einem Jahrhundert von ehemaligen Insassen englischer Schuldnergefängnisse gegründet worden war, die unter der Ägide von General Oglethorpe amnestiert worden waren. Sie fuhr durch die Straße, die nach diesem genialen Stadtplaner benannt war, und vorbei an weiteren Plätzen, die er gestaltet hatte, ins Zentrum der streng geometrisch angelegten Stadt. Ariel hatte einmal jemand sagen hören, Savannah sei »eine schöne Frau mit einem unanständigen Gesicht«. Die Beschreibung gefiel ihr. Wenn Savannah auch nicht gerade ein Anziehungspunkt für Touristen war, so besaß die Stadt doch ihren eigenen, sinnlichen Charme.

Mit Hilfe des Stadtplans fand sie problemlos zu der Straße, in der Grace Barron wohnte. Es war eine schöne, von Eichen gesäumte Allee mit Bungalows und Mietshäusern aus den dreißiger Jahren. Grace wohnte in einem der Mietshäuser, einem dreistöckigen Backsteinhaus mit überdachten, weißgestrichenen Veranden an beiden Seiten.

Der Weg, der zum Hauseingang führte, war uneben und an mehreren Stellen, wo die Wurzeln einer riesigen Eiche sich ausgebreitet hatten, aufgebrochen. Auf dem Rasen vor dem Haus lagen die ersten Herbstblätter verstreut, Vorboten des bevorstehenden Laubregens.

Als Ariel die große, mit Linoleum ausgelegte (und, dem Geruch nach zu urteilen, frisch gebohnerte) Eingangshalle betrat, kam sie sich vor wie eine Vertreterin, die vorhatte, fragwürdige Waren an den Mann zu bringen. Vier Wohnungstüren gingen von dem Raum ab, je eine auf der rechten und der linken Seite und zwei jenseits der Treppe. Gegenüber der Treppe hingen zwölf Briefkästen mit den Namen der Bewohner. Der Name Barron stand unter 1 B, der Wohnung gleich rechts neben dem Eingang.

Ariel klopfte bei 1 A. Sie wartete, klopfte erneut und schließlich ein drittes Mal.

Gerade wollte sie ihr Glück bei den hinteren Wohnungen versuchen, als die Tür aufgerissen wurde. Ein bärtiger Mann füllte fast den ganzen Türrahmen aus. Er trug abgeschnittene Levis-Jeans, ein ärmelloses T-Shirt mit dem Aufdruck einer Rockband und um den Hals ein paar große, gepolsterte Kopfhörer. Hinter seinem Ohr klemmte ein Bleistift. All diese Einzelheiten fielen Ariel erst später auf, vorerst bemerkte sie nur seinen extrem verärgerten Gesichtsausdruck.

»Was gibt's?« fragte er mit einem Akzent, der auf keinen Fall einheimisch war.

»Sieht so aus, als hätte ich Sie gestört. Tut mir leid.«

»Und, nachdem Sie mich also gestört haben ...?«

»Ich bin mit Ihrer Nachbarin verabredet ...« Ariel deutete auf Grace' Tür. »Es macht niemand auf, und ich bin ein bißchen besorgt. Könnten Sie mir sagen ... Wohnt der Hausverwalter auch im Haus?« Sie setzte ein sorgenvolles Gesicht auf und bemühte sich, schüchtern zu wirken und dazu gewinnend zu lächeln.

»Eine Etage höher. 2 B. Ich hab keine Ahnung, wer da wohnt ...« Er deutete mit dem Kinn auf die unscheinbare, verschlossene Tür. »Es interessiert mich auch nicht, wer da wohnt, ich hab zu tun. Okay?« Er knallte ihr die Tür vor der Nase zu.

Während Ariel die Treppe hinaufstieg, mußte sie daran denken, wie schnell sie sich an die Sitten in den Südstaaten gewöhnt hatte. Die Begegnung mit diesem Grobian war wie eine kalte Dusche gewesen, sie wunderte sich trotzdem, wie sehr seine unfreundliche Art sie irritiert hatte. Normalerweise öffneten die Leute hier bereitwillig ihre Türen. Sie ließen einem den Vortritt in den Aufzug und auf die

Autobahn. Wildfremde Menschen lächelten einen an und sagten: »Hallo, wie geht's?«
Wahrscheinlich war es das Klima, das die Sitten beeinflußte, überlegte sie, oder die fehlende Anonymität; wenn die Leute einen kennen, wenn sie die Familie kennen, das Auto, das man fährt, benehmen sie sich freundlicher. Seit sie hergekommen war, hatte noch kein Autofahrer ihr Schimpfworte an den Kopf geworfen oder ihr den Finger gezeigt. Dieser Primitivling war bestimmt schnell mit seinem Finger, da war sie sich sicher.
Die Bewohnerin von 2 B gehörte zu einer ganz anderen Sorte.
»Guten Tag«, sagte sie freundlich. »Was kann ich für Sie tun?«
Ariel verlegte sich auf dieselbe Masche, mit der sie es eine Treppe tiefer versucht hatte. Das war jedoch nicht nötig. »Ich bin Ida Barnett«, stellte die Frau sich vor. »Kommen Sie herein.«
Die Frau wirkte zu alt, zu zerbrechlich und zu gebildet, um die Hausverwalterin zu sein. Ihr herzförmiges Gesicht war auf konventionelle Weise geschminkt, und ihr graumeliertes Haar in attraktive, wenn auch altmodische Wellen gelegt.
»Sie haben mich in meiner Schürze erwischt«, sagte sie. Vorsichtig darauf achtend, daß sie sich ihre Frisur nicht ruinierte, zog sie das antiquierte Kleidungsstück über den Kopf und glättete ihr Kleid. Es war ein wadenlanger Hänger mit einem leinenen Revers, an dem eine seidene Gardenie befestigt war. Mrs. Barnett sah so aus, als wolle sie für die Rolle der Blanche in ENDSTATION SEHNSUCHT vorsprechen.
Sie bot Ariel einen Stuhl an und setzte sich selbst vor eine Staffelei, an der sie offenbar gearbeitet hatte. »Sie wollen

sicher meinen Mann sprechen, Marion, den Hausverwalter. Er ist nur kurz zum Piggly Wiggly gegangen, Miss ...?«

Ariel nannte höflich ihren Namen.

»Ich schwöre Ihnen, ich habe Mrs. Barron in den zwei Jahren, die sie hier gewohnt hat, kaum gesehen und selten etwas über sie gehört, und jetzt auf einmal ist es einfach ... Sie sind eine Freundin von ihr, sagten Sie?«

»Na ja, nicht direkt eine Freundin. Wir hatten eine Verabredung ...«

»Ach, das ist gut!« sagte Mrs. Barnett erleichtert. »Ich meine, daß Sie keine Freundin sind. Die Polizei ist hier gewesen und hat sie mitgenommen. Gestern vormittag.«

»Oh!« rief Ariel mit gespieltem Schrecken aus. »Was in aller Welt ...?«

»Wir wissen es nicht. Wir waren über Nacht auf Tybee Island bei unserer Tochter. Als wir zurückkamen, hat Huey Noles aus 1 C uns erzählt, daß sie gerade von der Polizei abgeholt worden ist. Er sagte, sie hätte einen Hut und eine Sonnenbrille getragen und sich die Hand vors Gesicht gehalten, wie man es immer im Fernsehen sieht.« Sie schüttelte den Kopf. »Haben Sie schon mal so was gehört?«

»Ich weiß eigentlich nicht ... Aber Sie haben gesagt, Sie hätten sie in den zwei Jahren fast nie gesehen. Wie ist das möglich?«

»Ich hab wohl etwas übertrieben, aber nur ein bißchen. Mrs. Barron ist, glaub ich, auf ihre Weise seltsam.«

»Seltsam?«

»Seltsam«, sagte Ida Faye Barnett, als würde die Wiederholung zur Klärung dienen. »Sie wissen schon, was ich meine. Sie benimmt sich so merkwürdig. Erstens ist sie ein absoluter Stubenhocker. Sie ließ sich ihre Einkäufe und was nicht alles« – Ariel fiel auf, daß Mrs. Barnett das »was nicht alles« bedeutungsvoll betonte – »bis vor kurzem immer bringen.

Nachdem Hazel nicht mehr da war, muß die jüngere Frau ihr wohl besorgt haben, was sie brauchte.«
»Hazel?«
»Hazel ... Wie hieß sie gleich mit Nachnamen – Parrish? Ich glaube, ›Gesellschafterin‹ nennt man solche Damen. Sie ist vor einer Weile gestorben. Ich habe ihren Nachruf gelesen. Aber, wie ich schon sagte, Mrs. Barron verließ ihre Wohnung nur ganz selten. Manchmal hat sie sich ein Taxi bestellt, aber sie ist nie an unserer Tür stehengeblieben, um zu plaudern. Na ja, wenn ein Taxi draußen wartet, hat man ja auch keine Zeit, und wo sie gleich unten neben der Haustür wohnte, ist sie sowieso selten jemand aus dem Haus begegnet.«
»Ist Grace Barron nicht noch zu jung, um eine Gesellschafterin zu haben?«
Mrs. Barnett legte ihre gespreizten Finger auf die Brust und murmelte: »Sie hatte ›schwache Nerven‹, hat Hazel mir mal gesagt, als ich sie an der Haustür getroffen habe.«
Ihr Ton ließ wenig Zweifel daran, was sie von der Erklärung hielt. Ariel bat sie nicht darum, deutlicher zu werden, es war nicht nötig. Nach einigen Sekunden bedeutungsvollen Schweigens hielt Mrs. Barnett es nicht länger aus.
»Ich glaube, sie trank.«
»Ach ... wirklich?« Ariel gingen plötzlich tausend Gedanken durch den Kopf. »Sie ist immer mit dem Taxi gefahren, sagen Sie? Was ist denn mit ihrem Auto?«
»Ihr Auto?«
»Deswegen war ich mit ihr verabredet. Ich interessiere mich für ihr Auto.«
»Also, ich wußte gar nicht ... Wissen Sie, sie hatte mal ein Auto, als sie hier eingezogen ist. Aber ich schwöre Ihnen, das hatte ich schon ganz vergessen.«
»Ich habe das Auto noch nicht gesehen. Sie erinnern sich nicht zufällig, wie es ... äh, wie es aussah?«

»Also, was Autos angeht, da fragen Sie die Falsche! Marion wird Ihnen das sagen können.«
»Wo hat sie eigentlich gewohnt, bevor sie hierhergezogen ist?«
Mrs. Barnett wußte es nicht und fragte Ariel auch nicht, warum sie sich dafür interessierte. »Ich nehme aber an, daß die Hausbesitzer das wissen. Johnson & Yawn, drüben in der Bull Street.«
Ariel notierte sich den Namen der Immobilienfirma und stellte noch eine Frage, obwohl sie eigentlich glaubte, die Antwort bereits zu kennen.
»Sie haben eben eine ›jüngere Frau‹ erwähnt. Wissen Sie, wer das war?«
»Ich bin mir fast sicher, daß es die ist, die immer die Miete bezahlt hat – i. A.«
»Wie bitte?«
»Im Auftrag. Ich habe gesagt, sie war jünger, aber eigentlich weiß ich das gar nicht, denn ich habe sie nur einmal aus der Entfernung gesehen. Allerdings hatte sie graues Haar. Sie trug es zu ... einer Krone geflochten, so nennt man das doch, oder? Ich nehme an, sie war eine Verwandte. Eine Nichte vielleicht. Aber ich habe nie gesehen, daß jemand anders zu Besuch gekommen wäre.«
Ariel nickte. »Das ist ja traurig«, sagte sie. »Mrs. Barnett, Sie haben nicht zufällig mitbekommen, ob Mrs. Barron vor vierzehn Tagen weggefahren ist? Ich meine, weiter weggefahren, so daß sie über Nacht bleiben mußte?«
Bedauerlicherweise lautete die Antwort nein.
Nachdem sie sich bei Mrs. Barnett für ihre Hilfe bedankt hatte – und eine Einladung zum Tee abgelehnt, ein Aquarell bewundert und eingestanden hatte, daß sie »nicht aus der Gegend stammte« –, verabschiedete sich Ariel. »Aber Sie kommen wieder, ja?« tönte es ins Treppenhaus hinter ihr her.

Ein Anruf aus einer Telefonzelle verschaffte ihr die Information, daß Grace, bevor sie vor zwei Jahren in das Haus der Firma Johnson & Yawn gezogen war, in einem Haus gewohnt hatte, das ihr selbst gehörte. Mr. Johnson schien nicht ganz zu verstehen, wer Ariel war (er verwechselte sie dauernd mit einer Zeitungsreporterin aus Savannah), doch er war gern bereit, ihr das wenige, was er über seine berühmt-berüchtigte Mieterin wußte, mitzuteilen. Mrs. Barron, sagte er, hatte ihr Haus an ein Bauunternehmen verkauft. Die Häuser in dem Viertel waren abgerissen worden, und an ihrer Stelle war ein riesiges Einkaufszentrum entstanden. Falls Grace mit ihren alten Nachbarn mehr Kontakt gehabt haben sollte, wäre Ariel das also auch keine Hilfe gewesen.

Das College, an dem Halley unterrichtet hatte, lag nur zehn Minuten von Grace' Wohnung entfernt. An diesem verhangenen, aber doch warmen Nachmittag waren überall Studenten zu sehen: Pärchen, die gemütlich spazierengingen, entschlossen dreinblickende junge Männer und Frauen, die zielstrebig über die Gehwege eilten, eine Gruppe junger Frauen, die im Park auf dem Rasen lagen und gemeinsam lernten, während ein Kofferradio neben ihnen dudelte. Sie wirken alle so erstaunlich jung, dachte Ariel.

Das Verwaltungsgebäude war leicht zu finden. Das Büro des Dekans, James Salter, war verschlossen, hinter der Glastür war alles dunkel. Das gleiche galt für das Büro des Präsidenten. Ariel wandte sich gerade zum Gehen, als ein junger Mann um die Ecke des Korridors bog.

»Verzeihen Sie«, sagte Ariel. »Wissen Sie zufällig, wo ich Mr. Henderson finden kann? Oder Mr. Salter?«

Der junge Mann, ein braungebrannter, gutaussehender Kerl in zerrissenen Jeans und einem T-Shirt, auf dem die Vorzüge von Underground Atlanta angepriesen wurden, sagte: »Nein, Ma'am« und lächelte sie auf eine Weise an, die das irritierende »Ma'am« wettmachte. Zwei Dinge fielen Ariel gleichzeitig ein: erstens, daß diese Anrede in den Südstaaten nicht nur alten Damen vorbehalten war, und zweitens erinnerte sie sich plötzlich an den Namen der Frau, die die Trauerrede auf Halleys Beerdigung gehalten halte. Bis zu diesem Augenblick war ihr nicht einmal bewußt gewesen, daß sie ihn überhaupt gehört hatte.

»Und was ist mit Professor Lissy?«

»Sie ist hier. Ich habe einen Termin bei ihr.« Er grinste. »Kommen Sie. Ich zeige Ihnen, wo ihre Folterkammer ist.«

Ariel folgte ihm über eine Treppe in einen Korridor im Kellergeschoß, in dem eine Neonlampe grelles Licht verbreitete. Ihr Begleiter klopfte an eine von mehreren gleich aussehenden Türen, öffnete sie und steckte seinen Kopf hinein.

»Hallo, Dr. Lissy! Hier ist jemand, der Sie sprechen will.« Er winkte Ariel zu sich und sagte: »Reden Sie langsam, okay? Nehmen Sie sich alle Zeit, die Sie brauchen.«

In diesem Augenblick ging die Tür weit auf, und die Frau, die Ariel bei der Beerdigung gesehen hatte, erschien im Türrahmen. Sie war mollig, mittleren Alters und hatte wache Augen, mit denen sie Ariel neugierig musterte. »Sie wollten mich sprechen?«

»Ich wollte mich nicht vordrängeln.«

»Rob!« rief die Professorin in den Korridor. »Bleiben Sie in der Nähe! Dieser Kerl macht sich noch aus dem Staub, wenn man ihn nicht an der Kandare hält. Kommen Sie herein. Was kann ich für Sie tun, Ms. ...?«

»Gold. Ariel Gold. Vielleicht gar nichts, und es ist eigentlich nicht der Rede wert. Es dauert auch nicht lange.« Ariel lächelte, pflanzte sich auf den Besucherstuhl in dem vollgestopften Büro und hoffte inständig, daß ihre Geschichte nicht so unausgegoren klang, wie sie ihr plötzlich vorkam. Sie bemühte sich, einen lässigen Tonfall anzuschlagen. »Ich war auf Halley Barrons Beerdigung und habe Ihre Rede gehört. Hat mich sehr bewegt! Aber, na ja, seitdem geht mir etwas nicht mehr aus dem Kopf, und als ich heute zufällig bei meiner Nichte zu Besuch war, da hab ich mir gesagt, ich könnte doch einfach mal einen Versuch unternehmen, meine Neugier zu befriedigen, wissen Sie?«

Dr. Lissy nahm die Brille, die sie auf ihren Kopf geschoben hatte, und setzte sie auf.

»Also«, fuhr Ariel fort, »es geht um folgendes. Es war das Gedicht, das die Frau nach Ihnen vorgetragen hat. Kennen Sie es vielleicht? Und wissen Sie, wer es geschrieben hat?«

»Das fragen Sie mich und nicht die Frau, die es vorgetragen hat? Interessant.«

»Na ja, ich konnte mich beim besten Willen nicht an den Namen der Frau erinnern.«

»Meinen Namen wußten Sie noch, aber ihren nicht?«

»Ja, genau.«

»Könnte es vielleicht etwas damit zu tun haben, daß ich die einzige Schwarze in dem ganzen Haufen war?«

»Was?« fragte Ariel und vergaß vor lauter Entgeisterung ihr zuckersüßes Lächeln. Die Reaktion war so weit entfernt von allem, was sie befürchtet hatte – Verdacht? Eine Abfuhr? –, daß es ihr einen Moment lang die Sprache verschlug.

Und wieder war Dr. Lissys Reaktion das letzte, was Ariel erwartet hatte. Sie lachte laut auf, so ungehemmt und undamenhaft, daß ihr ganzer Brustkorb bebte. »Hab ich mir doch gedacht, daß ich Sie damit aus Ihrer kleinen Komödie reißen kann«, sagte sie. »Himmel! Das war ja furchtbar! Sie sind wohl nicht hier aus der Gegend, was?«

»Ich bin aus Kalifornien. Oder aus Sri Lanka, suchen Sie's

sich aus! Wieso ist hier jeder so darauf fixiert festzustellen, daß ich nicht aus der Gegend stamme?«

»Tja, es gelingt Ihnen einfach nicht so richtig, die Southern Belle zu mimen.«

»Ich arbeite dran. Sie haben das also nicht ernst gemeint? Sie haben nicht wirklich angenommen, daß ich mich nur an Sie erinnere, weil Sie eine Farbige sind?«

»So abwegig ist das gar nicht. Selbst wenn Sie der Überzeugung nach farbenblind sind, sind Sie es nicht tatsächlich. Aber hören Sie, dieser Rob wartet nur auf eine Gelegenheit, sich zu verkrümeln, also sagen Sie mir doch einfach geradeheraus, was Sie wirklich wollen.«

Ariel verschwendete keine Zeit. »Haben Sie schon gehört, daß Grace Barron verhaftet wurde, weil sie verdächtigt wird, ihren Sohn ermordet zu haben, Dr. Lissy?«

»Nennen Sie mich ruhig Susan, und, ja, ich hab es in der Zeitung gelesen.«

»Ich glaube nicht, daß sie es getan hat. Ich würde mich gern mit Ihnen über Halley Barron unterhalten.«

»Warum? Was haben Sie mit der Sache zu tun?«

»Ich bin eine Freundin der Familie.«

»Haben Sie Halley gekannt?«

»Nein.«

»Ihren Bruder?«

»Ich ... bin ihm einmal begegnet.«

»Sie scheinen ja schnell Freundschaft zu schließen. Was hat Halley mit seinem Tod zu tun?«

»Ich versuche nur, ein paar Puzzleteile zusammenzufügen.«

»Warum?«

Ariel biß sich auf die Unterlippe. »Ich bin Fernsehjournalistin und arbeite für ein Nachrichtenmagazin, DIE OFFENE AKTE. Wir werden vielleicht eine Sendung über die Tragödie der Familie Barron machen, aber –«

»Ich verstehe.«
»Nein, das können Sie eigentlich nicht. Aus Gründen, die zu kompliziert sind, um sie Ihnen zu erklären, habe ich ein großes persönliches Interesse daran herauszufinden, was mit John William Barron passiert ist. Erzählen Sie mir von Ihrer Freundin, bitte. Es wäre immerhin möglich, daß Sie damit Licht in das Rätsel um den Tod ihres Bruders bringen.«
»Einen Augenblick, bitte.« Susan Lissy ging an die Tür und rief: »Rob!« Ariel hörte, wie sie dem jungen Mann sagte, er könne in die Cafeteria gehen und eine Tasse Kaffee trinken. »Aber vergessen Sie nicht zurückzukommen!« warnte sie ihn. Als sie wieder an ihrem Schreibtisch saß, sagte sie: »Halley war genaugenommen nicht meine Freundin. Wir waren einfach Kolleginnen. Ich muß gestehen, daß ich ziemlich überrascht war, als man mir mitteilte, sie hätte in ihrem Testament den Wunsch geäußert, daß ich die Trauerrede halten soll.«
»Hatte sie denn engere Freunde oder Freundinnen, die Sie Ihrer Meinung nach eher hätte nennen sollen?«
»Nicht innerhalb des Kollegiums, nein. Ich denke, ich kannte sie nicht besser und nicht schlechter als jeder andere. Wahrscheinlich hatte sie außerhalb des College auch keine engeren Freunde. Ich weiß nicht, was Sie von mir hören wollen.«
»Was war sie für ein Mensch?«
»Halley war ... sehr prinzipientreu. Eine starke Frau. Ich habe mehr als einmal erlebt, wie sie sich sehr für eine unpopuläre Sache eingesetzt hat, weil sie davon überzeugt war, das es das Richtige ist. Man wußte immer, wo sie stand. Jedenfalls, was Streitfragen angeht.«
»Und wo nicht?«
Dr. Lissy stützte sich mit ihren runden Armen auf den

Schreibtisch und legte ihre Fingerspitzen aneinander, als müsse sie sich gut überlegen, was sie sagte. »Ich weiß so gut wie nichts über ihr Privatleben. Sie ging nicht gerade sehr offen damit um, Sie wissen schon, was ich meine. So sind die Leute in den Südstaaten nun mal. Die älteren jedenfalls. Im nachhinein ...«

»Ja?«

»Ich habe eigentlich nie darüber nachgedacht, als sie noch lebte, aber ich glaube, sie war ... verletzt. Im tiefsten Inneren. Ich glaube, unter ihrer Verschlossenheit lagen schwere Verletzungen verborgen, und die Art, wie sie sich von anderen Menschen fernhielt, diente dazu – gütiger Himmel! Hören Sie sich das an. Halley wäre entsetzt!

Hören Sie, eines kann ich Ihnen mit Sicherheit sagen: Sie war immer gut zu ihrer Stiefmutter. Ich bin der alten Dame nie begegnet, aber ich hatte den Eindruck, der Umgang mit ihr war nicht gerade ein Honigschlecken. O Gott, hoffentlich bin ich jetzt nicht ins Fettnäpfchen getreten.«

»Wie bitte?«

»Sie sagten, Sie seien eine Freundin der Familie. Nachdem die anderen Personen ausscheiden, muß es sich ja wohl um die alte Dame handeln.«

»Sie ist eigentlich gar nicht so alt, allerdings ist sie ziemlich schrullig. Aber ich bin sicher, daß Sie recht haben; Halley hat es nicht immer leicht gehabt.«

»Wissen Sie, woran sie mich erinnert hat? An eine von diesen alten Jungfern, diese treuen Seelen, wissen Sie, die zu Hause blieben und die Eltern bis zu deren Lebensende versorgen, während ihre Geschwister ihr Leben leben. Nun, Mrs. Barron wird jetzt vom Staat versorgt. Ich frage mich, ob es im Gefängnis auch einen Frisör gibt.«

»Wie bitte?«

Susan schnaubte verächtlich. »Halley hat dieser Frau immer

die Haare gemacht. Sie hat alles für sie erledigt. Ich bin mir sicher, daß sie sich auch um ihre Finanzen gekümmert hat.«

»Ich dachte, Sie hätten gesagt –«

»Sie hat sich mir nicht direkt anvertraut, aber stumm war sie auch nicht. Wir haben immerhin zusammengearbeitet, wissen Sie, und Savannah ist keine Großstadt. Hier eine Besprechung, die sie versäumt hat, dort ein beiläufiger Kommentar. Als ich meinen Wagen zur Inspektion gebracht hab, wollte sie wissen, wohin, denn der Wagen ihrer Stiefmutter habe ebenfalls dringend eine Inspektion nötig. Und einmal –«

»Aber die Sache mit den Haaren ...«

»Ich hab sie zufällig beim Einkaufen getroffen. Sie hatte Aufheller, ›Ebenholz‹ und etwas, das sich ›Silber‹-irgendwas nannte, in ihrem Wagen. Da Halley ihr überwiegend graues Haar nicht färbte, hab ich nachgefragt. Und eine Antwort bekommen. Sie hat mir allerdings nicht gesagt, ob Mrs. Barron einfach zu eitel war, um jemand Fremdes ihren grauen Ansatz sehen zu lassen, ober ob sie einfach nur geizig war.« Susan Lissy seufzte. »Mich deprimiert das alles«, sagte sie. »Halley war eine außergewöhnliche Frau; sie hatte eine Engelsgeduld. Ich frage mich, ob sie sich überhaupt jemals hat gehenlassen, ob sie mal einen Wutanfall bekommen hat oder so was.«

»Für so was sind Heilige nicht eben bekannt. Hat sie jemals mit Ihnen über ihren Bruder gesprochen?«

»Ich habe überhaupt erst erfahren, daß sie einen hatte, nachdem sie tot war. Aber ich hatte dieses Foto auf ihrem Schreibtisch gesehen. Ein Foto von einem gutaussehenden blonden jungen Mann, wesentlich jünger als sie. Jemand hatte mit der Hand etwas darauf geschrieben wie ›in Liebe, dein ...‹. Ich hab mich vielleicht amüsiert damals! Sieh mal einer an, dachte ich. Die Gute hat ja tatsächlich noch ein

anderes Leben.« Susan Lissy schüttelte traurig den Kopf. »Und jetzt stellt sich heraus, es war ihr Bruder.«
»Wo hat Halley gewohnt?«
»Drüben auf der East Gaston. Sie hatte eins von diesen alten Häusern auf der Südseite der Straße gekauft und es renovieren lassen. Ich nehme an, sie hatte Geld, denn solche Häuser zu restaurieren ist ziemlich teuer. Sie hat das Haus dem College vermacht, wissen Sie. Als Wohnheim für Literaturstudenten, die ein Stipendium haben.«
Die genaue Adresse kannte Dr. Lissy nicht, aber sie war sich sicher, daß es eins der ersten zwei, drei Häuser westlich der Abercorn Street sein mußte.
Ariel hatte sich erhoben und war dabei, sich zu verabschieden, als ihr noch etwas einfiel. »Das war übrigens eben nicht nur Schauspielerei. Für das Gedicht interessiere ich mich tatsächlich.«
»Ich bin Professorin für Mathematik, meine Liebe, von Lyrik verstehe ich nichts. Natürlich mußte ich das Zeug in der Schule lesen, aber ich konnte mir nie einen richtigen Reim darauf machen.«
»›Ein Gedicht soll nicht bedeuten, sondern sein‹«, sagte Ariel beiläufig. Dann fiel ihr noch eine letzte Frage ein.
»Was für ein Auto hatte Halley?«
»Einen grauen Volvo. Sicher und solide«, sagte Susan Lissy. »Das dachte die arme Frau zumindest. Ich nehme an, kein Auto ist sicher genug, für den Fall, daß man die Kontrolle darüber verliert.«

30

»Also, was sagst du dazu, Sam? Ist es dir recht, wenn wir uns für ein paar Tage hier einquartieren?«
Henry war dabei, die Lebensmittel auszupacken, die er unterwegs eingekauft hatte. Er hatte Sam abgeholt, ihn kurz über die aktuelle Situation ins Bild gesetzt und seinen Sohn daran erinnert, daß er Ariel vor ein oder zwei Wochen im Studio kennengelernt hatte. Er hatte erwähnt, daß es für Sam von Vorteil wäre, in Ariels Haus zu wohnen, da er von hier aus einen kürzeren Schulweg hätte. Besonders betont hatte er die Sache mit dem Hundehüten, denn er wußte, daß der Junge immer noch einem uralten Cockermischling nachtrauerte, der vor zwei Jahren das Zeitliche gesegnet hatte. Bei alldem war er sehr darum bemüht gewesen, sich möglichst gleichgültig zu geben. Das Verhältnis zu seinem Sohn war noch zu instabil, als daß er es durch falsche Schlüsse komplizieren wollte.
Sam hatte keinerlei Kommentar von sich gegeben.
»Also, Sam?« sagte Henry – und wurde im nächsten Moment von einem undefinierbaren Produkt abgelenkt, das er gerade im Kühlschrank verstauen wollte. Tofu? Offenbar eins von diversen tödlich gesunden Lebensmitteln, die Sam der Schweiger in den Einkaufswagen geworfen hatte. Seine Eßgewohnheiten würden, solange er den Vater zum Anfassen spielte, ebenfalls zu leiden haben, dachte Henry, während er die Sachen mit finsterer Miene wegräumte. Er wischte sich die Hände an seiner Kordhose ab und sah

seinen Sohn von der Seite an: »Also, okay? Nicht okay? Oder was?«
Sam zuckte die Achseln. Er lümmelte sich auf einem Küchenstuhl herum und kraulte dem glücklichen Stonewall, der sich auf seinem Schoß ausstreckte, den Bauch. Jessie schlief friedlich neben den abgetragenen Basketballschuhen Größe 45. Henry fühlte sich ermutigt, eine milde Warnung auszusprechen.
»Sei ein bißchen vorsichtig, solange wir hier sind, okay? Hier steht 'ne Menge zerbrechliches Zeug rum, also halt deine Extremitäten einigermaßen bei dir, ja?«
Sam murmelte irgend etwas Unverständliches. »Wie bitte?« fragte Henry in der Annahme, daß der Kommentar ihm gegolten hatte und nicht den Hunden.
»Ich muß üben«, brummte Sam vor sich hin.
Schließlich blickte der Junge lange genug auf, um den verblüfften Ausdruck im Gesicht seines Vaters zu registrieren, und fand seine Sprache wieder. »Hier ist kein Klavier. Du hast auch keins. Wo soll ich also üben?«
Bei all den Gedanken, die Henry sich bei der Vorstellung gemacht hatte, daß Sam eine Zeitlang bei ihm wohnen würde, war ihm das Klavier nie in den Sinn gekommen. Er dachte kurz nach. »Du könntest nach der Schule zu deiner Mutter gehen. Ich hole dich dann nach der Arbeit dort ab.«
»Und wann ist das? Mitten in der Nacht?«
Henry verkniff sich den Hinweis darauf, daß er sich den Nachmittag frei genommen hatte. Es war nicht von der Hand zu weisen, daß Sam mit der Einschätzung seiner Arbeitszeiten nicht ganz danebenlag; er würde seinen Tag in Zukunft besser strukturieren müssen, das war Henry klar. Noch eine Änderung in seinem Lebensstil. »Okay. Vielleicht kann ich ein Klavier mieten, wenn wir wieder bei mir wohnen.«

»Wir könnten doch einfach meins holen. Oder hast du vor, mich wieder bei Mom abzuladen, sobald sie zurückkommt?«

»Hör zu, Sam, ich weiß, daß –«

Weiter kam er nicht, denn Sam schob plötzlich mit lautem Schrammen seinen Stuhl nach hinten, setzte den verblüfften Stonewall ab und verkündete, er wolle »zu Kyle rübergehen und 'n paar Körbe werfen«. Henry hatte die Order, rechtzeitig zum Abendessen zurück zu sein, noch nicht ausgesprochen, als die Haustür bereits zuschlug. Er war gar nicht erst dazu gekommen, sich zu erkundigen, wer »Kyle« war. Er verzog seinen Mund zu einem dünnen Lächeln und seufzte.

Während Henry Zwiebeln für die Tacos hackte, die Sam besonders gern mochte, versuchte er, sich eine Strategie für die Erstürmung der Barrikaden jugendlicher Feindseligkeit zurechtzulegen. Doch alles, was ihm einfiel, kam ihm entweder zu gebieterisch, zu umständlich oder zu abgeschmackt vor. Das Problem war, daß er den Jungen sogar verstehen konnte: Sams Unmut war absolut gerechtfertigt. Der Zankapfel zwischen zwei Elternteilen zu sein, die besser daran getan hätten, sich nach der ersten, im Lustrausch verbrachten Nacht zu verabschieden, mußte die Hölle sein; nicht zu wissen, an welcher Adresse man in den nächsten Monaten zu Hause sein würde, war keine Art aufzuwachsen. Und unter die Statistik der zerrütteten Familien zu fallen mochte unter Sams Freunden fast der Normalfall sein, aber das machte es noch lange nicht erstrebenswert.

Henry mußte an die Zeit denken, als Sam ein aufgeweckter kleiner Junge war, der jedes Wort aus dem Mund seines Vaters für der Weisheit letzten Schluß hielt. Er erinnerte sich noch daran, wie Sam im Alter von etwa fünf Jahren in ein paar Glasscherben gefallen war und eine tiefe Schnittwunde im Schienbein hatte. Während der Arzt die Wunde säuberte, hatte er Sams Hand gehalten, und es hatte sich angefühlt, als steckte seine Hand in einem Schraubstock. Sam hatte nicht geweint, aber Henry wäre fast ohnmächtig geworden. Und er versuchte, die Erinnerung an einen heftigen Streit mit Emily zu verdrängen, dessen Ende der kleine Sam, der plötzlich im Schlafanzug in der Tür stand, miterlebt hatte. Henry wischte sich die Augen mit dem Ärmel ab, unsicher, ob es nur die Zwiebeln waren, die ihm die Tränen in die Augen trieben.

Als eine Stunde später das Telefon klingelte, war Sam noch immer nicht zu Hause, die Tacos waren eiskalt, und Henry war froh, daß er dem Jungen die Telefonnummer aufgeschrieben hatte. Er hatte vergessen, daß er die Nummer ebenfalls im Studio hinterlassen hatte.

»Spreche ich mit Henry Heller von DIE OFFENE AKTE?«

Die fremde Stimme klang rauh und kurz angebunden. »Mein Name ist Joseph Ross. Ich arbeite als Lokführer bei Union Pacific. Jemand von Media Relations hat mich angerufen und gesagt, Sie wollten mich sprechen.«

»Ross?« Henry hatte blitzschnell geschaltet. Er nahm einen Bleistift zur Hand. »Der Lokführer, der an dem Unfall in Carson im letzten Dezember beteiligt war?«

»Richtig.«

»Hey! Es war gar nicht leicht, Sie ausfindig zu machen. Bert Cannon ist ein Freund von mir, aber er wollte mir nicht mal Ihren Namen nennen.«

»So lautet die Regel. Kein Name ohne mein Einverständnis.«

»Tja, vielen Dank. Und, Joseph ... Ich möchte Ihnen mein Mitgefühl aussprechen.«

Der Lokführer stieß ein rasselndes Husten aus. »Ja, danke.«

»So was muß ja die reine Hölle sein für Leute wie Sie.«

»So was macht uns vor allem stinkwütend!«
»Wie bitte?«
»Schon gut. Was kann ich für Sie tun?«
»Hmm, das muß wirklich schlimm für Sie sein.«
»Sie haben ja keine blasse Ahnung!« sagte Ross aufgebracht. »Manche Leute können einfach nicht abwarten, bis der Zug vorbei ist, sie können nicht widerstehen, es zu riskieren und durchzufahren. Nur um eine Minute früher irgendwo anzukommen. Und die kommen irgendwo an, das kann ich Ihnen flüstern. Die kommen zu Tode, und wir werden dafür verantwortlich gemacht. Die Leute wissen einfach nicht, welche Kraft hinter so einem Zug steckt!«
»Da haben Sie vollkommen recht. Ist es Ihnen auch so ergangen? Hat der Mann versucht, vor Ihnen über den Bahnübergang zu rennen?«
Schwer atmend, kam Ross erst jetzt richtig in Schwung. »Sie glauben vielleicht, ich müßte Mitleid mit jemand haben, der blöd genug ist, um es mit einer sechstausend Tonnen schweren Lokomotive aufzunehmen, die mit hundertfünfzig Stundenkilometern auf ihn zudonnert. Von wegen! Soll ich Ihnen mal was sagen? Ich mußte mich in Therapie begeben. Für mich war es das erste Mal. Aber ich kenne einen, dem ist das schon fünfmal passiert. *Fünfmal!* Ich konnte einen Monat lang nicht arbeiten, und schlafen konnte ich auch nicht. Und danach wollte ich überhaupt nur noch schlafen. Verleugnung, Trauer, Verdrängung, Wut – ich hab alles durchgemacht.«
Henry hörte ein Niesen. Dann fuhr Ross mit völlig verstopfter Nase fort: »Was wollten Sie eigentlich genau von mir wissen?«
»Dieser Kerl in Carson – hat er versucht, vor dem Zug die Schienen zu überqueren?«

»Ich hab keine Ahnung, was der wollte. Er war plötzlich einfach da, direkt vor mir.«
»Was ist denn genau passiert?«
»Was *passiert* ist? Ich sehe den Mann; ich ziehe die Notbremse. Der Zug hat fast einen Kilometer gebraucht, bis er zum Stehen kam. Ich hab gehört, sie haben die Leichenteile in einem Umkreis von dreißig Metern eingesammelt, und ich danke Gott, daß ich mir nicht ansehen mußte, was von dem Kerl übrig war.«
»Aber hat er einfach dagestanden? Ist er über die Schienen gegangen? Oder gerannt? Oder was?«
»Er war auf den Knien.«
»Wie wenn er gestolpert wäre?«
»Ja. Als wenn er gerannt und gestolpert wäre. So hab ich mir das jedenfalls erklärt. Am Anfang hab ich gedacht ...«
»Was?«
»Darüber hab ich bisher nur mit meinem Seelenklempner gesprochen«, sagte Ross, der jetzt noch deprimierter klang, »aber im allerersten Augenblick, als ich ihn gesehen hab, dachte ich, er würde einfach knien.«
»*Knien?*«
»Ja.«
»Sie meinen, als würde er beten?«
»Er lag auf den Knien, mit dem Gesicht am Boden und dem Hintern in der Luft. Es sah so aus, als ob, na ja, als ob er sich vor jemand verbeugte. Als ob er einen Kotau machte, Sie wissen schon, so wie die Araber das machen – in Richtung Mekka.« Ross hustete.
Henry raufte sich den Bart und malte mehrere Fragezeichen hinter das Wort *Knien*. Es fiel ihm schwer, sich die absurde Szene vorzustellen. Konnte es sein, daß Lacy Moslem war? Daß er irgendeiner fernöstlichen Sekte angehörte? »Zeigte sein Kopf in Ihre Richtung?«

»Nein. Er kniete quer über den Schienen. Seine Arme und ...« Ross seufzte ratlos, ein Ausdruck der Erschöpfung und Verzweiflung zugleich. »Seine Arme und sein Kopf lagen auf den Schienen. Deswegen ist er auch so zerfetzt worden und nicht einfach durch die Luft geflogen. Weil, sehen Sie, das ist das, was meistens passiert.« Es entstand eine Pause, dann fuhr der Lokführer fort: »Ich wollte einfach nicht glauben, daß er tatsächlich auf den Zug gewartet hatte! Irgendein frommer Irrer, der nicht den Mumm hatte, sich eine Pistole zu nehmen und abzudrücken! So was gibt's, wissen Sie. Solche Leute benutzen uns einfach als Waffe für ihren Selbstmord. Sie *zwingen* uns, sie zu töten! Und wir haben keine Wahl!

Sehen Sie, wir können einfach *nichts* machen! Wenn wir erst mal unsere Geschwindigkeit haben und dann plötzlich jemand auf den Schienen sehen? Alles, was wir tun können, ist hupen und bremsen – und dann mit dem zusammenstoßen, was sich auf den Schienen befindet.«

Henry ließ das Schweigen währen, und schließlich sagte Ross: »Den Anblick werde ich nie vergessen, wie er plötzlich in meinem Scheinwerferlicht auftaucht. In meinem ganzen Leben nicht.«

»Haben Sie sonst noch jemand in der Nähe der Schienen gesehen? Irgendwelche Fußgänger? Oder Autos?«

»Nein. Ich war auf das fixiert, was ich *auf* den Schienen sah.«

»Konnten Sie erkennen, wie er gekleidet war?«

»Er hatte was Dunkles an. Seine Schuhe ... Ich erinnere mich an einen weißen Schuh. Der leuchtete irgendwie im Scheinwerferlicht.«

»Könnte es sich um so ein fluoreszierendes Klebeband gehandelt haben, wie es manche Jogger benutzen?«

»Klar, schon möglich. Man hat mir gesagt ... Bert meinte,

Sie wollten eine Sendung machen, aber der Unfall sei nicht das – was? Das Hauptthema? Daß Ihre Geschichte möglicherweise überhaupt nichts mit dem Unfall zu tun hat?«

»Ich habe außerdem versichert, daß nichts von dem, was Sie mir sagen, gesendet wird ohne Ihr ausdrückliches Einverständnis.«

Erst in diesem Augenblick fiel Henry auf, daß Jessie den Kopf gehoben und die Ohren aufgestellt hatte. Sekunden später hörte er, wie die Haustür geöffnet und wieder geschlossen wurde.

»Wegen meiner Sendung werden Sie keinen Ärger bekommen, Joseph. Vielleicht können wir die Öffentlichkeit auch ein bißchen auf Ihr Problem aufmerksam machen. Und jetzt pflegen Sie sich mal schön, damit Sie Ihre Erkältung loswerden.«

Als Henry sich umdrehte, kam Sam gerade in die Küche. Er wirkte verschlossen und bereit, sich mit ihm anzulegen. Stonewall tobte um den Jungen herum. Der gab sich alle Mühe, den Hund zu ignorieren. Henry sagte nur: »Schön, daß du wieder da bist. Ich werd uns mal das Zeug aufwärmen, dann können wir essen. Ich sterbe vor Hunger.«

31

Nach ihrem Besuch im College wollte Ariel sich Halleys Haus ansehen. Der Straßenzug lag noch näher bei dem Viertel, wo Grace gewohnt hatte, als das College. Gaston Street bestand aus dicht nebeneinanderstehenden Stadtvillen aus dem neunzehnten Jahrhundert, von denen einige liebevoll restauriert waren, während andere sich in einem Zustand vornehmer Verwitterung befanden. Die mehrstöckigen Häuser erinnerten an eine Zeit, in der die Familien noch größer waren und die Leute sich Scharen von Dienstboten leisten konnten. Hohe Fenster waren von Fensterläden umrahmt, die Haustüren befanden sich im ersten Stock, von wo aus steile Treppen an der Küche und den Gesinderäumen vorbei auf den Gehweg führten. Ariel brauchte nicht lange, um Halleys Haus zu finden. Sie parkte vor einer viktorianischen Villa, die jünger war als die Nachbarhäuser. Man sah dem Haus an, daß es erst kürzlich renoviert worden war.

Ariel kamen ihre Schritte auf der Veranda unanständig laut vor. Die Klingel war eine von der altmodischen Sorte, die man herumdrehen mußte. Der schrille Ton verhallte ungehört. Ariel hatte gehofft, einen Hausmeister oder vielleicht ein paar Studenten anzutreffen, von denen möglicherweise einige ihre Wohltäterin gekannt hatten. Aber noch bevor sie die Klingel betätigte, wußte sie, daß niemand aufmachen würde; es war keine Menschenseele in dem Haus.

Sie drückte ihre Nase an dem kleinen Fenster in der Tür

platt, schirmte die Augen mit den Händen ab und lugte in die leere Eingangshalle. Die anderen erreichbaren Fenster waren mit schweren Stores verhängt.
Niedergeschlagen und enttäuscht darüber, daß sie vergeblich hergekommen war, blieb Ariel auf dem Gehweg stehen und schaute noch einmal zurück auf das verschlossene, stumme Haus, das so tot wirkte wie seine Besitzerin, eine Frau, die niemand gekannt zu haben schien. Halley Barron war verschwunden, ohne Spuren zu hinterlassen.
Auf der Fahrt nach Norden wurde ihre Stimmung nicht besser. Die Abenddämmerung war längst finsterer Nacht gewichen, als sie die Brücke nach Kiawah überquerte, und die schmale Bohicket Road war so gut wie menschenleer. In solchen Nächten, wenn der Mond hinter Wolken verborgen war, wirkte die einspurige, von ausladenden Ästen überdachte Straße unheimlich. Sie kam sich vor wie in einer Totengruft.
In Gedanken versunken fuhr Ariel gerade aus einer Haarnadelkurve, als sie plötzlich vor sich auf der Straße etwas sah. Es war ein Tier, das, gebannt von ihren Scheinwerfern, stocksteif mitten auf der Fahrbahn stand.
Bevor sie einen klaren Gedanken fassen konnte, riß sie reflexartig das Steuer herum. Der kleine Sportwagen geriet ins Schleudern, die Reifen quietschten, und kleine Steinchen prasselten gegen das Blech, dann hatte Ariel den Wagen wieder unter Kontrolle. Sie trat auf die Bremse und schaltete in einen kleineren Gang. Ihr schlug das Herz bis zum Hals.
»Blödes Vieh!« zischte sie. Sie bog in einen Feldweg ein und hielt an, um sich zu beruhigen. Nachdem sie sich nach allen Seiten umgesehen hatte, wendete sie und fuhr zurück an den Straßenrand. Sie schaltete das Fernlicht ein und den Motor aus. Der Hund oder die Katze oder was auch immer

es gewesen war, mußte verletzt sein, so reglos wie es dagestanden hatte, dachte sie.
Rollsplitt knirschte unter ihren Füßen, als sie die Straße entlangging, um nach dem Tier zu suchen. Sie wünschte, sie wäre ein Stück zurückgefahren. Plötzlich entdeckte sie das Tier in einiger Entfernung. Es war nicht weiter als bis zum Straßenrand gekommen, wo es wieder stehengeblieben war und wie gebannt in das Scheinwerferlicht starrte. Ariels Nackenhaare stellten sich auf. Sie hatte gar nicht gewußt, daß Ratten so groß werden konnten. Diese hier war fast so groß wie eine Katze, hatte graues Fell, eine spitze Schnauze und einen widerlich nackten Schwanz.
Sie machte einen Schritt rückwärts. Im gleichen Augenblick hörte sie das Summen eines Motors. Das Auto kam gerade um die Kurve, die Scheinwerfer erleuchteten den Wald, bevor sie die einsame Gestalt am Straßenrand erfaßten und Ariel anstrahlten, als stünde sie mitten auf einer Bühne.
Sie hob eine Hand, um ihre Augen vor dem grellen Licht zu schützen. Ungläubig hörte sie, wie der Motor aufheulte. Sie stand ebenso gebannt da wie die Ratte zuvor, realisierte, daß das Auto Geschwindigkeit aufgenommen hatte und daß es für eine Landstraße viel zu schnell fuhr. Doch dann lief plötzlich alles wie in Zeitlupe ab. Während der Wagen auf sie zuraste, sah Ariel mit unheimlicher Deutlichkeit die Kühlerfigur, den Kühlergrill und die Stoßstange wie in einer alptraumhaften Abfolge von Bildern immer größer werden. Sie erkannte sogar das Reifenprofil, als der Wagen den Mittelstreifen überquerte.
Während ein Teil ihres Bewußtseins wie gebannt die Bilder wahrnahm und sich darüber wunderte, wie unglaublich lange das Auto brauchte, um eine Strecke zu überwinden, die nur noch Zentimeter zu betragen schien, stellte ihr Körper sich instinktiv auf Flucht ein. Aber in welche Rich-

tung sollte sie rennen? In dem Augenblick, als sie einen verzweifelten Satz zur Seite machte, drehte der Wagen ab. Ariel spürte, wie die stahlharte Karosserie dicht an ihr vorbeizischte.
Langsam wurde das Motorengeräusch leiser, und Ariel stellte verblüfft fest, daß sie nicht nur keine Schramme abbekommen hatte, sondern immer noch auf ihren Füßen stand. Ihre Knie waren in diesem Augenblick nicht unbedingt kooperativ; sie schienen ganz vergessen zu haben, welche Funktion sie zu erfüllen hatten.
»Wahnsinniger!« schrie sie in die Dunkelheit hinaus. »Schwachkopf!« Vor Wut und Angst zitternd, rief sie: »Du verdammtes Arschloch!« Vielleicht dachte sie es auch nur. Dann hörte sie sich selbst kichern, doch das Kichern erstickte bald, und sie brach in Tränen aus. Sie wankte zu ihrem Auto zurück, sank auf den Fahrersitz, den Kopf auf den Knien.
Irgendwann war sie sich einigermaßen sicher, daß sie immer noch bei Bewußtsein war. Statt der Schüttelkrämpfe spürte sie nur noch ein gelegentliches Zittern, nicht mehr als Stufe zwei auf der Richterskala. Ariel schloß die Fahrertür und verriegelte sie, aber es dauerte noch eine Weile, bis sie sich zutraute weiterzufahren. Die Einzelheiten, die sie während der endlosen drei, vier Sekunden, als der Wagen auf sie zugerast war, mit so unglaublicher Deutlichkeit wahrgenommen hatte, waren in ihrer Erinnerung nur noch Bildersalat. Der ganze Vorfall kam ihr inzwischen vor wie ein Produkt ihrer eigenen Hysterie.
Bestimmt hatte der Fahrer sie einfach nicht gesehen. Oder er hatte aus Versehen anstatt auf die Bremse das Gaspedal getreten. Oder er war betrunken gewesen. Oder er war in Panik geraten. Jedenfalls war nicht von der Hand zu weisen, daß er abgedreht hatte, wenn auch im allerletzten Moment. Daran bestand kein Zweifel.

Wenn er nicht abgedreht hätte, dachte sie, wäre ich jetzt mausetot.

Ariel fuhr in B. F.s hell erleuchteten Hof und stellte erleichtert den Motor ab. Als sie die Musik und das Gelächter hörte, zuckte sie zusammen, als hätte sie jemand angeschrien.

Sie sah sich um. Außer dem Lincoln war kein Auto zu sehen. Feierten Sarge und Hattie etwa eine Party? Diese absurde Vorstellung brach den Bann, und Ariel fühlte sich regelrecht heiter (oder auch angeheitert, sie war sich nicht ganz sicher), als sie die Hintertür öffnete und Willie Nelson »Whiskey River« aus dem Radio schmetterte. Die Küche schien voller Menschen zu sein.

»Und da ist die letzte, auf die wir gewartet haben!« rief Julian Taliaferro aus. Offenbar war auch er eben erst eingetroffen, denn er hielt noch immer eine braune Papiertüte umklammert, die, der Form nach zu urteilen, eine Weinflasche enthielt.

»Sie sehen ein bißchen mitgenommen aus, Herzchen«, sagte er. »Stimmt was nicht?«

Ariel schüttelte den Kopf. Sie fühlte sich, als käme sie gerade aus einer Dekompressionskammer.

»Also, dieses Timing soll uns erst mal einer nachmachen! Jackie sagt, der Wels kommt gerade aus der Pfanne, und die Maisklößchen sind auf dem Tisch.«

Die gutaussehende blonde Frau neben Julian warf ihm einen scharfen, unübersehbar taxierenden Blick zu, bevor sie ihre Handtasche abstellte und mit aus gestreckter Hand auf Ariel zutrat.

»Gail Calhoun«, sagte sie. »Und da ich bezweifle, daß Sie ›Herzchen‹ heißen, nehme ich an, Sie sind Ariel.« Ihre Hand fühlte sich kühl an, passend zu ihrem Ton. »Ich habe gehört,

Sie sind beim Fernsehen? Bei einer von diesen Klatschsendungen?«

Ariel hatte gerade genug Zeit, um den verblüfften Ausdruck in Julians Gesicht zu registrieren, doch sie kam nicht dazu, Gail zu antworten, denn in diesem Augenblick wurden sie zu Tisch gebeten. »Du auch, Hattie«, sagte Sarge vom Herd aus, wo er gerade gebratene Fischfilets auf eine Platte stapelte. »Los, langt zu. Kalt schmeckt's nicht mehr.«

»Fangt ihr nur schon an.« Hattie spülte einen Topf aus und stellte ihn zu den anderen auf dem Abtropfgitter. Sie bewegte sich so energisch wie eh und je, es war ihr nicht anzumerken, daß sie krank gewesen war.

»Hattie«, sagte Sarge, »setz dich an den Tisch.«

»Ich hole nur noch den Krautsalat.«

»Ich mach das schon.« Sarge zog einen Stuhl vor. »Setz dich.«

Hattie nahm Platz, doch sie war noch schweigsamer als Ariel, der es schwerfiel, sich in Partystimmung zu versetzen.

Das späte Abendessen war eine spontane Idee von Sarge gewesen, der am Nachmittag einen Wels gefangen hatte. Ariel nahm an, daß er zunächst Julian eingeladen hatte, der dann Gail Calhoun mitgebracht hatte. Doch schon bald erfuhr sie, daß es sich umgekehrt verhielt. Gail, ebenfalls Anwältin, wohnte in der Nähe und war offenbar der Meinung, daß Julian und sie mehr gemeinsam haben sollten als ihren Beruf. Sie schaute ihn fast ununterbrochen an, und immer wieder fanden ihre Hände den Weg zu seinem Arm oder auf seine Schulter. Er schien es jedoch gar nicht zu bemerken.

Er erkundigte sich gerade bei Ariel, ob sie mit ihrem neuen Auto zufrieden sei, als ihr einfiel, daß sie seins nicht vor dem Haus hatte stehen sehen.

»Sind Sie auf ›Schusters Rappen‹ hierhergekommen?«

»Nur von Gails Haus. Wir sind zusammen rübergekommen. Hey«, sagte er und kam auf die Einbrüche zu sprechen, die in letzter Zeit in der Umgegend stattgefunden hatten. Gerade erst war auf Seabrook Island eingebrochen worden, und Gail hatte eine eindeutige Meinung dazu, wie zu allem anderen auch. Überhaupt sprach sie beständig in einem ziemlich aggressiven Ton, so daß sie für Ariel etwas Raubtierhaftes an sich hatte. Inzwischen drehte sich das Gespräch um eine Verleumdungsklage, die kürzlich vor Gericht verhandelt worden war. Die beiden Anwälte hatten jeweils die gegnerische Partei vertreten. Gail hatte den Prozeß gewonnen.

»Yeah«, brummte Julian. »Kennen Sie das Sprichwort: ›Man kennt eine Frau erst, wenn man sie vor Gericht gesehen hat‹? Wer immer das gesagt hat, meinte natürlich vor dem Scheidungsgericht, aber wenn die Frau die gegnerische Anwältin in einem Prozeß ist, in dem es heißt, jeder gegen jeden ...«

Hattie stand schon wieder an der Spüle und wollte den Abwasch machen. Sarge zerrte sie zurück an den Tisch und sagte ihr, sie solle entweder ein Stück Key Lime Pie essen oder ins Bett gehen und sich ausruhen. Nachdem Hattie sich für letzteres entschieden hatte, traute Ariel sich endlich, das Thema der Familie Barron anzuschneiden.

Julian hatte gehört, die Vernehmung zur Anklage, die am Vormittag stattgefunden hatte, sei kurz und höflich abgelaufen. Er kannte jedoch keine Einzelheiten, außer daß die Verteidigung auf »nicht schuldig« plädiert hatte und daß eine Kaution abgelehnt worden war.

Was Gail danach sagte, war wesentlich interessanter.

Anscheinend hatte Julian im Scheidungsprozeß von John William nicht ihn, sondern seine Frau vertreten.

»Stimmt«, sagte er. »Ich möchte ja keine frühere Mandantin schlechtmachen, aber sie war eine von den Frauen, wie ich sie eben beschrieben habe, eine, der man lieber nicht vor Gericht begegnet. ›Die Hölle hat ...‹« Ariel sah, wie sich seine Augenbrauen zusammenzogen und sein Blick zu ihr herüberglitt. Dann sagte er nur: »Na ja, sie war halt betrunken.«
»Aber, Moment mal«, sagte Ariel. »Sie sind doch –«
»Damals habe ich John William noch nicht vertreten. Ein alter Herr namens Wesley L. Candler war sein Anwalt. Er hatte sich schon immer um sämtliche Rechtsangelegenheiten der Barrons gekümmert, und das tat er, bis er zweiundachtzig war.«
Ariel wartete ab, doch Julian nahm sich ein zweites Stück Pie und sagte nichts weiter dazu.
»Wie hieß sie eigentlich?« fragte Ariel. »Ich meine, die ehemalige Mrs. Barron.«
»Beverly.«
»Was hat sie als Scheidungsgrund angegeben?«
»Unüberwindliche Abneigung.«
»Wie lange ist das her?«
Sarge, der das Gespräch grimmig grinsend verfolgt hatte, frotzelte: »Jetzt merkt ihr beiden endlich mal, wie eure Zeugen sich fühlen, wenn ihr sie ausquetscht.« Zu Ariel sagte er: »Das ist so sieben, acht Jahre her. Die Ehe hat ungefähr so lange gehalten wie ein französischer Koch braucht, um ein Pfund Butter zu verbraten.« Er hielt eine Hand hoch, um ihre nächste Frage gleich abzuwehren. »Nein, John William hat mir nie erzählt, was die beiden für Probleme hatten, und, nein, ich habe sie nie kennengelernt. Willst du sonst noch was wissen?«
»Wohnt sie immer noch hier in der Gegend?«
»Sie stammte aus Aiken«, schaltete sich Gail wieder in das

Gespräch ein. »Etwa ein Jahr nach der Scheidung ist sie dorthin zurückgezogen, wie ich gehört habe, und hat wieder geheiratet. Und zwar einen Mann namens ...« Sie zog die Brauen zusammen und wandte sich an Julian. »Hieß er nicht Bernd?«

Julian nickte. »Richtig. Und anscheinend ist sie immer noch wütend. Sie hat mich angerufen, um mir mitzuteilen, daß sie keinen Wert auf weitere Unterhaltszahlungen legt, vielen Dank, Sir. Ich schwöre, die Frauen, mit denen John William zu tun hatte ...« Er brach ab und räusperte sich nachdenklich.

»Was ist mit ihnen?« fragte Gail.

Julian schien ihre Frage überhört zu haben.

Die anderen warteten gespannt ab, doch es dauerte einen Augenblick, bis er wieder aus seinen Gedanken auftauchte. Verblüfft über die erwartungsvollen Blicke, sagte er: »Was ist? Ach, das war nicht wichtig.«

»Das ist nicht fair«, stichelte Gail und knuffte ihn spielerisch.

»Nein, wirklich.« Er entdeckte das leicht spöttische Lächeln in Sarges Gesicht, und nachdem er offenbar zu dem Schluß gekommen war, daß eine unwesentliche Sache zu lächerlichen Proportionen aufgebauscht würde, wenn er sich weiter in Schweigen hüllte, sagte er verlegen: »Na ja, es ist ja nichts Vertrauliches. Es ist nur ... Als ich einmal in dem Drugstore war, bin ich nach hinten ins Büro gegangen, um John William hallo zu sagen. Er telefonierte gerade mit seiner Schwester und regte sich über irgendwas fürchterlich auf. Als er mich sah, legte er fluchend auf. Er nannte sie eine minderbemittelte ... Na ja, er gebrauchte ein ziemlich heftiges Schimpfwort. Und dann hat er was ganz Komisches gesagt. Er sagte: ›Eines kann ich dir sagen, Julian. Das einzige, was schlimmer ist als eine Mutter, sind zwei Mütter.‹«

»Was hältst du von dem, was Julian erzählt hat?« fragte Ariel Sarge, als die Gäste gegangen waren.
Während sie die Reste des Abendessens wegräumte, bemühte sie sich, gegen ein Gefühl von Einsamkeit anzukämpfen, das in ihr aufzusteigen drohte. Sie kämpfte ebenfalls gegen die Versuchung an, sich das letzte übriggebliebene Stück Key Lime Pie einzuverleiben.
»Mindestens zweihundertfünfzig«, sagte Sarge.
»Wie bitte?«
»Kalorien pro Stück.«
»Wenn du schon so gut im Gedankenlesen bist, dann sag mir mal, was dein Neffe meinte, als er von ›zwei Müttern‹ gesprochen hat.«
»Sag du's mir doch.«
»Sarge, als Halley nach dem Tod deines Bruders in dieses Sanatorium geschickt wurde, wo war das? In Columbia? Wie lange war sie da weg?«
»Die Dinge, von denen du redest, liegen ungefähr dreißig Jahre zurück, und ich war zu der Zeit noch nicht mal in der Gegend.«
»Aber du hast doch gesagt, sie sei ziemlich lange weg gewesen, oder? Waren es Monate?«
»Und?«
»Ist Grace hier in Charleston geblieben, als Halley weg war? Ich meine, wo sie von den Leuten gesehen wurde?«
Sarge zog die Augen zusammen, während er über die Frage nachdachte, und begann, ungläubig den Kopf zu schütteln.
»Das meinst du doch nicht im Ernst?«
»Es ist nicht unmöglich. Schau dir doch bloß die Fakten an.« Ariel setzte sich Sarge gegenüber und versuchte, sich an alles zu erinnern, was sie bisher in Erfahrung gebracht hatte. »Halley war ein Teenager; sie hatte die Pubertät schon hinter sich, nicht wahr? Sie war monatelang weg.

Kaum war John William geboren, war sie wieder da. Sie hat ihn mehr oder weniger allein großgezogen. Hey! Ich wühle hier nicht im Dreck. Alles, was ich sage, weiß ich von dir.« Sie wartete darauf, daß Sarge reagieren würde. Er schob jedoch lediglich seinen Unterkiefer vor, und sie war sich nicht sicher, ob es ein Zeichen seiner Sturheit war oder ob er sich ihre Worte durch den Kopf gehen ließ.

»Sie haben sich immer sehr nahegestanden, Halley und John William«, fügte sie hinzu. »Sein Vermögen hat er ihr vermacht – nicht Grace.«

»Du hast etwas sehr Wichtiges vergessen.« Es lag eine gewisse Schärfe in Sarges Ton, die Ariel nicht entging. »John William sah meinem Bruder sehr ähnlich. Seinem Vater.«

»Oh-h.« Ariel sog die Luft durch die Zähne ein. »Das wollte ich nicht ...« Nach einer langen, verlegenen Pause sagte sie vorsichtig: »Dein Bruder wäre der Großvater des Jungen gewesen. Es kommt häufig vor, daß Kinder ihren Großeltern ähnlich sehen.«

»Du gibst niemals auf, was? Okay. Was wäre also, wenn dieser ganze Schrott stimmte? Daß Halley rumgemacht hat und erwischt worden ist. Ich meine, mit irgendeinem Kerl. Na und? John ist tot, John William ist tot, Halley ist tot. Was zum Teufel spielt das alles noch für eine Rolle?«

»Ich weiß es nicht.«

Sarge stand abrupt auf und verließ den Tisch. In der Tür blieb er stehen und sagte, Ariel seinen breiten Rücken zukehrend: »Halt dich da raus. Oder, wenn du es absolut nicht lassen kannst, deine neugierige Nase in diese Sache zu stecken, behalte wenigstens deine Spekulationen für dich.«

32

Sam hatte sich mit seinem neuen Discman verdrahtet (einem auf legale Weise erworbenen Gerät, wie Henry sich vergewissert hatte) und war mit den Hunden zu einem Spaziergang losgezogen. Henry war über das Angebot, die Hunde auszuführen, angenehm überrascht gewesen und hatte beschlossen, es als großzügige Geste zu betrachten und nicht als Fluchtversuch. Doch es war schrecklich still im Haus ohne Sam. Als der Kühlschrank sich einschaltete, kam es ihm vor, als sei gerade ein Außenbordmotor angeworfen worden.

»Du stellst dich an, als hättest du schon seit Jahren nicht mehr allein gelebt«, brummte Henry vor sich hin. Als er seine eigene Stimme hörte, sagte er: »Hör auf, mit dir selbst zu reden.« Andererseits wußte er eigentlich nicht, warum das alberner sein sollte, als mit den Hunden zu reden, was er dauernd tat. Er konnte sich auch nicht erklären, warum er sich hier einsamer fühlte als in seiner eigenen Wohnung.

Im dem Moment, als er den Hörer aufnehmen wollte, klingelte das Telefon.

»Wie geht's?« fragte Ariel. »Hat Sam sich eingelebt?«

»Er hat sich eingelebt, aber im Moment ist er mit den Hunden draußen.«

»Wirklich? Das ist ja toll!«

Henry lachte. »Immer mit der Ruhe, Mama. Es ist wahrscheinlich in Ordnung, solange er nicht in einen von seinen

musikalischen Trancezuständen verfällt, die Leinen losläßt und in die sternenklare Nacht hinaus hottet ...«
»Henry!«
»Das war nur Spaß, Ariel. Sam würde nie was an die Hunde kommen lassen. Die drei sind inzwischen so dicke wie ein eingespieltes Diebestrio.«
»Tolle Metapher.«
»Okay. Vergiß, was ich gesagt hab.«
»Also, ich wollte mich eigentlich nur mal wieder melden. Mal hören, ob du alles gefunden hast, was du brauchst ... Die Laken für das Sofa und so weiter.«
»Ich hab noch nicht nachgesehen, aber ich würde sie glatt im Wäscheschrank vermuten. Was ist los? Hat B. F. 'n Rückfall oder was?«
»Nein! Es geht ihm gut. Ich hab ihn heute gar nicht gesehen. Ich war in Savannah und hab mich mit ein paar Leuten über die beiden Damen unterhalten.«
»Und?«
»Die Fahrt hätte ich mir sparen können. Halley ist ihrer Stiefmutter eine gute und treue Dienerin gewesen, die reinste Heilige, deren einziger Fehler darin bestand, daß sie zu tugendhaft war. Grace hatte mal ein Auto, scheint aber heute keins mehr zu besitzen, und ich weiß auch nicht, was sie früher für einen Wagen gefahren hat. Keine Ahnung, wie sie in das Haus gekommen sein soll, um diesen Mord zu begehen. Wahrscheinlich mit dem Taxi.«
Ariel seufzte. »Sie ist wahrscheinlich eine Säuferin, was ich bereits vermutet hatte, aber sie hat sich nicht in Bars betrunken. Offenbar hat sie sich in den letzten Jahren völlig abgekapselt. Kein Mensch weiß irgendwas über sie.«
»Tja, Nancy Drew, man kann halt nicht jeden Tag auf eine Goldader stoßen.« Henry stand vor dem offenen Kühlschrank. Er konnte sich nicht entscheiden, ob er alko-

holfreies Bier trinken sollte oder lieber etwas mit Geschmack.

»Das ist es nicht. Ich bin nur ... Sarge und ich hatten eine kleine Meinungsverschiedenheit, und im Moment herrscht hier im Haus beredtes Schweigen. Ich glaub, ich fühl mich einfach ein bißchen einsam.«

Henry nahm eine Flasche Corona aus dem Kühlschrank. »Worüber habt ihr euch denn gestritten?«

»Über etwas, das Julian Taliaferro heute abend gesagt hat, das –«

»Wer?«

»Ein Rechtsanwalt. Julian hat uns von einer Bemerkung erzählt, die –«

»Arbeitet der immer so spätabends?«

»Was? Nein, natürlich nicht. Das war beim Abendessen. Er erinnerte sich zufällig an –«

»Kommt mir gar nicht so vor, als ob du allzu einsam wärst.«

»Würdest du bitte aufhören, mich dauernd zu unterbrechen? Julian war hier. Im Haus. Wir waren zu mehreren, einschließlich einer gutaussehenden Blondine. Zufällig hat Julian die ehemalige Mrs. Barron bei ihrer Scheidung vor Gericht vertreten –«

»Dieser Barron war verheiratet?«

»Ja, kurz. Aber das hat mit dem, was ich dir erzählen will, nichts zu tun.«

Ariel ließ Henry Zeit, einen Kommentar von sich zu geben, falls er einen hatte. Er hatte keinen.

Sie berichtete ihm, was Julian ihnen erzählt hatte und welche Überlegungen sie anschließend angestellt hatte. »Ich denke nicht an Inzest. Obwohl man John Barrons Abschiedsbrief auf verschiedene Weise deuten könnte –«

»Mann o Mann! McManus muß ja begeistert gewesen sein! Sein Bruder war pervers, seine Nichte das Opfer von Mißbrauch, sein Neffe das Produkt inzestuöser Spielchen? Du sagst, ihr hattet eine kleine Meinungsverschiedenheit? Ein Wunder, daß er dir nicht die Zähne eingeschlagen hat.«

»Ich habe gesagt, daß es eigentlich keinen Grund gibt anzunehmen, es handle sich um einen Fall von Inzest, aber es würde immerhin einiges erklären, wie zum Beispiel –«

»Ariel, hör auf. Du begibst dich auf ziemlich unsicheres Terrain.«

»›Jede Überzeugung wurde als Marotte geboren.‹«

»Und nicht jede Geburt findet in irgendeiner verwickelten Seifenopernszene statt. Das Mädchen hat also die Stadt für eine Zeitlang verlassen. Und sie liebte ihren Halbbruder. Mach mal halblang, Ariel. Irgendeinem wäre es schon aufgefallen, wenn, wie hieß sie noch, Grace, ein Kind gekriegt hätte, ohne vorher schwanger zu sein. Du brauchst nur rauszufinden, wer ihr Arzt war. Falls er inzwischen tot ist, gehst du halt die Krankenhausakten durch.«

»Sie hätten schon dafür gesorgt, daß so etwas nicht ans Tageslicht kommt, Henry. Wir reden hier über die fünfziger Jahre. Eine Kleinstadt in den Südstaaten. Junge Mädchen aus guten Familien konnten nicht ungestraft uneheliche Kinder in die Welt setzen. Ich kann schlecht in irgendeinem Krankenhaus antanzen und sagen: ›Sagen Sie mir doch mal, wer dieses Kind nun zur Welt gebracht hat!‹ Außerdem behaupte ich ja gar nicht, daß es sich so zugetragen hat. Ich gehe einfach nur die verschiedenen Möglichkeiten durch. Falls Halley die Mutter war, sieht die Sache nämlich schon ganz anders aus, egal, wer der Vater war. Dann wären Grace und John William noch nicht mal blutsverwandt. Womöglich hat sie überhaupt nichts für ihn empfunden, und wenn doch, kann es genausogut Ablehnung gewesen sein.«

»Und das soll ein Motiv für einen Mord sein?«

»Das hab ich nicht gesagt. Ich muß immer wieder daran denken, daß sie nicht zu seiner Beerdigung gekommen ist. Halley war da.«

»Mein Gott, Ariel, vielleicht war die Frau einfach am Boden zerstört. Mit Beruhigungsmitteln vollgepumpt. Von Trauer überwältigt. Vielleicht ist sie aber auch nicht so ein Fan von Beerdigungen, wie ihr es alle zu sein scheint.«

»Aber wenn er ihr Sohn war –«

»Ariel –«

»Ich frage mich auch schon die ganze Zeit, warum Halley so an Grace gehangen hat. An einer schönen jungen Frau, die dem Kind den Papa stiehlt? Aber wenn nun diese Stiefmutter in einer persönlichen Krise zu ihr gehalten hat? Und, nehmen wir an, es war Inzest. Es kommt häufig vor, daß die Opfer sich für die Schuldigen halten, nicht wahr? Versetz dich doch mal in die Lage eines verwirrten Teenagers. Der Mann, der dich sexuell mißbraucht hat, dein Vater, begeht Selbstmord. Stell dir mal vor, welche Schuldgefühle das auslösen kann! Und aus Halleys Sicht ist Grace ebenfalls ein Opfer. Ihr Mann ist ihr untreu; dann verliert sie ihn; und er vermacht dir und deinem Kind – nicht seiner Frau – sein ganzes Geld. Wäre Schuld nicht eine Erklärung für lebenslange Loyalität? Und die Tatsache, daß Halley Grace ein beträchtliches Vermögen hinterlassen hat?«

»Hör dich doch bloß mal reden. Du kannst nicht eine Sache annehmen und gleichzeitig das Gegenteil behaupten. Wenn Grace sich als Opfer gefühlt hat, wieso hätte sie dann bleiben sollen? Wieso hätte sie all die Mühe auf sich nehmen sollen, Halley zu schützen?«

»Ich habe nicht gesagt, Grace hätte sich als Opfer gefühlt; ich habe gesagt, aus Halleys Sicht könnte es so gewesen sein. Überleg dir mal folgendes: Halley hat nie geheiratet. Also kein Ehemann. Keine engen Freundschaften. Könnte das vielleicht auf tiefe psychische Wunden schließen lassen, die durch Inzest verursacht wurden? Und was ihre vielgerühmte Integrität angeht ... ›Ein Mann ist um so respektabler, je mehr Dinge es gibt, derer er sich schämte.‹«

»Kannst du vielleicht endlich aufhören, mit diesen bescheuerten Zitaten um dich zu werfen?«

»›Ich zitiere andere, um mich besser verständlich zu machen.‹«

»Darf ich dich mal was fragen? Wenn John Barron seine Tochter mißbrauchte, warum hat er dann geheiratet? Was sollte er mit einer schönen Frau im Haus anfangen?«

»Die schöne Frau war nicht viel älter als Halley.«

»Ariel, du solltest dir selbst einen Gefallen tun. Komm wieder auf den Teppich. Hör auf, dir über Inzucht den Kopf zu zerbrechen, und mach dir lieber Gedanken über das Motiv. Zum Beispiel, wer hatte eins, den Kerl umzubringen. Die Schwester hatte übrigens eins – es geht schließlich um eine Menge Geld. Hast du dir das schon mal überlegt? Du hast selbst gesagt, dein Kumpel, dieser Anwalt, hätte gehört, wie die beiden Geschwister sich gestritten haben, das heißt also, sie waren nicht immer wie die Turteltauben. Vielleicht war sie gar nicht die Heilige, für die du sie hältst. Wer könnte sonst noch ein Motiv gehabt haben? Die Exfrau? Ein vergrätzter Angestellter? Freunde? Feinde? Geliebte? Und versuch vor allen Dingen herauszufinden, wer die Gelegenheit hatte. Die Schwester? Hatte sie ein Alibi? Hatte sie ein Auto?«

»Sie hatte einen grauen Volvo, keinen blauen Chevrolet.«

»Hatte sie eine Kreditkarte? Und Zugang zu einer Autovermietung?«

»Laut Zeugenaussage war das Auto, das vom Haus der Barrons wegfuhr, nicht neu. Mietwagen sind fast immer neu.«

»Aha, du kannst wieder denken! Gut! Finde heraus, was für ein Auto die Mutter hatte. Was ist damit passiert? Und was ist mit dem Garagentoröffner? Kannst du noch mal in das Haus gehen? Ist dort ein Toröffner? Ich meine, so ein Kasten an der Wand? Haben die Bullen Fernbedienungen gefunden? Wenn ja, wie viele? Und was steckt hinter der Sache mit der Pistole? Und vor allem: Finde heraus, was sie gegen die Mutter in der Hand haben. Sie haben garantiert irgendwas, glaub mir, und, Ariel, wenn es hieb- und stichfest ist, dann laß diese Geschichte sausen. Ich brauche dich hier.«
Es entstand eine Pause, in der beide Zeit hatten, darüber nachzudenken, was Henrys letzter Satz alles beinhaltete.
»Ist Sam schon wieder mit den Hunden zurück?« fragte Ariel.
»Sie sind noch nicht mal eine halbe Stunde unterwegs. Soll ich sie zur Fahndung ausrufen lassen?«
»Drück sie alle fest für mich.«
»Ich umarme keine Hunde, und es tut mir leid zu hören, daß du auf so was abfährst. Geh dich mit McManus versöhnen. Sag ihm, du seist vor Liebeskummer nicht ganz zurechnungsfähig gewesen.« Henry schaute grinsend zum Hausflur hinüber. »Moment mal, ich höre lauter kleine Pfoten trappeln.«
Jessie trottete herein, ein breites Grinsen im Gesicht, als wolle sie Henry parodieren. Sie ging an ihren Wassernapf und begann, gierig zu schlabbern. Zwischendurch schüttelte sie sich so kräftig, daß ihre Hundemarken klimperten und Wassertropfen durch die Küche flogen.
»Also, der erste ist wieder zurück im Stall«, sagte Henry.
»Jessie.«
»Sagt dir das dein mütterlicher Instinkt?«
»Mach dich nicht lustig. Ich hab ihre Marken klimpern hören. Wo ist Stonewall?«

Sam kam herein, hängte die Leinen auf und war schon wieder verschwunden, als Stonewall mit einem Stück Seil auftauchte, das er erst noch im Hausflur gesucht hatte. Er legte es vor Henrys Füßen ab, als handele es sich um eine dringend erwartete Lieferung, und machte sich dann ebenfalls über den Wassernapf her.

»Soeben wohlbehalten eingetroffen«, sagte Henry und hörte gleichzeitig, wie die Tür zum Arbeitszimmer geschlossen wurde. »Was ich gesagt hab, hab ich ernst gemeint, Ariel. Wenn es so aussieht, als hätten sie genug in der Hand, um die alte Dame festzunageln, nimm das nächste Flugzeug und komm zurück.«

33

Der Raum sah fast genauso aus wie die Besucherräume von Gefängnissen, die Ariel bisher im Kino gesehen hatte. Sie saß auf einem unbequemen Holzstuhl vor einem von mehreren nebeneinander aufgereihten Tischen zwischen zwei Trennscheiben aus Glas. Ob das wohl kugelsicheres Glas war, überlegte sie.

Die meisten der Besucher waren Frauen. Einige plauderten miteinander, doch die Stimmung war gedämpft und bedrückt. Ariel spürte ein leichtes Pochen in ihrem Schädel, das sich anscheinend noch überlegte, ob es zu einem richtigen Kopfschmerz werden sollte. Sie tastete in ihrer Tasche nach dem kleinen emaillierten Pillendöschen, das B. F. ihr einmal geschenkt hatte, ein Schatz, den sie hütete, denn es hatte früher einmal ihrer Großmutter gehört. Es wollte nicht gefunden werden, und Ariel spürte, daß sie eigentlich nur danach suchte, um sich abzulenken, nicht, weil sie wirklich eine Tablette brauchte. Die Aussicht auf das Gespräch mit Grace Barron machte sie nervös.

Sarge hatte es arrangiert.

Nach dem Telefongespräch mit Henry am Abend zuvor hatte Ariel beschlossen, sich bei Sarge zu entschuldigen. Es war ihr leichtgefallen, denn es hatte sie nicht viel gekostet einzuräumen, daß sie bei ihren Spekulationen keine Rücksicht auf Sarges Gefühle genommen hatte. Für sie waren das lediglich theoretische Überlegungen gewesen, für ihn dagegen übelste Verleumdung.

Sarge hatte einen Besuchstermin für »B. F. Coulters Enkelin« beantragt und dem Anwalt von Grace versichert, Ariel sei eine Freundin der Familie. Er selbst hatte kein Interesse daran gehabt, sie zu begleiten.

Unter Sarge McManus' Oberfläche gärte tiefe Bitterkeit, und Ariel spürte, daß seine Gefühle wesentlich vielschichtiger waren, als er es sich und anderen einzugestehen bereit war. Sein Verhalten war von einer außerordentlichen Loyalität bestimmt, und die galt dem Sohn seines Bruders. Seine junge Schwägerin hatte er nur flüchtig gekannt. Sollte ihn früher einmal irgend etwas mit ihr verbunden haben, so war von den Gefühlen heute nicht viel übrig; über Jahrzehnte hinweg hatte er überhaupt keine Verbindung zu ihr gehabt. Wenn er auch nicht von Grace' Schuld überzeugt war, so glaubte er ebensowenig an ihre Unschuld, und er hatte kein Interesse daran, sich seine Vermutungen bestätigen zu lassen. Er fürchtete sich vor der Welle von Emotionen, die dadurch ausgelöst werden könnte.

Grace wurde als letzte der Gefangenen in den Besucherraum geführt. Sie wirkte mindestens so fehl am Platze wie in einem Bahnhofspissoir.

Noch immer trug sie die Armschlinge und den Verband am Kopf, und ihre Augen sahen nach wie vor entsetzlich aus, und doch wirkte sie über ihre Umgebung erhaben. Die übliche graue Gefängniskleidung schien ihr nichts auszumachen. Ihr dunkles Haar mit der einen silbernen Strähne war tadellos frisiert und ihre Haltung aufrecht. Sie wirkte so selbstbewußt wie in dem alten Haus in Charleston, das nun, nach so vielen Jahren, endlich ihr gehörte. Nachdem sie sich kurz in dem Raum umgesehen hatte, kam sie direkt auf den Tisch zu, an dem Ariel wartete.

»Vielen Dank, daß Sie gekommen sind, Mrs. Barron«, sagte

Ariel. »Ich war mir zunächst nicht sicher, ob Sie bereit sein würden, mit mir zu sprechen.«

»Ich war einfach neugierig.«

In ihrer direkten Antwort lag weder Freundlichkeit noch irgendein Anzeichen dafür, daß sie Ariel wiedererkannte. Grace Barron war offenbar entschlossen, die Überlegene zu spielen. Sie wartete darauf, daß man sie aufklärte.

»Sie erinnern sich doch, nicht wahr? Ich bin eine Freundin Ihres Schwagers«, sagte Ariel vorsichtig. »Ich habe Ihren Sohn kennengelernt, in der Nacht, in der er gestorben ist. Ich glaube, ich war eine der letzten Personen, die mit ihm gesprochen haben.«

Wenn Ariel das unbewegliche Gesicht ihres Gegenübers nicht so genau beobachtet hätte, hätte sie das kaum merkliche Zucken in dem hochgereckten Kinn nicht wahrgenommen.

»Ich würde Ihnen gern helfen, wenn ich kann«, sagte Ariel.

»Auf welche Weise?«

»Ich bin Fernsehjournalistin und arbeite für eine Nachrichtensendung. DIE OFFENE AKTE.«

Grace hielt sich spontan eine Hand vor das Gesicht. Es war eine schützende Geste, dachte Ariel, als hätte sie gerade verkündet, daß eine Batterie Kameras auf Grace gerichtet waren.

»Nein«, sagte Grace und machte Anstalten aufzustehen.

»Ich bin Produzentin, und wir überlegen, ob wir einen Beitrag über den Tod Ihres Sohnes bringen sollen. Das könnte sich für Sie als hilfreich erweisen. Wenn Ihnen die Idee zusagte, könnten Sie uns benutzen, um sich selbst zu helfen.«

»Sie wollen, daß ich Sie dabei unterstütze, eine Sensation aus dieser schändlichen Sache zu machen?«

»Sie gehören nicht hierher, Mrs. Barron«, sagte Ariel mit

betont leiser Stimme, in der Hoffnung, Grace zum Bleiben zu bewegen. »Wollen Sie nicht auch John Williams wahren Mörder hinter Gittern sehen?«

Grace blieb weiterhin fluchtbereit. »Mr. McCrory, mein Anwalt ...«

»Ihr Anwalt würde über sämtliche Einzelheiten in Kenntnis gesetzt.«

»Aber was genau haben, Sie vor? Und warum wollen Sie es tun?«

»Wir verfügen über vielfältige Informationsquellen, und ich selbst habe viel Erfahrung im Recherchieren.« Es gelang Ariel, ihre inneren Skrupel angesichts der leicht verfälschten Wahrheit zu unterdrücken. »Die Staatsanwaltschaft ist dabei, die Anklage gegen Sie vorzubereiten. Wir könnten Ihnen zusätzlichen Rechtsbeistand zur Verfügung stellen. Ich weiß nicht, wie groß die Kanzlei von Mr. McCrory ist, aber ich bin sicher, er hätte nichts dagegen, wenn sich noch ein paar kompetente Leute für Ihre Verteidigung einsetzen – und zwar kostenlos.«

Grace setzte sich wieder auf ihren Stuhl. Die Sehnen an ihrem Hals, die so straff gewesen waren wie Klaviersaiten, entspannten sich, und die strengen Linien in ihrem Gesicht schienen zu schmelzen. Sie sah sich verwirrt um, als würde ihr erst jetzt bewußt, wo sie sich befand. Ariel wurde plötzlich klar, daß das, was sie für Arroganz gehalten hatte, nur eine Maske war. Eine äußerst zerbrechliche Maske.

»Wußten Sie«, sagte Grace, »daß ich morgen Geburtstag habe?«

»Nein, das wußte ich nicht.«

»Können Sie sich vorstellen, hier Geburtstag zu feiern?«

»Nein. Lassen Sie uns dafür sorgen, daß Sie nicht noch einen Geburtstag –«

»Diese Leute ... Ich habe seit vielen Jahren äußerst zurückgezogen gelebt und keine Kontakte gepflegt. Ich habe keine Freunde mehr und kaum etwas, das mich tröstet.«

Sie leckte sich die Lippen, als seien sie völlig ausgetrocknet, und Ariel bemerkte zum erstenmal ein leichtes Zittern ihrer rechten Hand, die auf dem Tisch lag.

»Am Dienstag«, sagte Grace, »werde ich sechzig.« In ihrem schelmischen Lächeln lag etwas von der Koketterie, mit der sie Ariel bei ihrer ersten Begegnung so verblüfft hatte.

»Ach, das hätte ich nicht gedacht.«

Grace stützte ihr Kinn in die Hand und neigte den Kopf. »Bisher habe ich noch nie jemandem mein tatsächliches Alter anvertraut. Na ja, jedenfalls seit dreißig Jahren nicht mehr. Ich habe schon immer jünger ausgesehen, wissen Sie.«

»Ja, das stimmt.« Ariel legte ihre Fingerspitzen an ihre Schläfe und drückte auf die pochende Stelle. Das Gespräch nimmt eine äußerst seltsame Wendung, dachte sie.

»Wissen Sie, ob man mein Alter in der Zeitung abgedruckt hat?«

»Hm, ich kann mich nicht erinnern.«

»Es spielt auch keine Rolle.« Der schelmische Ausdruck in ihren Augen verschwand. »Nichts spielt mehr eine Rolle.«

»Mrs. Barron –«

»Sie haben meine Frage gar nicht beantwortet.«

»Welche Frage meinen Sie?«

»Wieso tun Sie das?«

»Es ist mein Job, ich verdiene mein Geld damit.«

»Natürlich. Letzten Endes läuft alles auf Geld hinaus, nicht wahr? Geld und Abstammung!« Grace' Blick wurde böse. »Es ist schon immer so gewesen. Ich bin in dieser Stadt nie akzeptiert worden, nie eine ›echte Barron‹ gewesen! Für diese Leute war ich nur ein Mädchen, das aus dem Nirgendwo kam. ›Und aus welcher Familie stammen Sie, meine

Liebe?‹ Gott, wie oft mußte ich mir das anhören! Aber ich habe schnell gelernt; ich habe sie alle übertrumpft.« Sie preßte die Lippen zusammen. »Ist das das Motiv, das mir unterstellt wird? Geld?«

»Hat Ihr Anwalt Ihnen das gesagt?«

»Die Fragen, die mir alle gestellt haben ...« Grace schüttelte sich. »Aus dem, was Sie bisher gesagt haben, schließe ich, daß Sie nicht glauben, daß ich es getan habe?«

»Das ist richtig.«

»Wieso?«

»Es kommt mir einfach so ... unwahrscheinlich vor. Haben Sie es denn getan?«

Grace entfuhr ein angewiderter und, wie es Ariel schien, verzweifelter Schrei.

»Ich habe meinen Sohn natürlich nicht umgebracht!« sagte sie mit vor Erregung zitternder Stimme. »Er war alles, was mir von dem einzigen Mann geblieben war, den ich je geliebt habe! Mein ... John Barron war ein genialer Künstler, der auf der Höhe seines Schaffens gestorben ist, ohne je den Ruhm erlebt zu haben, der ihm gebührte und den er schließlich bekam. Er hat es nie erfahren, verstehen Sie das? Dieser vitale, brillante Mann, der für sein Werk gelebt hat. Er hat es nie erfahren!«

Sie richtete sich auf und biß krampfhaft die Zähne zusammen. Ariel dachte schon, sie würde nicht in der Lage sein fortzufahren, doch die Schleusentore hatten sich anscheinend wieder geschlossen. Grace riß sich sichtlich zusammen und sagte: »John William war genau wie sein Vater, ernst und künstlerisch veranlagt. Und hochsensibel. Ich habe von seiner Existenz erst erfahren – daß ich schwanger war, meine ich –, als John schon tot war. Dieses Kind war ein Geschenk. Sie können sich nicht vorstellen, was es für mich bedeutete, eine neue Chance zu bekommen.«

Ariel hob spontan eine Hand, wurde sich jedoch im gleichen Augenblick bewußt, daß sie Grace weder berühren noch trösten konnte. Sie wollte gerade irgend etwas Belangloses sagen, als sie feststellte, daß die Leute unruhig wurden. Die Gespräche wurden lauter und unbeholfener, die Besucher schauten nervös zu den Wärtern hinüber und begannen, verlegen ihre Habseligkeiten einzupacken.
»Darf ich Sie noch etwas fragen?« Ohne eine Antwort abzuwarten, fuhr sie fort: »Stimmt es, daß Sie oft und lange von zu Hause weg waren, als Ihr Sohn noch klein war?«
Grace sah ihr direkt in die Augen. »Ich bin nicht stark«, sagte sie. »Ich bin nicht stolz darauf. John William um mich zu haben war manchmal so schmerzlich, daß ich es nicht aushalten konnte. Manchmal ... war es einfach unerträglich.«
Den Blick immer noch fest auf Ariel geheftet, fragte sie: »Hat er in jener Nacht irgend etwas zu Ihnen gesagt? Irgend etwas, das ich wissen sollte?«
»Wir haben nur über seine Kindheit gesprochen, Mrs. Barron, über die alten Zeiten mit meiner Schwester. Die beiden waren jahrelang eng befreundet. Wußten Sie das?«
Ariel hoffte, daß die Staatsanwaltschaft nicht vorhatte, sie als Zeugin der Anklage vorzuladen; daß sie sich nicht auf Ausflüchte würde verlegen müssen.
Als sie sah, wie sich die Besucher von ihren Plätzen erhoben, sagte sie hastig: »Ich habe noch viele Fragen, Mrs. Barron, und ich werde mich mit Ihrem Anwalt, Mr. McCrory, in Verbindung setzen, aber sagen Sie mir eins: Was hat die Staatsanwaltschaft gegen Sie in der Hand? Welche Beweise liegen gegen Sie vor?«
Grace schüttelte hoffnungslos den Kopf. »Ich kann mir das alles nicht erklären. Ich bin schon seit langem nicht mehr Auto gefahren, meine Nerven machen das nicht mit.« Sie

wirkte ehrlich verblüfft, als sie sagte: »Was glauben die eigentlich, wie ich hergekommen bin? Wie soll ich hierhergekommen sein ohne Auto?«

»Wie sind Sie denn hergekommen, als ich Sie im Haus Ihres Sohnes kennengelernt habe?«

»Wie ich ...? Oh, na ja, ich habe mir natürlich ein Auto gemietet.«

Ariel erhob sich, als es hieß: »Die Besuchszeit ist beendet«, und schenkte Grace ein, wie sie hoffte, ermutigendes Lächeln. »Ich komme bald wieder. Versuchen Sie, das alles nicht so schwerzunehmen.«

Nachdem die Gefangenen hinausgeführt und die Tür verschlossen worden war, suchte Ariel noch einmal gründlich nach ihrem Pillendöschen. Ihre Gedanken waren ein einziges Durcheinander, und die Kopfschmerzen hatten sich eine Stelle ausgesucht, wo sie sich endgültig festgesetzt hatten: direkt über der rechten Augenhöhle. Sie fand kein Pillendöschen – was beunruhigend war, denn sie war sich sicher, daß sie es eingesteckt hatte –, doch sie entdeckte eine einzelne weiße Tablette. In der Hoffnung, daß es sich um Aspirin handelte, schluckte sie sie trocken und machte sich auf die Suche nach einer Telefonzelle.

34

Der Mann, der von dem Zug zerfetzt worden war, war Grant Lacy.

Henry erhielt die Nachricht am Samstagmorgen von Marty, der Leichenhausratte, der bei der Autopsie der exhumierten Überreste assistiert hatte. Sie waren nicht einbalsamiert worden. Was einst ein gutaussehender, begabter, vielversprechender junger Mensch gewesen war, war nur noch ein Haufen Knochen, an denen halbverweste Gewebe- und Muskelreste hingen.

Mrs. Lacy hatte also endlich ihren abgeschlossenen Fall. Henry fragte sich, ob es ihr die Erleichterung brachte, die sie sich erhofft hatte.

Die Zeit verging schnell in dem stillen, menschenleeren Studio, wo Henry seinen freien Freitagnachmittag aufarbeitete. Er beantwortete diverse Anrufe, sichtete Filmmaterial und fällte Ad-hoc-Entscheidungen, von denen sich erst mit der Zeit herausstellen würde, ob sie richtig oder falsch waren. Er war mit seinen Gedanken nicht so recht bei der Sache. Wie rhythmisch aufleuchtende Neonreklamen tauchten in seinem Hinterkopf immer wieder dieselben Fragen in immer wieder neuen Variationen auf. Was wußte Richard Cummings über den Unfall, das er, Henry, nicht wußte? Wer hatte etwas zu verbergen? Und wieviel war das wert?

Falls der Unternehmer beim Joggen über die Schienen gestolpert war, wessen Unglück war das außer seinem eigenen und dem des Lokführers? Für wen war es alles andere als ein Unglück? War Lacy geschubst worden? Warum hatte der Lokführer dann niemanden außer Lacy gesehen? Wenn der Angreifer Zeit genug gehabt hatte, um außer Sichtweite zu gelangen, wieso hatte Lacy sich dann nicht aufgerappelt und vor dem Zug in Sicherheit gebracht? Hatte er sich den Kopf gestoßen, war er bewußtlos geschlagen worden? War er mit dem Fuß in den Schienen hängengeblieben? Mindestens ein Schuh war deutlich sichtbar gewesen; der Lokführer hatte ihn gesehen.

Und Craig Fiore ...? War er nichts weiter als ein Abstauber, ein Mann, der verzweifelt versuchte, einem verkorksten Leben und einer tyrannischen Frau zu entfliehen? Oder war er der Killer? Hatten er und Lacy sich an dem Bahnübergang getroffen und gestritten? War er Lacy überhaupt jemals begegnet?

Um elf Uhr bestanden Henrys normalerweise messerscharfe Überlegungen nur noch aus einem Wirrwarr von Vermutungen. Er mußte herausfinden, was Fiore wußte. Seit dem vergangenen Donnerstag versuchte er schon, diesen Detective aus Carson zu erreichen, der für den Fall zuständig war. Diesmal erwischte er ihn. Der Polizist gehörte nicht zu seinen Kumpels, er war keine von seinen üblichen Informationsquellen, und offenbar war er nicht in der Stimmung, mit der Presse zusammenzuarbeiten. Außer der Tatsache, daß Fiore an die Behörden in L. A. ausgeliefert worden war, bekam Henry nichts aus ihm heraus.

»Hören Sie«, versuchte Henry den Mann zu beschwatzen, »wenn Sie schon nicht mit mir reden wollen, könnten Sie mir wenigstens den Namen von Fiores Anwalt geben? Damit wäre ich ja schon zufrieden.«

Frey, Donald J., Rechtsanwalt, hatte einen fettgedruckten Eintrag in den Gelben Seiten. Er gehörte nicht zu den

Staranwälten der Stadt, und wahrscheinlich betrachtete er Fiores Fall als willkommene Abwechslung zu seinen üblichen Fällen, Trunkenheit am Steuer, Konkursen oder Schadenersatzklagen. Er war selbstverständlich bereit, Henry innerhalb der nächsten Stunde in seinem Büro zu empfangen, zweifellos mit dem Hintergedanken an ein mögliches Fernsehinterview.

Das Büro lag in der Innenstadt, in einer Gegend, wo es nicht ratsam war, bis nach Einbruch der Dunkelheit zu arbeiten. Henry verspeiste sein fritiertes Mittagessen unterwegs. Im Korridor, der zu Freys Büro führte, hing ein penetranter Geruch, der darauf schließen ließ, daß jemand in diesem Haus sich seit Jahren auf ähnliche Weise ernährte.

Der Anwalt öffnete Henry eifrig die Tür und schaute dann in beide Richtungen den Korridor hinunter, offenbar enttäuscht, daß Henry kein Kamerateam mitgebracht hatte.

»Sie wollen also gar kein richtiges Interview?«

»Das ist ein Interview.«

»Ach so, ja, natürlich, aber ich meinte – Sie wissen schon – auf Sendung?«

»Das kommt vielleicht noch«, sagte Henry, während der Anwalt ihn in das hintere von zwei Zimmern führte.

Er war etwa vierzig Jahre alt und sah nicht schlecht aus. Er war eher klein – Henry fiel auf, daß er Plateauschuhe trug –, und er hatte merkwürdig dichtes Haar, das zu tief in seiner Stirn anzusetzen schien. Anzug und Krawatte waren durchaus modisch, doch Henry hatte den Eindruck, daß sein Outfit eher billig als edel war. Andererseits konnte Henry von sich selbst auch nicht behaupten, er sei modisch auf der Höhe.

»Die Kamera könnten wir vielleicht hier aufbauen«, sagte er, »und Sie vor Ihrer Trophäensammlung filmen.« Henry rückte ein gerahmtes Diplomzeugnis zurecht; der Name der

Universität war ihm nicht geläufig. Neben dem Diplomzeugnis hing ein Zertifikat, das Frey dazu berechtigte, in Kalifornien als Anwalt tätig zu sein. Das Datum auf dem Zertifikat war ziemlich neu, das auf dem Diplomzeugnis dagegen lag schon eine Weile zurück. Entweder hatte Frey zwischendurch etwas anderes gemacht, oder er hatte ziemlich lange gebraucht, um in die Anwaltskammer aufgenommen zu werden.

»Genau«, fuhr Henry fort, »wir würden Sie hier vor Ihre Ahnentafel setzen und diesen Schnappschuß von – wer ist das da neben Ihnen? Das ist doch Pia Zadora, nicht wahr? Und hier sind Sie zusammen mit Don King. Wow! Sieh mal einer an!«

Er setzte sich Frey gegenüber an den Schreibtisch. »Dann erzählen Sie mal, Mr. Frey. Was ist denn nun mit dem guten Fiore?«

Das Gesicht des Anwalts nahm einen ernsten Ausdruck an, und seine Stimme klang mit einem Mal tiefer, wahrscheinlich das Timbre, das er für die Eröffnung eines Plädoyers einstudiert hatte, dachte Henry.

»Mein Mandant hat sich keiner Straftat schuldig gemacht, Mr. Heller. Es ist richtig, daß es zwei gültige Heiratsurkunden gibt. Es ist ebenfalls richtig, daß keine Scheidung stattgefunden hat. Aber bis zu dem schrecklichen Unfall, dessen Zeuge Mr. Fiore unglücklicherweise war, ist mein Mandant ein musterhafter Staatsbürger gewesen. Sechs Jahre lang war er als Angestellter bei C & C Office Supplies hoch angesehen. Er war ein untadeliger Ehemann und Vater. Womit wir es hier zu tun haben, ist vorübergehende geistige Umnachtung. Ein klassischer Fall.« Frey machte eine Pause, um Henrys Reaktion zu sehen. »Wer würde nicht traumatisiert – aus dem Gleichgewicht geworfen –, wenn er so etwas Grauenhaftes hätte mit ansehen müssen?«

»Und was genau war das?«
»Ich werde Ihnen sagen, was er gesehen hat. Hier haben wir diesen vorbildlichen, normalen Mann an einem normalen Abend. Ein Abend wie jeder andere. Er ist mit dem Auto unterwegs, von der Arbeit nach Hause. Er kommt an einen Bahnübergang. Die Schranken sind unten, die Warnleuchten blinken. Er hört ein Pfeifen; er sieht den Zug heranrasen. Und dann sieht er noch etwas. Einen Mann am Boden. Einen Mann, der auf den Schienen liegt – direkt vor dem herannahenden Zug! Mr. Fiore muß hilflos zusehen, wie das Grauen seinen Lauf nimmt. Er sieht, wie der Zug den Schädel des Mannes zerquetscht. Er sieht, wie ein abgerissener Arm durch die Luft geschleudert wird. Er sieht, wie die Güterwagen den Körper überrollen. Er sieht –«
Von der feierlichen Rede irritiert, fragte Henry, ob Mr. Fiore sonst noch jemanden auf den Schienen gesehen hätte. Hatte er nicht. Dann erkundigte er sich, ob das Opfer irgendeinen Versuch unternommen hatte, von den Schienen zu flüchten.
»Interessante Frage. Mr. Fiore konnte sie nicht mit Sicherheit beantworten.«
»Wieso nicht?«
»Das Opfer war mindestens zehn Meter entfernt. Mr. Fiore meint, der Mann hätte sich bewegt, aber er ist sich nicht sicher. Die ganze Tragödie hat sich innerhalb von Sekunden abgespielt, Mr. Heller. Außerdem war Mr. Fiore starr vor Entsetzen und hat sich die Augen zugehalten.«
Henry verkniff sich die Frage, wie der arme Mr. Fiore den zerquetschten Schädel und den durch die Luft fliegenden Arm mit geschlossenen Augen hatte sehen können.
»Es war schon dunkel, nicht wahr?«
»Ja. Aber es gibt dort Straßenlaternen. Und natürlich waren da noch die Scheinwerfer der Lok. Wenn er auch nicht jedes

Detail beobachten konnte, so hat er doch genug gesehen, um aus dem Gleichgewicht geworfen zu werden.«
»Wer würde nicht traumatisiert ... Was hat Mr. Fiore dann gemacht?«
»Er erinnert sich nur, daß er starr vor Schreck in seinem Auto saß und keinen klaren Gedanken fassen konnte. Er hat keine Erinnerung daran, wie er aus dem Auto gestiegen und zu dem Opfer gegangen ist. Seine Hände müssen heftig gezittert haben. Er erinnert sich nicht daran, die Sachen verloren zu haben, die die Polizei am Unfallort gefunden hat.«
»Er kann sich nicht daran erinnern, wie er einer zerfetzten Leiche eine Erkennungsmarke um den Hals gehängt hat?«
Frey wirkte nicht gerade beglückt über diese Frage.
»Ich nehme an«, sagte Henry, »er erinnert sich auch nicht daran, dem Opfer irgend etwas entwendet zu haben, zum Beispiel dessen Personalausweis?«
»Das nächste, woran er sich erinnert, ist der Augenblick, als er Monate später in Arizona wieder zu sich kam.«
»Verheiratet, ohne vorhergehende Scheidung.«
»Glücklich verheiratet mit einer Frau, bei der er in seiner Not und Verzweiflung Trost gefunden hatte.«
Henry interessierte sich nicht für Fiores Bigamie, aber er fand diese Geschichte immer lustiger. »Er hatte nicht etwa das Bedürfnis, Mrs. Fiore II. reinen Wein einzuschenken?«
»Mein Mandant war immer noch ziemlich desorientiert und litt unter Alpträumen. Was immer er getan hatte, hatte er unbewußt getan, im Schockzustand. Er hatte nie die Absicht, irgend jemand Leid zuzufügen. Natürlich befand er sich plötzlich in einem schrecklichen Dilemma. Seine neue Frau liebte ihn. Wenn er ihr die Wahrheit sagte, würde er ihr unsäglichen Kummer bereiten. Er hat es einfach nicht übers Herz gebracht, ihr weh zu tun.«
»Und was ist mit der ersten Mrs. Fiore? Hat er nicht daran

gedacht, daß sie vielleicht glücklich wäre, wenn sie wüßte, daß er gesund und am Leben ist?«

»Mr. Fiore sagte sich, daß seine, äh, legitime Frau ja inzwischen durch die Trauerphase gegangen war. Sie hatte den schlimmsten Kummer überwunden. Warum sollte er die alten Wunden wieder aufreißen? Sie hatte das Geld aus seiner Lebensversicherung bekommen. Sie hatte ihre Kinder. In dem Glauben, es sei das beste für sie, beschloß er, die Dinge auf sich beruhen zu lassen.«

Henry wünschte dem Anwalt viel Glück. »Es hat mir Spaß gemacht, mit Ihnen zu reden, Mr. Frey«, sagte er und meinte es ernst. »Ich melde mich wieder bei Ihnen.«

Zu seiner Überraschung traf er im Vorzimmer eine sehr junge, attraktive Frau an, deren Finger nur so über die Computertastatur flogen. Sie blickte freundlich lächelnd zu Henry auf und nahm die Kopfhörer des Diktiergeräts ab.

»Hey!« sagte sie.

»Hey!« Henry zog die Tür zu Freys Büro hinter sich zu. »Sie müssen ja viel zu tun haben.«

»Wie bitte?«

»Arbeiten Sie immer samstags?«

»Oh! Das ist Mr. Freys Manuskript. Ich konnte nicht abwarten zu erfahren, wie die Story weitergeht! Sind Sie ein Fan von ihm?«

»Mr. Frey ist Schriftsteller?«

»Tanya Marling.«

Henry fuhr sich nachdenklich mit den Fingern durch den Bart. »Ist das sein Pseudonym?«

»Genau«, sagte die junge Frau kichernd.

»Wie heißt denn der neue Roman?« fragte Henry, als würde er die anderen kennen.

»Das ist nur ein Arbeitstitel, wissen Sie, aber vorerst heißt er ›Liebe im Amtrak Express‹.«

35

Die Telefonauskunft hatte in Aiken, South Carolina, zwei Eintragungen unter dem Namen Bernd. Eine davon lautete auf Willard und Beverly.

»Will und Bev sind im Moment leider nicht zu sprechen«, bedauerte ein Anrufbeantworter. Ariel hinterließ eine Nachricht, in der sie sich als Redakteurin des Nachrichtenmagazins DIE OFFENE AKTE zu erkennen gab, vermied es jedoch, den Namen Barron zu erwähnen.

Zu John Williams Drugstore war es nur ein kleiner Umweg. Nach einem kurzen Blick auf ihre Armbanduhr lenkte sie den kleinen gelben Sportwagen in die Richtung.

Genau die Art von Drugstore, die jeder über Dreißig aus seiner Kindheit kennt, dachte Ariel. Ventilatoren summten an der hohen Decke. Wie riesige Pilze standen verchromte Barhocker mit dickgepolsterten Sitzen entlang einer Getränketheke, die mit einer Marmorplatte abgedeckt war. Dahinter erhob sich eine Art Schrankwand aus über die Jahre nachgedunkeltem Eichenholz mit Türen, offenen Regalfächern und mit Ornamentschliff verzierten Spiegeln. Hallmark-Glückwunschkarten und Whitman-Devotionalien waren gut sichtbar ausgestellt, Wärmflaschen etwas diskreter und Kondome überhaupt nicht.

Ariel kaufte ein Döschen von den Schweizer Pastillen, die B. F. so gern mochte. Sie blätterte in den Zeitschriften herum, auf der Suche nach etwas, das ihn interessieren könnte, doch schließlich konnte sie der Verlockung, sich an die Theke zu setzen, einfach nicht mehr widerstehen. Sie kletterte auf einen der Barhocker.

»Bobby ist kurz weggegangen«, rief die Kassiererin, »aber ich komme gleich rüber, um Sie zu bedienen.«

»Ich mach das schon, Lottie.«

Die Stimme war aus dem hinteren Teil des Ladens gekommen, der von einer Milchglasscheibe abgetrennt wurde. In goldenen Lettern war darauf REZEPTE zu lesen. Ein Mann in einem weißen Kittel trat heraus und trocknete sich die Hände an einem Handtuch ab.

Mit Hilfe des Schildes an seiner Brusttasche konnte sich Ariel seines korrekten Namens versichern.

Trotz der leichten Aknenarben in seinem Gesicht war Washburn ein gutaussehender Mann. Er war Ende Zwanzig, schätzte Ariel, trug sein dunkles Haar nach hinten gekämmt, was seine Geheimratsecken betonte; er hatte dichte Augenbrauen und volle Lippen. Die Lippen verzogen sich zu einem Grinsen, aber nur auf einer Seite. Ariel war plötzlich davon überzeugt, daß irgend jemand dem Mann einmal gesagt haben mußte, er hätte ein Lächeln wie Elvis, und das hatte er nie wieder vergessen.

»Was darf ich Ihnen anbieten?« Washburn packte den Zapfhahn aus Porzellan, als wäre das Ding ein Steuerknüppel und er der Pilot, der sich zum Abheben bereit macht, und gab Ariel eine volle Kostprobe von seinem Elvisgrinsen. »Banana split?«

»Diesmal lieber etwas weniger Dekadentes. Ich glaube, ich nehme eine kleine Kirsch-Cola.«

Während er ihr Glas füllte, überlegte Ariel, welchen Gang sie einlegen sollte. Mit einer niedrigen Drehzahl anzufangen schien ihr genau das richtige.

»Der Leichenschmaus nach der Beerdigung von John William Barron wurde in Ihrem Haus abgehalten, nicht wahr?«

Sie erntete einen überraschten Blick. »Eigentlich nennt man das hier in der Gegend nicht ›Leichenschmaus‹, aber Sie haben recht, das hat bei mir stattgefunden.« Er stellte das Glas auf die Theke, trocknete sich die Hände ab und reichte Ariel eine davon. »Grover Washburn.«
»Ariel Gold. Wie nennt man das denn bei Ihnen?«
»Wie nennt man ...?«
»Wenn man es nicht Leichenschmaus nennt, wie nennt man es dann?«
Washburn lachte. »Keine Ahnung. Ich glaube, es gibt gar kein Wort dafür. Die Leute kommen nach dem Begräbnis einfach ›vorbei‹. Sie sind nicht hier aus der Gegend, nehme ich an?«
»Nein.«
»Ist Ihr Mann auf dem Marinestützpunkt stationiert?«
»Ich bin nicht verheiratet.«
Washburn zog eine Augenbraue hoch. Ariel spürte jedoch, daß sein Interesse gespielt war.
»Woher kannten Sie John William?« fragte er.
»Ich bin ihm zufällig begegnet.« Ariel nippte an ihrer Cola und fügte hinzu: »In der Nacht, in der er gestorben ist.«
Washburns Gesichtsausdruck veränderte sich mehrmals kurz hintereinander. Einen Augenblick lang glaubte Ariel, Angst darin zu entdecken. »Ach, wirklich?«
Ariel nickte ernst. »Wir haben uns richtig lange unterhalten.« Sie ging rein instinktiv vor. »Das kann nur ein paar Stunden gewesen sein, bevor ... was auch immer in der Nacht passiert ist.«
»Sie haben sich lange unterhalten?«
»Lange und intensiv.«
»Intensiv.« Das Grinsen war wieder da, doch diesmal wirkte es gequält.
»O ja.«

»Das kann ich mir vorstellen.«
»Der arme Mann mußte sich einiges von der Seele reden, und ich war zufällig zur Stelle.«
»Wirklich?« Washburns Stimme klang deutlich provozierend, als er sagte: »Das klingt mir aber gar nicht nach John William. Ich meine, er kannte Sie doch überhaupt nicht.«
»Meinen Sie nicht, daß es manchmal leichter fällt, sich einem Fremden anzuvertrauen? Jemand, der keine eigennützigen Zwecke verfolgt? ›Glaubtest du einst‹«, zitierte Ariel, »›dein Leben in Gefahr und tust es noch, vergiß nur nicht, es ist kein Fremder, der dir droht.‹«
»John William hat gesagt, er sei in Gefahr?«
»Eins von den Dingen, die eine Vertrauensperson ausmachen, Mr. Washburn, ist, daß sie das, was man ihr anvertraut, für sich behält. Wenn sie kann.«
»Was wollen Sie denn damit sagen?«
Ariel erhob sich. »Es war nett, Sie kennenzulernen, Mr. Washburn. Wir werden uns sicher wieder begegnen.« Sie nahm ihr Portemonnaie aus der Handtasche.
»Schon gut«, sagte Washburn. Es war keine Geste der Gastfreundschaft; in seinem Gesicht war von Freundlichkeit nichts mehr zu entdecken.
»Danke«, sagte Ariel lächelnd. »Aber ich schulde Ihnen Geld, und Geld ist etwas, vor dem ich großen Respekt habe.«
»Also dann, einen Dollar. Die Cola kostet einen Dollar.«
Er nahm den Geldschein, den sie auf die Theke gelegt hatte, und drückte eine Taste auf der altmodischen Registrierkasse. Mit einem Klingeln sprang die Schublade auf.
Gleichzeitig klingelte es in Ariels Gedächtnis. »Komischer Ort, um eine Nachricht zu hinterlegen«, sagte sie.

»Du wirst also wegen guter Führung entlassen?« sagte Ariel, als sie B. F.s Ankündigung vernommen hatte. Er zuckte scheinbar gleichgültig die Achseln. Seine Erleichterung war jedoch nicht zu übersehen.

»Morgen. Sag Sarge, ich will, daß eine frische Schweineschulter auf dem Grill liegt, wenn ich nach Hause komme. Ich will den Duft von Hickory-Holz riechen, sobald ich mich der Insel nähere.«

»So was nennst du gute Führung?«

»Sag's ihm einfach. Und Brunswick Stew will ich auch haben. Sag ihm, er soll bei Toby welches holen.«

»Was ist Brunswick Stew, und wer ist Toby?«

»Stew ist das, was man zum Grillfleisch ißt, und Toby macht das beste Stew in der Stadt.« B. F. ließ vor lauter Vorfreude ein lautes Schmatzen vernehmen. »Und jetzt erzähl mir, was in der Welt da draußen so vor sich geht. Hast du dich gut amüsiert, als du gestern geschwänzt hast? Was hast du denn eigentlich getrieben?«

»Ich hab mich nur mit ein paar Leuten unterhalten. Der letzte, mit dem ich gesprochen hab – Grover Washburn –, sah ziemlich unglücklich aus, als ich mich verabschiedete.«

»Ist das der Kerl, der für John William gearbeitet hat? Hält er den Drugstore weiterhin geöffnet?«

Ariel nickte und berichtete von ihrer Begegnung mit dem Apotheker. B. F. machte auch kein glücklicheres Gesicht als Washburn.

»Als ich gesagt hab, daß du den Fall ruhig unter die Lupe nehmen kannst, hab ich nicht gemeint, du sollst herumlaufen und die Leute piesacken. Wenn John William ermordet worden ist und Grace es nicht getan hat, dann hat jemand anders es getan. Hört sich so an, als ob du diesen Washburn ziemlich nervös gemacht hast. Falls er einen Grund hat, sich Sorgen zu machen, dann hast du jetzt ebenfalls einen Grund dazu.«

»Ich wüßte mal gern, ob die Polizei diese Nachricht hat, von der er *behauptet,* er hätte sie in der Registrierkasse gefunden an dem Morgen, nachdem sein Chef gestorben war.«

»›Von der er behauptet, er hätte sie gefunden‹?«

Ariel zuckte die Achseln. »Ich finde es einfach merkwürdig, daß John William angeblich ausgerechnet an dem Tag vorhatte, später in den Laden zu kommen. Zunächst hat Washburn ja nur nervös gewirkt, aber nachdem ich die Nachricht erwähnt hatte, sah er aus, als hätte er mich am liebsten erwürgt.«

»Newton ist kein Dummkopf. Er hat garantiert verlangt, die Nachricht zu sehen.«

»Das bedeutet noch lange nicht, daß er sie tatsächlich gesehen hat. Vielleicht hat Washburn den Zettel auch weggeworfen. Wenn er, als er die Nachricht gefunden hat, nicht wußte, daß John William tot war, hatte er keinen Grund, sie aufzubewahren.«

»Halt dich einfach von dem Mann fern, ja? Wem bist du denn noch auf die Pelle gerückt?«

»Grace Barron.«

»Du warst im Gefängnis?«

»Gleich heute morgen«, sagte Ariel und erzählte ihm alles, was sie dort in Erfahrung gebracht hatte. »Sie ist nicht gerade eine der Stabilsten«, schloß sie. »Aber auf eins würde ich meinen Kopf verwetten: diese Frau hat John Barron abgöttisch geliebt und John William ebenfalls, auch wenn sie ihn womöglich nur geliebt hat, weil er der Sohn seines Vaters war.«

Ariel nahm eine der Pastillen, die sie ihrem Großvater mitgebracht hatte, und lutschte sie nachdenklich. »Hat Sarge dir erzählt, worüber er und ich uns gestern abend unterhalten haben?«

B. F. runzelte fragend die Stirn.

»Halley Barron.«
»Was ist mit ihr?«
»Schon gut. Kann ich mal eben dein Telefon benutzen?«
B. F. wirkte verstimmt. »Im Laufe deines Lebens wirst du feststellen, Ariel Gold, daß niemand – daß kein Mensch es vertragen kann, auf diese Weise zum Narren gehalten zu werden. Und jetzt Finger weg vom Telefon.«
Ariel legte zögernd den Hörer auf. »Erzähl Sarge nichts davon, daß ich mit dir darüber gesprochen hab, okay?«
»Was zum Teufel ...?«
»Erinnerst du dich noch daran, wie Grace mit John William schwanger war?«
»Ja?«
»›Ja‹, du erinnerst dich, oder ›ja‹, was ist damit?«
B. F. ließ sich die Frage durch den Kopf gehen und kam schließlich zu dem Schluß, daß er dieses Gespräch mit einer direkten Antwort am schnellsten in Gang bringen konnte. »Ich erinnere mich, daß ich Bescheid wußte und daß ich es wunderbar fand – wunderbar im doppelten Sinn des Wortes, in dem Moment, als John schon tot war.«
»Hast du sie je mit einem dicken Bauch gesehen?«
»Worauf willst du hinaus?«
»Hast du sie gesehen?«
»Weißt du eigentlich, wie lange das her ist?«
»Sechsunddreißig Jahre. Sein Geburtsdatum steht auf dem Grabstein.«
»Du hast dir den Grabstein angesehen?«
»Hab ich.«
»Wieso?«
»Ich weiß es selbst nicht, um ehrlich zu sein. Es war mir einfach ein Bedürfnis.«
B. F. seufzte. »Ich kann eigentlich nicht behaupten, daß ich mich an irgendwas aus dieser Zeit erinnere, außer daß Grace

von John schwanger war und daß ich mir wünschte, er hätte das noch erleben können. Das heißt ... Moment mal ... ich erinnere mich noch, wie ich davon erfahren habe. Deine Großmutter hat mich angerufen, ich weiß nicht mehr, wo – London, Rio, irgendwo –, um mir zu erzählen, daß dieses Baby unterwegs ist. Deine Mutter war damals ein Teenager, und Suzanne, so erzählte mir Margaret, war wegen der Neuigkeit völlig aus dem Häuschen. Sie war fasziniert von dem ›kosmischen Mysterium‹, oder so ähnlich. ›Vaterschaft aus dem Grab.‹

Margaret hat sich über Suzannes romantische Vorstellungen ziemlich amüsiert, aber ich erinnere mich auch daran, wie froh sie war, daß sie ihre Tochter damals schon aufgeklärt hatte.« Er schaute Ariel wehmütig an. »Ich weiß, heute ist das alles ganz anders. Ihr jungen Leute könnt euch gar nicht vorstellen, was das mit der Aufklärung damals für Eltern für eine Qual war. Wahrscheinlich gab es zu unserer Zeit auch Leute, die freier waren, die gebildet waren und denen es nicht schwerer fiel, mit ihren Kindern über Fortpflanzung zu diskutieren, als ihnen zu sagen, sie sollen sich die Zähne putzen, aber die meisten waren nicht so, und Margaret schon gar nicht.«

Er nahm eine von den Schweizer Pastillen, steckte sie in den Mund und grinste Ariel verschmitzt an. »Ich mußte ihr erst noch beibringen, wie man das Wort ›Spermatozoon‹ ausspricht. Da war sie einfach blockiert. Und dann gab es noch ein paar Worte, die sie sich nie getraut hat, laut auszusprechen.«

»Zum Beispiel?« Ariel grinste ebenso verschmitzt zurück.

»Du scheinst mir ein bißchen zu alt zu sein, um noch ›aufgeklärt‹ zu werden. Erzähl mir lieber, was es mit Grace und ihrer Schwangerschaft auf sich hat.«

Ariels Grinsen verschwand. »Sarge hat mir erzählt, daß

Halley gleich nach John Barrons Selbstmord weggeschickt wurde«, sagte sie, bemüht, ihren Ton möglichst neutral zu halten, »und daß sie monatelang fortgeblieben ist. Nach John Williams Geburt kam sie sofort zurück. Ihr habt mir beide gesagt, daß sie für John William mehr eine Mutter als eine Schwester gewesen ist.«

B. F. verblüffte sie mit seiner Reaktion. »Hab ich mir doch gedacht, daß du darauf hinauswolltest«, sagte er gelassen. »Wie ich die menschliche Phantasie kenne, hätte es wahrscheinlich damals nicht wenige Leute gegeben, die zu denselben Schlüssen gekommen wären – wenn sie Grace nicht in Umstandskleidern gesehen hätten. Sie haben gesehen, daß sie schwanger war, und viele haben sich wohl gefragt, wer sie in diesen Zustand gebracht hatte. Dann wurde das Baby geboren. Danach gab es keine Zweifel mehr daran, wer der Vater war. Überhaupt keine. Und deswegen gab es auch keinen Zweifel an der Mutter. Wie gesagt, ich weiß, daß heute alles anders ist. Wenn man in den Zeitungen liest, was Eltern ihren Kindern antun, dreht sich einem der Magen um.« Der alte Mann sah Ariel fest in die Augen. »Ich habe John Barron ziemlich gut gekannt. Wenn ich davon ausgehe, daß er John Williams Vater ist – und das tue ich –, dann ist Halley nicht die Mutter.«

»Vergessen wir den Vater. Ich will dir mal was zeigen.« Ariel trat an das Bett und streckte ihre Hände aus, Handflächen nach unten. »Sieh dir meine Hände an und dann deine.«

Er tat, wie ihm geheißen. »Und?«

»Die gleichen Hände. Du bist mein Großvater.«

»Die gleichen Hände, was?« sagte B. F. mit stolzem Lächeln, doch ebenso schnell verschwand das Lächeln wieder. »Ja, aber –«

»Erinnerst du dich an Janes Nase? Die gleiche Nase, wie ich

sie früher hatte? Was glaubst du, von wem wir die geerbt haben?«

B. F. verzog trotzig das Gesicht. »Du sprichst über einzelne Merkmale. Aber bei John William hätte man annehmen können, er sei geklont worden. Und soweit ich mich erinnere, mochte Halley ihren Vater nicht besonders.«

»Manche Züge tauchen erst in der übernächsten Generation wieder auf.«

»Blödsinn! Du bist auf der falschen Fährte, meine Liebe. Wen wolltest du eigentlich eben anrufen?«

»John Williams Exfrau.«

»Also, ruf sie schon an.«

Diesmal war Beverly Bernd zu Hause. Sie hatte Ariels Nachricht erhalten und war gleichzeitig vorsichtig und aufgeregt.

»Sie sind vom Fernsehen, sagen Sie?« fragte sie, nachdem Ariel sich vorgestellt hatte. »Und das ist bestimmt nicht irgendein Witz?«

Um die Frau zu beruhigen, gab Ariel ihr sogar die Nummer des Studios. »Sie können gern dort anrufen und sich über mich erkundigen«, sagte sie.

»Ist schon in Ordnung. Ich wollte nicht unhöflich sein, aber ich konnte mir einfach nicht vorstellen, warum mich jemand vom Fernsehen anrufen würde.«

»Kennen Sie ein Nachrichtenmagazin, das DIE OFFENE AKTE heißt?«

»Also, ich habe davon gehört ...«

»Wir gehen ungelösten Fällen nach«, erklärte Ariel, »und wir wollen möglicherweise eine –«

Weiter kam sie nicht.

»Moment mal!« sagte Beverly Bernd. »Es geht um John William Barron, nicht wahr? Warum haben Sie das nicht gleich gesagt?«

Ein lautes Krachen ertönte dicht an Ariels Ohr, dann war die Leitung tot.
»Sieht so aus, als ob die Dame keine Lust hat, für eure Kameras zu posieren«, sagte B. F.
»Sieht so aus«, stimmte Ariel zu und legte auf. »Ich würde sagen, diese Frau weiß, wie man seine Wut konserviert.« Sie öffnete die Schublade in B. F.s Nachtschränkchen und holte ein Telefonbuch heraus. Unter M fand sie McCrory, Grace Barrons Rechtsanwalt.
»Ich gebe Ihnen ein paar Minuten, Miss Gold«, sagte er, »wenn Sie bereit sind, in meinen Club zu kommen. Spielen Sie Tennis?«
Ariel lehnte dankend ab, notierte sich jedoch die Adresse und verabredete sich mit ihm nachmittags um vier »auf der Veranda«. Ein Blick auf die Uhr verriet ihr, daß es bis dahin noch zwei Stunden waren, die sie entweder nutzen oder vergeuden konnte.
»Wenn du sowieso nur Däumchen drehst, das kannst du auch woanders machen«, sagte B. F.
Sie nahm noch einmal den Telefonhörer auf. Julian Taliaferro schien über ihr Ansinnen verblüfft, war jedoch bereit, sich mit ihr im Haus der Barrons zu treffen.

»Es ist doch in Ordnung, daß wir noch mal hierherkommen, oder?« fragte sie Julian, der gerade die Tür zu öffnen versuchte, die von der Küche in die Garage führte.
»Ich verstehe zwar immer noch nicht, was wir hier sollen, aber ich denke schon.« Die schwere Holztür klemmte. »Diese alten Häuser werden mit der Zeit widerspenstig«, sagte Julian. Nachdem er mehrmals erfolglos an der Tür gerüttelt hatte, drückte er sie schließlich mit der Schulter auf.
Er fand den Lichtschalter, und im nächsten Augenblick wurde die leere Doppelgarage in gelbes, schwefliges Licht

getaucht. »Mückenlampen«, murmelte Julian. Die hölzernen Stufen quietschten unter seinen Schritten, als er in die Garage hinunterging. Mitten auf der schmalen Treppe blieb er abrupt stehen und begann zu prusten und sich mit den Händen ins Gesicht zu schlagen. »Verdammte Spinnennetze!«

Ariel amüsierte sich über die beinahe panische Reaktion des kräftigen Mannes und wollte einen Rest Spinnennetz aus seinen Haaren entfernen. Julian zuckte jedoch zurück und hob abwehrend eine Hand.

»Julian?« sagte Ariel, die über seine Reaktion ebenso verblüfft war wie er über ihre Geste.

Er ließ die Hand sinken. Aber es dauerte einen Moment, bis er seine Augen, mit denen er Ariel ausdruckslos fixierte, ebenfalls abwandte. »Tut mir leid«, sagte er.

Er war alles andere als begeistert gewesen, als sie vorgeschlagen hatte, die Garage aufzusuchen; Ariel hatte angenommen, daß es ihm einfach widerstrebte, sich tatsächlich an den Ort zu begeben, wo sein alter Freund und Mandant gestorben war. Natürlich fanden sie in der Garage nichts, was darauf hindeutete, daß hier ein Mord geschehen war: kein Auto, kein Blut und keine verdächtigen Gerüche außer einem seltsamen Gemisch aus Kiefernharzduft, der aus einer Kiste mit Anfeuerholz stieg, kaum mehr wahrnehmbaren Abgasen, dem Gestank von in mehreren Zwanzig-Pfund-Säcken verpacktem Kuhdung und der Feuchtigkeit.

Der automatische Türöffner, den Ariel vergeblich im Haus gesucht hatte, war neben dem Garagentor angebracht.

»Nur um sich das anzusehen, sind Sie hierhergekommen?« fragte Julian ungläubig.

Ariel lächelte ihn gedankenverloren an. Sie war sich selbst nicht ganz sicher, weswegen sie hergekommen war. »Wahrscheinlich hatte er zwei Fernbedienungen«, sagte sie, laut nachdenkend, »wenn wir davon ausgehen, daß er keine verloren oder einem Freund gegeben hat.« Ihre Schritte knirschten auf dem groben Betonboden, als sie von einem mit Farbtöpfen und Autowachs vollgestopften Regal zu einem Metallschrank hinüberging. Der Schrank war unverschlossen; er enthielt aber auch nichts, was irgendwelche Sicherheitsmaßnahmen erfordert hätte.

Julian runzelte die Stirn. »Hören Sie, Ariel, mir gefällt das alles nicht. Diese ganze Sache mit der Fernsehsendung. Sagen Sie mir eins. Welchen Job haben Sie eigentlich genau bei dieser Show?«

»Hatte John William zwei Autos?« fragte Ariel. Sie kniete neben einem dunklen Fleck auf dem Betonboden.

Nach einem kurzen Moment, in dem er möglicherweise überlegt hatte, ob er auf einer Antwort auf seine Frage bestehen oder Ariels Frage beantworten sollte, sagte Julian: »Nein. Er hat diesen schwarzen Cadillac schon seit Jahren gehabt. Woran schnuppern Sie denn da?«

»Ich weiß nicht. Glauben Sie, das könnte Motoröl sein?«

Julian fuhr mit einem Finger über den Fleck und hob ihn an seine Nase. »Riecht kaum nach was. Könnte auch Getriebeöl sein. Warum?«

»Ich würde sagen, da hat John William normalerweise seinen Wagen abgestellt«, sagte Ariel und deutete auf die Stelle. »Da sind alle möglichen Flecken, die sich über die Jahre dort angesammelt haben. Aber hier ist nur ein einziger Fleck.«

»Na und? Wenn er nicht erst nach dem Mord dahingekommen ist, wird die Polizei ihn schon gesehen und untersucht haben.«

Ariel nickte und richtete sich auf. Es knackte leise in ihren Kniegelenken. »Ich glaube, ich sollte mit Ihnen und Sarge ins Fitneßstudio gehen«, sagte sie und schlug ihre Hände aneinander.

»Ist das alles?«

»Schätze, ja. Ich fürchte, ich habe Ihre Zeit verschwendet, Julian. Tut mir leid.«

Julian rührte sich nicht von der Stelle, Ariel konnte nicht sagen, ob er erleichtert oder enttäuscht war oder ob er einfach die Geduld verloren hatte. »Wie Sie meinen«, sagte er schließlich und ging auf die Treppe zu.

Als sie wieder in der von Sonnenlicht durchfluteten Küche waren, wurde seine Stimmung auch nicht besser. Er schien es nur noch eilig zu haben, das Haus zu verlassen oder Ariel aus dem Haus zu bekommen, und seine Gereiztheit wirkte ansteckend. Ariel erinnerte sich daran, daß sie es merkwürdig gefunden hatte, als er ihr im Scherz sagte, er habe eine gespaltene Persönlichkeit; auch jetzt konnte sie nicht darüber lachen.

Sie sah sich noch ein letztes Mal um. Einer plötzlichen Eingebung folgend, fragte sie: »Hatte John William eigentlich eine Reinemachefrau?«

»Eine was?«

»Na, eine Putzfrau. Sollte man nicht annehmen, daß er eine hatte? Als alleinstehender Mann?«

»Ich weiß es nicht. Wahrscheinlich.«

»Ich wette, ich weiß, wer mir das sagen kann.«

Auf dem Weg zu ihrer Verabredung mit Grace Barrons Anwalt dachte Ariel über ihren Besuch bei Vera Bloodworth' von den Wechseljahren geplagter Freundin Corinne nach.

Es war nicht gerade detektivischer Spürsinn erforderlich gewesen, um herauszufinden, in welchem Haus sie wohnte. Ariel hatte, nachdem sie aus John Williams Haus gekommen war, die Straße überquert, war an einem Haus vorbeigegangen, das von vertrocknetem, von der Sonne versengtem Rasen umgeben war, dann an einem zweiten, wo eine müde wirkende junge Frau auf der Veranda einen Kinderwagen mechanisch hin- und herschob. Vor dem nächsten Haus war sie stehengeblieben.

Der Vorgarten war ein farbenprächtiges Meer von Astern und Chrysanthemen, die in voller Blüte standen. Von diesem Vorgarten aus, hatte Ariel überlegt, konnte man ungehindert das Garagentor der Barrons beobachten und die Straße noch mehrere hundert Meter weit einsehen. Jemand, der im Morgengrauen die Blumen gegossen hätte, wäre zweifellos in der Lage gewesen, ein Auto zu sehen, das die Garage der Barrons verließ und die Straße hinunterfuhr, auch wenn es seine Scheinwerfer ausgeschaltet hatte.

Aus dem Augenwinkel hatte Ariel gesehen, wie die Gardinen hinter einem Fenster sich bewegten. Ausgezeichnet, Watson, hatte sie gedacht, und war auf die Haustür zugegangen.

Corinne schien eigentlich zu alt, um noch in den Wechseljahren zu sein. Sie hatte schwere Augenlider und dicke Tränensäcke und auffällig viele Falten am Hals. Ihr handgestricktes Kleid war gar nicht so übel, jedoch für eine Frau, die gut beraten gewesen wäre, ein Korsett zu tragen, eher unvorteilhaft.

Sie wirkte verwirrt und zupfte an dem rosafarbenen Haarnetz, das nicht ganz über ihre Lockenwickler reichte. Ihr Gesicht war noch nicht ganz fertig geschminkt, Ariel hatte sie anscheinend bei ihrer Toilette gestört. An einem Auge waren die Wimpern getuscht, an dem anderen nicht; die Lippen waren nur mit Konturenstift umrandet. Plötzlich ging ihr ein Licht auf, und sie zog die nicht vorhandenen Augenbrauen hoch.

»Sie sind die Frau vom Fernsehen! Vera hat mir von Ihnen erzählt. Wollen Sie nicht reinkommen?«
»Nein, nein. Sie haben ja offenbar vor wegzugehen. Hübsches Kleid!« Ariel lächelte freundlich. »Nächstes Mal rufe ich vorher an. Ach!« Sie hielt inne, als sei ihr gerade eine Idee gekommen. »Ich wollte mich noch mit der Frau unterhalten, die bei Mr. Barron geputzt hat, aber ich kenne leider ihren Namen nicht. Sie wissen auch nicht zufällig, wie sie heißt?«
Corinne wußte es natürlich.
»Louise«, sagte sie wie aus der Pistole geschossen, und es klang so endgültig, als handle es sich um einen Namen wie Colette oder Cher.
»Louise ...?«
»Mhmm.«
»Ihren Familiennamen kennen Sie nicht?«
»Ihren Familiennamen?« Corinne sah Ariel ratlos an. Offenbar war es ihr vollkommen neu, daß Hausangestellte auch Familiennamen hatten. »Also, ich weiß, daß sie auch für Miss Pruitt putzt. Die wohnt in dem großen gelben Haus neben den Barrons. Da könnten Sie ja mal nachfragen.«
Ariel versicherte ihr, das werde sie tun, dann fiel ihr noch eine spontane Frage ein: »Hat Louise ein Auto?«
»Nein, äh, sie fährt mit dem Bus.«
Ariel war bereits auf dem Weg zur Straße, als Corinne hinzufügte: »Außer wenn ihr Freund sie abholt.«
Konnte es sein, überlegte Ariel jetzt, daß die Polizei von Louise und ihrem Freund nichts wußte? Falls dem so war, würde Corinne sicherlich keine Zeit verlieren, sich darum zu kümmern, daß sich das änderte. Wahrscheinlich hatte sie Vera bereits angerufen, noch bevor Ariel den Gehweg erreicht hatte, um ihr von Ariels Besuch zu berichten. Und

wie lange würde es dauern, bis Vera Marv Newton auf die beiden aufmerksam machte? Es wäre ratsam, überlegte Ariel, Louise schleunigst ausfindig zu machen, und vor allem wäre es ratsam, dachte sie, sich ein bißchen mehr auf das Fahren zu konzentrieren.

Sie wendete trotz Verbots und fuhr zu der Abbiegung zurück, die sie gerade verpaßt hatte. Nach wenigen Minuten entdeckte sie ein diskretes Schild mit der Aufschrift ASHLEY POINT. Wahrscheinlich war es deshalb so unauffällig angebracht, dachte Ariel, damit jeder, der nicht wußte, daß dies ein Country Club war, hier gar nicht erst anhielt. Ariel verlangsamte ihr Tempo und bog in die hufeisenförmige Einfahrt.

Vom Sonnenlicht ausgebleichte Muscheln knirschten unter den Reifen des Darrin, als sie an dem mit Säulen geschmückten Eingang vorbei auf den Parkplatz fuhr, der geschmackvoll hinter einer Hecke verborgen lag. Ihr Sportwagen war einer der wenigen amerikanischen Exemplare unter den in Reih und Glied geparkten Autos.

Ariel war froh, daß sie flache Schuhe angezogen hatte. Sie konnte sich vorstellen, daß so manche elegante Dame im nachhinein hatte feststellen müssen, daß die scharfen Kanten der Muscheln ihre hohen Absätze ruiniert hatten.

Ein junger Bursche mit einer Golftasche über der Schulter zeigte ihr den Weg zu den Tennisplätzen. Ariel hatte Mühe, ihre Ungeduld zu zügeln, als sie über den schattigen Pfad eilte. Ihr blieb nur noch wenig Zeit. Allzugern hätte sie gewußt, was Grover Washburn zu verbergen hatte. Sie wünschte, Beverly Bernd hätte nicht einfach den Hörer aufgelegt. Sie wünschte, sie wußte, wie Louise mit Familiennamen hieß – und daß Miss Pruitt zu Hause gewesen wäre, als sie an dem großen gelben Haus geläutet hatte.

Als sie aus dem Schatten der Bäume trat, wurde sie von

Sonnenlicht geblendet. Ariel schirmte ihre Augen mit der Hand ab und ließ ihren Blick über den riesigen Komplex schweifen, die Tennisplätze, den auf olympische Maße angelegten Swimmingpool und die Bar auf der Veranda, die Grace' Anwalt am Telefon erwähnt hatte.

Hier und da standen Sonnenschirme, und zwei kleine Kinder rannten unter den mißbilligenden Blicken der Erwachsenen lachend und kreischend zwischen den Tischen herum. Fast alle einschließlich der Kinder waren von Kopf bis Fuß in Weiß gekleidet.

Ariel setzte sich an einen freien Tisch und ließ ihren Blick über die Tennisplätze schweifen. Sie überlegte, welcher von den Spielern McCrory sein könnte, und hatte sich gerade mehr oder weniger auf einen grauhaarigen Mann mit dünnen Beinen festgelegt, als sie hörte, wie jemand ihren Namen rief.

Chuck McCrory war jung, sportlich, rothaarig und sonnenverbrannt. Ariel konnte nicht erkennen, ob er dünne Beine hatte, denn er hatte sich bereits umgezogen und trug eine lange Khakihose. Sein rostrotes Haar war noch naß vom Duschen.

»Sie sind das?« sagte er und streckte ihr eine Hand entgegen. »Ich habe mein Spiel früher abgebrochen, damit wir ein bißchen mehr Zeit haben. Was darf ich Ihnen bestellen?«

Bei einem Glas Eistee beantwortete Ariel zunächst die Fragen McCrorys. Er erkundigte sich nach dem Gesundheitszustand ihres Großvaters, wie ihr Charleston gefalle, und wollte wissen, warum sie sich für den Fall Barron interessiere. McCrory war ein unglaublich aufmerksamer Gesprächspartner. Als Ariel jedoch erwähnte, daß sie als Fernsehjournalistin für ein Nachrichtenmagazin arbeitete, das nicht abgeschlossene Kriminalfälle durchleuchtete, war es mit seinem Sieh-mal-wie-gut-ich-zuhöre-Nicken sofort vorbei.

»McManus hat nichts von einer Fernsehsendung erwähnt«, sagte er. »Er hat mir den Eindruck vermittelt, Sie seien eine Freundin der Familie.«

»Das bin ich auch. Meinem Großvater und mir fällt es schwer zu glauben, daß Mrs. Barron ihren Sohn ermordet haben soll. Nachdem ich heute morgen mit ihr persönlich gesprochen habe, bin ich mehr denn je davon überzeugt, daß der Vorwurf absurd ist.«

»Sie besitzen ein gutes Urteilsvermögen. Sie ist unschuldig.«

»Der Staatsanwalt muß gute Gründe haben, wenn er das Gegenteil annimmt.«

»Ich bin eigentlich nicht geneigt, das mit Ihnen zu diskutieren.«

»Das kann ich Ihnen nicht verdenken. Sie kennen mich nicht, und außerdem habe ich Sie nun auch noch aus heiterem Himmel damit überfallen, daß ich fürs Fernsehen arbeite.«

McCrory nickte. »Freut mich, daß Sie Verständnis zeigen.«

Ariel schaute sich um. »Wirklich schönes Clubgelände«, sagte sie.

McCrory nickte wieder. »Der Club ist ziemlich neu, aber ich würde sagen, die Mitglieder gehören zu den vielversprechenden Leuten in unserer Stadt.«

»Ja, das sieht man schon an den Autos, die auf dem Parkplatz stehen. So viele Mercedes und Porsche habe ich nicht mehr gesehen, seit ich aus L. A. weggefahren bin.«

»Ich fahre einen Jaguar.«

»Wunderbar! Welches Modell?«

Nachdem sie sich mit gebührender Bewunderung die Details hatte beschreiben lassen, merkte sie bescheiden an, sie fahre ebenfalls »einen netten kleinen Sportwagen« und sagte wie beiläufig: »Dabei fällt mir noch etwas ein: Grace wird ja wohl kaum selbst hierhergefahren sein an jenem Abend?« Sie lächelte ungläubig angesichts dieser albernen Vorstellung. »Das hätten ihre Nerven gar nicht mitgemacht.«

»Ihre Nerven?«

»Sie hat doch so schlechte Nerven. Das hat sie mir jedenfalls gesagt.« Während Ariel sich über Grace' schwaches Nervenkostüm ausließ, murmelte McCrory sich etwas in den Bart, das klang wie: »Mit Ihnen spricht sie wenigstens.«

»Wie bitte?«

»Die Dame mit dem ›schwachen Nervenkostüm‹ ist zweimal wegen Alkohol am Steuer verurteilt worden. Man hat ihren Führerschein eingezogen.«

»Ach! Deswegen hat sie also ihr Auto verkauft.«

»Wie kommen Sie darauf ...?« McCrory zog die Brauen zusammen, preßte die Lippen aufeinander und schob den Unterkiefer vor wie ein schmollendes Kind.

Schweigend begleitete er Ariel zurück zum Parkplatz. Als sie ihn fragte, ob Mrs. Barron schon seit langem seine Mandantin sei, rechnete sie nicht mit einer Antwort.

»Nein«, sagte er schließlich. »Sie hat mich aus dem Gefängnis angerufen. Sie sagte, sie wolle keinen ›alten Knacker‹ als Anwalt, und sie wolle kein ›blaues Blut, sondern ›junges Blut‹.«

36

Erklär's mir einfach noch einmal, Steve.« Henry klemmte sich den Hörer zwischen Ohr und Schulter und suchte in Ariels Küchenschubladen nach einem Stift. Steve Vanderveer, der junge Elektronikspezialist, der für den Sender arbeitete, begann erneut, ihm die Ohren mit Fachchinesisch vollzuquasseln.

»Faszinierend«, sagte Henry. »Aber ich habe nicht vor, einen Computer zu bauen, ich will lediglich wissen, was du über ein neues MicroStar-Produkt weißt, das demnächst auf den Markt kommen soll.«

In diesem Augenblick entdeckte er direkt vor seiner Nase eine Henkeltasse voller Bleistifte und Kugelschreiber. Er nahm sich einen davon und fiel Steve, der weiterhin in seinem persönlichen Kauderwelsch aus Fachjargon und Szeneslang dozierte, ungeduldig ins Wort: »Paß auf, Steve, ich lerne, mit Computern umzugehen, wenn du lernst, dich auszudrücken wie ein normaler Mensch, okay? Ich bezweifle zum Beispiel, daß du auch nur einen einzigen Satz sagen kannst, ohne die Wendung ›oder so‹ zu benutzen. Schlag's mal im Wörterbuch nach, ›oder so‹ heißt weder ›irgendwie‹ noch ›weißt du‹, noch ›äh‹.« Er drückte auf die Lautsprechertaste und legte den Hörer auf die Gabel. »Drück dich verständlich aus!« befahl er.

In knappen Worten, ohne auch nur einmal ›oder so‹ zu sagen, beantwortete Steve Henrys ursprüngliche Frage.

Henry machte sich Notizen, hakte hier und da nach und

sagte schließlich: »Alles nur Vermutungen, ja, ja, ja, ich hab's kapiert. Reg dich ab, oder wie immer das heutzutage heißt, ich werde dich nirgendwo zitieren.«

Henry ließ sich das, was er gerade erfahren hatte, noch einmal durch den Kopf gehen.

Grant Lacy war während der Monate vor seinem Tod extrem geheimnistuerisch gewesen, was in Industriekreisen zu der Annahme geführt hatte, er brüte etwas absolut Sensationelles aus. Manche vermuteten, es handle sich um ein Softwarepaket, das die von der englischen Sprache beherrschte Datenautobahn akkurat und gleichzeitig in ein Dutzend Sprachen übertragen würde. Steve hielt eine andere Variante aus der Gerüchteküche für wahrscheinlicher: daß Lacy an einem ultimativen, unfehlbaren Sicherheitssystem arbeitete. Das würde sich mit dem decken, was der verschlagene Marcus Black Henry erzählt hatte.

Was immer das geheimnisvolle Produkt sein mochte – falls es existierte –, es war auf jeden Fall ausschließlich Lacys Projekt, und offenbar hatte es auch nicht annähernd ein Entwicklungsstadium erreicht, um in irgendeine Testphase zu gehen.

Clifford Gilroy hatte niemals öffentlich ein Produkt von solcher Bedeutung erwähnt. Sein Arbeitsstil stand in krassem Gegensatz zu dem von Lacy, er war aggressiv und oft regelrecht verwegen, und während seiner Zeit als kommissarischer Leiter der Firma hatte er sich genauso aufgeführt. In der Computerwelt konservativ handeln zu wollen kam dem Versuch gleich, in einem Wildwasserbach Wasser zu treten, soviel hatte Henry mittlerweile begriffen. Wer am Leben bleiben wollte, mußte seine Innovationen auf schnellstem Weg auf den Markt werfen. Henry verstand jedoch noch immer nicht, was all das mit Lacys Tod und mit Cummings' Erpressung zu tun hatte.

Unfall oder Mord?
Falls Lacy durch einen Unfall ums Leben gekommen war, dann hatte das, was Cummings wußte, nichts mit Lacys Tod zu tun, sondern mit einer ganz anderen Sache. Und diese Sache mußte das ominöse Produkt sein, alles andere ergab einfach keinen Sinn. Hatte jemand die Pläne gestohlen? Aber wo war dann das Produkt?
Es gab drei Möglichkeiten. Erstens: Es existierte überhaupt nicht. Zweitens: Es existierte, aber die Entwicklung war zurückgestellt worden. Drittens: Es befand sich immer noch in der Entwicklungsphase, wurde jedoch so geheimgehalten wie das Manhattan Project.
Falls die dritte Möglichkeit zutraf, war die nächste Frage, wer bei MicroStar Zugang zu den Plänen hatte und vor allem, wer über das Fachwissen verfügte, um das Projekt zu Ende zu führen. Der Bruder? In der vergangenen Woche war Vaughn Lacy unauffindbar gewesen, aber jetzt, wo eine Beerdigung bevorstand, würde er wohl oder übel aus seinem Versteck oder aus der Klausur auftauchen müssen. Wo immer er auch war.
Henry rief einen Freund bei der Times an, der für die Nachrufe zuständig war, und erfuhr, daß MicroStar eine Presseerklärung an die Redaktion gefaxt hatte. Am Montagmorgen um elf Uhr sollte der Trauergottesdienst stattfinden. Henry notierte sich die Zeit und nahm sich vor, ein Kamerateam hinzuschicken. Er überlegte kurz, ob sein dunkler Anzug sauber war, bevor er sich mit der Frage auseinandersetzte, ob Lacy einem Mord zum Opfer gefallen sein könnte.
Falls Lacy vor den Zug gestoßen worden war oder falls man ihn bewußtlos geschlagen und auf die Schienen gelegt hatte – was wahrscheinlicher war, da man keinen Angreifer gesehen hatte –, was war das Motiv?

Okay, die Gegend war nicht gerade besonders sicher, erst recht nicht, um dort nachts allein zu joggen. Es gab immer noch die Möglichkeit, daß Lacy von irgendeinem Straßenräuber oder Landstreicher überfallen worden war. Oder ein Verrückter hatte ihm aus Spaß eins übergebraten und ihn einfach liegen lassen. Aber ... wo kam Cummings ins Spiel? Der war sicher nicht auf irgendeinen Penner oder Psychopathen als Täter gestoßen.
Henry fiel der Erpresseranruf wieder ein, von dem Luzzatto ihm erzählt hatte. Gut möglich, daß jemand versucht hatte, Lacy zu entführen, ihn mit brutaler Gewalt überwältigt und dabei getötet und ihn anschließend auf die Schienen geworfen hatte. Aber auch hier paßte Cummings nicht ins Bild. Diese Theorie war also ebenfalls ein Reinfall, es sei denn, Lacy war von jemandem überfallen worden, den Cummings kannte.
Das wiederum brachte Henry auf ein Motiv, das ihm wesentlich einleuchtender schien: Habgier. Natürlich fiel ihm sofort wieder Industriespionage ein, aber der Zeitablauf gefiel ihm nicht. Wieso hätte der Killer nicht noch warten sollen? Lacy fertigstellen lassen, was immer er in Arbeit hatte? Schließlich waren dessen graue Zellen ein kostbarer Rohstoff; kein Lacy, kein neues Produkt.
Vielleicht war es ja auch ein ganz klassischer Mord im Affekt. Es war nicht von der Hand zu weisen, daß hier Spontaneität im Spiel war; Leute, die einen Mord sorgfältig planten, übten die Tat nicht auf offener Straße aus, wo jeder sie sehen konnte, und der Durchschnittsmörder benutzte keinen Güterzug als Mordwaffe. Also, dachte Henry, nehmen wir an, es geschah im Affekt. Sagen wir, Lacy hat sich mit jemandem getroffen. Sie prügeln sich, Lacy stürzt unglücklich, sein Gegner gerät in Panik und sucht das Weite. Henry hatte aber noch nicht gehört, daß Lacy mit irgend

jemandem verfeindet gewesen wäre; was nicht bedeutete, daß es tatsächlich niemanden gab.

Das Telefon klingelte direkt neben seinem Ellbogen. Henry war so in Gedanken versunken, daß er bei dem Geräusch auffuhr. Im ersten Moment glaubte er, mit Ariel zu telefonieren, und der verführerische Ton ihrer Stimme brachte ihn beinahe aus der Fassung.

»Sie wissen nicht, wer dran ist, stimmt's?« sagte die Stimme neckisch.

»Ich, äh ... also ...«

»Hier ist Claudia.«

»Ah! Ja, natürlich. Woher haben Sie diese Nummer?«

»Aus dem Telefonbuch.«

Henry runzelte die Stirn. Woher wußte sie, daß er in Ariels Haus wohnte? Irritiert fragte er: »Also, was kann ich für Sie tun?« Sie hatte gleichzeitig ungefähr dasselbe gesagt. Er versuchte es noch einmal, und wieder sagten sie gleichzeitig: »Sie haben eine Nachricht hinterlassen.«

Claudia kicherte. »Ich fang an. Ich hab in den Nachrichten von der Sache mit Lacy gehört. Ganz schön gruselig! Haben Sie deswegen angerufen?«

»Ich wollte nur Ihren ... Schon gut. Vielleicht können Sie mir eine Frage beantworten. Diese Gerüchte, von denen Sie neulich sprachen ... Hatten die etwas damit zu tun, daß Lacy mit irgendwelchen Leuten Schwierigkeiten hatte? Oder daß er sich mit jemand, sagen wir mal, äh, besonders gut verstand?«

Claudia brannte regelrecht darauf, mit Henry über die Tragödie zu reden. Falls ihr verblichener Chef irgendwelche Feinde gehabt haben sollte, so wußte sie nichts davon, und von Frauengeschichten hatte sie auch noch nie etwas gehört.

»Bei MicroStar brauchte sich keine Frau vor sexueller Belä-

stigung zu fürchten. Nicht bei Grant. Der war nicht von dieser Welt. Der konnte einen mit diesen schönen, sinnlichen Augen anstarren, und dann merkte man auf einmal, daß er einen noch nicht mal gesehen hatte. Der hatte nur immer seine verdammten Gleichungen im Kopf.
Persönlich fand ich ihn gar nicht so besonders attraktiv, aber ich kenne zufällig ein paar Frauen, die es bei ihm versucht haben. Nichts zu machen. Die hätten genausogut Androiden sein können.«
Plötzlich fiel ihr noch eine andere Sache ein. »Grant war übrigens nicht nur gegenüber Frauen mit Blindheit geschlagen. Das war seine Firma, Punkt, aus. Er war ja noch fast ein Kind, als er sie gründete, und er konnte auch später keinen Teil davon abgeben. Er stellte talentierte junge Leute ein – er hatte ein Händchen dafür, brillante Leute für sich zu gewinnen –, und dann ließ er sie ihre Arbeit nicht tun.«
Henry kam es so vor, als würde zwischen den Zeilen etwas wie Verbitterung mitklingen; vielleicht gehörte Claudia ja zu diesen »brillanten Leuten«, überlegte er, oder vielleicht hatte sie auch einen Korb von ihrem Chef bekommen.
»Irgend jemand Bestimmtes, der sich vor den Kopf gestoßen fühlte?« fragte Henry.
»Niemand gefällt es, wenn ... man seine Vorschläge dauernd ablehnt.
Grant war einer von diesen Leuten – Sie kennen die Sorte auch, nicht wahr? –, die glauben, weil sie auf einem bestimmten Gebiet Experten sind, seien sie es auf jedem Gebiet. Er hörte sich an, was die Leute aus der Produktentwicklung, aus der Finanz- oder Marketingabteilung zu sagen hatten – Leute, die er fürstlich bezahlte –, und dann schlug er ihre Ratschläge in den Wind. Klarer Fall von Egomanie.
Und das war nicht seine einzige Macke! Das Laufen hat er auch wie ein Besessener betrieben. Wahrscheinlich hat er

deswegen nach einer Weile auch so ausgesehen wie diese fanatischen Marathonläufer. Sie wissen schon, nur noch Haut und Knochen –«

Anscheinend war Claudia das Bild von Lacys Überresten in den Sinn gekommen, und sie gab einen gequälten Laut von sich, als ihr der Fauxpas bewußt wurde.

Henry ließ sich nicht anmerken, daß er etwas mitbekommen hatte, und erkundigte sich nach dem neuen Produkt, an dem Lacy angeblich gearbeitet hatte.

»Grant hat immer an irgendwas rumgeforscht. Das war sein Lebensinhalt; er hat überhaupt nichts anderes gemacht.«

»Sie haben eben gesagt, bei MicroStar brauchte sich keine Frau vor sexueller Belästigung zu fürchten, und dann haben Sie es eingeschränkt und gesagt ›nicht bei Grant‹. Heißt das, es gibt jemand, der Frauen belästigt?«

»Nein, eigentlich nicht. Nicht belästigt.« Sie lachte und drückte sich kokett um eine Antwort herum. Henry formulierte seine Frage neu, tat jedoch gleichzeitig so, als hätte er das Interesse verloren. Sie biß sofort an.

»Ich habe gehört, Cliff Gilroy hätte mit einer von den Programmiererinnen was gehabt, aber das ist schon eine Weile her. Es heißt, er hätte jetzt andere Interessen außerhalb des Büros entwickelt.«

»Ach ja?«

»Drücken wir's mal so aus: vielleicht hat Grant zu Hause auch kein größeres Interesse an Sex an den Tag gelegt als im Büro.«

Nachdem Henry sich überzeugt hatte, daß Claudia nichts Konkretes wußte, was diese Vermutung untermauert hätte, erklärte er ihr, er würde sich wieder bei ihr melden, falls ihm noch Fragen einfielen. Sie war offenbar verstimmt. Henry nahm an, daß sie sich wahrscheinlich einen Fernsehauftritt erhofft hatte, und dachte nicht weiter darüber nach.

Er hatte ebenfalls schon vergessen, daß nicht er sie, sondern sie ihn angerufen und ihm gar nicht gesagt hatte, was sie von ihm wollte.
Henry strich »Feinde?« von der Liste möglicher Tatmotive und notierte sich statt dessen »Freunde« – zumindest Geschäftsfreunde mußte er ja gehabt haben – und »Ehefrau«. Mehrere Fragen drängten sich ihm auf: Wo war Gilroy an dem Abend, als Lacy in den Orkus gejoggt war? Und wo war Betty Lacy – die letzte Person, die ihn lebend gesehen hatte? Wenn es stimmte, daß sie mit ihrem Mann unglücklich war, überlegte Henry, wie unglücklich war sie dann? Eine weitere naheliegende Frage: Hatte Lacy eine Lebensversicherung? Und wenn ja, wer war der Begünstigte?
Craig Fiores Eskapaden hatten möglicherweise irgend jemandes Pläne ganz schön durcheinandergebracht. Solange es keine Leiche gegeben hatte, wäre fünf lange Jahre kein Geld geflossen, aber jetzt sah die Sache ganz anders aus. Und, Lebensversicherung oder nicht, Mrs. Lacy war die Erbin ihres Gatten. Sie besaß mindestens die Hälfte von allem, was ihr Mann seit der Eheschließung erworben hatte – vielleicht würde ihr jetzt alles gehören, da die beiden keine Kinder hatten.
Henry hatte schon angefangen, Luzzattos Nummer zu wählen, als ihm einfiel, daß sie noch nicht im Dienst war. In diesem Augenblick echote das Wort »Kinder« in seinem Kopf.
Ein Blick auf die Uhr bestätigte seine schlimmsten Befürchtungen. Er schnappte sich seine Schlüssel und rannte hinaus. Der Film, den Sam sich hatte ansehen wollen, war längst zu Ende. Wenn Henry es schaffte, seinen persönlichen Rekord zu brechen, würde er nur wenige Minuten zu spät am Kino eintreffen. Nicht daß Sam sich wundern oder ärgern würde, wenn er ihn warten ließ; er hatte bereits deutlich gemacht, daß er das als normal betrachtete. Aber er war einfach unerträglich, wenn er recht behielt.

37

Ariel hatte sich mit der »alten Lady Pruitt« aus dem großen gelben Haus unterhalten und durch sie Louise, John Williams Putzfrau, ausfindig gemacht. Es war ihr außerdem gelungen, etwas über Grace' Auto in Erfahrung zu bringen. Beides kam ihr jedoch ziemlich unergiebig vor. Ariel war nicht nur extrem irritiert, sondern auch müde, durstig und hungrig.

Die Fahrt zurück auf die Insel war endlos, und sie überlegte schon, ob sie vielleicht besser hätte tanken sollen, bevor sie die Brücke überquerte. Als der Darrin gebaut wurde, gab es noch nicht solche Wunder der modernen Technik wie Warnlämpchen, die anzeigten, wenn das Benzin zur Neige ging, und die Nadel der Tankanzeige näherte sich bedenklich dem roten E. Sie fuhr den Wagen noch nicht lange genug, um zu wissen, wie lange es dauern würde, bevor sie mit einem leeren Tank liegenblieb.

Als sie in die kurze Straße einbog, die zu B. F.s Haus führte, verlor sie einen Augenblick lang die Orientierung. Es war stockfinster; kein einziges Licht war zu sehen, nicht einmal die Außenbeleuchtung an B. F.s Veranda brannte. Sie glaubte schon, sie sei falsch abgebogen. Gleichzeitig wußte sie, daß das nicht sein konnte. Das Abendessen, auf das sie sich gefreut hatte, schlug sie sich aus dem Kopf und fragte sich statt dessen, wo Sarge sein mochte. Dann fiel ihr Hattie ein. Die Haushälterin war zwar schon wieder fast die alte, doch ihre Lunge war noch immer angegriffen, und außer-

dem hielt sie die Nachtluft für gesundheitsschädlich. Ariel wunderte sich, daß Hattie sich fit genug gefühlt hatte, um so spät abends noch wegzugehen.
Kurz vor dem Haus begann der Motor zu stottern und gab kurz darauf den Geist auf. Mit einem stummen Flehen trat Ariel die Kupplung durch, und der kleine Wagen rollte noch ein paar Meter weiter bis auf den Rasen neben der Einfahrt, wo er endgültig stehenblieb.
Ariel nahm ihre Minitaschenlampe aus ihrer Handtasche. Sie schaltete sie ein und wieder aus. Sie schlug sie gegen ihre Handfläche. Dann gab sie auf. Sie ärgerte sich über sich selbst, weil sie vergessen hatte, die Batterien zu überprüfen, und fluchte innerlich, weil sie nicht rechtzeitig getankt hatte. Es herrschte vollkommene Stille. Selbst Frösche und Grillen schwiegen.
Vorsichtig einen Fuß vor den anderen setzend, gelang es Ariel, bis auf die hintere Veranda zu gelangen, ohne zu stolpern. Als sie gerade den Schlüssel ins Schloß stecken wollte, rutschte ihr der Schlüsselbund aus der Hand. Er fiel mit lautem Krachen zu Boden, schlitterte außer Reichweite und rutschte zwischen zwei Planken hindurch. Ariel hörte, wie die Schlüssel mit einem leisen Klimpern auf dem Boden landeten. Sie holte tief Luft.
Bevor irgendwelche Horrorvisionen von Riesenratten und Monsterschaben sie davon abhalten konnten, kroch sie unter die Veranda. Wie eine Blinde tastete sie mit der Hand die feuchte, sandige Erde ab. In dem Augenblick, als ihre Finger etwas Metallisches zu fassen bekamen, hielt sie inne und lauschte in die Nacht hinein, kam jedoch zu dem Schluß, daß das Geräusch von weiter weg gekommen war, falls sie sich nicht nur eingebildet hatte, etwas gehört zu haben. Sie eilte zurück an die Hintertür, diesmal den Schlüsselbund fest im Griff.

Das Ticken der Wanduhr war das einzige Geräusch, das in der stockfinsteren Küche zu hören war, zu sehen war überhaupt nichts. Ariel tastete nach dem Lichtschalter. Als sie ihn betätigte, geschah nichts. Jetzt spürte sie, wie erste Anzeichen echter Angst in ihr aufstiegen; sie hatte die Alarmanlage nicht ausgeschaltet, aber es war kein Alarm ausgelöst worden. Die kleine rote Kontrollampe, die anzeigte, daß sie in Betrieb war, leuchtete nicht. Etwas knirschte unter ihrer Schuhsohle, das sich anhörte wie Glasscherben.

»O mein Gott!« flüsterte Ariel.

Sie konnte auf keinen Fall bleiben, wo sie war. Sie mußte zum nächsten Haus rennen, wo Licht und Leute waren, und von dort aus die Polizei anrufen. Sie hatte die Hand schon am Türknauf, als sie ein Geräusch hörte – von draußen. Sie drehte den Schlüssel im Schloß, entdeckte die zerbrochene Glasscheibe in der Tür, schnappte sich einen Küchenstuhl und klemmte ihn fest hinter den Türknauf.

Ariel ballte die Fäuste und riß sich mit aller Macht zusammen. Als erstes, dachte sie, brauche ich eine Waffe, irgendeine Waffe, und dann zur Vordertür und nichts wie weg. Sie schlich an den Küchenschrank und öffnete vorsichtig eine Schublade, in der sie Messer vermutete. Das alte Holz quietschte. Sie zwängte eine Hand hinein und ertastete einen Teigschaber und etwas, das sie sich nicht erklären konnte. In diesem Augenblick kam ihr ein Gedanke, der sie erstarren ließ. War es möglich, daß sie heute mit einem Menschen zuviel gesprochen hatte? Hatte sie, ohne es zu merken, einen gefährlichen Vogel aufgescheucht?

Ihre Finger hatten das sinnlose Objekt in der Schublade mittlerweile identifiziert: ein Schneebesen.

Auf der Anrichte, direkt vor ihr, stand eine Holzschüssel, in der Sarge normalerweise seine Backrolle aufbewahrte. Ihre

Augen hatten sich soweit an die Dunkelheit gewöhnt, daß sie erkennen konnte, daß die Backrolle nicht da war. Aber neben der Schüssel stand der Messerblock, den sie ganz vergessen hatte, und darin steckten verschiedene Messer, die Sarge stets so scharf wie Rasiermesser hielt.

In den anderen Räumen des Hauses war es noch dunkler als in der Küche. Sämtliche Vorhänge waren zugezogen, und das Haus wirkte wie eine riesige Dunkelkammer. Ariel tastete sich durch das Eßzimmer und dann durch das Wohnzimmer. In der Diele angekommen, stolperte sie über etwas Großes, Sperriges, das auf dem Boden lag. Sie bückte sich.

Das Messer entglitt ihr, als sie mehr spürte als hörte, daß sich jemand über sie beugte. Die Gestalt hatte einen Arm erhoben, das konnte sie ausmachen, und in der Hand hielt sie etwas Großes, Bedrohliches. Eine Stimme zischte Ariels Namen.

Wen, fragte sich Ariel in diesem unerträglich langen Augenblick, bevor die Gestalt den Arm sinken ließ, hatte sie erbost, wer war so in Panik geraten, daß er sie erschlagen wollte?

Sie hielt sich schützend einen Arm über den Kopf in Erwartung des Schlags, der ihren Schädel zertrümmern würde. Nichts geschah.

»Steh auf!«

Es war ein Flüstern, dringlich und bedrohlich.

»Beweg dich!«

Ariel begann, sich aufzurichten, während sie verzweifelt in die Dunkelheit starrte, in der Hoffnung, das Messer wiederzufinden.

»Schneller!«

Wo war das Messer? Wo war es hingefallen?

»Hast du den anderen gesehen?« zischte die Stimme.

»Was?« fragte Ariel verblüfft.

»Schsch!«
»Hattie?«
Die Alte bückte sich, und dann spürte Ariel, wie ihr der Messergriff in die Hand gedrückt wurde. »Ich habe die Polizei angerufen«, flüsterte Hattie. »Sie müßten gleich hiersein. Hast du die Hintertür abgeschlossen?«
»Hattie, was geht hier vor?«
»Es sind zwei. Den hier hab ich erwischt, aber der andere muß draußen noch irgendwo sein.«
»Du hast –?« Ungläubig starrte Ariel zu Boden und trat zwei Schritte zurück, weg von dem riesigen Bündel vor ihren Füßen.
»Hast du den gesehen, der noch draußen ist?«
»Hattie, ich kann dich ja kaum erkennen! Was ist mit dem Licht?«
»Ich hab die Sicherungen rausgedreht. Bleib du hier an der Haustür, ich werde die Hintertür bewachen. Falls du irgend jemand reinkommen hörst, egal, ob durch die Tür oder durch das Fenster, dann schrei laut!«
Ariel rührte sich nicht von der Stelle. Sie hielt den Atem an und lauschte mit jeder Pore. Sie hörte jemanden atmen, er war ganz nah. Vor Angst wäre ihr beinahe das Herz stehengeblieben, bis ihr klar wurde, daß das Atmen vom Fußboden kam.
Der Mann lebte noch.
In die Erleichterung darüber, daß sie die Diele nicht mit einer Leiche teilte, mischte sich neue Angst. Was, wenn er aufwachte? Kein Wunder, daß Hattie es vorgezogen hatte, die Hintertür zu bewachen.
Sie hockte sich hin und zwang sich, das warme Fleisch zu berühren. Der Mann lag auf dem Bauch. Sein Haar fühlte sich wollig an. Er hatte die Arme auf dem Rücken, und sie waren gefesselt.

Ariel wich zurück. Sie tastete nach einem hölzernen Stuhl und wiederholte die Sicherheitsvorkehrungen, die sie in der Küche durchgeführt hatte. Dann kauerte sie sich neben die verrammelte Tür, schob den Vorhang an dem kleinen Fenster zur Seite und spähte hinaus. Es war nichts zu sehen als pechschwarze Nacht.

Der Mann am Boden bewegte sich. Stöhnte. Blieb wieder still liegen.

»Beeilt euch doch!« flehte sie die Polizei an. Ob sie den ganzen langen Weg von Charleston kommen mußten, überlegte sie. Sie nahm das Messer in die andere Hand und wischte sich die feuchte Handfläche an ihrem Rock ab, um einen sichereren Griff zu haben.

Sie glaubte, Geräusche hinter dem Haus zu hören, doch da Hattie keinen Alarm schlug, blieb sie auf ihrem Posten. Nach ein paar Minuten – oder nach einer Ewigkeit – hörte sie ein Auto näher kommen. Zwei Autos. Lichtkegel streiften die Hausfront und drehten ab. Dann tauchten noch mehr Scheinwerfer auf, und eine Polizeisirene heulte kurz auf. Bremsen quietschten, etwas schien dumpf irgendwo aufzuprallen, und von der Straße waren lautes Türenschlagen und Männerstimmen zu hören, die durcheinanderriefen.

Ariel sank erleichtert in sich zusammen. Das Licht im Haus ging wieder an. Sekundenlang war sie von der plötzlichen Helligkeit völlig geblendet, und dann sah sie Hattie.

Sie war barfuß. Lange graue Zöpfe hingen ihr rechts und links über die magere Brust. Ihr rosafarbener Chenille-Bademantel war offen, und darunter war ein einfacher weißer Slip zu sehen. In der rechten Hand hielt sie die Backrolle.

Ariel betrachtete den großen Mann auf dem Boden. Eine wollene Skimaske bedeckte seinen Kopf und das Gesicht.

Seine Hände waren mit einem rosafarbenen Chenille-Gürtel gefesselt.
»Gott segne Amerika!« sagte Ariel, unbewußt ihren Großvater nachahmend, und dann begann sie, fast hysterisch zu lachen.

Sarge traf ein, als Hattie ihre Geschichte gerade zur Hälfte erzählt hatte, also fing sie noch einmal von vorne an. Der junge Polizist, der ihre Aussage aufnahm, hatte nichts dagegen; ihm war anzusehen, daß er sich das Ganze gern noch einmal anhörte.
Sie hatte sich irgendwie »unwohl« gefühlt, erklärte Hattie, und sich hingelegt, um ihre »Augen auszuruhen«. Das war kurz vor der Dunkelheit gewesen, sagte sie, es hatte noch kein Licht gebrannt. Als sie durch ein Geräusch – wahrscheinlich zersplitterndes Glas – geweckt wurde, war es stockfinster.
In der Annahme, daß die Dunkelheit zu ihrem Vorteil sein würde, da sie sich im Gegensatz zu den Einbrechern im Haus auskannte, war sie leisen Schrittes zum Sicherungskasten geeilt und hatte dann von ihrem Zimmer aus die Polizei angerufen. Als sie in die Küche geschlichen war, hatte sie im Wohnzimmer den Lichtkegel einer Taschenlampe hin und her huschen sehen. Sie hatte sich mit der Backrolle bewaffnet und hinter einem Schrank versteckt, von wo aus sie zwei Männer beobachtete, die gerade dabei waren, verschiedene Gegenstände durch die Hintertür abzutransportieren. Dann hatte sie gehört, wie der eine dem anderen befohlen hatte, sich noch ein letztes Mal im Haus umzusehen.
»›Ich geh schon mal zum Wagen‹, hat er gesagt«, berichtete Hattie. »Dann ist er mit einem Fernseher und was weiß ich nicht allem losgezogen.«

Daraufhin hatte sie sich an den im Haus gebliebenen Räuber angeschlichen und ihm »eins übergebraten«. Sie war gerade dabeigewesen, ihm die Hände mit ihrem Gürtel auf den Rücken zu fesseln, als sie Ariel gehört hatte, doch in dem Augenblick hatte sie geglaubt, es sei »der andere, der noch einmal zurückkam«.

»Beinahe hätte ich dir auch eins über die Rübe gezogen«, sagte sie, ohne das geringste Anzeichen von Besorgnis.

»Der zweite Mann war also neben dem Haus?« fragte Ariel. »Er wollte das Fluchtauto klarmachen?«

»Ich kann mir vorstellen, wo der war«, sagte Hattie grimmig. »Die hatten alle beide eine fürchterliche Bierfahne. Du brauchst dir nur den Boden neben dem Auto anzusehen, dann weißt du, womit der beschäftigt war.«

Der Polizist senkte den Kopf und unterdrückte ein Grinsen.

»Aber wo haben sie ihren Wagen denn geparkt?« fragte Ariel. »Ich hab da draußen nichts und niemand gesehen.«

Da im Haus kein Licht brannte und kein Auto vor der Tür stand, meinte der junge Polizist, hatten die Einbrecher wahrscheinlich angenommen, es sei niemand da, hatten jedoch vorsichtshalber ihren Wagen hinter der Garage versteckt, um nicht von einem zufälligen Besucher entdeckt zu werden.

»Ich nehme an, der Kerl, der schon draußen war, ist noch mal zurückgekommen, nachdem er den Wagen beladen und dann vergeblich auf den anderen gewartet hatte. Als er feststellte, daß die Tür verrammelt war, da wußte er, daß sein Kumpan in Schwierigkeiten steckte.«

»Ja«, sagte Hattie. »Er hat versucht, die Tür aufzumachen. Er hat seine Hand durch das Loch in der Scheibe gesteckt und wollte den Stuhl wegschieben. Ich war gerade drauf und dran, ihm die Finger zu brechen, als ich die Polizei vorfahren hörte.«

Der flüchtende Räuber war geschnappt worden, als er in seiner Panik in eine junge Fichte gerast war.
Sarge hatte sich das alles mit einem völlig verdatterten Gesicht angehört. Er fragte den Polizisten, ob es sich bei den beiden Einbrechern um dieselben handele, die während der letzten Wochen die Gegend unsicher gemacht hatten.
»Darauf würde ich wetten, Sir. Wenn es stimmt, können die beiden Damen jedenfalls froh sein, daß sie noch leben. Und Sie, Ma'am«, sagte er zu Ariel, »seien Sie froh, daß Sie genau im richtigen Moment hier angekommen sind und nicht ein paar Minuten früher oder später. Und daß Sie vor dem Haus geparkt haben. Ich wage kaum, mir auszumalen, was geschehen wäre, wenn die beiden Ihr Auto gehört hätten.«
»Ja«, sagte Ariel, »da hab ich wohl mehr Glück als Verstand gehabt. Und, Officer, ich habe da so eine Idee – möglicherweise ist sie ja völlig unsinnig, aber vielleicht sollten Sie mal überprüfen, wo diese beiden sich in der Nacht zum zweiten September aufgehalten haben, in der Nacht, als John William Barron gestorben ist.«
Sarge warf ihr einen fragenden Blick zu, sagte jedoch nichts. Nachdem der letzte Streifenwagen weggefahren war, gab es allerdings einiges, was er Hattie zu sagen hatte.
»Wieso war die Alarmanlage nicht eingeschaltet?«
»Ich hab erst dran gedacht, als es schon zu spät war, und selbst wenn ich noch rechtzeitig hätte drankommen können, was ich ja nicht mehr konnte, hätte ich auch nicht mehr gewußt, wie das Ding funktioniert.«
»Das ist keine ›Alarmanlage‹, wenn sie ausgeschaltet ist! Ich hab dir schon hundertmal gezeigt, wie sie funktioniert!«
»Zeig's mir morgen noch mal. Was gibt's zum Abendessen?«
Inzwischen machte sich bei allen die natürliche Reaktion auf

die abgewendete Katastrophe bemerkbar. Ariel kam alles witzig vor. Als Sarge nach der Backrolle suchte, weil er Teig ausrollen wollte, warnte sie ihn davor, sich an Beweismaterial zu vergreifen. Diese Bemerkung erinnerte sie an die Geschichte von einem Mann, der einen anderen mit einer gefrorenen Lammkeule erschlagen und anschließend die Tatwaffe verspeist hatte, was Sarge wiederum an eine Anekdote erinnerte ... Eine alberne Geschichte ergab die nächste.

Hattie konzentrierte sich auf ihr Abendessen und zuckte nur ab und zu die Achseln, wenn die anderen beiden sie wegen ihrer Heldentat lobten. Als sie erklärte, diese »erbärmliche Ratte« hätte bekommen, was sie verdient hatte, berichtete Ariel von ihrer Begegnung mit einer echten Ratte. Ihr fiel das Zucken um Sarges Mundwinkel nicht auf, als er fragte: »Wie sah diese fürchterliche ›Riesenratte‹ denn aus?«

»Grau, so groß wie ein Kater, und mit einem spitzen ... Was ist denn so komisch? Worüber lacht ihr beiden?«

»Nicht zu fassen«, sagte Hattie. »Ich hab noch nie von jemand gehört, der ein Opossum nicht erkennt, wenn er eins sieht. Du hast das arme Vieh wahrscheinlich halb zu Tode erschreckt!«

Sie lächelte tatsächlich in Ariels Richtung und erklärte dann, fast ebenso überraschend, sie sei ein bißchen müde. Wenn es niemandem etwas ausmache, sagte sie, würde sie heute früh zu Bett gehen.

»Ach ja«, sagte sie über ihre Schulter hinweg zu Ariel, »jemand hat für dich angerufen, als ich mich hingelegt hab. Ich dachte mir, ich würde sowieso keinen Frieden bekommen, wenn ich nicht rangehe. Manny sowieso, aus New York. Ich hab ihm gesagt, ich wüßte nicht, wann du wieder zu Hause sein würdest.«

Nachdem Hattie gegangen war, sah Ariel Sarge mit hochgezogenen Brauen an. »Hast du gehört, was sie gesagt hat?«
»Daß Manny sowieso aus New York angerufen hat.«
»Nein! Sie hat ›zu Hause‹ gesagt! Sie hat gesagt, sie wüßte nicht, wann ich wieder ›zu Hause‹ sein wurde.«
»Und? Oh ... Na, das ist doch schon mal was, oder? Glückwunsch!«
Während Ariel noch über diese Entwicklung nachgrübelte, fragte Sarge: »Was war das eigentlich mit den Alibis für die Nacht, in der John William gestorben ist? Du glaubst doch nicht im Ernst, daß diese Clowns etwas damit zu tun haben?«
»Diese ›Clowns‹ sind kein bißchen lustig. Eins ihrer Opfer ist gestorben, falls du dich erinnerst.« Ariel zählte die Fakten an den Fingern ab: »Dein Neffe hatte eine Kopfverletzung; der Mann auf Edisto Island ist an einer solchen gestorben. Die Einbruchserie hat angefangen, kurz bevor die beiden ermordet wurden. John Williams Tür war nicht abgeschlossen; sie brauchten noch nicht mal einzubrechen, um ins Haus zu gelangen. Und ... Halley glaubte, daß verschiedene Dinge aus dem Haus fehlten.«
»Behauptet Grace.«
»Ich habe in John Williams Wohnzimmer weder einen Fernseher noch einen Videorecorder, noch irgendwelche Gegenstände aus Silber gesehen. Du vielleicht? Und Marv Newton hat mich letzte Woche nach Schmuck gefragt. Er schien sich für ein silbernes Armband zu –«
»Das Armband, das John William getragen hat? Was ist damit?«
»Es muß wohl verschwunden sein, sonst hätte er mich doch nicht darauf angesprochen.«
Sarge schaute gequält drein. »Du glaubst, ein paar Einbrecher hätten John William in sein Auto gesetzt und dann den Zündschlüssel umgedreht?«

»Stellen wir's uns doch einfach mal vor ... Nur theoretisch, okay? Also, diese Männer tragen Skimasken. Der Mann auf Edisto Island konnte sie nicht identifizieren, also haben sie ihn am Leben gelassen. Tödlich verwundet, wie sich herausstellte, aber am Leben.
Was, wenn John William sie auf frischer Tat ertappt hat? Oder er hat geschlafen, wie Hattie heute abend, hört sie und wacht auf? Sie schlagen ihn zusammen. Er kommt zu sich und versucht zu entkommen. Da ich nicht so mutig bin wie Hattie, hatte ich zum Beispiel genau das vor. Vielleicht ist er bis zu seinem Wagen gekommen, hat den Motor angelassen und ist dann wieder bewußtlos geworden.«
»Du liest zu viele Agatha-Christie-Krimis, weißt du das? Du gehst mir langsam auf die Nerven.«
Ariel zuckte die Achseln. Sarge mußte ziemlich müde sein, sonst hätte er ihr den offensichtlichen Fehler in ihrer Theorie um die Ohren gehauen: der Wagen, der laut Zeugenaussage von John Williams Haus weggefahren war, war kein Lieferwagen, sondern ein blauer Chevrolet gewesen.
Grace Barrons Auto war ein blauer, drei oder vier Jahre alter Chevelle, wie Ariel am Nachmittag telefonisch von Grace' Hausverwalter in Erfahrung gebracht hatte, und das einzige Mal, daß er das Auto während des letzten Jahres gesehen hatte, war »vor ein oder zwei Wochen« gewesen. Viel mehr hatte der argwöhnische Marion Barnett nicht zu sagen gehabt, außer daß er Ariel geraten hatte, sie möge sich »unter den gegebenen Umständen lieber nach einem anderen Auto umsehen, Ma'am«.
Falls die Männer, die heute in B. F.s Haus eingedrungen waren, tatsächlich vor zwei Wochen das Haus von John William aufgesucht hatten, so war auch jemand dagewesen, der ein Auto fuhr, das dem von Grace Barron allzu ähnlich sah, als daß es sich um einen reinen Zufall handeln konnte.

Das Auto war in der Garage gewesen, und der Staatsanwalt wußte es. Grace hatte John William auf jeden Fall gesehen, entweder war er zu diesem Zeitpunkt schon tot gewesen, oder er lag im Sterben. Diese Tatsache schockierte Ariel. Die Frage, ob gleichzeitig irgendwelche Einbrecher im Haus gewesen waren oder nicht, spielte eigentlich keine Rolle mehr.

Sie merkte, daß Sarge etwas zu ihr gesagt hatte. »Wie bitte?«

»Ich hab gesagt, ich hole B. F. morgen früh ab. Willst du mitkommen?«

»Fahr nur allein, danke. Wir treffen uns dann hier.«

»Wie du willst«, sagte er und verschwand durch die Hintertür.

Sie hörte, wie draußen ein Streichholz angezündet wurde, ein Geräusch, das in ihren Ohren nach diesem Nachmittag vertraut klang.

Als sie endlich John Williams Nachbarin angetroffen hatte, glaubte die »alte Lady Pruitt«, Ariel suche selbst eine Putzfrau. Sie wußte ganz sicher, daß Louise den Tag, der durch den Tod von Mr. Barron frei geworden war, schon wieder vergeben hatte, trotzdem hatte sie Ariel die Adresse gegeben.

Louise Mullis war gerade beim Bügeln. Im Gegensatz zu Sarge rationierte sie ihre Zigaretten nicht. Die etwa fünfzigjährige, hagere Frau blinzelte durch den Qualm der Zigarette, die beim Sprechen in ihrem Mundwinkel auf und ab wippte. Sie nahm sie nur aus dem Mund, um sie auszudrücken, und zündete sich gleich darauf eine neue an. Die Aschenspitze wuchs bedrohlich an, doch nicht ein Krümel fiel auf eins der Wäschestücke, die gerade gebügelt oder gestärkt wurden.

Ariel fragte sich, ob Louise einfach eine Kettenraucherin war oder ob das Gespräch sie nervös machte.

Als sie sich als Freundin der Familie Barron vorgestellt hatte, war Ariel ein leichtes mißtrauisches Flackern in Louises Augen aufgefallen, das jedoch sofort hinter einer höflichen Maske verschwand. Andererseits war das Mißtrauen vielleicht auch eine ganz normale Reaktion auf eine fremde Weiße, die plötzlich vor der Tür stand und alle möglichen Fragen stellte.

Die Polizei hatte sich nicht bei Louise gemeldet. Soweit sie das beurteilen konnte, erklärte sie, wüßte die Polizei noch nicht einmal, daß sie für Mr. Barron gearbeitet hatte. Es wäre aber auch zwecklos gewesen, sie zu vernehmen; sie wisse überhaupt nichts. Sie hatte gehört, Mr. Barron sei mitten in der Nacht ermordet worden. Sie machte ihre Arbeit tagsüber.

»Waren Sie an dem Tag, an dem er gestorben ist, in seinem Haus?« fragte Ariel.

Louise behauptete, sie erinnere sich nicht, welcher Tag das gewesen sei.

Ein Donnerstag, sagte Ariel, er war an einem Donnerstagabend, möglicherweise am frühen Freitagmorgen gestorben.

Louise räumte ein, der Donnerstag sei »Mr. Barrons Tag« gewesen.

»Um wieviel Uhr machen Sie normalerweise Feierabend?«

Verschieden, das kam ganz drauf an.

»Worauf?«

An manchen Tagen gab es mehr zu tun als an anderen.

»Wissen Sie noch, wieviel an jenem Tag zu tun war?« Sie wußte es nicht mehr.

»Mrs. Mullis«, sagte Ariel, »äh ... ist Mrs. richtig?«

»Ich bin verwitwet.«

»Mrs. Mullis, ich mache Ihnen keinerlei Vorwürfe. Ich bin nicht hier, weil ich annehme, daß Sie irgend etwas mit dem zu tun haben, was John William Barron widerfahren ist. Ich versuche nur, soviel wie möglich in Erfahrung zu bringen. Ich will wissen, wer einen Grund gehabt haben könnte, ihm so übel mitzuspielen.«

»Mhmm.«

»Fällt Ihnen vielleicht irgend etwas ein, was mich weiterbringen könnte?«

»Kein bißchen.«

»Wissen Sie, ob er sich mit irgend jemand überworfen hat? Haben Sie ihn je mit jemand streiten hören?«

»Mr. Barron war meistens überhaupt nicht da, wenn ich für ihn geputzt hab. Der war doch immer arbeiten.«

»Sie hatten also einen Schlüssel?«

Louise setzte das Bügeleisen in einem Behältnis ab, das aussah wie ein Kuchenform, drückte eine Zigarette aus und sah Ariel direkt ins Gesicht. Es war fast das erste Mal, daß sie sie überhaupt ansah. Sie atmete kurz und flach.

»Ich habe sechs Jahre lang für Mr. Barron gearbeitet. In der ganzen Zeit hat er nicht einmal daran gezweifelt, daß er mir seinen Schlüssel anvertrauen konnte.«

»Sie mochten ihn, nicht wahr?«

Louises Augenbrauen zogen sich blitzartig zusammen, und ihre Unterlippe schob sich gefährlich vor. Sie wirkte viel zu schockiert, um darauf zu antworten.

»Ich meine, Sie fanden ihn nett. Sie würden doch wollen, daß sein Mörder gefaßt wird?«

»Sie haben doch schon jemand eingebuchtet. Und zwar seine Mama, wie ich gehört hab.«

»Haben Sie sie je kennengelernt?«

Louise schüttelte den Kopf und konzentrierte sich auf ihre Bügelwäsche.

»Wenn Sie sie kennen würden, würden Sie genausowenig wie ich glauben, daß sie ihren eigenen Sohn ermordet hat.«

»Es geht mich nichts an, ob sie's war oder nicht.«
Ariel seufzte. »Könnte ich bitte ein Glas Wasser haben?«
Louise atmete hörbar aus, nahm dann aber ein Glas vom Abtropfständer und füllte es mit Wasser aus einer Flasche, die sie aus dem Kühlschrank genommen hatte.
Ariel nippte an ihrem Wasser und sagte: »Im Wohnzimmer ist mir ein Foto aufgefallen. Ist das Ihre Tochter?«
»Mhmm.«
Während der folgenden Schweigeminute machte Ariel sich wenig Hoffnung, noch irgendein Gespräch zustande zu bringen. Doch dann sagte Louise: »Sandra.« Es gelang ihr nicht, den Stolz in ihrer Stimme zu verbergen. »Sie hat an der University of South Carolina studiert. Sie ist Lehrerin.«
Ariel erkundigte sich höflich, wo Sandra unterrichtete und welche Fächer sie lehrte, und dann fragte sie: »Könnten Sie sich in Ihrem schlimmsten Alptraum vorstellen, Ihrer eigenen Tochter etwas zuleide zu tun?«
Louise zuckte zusammen, als hätte man sie geohrfeigt, und einen Augenblick lang fürchtete Ariel, sie sei zu weit gegangen. Doch dann leuchtete Verstehen in ihren Augen auf. »Ich gehe mit meiner Tochter nicht so um, wie diese Frau mit Mr. Barron umgegangen ist.
Einmal war ich im Haus, als sie angerufen hat. Sie hat sich aufgeführt, als ob ich sie angelogen hätte, als ich gesagt hab, daß er auf der Arbeit war. Sie meinte, dort hätte sie schon angerufen. ›Richten Sie ihm aus, Grace hat angerufen‹, sagte sie. Sie hat mich richtig rumkommandiert!« Louises Mundwinkel zuckten, und dann äffte sie Grace nach: »›Sagen Sie ihm, ich habe von seiner Schwester erfahren, was er über mich gesagt hat, und ich bin außer mir. Schreiben Sie das auch mit?‹, sagt diese Frau zu mir. ›Sagen Sie ihm, er hätte gar nicht schlimmer geraten können. Er ist genauso schäbig und verlogen und pervers wie sein Vater.‹

Ich will Ihnen eins sagen, Miss ...« Louise nahm sich eine neue Zigarette. »Ich rede nicht über die Leute, für die ich arbeite; die Angelegenheiten von denen gehen mich nichts an. Aber diese Frau ist ein Teufel. Sie können glauben, was Sie wollen, aber es würde mich nicht wundern, wenn sie's getan hat.

Mr. Barron war in Ordnung, und er war überhaupt nicht ›schäbig‹. Als Sandra ihr Examen gemacht hat, hat er mir hundert Dollar geschenkt. Einfach so! ›Kaufen Sie sich was Schönes zum Anziehen‹, hat er gesagt. Er ist sogar zur Abschlußfeier gekommen. Er hat sogar zu mir gehalten, als –«

Louise zündete ein Streichholz an und hielt es an ihre Zigarette. Die Zigarette schien sie zu beruhigen. Sie atmete schwer, doch sie wirkte entspannter und schien es sich mit dem, was sie eben hatte erzählen wollen, anders überlegt zu haben.

»Eins sage ich Ihnen noch, und mehr nicht. Ich weiß genau, wenn jemand trinkt. Und diese alte Frau trinkt.«

Ariel stand auf der Veranda vor dem Haus und war dabei, sich zu verabschieden, als ihr noch eine Frage einfiel: »Wissen Sie, ob Mr. Barron mehr als eine Fernbedienung für seinen Garagentoröffner hatte? Hat er vielleicht jemand eine davon gegeben?«

Louise war wieder so schweigsam wie am Anfang. Von einem Garagentoröffner wußte sie überhaupt nichts.

»Nur noch eins ... Haben Sie das Haus geputzt, nachdem die Polizei da war?«

»Nein. Niemand hat mir gesagt, daß ich das machen soll.«

»Dann sind Sie also seit dem Tag vor Mr. Barrons Tod nicht mehr dort gewesen? Sie wissen also auch nicht, ob irgend etwas aus dem Haus fehlt?«

Diese Frage gefiel Louise überhaupt nicht, da gab es keinen Zweifel. Sie sah Ariel zuerst wütend und dann verängstigt an. Als ein Auto vor ihrem Haus anhielt, verhärtete sich ihr Gesichtsausdruck. Sie langte in ihre Schürzentasche und drückte Ariel hastig einen Schlüssel in die Hand.

»Ich wußte nicht, was ich damit machen sollte. Es ist Mr. Barrons Hausschlüssel. Nehmen Sie ihn, und gehen Sie.«

Während sie in der Küche saß und grübelte, fragte Ariel sich erneut, wer Louises Besucher gewesen sein könnte. Bis zu dem Moment, als sie weggefahren war, war noch niemand aus dem Auto gestiegen. Das letzte, was sie in ihrem Rückspiegel gesehen hatte, war Louise, die mit verschränkten Armen auf ihrer Veranda stand. Ihr Gesichtsausdruck war alles andere als einladend gewesen.

38

Henry? Hallo. Hör zu, ich wollte dir nur sagen, daß ich wahrscheinlich nicht mehr länger als einen Tag hierbleibe. Höchstens zwei, okay?«

Sam blätterte gerade in der Bademodenausgabe der *Sports Illustrated.* Mit halbem Ohr hörte Henry Ariel zu, die ihm erklärte, daß B. F. am folgenden Tag aus dem Krankenhaus entlassen würde, während er gleichzeitig darüber nachgrübelte, ob er angesichts der Lesegewohnheiten seines Sohnes irgendwelche väterlichen Maßnahmen ergreifen sollte.

»Henry? Bist du noch da?«

Er sagte sich, daß es Schlimmeres als nasse T-Shirts und pralle Arschbacken gab, für das der Junge sich interessieren könnte, und wandte Sam den Rücken zu. »Ja, ja«, sagte er in den Hörer.

Jessie stimmte plötzlich an der Haustür ein fürchterliches Gebell an, so daß Henry nicht verstand, was Ariel sagte. Sam stand auf, um nachzusehen, wer geklingelt hatte, und das Bellen verstummte.

»Was war denn da los?« wollte Ariel wissen.

»Unsere vierbeinige Freundin hat an der Tür jemanden begrüßt und kommt gerade zurück, um nach dieser anstrengenden Pflichterfüllung als Wachhund ihren Durst zu stillen.«

Henry hörte Sams Stimme aus dem Wohnzimmer, dann noch eine Stimme, ebenfalls männlich und jung, dachte er. Er langte mit einer Hand nach unten, um die Schäferhündin

zu kraulen, während er sich bei Ariel erkundigte, was sie zuletzt gesagt hatte. Bei dem entsetzten »Was?«, das ihm Sekunden später entfuhr, richteten sich die Hundeohren wie Pfeilspitzen auf. Jessie versuchte, Henrys Körpersprache zu entnehmen, ob Gefahr im Verzug und sie womöglich gefordert war. Als er, erleichtert den Kopf schüttelnd, auf einen Stuhl sank, entspannte sie sich ebenfalls und legte sich so neben ihn, daß er sie bequem streicheln konnte.
Ariel lieferte eine komprimierte Version der aufregenden Ereignisse des Abends, wobei sie betonte, daß nicht sie, sondern Hattie, die Haushälterin, sich in den Kampf mit den Einbrechern gestürzt hatte.
Henry wußte nicht, wer Hattie war. Er konnte sich nicht erinnern, daß Ariel sie überhaupt schon einmal erwähnt hatte, und er fragte sich langsam, wieviel Personal dieser sagenhaft reiche B. F. Coulter zur Betreuung seiner Enkelin abgestellt hatte. In seiner Phantasie malte er sich ganze Schwärme von treuen Hausgeistern aus, die in einer Vorbürgerkriegsvilla mit ihren Staubwedeln herumwuselten und immerzu Knickse machten. Mit einem Kopfschütteln verscheuchte er das verrückte Bild. Henry hatte kaum Erfahrung mit Bediensteten oder mit Leuten, die welche beschäftigten. Bisher hatte er auch Ariel nicht mit dieser Welt in Verbindung gebracht, und tief in seinem Inneren begann sich ein ungutes Gefühl bemerkbar zu machen. Mit diesem Problem, dachte er, würde er sich später noch beschäftigen müssen.
»Aber dir geht es gut?« fragte er. »Sie haben diese Typen abgeführt? Bist du sicher, daß es nur zwei waren?«
»Zwei waren genug.«
»Du solltest lieber hierher zurückkommen, wo keine größeren Gefahren auf dich lauern als Erdbeben und Straßenschlachten.« Henry hörte einen abgrundtiefen Seufzer. »Sieh

zu, daß du dich ein bißchen ausruhst«, sagte er. »Du hörst dich an, als wärst du von einem Auto überfahren worden.«
»Nicht heute abend. Und außerdem hat er mich verfehlt.«
»Wer hat dich verfehlt?«
»Ich bin zu müde, um dir das jetzt alles noch zu erzählen. Irgendein besoffener Autofahrer.«
»Was für ein besoffener Autofahrer? Wovon redest du überhaupt?«
»Das war gestern abend. Ich hatte das Auto abgestellt, um nach einem Tier zu sehen, das ich verletzt zu haben glaubte, aber dann war es nur eine Ratte. Ich meine, ich dachte, es sei eine Ratte, aber in Wirklichkeit war es ein Opossum.«
Henry starrte den Hörer an. Konnte es sein, daß er sie kichern hörte?
»Ich hab dir ja gesagt, ich bin zu müde, um das vernünftig auf die Reihe zu kriegen. Irgendein Verrückter – oder ein Betrunkener – ist an mir vorbeigerast. Hat sich wahrscheinlich für Al Unser gehalten. Und ich stand auf der Straße.«
Mit wachsender Besorgnis zog Henry Ariel nach und nach die Einzelheiten aus der Nase. »Warum hast du mir davon nichts erzählt? Bist du sicher, daß dieser Typ es nicht tatsächlich auf dich abgesehen hatte?« Zum erstenmal wurde ihm bewußt, daß er ihr Engagement in dieser Barron-Sache bisher nicht ernst genommen hatte. Er hatte ihre Nachforschungen als eine Art geistiges Training betrachtet: eine So-gut-wie-Anfängerin übte sich in ihrem Handwerk. Das Ganze war ihm wie ein Melodram in einer versunkenen Welt vorgekommen, eine Story, wie er sie nur aus alten MGM-Filmen kannte.
Ein Mann war ermordet worden. Ariel zumindest war davon überzeugt, daß man die falsche Person der Tat verdächtigt und festgenommen hatte. »Du hast da ziemlich leichtsinnig überall rumgeschnüffelt«, sagte er.

»Er ist ja ausgewichen, Henry. Er – oder sie – hätte mich auf der Straße plattwalzen können. Da war kein Mensch weit und breit. Kein einziger Zeuge.«
Henry konnte sich die Szene lebhaft vorstellen. »Hör zu. Hol deinen Großvater aus dem Krankenhaus, und dann kommst du wieder hierher zurück. Heute ist Samstag, stimmt's? Ich würde sagen, wir sehen uns am Dienstagmorgen. Und zwar an deinem Schreibtisch.«
»Ich würde sagen, daß du überreagierst.«
Henry überlegte, ob sie recht haben könnte. Er hatte nicht viel Erfahrung damit, wie es sich anfühlte, sich um jemand anders Sorgen zu machen. Sein innerer Radar blinkte in regelmäßigen Abständen.
»Oh«, sagte er. »Warte mal 'n Augenblick. Ich kriege gerade noch einen Anruf.«
»Ja, hallo?« sagte er und dann: »Ich hab's verstanden. Danke.« Und nach einer Weile: »Tja, also, das ist, äh, ein sehr verlockendes Angebot, aber ich habe gerade ein Ferngespräch in der Leitung. Ich würde sagen, am besten, ich rufe Sie zurück. Mhmm. Danke, Ihnen auch.« Es juckte ihn in den Fingern, und er zögerte, bevor er Ariel wieder in die Leitung zurückholte. Sie klang beleidigt.
»Dies ist ein Ferngespräch, falls du es vergessen hast.«
»Tut mir leid. Ich hab mich so kurz gefaßt, wie es ging.«
»Wer war's denn?«
»Eine Frau namens Claudia Wynn.«
»Wer ist Claudia Wynn, und warum ruft sie bei mir an?«
»Sie hat nicht bei dir angerufen, sondern bei mir.«
»Ach so. Woher hat sie denn meine Nummer?«
»Hat sie nicht. Meine Anrufe werden durchgestellt.«
»Ach so.« Stille. »Verstehe.«
»Sie hat angerufen, um sich zu erkundigen, ob ich von dem Trauergottesdienst für Lacy erfahren hätte.«

»Grant Lacy ist tot? Ich wußte nicht ... Was ist denn passiert?«
»Er ist von diesem Zug überfahren worden.«
»Wieso ...? Ich meine, war es ein Unfall?«
»Vielleicht, vielleicht auch nicht. Ich erzähl dir das alles, wenn du wieder hier bist.«
»Wenn es ein Unfall war, dann hast du bei Richard Cummings falsch gelegen.«
»Egal, ob es ein Unfall war oder nicht, bei Richard Cummings liege ich bestimmt nicht falsch.«
»Genau. Du liegst ja nie falsch, im Gegensatz zu mir. Aber ich fürchte, ich habe, was Grace Barron betrifft, meine Zeit und meine Gefühle vergeudet. Auch wenn es mir widerstrebt, das zuzugeben.«
»Gut.«
»Gut?«
»Wenn die alte Dame schuldig ist, hat niemand einen Grund, dich zu überfahren.« Henry hörte ein Kichern aus dem Wohnzimmer, dann die Stimme seines Sohnes, die ziemlich ärgerlich klang. »Wie kommst du denn darauf, daß du dich geirrt hast?«
»Es war mit ziemlicher Sicherheit ihr Auto, das laut Zeugenaussage aus der Garage ihres Sohnes gefahren ist in der Nacht, als er starb.«
»Du hast doch gesagt, sie hätte überhaupt kein Auto.«
»Auch falsch. Ich könnte nicht beschwören, daß sie ihn umgebracht hat, aber sie muß ihn gesehen haben, tot oder sterbend, und sie hat nichts unternommen. Und sie hat glattweg gelogen. Sie hat behauptet, sie wäre schon seit Jahren nicht mehr in diesem Haus gewesen.«
»Na ja, das kann sie auch im Schock gesagt haben. Sie findet die Leiche ihres Sohnes, der sich offenbar auf dieselbe Weise umgebracht hat wie ihr Mann damals. Und auch noch am

selben Ort. Kann doch wirklich sein, daß sie sich nicht erinnert.«

»Das ist aber nicht das einzige Mal, daß sie gelogen hat. Sie hat behauptet, sie würde nicht mehr Auto fahren, sie hätte zu schwache Nerven. In Wirklichkeit hat man ihr den Führerschein abgenommen. Aber, Führerschein oder nicht, sie wird ja wohl kaum vergessen haben, wie's geht, oder? Und noch was. Sie hat mir weisgemacht, sie hätte ihren Mann abgöttisch geliebt. Hätte ihn bewundert. Und daß sie ihren Sohn trotz aller Probleme, die die beiden miteinander gehabt haben, gemocht hat. Heute habe ich gehört, daß sie ihn als ›schäbig, verlogen und pervers‹ beschimpft hat. Und dabei hat sie ihn in einem Atemzug mit seinem Vater verglichen.«

Henry fühlte sich immer besser. Die richtige Person saß sicher hinter Gittern. »›Pervers?‹«

»Ja, Sir. Die Frau, die mir das erzählt hat, meinte, Grace sei damals besoffen gewesen, aber trotzdem. Das ist schon starker Tobak, so was über den eigenen Sohn zu sagen! Und über den Mann, den sie angeblich so bewunderte! Sie hatte mich vollkommen davon überzeugt, Henry. Was das Lügen angeht, das ist pathologisch bei ihr.«

Und sie ist hundert Prozent schuldig, dachte Henry. »Bloß weil sie dir deine Illusionen geraubt hat«, sagte er, »heißt das noch lange nicht, daß sie Barron umgebracht hat.« Er hörte, wie die Verandatür zugeschlagen wurde, aber Sam ging nicht zurück in die Küche.

»Ich mag es überhaupt nicht, wenn mich jemand manipuliert.«

»Dann laß es nicht zu. Mach dir einen schönen letzten Tag mit deinem Großvater.«

»Ich kann nicht einfach die ganze Sache sausenlassen, und hör endlich auf, mich wie eine Dilettantin zu behandeln. Der Mann, der für John William gearbeitet hat, hat auch irgendwas zu verbergen. Die Exfrau ist immer noch stinkwütend, die Putzfrau hat Angst, und dann diese Einbrecher heute abend –«

»Was hat das denn mit den Barrons zu tun?«

»Möglicherweise überhaupt nichts. Ist nur so 'ne Theorie.«

»Theorie ist gut. Du kannst dich in einen netten, sicheren Liegestuhl setzen und dich sonnen. Und solange du dich nur mit Theorien beschäftigst, vergiß die Schwester nicht. Die Geschichten über sie sind zu schön, um wahr zu sein.«

»Was schlägst du denn vor, was ich tun soll? Eine Séance halten?«

»Ich möchte dich nur an folgendes erinnern: Ihr Bruder ist zuerst gestorben, und sie hat all seine weltlichen Güter geerbt.«

Nachdem er aufgelegt hatte, ging Henry an die Tür, um nachzusehen, wer da war.

Sam und ein anderer Junge saßen im Hof, sie waren in dem Dämmerlicht kaum zu erkennen. Henry widerstand der Versuchung, hinauszugehen und sich vorzustellen. Sam war da, und er tat anscheinend nichts Verbotenes. Er unterdrückte ein leichtes Schaudern. Es wurde langsam kühl.

Als er die Tür schloß, sah Henry Sam mit dem nackten Arm gestikulieren und dachte, der Junge sollte sich vielleicht besser eine Jacke überziehen. Ein Erinnerungsfetzen tauchte von irgendwoher auf: wie er vor dem kleinen Sam kniete und den Reißverschluß an dessen rotem Anorak zumachte. Es mußte vor zehn Jahren gewesen sein, doch es kam ihm vor, als läge es erst wenige Monate zurück.

Er schlenderte zurück in die Küche und blätterte gedankenverloren in einer Zeitschrift, die Sam dort offen liegengelassen hatte. Eine der Frauen auf den Fotos sah aus wie eine jüngere Version von Claudia Wynn. Er schlug die Zeitschrift zu.

Er war doch auch mal ein Junge gewesen; wieso fühlte er sich jetzt so unfähig, mit Sam umzugehen? Die Wahrheit war, daß er nicht die leiseste Erinnerung mehr daran hatte, wie er sich mit dreizehn gefühlt hatte: was er gedacht hatte, was ihm wichtig gewesen war.

War er damals nicht bei den Pfadfindern gewesen? Er erinnerte sich noch schwach daran, daß er voll damit beschäftigt gewesen war, sein nächstes Abzeichen zu erlangen. Oder war er da noch jünger gewesen?

Irgendwann war er mal ganz verrückt nach einem rothaarigen Mädchen aus seiner Nachbarschaft gewesen, das ein oder zwei Jahre älter als er und außerordentlich gut entwickelt war. Er hatte stundenlang in einem Baum hinter seinem Haus gehockt und in das Fenster gestarrt, das er für ihr Schlafzimmerfenster gehalten hatte. Aber da mußte er schon etwas älter gewesen sein. Im Moment fühlte er sich älter als Methusalem.

Er rollte seine ewig schmerzende Schulter. Er war zu lange ein Teilzeitvater gewesen, es gab zu viele Lücken von Tagen oder gar Wochen, in denen er Sam überhaupt nicht gesehen hatte, das konnte er nicht über Nacht wiedergutmachen.

39

Marge Luzzatto, seit Sonntag früh wieder im Dienst, erzählte Henry etwas, das sein Herz erfreute. Ihrer Meinung nach, erklärte sie, war Grant Lacys Tod ein ganz simpler Unfall gewesen.

»Wir haben vor Monaten, als wir noch davon ausgingen, daß wir es mit einem ›Vermißten‹ zu tun hatten, alle Möglichkeiten von Fremdeinwirkung durchgespielt. Ich habe nicht vor, dir auszurechnen, wie viele Arbeitsstunden wir darauf verwendet haben, aber wir haben nichts gefunden, was diesen Verdacht erhärten würde. Und das ändert sich jetzt nicht bloß deshalb, weil wir plötzlich seine Leiche haben. Die Überreste von Grant Lacy, Multimillionär, riechen nicht mehr nach einem Mord als die Überreste, von denen wir glaubten, es seien die von Craig Fiore, Bürobedarfskaufmann.«

Henry hoffte, daß sich das offizielle Urteil mit dem von Luzzatto deckte. Falls der Staatsanwalt zu demselben Schluß kam wie sie, könnte diese persönliche Vendetta doch noch als OFFENE AKTE enden, und zwar als Exklusivstory.

»Da Lacy so ein hohes Tier war«, sagte Luzzatto mißmutig, »müssen wir den ganzen Fall natürlich ein zweites Mal von vorne aufrollen – und dazu alles noch mal überprüfen, was die Kollegen in Carson bereits ermittelt haben, als die Leiche gefunden wurde. Ich kann dir gar nicht sagen, wie begeistert ich von der Aussicht bin; ich steh total auf vorverdaute Ermittlungen! Neun Monate später erinnert sich kein Schwein mehr daran, was passiert ist; dann erinnern die Leute sich nur noch an das, was jemand ihnen in den Mund gelegt hat oder was sie in der Zwischenzeit geträumt haben.«

»Nicht daß es euch an echten Verbrechen mangelte, mit denen ihr euch die Zeit vertreiben könntet.«

»Wenn du anfängst, Mitgefühl zu zeigen, frage ich mich jedesmal, was wir wohl übersehen haben.«

»Hey, Sergeant, hat unsere Show unseren Freunden in Blau nicht schon mehr als einmal geholfen? Ich meine, ich würde das ja normalerweise nicht erwähnen, aber schließlich habt ihr den Fall ja ursprünglich nicht von Anfang an bearbeitet. Ich mache mir Sorgen um die Klamotten. Wer weiß, ob eure Kollegen die weggeworfen haben oder was? Was genau war das? Ich meine, was hat er angehabt?«

»Wenn du deine Absichten nicht besser verschleiern kannst, dann frag doch lieber gleich geradeheraus.« Es entstand eine Pause, und Henry hörte, wie jemand mit Papier raschelte. Schließlich sagte Marge: »Wir haben kein Protokoll von damals, weil, wie ich dir schon sagte, keine Autopsie durchgeführt wurde, aber die Kollegen aus Carson haben eine Liste von seinen Habseligkeiten aufgestellt.« Mit monotoner Stimme las sie vor: »Hundemarke, Autoschlüssel, Brieftasche mit ... Et cetera und so weiter. Jetzt kommt's. Eine graue Trainingshose, ein graues Sweatshirt, ein Suspensorium, ein Paar weiße Laufschuhe –«

»Hatte die Trainingshose Taschen?«

»Steht hier nicht.«

»Wo waren die Schlüssel und die Brieftasche?«

»Steht auch nicht da.«

»Hat Craig Fiore sich normalerweise seine Bleistifte in Trainingshosen und Laufschuhe gesteckt?«

»Es wird dich beruhigen zu erfahren, daß ich Detective Pete Howe drüben in Carson gestern dieselbe Frage gestellt hab, und er hat sich im Dezember auch genau diese Frage gestellt. Anscheinend ist Fiores letzter Termin an jenem Nachmittag geplatzt. Die berüchtigte Mrs. Fiore hat das rausgefunden, als sie ihren Männe mit einem ihrer üblichen Kontrollanrufe überprüfen wollte.
Heute behauptet er, er hätte diese Stunde in irgendeinem Park verbracht und die Natur genossen, aber damals konnte keiner feststellen, wo er tatsächlich gewesen war.«
»Und er besaß Sportkleidung, die auf diese Beschreibung paßt?«
»Solche Sachen hat doch jeder, oder? Aber, Moment mal, laß mich erst mal die Klamotten zu Ende aufzählen. Das wird dir gefallen ...« Marge lachte. »Das letzte Kleidungsstück ist ›ein schwarzer Stringtanga‹. Pete sagt, als die Ehefrau den Tanga gesehen hat, ist sie puterrot angelaufen. Er hatte den Eindruck, daß ihr der noch nie unter die Augen gekommen war, sie es aber nicht zugeben wollte.«
»Fand Pete es nicht merkwürdig, daß Fiores Straßenklamotten nicht in seinem Auto waren?«
»Falls ja, hat er das nicht mit mir diskutiert.«
»Was ist mit Mrs. Lacy? Ist sie wegen dieser Kleidungsstücke befragt worden?«
»Klar. Zu dem Zeitpunkt, als sie die Vermißtenmeldung aufgegeben hat, hat sie ziemlich ungenaue Angaben darüber gemacht, was Lacy anhatte, aber dann hat sie behauptet, er hätte solche Sachen getragen, und heute behauptet sie es immer noch – er hatte ganze Schränke voll von dem Zeug. Und, ja, er besaß Stringtangas.«
»Wo war sie an dem Abend, nachdem Lacy das Haus verlassen hatte?«
»Die meiste Zeit am Telefon. Sie war dabei, ein Golfturnier

zu wohltätigen Zwecken zu organisieren. Das wurde überprüft und bestätigt.«

»Und wo war Clifford Gilroy?«

»Heller, du wirst langsam beleidigend. Sämtliche Schlüsselfiguren sind schon letzten Dezember doppelt und dreifach überprüft worden. Bei niemandem ist seitdem der Wohlstand ausgebrochen, niemand ist verduftet oder hat sonstwie von Lacys Tod profitiert.

Wir konnten nichts über irgendwelche Streitigkeiten zwischen ihm und einem seiner Freunde oder Bekannten herausfinden. Seine Nachbarn haben ihn gerade mal vom Sehen gekannt. Mit seinen Mitarbeitern hat er keine privaten Kontakte gepflegt. Einige von ihnen hatten ihn schon Wochen vor seinem Verschwinden nicht mehr gesehen, aber alle hielten ihn für ein Genie. Klar, es gab ein paar, die meinten, er sei ziemlich exzentrisch gewesen und er habe seine Firma nicht besonders demokratisch geführt, aber auch die waren letztlich der Meinung, es sei halt seine Firma gewesen.

Außer Fiore, der, soweit wir das feststellen konnten, Lacy nie in seinem Leben begegnet ist, ist nur eine einzige Person am Unfallort gewesen, und das ist Ross, der Lokführer. Seine Beschreibung von Lacy – auf den Knien, die Arme ausgebreitet – paßt auf einen, der gestürzt ist. Außerdem sagt Ross, Lacy habe überhaupt nicht von den Schienen aufgesehen. Er muß also benommen gewesen sein. Oder sogar bewußtlos. Wer weiß? Da sein Schädel größtenteils wie eine Wassermelone zermanscht wurde, werden wir das wohl nie erfahren.«

Marge machte eine Atempause. »Also, du Schlaumeier, jetzt sag mir doch mal, wo da der Trugschluß liegt. Das möchte ich jetzt gern von dir hören.« Bevor Henry dazu kam, den Mund zu öffnen, sagte sie: »Weißt du überhaupt, wie viele Leute in unserem schönen Land bei dem Versuch, Eisenbahnschienen zu überqueren, im letzten Jahr zu Tode gekommen sind? Die Antwort lautet: fünfhundertneunundzwanzig! Hast du eine Ahnung, wie viele davon Mordfälle waren? Rat mal! Null! Kein einziger!«

»Und was ist mit Selbstmord?«

»Ich hab dir gerade gesagt, was ich davon halte. Leute, die vorhaben, ihrem Leben auf diese besonders grauenhafte Weise ein Ende zu setzen, legen sich nicht wie Opferlämmer auf die Schienen. Die blicken dem Zug aufrecht entgegen. Die sehen dem Tod ins Auge und sorgen dafür, daß der Lokführer was hat, wovon er nachts träumen kann. Geh mir nicht auf die Nerven, Heller. Ich hab noch zu tun.« Henry registrierte das Freizeichen in der Leitung erst nach ein paar Sekunden. Er legte auf und blieb am Fenster sitzen, durch das er auf Ariels Hinterhof starrte.

In dem, was Marge gesagt hatte, steckte mindestens ein Fehler: Es war nämlich tatsächlich jemand »verduftet« seit Lacys Tod, und derjenige war sogar zu Geld gekommen, aber die Polizei wußte nichts von Richard Cummings. Und offenbar hatten sie auch noch nichts von der Affäre zwischen Gilroy und Mrs. Lacy gehört. Oder vielleicht hatte Marge es einfach nicht erwähnt. Oder Claudia Wynn hatte sich das alles ausgedacht.

Marge hatte ihm allerdings etwas erzählt, das er bisher nicht gewußt hatte; Lacy hatte sich in seinen letzten Sekunden nicht gerührt. Er hatte nicht einmal aufgeblickt.

40

Die Nachricht, daß Grace vom Stadt- ins Bezirksgefängnis verlegt worden war, erschien auf der Titelseite der Sonntagszeitung. Daneben ein Bild: ein unscharfes, durch das Fenster eines Streifenwagens geschossenes Foto von einem bandagierten, hinter einer Sonnenbrille verborgenen Gesicht. Die Verlegung bedeutete einen weiteren ominösen Schachzug der unerbittlichen Justizmaschinerie, und Grace, so schien es Ariel, als sie sie besuchte, war sich darüber vollkommen im klaren.

Physisch hatte sie sich nicht verändert – Grace sah immer noch aus, als hätte sie einen Zweikampf mit einer Mangel verloren –, aber ihre innere Haltung war nicht mehr dieselbe; sie war in sich zusammengesunken, selbst ihre Haut schien sich nicht mehr so straff über ihre Knochen zu spannen. Sie vermied direkten Blickkontakt. Die Qualen hatten offenbar begonnen, ihren Tribut zu fordern.

Es schien nicht angemessen, ihr zum Geburtstag zu gratulieren.

»Mrs. Barron«, sagte Ariel, »ich habe mit Chuck McCrory gesprochen.«

Grace reagierte nicht. Sie starrte unverwandt auf ihre Hand, die aus der Armschlinge herausschaute und vor ihr auf dem Tisch ruhte. Mit der anderen massierte sie sich geistesabwesend die Fingerknöchel.

»Ich habe sowohl von Ihrem Anwalt als auch von anderer Seite erfahren, daß Sie mir nicht die Wahrheit gesagt haben.«

Grace' einzige Reaktion bestand in einem Zusammenpressen der Lippen.
»Es war natürlich Ihr gutes Recht, mir überhaupt nichts zu sagen, aber es enttäuscht mich sehr, daß Sie versucht haben, mich in die Irre zu führen.«
Grace schaute kurz auf und senkte ihren Blick gleich wieder.
»Ich weiß nicht, wovon Sie reden«, sagte sie.
»Sie haben mir weisgemacht, Sie besäßen kein Auto. Das tun Sie aber. Und zwar eins, auf das die Beschreibung von dem Wagen paßt, der in der Nacht, als Ihr Sohn starb, an dessen Haus gesehen wurde.«
Die Hände auf dem Tisch hielten inne. Grace starrte auf ihre weißen Knöchel und schüttelte langsam den Kopf – ein stummes, verwirrtes Nein.
»Und egal, wie schwach Ihr Nervenkostüm sein mag, wenn Sie in letzter Zeit nicht Auto gefahren sind, dann deswegen, weil man Ihnen den Führerschein weggenommen hat.«
Eine Spur der alten Arroganz lag in Grace' Stimme, als sie sagte: »Sie erwarten doch wohl nicht von mir, daß ich herumlaufe und den Leuten das auf die Nase binde? Ich war nicht betrunken. Und ich habe nie einen Unfall gehabt, oder? Ich war absolut in der Lage zu fahren, egal, was dieser Polizist behauptet hat!«
Ariel seufzte unverhohlen ungeduldig. »Darum geht es nicht«, sagte sie, unterbrach sich jedoch, als sie sich selbst reden hörte. Sie war keine Richterin und keine Jury, und sie war es gewesen, die den Kontakt zu Grace gesucht hatte, nicht umgekehrt. Sie betrachtete die leeren Augen, das stumpfe Haar, das unfrisiert an Grace' Schädel klebte, die bleichen, ungeschminkten Lippen und fragte: »Hat man Ihren Wagen abgeschleppt?«
Grace hob eine Schulter.

»Befand sich irgend etwas in dem Wagen, das Sie weiter belasten könnte?«

»Ich versehe das nicht. Mr. McCrory hat gesagt ... Die einzigen Fingerabdrücke, die in dem Auto gefunden wurden, stammten von mir. Das heißt von mir und von – wie nennt man das, wenn sie an einem Auto alles überprüfen und in Ordnung bringen?«

»Inspektion?«

»Ja. Genau. Sie haben eine Rechnung im Handschuhfach gefunden. Ich nehme an, Halley hat das machen lassen.«

»Halley? Dort ist Ihr Wagen also gewesen? Bei Ihrer Stieftochter?«

»Komisch. Ich habe sie nie als Stieftochter betrachtet. Jedenfalls seit vielen Jahren nicht mehr.«

»Ist Ihr Wagen bei ihr gewesen?«

»Da ich nicht mehr fahren konnte ... nicht mehr fahren durfte, hat sie das Auto von mir ferngehalten. Sie wollte es verkaufen. Ich hab immer gesagt, ich würde es brauchen, sobald ich meinen Führerschein wieder hätte, aber Halley konnte sehr stur sein. Ich nehme an, sie hat es zur Inspektion gebracht, um es besser verkaufen zu können.«

»Sind Sie in letzter Zeit noch mal in dem Wagen gefahren? Seit der Inspektion?«

»Ich weiß nicht, wann das war, aber ich habe in dem Auto gesessen, und zwar vor nicht ganz drei Wochen. Halleys Auto war, glaub ich, zur Reparatur, und ich brauchte ein paar Kleinigkeiten. Sie hat mich in meinem Wagen abgeholt und mich zum Supermarkt gefahren. Aber ...« Grace schüttelte mutlos den Kopf.

»Was ist los?« fragte Ariel.

»Ich kann nicht mehr klar denken. Es ist mindestens ein Jahr her, seit ich dieses Auto gefahren habe. Ich verstehe nicht, wieso meine Fingerabdrücke immer noch in dem

Wagen sind, nachdem er zur Inspektion war und anschließend gründlich gesäubert wurde. Na ja, außer am Türgriff und vielleicht ... Ach, ich kann mich einfach nicht erinnern.«

»Was mich noch viel mehr interessiert, ist, wieso man keine Fingerabdrücke Ihrer Stieftochter in dem Wagen gefunden hat.«

Einen Augenblick lang wirkte Grace verblüfft. »Ah, jetzt verstehe ich, was Sie meinen. Das kann ich Ihnen erklären. Halley hat immer Autohandschuhe getragen. Sie hatte das Gefühl, das sei sicherer.« Ihr Gesichtsausdruck verfinsterte sich wieder. »Ist das nicht ein Witz? Daß ausgerechnet sie die Kontrolle über ihr Auto verloren hat?«

»Ja, wirklich. Ausgerechnet Halley. Mrs. Barron, können Sie mir sagen, welche Beweise sonst noch gegen Sie vorliegen?«

»Wahrscheinlich hätte ich Ihnen noch nicht mal das sagen dürfen. Ich glaube, Mr. McCrory möchte nicht –«

»Mr. McCrory sollte einem geschenkten Gaul nicht ins Maul schauen.«

Grace zögerte. »Also, da war irgendwas mit einem Garagentoröffner, den sie im Wagen gefunden haben. Können Sie sich vorstellen, was daran so wichtig ist?«

»Ja.«

»Ich nicht, und es ist mir auch egal. Ich habe keine Lust mehr, mich mit dieser Sache auseinanderzusetzen. Hier eingesperrt zu sein ...« Sie schaute sich resigniert in dem kahlen Raum um, zuckte zusammen, als ihr Blick eine der Wachen streifte. »Ich habe heute Geburtstag, hab ich Ihnen das gesagt?«

»Ja, das haben Sie.«

»Sie waren dort, nicht wahr, als ich das Geschenk gefunden habe, das John William mir heute geben wollte?«

Ariel nickte. Grace hatte die Pistole erst vor wenigen Tagen gefunden, und doch fiel es ihr bereits schwer, sich zu erinnern, wer dabeigewesen war. Ariel fragte sich, ob McCrory sich über den Geisteszustand seiner Mandantin im klaren war.
»Ich wußte nicht«, sagte Grace, »daß er mich so sehr gehaßt hat.«
»Mrs. Barron, dazu wollte ich Sie auch noch etwas fragen. Diese Pistole hat offenbar eine gewisse ... Geschichte. Würden Sie mir erzählen –«
»Das hat nichts mit dem zu tun, was im Moment mit mir geschieht!«
»Dann lassen Sie mich wenigstens folgende Frage stellen: Es ist allgemein bekannt, daß Sie und John William sich einander entfremdet hatten. Wieso?«
»Ich ertrage es nicht, darüber zu sprechen.«
Ariel schluckte ihren Frust. »In Ordnung. Würden Sie mir denn vielleicht die Wahrheit darüber sagen, was Sie für ihn empfanden?«
»Das habe ich Ihnen doch schon gesagt! Ich bin gestern sehr offen zu Ihnen gewesen. Ich werde nicht noch einmal über dieselben Dinge mit Ihnen reden.«
»Ja, Sie deuteten an, daß Sie ihn sehr geliebt haben, und sei es auch nur, weil er Sie an Ihren verstorbenen Mann erinnerte. Man hat mir erzählt, Mrs. Barron, daß Sie ihn einmal sehr heftig beschimpft und dabei mit seinem Vater verglichen haben.«
»Ich dachte, Sie wären von meiner Unschuld überzeugt. Ich dachte, Sie wollten mir helfen.«
»Ich habe bisher mit niemandem über das gesprochen, was ich gehört habe. Vielleicht werde ich das auch nicht tun.«
Grace schien die implizite Drohung verstanden zu haben. Ihre Mundwinkel zuckten nervös. »Ich weiß nicht, auf

welches Gespräch Sie anspielen. John William konnte ziemlich übellaunig sein. Regelrecht gehässig. Manchmal hat er mich so zur Weißglut getrieben, daß ich möglicherweise Dinge gesagt habe, die ich nicht so gemeint habe.« Sie rieb sich die trockenen Lippen und wandte ihren Blick ab. »Manchmal hab ich mich so aufgeregt, daß ich ... daß ich einen Schluck trinken mußte, um meine Nerven zu beruhigen. Dann war ich einfach nicht mehr ich selbst und habe mich womöglich etwas unglücklich ausgedrückt.«

»Aber warum haben Sie bei diesen Gelegenheiten Ihren Mann ins Spiel gebracht? Ist der auch gehässig gewesen?«

Grace warf empört den Kopf zurück. »John Early Barron war ein Genie! Man kann außergewöhnliche Menschen nicht mit gewöhnlichen Maßstäben messen!«

Ariel nutzte die Gelegenheit und sah Grace direkt in die Augen. »Wo waren Sie in der Nacht, als John William starb?«

»Ich war in meiner Wohnung.«

»Waren Sie allein?«

»Es kam selten vor, daß ich nicht allein war.«

»Waren Sie an jenem Abend allein? Niemand hat mit Ihnen gesprochen oder Sie gesehen? Haben Sie ferngesehen? Kann es sein, daß Sie am späten Abend irgendeine Sendung gesehen haben, die beweisen würde, daß Sie nicht hier in Charleston gewesen sein können?«

Mit aller Würde, die sie noch aufbringen konnte, erwiderte Grace: »Wenn dieser Abend so ähnlich verlaufen ist wie die meisten Abende, war ich wahrscheinlich bereits lange vor den Elf-Uhr-Nachrichten sinnlos betrunken.«

Ariel atmete tief aus. »Wissen Sie, wo Ihre Stieftochter in jener Nacht gewesen ist?« fragte sie.

Ariel konnte sich mit dem Gedanken nicht abfinden. Was, wenn Henry richtig getippt hatte? Was, wenn Halley Barron John William tatsächlich umgebracht hatte?
Vor lauter Erregung hätte sie beinahe eine rote Ampel überfahren. Wütend trat sie auf die Bremse. Während sie stundenlang mit Leuten geredet und in mühsamer Kleinarbeit die einzelnen Puzzleteile zusammengetragen hatte, sollte der verdammte Henry Heller nach ein paar Minuten Zuhörens direkt auf die Wahrheit getippt haben? »Vergiß die Schwester nicht«, hatte er gesagt. Die Geschichten über Halley seien »zu schön, um wahr zu sein«.
Wie war Henry so schnell auf etwas gekommen, über das sie noch nicht einmal nachgedacht hatte? Nicht daß Grace Ariels wachsenden Verdacht in geringster Weise bestätigt hätte. Als sie sie gefragt hatte, wo Halley in der Nacht von John Williams Tod gewesen sei, war ihr sofort klargeworden, was die Frage beinhaltete, und sie hatte sich zutiefst empört gezeigt.
»Hüten Sie sich, den Namen meiner Tochter in den Schmutz zu ziehen«, hatte sie mit schneidender Stimme gesagt. Halley sei eine »ehrbare Frau« gewesen, und sie habe ihren Bruder abgöttisch geliebt. Ihr Leben, hatte Grace gesagt, sei durch Klatsch und üble Nachrede ruiniert worden, und sie werde nicht tatenlos zusehen, wie eine Frau verleumdet werde, die auf tragische Weise ums Leben gekommen war und sich nicht mehr wehren konnte.
Ariel hatte sich nicht beirren lassen. »Ich stelle nur dieselben Fragen, die die Polizei bereits gestellt haben muß«, hatte sie ruhig geantwortet. »Ich nehme an, daß die mit dem zufrieden waren, was Sie zu Protokoll gegeben haben, sonst wären Sie jetzt nicht hier.«
Henry hatte sie daran erinnert, daß Halley und John William sich gestritten hatten und daß sein Tod die Halbschwe-

ster, wenn auch nur für kurze Zeit, zu einer sehr reichen Frau gemacht hatte. Und Halleys Volvo war, wie Ariel inzwischen wußte, etwa zu der Zeit, als John William ermordet worden war, zur Reparatur gewesen. Der blaue Chevrolet stand ihr jederzeit zur Verfügung. Sie hatte beim Autofahren Handschuhe getragen.

Wieso war Grace dann im Gefängnis?

Grace hatte ihr in dieser Angelegenheit nicht weitergeholfen. Nachdem sie so vehement Partei für ihre Stieftochter ergriffen hatte, war sie in mürrisches Schweigen versunken. Ariel merkte plötzlich, daß sie sehr dicht auf einen mit Warnschildern übersäten Tanklaster aufgefahren war, und schaltete in einen niedrigeren Gang.

Sie sträubte sich dagegen zu glauben, daß Halley John William ermordet haben sollte, nicht nur, weil sie nicht wollte, daß Henry recht behielt.

Ihr war aufgefallen, daß Grace fast nie von ihrem Sohn sprach, wenn sie John William meinte, oder von »Halleys Bruder«. Sie nannte ihn immer nur »John William«. Und als Louise Mullis wiedergegeben hatte, was sie John William hatte ausrichten sollen, hatte sie gesagt: »Sagen Sie ihm, Grace hat angerufen.«

Wenn an der Theorie, daß Halley John Williams Mutter war und daß sie ihn ermordet hatte, irgend etwas dran war, dann war Ariel wieder genau da, wo sie überhaupt nicht sein wollte. Dann war sie wieder bei Kindsmord.

»Mrs. Bernd, wenn Sie mir nur eine einzige Frage beantworten würden ... Ich verspreche Ihnen, Sie danach nie wieder zu belästigen. Bitte!«

Ariel hatte an einer Telefonzelle angehalten und John Williams Exfrau angerufen. Sie wollte unbedingt einen neuen Verdächtigen finden. Wenn sie Glück hatte, würde sie vielleicht bei den abwegigsten Quellen auf Überraschungen stoßen.

Beverly Bernd hatte Ariel aufgefordert, sie in Ruhe zu lassen. Als sie völlig entnervt auf Ariels Frage reagierte – wieso sie über ihre erste Ehe immer noch so tief verbittert war –, hatte sie Ariel lediglich mit ihrem abgrundtiefen Haß überrascht.

»Hören Sie gut zu«, schrie sie. Im wesentlichen schien es darauf hinauszulaufen, daß sie sieben Jahre lang »in die Kirche gerannt« war, sobald die Türen geöffnet wurden, und sich »für jeden Wohltätigkeitsverein in der Stadt den Arsch aufgerissen« hatte, um ihren Status als Geschiedene vergessen zu machen und »dieses gehässige Grinsen aus den Gesichtern der Leute« zu tilgen, die der Meinung waren, ihr erster Mann hätte sie »praktisch auf der Hochzeitsreise fallenlassen, als wäre ich eine Art geschmacklose Witzfigur«. Sie würde es nicht zulassen, daß »ein paar dahergelaufene Fremde die schlimmste Zeit ihres Lebens noch einmal aufwärmen«.

Ariel hielt den Telefonhörer inzwischen eine Handbreit von ihrem Ohr entfernt. »Mrs. Bernd –«

»Ich habe Mr. John William Barron seitdem nie wiedergesehen, und wenn Sie's genau wissen wollen, ich war mit meiner Familie in Destin, Florida, als er starb, ich weiß also überhaupt nicht, wieso Sie mir mit dieser Sache dauernd auf die Nerven gehen, aber wenn Sie meinen Namen in irgendeiner Weise mit den Sauereien, in die dieser Mann verwickelt war, in Verbindung bringen, dann werde ich Ihnen einen Prozeß an den Hals hängen, daß Ihnen Hören und Sehen vergeht.«

»Ich möchte doch nur wissen –«

»Ich habe jetzt einen *anständigen* Mann. Wir haben eine fünfjährige Tochter. Glauben Sie, ich habe Lust, mich von ihr nach irgendwelchen Gemeinheiten fragen zu lassen, die sie im Fernsehen über ihre Mutter gehört hat?«

»Mrs. Bernd!« Ariel hatte fast ins Telefon geschrien, woraufhin sie einen verblüfften Blick von einem Mann erntete, der vor der Telefonzelle wartete. »Ich habe nicht die Absicht, Ihren Namen zu erwähnen, solange Sie dem nicht ausdrücklich zustimmen!« Sie hörte schweres Atmen, aber keinen weiteren Wutausbruch und kein Klicken.

»Ich nehme an, Sie würden Ihren ersten Mann nicht als ›anständigen Mann‹ bezeichnen?«

»Na ja«, schnaubte sie verächtlich, »ich weiß ja nicht, was man in Hollywood oder in New York als anständig bezeichnet, aber die Leute, die ich kenne, würden Männer, die andere Männer ...« Es entstand eine kleine Pause, dann ein verächtliches »Pff«, dann klickte es in der Leitung.

Ariel hängte langsam den Hörer ein. Ihr fiel nur eine einzige Möglichkeit ein, den letzten Satz sinnvoll zu beenden.

Ariel stellte erleichtert fest, daß Sarge die zerbrochene Scheibe an der Hintertür ersetzt hatte, bevor er losgefahren war, um B. F. aus dem Krankenhaus abzuholen. Hattie war offenbar auch nicht untätig gewesen. Ein Tablett, beladen mit dem besten Porzellan und noch warmem Ingwerbrot, wartete auf Ariel, und in der Kaffeemaschine wurde bereits frischer Kaffee gebrüht. Die ganze Küche duftete appetitlich nach Frühstück und nach etwas Hühnchenartigem, das auf dem Herd vor sich hin köchelte.

Hattie war gerade dabei, makellos sauberes Silber zu polieren, und als Ariel die Küche betrat, legte die alte Frau sich noch leidenschaftlicher ins Zeug.

»In diesem Haus gibt's einfach nicht genug zu tun«, murmelte sie einer unglücklichen Gabel zu.

»Sind die beiden noch nicht da?«
Hattie legte die Gabel weg und nahm sich einen Löffel vor.
Ariel versuchte es noch einmal. »Ich bin froh, daß Sarge dazu gekommen ist, die Scheibe auszuwechseln.«
»Das hat er nicht gemacht; ich war das. Ich dachte, es wäre besser, B. F. die Neuigkeiten nicht gleich unter die Nase zu reiben, wenn er kommt.«
»Oh«, sagte Ariel. »Die Suppe riecht gut.«
»Das ist keine Suppe. Das ist Huhn mit Klößen.«
»Ah«, sagte Ariel, um nicht schon wieder »Oh« zu sagen. In diesem Augenblick wurde das tiefschürfende Gespräch durch das Läuten des Telefons unterbrochen.
»Ariel Gold? Manny Littell«, sagte der Chefproduzent von LifeTime. »Sie sind ja kaum zu erreichen. Win Peacock hat Ihnen gesagt, daß ich mich bei Ihnen melden würde, nicht wahr? Ich habe viel Gutes über Sie gehört. Wann können wir uns sehen?«
Bevor Ariel einen Ton sagen konnte, ging Littell gleich in medias res: »Tut mir leid, daß ich einfach so in Ihr Wochenende platze, aber wir stehen hier unter Zeitdruck, und wir müssen diesen Posten schnellstens neu besetzen. Könnten Sie es einrichten, diese Woche kurz hier raufzukommen? Sagen wir, Dienstag?«
Ariel fand ihre Sprache wieder. »Ich fürchte, das wird nicht möglich sein, Mr. Littell. Ich muß am Dienstag wieder in Los Angeles sein.«
»Dann vielleicht nächstes Wochenende?«
Obwohl sie zwischendurch immer wieder mit einem Kribbeln im Magen darüber nachgedacht hatte, ob es Zeit für eine größere Veränderung in ihrem Leben sei, war Ariel noch zu keinem Entschluß gekommen. Im Moment jedoch brauchte sie nicht erst in sich zu gehen, um zu wissen, daß sie sich überfahren fühlte.

»Ich weiß es zu schätzen, daß Sie so flexibel sind, Mr. Littell. Ich wünschte, ich könnte –«

»Dann also in L.A. Können Sie es am Montag, dem Siebenundzwanzigsten zum Lunch schaffen?«

»Nun ... ich denke –«

»Sie bestimmen den Ort. Mein Büro wird Sie anrufen, um den Termin zu bestätigen.«

Littell ließ noch schnell ein oder zwei schmeichelnde Bemerkungen los, versicherte Ariel, daß er sich auf das Gespräch mit ihr freue, und verabschiedete sich. Als Ariel auflegte, fühlte sie sich, als wäre sie gerade von einem Schnellboot über Bord geworfen worden. Wie von weitem hörte sie Hatties Stimme.

»Das werden sie sein.«

Ariel hatte das Auto nicht gehört.

»Los, geh schon«, brummte Hattie und polierte, was das Zeug hielt. »Steh nicht da herum wie zur Salzsäule erstarrt, los, mach die Tür auf.«

Sie hörten, wie die Wagentüren zugeschlagen wurden, wie B. F. lauthals irgendwelche Befehle erteilte, dann fuhr der Wagen ab, und der Alte fiel wie ein Sturmwind ins Haus ein. »Endlich frei!« dröhnte er und hob einen Arm himmelwärts, während er Ariel mit dem anderen an sich drückte. »Hey, alte Lady, schieb dein dürres Gestell hier rüber, und gib mir 'n Kuß!«

Hattie marschierte zum Herd hinüber, als hätte sie ihn nicht gehört, doch sie konnte sich ein Grinsen nicht verkneifen. »Hör auf, den Idioten zu markieren! Willst du Kaffee oder lieber Tee?«

»Ich will Barbecue und Stew, aber irgend jemand hat vergessen, Sarge das auszurichten, also hab ich ihn losgeschickt, um mir das Zeug zu besorgen. In der Zwischenzeit werd ich mir einen Grog genehmigen.«

»Den«, sagte Hattie mißbilligend, »kannst du dir selbst besorgen.«
Es dauerte mehrere Stunden, bis Ariel dazu kam zu telefonieren.
Ihr Großvater hatte sich dazu überreden lassen, sich ein bißchen auszuruhen, und Hattie befand sich in der Wäschekammer. Ariel vergewisserte sich, daß Sarge nirgendwo in Hörweite war, bevor sie Julian Taliaferros Nummer wählte.
»Ich habe Sie einmal gefragt, ob John William irgendwelche Freunde gehabt hat«, sagte Ariel. »Mir ist erst klargeworden, wie diskret Sie Ihre Antwort formuliert haben, nachdem ich heute mit einer ehemaligen Mandantin von Ihnen, der ehemaligen Mrs. Barron, gesprochen habe. Sie hat sich weniger diskret ausgedrückt.«
»Die gute alte Beverly.«
»Sie haben uns erzählt, sie hätte als Scheidungsgrund ›unüberwindliche Abneigung‹ angegeben.«
Er gab zu, daß er das gesagt hatte.
»Ich habe mir heute morgen ein paar Dinge zusammengereimt, die ein ganz neues Licht auf John Williams Leben werfen. Glauben Sie, daß sein Tod etwas mit seiner Homosexualität zu tun hatte?«
»Welche ›paar Dinge‹ haben Sie zu dem Schluß veranlaßt, daß er homosexuell war?«
»Das, was ich Ihnen gerade erzählt habe, und etwas, das mir wieder eingefallen ist. Als ich bei Grover Washburn zu Hause war – bei dem Leichenschmaus oder wie auch immer das hier heißt –, ist mir aufgefallen, daß er einem seiner Gäste gegenüber besonders aufmerksam war; ich will ja nicht übertreiben, aber er hat regelrecht Stielaugen bekommen, jedesmal, wenn er ihn angesehen hat. Der Gast war keine Frau.
Washburn hat ausgesagt, das Haus sei unverschlossen ge-

wesen, als er die Leiche entdeckt hat. Ich frage mich, ob er vielleicht selbst einen Hausschlüssel besaß und der Polizei gegenüber nicht zugeben wollte, daß er freien Zugang zum Haus der Barrons hatte.«
»Das scheint mir eine ziemlich gewagte Schlußfolgerung zu sein«, sagte Julian trocken.
Ariel blinzelte. Sie beschloß, sich nicht von ihrer Fährte abbringen zu lassen. »Grace Barron«, sagte sie, »hat ihren Sohn einmal als ›pervers‹ beschimpft.«
»Ihnen gegenüber?«
»Sie hat ihn angeblich als pervers beschimpft.«
»Üble Nachrede ist etwas, vor dem wir uns alle hüten sollten – auch wenn das nicht gerade mit Mord vergleichbar ist.«
»Sie soll gesagt haben, er sei ganz wie der Vater gewesen, und ich Trottel war so sehr damit beschäftigt, mich zu fragen, was sie wohl damit über John Early Barron sagen wollte, daß ich John William ganz vergessen habe. Wenn ich's mir genau überlege, hat er in der Nacht, als er starb, einiges gesagt, das erst jetzt einen Sinn ergibt.«
»Ja, Ma'am, die Nacht, in der er starb. Ich würde auch allzugern wissen, worüber Sie beide sich da unterhalten haben.«
»Er hat davon gesprochen, daß er sein Leben lang ein Außenseiter gewesen ist, davon, daß er sich wegen irgend etwas zutiefst schämte. Später, als ich erfahren hatte, wer er war, nahm ich an, er hätte von den Folgen gesprochen, die der Selbstmord seines Vaters für ihn gehabt hat, über das Stigma. Aber vielleicht war es das gar nicht. Ich kann mir lebhaft vorstellen, was die Leute hier von Homosexualität gehalten haben, als er heranwuchs.«
»Auch heute werden Sie hier kaum irgendwelche Mütter finden, die für die Rechte der Schwulen auf die Straße

gehen, verlassen Sie sich drauf. Ariel, ich versichere Ihnen, ich weiß nichts über John William Barrons sexuelle Orientierung. Aber wie immer die ausgesehen haben mag, ich kann mir nicht vorstellen, daß das etwas mit seinem Tod zu tun haben soll. Ich wäre ... sehr enttäuscht von Ihnen, wenn Sie so tief sinken würden, im Fernsehen schmutzige Wäsche zu waschen.«

Ariel hörte ihm überhaupt nicht zu. »Er hat irgend etwas von ›denen‹ gesagt – wer immer ›die‹ auch sind –, die versucht hätten, einen Mann aus ihm zu machen. Ich frage mich, ob er sich vielleicht unsicher war, was seine sexuelle Orientierung anging. Vielleicht war seine Ehe ein Versuch, sich anzupassen, ›deren‹ Erwartungen zu erfüllen.«

Julian lachte in sich hinein. »Unglaublich! Sie begegnen diesem Mann ein einziges Mal. Sie reden ein paar Minuten lang mit ihm, und schon haben Sie ihn durchschaut und sein komplettes psychologisches Profil in der Tasche. Aber wir haben eben von Mord gesprochen. Ich nehme an, Sie haben sich das Szenarium bereits zurechtgelegt. Ein Streit zwischen Liebenden vielleicht? Ein Stricher, der seinen Freier erschlägt? Oder was?«

Ariel hatte keine Vorstellung davon, wie es sich zugetragen haben könnte. Im Augenblick konnte sie sich kein Szenarium vorstellen, das so schmutzig war, wie sie sich nach diesem Gespräch fühlte. Trotzdem war sie mehr denn je davon überzeugt, daß Grover Washburn irgend etwas zu verbergen hatte.

41

Es wäre möglich«, sagte Marty, die Leichenhausratte, vorsichtig. Auf Henrys Bitte hin hatte er sich bei einem Kumpel erkundigt, der in der Nacht im Dienst gewesen war, als man Grant Lacys sterbliche Überreste untersucht hatte.

»Kann sein, daß der Typ schon tot war, bevor er von dem Zug überrollt wurde, aber wenn, dann war er noch nicht lange tot. Bei den Unmengen Blut, die er verloren hat, ist das alles schwer festzustellen, verstehst du, aber er war noch nicht kalt, als die Polizei eintraf. Wenn er also schon vorher den Löffel abgegeben hatte, dann war das höchstens eine Stunde vor dem Unglück. Meinst du, er hat einen Herzinfarkt gehabt, bevor der Zug ihn erwischt hat, oder was? Oder glaubst du, der Typ ist nicht freiwillig auf den Schienen gelandet?«

»Ich denke nur laut vor mich hin, Marty. Wär mir lieb, wenn du nicht darüber reden würdest, okay? Eure Leute haben also damals in der Nacht nichts entdeckt, was darauf hinweisen würde, daß er schon vorher tot war?«

»Alles, was die gemacht haben, war ein Bluttest. Wenn er sich vorher 'n goldenen Schuß gesetzt hätte oder an irgend 'ner Krankheit eingegangen wäre – zum Beispiel Aids –, dann hätten sie's rausgefunden. Und, ich meine, wenn sie Würgemale an seinem Hals gefunden hätten oder Stichwunden oder eine Kugel oder sonstwas, dann hätten sie garantiert Verdacht geschöpft.«

»Die Leiche war noch intakt genug, um so was feststellen zu können?«

»Möglich. Soviel ich weiß, hatten sie jedenfalls alle Einzelteile, wenn auch nicht alle im gleichen Zustand. Das heißt, ich glaub, einen Teil des Schädels haben sie nicht gefunden. Die Räder von dem Zug müssen den vollkommen –«

Henry spürte, wie ihm die Galle hochkam. »Marty, darf ich dich mal was fragen? Wieso machst du diesen Job? Findest du nichts Besseres?«

»Wieso? Soll ich vielleicht das Showbusineß aufgeben?«

»Ich meine es ernst. Wie kannst du dir das jeden Tag ansehen, wenn sie diese Leichen aufschlitzen?«

»Also gut, ich sag dir die Wahrheit. Eigentlich wollte ich Anwalt werden, aber dann hab ich festgestellt, daß ich einfach nicht die Nerven dafür hatte. Bin glatt in Ohnmacht gefallen, als ich zum erstenmal bei einem Prozeß dabeisein mußte.«

Nachdem er Sam und dessen Freund an der Mall abgesetzt hatte, beschloß Henry, eine Spazierfahrt zu machen. Ohne daß er es geplant hatte, landete er in Long Beach.

Er schlenderte in der Nähe des Long Beach Yacht Club an einem Dock entlang, lauschte auf das Kreischen der Möwen, die über ihm durch die Luft flogen, und betrachtete gedankenverloren die Boote, die im Jachthafen vertäut lagen, lange Reihen von Segelbooten in allen Größen und schier endlosen Variationen von Weiß und Blau. Planen und Flaggen flatterten in der leichten Brise, Taue schlugen gegen die Masten, und hier und da war ein Quietschen und Ächzen zu hören, wenn sich die Schiffsrümpfe an den Bootsstegen rieben. Er dachte an nichts anderes als daran, wie sehr er seinen spontanen Ausflug genoß, als ihm plötzlich bewußt wurde, wieso es ihn ausgerechnet hierher verschlagen hatte.

Ihm fiel plötzlich wieder ein, daß irgend jemand ihm erzählt hatte, Grant Lacy habe eine Jacht besessen, und dieser Jachthafen lag seinem Wohnsitz am nächsten.
Wie der von seiner Arbeit besessene Lacy neben seinem intensiven Lauftraining und dem leidenschaftlichen Sammeln großer Kunstwerke auch noch Zeit zum Segeln gefunden hatte, war Henry, dem es schwerfiel, außer seiner Arbeit irgend etwas auf die Reihe zu kriegen, ein komplettes Rätsel. Vielleicht hatte der Mann einfach keinen Schlaf gebraucht, dachte er und ging zu dem Tankwart hinüber, der sich Henrys Frage anhörte und dann nickte. »Klar. Das muß die Rising Star sein.« Er deutete auf ein Schiff, das in einiger Entfernung lag, und Henrys Blick folgte seinem Finger. »Stammt aus Holland. Eine Fünfundzwanzig-Meter-Jacht.«
»Ah.« Henry betrachtete die vielen Segelboote, die sich in seinen Augen kaum voneinander unterschieden. Er hatte keinen blassen Schimmer von Hochseejachten, aber man mußte kein Dennis Conner sein, um zu erkennen, daß jeder einzelne von diesen Kähnen mindestens soviel gekostet hatte wie ein Einfamilienhaus. »Hat Lacy viel Zeit an Bord verbracht?«
»Hab den Mann nie gesehen. Erst neulich hat mir jemand erzählt, daß sie dem vermißten Computerfritzen gehört hat. Heißt es nicht, sie hätten ihn gefunden?«
»Gehört hat? Sie meinen, das Boot wurde verkauft?«
»Ach, schon vor 'ner ganzen Weile – muß ungefähr ein Jahr her sein.«
»Sind Sie sicher?«
»Sie meinen, was den Zeitpunkt angeht? Nein, aber es war auf jeden Fall, bevor in den Zeitungen stand, daß dieser Lacy verschwunden war. Irgendein berühmter Filmproduzent hat sie gekauft. Der ist fast jedes Wochenende draußen.«

»Wer ist denn mit dem Schiff rausgefahren, als es noch Lacy gehörte?«

»Verschiedene Leute. Typische Country-Club-Schnösel, anders als heute. Dieser Produzent hatte letzte Woche – wie hieß er gleich? – George Hamilton an Bord, und jemand hat mir erzählt –«

»Aber damals waren nicht jedesmal dieselben Leute an Bord?«

Der Mann gab eine Art Grunzen von sich, das anscheinend heißen sollte »Wer weiß?«

»Diese eine Frau war jedesmal dabei. Eine Blondine. Ungefähr so alt wie ich: so Mitte Dreißig. Die hatte anscheinend das Sagen.«

Henry hatte kein Foto von Betty Lacy bei sich, aber als er sie beschrieb, nickte der Tankwart: »Ja, das könnte sie sein. Ziemlich elegante Biene.«

»Wieviel bringt denn so 'n Kahn, wenn man ihn verkauft?«

»Kommt drauf an, wie dringend der Besitzer ihn loswerden will. So, wie die Situation heute aussieht, müßte er wahrscheinlich mit dem Preis runtergehen, wenn es schnell gehen soll. Schätze mal, so etwa eins Komma drei Millionen müßte er dafür bekommen.«

Auf dem Rückweg dachte Henry über die Neuigkeit nach, daß das Boot kurz vor Lacys Tod den Besitzer gewechselt hatte – und daß Mrs. Lacy allein mit ihren Gästen gesegelt war.

Ihm fiel wieder ein, daß es Marge gewesen war, die ihm von dem Boot erzählt hatte; sie hatte gesagt, als Lacy verschwand, hätte sein Auto noch immer in der Garage gestanden und sein Boot noch im Jachthafen gelegen. Henry vermutete, daß Mrs. Lacy der Polizei von dem Boot erzählt hatte. Aber wieso hatte sie es erwähnt, wenn es bereits verkauft war? Oder hatte sie nichts davon gewußt?

Als nächstes fuhr Henry zur Galerie Palos Verdes Estates, die Richard Cummings in seinen Notizen erwähnt hatte. Er hatte mit dem Besitzer, Mr. Methvin, telefoniert und hoffte, daß sich ein persönliches Gespräch als produktiver erweisen würde.

Der Mann, den Henry für den Besitzer hielt, war gerade mit einer Kundin beschäftigt, einer Frau in Leggins, einem über dem Bauchnabel abgeschnittenen, pinkfarbenen Sweatshirt und etwas an den Füßen, das aussah wie hochhackige Tennisschuhe. Die ganze Erscheinung wurde von einer silbergrauen Mähne über einem pinkfarbenen Schweißband abgerundet. Sie sah nicht unbedingt so aus, als hätte sie geschwitzt, deshalb nahm Henry an, daß ihre Aufmachung irgendeinem Modetrend entsprach. Er hatte keine Ahnung, was sie darstellen wollte.

Er betrachtete die Bilder, eine Reihe von Ölgemälden, in denen ein Künstler offenbar seine Alpträume verarbeitet hatte.

So schnell wie seine Würde es gestattete, schlenderte er weiter. Ein großes Ölgemälde am Ende des Raums weckte plötzlich seine Aufmerksamkeit. Er ging näher und blieb fasziniert vor dem Bild stehen. Einen Moment lang vergaß er, warum er die Galerie aufgesucht hatte.

An einem Lagerfeuer hockten drei Frauen – die Andeutung von drei Frauen. Sie schienen mit bunt gemusterten Blusen und Röcken bekleidet zu sein. Das Feuer leuchtete so intensiv, daß Henry beinahe meinte, die Hitze der Flammen zu spüren. Eine vierte Frau beugte sich über das Feuer, aber ihr Blick war auf den Künstler gerichtet. Ihr dunkles, breites Gesicht wurde von den Flammen erleuchtet, und ihre Augen drückten Unentschlossenheit aus, so, als überlege sie, welches Recht er hatte, dort zu sein.

Dieses Bild strahlte eine Kraft aus, die Henry durch Mark

und Bein ging wie die Vibrationen, die eine Baßtrommel erzeugt.

Eine ganze Weile verging. Langsam und zögernd kehrte Henry in die Schickimicki-Galerie zurück. Die Blondine zückte gerade ein Scheckbuch aus dem winzigen goldenen Rucksack, den sie auf dem Rücken trug. Sie kritzelte etwas auf den Scheck; es dauerte ziemlich lange und enthielt mit Sicherheit eine Menge Nullen. Sie reichte Methvin den Scheck, den dieser diskret in seiner Brusttasche verschwinden ließ. Er schaute ihr nach, bis sie die Galerie verlassen hatte, bevor er sich Henry zuwandte.

»Mir ist aufgefallen, daß Sie eben ganz vertieft in ›Die Entscheidung‹ waren«, sagte er, während er dem Bild einen respektvollen Blick schenkte. »Phantastisch, nicht wahr?«

Henry stimmte ihm zu und versuchte, eine Signatur auf dem Bild zu entdecken.

»John Early Barron«, sagte Methvin. Als er den verblüfften Ausdruck in Henrys Gesicht bemerkte, fügte er hinzu: »Der Name ist Ihnen offenbar geläufig.«

»Also, wenn das nicht ...« war alles, was Henry herausbrachte. Er war vollkommen überrascht, nicht nur über den merkwürdigen Zufall. Nachdem er die Informationen, die er für Ariel zusammengetragen hatte, auch selbst gelesen hatte, wußte er, daß Werke von Barron äußerst selten zu finden waren. Er wußte außerdem, daß sie extrem wertvoll waren. »Was kostet es?« fragte er.

Der Galerist schaute ihm unglücklich an. »Ich fürchte, ich kann es Ihnen nicht verkaufen. Aber ich würde Ihnen sehr gern –«

»Aber mir gefällt dieses Bild. Wem gehört es?«

»Einem britischen Gentleman. Lassen Sie uns doch nach nebenan gehen, da habe ich –«

»Wenn es einem Briten gehört, warum hängt es dann in Ihrer Galerie?«

Methvin seufzte. Henry spürte, daß der Galerist die Geduld verlor, während es ihm gleichzeitig widerstrebte, einen potentiellen Käufer zu vergraulen.

»Der Besitzer hat vor, nach Los Angeles zu ziehen, aber sein Zeitplan hat sich schon mehrmals geändert.« Er schaute wieder zu dem Ölgemälde hinüber. »Das Bild hängt schon seit Monaten in meinem Keller. Schade eigentlich, daß es mir bis jetzt nicht möglich war, es auszustellen, damit Kenner wie Sie sich daran erfreuen können.«

Henry hatte das Gefühl, daß sich sein Radar meldete. »Wieso konnten Sie es nicht ausstellen?«

Methvin begrüßte zwei Touristen, die die Galerie betraten. Sie wirkten reich und seriös, und sie zogen seine Aufmerksamkeit auf sich. »Ähm, sehen Sie, ich habe für einen bestimmten Kunden eine ganze Reihe an Kunstwerken verkauft. Aber die Verkaufsbedingungen verlangten absolute Diskretion. Kein einziges Stück, von dem der Kunde sich trennte, durfte öffentlich ausgestellt werden.« Henry zeigte auf das gut sichtbar aufgehängte Werk und runzelte fragend die Stirn.

»Ja«, sagte Methvin, »seit gestern gelten diese Bedingungen nicht mehr.«

Henrys Radar piepste vernehmlich. »Was ist denn gestern passiert?«

»Bedauerlicherweise hat sich gestern herausgestellt, daß der frühere Besitzer tot ist.«

42

Es stand eins zu null für Julian Taliaferro. Er hatte Ariel kalt erwischt, und trotzdem mußte sie zugeben, daß es wirklich nicht den geringsten Beweis dafür gab, daß John Williams sexuelle Orientierung etwas mit seinem Tod zu tun hatte. Nach Taliaferros Ansicht war das völlig irrelevant. Ariel war kurz davor, ihm recht zu geben, andererseits war sie sich ziemlich sicher, daß John William schwul gewesen war, sie war sich sicher, daß John Washburn schwul war, und sie war davon überzeugt, daß er der Polizei nicht die Wahrheit gesagt hatte. Die Sexualität der beiden Männer mochte letztlich irrelevant sein, aber wenn die Beziehung zwischen den beiden über das Arbeitsverhältnis hinausgegangen war, dann konnte das nicht einfach außer acht gelassen werden.

Während Ariel durch das stille Haus ging, überlegte sie, was sie in der kurzen Zeit, die ihr in Carolina blieb, noch tun konnte. Sie hatte ein Flugticket für den frühen Dienstagvormittag, und sie mußte schon einen verdammt guten Grund vorbringen, wenn sie es nicht benutzte.

Die Hintertür stand offen, und es duftete nach Holzkohlefeuer. Sarge war schon seit Stunden zugange, damit B. F. sein Barbecue zum Abendessen bekam.

Durch das Fliegengitter sah Ariel zu, wie Sarge den Luftabzug am Grill justierte. Aus der Waschküche drang das Brummen der Waschmaschine, begleitet von Hatties gedankenverlorenem Pfeifen, und der schwache, saubere Duft nach Wäschestärke.

Ariel konnte sich kaum vorstellen, daß sie Kiawah und Charleston schon so bald verlassen würde. Wenn das hier die Wirklichkeit war, schoß es ihr plötzlich durch den Kopf, dann war ihr Leben in Los Angeles etwas anderes; die beiden so grundverschiedenen Orte konnten einfach nicht auf derselben Zeitebene existieren. Sie war drauf und dran, wehmütig zu werden, als das Geräusch eines sich nähernden Autos sie aus ihren Gedanken riß. Sekunden später bog ein weinroter Wagen in die Einfahrt.

Marv Newton sah aus, als hätte er seit einer Woche kein Bett mehr von nahem gesehen. Mit einem kurzen, bestimmten Ruck an seinem Gürtel zog er sich seine zerknitterte Hose hoch und stapfte auf den Grill zu, wo Sarge ihn erwartete. Ariel öffnete die Küchentür und trat auf die Veranda hinaus.

»Miss Gold«, begrüßte sie der Polizist, dann hob er das Kinn und schnupperte in die Luft wie ein Hühnerhund.

»Mhmmm!« brummte er genüßlich. Ariel war ziemlich verblüfft, als er sagte: »Also, Jackie, ich hab ja schon gehört, daß du neuerdings unter die Köche – Verzeihung, Chefköche – gegangen bist, aber ich wußte gar nicht, daß du auch richtiges Essen zubereiten kannst. Ich dachte, du hättest dich auf Quiches spezialisiert.«

Seine Bemerkung grenzte an Beleidigung, und sie schien wie der Rauch des Holzkohlenfeuers zwischen den beiden Männern in der Luft zu hängen. Ariel schaute von einem zum anderen, und wieder fühlte sie sich an das Bild zweier Hunde erinnert. Stocksteif standen sie sich Auge in Auge gegenüber, während sie sich wortlos taxierten. Es kam ihr fast so vor, als ob sich ihrer beider Fell sträubte. Sarge, dachte sie einen Augenblick lang, war besser in Form, aber der andere war gut zehn Jahre jünger.

Dann, als folge er einem für das menschliche Auge nicht

wahrnehmbaren Ritual unter Hunden, grinste Sarge plötzlich und streckte seine Hand aus. Nach kurzem Zögern schlug Newton ein. Die Haltung der beiden Männer entspannte sich, und sie begannen zu Ariels Überraschung darüber zu diskutieren, welche Art Schweinefleisch sich am besten zum Grillen eignete.

Ariel ließ sich in einen Gartenstuhl sinken und schlug nach den Mücken auf ihren Armen und Beinen, während Sarge eine Kombination aus Schulter und Hinterbacke pries. »Keule, das ist das Beste!« beharrte Newton. Als schließlich eine hitzige Debatte darüber folgte, ob eine Soße auf Essigbasis einer auf Tomatenbasis vorzuziehen sei, stellte Ariel sich auf eine längere Wartezeit ein.

Noch vor wenigen Wochen war sie der Meinung gewesen, auf einen Grill gehöre entweder Rindfleisch oder Hähnchen. Aber inzwischen war sie lange genug im Süden, um es besser zu wissen – und um zu wissen, daß es nicht ratsam war, eine so gewichtige Diskussion zu unterbrechen. Keiner der beiden rückte auch nur einen Millimeter von seinem Standpunkt ab. Schließlich versprach Sarge, am nächsten Tag eine Kostprobe seines Bratens auf die Polizeistation zu bringen.

»Das gefällt mir schon besser«, sagte Newton. Und, als wäre nun eine Regelung getroffen worden, wandte er sich an Ariel, um sie in das Gespräch einzubeziehen.

»Ich bin eigentlich hergekommen, um Ihnen mitzuteilen, daß Officer Bollieux, der junge Mann, der gestern Ihre Aussagen aufgenommen hat, Ihren Vorschlag weitergegeben hat, die Alibis von diesen Einbrechern für die Nacht zu überprüfen, als Mr. Barron ermordet wurde.« Er fixierte Ariel mit seinem gesunden Auge. »Es hat sich herausgestellt, daß der Vorschlag recht brauchbar war.«

Ariel richtete sich überrascht auf. Die Sache mit den Einbre-

chern war nur eine vage Vermutung gewesen. Außerdem wirkte Newton völlig gelassen und nicht etwa entnervt darüber, daß seine Theorie angezweifelt wurde.
»Sie wollen doch nicht etwa sagen, sie haben John William umgebracht?«
»Oh, die haben einen umgebracht, aber nicht Mr. Barron. Die Mörderin von Mr. Barron haben wir sicher hinter Gittern.«
Ariel verschränkte die Arme und schaute zu Sarge hinüber, um zu sehen, wie er auf Newtons unsensible Art reagierte. Er drückte gerade eine seiner kostbaren Zigaretten aus und starrte in die Ferne.
»Vielleicht könnten Sie uns das näher erklären«, schlug sie höflich vor.
»Das hatte ich gerade vor, Ma'am«, erwiderte Newton ebenso höflich. »Sehen Sie, zunächst haben wir nichts aus diesen Stinktieren herausbekommen. Sie waren auf Fragen über Dr. Ferguson vorbereitet, der ihnen drüben auf Edisto zum Opfer gefallen war. Aber darüber konnten sie uns ›nicht das geringste sagen‹. Also« – er lächelte –, »also beschlossen wir, einem von ihnen ein paar Fragen über die Nacht zum Zweiten zu stellen, die Nacht, in der Mr. Barron ermordet wurde. Das hat den völlig aus der Fassung gebracht. Er hat gleich gemerkt, woher der Wind weht, und angefangen, mit seinem Anwalt zu flüstern. Verglichen mit vorsätzlichem Mord sah Totschlag im Affekt auf einmal richtig gut aus. Der Anwalt war sofort bereit, mit uns zu verhandeln. Um es kurz zu fassen, wir bekamen unser Geständnis.
Und damit hatten wir den Durchsuchungsbefehl in der Tasche. Wir haben nichts gefunden, was aus dem Haus der Barrons stammte. Aber fast jedes Teil, das wir sichergestellt haben, paßte zu einem anderen Einbruch, der in derselben

Nacht gemeldet wurde, als Mr. Barron ermordet wurde.« Newton machte eine kleine Pause. »Das war ziemlich weit weg – und die Tatzeit stimmt mit der von dem Barron-Mord überein.«

»Sie kennen den Todeszeitpunkt von John William ziemlich genau, nicht wahr?«

»Ach, kommen Sie, Miss Gold! Sie haben doch nicht ernsthaft angenommen, diese Jungs hätten etwas mit dem Mord an Mr. Barron zu tun! Grace Barron hat sich diese Sache mit dem Einbruch ausgedacht, um uns auf eine falsche Fährte zu locken.«

»Ich freue mich«, sagte Ariel, »daß mein Vorschlag von so großem Nutzen für Sie war.«

»Das kann ich tatsächlich nicht leugnen, und deswegen bin ich hier. Ich stehe« – er zog einen imaginären Hut – »für immer in Ihrer Schuld.«

Er wandte sich schon zum Gehen, als Ariel sagte: »Detective.« Sie stand auf. »Sie haben doch sicher auch Halley Barron als Verdächtige betrachtet, was sich dann aber offenbar als unhaltbar erwiesen hat. Da sie tot ist, könnten Sie mir doch ruhig sagen, warum.«

»Sie hatte ein Alibi.«

»Und welches ...?«

Der Polizist antwortete nicht sofort. Anscheinend überlegte er, ob er ihr gegenüber zu irgend etwas verpflichtet war. »Eine Frau aus Schottland war bei ihr zu Besuch. Eine Professorin, die am College eine Vorlesung gehalten hat, wie der Dekan mir erklärte. Ich habe die Dame in Edinburgh angerufen. Sie hat zwei Nächte bei Miss Barron verbracht, die zweite davon war die Mordnacht. In dieser Nacht ist sie gegen halb drei vom Klingeln des Telefons geweckt worden. Als sie hörte, wie ihre Gastgeberin den Anruf entgegennahm, ist sie wieder eingeschlafen.«

»Und es war kein Anrufbeantworter, der angesprungen ist?«
»Sie sagt, nein.«
»Und dann?«
»Und dann wurde es hell. Als sie gegen halb acht in die Küche ging, war Miss Barron dabei, das Frühstück vorzubereiten.«
»Was hat Miss Barron für einen Eindruck gemacht?«
»Wie immer, nehme ich an. Sie haben sich über die Pläne für den Tag unterhalten, sagt diese Frau. Ihren ›Zeitplan‹ hat sie es genannt.«
»Diese Schottin ... War sie eine gute Freundin von Miss Barron?«
»Es war vom College organisiert worden, daß sie bei Miss Barron übernachten konnte. Sie hatte ihre Gastgeberin vorher noch nie gesehen. Nach der zweiten Nacht ist sie wieder abgereist. Von dem Mord hat sie überhaupt nichts erfahren ... Sie wußte noch nicht mal, daß Halley Barron tot ist, bis ich es ihr gesagt hab.«
»Wie sind die beiden an dem Tag zum College gekommen?«
»Sie meinen, weil Miss Barrons Wagen zur Reparatur war?« Newton runzelte die Stirn. »Mein lieber Mann, Sie sind ja unermüdlich. Sie haben sich ein Taxi genommen.«
»Ein Taxi? Obwohl Miss Barron einen funktionstüchtigen blauen Chevrolet in ihrer Garage stehen hatte?«
»Jawohl, Ma'am. Trotzdem. Vielleicht war Miss Barron der Meinung, es stehe ihr nicht zu, das Auto ihrer Stiefmutter zu benutzen. Da unsere Ermittlungen erst nach ihrem Tod stattfanden, konnten wir sie leider nicht fragen.«
»Wahrscheinlich hat sie den Wagen zur Inspektion gefahren und wieder zurück.«
Als würde er den entscheidenden Zug in einem Brettspiel ausführen, sagte Newton: »Nein, Ma'am. Das hat sie nicht.

Die Inspektion wurde direkt vor dem Haus durchgeführt. Und zwar mit Hilfe eines Werkstattwagens.«

Ariel hatte nicht damit gerechnet, daß Newton ihr seine bisherigen Ermittlungsergebnisse preisgeben würde, und es widerstrebte ihr, den Rhythmus zu unterbrechen, den dieses Frage-und-Antwort-Spiel angenommen hatte. Trotzdem machte sie eine Pause, bevor sie sagte: »Mir wurde erzählt, Halley Barron habe, während ihr Auto in der Werkstatt war, mit dem Chevrolet ihre Mutter zum Einkaufen gefahren.«

»Tatsächlich? Ich kann mir schon denken, wer Ihnen das erzählt hat; diese Dame hat eine blühende Phantasie und keinen Respekt vor der Wahrheit. Sie hat Ihnen wahrscheinlich ebenfalls erzählt, daß ihre Stieftochter immer Autohandschuhe getragen hat, nicht wahr? Und daß die Fingerabdrücke – schöne, saubere Abdrücke –, die wir in dem Wagen gefunden haben, von diesem ›Einkaufsausflug‹ stammen, den niemand außer ihr und einer Toten bezeugen kann.« Newton lächelte mitleidig. »Ich nehme an, sie hat sich auch lang und breit darüber ausgelassen, daß sie wegen ihrer schwachen Nerven nicht mehr Auto fahren konnte. Daß sie weder fahren konnte noch wollte, noch überhaupt gefahren ist. Und daß sie seit Jahren nicht mehr im Haus ihres Sohnes gewesen ist.«

»Wenn sie in jener Nacht bei John William gewesen ist, wie ist sie dann vorher zu Halley gekommen, um das Auto zu holen?«

»Was glauben Sie eigentlich, was ich Ihnen noch alles erzählen werde?«

Das Spiel war vorbei. Es war bestenfalls ein Patt.

»Ich verhafte niemanden ohne ausreichenden Grund, Miss Gold«, sagte Newton ruhig, »und ich halte niemanden für unschuldig, nur weil er tot ist.«

Er hatte bereits die Fahrertür an seinem Wagen geöffnet, als er hinzufügte: »Ich mag es nicht besonders, wenn Zivilisten in meinem Teich herumpaddeln und das Wasser trüben. Aber das ändert nichts daran, daß es mir leid tut, wenn sie in Schwierigkeiten geraten, was leider allzuoft vorkommt.«

»Ich schätze, sie haben im Haus Fingerabdrücke von Grace gefunden«, sagte Sarge, der immer noch hinter Newtons Wagen herstarrte. »Und sie müssen noch irgendwas gegen sie in der Hand haben. Sonst säße sie nicht hinter Gittern.«

»Tja, du weißt ja, daß ihr Auto am Tatort gesehen wurde.«

»Nein, das wußte ich nicht. Seit sie verhaftet wurde, habe ich es mir zum Prinzip gemacht, sowenig wie möglich zu wissen. Aber offenbar hast du es gewußt.«

»Sie haben außerdem John Williams Garagentoröffner in ihrem Auto sichergestellt, und es würde mich nicht wundern, wenn der Wagen ein Leck hat, über das er entweder Getriebeöl oder Kühlwasser verliert.«

Sarge sah Ariel scharf an. In seinen Augen sah sie einen Moment lang das Aufflackern von Interesse, die Neugier des Polizisten. »Sie werden noch mehr als das gegen sie in der Hand haben.«

»Ich nehme es an.«

»Weißt du irgend etwas, das sie nicht wissen? Hast du ihnen zum Beispiel von der Pistole erzählt?«

Ariel horchte auf. »Wieso? Sollte ich? Ist das wichtig?«

»Es sagt etwas aus über das feindselige Verhältnis zwischen Grace und John William, oder?«

»Eigentlich nicht. Es sagt etwas über die Gefühle aus, die John William Grace gegenüber hegte. Wir können nicht ohne weiteres davon ausgehen, daß Grace diese Gefühle erwiderte.«

»Das ist Haarspalterei.« Sarge wandte sich wieder seinem Grill zu.

»Ich habe heute morgen mit ihr gesprochen.« Ariel beobachtete das Muskelspiel auf seinem breiten Rücken. »Sie wirkt ... verwirrt. Ich überlege, ob ich ihren Anwalt anrufen soll, um sicherzustellen, daß er über ihren Gemütszustand im Bilde ist.«

»Ist das der Joker, den sie im Ärmel hat? Will sie auf Unzurechnungsfähigkeit plädieren?« Sarge schüttelte angewidert den Kopf. »Wo ist die Pistole jetzt?« fragte er unvermittelt.

»In Julians Kanzlei. Wieso?«

In diesem Augenblick schlug die Küchentür zu, und als sie sich umwandten, sahen sie B. F. vorsichtig die Stufen der Veranda herunterkommen. »Wer ist da gerade weggefahren?« rief er.

Ariel war klar, daß sie ihm Newtons Besuch nicht erklären konnte, ohne ihm gleichzeitig von dem Einbruch zu erzählen, und beschloß, genau das zu tun, bevor er über den Buschfunk davon erfuhr. Mit einem Seitenblick in Richtung Sarge begann sie: »Du hast gestern abend hier eine spannende Live-Show verpaßt ...«

»Hast du McCrory erreicht?« fragte B. F., als Ariel vom Telefon zurückkam.

»Mitten in seiner Lieblingsfernsehsendung.« Ariel ließ sich auf das Sofa fallen. »Er hat sich für meine Anteilnahme bedankt, und ›natürlich‹ ist ihm nicht entgangen, daß die Belastung sich bemerkbar macht, und ob ich nicht meinte, daß das zu erwarten gewesen wäre.«

»Und?«

»Und, was?«

»Hast du es erwartet?«

»Na klar! Verhaftet und in den Knast gesteckt zu werden ist ja schon schlimm genug. Aber gleich nach dem Tod von zwei Kindern – und dann auch noch beschuldigt zu werden, eins der beiden ermordet zu haben! Das würde den stärksten Charakter aus dem Gleichgewicht bringen! Aber darum geht es mir ja gerade, B. F. ... Grace ist nicht stark. Die Frau lebt seit Jahren völlig abgeschieden von der Welt, und sie hat Probleme. Ich hoffe bloß, daß Mr. McCrory genug Menschenverstand besitzt und sie von einem kompetenten Arzt untersuchen läßt.«

»Erklär mir das mal von vorne. Was für ›Probleme‹ meinst du denn?«

»Alkohol, zum Beispiel.«

»Ist das ein Gerücht?«

»Das hab ich von der alten Dame höchstpersönlich. Sie ist äußerst instabil, und ich wüßte gern, wie lange sie das schon ist.«

B. F. brummte ein bedauernsvolles »Mhmm« und ließ sich in seinem Sessel zurücksinken. Er starrte durch Ariel hindurch, und sie hatte das Gefühl, daß er die junge, unbesorgte Grace von damals vor Augen hatte. Ihre Vermutung war nur teilweise richtig.

»Die ganze heilige Familie hat Johns Sturm geerntet.«

Ariel zog die Augenbrauen zusammen. »Was meinst du denn damit?«

B. F. wirkte leicht verblüfft, als wäre ihm nicht bewußt gewesen, daß er laut gesprochen hatte. Er schüttelte den Kopf. »Nichts«, sagte er und riß sich sichtbar zusammen. »Nach dem, was Newton gesagt hat, sieht es ganz so aus, als ob sie glaubten, sie hätten genug gegen Grace in der Hand, um sie festnageln zu können.«

Ariel nickte. »Was immer sie haben, es muß so überzeugend sein, daß ihnen alle Ermittlungsversuche, die in eine andere Richtung zielen, als reine Zeitverschwendung erscheinen. Nachdem ich heute noch mal bei ihr war, kann ich Newton verstehen.«

»Was denkst du denn? Hast du etwa die Seiten gewechselt?«
»Ich denke, daß ›nur die Dummen und die Toten nie ihre Meinung ändern‹. Ich wollte wirklich nicht glauben, daß diese Frau ihren Sohn umgebracht hat. Inzwischen bin ich mir nicht mal mehr sicher, ob die beiden überhaupt blutsverwandt waren. Und selbst wenn ...« Nachdenklich betrachtete Ariel die Fotos auf dem Kaminsims: ihre eigene Mutter und Großmutter, die sie nie kennengelernt hatte. »Ich nehme an, da ich selbst keine Mutter gehabt habe, bin ich in dieser Hinsicht ziemlich naiv gewesen, glaube ich.«
»Inwiefern?«
»Vor ein paar Tagen hab ich in der Bibliothek ein bißchen recherchiert«, sagte sie bitter. »Mütter töten tatsächlich ihre Kinder. Und zwar in Scharen! In diesem zivilisierten Land werden jedes Jahr etwa siebenhundert Kinder von ihren eigenen Müttern getötet.«
Ariel sah ihren Großvater durchdringend an, um sich zu vergewissern, daß er die Zahl richtig gehört hatte. »Siebenhundert! Zugegeben, was ich gelesen habe, bezog sich auf Kinder, nicht auf Erwachsene, aber das ändert nichts an der Tatsache, daß ich mich aufgeführt hab wie Don Quixote.«
B. F. machte eine wegwerfende Handbewegung. »Sobald du anfängst, diese Art von Verdorbenheit normal zu finden, fange ich an, mir Sorgen um dich zu machen. Ich wollte genausowenig wie du glauben, daß Grace schuldig ist.« Er dachte einen Moment lang nach. »Ich nehme an, du hast nichts mehr von diesem Apotheker gehört?«
»Washburn? Nein, und ich rechne auch nicht mehr damit.«
Ariel hatte angefangen, ihre Handtasche zu leeren. Das Foto ihrer Großmutter hatte sie an das Pillendöschen erinnert, und sie versuchte sich zu erinnern, wo sie es zum letztenmal gesehen hatte. »Mir fällt einfach nichts ein, wie ich ihn dazu

bringen könnte, offen mit mir zu reden. Schließlich kann ich ihm ja schlecht eine Pistole vor die Brust halten. Dasselbe gilt auch für Louise Mullis.«
»Für wen?«
Ariel berichtete von ihrer Begegnung mit John Williams Putzfrau und erklärte, sie sei davon überzeugt, daß die Frau etwas Wichtiges wisse, aber Angst habe, darüber zu sprechen.
»Sprich mit Newton«, schlug B. F. vor. »Falls einer von den beiden etwas weiß, soll die Polizei es aus ihnen rauskitzeln.«
»Was soll ich Newton denn sagen? Daß der eine verdächtig und die andere ängstlich wirkte? Newton würde mir den Kopf tätscheln und mir raten, zurück nach Kalifornien zu gehen, wo es normal ist, eine blühende Phantasie zu haben.«
B. F. hievte sich aus seinem Sessel. »Das tust du ja sowieso. Um wieviel Uhr geht dein Flug am Dienstag?«
Während sie die Treppe hinaufgingen, sprachen sie über Ariels Abreise und über die Vorkehrungen, die B. F. getroffen hatte, um den Darrin nach Kalifornien zu überführen (wogegen Ariel inzwischen nur noch pro forma protestierte).
Vor der Tür zu ihrem Zimmer sagte B. F. »Fahr nach Hause, Mädel. Wenn ich dich auch gern hierbehalten würde, ich denke, du wirst schwer vermißt.«
»Ach, hör auf!« Ariel hatte gerade denselben Gedanken gehabt. »Du bist derjenige mit der blühenden Phantasie!«
»Ich habe von deinen Hunden gesprochen, Ariel Gold. Wen hattest du denn im Sinn?«

43

Henry schlüpfte unbemerkt in die brechend volle Kapelle. Er hatte seinen Kameramann in einiger Entfernung der Forest-Lawn-Kapelle, einer von mehreren auf dem weitläufigen Friedhof, zurückgelassen. Von dort aus konnte er diskret Archivmaterial für DIE OFFENE AKTE filmen, für den Fall, daß eine Sendung über Lacy zustande kommen sollte. Henry stand zusammen mit den anderen Gästen, die ebenfalls zu spät gekommen waren, um einen Sitzplatz zu ergattern, hinter der letzten Bank. In seinem dunklen Anzug wirkte er wie ein respektabler Trauergast.

Er konnte Beerdigungen nicht ausstehen. Soweit es ihn betraf, würde er sowieso, wie jeder andere auch, irgendwann als Hauptperson auf einer solchen Veranstaltung auftreten müssen. Er war froh, daß Ariel nicht hier war, nachdem er sie so boshaft damit aufgezogen hatte, sie sei unter die Beerdigungsgroupies gegangen.

Es handelte sich, soweit Henry das beurteilen konnte, um eine ganz normale Trauerfeier.

Sowohl die Kapelle als auch die Zeremonie waren unaufdringlich profan gehalten. Falls Grant Lacy, wie Henry einmal vermutet hatte, einer exotischen fernöstlichen Sekte angehört hatte, war davon in den schlichten Worten, mit denen seiner gedacht wurde, nichts zu spüren. Es wurde viel davon gefaselt, wie sehr er »seine Talente verwirklicht« hatte und »seinen Träumen treu geblieben war«. Nach einer Weile schaltete Henry ab und ließ seinen Blick über die

Reihen der Zuhörer wandern. Betty Lacy und ihren Schwager erkannte er nicht nur, weil er Fotos von ihnen gesehen hatte, sondern weil sie in der ersten Reihe saßen. Clifford Gilroy entdeckte er direkt hinter der Witwe. Das war zwar interessant, aber nicht das, wonach er suchte. Er suchte nach einer Möglichkeit, sich eine Eintrittskarte zu dem Leichenschmaus zu verschaffen, der, wie er in Erfahrung gebracht hatte, nach der Trauerfeier im Hause der Lacys stattfinden sollte. Es dauerte nicht lange, und er hatte sie auch schon entdeckt. Ein Abgeordneter, den er ziemlich gut kannte, ein Mann, der mit Sicherheit eingeladen war, saß vier Reihen hinter den Familienangehörigen. Er war nicht gerade eine geistige Leuchte, er stand kurz vor seiner Wiederwahl, und er war publicity-süchtig. Er war die perfekte Eintrittskarte.
Als die Trauerfeier zu Ende war, schob Henry sich durch die Menschenmenge bis zu dem Politiker vor und begrüßte ihn überschwenglich. Ohne konkret zu werden, ließ er durchblicken, daß er eine Sendung für DIE OFFENE AKTE vorgesehen hatte, die sich als politisch vorteilhaft erweisen könnte.
»Ich würde gern ein paar Gedanken unter die Leute bringen«, sagte Henry. »Am besten, ich fahre einfach mit Ihnen zusammen zu den Lacys rüber, dann können wir uns unterwegs unterhalten.«
Während der kurzen Fahrt ließ der Abgeordnete sich lang und breit über die Fehler seiner Rivalen aus. Als er sich schließlich nach Henrys »Ansatz« für die Sendung erkundigte, waren sie bereits durch das Eingangstor zu Lacys Anwesen gewinkt worden. Das ahnungslose Trojanische Pferd war schon bald viel zu sehr damit beschäftigt, allen möglichen Leuten die Hände zu schütteln, um zu bemerken, wie Henry sich diskret verdrückte.
Das Haus war der reinste Palast, und die Gäste waren eine bunte Mischung: Angehörige der Schickeria, kleine Be-

rühmtheiten, Industriemagnaten und junge Leute, von denen Henry annahm, daß es sich um Angestellte von MicroStar handelte. Der Barkeeper hatte alle Hände voll zu tun, das Büfett entsprach dem neuesten Ernährungstrend, und die Atmosphäre war freundlich. Wenn Grant Lacy dagewesen wäre, ging es Henry durch den Kopf, hätte er sich wahrscheinlich reichlich fehl am Platz gefühlt.

Claudia Wynn rauschte herein, als habe sie eine Mission zu erfüllen. Henry stibitzte sich ein Mini-Taco vom Tablett eines vorbeieilenden Kellners und verduftete. Er landete in einem kleinen, leeren, sehr förmlich eingerichteten Raum, in dem offenbar ein Innenarchitekt gewütet hatte: überall Quasten und Brokat und filigrane Stühle, die so aussahen, als hätte kein Hintern es je gewagt, sie zu entweihen. Henry wischte sich die fettigen Finger ab. Er überlegte gerade, wo er seine Serviette loswerden konnte, als ihm etwas ins Auge sprang.

Er trat auf den makellos sauberen offenen Kamin zu und betrachtete die mit Damast bezogene Wand über dem Kaminsims, wo ein in Gold gerahmtes Ölgemälde hing (dicke, leichtbekleidete Nymphen). Nach dem blassen Rand zu urteilen, der das Bild umgab, mußte dort bis vor kurzem etwas Größeres gehangen haben. Ähnliche blasse Stellen in quadratischer oder rechteckiger Form fanden sich an den anderen Wänden auf der Damasttapete.

Henry schlenderte in die Bibliothek hinüber; alte Schwarzweißfotos – irgend jemandes grimmig dreinblickende Urgroßeltern – bildeten den einzigen Wandschmuck. Er warf einen Blick in einen Wintergarten. Dort plauderten ein paar Gäste unter hängenden Farnen – aber Kunstwerke waren keine zu sehen. Natürlich hatte Henry keine Ahnung, ob der Verblichene zu den Sammlern gehört hatte, die ihre Schätze in unterirdischen Gewölben horteten, oder zu jenen, die sie ausstellten.

In diesem Augenblick entdeckte er die Witwe, die, blond, braungebrannt und äußerst schick in ihrem einfachen schwarzen Kleid, am anderen Ende des Raums hofhielt. Unter den Leuten, die sich um sie geschart hatten und ihr Beileid bekundeten (oder, wer wußte das schon, über das neueste Szenerestaurant diskutierten), befand sich auch Henrys zahmer Politiker.

Henry pirschte sich vorsichtig an. Ohne sich vorzustellen, so als ob er und Betty Lacy sich schon hundertmal begegnet wären, schaute er ihr in die Augen und nahm ihre Hände in seine.

»Was für ein trauriger Tag«, sagte er und tätschelte besorgt ihre Hand. »Alles, was ich sagen kann, ist sicherlich schon hundertmal gesagt worden.«

Offenbar war sie über die Vertraulichkeit eines Mannes, den sie noch nie in ihrem Leben gesehen hatte, nicht irritiert. Sie nickte und lächelte abwesend, so daß Henry annahm, daß er nicht der einzige Fremde war, der sich ihre Gastfreundschaft erschlichen hatte. Erst als sie vergeblich versuchte, ihre Hände wieder zu befreien, sah sie ihn richtig an.

»Sie haben ja gar nichts zu trinken!« rief Henry in einem Ton, als müßten Köpfe rollen wegen dieser Nachlässigkeit. »Wir werden Ihnen etwas besorgen.« Zu verblüfft, um sich zu widersetzen, ließ sie sich von ihm zu einem Kellner geleiten.

»Wir werden denjenigen finden, der für dieses Unglück verantwortlich ist«, erklärte er mit Bestimmtheit.

»Wie bitte ...?«

»Die Polizei mag diesen Fall zu den Akten gelegt haben, aber ich verspreche Ihnen, ich werde das nicht tun. Darauf gebe ich Ihnen mein Wort.«

Betty Lacy sah sich hilfesuchend um. »Verzeihen Sie. Ich glaube nicht, daß ich Sie ...«

»Henry Heller.« Er langte in seine Brusttasche, fand zuerst die fettige Serviette, die er vor wenigen Minuten dort deponiert hatte, dann seine Visitenkarte und hielt sie ihr unter die Nase. Sie bekam große Augen, in denen nacheinander Ärger und Schrecken aufflackerten.
»Wie sind Sie hier reingekommen?« flüsterte sie, während sie von ihm zurückwich und sich erneut nach Unterstützung umsah. Clifford Gilroy hatte ihren Blick bemerkt und war bereits dabei, sich seinen Weg durch die Menge zu ihr zu bahnen.
Henry blieb, wo er war. »Mr. Gilroy«, sagte er. »Wir haben miteinander telefoniert.« Er drückte dem Mann die Visitenkarte, die Betty Lacy verschmäht hatte, in die Hand. »Ich bin noch nicht dazu gekommen, Sie nach einem Mann zu fragen, der früher für mich gearbeitet hat, Richard Cummings. Ich glaube, Sie kennen ihn.«
Die Überraschungstaktik war nicht unbedingt ein Erfolg. Zwar änderte sich Gilroys Gesichtsausdruck, doch es war nicht zu erkennen, ob es Angst, Verblüffung oder Wut war, was Henry zu sehen bekam.
»Das hier ist eine private Feier, Mister.« Gilroy sprach äußerst ruhig. »Entweder Sie machen, daß Sie hier schleunigst verschwinden, oder ich werde Sie hinausbefördern lassen.«
»Es besteht kein Grund, so unfreundlich zu werden. Ich würde mich allerdings gern zu einem geeigneteren Zeitpunkt mit Ihnen unterhalten. Zum Beispiel darüber, warum Grant Lacy in aller Stille seine Jacht, seine wertvolle Gemäldesammlung und noch ein paar Dinge verkauft hat.«
Bingo. Ein Schuß ins Schwarze. Gilroy schäumte vor Wut. Er trat einen Schritt auf Henry zu, der abwehrend die Hände hob. »Dann eben später. Aber lassen Sie sich von Ihrer Freundin berichten, was ich ihr gesagt habe. Es ist mir egal,

ob die Polizei davon ausgeht, daß Grant Lacy auf den Schienen gestolpert ist, oder ob man glaubt, er sei an Altersschwäche gestorben. Ich werde herausfinden, was tatsächlich geschehen ist. Darauf können Sie sich verlassen.«
Henry schlenderte gemächlich davon. Er wußte, daß Gilroys Blick ihn verfolgte und daß er wahrscheinlich bereits seine privaten Sicherheitsleute alarmierte. Was er nicht wußte, war, daß ein weiteres Augenpaar die Szene mit Interesse beobachtet hatte.

Zur selben Zeit, als Henry zum Tor ging, wo sein Kameramann auf ihn wartete, legte Ariel auf Kiawah Island den Telefonhörer auf, nachdem sie einen äußerst überraschenden Anruf erhalten hatte.
Sie blieb ruhig sitzen, dachte angestrengt nach, dann eilte sie in die Küche. Dort fand sie ihren Großvater, der an den Resten des Brunswick Stew naschte und im Forbes-Magazin las. Als sie ihm sagte, daß sie sich gerade verabredet hatte, protestierte er lautstark.
»O nein! Du wirst dich auf keinen Fall allein mit diesem Washburn treffen!«
»Es ist ein öffentliches Restaurant, B. F.«
»Was glaubst du wohl, wo sie Dutch Schultz erwischt haben?«
Ariel schnaubte verächtlich. »Irgendwie kann ich mir Grover Washburn nicht mit 'ner Maschinenpistole vorstellen.«
»Wenn du es dir unbedingt in den Kopf gesetzt hast, dann laß dich wenigstens von Sarge fahren.«
»Sarge ist nicht da. Er ist zum Angeln gegangen. Hör zu, B. F., Washburn hat sich nicht so angehört, als ob er sauer wäre; es klang eher so, als ob er etwas von mir wollte. Er weiß, wer ich bin – ich meine, daß ich deine Enkelin bin. Er wird mir schon nichts tun.«

Davon war sie überzeugt. Wirklich. Auf der Fahrt in die Stadt jedoch hörte sie in Gedanken immer wieder B. F.s Abschiedsworte. »Halt dich mit dem Rücken zur Wand«, hatte er gesagt, und das war kein Scherz gewesen.
Das Restaurant war ein mickriger Laden, der wie eine englische Teestube ausstaffiert war. Ariel entdeckte Washburn schon durch das Fenster. An den Fenstern hingen Spitzengardinen, und auf den Tischen lagen apfelgrüne Tischdecken. Ariels Bedenken waren im Nu verschwunden. Sie ging auf den Tisch zu, an dem er auf sie wartete.
Er blickte auf, offenbar war er tief in Gedanken versunken gewesen. Als er hastig aufsprang, verschüttete er etwas von seinem Tee.
»Sie haben es also geschafft«, sagte er und bot ihr einen Stuhl an, während das Elvisgrinsen wie ein Tick kam und ging. Er wirkte wie einer, der extrem beunruhigt war und sich alle Mühe gab, es nicht zu zeigen.
»Hören Sie«, sagte er, »ich möchte wissen, was das neulich im Drugstore zu bedeuten hatte. Ich habe herausgefunden, wer Sie sind, also weiß ich, daß Sie nicht hinter Geld her sind. Ich habe gehört, daß Sie für eine von diesen Enthüllungs-Shows arbeiten. Geht es darum? Haben Sie vor, eine Sendung zu machen über ... was immer es war, das John William Ihnen erzählt hat?«
Ariel sah den Mann nachdenklich an, lange genug, um ihn noch nervöser zu machen, bevor sie fragte: »Wovor haben Sie Angst?«
»Wie kommen Sie darauf, ich hätte Angst?«
In diesem Augenblick kam eine Kellnerin an den Tisch. Nachdem Ariel eine Tasse Tee bestellt hatte, wandte sie sich wieder Washburn zu.
»Sie sind doch sicher nicht nur deswegen so beunruhigt«, sagte sie, »weil Sie schwul sind.«

»Er hat Ihnen also tatsächlich von mir erzählt. Von uns.« Plötzlich zog er seine Lippen ein, und seine Gesichtszüge entspannten sich. »Wenn das alles ist ...«, sagte er, sichtbar erleichtert. Offenbar hatte sein Verstand sich noch nicht mit seinem Mundwerk kurzgeschlossen, und er hatte noch nicht begriffen, daß er sich soeben verraten hatte.
»Mr. Washburn, das ist nicht alles. Sie wissen das, und ich weiß es auch. Wir leben nicht im viktorianischen England, und Sie sind nicht Oscar Wilde. Man wird Sie nicht wegen Ihrer sexuellen Orientierung ins Gefängnis stecken.«
Alle Farbe wich aus Washburns Gesicht. »Die Nachricht. Sie wissen es also! Aber warum ...? Ich verstehe nicht, warum Sie nichts gesagt haben.«
»Die Nachricht.« Ariel blinzelte. »Die Notiz, die er Ihnen hinterlassen hat. Ich habe nichts gesagt, um Sie wissen zu lassen, daß ich nicht darauf aus bin, Ihnen etwas anzuhängen. Was halten Sie davon, wenn wir uns einfach über diese Nachricht unterhalten, Grover? Es ist Ihnen doch sicherlich ein Bedürfnis, endlich mit jemandem darüber zu reden, nicht wahr?«
Washburn zögerte kurz und schien dann einen Entschluß zu fassen.
»Ich möchte, daß Sie eins verstehen. Es gibt nichts in meinem persönlichen Leben, für das ich mich schäme. Es liegt mir aber auch nichts daran, irgend etwas an die große Glocke zu hängen. Ich weiß nicht, wie es da ist, wo Sie herkommen, aber hier in der Gegend ist es nicht gerade karrierefördernd, wenn man schwul ist. Heteros – ich meine, selbst wenn sie keine Schwulenhasser sind – werden ziemlich nervös, wenn ein Schwuler ihnen ihre Medikamente abfüllt. Jedenfalls, was John William angeht, lassen Sie uns eins klarstellen: Der war nicht schwul. Der wußte überhaupt nicht, was er war! Ich kann Ihnen sagen, was er

für ein Problem hatte: John William war romantisch. Das war sein Problem.«
Ariel verzog keine Miene.
»Er konnte nicht akzeptieren, daß nicht jede kleine Affäre gleich die Liebe des Jahrhunderts war, verstehen Sie, was ich meine? Daß seine Gefühle oder die, die er sich einbildete, nicht erwidert wurden. Ich mochte ihn, aber der Typ war einfach zu liebebedürftig. Und ein Nein als Antwort gab es für ihn nicht. Er hat alles unmöglich gemacht. Ich hatte bereits einen neuen Job gefunden. Zum Glück ist mein neuer Arbeitgeber bereit zu warten, bis der Drugstore verkauft ist.«
»Die Nachricht?« erinnerte Ariel ihn.
»Wenn ich die den Bullen gezeigt hätte, wäre ich stante pede im Knast gelandet. Sie können sich sicher vorstellen, was für ein Spaß das für mich geworden wäre! Nachdem ich John William gefunden hatte« – er leckte sich die Lippen –, »ich meine, seine Leiche, hab ich die Nachricht bei der erstbesten Gelegenheit ins Klo gespült.«
»Was stand denn genau auf dem Zettel?«
Washburn starrte sie entgeistert an. »Aber ich dachte, das wüßten Sie. Als Sie das über Oscar Wilde gesagt haben – und über das Gefängnis ...«
»John William hat nur angedeutet, was er Ihnen geschrieben hat«, log Ariel.
»Ach so. Na ja, wie ich schon sagte, John William war ein Romantiker. Er hat geschrieben, ich würde ihn umbringen, oder jedenfalls etwas in dem Sinne. Entzückend, was? Die Bullen hätten ihre wahre Freude daran gehabt! Er schrieb ...« Washburns Stimme war voller Sarkasmus. »›Wie Wilde sich so treffend in der Ballade vom Zuchthaus zu Reading ausgedrückt hat‹, und so weiter, schreibt der liebe, neunmalkluge John William. Dann hat er die Stelle

zitiert, wo es heißt, daß man ›immer denjenigen verletzt, den man liebt‹.«

Ariel hatte plötzlich Lust, laut loszulachen. Sie riß sich gerade noch zusammen. Die Situation war alles andere als lustig. »Meinen Sie die Stelle, die lautet: ›Es tötet jeder, was er liebt‹?«

»Genau.«

Die Zeilen waren ihr vertraut: »Es tötet jeder, was er liebt, damit ihm es nur hört; der tut es mit dem bösen Blick, der schmeichelnd es zerstört.« – Ariel malte sich aus, wie Marv Newton die beiden letzten Zeilen gedeutet hätte: »Der Feigling tötet mit dem Kuß, der Tapfre mit dem Schwert.«

»Ich kann verstehen«, sagte sie, »warum Sie den Zettel vernichtet haben. Was ich aber nicht begreife, ist der Zusammenhang. Was hatte all das damit zu tun, daß er nicht zur Arbeit gehen wollte?«

»Das sollte mein letzter Arbeitstag in der Drogerie sein, bevor ich meinen neuen Job antrat. John William schrieb, er würde nicht zur Arbeit kommen, ich wüßte schon, warum. Weil er doch so verletzt war und alles.«

Ariel wollte wissen, was »alles«.

»Ich weiß es nicht! Er hat mir dauernd irgendwelche kleinen Zettel geschrieben. Offenbar konnte er es nicht ertragen, sich vor allen Leuten von mir zu verabschieden.« Washburns Gesicht nahm einen gequälten Ausdruck an. »Ich werde den Gedanken nicht los, daß ich vielleicht noch mal rübergegangen wäre, wenn ich den Zettel am Abend gefunden hätte, so, wie er es vorgesehen hatte. Ich wäre vielleicht gerade noch rechtzeitig gekommen, um ... Aber woher sollte ich denn wissen, daß der Mann ermordet werden würde? Und das auch noch von der eigenen *Mutter!*«

»Sind Sie sicher, daß es so war?«

»Sie sitzt doch im Gefängnis, oder? Er hat sie verabscheut, und nach allem, was ich gehört hab, beruhte das auf Gegenseitigkeit. Wissen Sie was? Sie ist es, die ihn von klein auf fertiggemacht hat. Sie wollte ›einen Mann aus ihm machen‹, sagte er, aber in Wirklichkeit hat sie es auf das Gegenteil angelegt. Sie wollte ihn unter ihrer Fuchtel haben. Die Frau hat Stacheldraht auf den Zähnen! Die hat ihm Gott weiß was für einen Schrott erzählt.«

»Schrott?«

»Er hat mir erzählt, daß sie ihm dauernd mit seinem Vater in den Ohren gelegen hat, weil der sich umgebracht hat, wissen Sie? Sie hat ihm erzählt, er sei nicht Manns genug gewesen, mit dem Leben zurechtzukommen. Und John William hat sie natürlich gesagt, er sei genauso schwach und undankbar und egoistisch. Ein gemeines Weibsstück! Vielleicht war es aber auch der Alkohol.«

»Sie kennen sie?«

»Um Gottes willen, nein! Er hatte kaum noch etwas mit ihr zu tun, als ich ihn kennenlernte. Außer ...«

»Außer?«

»Ich schätze, er hat sie trotz allem immer noch gemocht. Ich hab mal ein Geschenk gesehen, er sagte, er hätte es ihr zum Geburtstag gekauft. Das muß etwa vor einem Jahr gewesen sein.«

Ariel runzelte die Stirn. »Was war das für ein Geschenk?«

»Es war verpackt. Als ich ihn gefragt hab, was es war, hat er nur gegrinst und gesagt, es sei eine große Überraschung. Aber er hat es ihr nicht selbst überreicht. Seine Schwester hat es mitgenommen.«

»Haben Sie sie gekannt? Ich meine, die Schwester.«

»Nicht wirklich. Sie hatte was gegen mich. Das ist eigentlich nicht fair ihr gegenüber. Sie hatte nichts gegen mich persönlich. Sie war wie ich der Meinung, daß John William

verwirrt war, so hat er es mir jedenfalls erzählt. Daß er, wie man so schön sagt, immer an den falschen Orten nach Liebe suchte. Daß er – wie hat er das noch genannt – eine ›seelische Krise‹ hätte. Sie sagte ihm immer wieder, er solle zuerst mal lernen, sich selbst zu lieben.« Washburn wollte einen Schluck Tee trinken, aber als er die Milchhaut auf der Tasse sah, setzte er sie wieder ab.
»Ich hatte die ganze Zeit ein schlechtes Gewissen, kann ich Ihnen sagen. Wegen John William. Und weil ich den Bullen den Zettel nicht gegeben hab. Also hab ich dann, als mir was einfiel, was mir wichtig vorkam, bei der Polizei angerufen und es zu Protokoll gegeben.«
Ariel wurde hellhörig. »Und was war das?«
»Kennen Sie das Phänomen, daß Wahrnehmung wie eine Art Kamera funktioniert, wenn man etwas wirklich Schreckliches, etwas absolut Grauenhaftes sieht? In dem Augenblick sieht man die Einzelheiten nicht, aber später – wie wenn der Verstand in der Zwischenzeit den Film entwickelt hätte – kann man sich die Bilder ansehen, und dann entdeckt man, was man zunächst übersehen hat.«
Sie wußte genau, was er meinte.
»Ich habe John William noch *nie* ohne sein Armband gesehen. Ich meine, er hat das Ding noch nicht mal zum Duschen abgelegt! Er hat mir mal erzählt, es hätte seinem Vater gehört.«
»Ein breites silbernes Armband?«
»Genau! Mit einem dicken Türkis. Er hatte es nicht an, als ich ihn gefunden hab. Sein Oberkörper hing aus dem Wagen ... Sein Arm, wissen Sie, sein Arm baumelte auf den Boden, und da war kein Armband. Gleich nachdem ich das der Polizei gemeldet hab, haben sie Grace verhaftet.«
Also das war es gewesen, dachte Ariel. Sie erinnerte sich, wie Newton an dem Tag, als sie ihre Aussage gemacht hatte,

einen Anruf erhalten hatte. Gleich darauf hatte er sie nach einem Schmuckstück gefragt, und am nächsten Tag war Grace in Untersuchungshaft genommen worden. Daraus schloß sie, daß die Polizei das Armband, das John William bis kurz vor seinem Tod getragen hatte, gefunden hatte – und zwar bei Grace.

»Grover, was haben Sie eben gemeint, als Sie sagten ›Wenn ich den Zettel am Abend vorher gefunden hätte‹?«

»Ach so, ich meinte nur ... Offenbar hatte John William den Zettel in die Schublade gelegt, als er am Nachmittag Feierabend gemacht hatte. Das war am Donnerstag; an dem Tag haben wir immer bis neun geöffnet. Ich hab gearbeitet. Es kamen aber keine Kunden, die was trinken wollten, und ich ... Wir kontrollieren immer die Kasse, bevor wir zumachen. Wir nehmen das Bargeld aus der Kasse. Aber ich hatte es eilig. Ich hatte eine Verabredung.« Sein reumütiges Lächeln erinnerte überhaupt nicht mehr an Elvis. »Wem mache ich hier eigentlich was vor? Selbst wenn ich den Zettel gefunden hätte, wäre ich nicht rübergegangen.«

Grover Washburn fühlte sich besser, als Ariel sich verabschiedete. Sie sah keinen Grund, das, was er ihr erzählt hatte, an irgend jemanden weiterzugeben. Sie war am Ende eines langen Prozesses angekommen, der schließlich keinen anderen Schluß mehr zuließ.

Auf dem Weg zurück zu ihrem Wagen überlegte sie, ob sie Grace noch einen letzten Besuch abstatten sollte, ob sie der Frau in irgendeiner Weise Achtung schuldete, als sie an einem Zeitungsstand vorbeikam. Die Nachmittagsausgabe war gerade eingetroffen, die Druckerschwärze war sozusagen noch frisch. Als sie die Schlagzeile las, riesige schwarze Lettern, blieb sie wie angewurzelt stehen:

»Mutter gesteht Mord an eigenem Sohn!«

44

Zum Gefängnis war kein Durchkommen. Schon von weitem konnte Ariel die Ü-Wagen der Fernsehsender sehen und ein Heer von Reportern, die wie eine Lynchmeute wirkten.

Der Zeitungsartikel hatte weniger Fakten als vor allem »Expertenmeinungen« und Hintergrundinformationen gebracht: daß der Mord wie ein Selbstmord hatte aussehen sollen, und zwar wie der des berühmten Vaters des Opfers, daß die Polizei fast zwei Wochen lang an der Nase herumgeführt worden war, jedoch aufgrund gewisser »Diskrepanzen« noch gezögert hatte, den Fall abzuschließen, und daß die Mutter des Opfers – von der bekannt war, daß sie sich mit ihrem Sohn überworfen hatte – zwei Wochen nach dem Fund der Leiche verhaftet worden war.

Eine Pressekonferenz war angekündigt worden, doch vorerst hatte der Staatsanwalt lediglich bekanntgegeben, daß Grace Barron sich schuldig erklärt hatte.

Obwohl die Schlagzeile wie der Blitz bei ihr eingeschlagen hatte, war Ariel noch verblüffter über das, was in der Fortsetzung der Titelgeschichte, ein paar Seiten weiter, stand. Dort war zu lesen, man habe aus »zuverlässiger Quelle aus dem Umfeld der Staatsanwaltschaft« erfahren, daß die Halbschwester des Opfers am Abend vor ihrem Tod, genau eine Woche nach dem Tod ihres Bruders, bei der Polizei angerufen hatte. Laut Auskunft der ungenannten Quelle – auch bekannt als undichte Stelle, dachte Ariel –

hatte Halley Barron nur Stunden bevor sie bei einem Verkehrsunfall ums Leben kam, ihre Stiefmutter des Mordes an ihrem Bruder bezichtigt.

Ariel rief B. F. an. Falls die Neuigkeiten noch nicht bei ihm angekommen waren, dachte sie, konnte es nicht schaden, wenn er sie von ihr erfuhr.

»Wo bist du?« wollte er wissen. »Der Anwalt von Grace Barron hat vor fast einer Stunde hier angerufen. Er will dich unbedingt sprechen.«

»Weißt du schon, daß sie gestanden hat?«

»Es ist doch die ganze Zeit nichts anderes mehr im Radio. Und was zum Teufel soll diese Geschichte mit Halley? Sarge kriegt garantiert einen Tobsuchtsanfall!«

»Hat McCrory gesagt, was er wollte?«

»Nee, aber er hörte sich nicht besonders gut gelaunt an.« B. F. gab ihr McCrorys Büronummer, und Ariel rief ihn unverzüglich an.

»Na, da haben Sie es ja tatsächlich geschafft, eine Entscheidung zu provozieren!« meinte der Anwalt. Es klang wie ein Vorwurf. »Haben Sie schon gehört, daß sie jetzt auf schuldig plädiert?«

»Hab ich. Was hat das mit mir zu tun?«

»Wo sind Sie jetzt? Wie schnell können Sie in meinem Büro sein?«

»Wo ist Ihr Büro?« Sekunden später war Ariel auf dem Weg dorthin, und Minuten nach ihrem Eintreffen waren sie und McCrory unterwegs zum Gefängnis. Der junge Anwalt war mehr als aufgebracht.

»Sie haben mich ganz schön beunruhigt, junge Frau, und deswegen bin ich heute morgen als erstes zu meiner Mandantin gefahren. Ich hab ihr mitgeteilt, daß ich einen Psychiater damit beauftragt hätte, ein Gutachten über sie zu erstellen. Nichts Besonderes, sollte man meinen. Normale

Vorgehensweise, nicht wahr? O nein! Sie hat glattweg abgelehnt. Hat mir fast den Kopf abgerissen! Ich hab ihr erklärt, daß die Staatsanwaltschaft ebenfalls einen Gutachter bestellen würde. Aber im Gegensatz zum Staatsanwalt, hab ich ihr gesagt, sei ich nur an ihrem Wohl interessiert. Ich hab ihr gesagt, selbst Sie seien wegen ihres seelischen Gleichgewichts besorgt. Daraufhin ist sie komplett ausgerastet!«

McCrory fluchte leise über einen Lkw, der vor ihnen herkroch, und begann, ungeduldig zu hupen.

»Sie hat darauf bestanden, auf der Stelle mit dem Staatsanwalt zu sprechen, und sie hat mir gedroht, mir das Mandat zu entziehen, falls ich ihn nicht sofort herbeizitierte. Ich hab also getan, was sie wollte, hab den Staatsanwalt kommen lassen und gleich einen Stenographen dazu. Und dann saßen wir alle da und warteten darauf, was die Frau vorhatte. Plötzlich verkündet sie, sie habe es sich anders überlegt. Sie erklärt, sie sei schuldig, und betont nachdrücklich, sie befinde sich im Vollbesitz ihrer geistigen Kräfte. Mann, hat die ein Theater gemacht! Sie sagte, sie hätte die ›hilflose, gramgebeugte Frau gemimt‹ – ›gemimt‹! Sie hat es ganz offen zugegeben! Aber sie hätte uns nur davon überzeugen wollen, daß sie unschuldig sei, nicht verrückt. Sie sagte, sie würde auf keinen Fall auf Unzurechnungsfähigkeit plädieren. Punkt, aus. Ende der Diskussion.«

McCrory quetschte sich an einem Ü-Wagen vorbei, bog in einen abgesperrten, »Nur mit Sondergenehmigung« befahrbaren Parkplatz ein und zeigte dem Polizisten, der die Zufahrt kontrollierte, seinen Ausweis. Hinter dem Gebäude parkte er in einer Parklücke mit der Aufschrift »Reserviert« und sah Ariel an.

»Sie hat Albright, dem Staatsanwalt, erklärt, sie würde ein volles Geständnis ablegen, aber sie hat darauf bestanden, daß Sie dabei anwesend sind. Er sagte, kommt nicht in Frage. Sie sagte, dann gibt's kein Geständnis. Ich habe ihn von meinem Büro aus angerufen und ihm gesagt, wir seien unterwegs.«

McCrory ging durch einen alten Korridor im Kellergeschoß voraus zu einem Lastenaufzug und dann durch einen weiteren Korridore zu einem Personenaufzug. Obwohl Ariel ihn mit Fragen bombardierte, warum Grace sie unbedingt dabeihaben wollte, erfuhr sie nichts von McCrory, ganz einfach deshalb, weil er nichts wußte. Sie fragte ihn, ob er meinte, Grace sei unzurechnungsfähig. Er erklärte, er sei kein Psychiater. Sie sagte, sie wolle nur wissen, wie er sie einschätze. Er antwortete, nachdem sie ihren Wutanfall überstanden hatte, sei sie so kühl wie eine Gräfin gewesen.

Sie kamen in dem Besucherraum an, in dem Ariel Grace bereits zweimal gesprochen hatte, doch diesmal wurden sie in ein gesondertes Besprechungszimmer gebeten. McCrory bot Ariel einen Stuhl an einem langen Tisch an. Kurz darauf betrat ein etwa fünfzigjähriger Mann mit runzligem Gesicht den Raum, gefolgt von einem zweiten Mann, der einen fahrbaren Tisch vor sich herschob, auf dem eine kleine Maschine stand. Der erste Mann blickte wütend drein. Er ging direkt auf Ariel zu.

»Howard Albright, Bezirksstaatsanwalt.« Seine offenen, langgezogenen A's und seine fast nicht existenten R's klangen fast so wie bei Grace.

Er drückte Ariel flüchtig die Hand. Bevor sie dazu kam, sich vorzustellen, was ohnehin überflüssig war, lehnte er sich über den Tisch, stützte sich auf seinen Fingerknöcheln ab und beeilte sich, seinen Standpunkt klarzumachen.

»Mir ist bekannt, daß Sie ein Mitglied der Presse sind, Miss Gold. Sie sind hier lediglich geduldet. Es steht Ihnen nicht zu, zu unterbrechen, einzugreifen oder irgend etwas zu kommentieren. Es ist Ihnen untersagt, irgend etwas, was in diesem Raum gesagt wird, zu wiederholen oder zu senden. Sie werden ohne meine ausdrückliche Zustimmung mit keinem anderen Pressemitglied sprechen. Haben wir uns verstanden?«

Ariel überlegte kurz, ob sie ihn daran erinnern sollte, daß er ohne ihre Anwesenheit erst gar kein Geständnis bekommen würde, und ob sie ihm erklären sollte, daß DIE OFFENE AKTE nicht an abgeschlossenen Fällen interessiert war. Sie sagte: »Vollkommen.«

Albright gab einem wartenden Polizisten ein Zeichen und bat McCrory ans Ende des Tischs. Mehrere Stühle von Ariel entfernt, begannen die beiden, sich im Flüsterton zu unterhalten.

Kurz darauf wurde Grace Barron in den Raum gebracht. McCrory kam sofort zu ihr herüber, aber sie schien seine Anwesenheit zu ignorieren.

Sie war vielleicht nicht gerade so »kühl wie eine Gräfin«, doch sie schien ihre Gefühle unter Kontrolle zu haben. Sie würdigte die Männer kaum eines Blickes, bevor sie Ariel gegenüber Platz nahm und sich bei ihr dafür bedankte, daß sie gekommen war.

Sie legte ihre Hände auf den Tisch, um sie gleich darauf unauffällig auf ihrem Schoß verschwinden zu lassen. Es war das einzige Anzeichen von Nervosität.

Albright eröffnete die Befragung. »Mrs. Barron, Sie haben heute vormittag erklärt, daß Sie im Mordfall John William Barron auf schuldig plädieren wollen. Ist das immer noch Ihre Absicht?«

»Ja.«

»Sie erklären sich für schuldig?«

»Ja.«

McCrory begann, ihr etwas zu erklären, doch sie unterbrach

ihn mit den Worten: »Hier geht es nicht um mildernde Umstände, Mr. McCrory. Wir sind nicht hier, um zu verhandeln.«
Er verstummte, und Albright setzte, nachdem er für das Protokoll erklärte, das Schuldbekenntnis sei ohne Zwang erfolgt, seine Befragung fort.
»Bitte, beschreiben Sie uns mit Ihren eigenen Worten, was sich am Freitag, dem dritten September diesen Jahres, in den frühen Morgenstunden zugetragen hat.«
»Das habe ich vor, Sir. Aber gestatten Sie mir, bevor ich mein Leben verwirke, dieser jungen Frau zu erklären, warum ich um ihre Anwesenheit gebeten habe.«
Es klang wie eine einstudierte Rede, als Grace fortfuhr: »Sie haben versucht, mir zu helfen, Miss Gold. Ich habe Sie belogen. Da meine Motive offensichtlich sind, wollen wir nicht näher darauf eingehen. Ich möchte Sie jedoch dafür um Verzeihung bitten, daß ich nie zugegeben habe, Ihre Schwester gekannt zu haben. Ich erinnere mich sehr gut an sie. Sie hat John William Zuneigung geschenkt, als er unglücklicherweise in seiner eigenen Familie keine Liebe bekam. Die Freundschaft hat ihm sehr viel bedeutet.«
»Mrs. Barron«, begann Albright. Weiter kam er nicht.
»Einen Moment noch, Sir.« Grace machte sich nicht die Mühe, den Bezirksstaatsanwalt anzusehen.
»Ich weiß nicht viel über das Verhältnis von Zwillingen untereinander, aber daß Sie die letzte waren, die mit John William gesprochen hat ...« Grace verzog ihren Mund zu einem häßlichen Lächeln. »Die vorletzte natürlich«, sagte sie. »Daß Sie dort waren, scheint mir wirklich außergewöhnlich, so als hätte diese Freundschaft durch Sie den Tod überdauert.«
»Mrs. Barron, ich muß darauf bestehen –«
»Mr. Albright.« Grace sprach den Bezirksstaatsanwalt di-

rekt an, und das häßliche Lächeln war wieder da. »Ich gewinne langsam den Eindruck, daß Sie nicht gerade ein Gentleman sind. Ich wollte lediglich sagen, daß ich es für angemessen halte, wenn John William heute bei dieser Unterredung von jemand vertreten wird. Miss Gold schien mir die einzige Kandidatin zu sein, die dafür in Frage kam.«
»Der Staat South Carolina vertritt Ihren Sohn hier und heute, Mrs. Barron, und ich versichere Ihnen, daß wir diese Verantwortung sehr ernst nehmen. Dies ist keine Plauderstunde! Ihr Anwalt täte gut daran, Ihnen zu raten, den nötigen Ernst an den Tag zu legen!«
McCrorys Mund öffnete sich und klappte wieder zu wie bei einem Fisch im Aquarium, während seine Mandantin ihm einen unverhüllt verächtlichen Blick zuwarf.
Albright sah Grace wütend an. »Würden Sie nun die Güte haben, meine Fragen zu beantworten, Mrs. Barron. Was hat sich am Freitag, dem dritten September, abgespielt?«
»Wollen Sie die Einzelheiten hören oder die grundsätzliche Aussage?«
»Die Einzelheiten, Mrs. Barron, so genau, wie Sie sie in Erinnerung haben.«
Grace richtete ihren Blick wieder auf Ariel, so, als rede sie nur mit ihr. Ohne weitere Vorrede und in einem bemerkenswert normalen Ton sagte sie: »Ich bin von meiner Wohnung zu Fuß zum Haus meiner Stieftochter gegangen und habe meinen Wagen aus der Garage geholt. Ich hatte immer noch einen Ersatzschlüssel. Dann bin ich zu John Williams Haus hier in Charleston gefahren. Wir hatten eine Auseinandersetzung, einen langen, hitzigen Streit. Irgendwann ist er zu seinem Wagen gegangen, mit der Absicht wegzufahren. Ich folgte ihm. Wir waren beide äußerst wütend. An einer Aufhängeplatte in der Garage hingen Werkzeuge. Er war gerade dabei, in seinen Wagen zu stei-

gen. Als ich sah, daß ich ihn nicht aufhalten konnte, nahm ich einen Hammer und schlug auf ihn ein. Er brach bewußtlos zusammen, und ich schob ihn weiter in das Auto hinein. Dann habe ich seinen Autoschlüssel vom Boden aufgehoben und den Motor angelassen.
Ich ging zurück ins Haus und blieb dort noch ungefähr eine halbe Stunde, vielleicht etwas länger. Schließlich bin ich in meinen Wagen gestiegen und zurück nach Savannah gefahren.«
»Stand Ihr Wagen ebenfalls in der Garage?«
»Ja.«
»Sie mußten also in die Garage gehen, um ihn zu holen?«
»Natürlich.«
»Was haben Sie gesehen, als Sie in die Garage kamen?«
»John William war in einer anderen Position, als ich ihn hinterlassen hatte. Er hing teilweise aus dem Auto. Sein Oberkörper lag auf dem Garagenboden.«
Ihre Worte gingen Ariel durch Mark und Bein, und selbst Albright wirkte verstört. »War er zu diesem Zeitpunkt schon tot?«
»Das weiß ich wirklich nicht. Natürlich haben die Abgase die ganze Garage gefüllt. Ich mußte meine Nase mit einem Taschentuch bedecken.«
Albright räusperte sich. »Warum haben Sie es getan, Mrs. Barron?«
»Ich habe Ihnen doch gesagt, es war ein Wutausbruch.«
»Und Sie waren immer noch wütend während der halben Stunde, ›vielleicht auch länger‹, als Sie Ihren Sohn in der Garage sterben ließen?«
»Das kann ich nicht behaupten, nein.« Obwohl sie sich die größte Mühe gab, sich zu beherrschen, entfuhr Ariel ein leichtes Stöhnen. Es war kaum mehr als ein Seufzer, doch Albright warf ihr einen strengen Blick zu, bevor er sagte:

»Dann wiederhole ich: Warum haben Sie Ihren Sohn getötet?«

»Ich glaube nicht, daß ich Ihnen diese Frage beantworten werde, Mr. Albright.«

Albright änderte abrupt seine Strategie. »Sie sagen, Sie haben mit einem Hammer auf ihn eingeschlagen. War es ein Klauenhammer?«

Grace sah ihn direkt an, mit einer gewissen Neugier im Blick. Nicht zum erstenmal an diesem Vormittag hatte Ariel das Gefühl, daß sie es mit einer Frau zu tun hatte, die für sie alle ein Rätsel war.

»Nennt man die so?« fragte Grace. »Es war ein ganz normaler, alltäglicher Hammer.«

»Haben Sie mit dem stumpfen Ende zugeschlagen – dem Kopf – oder mit dem anderen Teil, dem, mit dem man Nägel aus der Wand zieht?«

»Mit keinem von beiden. Ich habe mit dem Stiel zugeschlagen. Auf den Hinterkopf.«

»Sie haben ihn mit dem Stiel bewußtlos geschlagen?«

»Ich habe sehr hart zugeschlagen.«

»Ich verstehe. Was haben Sie anschließend mit dem Hammer gemacht?«

»Ich habe ihn irgendwo zwischen Charleston und Savannah in einen Graben geworfen. Ich habe keine Ahnung, wo das war.«

Albright studierte den Inhalt der Akte, die er mitgebracht hatte. »Um welche Uhrzeit hat sich das alles abgespielt, Mrs. Barron?«

»Ich bin zwischen drei und halb vier in der Nacht bei John William eingetroffen. Ich schätze, es war etwa fünf, als ich wieder weggefahren bin.«

»Was haben Sie während dieser halben Stunde im Haus gemacht?«

Grace antwortete nicht.
»Mrs. Barron, ich habe Sie gefragt –«
»Ich habe die Frage verstanden.«
»Haben Sie vor, sie zu beantworten?«
Grace' Schulter hob und senkte sich, eine Geste der Resignation. »Na gut. Ich habe etwas gesucht.«
»Was haben Sie gesucht?«
»Briefe. Briefe, die mir gehörten.«
»Briefe.« Albrights Augen hatten sich zu Schlitzen verengt. »Haben Sie Ihren Sohn wegen dieser Briefe getötet?«
»Sie waren das letzte auf einer langen Liste von Gründen.«
Der Staatsanwalt warf noch einen Blick in seine Akte. »Haben Sie sonst noch irgend etwas getan, als Sie in die Garage zurückkehrten? Haben Sie außer dem Hammer noch irgend etwas aus dem Haus oder der Garage verschwinden lassen?«
»Sprechen Sie vielleicht von dem Armband? Das habe ich an mich genommen, bevor ich ins Haus zurückgegangen bin.«
»Wieso?«
»Es hat meinem Mann gehört. Genauso wie das Haus und das Geld hätte es in meinen Besitz übergehen müssen, als er starb, nicht in den der Kinder. Ich weiß, das Armband war eine Kleinigkeit – ein Nichts –, aber als ich es an John Williams Handgelenk gesehen habe ... hat es mich einfach gestört.«
»Es hat Sie gestört«, wiederholte Albright, der einen Moment lang um Worte verlegen zu sein schien. »In der Tat«, sagte er und konzentrierte sich auf seine Papiere. »Ihre Stieftochter, Halley Irene Barron, hat an dem Abend, an dem sie gestorben ist, bei der Polizei in Charleston angerufen. Sie hat die folgende Aussage gemacht: ›Meine Stiefmutter ist eine Mörderin. Ich werde sie Ihnen bringen. Sie

wird Ihnen sagen, was sie mir soeben erzählt hat.‹« Er blickte auf. »Als man Sie nach dem Unfall, bei dem Miss Barron umgekommen ist, verhört hat, sagten Sie, Sie wüßten nichts von diesem Anruf und Sie hätten nichts Außergewöhnliches über den Tod Ihres Sohnes gesagt. Sie sagten, Ihre Stieftochter sei ›offenbar verzweifelt‹ gewesen; sie seien auf dem Weg hierher gewesen, um ›den Haushalt aufzulösen‹.«

»Ja, das habe ich gesagt.«

»Wußten Sie, daß sie diesen Anruf gemacht hatte?«

»Ich war im selben Zimmer wie sie. Ja, ich wußte es.«

»Dann haben Sie also gelogen.«

»Das habe ich doch gerade gesagt.«

»Wieso?«

»Wieso?« Grace lachte kurz auf. »Weil ich zu diesem Zeitpunkt noch glaubte, ich könnte damit durchkommen, Sir! Ich fürchte, ich habe meine Chancen überschätzt.«

Albrights nächste Frage kam mit der Wucht eines Gewehrschusses: »Ist Halley Barron durch Ihre Hand ums Leben gekommen?«

Grace erbleichte. Unter den Umständen wirkte ihr Entsetzen unpassend. Mit tiefem Ernst, als leiste sie einen Eid, sagte sie: »Nein, das ist sie nicht.«

»Ich verstehe. Sie haben gelogen, was den Anruf Ihrer Stieftochter betrifft, Sie haben jedesmal gelogen, wenn Sie wegen des Todes Ihres Sohnes befragt wurden, aber heute sagen Sie die Wahrheit. Ist das richtig?«

»Mr. Albright. Ich habe einen Mord gestanden. Ich kann nur einmal auf den elektrischen Stuhl kommen. Wenn ich den Tod meiner Stieftochter irgendwie verursacht hätte, warum sollte ich es leugnen?« Als der Staatsanwalt nicht gleich antwortete, führte Grace ihren Standpunkt genauer aus: »Wie hätte ich das überhaupt bewerkstelligen sollen?

Sie müssen doch den Wagen untersucht haben. Waren die Bremsen manipuliert worden? Oder ...« Sie schüttelte aufgebracht den Kopf. »Ich weiß ja noch nicht mal, was ich noch vorschlagen soll! Ich bin keine Automechanikerin.« Ihre Hand, wieder auf dem Tisch, war zur Faust geballt. »Es tut mir sehr leid, daß Halley auf diese Weise sterben mußte.«

Albright ließ es damit auf sich beruhen. Er fuhr fort, seine Fragen zu stellen, von denen Grace einige nicht beantwortete. Auf mehrere Fragen – zum Beispiel, warum ihr Sohn mitten in der Nacht vollkommen bekleidet war und sein Bett nicht angerührt hatte – erklärte sie, keine Antwort zu haben. Schließlich klappte Albright seinen Aktenordner zu.

»Ich denke«, sagte er, »daß wir die wichtigsten Punkte erörtert haben. Ihre Aussage wird in Kürze zum Unterschreiben bereit sein.«

»Verzeihen Sie.«

Alle Köpfe fuhren zu Ariel herum.

»Miss Gold, ich habe Ihnen erklärt –«

»Nur eine Frage, Mr. Albright. Bitte.«

Er zögerte. Eilig stellte Ariel die ihrer Meinung nach naheliegende Frage: »Wieso legen Sie jetzt ein Geständnis ab?«

Grace antwortete bereitwillig: »Die Menschen, die sich an diesem Ort befinden, Miss Gold, sind Abschaum. Die wenigen Tage, die ich hier eingesperrt war, sind die Hölle gewesen. Es bestand die Aussicht, daß ich für lange Zeit hätte im Gefängnis bleiben müssen. In meinem Alter läuft das auf lebenslänglich hinaus. Wenn ich Mr. McCrory freie Hand gelassen hätte, wäre ich nicht nur zusammen mit Abschaum eingekerkert worden, sondern mit schwachsinnigem Abschaum. Ich habe mir gesagt, daß der Tod dieser Aussicht bei weitem vorzuziehen ist. Im schönen South Carolina gibt es nämlich noch die Todesstrafe, wissen Sie.«

An Albright gerichtet, fuhr sie fort: »Ich habe meinen Sohn nicht im Affekt getötet. Ich habe den Mord geplant und auf meine Chance gewartet. Ich habe mich danach gesehnt! Glauben Sie, Mr. Albright, daß ich Lust darauf habe, im Gefängnis zu verrotten? Ich nicht!«

Albright versuchte immer noch, sich eine Antwort zurechtzulegen, als Ariel sagte: »Wie haben Sie Ihren Wagen in die Garage bekommen?«

Grace lächelte mitfühlend. »Sie wollten so gern, daß ich unschuldig wäre, nicht wahr? Es tut mir leid.« Es schien ihr ernst zu sein. »John William hat Halley vor Jahren einen Toröffner gegeben. Ich fürchte, ich habe ihn ihr gestohlen. Als sie ihn in meinem Auto entdeckte, hat sie angefangen, mir Fragen zu stellen, denn sie wußte, daß sie ihn nicht dort liegengelassen hatte. Sie würde noch leben, nicht wahr, wenn ich einfach gelogen hätte. Ich hätte es tun sollen. Ich bin eine gute Lügnerin. Ich habe viele Jahre Übung. Aber ... Ich habe mich auf ihre Loyalität mir gegenüber verlassen. Da habe ich mich wohl getäuscht.«

»Halleys Loyalität ihrem Bruder gegenüber war stärker«, dachte Ariel laut.

»Nein.« Grace schien einen Augenblick lang hin- und hergerissen zu sein und dann zu einer Entscheidung zu kommen. »Nein«, sagte sie. »Ihre Loyalität ihrem Vater gegenüber war stärker.«

Alle Anwesenden, einschließlich des Stenotypisten, erstarrten. Sie sahen Grace verblüfft an, und es schien Ariel, als ob sie auf unerklärliche Weise vor ihren Augen jünger und unbeschwerter würde. Es lag ein seltsamer, beinahe siegesbewußter Ton in ihrer Stimme, als sie sagte: »Ich glaube, John Williams Tod hätte sie mir mit der Zeit verzeihen können. Sie wußte, wie gemein er sein konnte. Aber sie mußte eben unbedingt wissen, warum ich ihn getötet hatte.

Das war der Preis für ihre Loyalität. Sie mußte es wissen. Also habe ich es ihr gesagt. Daß er gewisse Briefe gefunden hatte, Briefe, die ich vor vierzig Jahren an meinen Liebhaber geschrieben hatte. Er wollte sie der Polizei übergeben. Die meisten dieser Briefe hätten heute keine Rolle mehr gespielt. Heutzutage nehmen die Leute einem einen Ehebruch nicht mehr ganz so übel, und überhaupt, wie viele von denen, die mich damals gekannt haben, leben heute noch und könnten sich dafür interessieren? Aber einer der Briefe enthielt, wie John William mir in Erinnerung brachte, ziemlich genaue Einzelheiten über die Pläne, die Hugh und ich geschmiedet hatten.« Die Andeutung eines Lächelns huschte über Grace' Gesicht. »Das waren gute Pläne. Ich bin vierzig Jahre lang unbehelligt geblieben, also können sie gar nicht schlecht gewesen sein, dachte ich. Unglücklicherweise war ich diesmal nicht so gut vorbereitet.«
Albright fand seine Stimme wieder. »Mrs. Barron«, sagte er, »worüber reden Sie eigentlich?«
»Habe ich mich nicht deutlich genug ausgedrückt, Mr. Albright? Ich rede davon, daß ich meinen Ehemann ermordet habe.«

45

Mit versteinertem Gesicht schaute Hattie zu B. F. hinüber, der in seinem Sessel zusammengesunken war, als hätte ihn eine Streitaxt niedergestreckt. Auch Sarge war wie erstarrt. Sein stocksteifer Körper wirkte wie ein Vulkan kurz vor dem Ausbruch, dachte Ariel.

Was diese beiden Männer betraf, hatte sie keinen Moment lang in Erwägung gezogen, sich an Albrights Schweigegebot zu halten; sie würde nicht zulassen, daß sie aus dem Fernsehen oder aus den Schlagzeilen in der Zeitung von dem Mord an John Barron erfuhren. Falls sie jemals in ihrem Leben schlimmere Nachrichten hatte überbringen müssen als diese, so war sie froh, daß sie keine Erinnerung daran hatte. Außer B. F.s Atem und dem monotonen Ticken der Wanduhr war kein Geräusch in der Küche zu hören.

Schließlich raffte Ariel sich auf, das Schweigen zu brechen. »Grace hat gesagt, sie würde den Tod willkommen heißen, und sie wollte ›doppelt‹ sichergehen, daß sie ihm nicht entrinnen kann.«

Keiner sagte etwas. Nach einer Weile versuchte Ariel es noch einmal: »Sarge, ich bin mir sicher, daß –«

Als seine Faust auf den Tisch niederdonnerte, fuhr sie auf, als sei sie von einer Kugel getroffen worden. Ihre Verblüffung war noch größer – und sie war völlig verwirrt –, als er ausrief: »Mein Gott! Und wir haben dieser Mörderin auch noch geholfen!«

Ariel sah ihren Großvater an. Er kniff die Augen ganz fest

zu, und sein Gesicht war hilflos verzerrt. Plötzlich schüttelte er sich, hob sein Schnapsglas und trank es in einem Zug aus.

Ebenso plötzlich wollte Sarge von Ariel wissen: »Was hat sie gesagt, was mit diesem Hugh Cross geschehen ist, mit ihrem *Liebhaber?*«

»Daß ... Sie hat gesagt, als er erfuhr, daß sie kaum etwas von dem vielen Geld erben würde, hätte er sich aus dem Staub gemacht. Und daß sie nie wieder etwas von ihm gehört hätte.«

»Sie war es!« sagte Sarge zu B. F. »Sie hat diesen Mann ermordet! Und John! John ...! Sie hat es so aussehen lassen, als wäre mein Bruder ein feiger Hund gewesen, ein Nichts, ein Mörder! All die Jahre ...«

Ariel versuchte, ihn zu unterbrechen, doch sie kam nicht dazu, auch nur ein Wort zu sagen.

»Tja, Sir«, sagte B. F., »ich fürchte, keiner von uns hat ihr je wirklich abgekauft, daß er es getan hat. Der arme John. Er hatte seine dunklen Seiten, aber ... Ich habe immer meine Zweifel gehabt, Gott ist mein Zeuge. Mitten in der Nacht kommt es einem immer wieder in den Sinn ...«

Zu sich selbst murmelte er: »Wüßte mal gern, warum sie nicht gleich die ganze Geschichte erzählt hat. Schließlich können sie sie nur einmal grillen.«

»Das bedeutet nicht, daß sie nicht noch mehr sagen wird. Was sie getan hat ... Diese Frau ist doch kein Mensch!«

»Was ist denn eigentlich los?« gelang es Ariel zu fragen. »Worüber redet ihr beiden überhaupt?«

Sie schenkten ihr keine Beachtung. Die beiden Männer verhielten sich, als seien sie allein im Raum.

»Okay, sie ist niederträchtig, aber es sieht so aus, als hätte sie noch einen verkümmerten Rest von Loyalitätssinn.«

B. F. gab einen rauhen, kehligen Laut von sich. »Wenn sie

redet, dann redet sie. Aber das ist das letzte, worüber ich mir im Moment Gedanken mache.«

»John William!« sagte Sarge. »Grace war damals schwanger ... Was ist, wenn er von diesem Cross –«

»Du weißt genau, daß das Blödsinn ist«, sagte B. F. bestimmt. Dann fragte er Ariel: »Was ist mit den Briefen? Hat sie gesagt, was sie mit den Briefen gemacht hat, wegen denen sie John William getötet hat?«

»Sie hat sie vernichtet. B. F., bitte! Sag mir, um was es geht!«

Die beiden Männer sahen einander an; irgendein Signal wurde zwischen ihnen ausgetauscht. Als die Tür zur Veranda hinter Sarge zuschlug, hörte Ariel, wie ein Streichholz angezündet wurde. Aus den Augenwinkeln sah sie, wie Hattie sich auf den Stuhl setzte, von dem Sarge aufgestanden war, doch sie hielt ihren Blick auf ihren Großvater fixiert. Seine Lippen bewegten sich, als sei er dabei, eine bittere Pille zu schlucken, dann begann er zu reden.

»Als Halley die Leiche ihres Vaters fand, lag der tote Cross daneben. Er war erschossen worden. Zwei Kugeln hatten ihn getroffen.«

B. F. wartete, bis Ariel diese Information verdaut hatte. »Ich war an dem Abend bei Sarge. Zum Pokern. Grace war völlig hysterisch, als sie anrief. Sogar ich konnte sie hören. Nachdem ich Sarges Gesicht gesehen hatte, hab ich die anderen Jungs nach Hause geschickt. Wir sind in seinen Wagen gestiegen und so schnell wir konnten zu ihr rübergefahren. Der Anblick, der sich uns bot ...! Halley befand sich in einem totalen Schockzustand. Es war, als versuchte sie zu schreien, aber es kam nur ein Krächzen heraus, wie bei einem Tier.« B. F. schluckte. »Es war das Schlimmste, was ich je aus einer menschlichen Kehle gehört hab.

Ich hab sie in eine Decke gewickelt. Hab versucht, sie zu

beruhigen, während Sarge den Sachverhalt aus Grace herausquetschte – oder das, was wir bisher für den Sachverhalt gehalten haben. Sie erklärte uns, sie hätte im zweiten Stock im Bett gelegen und geschlafen. Irgendwas, das sich anhörte wie eine Fehlzündung bei einem Auto, hätte sie aufgeweckt. Nach einer Weile hätte sie noch etwas gehört, ein Geräusch. Sie ging in die Küche. Dort, sagte sie, hätte sie Halley gefunden, die verstört neben der Tür zur Garage gekauert hätte. Sie sagte, sie hätte die Abgase riechen können. Dann wäre sie runtergegangen und hätte beide Männer entdeckt, John in seinem Auto und Cross nicht weit davon entfernt am Boden. Neben ihm hätte eine Pistole gelegen. Sie waren beide tot.

Grace war ... Grace wirkte sehr überzeugend. Sie weinte und rang ihre Hände. Sie sagte, sie könnte sich nicht erklären, warum John sich umgebracht hätte, sie würde den anderen Mann nicht kennen und wüßte nicht, was er dort zu suchen hätte.

Sarge mochte Grace nicht besonders. Selbst nachdem er den Abschiedsbrief gelesen hatte, mochte er ihr nicht recht glauben. Er wollte gerade auf dem Revier anrufen – damals war er noch bei der hiesigen Polizei –, aber Grace hat ihn davon abgehalten. Sie hat sich an ihn geklammert und ihn angefleht, nicht zuzulassen, daß die Leute erfuhren, was sich in ihrem Haus abgespielt hatte. Sie meinte, es wäre schon schlimm genug, wenn sich herumsprach, daß John sich umgebracht hatte, aber er könne doch nicht den Leuten erzählen, daß sein Bruder auch noch ein Mörder war. ›Er hat sich doch schon selbst gerichtet‹, sagte sie. ›Das kannst du John nicht antun. Das kannst du dem Mann, den wir beide mehr als alles in der Welt lieben, nicht antun.‹«

B. F. machte eine Pause, als Sarge wieder hereinkam. Als er hinausgegangen war, hatte er ausgesehen, als hege er

Mordgedanken, jetzt wirkte er krank. Grau im Gesicht, blieb er bei der Tür stehen und hörte B. F. zu.

»Mir kam das, was Grace sagte, ganz vernünftig vor, und ich hab mich auf ihre Seite gestellt. ›Hol deine Utensilien‹, hab ich zu Sarge gesagt ›Nimm Grace und John Fingerabdrücke ab. Untersuch die Pistole nach Abdrücken. Wenn sie lügt, hast du den Beweis. Wenn sie die Wahrheit sagt, dann werden wir diesen Mann verschwinden lassen.‹ Ich wollte einfach darüber nachdenken, was die Situation am Tatort nahelegte« – B. F. warf Sarge einen kurzen Blick zu –, »und ich sagte mir, daß es niemandem etwas brachte, wenn man den Namen eines Toten in den Schmutz zog.

Na ja ...«, B. F. lächelte traurig. »Wir taten jedenfalls, was ich vorgeschlagen hatte. Die Pistole gehörte John. Wir haben nur seine Fingerabdrücke auf der Pistole gefunden, und er war der einzige, der Schmauchspuren an den Händen hatte. Grace hatte keine, und Cross hatte auch keine.

Keiner von uns hatte diesen Cross jemals zuvor gesehen. Wir hätten noch nicht mal seinen Namen gewußt, wenn er nicht seinen Führerschein dabeigehabt hätte – es war ein Führerschein aus Pennsylvania. Wir haben ihn in diese Plane gewickelt, auf der er zusammengebrochen war, und in meinen Kofferraum gelegt. Dann hat Sarge auf dem Revier angerufen.

Noch in derselben Nacht haben wir die Leiche von Cross irgendwohin gefahren und vergraben.«

Sarge verschränkte die Arme vor seinem breiten Brustkorb. »Und jetzt?« fragte er B. F. »Was machen wir jetzt?«

»Ihr macht überhaupt nichts!« fuhr Hattie auf. »Diese Teufelin hat drei Menschenleben auf dem Gewissen! Zwei Morde hat sie gestanden, und das reicht. Ich werde nicht zulassen, daß sie noch zwei Leben ruiniert, habt ihr mich verstanden? Gott wird schon dafür sorgen, daß sie bekommt, was sie verdient, und dann ist der Fall endlich erledigt.«

B. F. sah sie liebevoll an. »Mit derselben eigennützigen Argumentationsweise hat sie es geschafft, all die Jahre frei herumzulaufen, Hattie. Was ist mit dem Mann, der im Wald begraben liegt? Meinst du nicht, der hat irgendwas verdient?«

»Was soll der denn verdient haben? Er hat schon bekommen, was er verdient! Der hat mit dieser Frau Ehebruch begangen, und nach dem, was sie sagt, auch einen Mord!«

»Hattie hat recht«, sagte Ariel. »Grace hat die ganzen Jahre in ihrer eigenen Hölle geschmort. Sie dachte, sie würde eine reiche, vornehme Dame werden, nachdem sie John Barron umgebracht hatte. Aber die Sache ist nach hinten losgegangen. Sie war nichts weiter als die zweifelhafte Witwe eines – verzeih mir, Sarge – eines gescheiterten Künstlers und Selbstmörders. Als dein Bruder schließlich als Künstler anerkannt und berühmt wurde, war sie eine einsame, verbitterte Frau, die jeden Kontakt zur Außenwelt verloren hatte und dabei war, sich in Alkohol zu konservieren. Ihr beide habt damals das getan, was ihr für richtig hieltet. Ihr habt euch nichts vorzuwerfen.«

»Ich bin schuld, daß sie nicht vor vierzig Jahren auf dem elektrischen Stuhl gelandet ist«, sagte Sarge. »Am liebsten würde ich in dieses Gefängnis marschieren und ihr eigenhändig den Hals umdrehen!«

»Jetzt reicht's!« sagte B. F. »Du wirst nicht dafür sorgen, daß Grace noch mehr Verderben über uns bringt. Ich will dir mal was sagen, mein Freund, etwas, das ich dir schon vor Jahren hätte sagen sollen, aber ich hab mir immer gesagt, je weniger gesagt wird, um so besser. Ich hab über Cross Erkundigungen eingezogen. Keiner hat ihn vermißt, und sein Tod war keine große Tragödie. Er war ein Tagedieb. Ein nichtsnutziger Herumtreiber, der schon für jede Art von Schwindel, den du dir vorstellen kannst, im Knast gesessen hatte. Ich weiß nicht, wo Grace den aufgegabelt hat, aber du kannst dich darauf verlassen, daß er nicht besser war als sie.«

»Es geht mir doch nicht um ihn! Ist dir nicht klar, daß John William noch leben würde, wenn wir ihr damals nicht geholfen hätten?«

B. F. sah seinen Freund mit so viel Mitgefühl an, daß es fast greifbar war. »Meinst du, mir wäre das nicht auch schon durch den Kopf gegangen? Aber überleg dir mal folgendes. Du und ich, wir sind doch nicht dumm. Du warst damals so ziemlich der hellste Kopf auf diesem Polizeirevier. Ich weiß zwar noch nicht, wie sie das alles eingefädelt hat, aber sie hat uns reingelegt. Jeder andere, der die Pistole auf Fingerabdrücke untersucht hätte, hätte dasselbe festgestellt wie du. Jeder, der die Hände überprüft hätte, wäre zu demselben Ergebnis gekommen wie du. Und der Abschiedsbrief ... Es war Johns Handschrift! Die Experten waren sich einig. Was glaubst du also, was für Beweise sie gefunden hätten, die wir übersehen haben? Du hattest ein größeres Interesse daran herauszufinden, was wirklich geschehen war, als jeder andere, stimmt's? Aber du hast ihr geglaubt.«

»Wenn sie alles gewußt hätten, wären sie vielleicht zu anderen Schlüssen gekommen. Jemand, der objektiver an die Sache herangegangen wäre, hätte –«

»Mann, es wäre genau dasselbe passiert! Aber, sagen wir, sie wäre vor Gericht gestellt worden. Nehmen wir an, sie wäre für schuldig befunden worden. Was wäre dann? John William wäre im Gefängnis geboren worden, als Sohn einer verurteilten Mörderin. Die Behörden hätten ihn auf keinen Fall einem Mädchen in Halleys Alter anvertraut, weißt du. So, wie die Dinge gelaufen sind, konnte seine Schwester ihn

wenigstens großziehen und ihm sein Leben lang ihre Liebe schenken.«
Ariel war sich nicht sicher, wieviel Sarge von dem, was B. F. ihm darlegte, mitbekam. Er wirkte zu sehr am Boden zerstört, um überhaupt noch etwas aufnehmen zu können.
»Ich weiß, daß ihr das nicht hören wollt«, sagte sie, bevor sie die Fassung verlor, »aber ich werde es trotzdem sagen. John William hat gewußt, wessen Grace fähig war. Es hat schließlich in den Briefen gestanden. Er hat ein privates Drama daraus gemacht. Er hat die Briefe nicht der Polizei übergeben; er hat damit *gedroht*, er würde sie übergeben. Er hat Grace in sein Haus gelassen und sich dort mit ihr gestritten. Er war ein erwachsener Mann, Sarge. Er war für sich selbst verantwortlich.«
»Sie war seine Mutter, Ariel!« brüllte Sarge und stürzte hinaus.
Eine Zeitlang, die allen endlos erschien, rührte sich niemand. Schließlich stand B. F. auf. Nachdem er am Küchentisch kurz Halt gesucht hatte, verließ auch er die Küche.

46

Aus dem Erdgeschoß war gedämpft das Schlagen der Wanduhr zu hören. B. F. schlief tief und fest. Ariel konnte ihn vom anderen Ende des Korridors, wo sie in ihrem zerwühlten Bett lag, schnarchen hören. Sie war zu müde zum Schlafen. Ein Ast scharrte an ihrem Fenster, und dann trommelten die ersten Regentropfen auf das Blechdach.

Die Uhr zeigte zehn, zu früh zum Schlafengehen, auch wenn ihr Flug noch vor dem Morgengrauen ging. Während sie sich ihren Morgenrock überzog, knackte ihr Kiefergelenk bei einem vergeblichen Gähnen.

Ohne das Licht in der Küche einzuschalten, schlurfte sie zum Kühlschrank. Sie starrte gerade in das hell erleuchtete Innere, den Kopf so leer, als wäre sie ein Schneemann, als das Telefon klingelte. Sie hatte den Hörer in der Hand, noch bevor ihr richtig bewußt war, daß sie es läuten gehört hatte.

»Hallo!« flüsterte sie.

»Sieh mal einer an. Die Fernsehtante höchstpersönlich.«

»Wer spricht da?«

»Ich hab gehört, das ist ein großer Tag für Sie gewesen. Ein richtiger Durchbruch noch dazu.«

»Julian?«

»Wie oft passiert es, daß jemand von der Presse eingeladen wird, wenn eine Mörderin ein Geständnis ablegt? Ach was, eine dreifache Mörderin! Was das für Einschaltquoten gibt!« Julians Stimme, die normalerweise so weich und

melodisch war, hätte Kristall schneiden können. »Ihr Freund Jackie müßte sich ja ganz besonders amüsieren. Der alte Dirty Harry McManus! Das wird ja erst richtig spannend, wenn er erst mal all die schlüpfrigen Einzelheiten über den ›alternativen Lebensstil‹ seines Neffen zu hören kriegt.«
Ariel stand vor Staunen der Mund offen.
»Ist er da?«
Ihr Gesicht brannte, als hätte sie jemand geohrfeigt. »Ich werde nachsehen«, sagte sie mit gepreßter Stimme.
Sie ging nach oben. Die Tür zu Sarges Zimmer stand offen. In dem fahlen Licht, das durch das Fenster hereinfiel, konnte sie erkennen, daß das Bett unberührt war.
»Sarge?« sagte sie leise.
Es kam keine Antwort. Sie trat ans Fenster und schaute hinaus in die Einfahrt. Nur der Darrin stand da.
Als sie in die Küche zurückging, knipste sie das Licht an. Hattie, in ihren Morgenrock eingewickelt, saß am Tisch.
»Hat sie sich umgebracht?« fragte Hattie.
»Was? Nein!« sagte Ariel auf dem Weg zum Telefon.
»Julian? Er ist nicht da. Was soll das eigentlich? Was ist los? Julian? Sind Sie noch dran?«
»Wenn er kommt, sagen Sie ihm, er möchte mich anrufen«, sagte Julian und legte auf.
»Irgendwas stimmt nicht«, sagte Hattie. »Was ist los?«
»Frag mich nicht!« Verblüfft bemerkte Ariel, daß ihre Augen brannten. Sie hob den Kopf, blinzelte ihre Tränen weg, atmete tief durch und lauschte auf den Regen. Es hatte sich eingeregnet, dachte sie, ein leichter, gleichmäßiger Dauerregen. »Ich werde mir einen Kakao kochen«, sagte Ariel. »Willst du auch welchen?«
»Du wirst jetzt keinen Kakao kochen. Was wollte der Anwalt?«

»Hat Sarge dir gesagt, wohin er gefahren ist?«
»Ist er nicht da?«
Ariel überlegte, ob sie Julian zurückrufen sollte, aber sie hatte das ungute Gefühl, daß er nur wieder auflegen würde. Sie kaute auf ihrer Unterlippe herum. Er war äußerst kühl gewesen, sogar gereizt. Was hatte ihn bloß so aufgebracht?
Es mußte etwas mit ihrer Sendung zu tun haben, denn ihr war nur zu bewußt, daß er kein Fan ihrer Show war. Ein Nachrichtenmagazin, dachte Ariel, bedeutet Ermittlungen, bedeutet Enthüllung. Aber was konnte enthüllt werden? Was hatte Julian Taliaferro zu verbergen?
Und was hatte er mit »Dirty Harry« gemeint?
»Hattie, du kennst Sarge besser als ich. Er wird doch nichts Unvernünftiges tun, oder?«
»Normalerweise nicht.«
Die beiden Frauen sahen einander an. Es brauchte nicht erwähnt zu werden, daß die Ereignisse des vergangenen Tages alles andere als normal gewesen waren.
Du überreagierst, sagte Ariel sich; wahrscheinlich sitzt Sarge gerade auf irgendeinem Barhocker und ersäuft seine Sorgen. Trotzdem fragte sie: »Besitzt er eine Pistole?«
»Er besitzt eine, aber er hat sie nicht.«
»Woher weißt du das?«
»Weil ich sie heute nachmittag an mich genommen und irgendwo hingelegt hab, wo er sie nicht findet. Nur für den Fall, daß er sich plötzlich einbildet, er brauchte ein Schießeisen.«
Ariel begann zu lächeln, doch das Lächeln erstarrte auf ihrem Gesicht. Erst gestern hatte Sarge sie nach einer anderen Pistole gefragt: die, die sich in dem Päckchen für Grace befunden hatte. Er hatte sich danach erkundigt, noch bevor er wußte, was sie damit getan hatte.

Auf dem Weg nach oben rief Ariel über ihre Schulter: »Ich gehe ihn suchen.«

Beim Anziehen auf einem Bein hüpfend, bemühte sie sich, das Gleichgewicht zu wahren, als Hattie in der Tür erschien.

»Wo willst du denn hingehen?«

»In Julian Taliaferros Büro. Wenn er dort nicht ist, rufe ich dich an. Wenn er bis dahin nicht zurück ist, fahr ich zum Gefängnis.«

Vor und hinter dem Gebäude, in dem sich Julians Kanzlei befand, standen jede Menge Autos geparkt. Ariel nahm an, daß die meisten davon Leuten gehörten, die in dem gegenüberliegenden Apartmentkomplex wohnten. In den Räumen der Kanzlei brannte kein Licht. Der Lincoln war nirgendwo zu sehen. Ariel versuchte, durch eine Hecke zu spähen, die sich an der Seite des Gebäudes entlangzog, doch sie konnte nicht erkennen, ob sich dahinter ein Privatparkplatz befand.

Ich muß doch wirklich von allen guten Geistern verlassen sein! dachte Ariel. Aber sie wußte, daß Sarge Julian entweder angerufen oder aufgesucht und ihn bei dieser Gelegenheit so sehr aufgeschreckt hatte, daß Julian sich genötigt gefühlt hatte, der Sache nachzugehen. »Dreifache Mörderin«, hatte er gesagt, also kannte er die ganze traurige Geschichte. Die Anspielung auf »Dirty Harry« brachte Ariel zu der Annahme, daß über Rache gesprochen worden sein mußte. Hatten sie auch die Pistole erwähnt? Julian würde sie Sarge weder ausgehändigt noch ihm preisgegeben haben, wie er sich die Waffe beschaffen könnte, aber Sarge war schließlich Polizist. Wenn einer in der Lage war, ein Schloß zu knacken, dann war es Sarge, darauf hätte Ariel gewettet. Wenn es ihm wichtig genug war.

Hinter ihr leuchteten Scheinwerfer auf. Ein Auto näherte sich und hielt an. Mit rasendem Puls wartete sie ab, doch niemand kam in ihre Richtung. Ohne sich dessen bewußt zu sein, hatte sie die ganze Zeit auf das Schild der Anwaltskanzlei gestarrt. Es war künstlich auf alt getrimmt, so als hätte es bereits Generationen von Anwälten mit Namen Taliaferro gedient. Es wurde dezent angeleuchtet. »Erstklassig«, wie Julian sagen würde. Und die Hälfte des Schildes beanspruchte der Name einer Person, die überhaupt nicht existierte. Ariel stellte den Motor ab. Wenn ich schon mal hier bin, sagte sie sich.

Das Gebäude, stellte Ariel fest, war eine echte Antiquität: alte Ziegel, schwarze Fensterläden und eine solide Holztür, die aussah, als hätte sie der Armee der Nordstaaten standhalten können. Jetzt stand sie offen.

Die Scharniere quietschten im Chor mit den alten Holzdielen, als Ariel das Haus betrat. Leise durchquerte sie das Empfangszimmer und ging in das Büro der Sekretärin. Als sie von dort aus in einen Korridor gelangte, wurde ihr klar, daß das Haus größer war, als es von außen erschien.

Fahles Licht drang von draußen durch die offenen Türen in den Korridor. Aus einem Raum am Ende des Flurs fiel eine andere Art von Licht. Es konnte von einer ganz schwachen Lampe herrühren. Vielleicht auch von einem Computer.

Ariel hatte plötzlich ein lebhaftes Bild vor Augen: Sie sah sich selbst auf Zehenspitzen durch das dunkle Haus schleichen und auf einen verzweifelten Sarge stoßen, der die Pistole bereits in der Hand hatte.

Sie drückte sich gegen die Wand, glitt in eine Nische neben einem Kopiergerät und lauschte. Sie hörte nichts als den Regen, der auf das Dach trommelte. Wer immer in dem Zimmer gewesen war, dachte sie, konnte genausogut schon längst wieder weg sein. Falls es Sarge gewesen war, hatte er wahrscheinlich in seiner Hast vergessen, die Tür hinter sich zu schließen. Womöglich war er jetzt auf dem Weg zum

Gefängnis. Das Gefängnis, wo seine alten Kumpel aus der Zeit, als er noch bei der örtlichen Polizei gearbeitet hatte, ihn kannten und ihn ohne zu zögern durchlassen würden; wo man es als völlig normal betrachten würde, daß er seine Schwägerin besuchte; wo Grace ihn freudig empfangen würde, selbst wenn sie wußte, warum er kam.

Ariel verließ ihr Versteck und eilte auf dem gleichen Weg zurück, auf dem sie gekommen war. Sie gab sich keine Mühe, leise zu sein, denn auf einmal hatte sie es nur noch eilig. Sie stürmte ins Empfangszimmer.

Ein Mann stand da, eine große, breite Gestalt, deren Umriß sich in dem schwachen Licht abzeichnete, das durch ein Fenster hereinfiel.

»Oh!« stieß Ariel hervor und blieb wie angewurzelt stehen. Der Mann war viel zu groß, um Sarge zu sein, das hatte sie sofort begriffen. Und wie er dort stand: angespannt, schokkiert. Es war die Haltung von jemandem, der einen Eindringling in seinem Haus erwischt hat.

Er konnte nicht schockierter sein als Ariel. »Oh!« sagte sie noch einmal. »O mein Gott, Sie sind das!« Ihre Worte sprudelten nur so aus ihr heraus, als sie versuchte, sich zu erkennen zu geben, eine, die hier nichts zu suchen hatte, eine Person in dunkler Kleidung, die Hausfriedensbruch begangen hatte.

»Ich bin es, Julian!« stieß sie hervor. »Ich bin's, Ariel!«

Er trat einen Schritt auf sie zu. Sie erstarrte.

»Ich weiß, wer du bist, Schätzchen«, sagte er.

Ariel entspannte sich und atmete erleichtert auf. »Ich dachte schon, Sie hätten mich nicht erkannt!«

Er neigte den Kopf zur Seite und lachte in sich hinein. Er wirkte jedoch nicht amüsiert. Er klang noch bedrohlicher und noch weniger wie er selbst, als vor einer Weile am Telefon, als er sagte: »Zuerst habe ich dich tatsächlich nicht erkannt. Ich hab meinen Augen nicht getraut! Aber du bist dieselbe alte Ariel, immer noch eine Schnüfflerin wie eh und je.«

»Okay, Sie sind sauer. Das kann ich Ihnen nicht verdenken. Sie müssen sich ja fragen ...« Als sie ihre Hand hob, um an sein Verständnis zu appellieren, stieß sie etwas von dem Schreibtisch neben sich. Es fiel zu Boden. »Oh, tut mir leid!« Sie bückte sich, und in ihrer Hast schob sie den Gegenstand, den sie aufheben wollte, aus Versehen unter den Schreibtisch. »Verdammt! Ich werde es Ihnen erklären, aber nicht jetzt.« Während sie ungeduldig nach dem Ding tastete, sagte sie: »Ich muß unbedingt hier weg.«

»Warum so eilig? Nach all der Zeit? Hast du überhaupt eine Ahnung, was ich in den letzten Tagen durchgemacht hab, als ich versucht hab rauszufinden, was du vorhast?«

»Was hat Sarge Ihnen genau gesagt?« Ihre Finger fanden den Gegenstand, der sich als Brieföffner entpuppte, ein belangloses kleines Plastikding.

»Rein in die Polizeistation, raus aus der Polizeistation. Wenn du nicht bei den Bullen warst, warst du beim Anwalt. Ich hab zwar längst nicht soviel zu verlieren wie einige von unseren – oder besser, deinen Freunden.« Wieder stieß er dieses gehässige Lachen aus. »Aber ich kann es nun mal nicht ausstehen, wenn man meine Pläne durchkreuzt.«

Während sie sich aufrichtete, begriff Ariel plötzlich. Die Stimme hatte einen deutlichen Südstaatenakzent, aber es war nicht die Stimme von Julian Taliaferro.

»Du machst uns schon seit Tagen nervös«, sagte er. »Uns ist völlig klar, daß du Bescheid weißt. Jeden Moment hättest du den Mund aufmachen und uns eine Menge Ärger bereiten können. Aber du hast dich zurückgehalten.«

Ariel war schon fast zu verwirrt, um Angst zu empfinden. Sie hatte keine Ahnung, wer der Mann war. Und was hatte er mit der ganzen Sache zu tun, wieso tauchte er plötzlich auf? Genau an dem Tag, als Grace ihr Geständnis abgelegt und Ariel schließlich von ihrer Schuld überzeugt hatte?

»Zuerst hatte ich lediglich vor, dich zur Rede zu stellen. Ich wollte dich ganz direkt fragen, wie deine Bedingungen lauten. Aber dann hat es mir Spaß gemacht, dich im Auge zu behalten, und ich habe im Moment sowieso nichts Wichtigeres zu tun.«

»Sie sind mit tagelang gefolgt?« Er mußte verrückt sein, dachte Ariel – ein Verrückter, der mit einem Mord auf dem Buckel verschwunden wäre, und niemand hätte je die Wahrheit erfahren.

»Immer, wenn mir danach war, bin ich dir nachgefahren und hab dich einfach beobachtet. Meistens, jedenfalls. Heute abend ... tja, das war reine Glückssache. Ich war da draußen in deiner Nähe gerade mit so 'ner Mieze zugange, als ich plötzlich deinen hübschen kleinen Wagen an mir vorbeiflitzen sehe.«

Seine Hand fuhr in seine Tasche. Ariel hielt den Atem an.

»All die Gelegenheiten, die ich gehabt hätte, dich einfach aus dem Film zu schneiden ...«

Was er aus der Tasche zog, war keine Waffe. Ganz beiläufig, wie zum Spaß, warf er Ariel etwas zu. Reflexartig fing sie es auf. Ihre Finger schlossen sich um das Pillendöschen ihrer Großmutter, sie erkannte es, ohne hinzusehen. Mit der anderen Hand hielt sie immer noch den Brieföffner umklammert. Sie wünschte, er wäre aus Metall und scharf und so lang wie ein Brotmesser.

»... An dem Abend neulich am Strand«, fuhr er fort, »nur du und ich. Du warst halb nackt, und du hast übrigens recht knackig ausgesehen. Oder auf dieser dunklen, einsamen Straße. Da war ich drauf und dran, es zu tun, ungefähr drei Sekunden lang. Es war wie ... eine Mutprobe. Wie eine Art Rausch. Ehrlich gesagt, war ich zu dem Zeitpunkt tatsächlich high, aber dann hab ich's nicht über mich gebracht.«

Er kam auf sie zu, ganz langsam, als hätte er alle Zeit der Welt.

»Du kennst mich ja. Ich könnte noch nicht mal 'ner Fliege was zuleide tun. Ich bin ein Liebhaber, kein Kämpfer. Und außerdem, meine Mama hat keine Idioten großgezogen. Ich meine, was konnte mir schlimmstenfalls passieren, wenn du den Mund aufmachen würdest, was immer du zu sagen hattest? Ein Schlag auf die Hand?«

Ariel war bei jedem Schritt, den er in ihre Richtung gemacht hatte, einen Schritt zurückgewichen. Der Raum war nicht besonders groß. Sie stieß mit einem drehbaren Schreibtischstuhl zusammen, verlor das Gleichgewicht und fiel rücklings auf den Stuhl, die Beine ausgestreckt. Vor Schreck fand sie ihre Sprache wieder.

»Hören Sie! Das ist völlig verrückt! Sie machen einen großen Fehler –«

»Das hast du mir schon mal gesagt.«

»Ich habe noch nie mit Ihnen gesprochen. Ich weiß noch nicht mal –«

»Vor dem Polizeirevier. Da bist du wie eine Nahkämpferin auf mich zumarschiert und hast mir klipp und klar gesagt, du wüßtest alles über meinen ›Fehler‹. Aber dann hast du nie was unternommen. Ich hab's einfach nicht kapiert.«

Er hatte sich zwischen ihre Beine geschoben und stützte sich mit den Händen auf den Armlehnen ab. Er stand über sie gebeugt, sein Gesicht dicht über dem ihren, und sie erstickte fast in einer Wolke aus Eau de Cologne und seinem schalen, nach Wein stinkenden Atem.

»Aber jetzt ist mir alles klar. Nichts anderes ergibt einen

Sinn.« Alles, was sie sehen konnte, waren seine Augen, seine blassen Augäpfel und die erweiterten Pupillen. »Du hast dich verändert, Baby, und zwar komplett. Du bist hinter mehr her als nur hinter 'ner heißen Story.« Seine Stimme hatte einen weichen Ton angenommen. Sie klang beruhigend und verführerisch. »Hab ich recht? Und jetzt ... ist Zahltag. Hier hast du alles erledigt. Das Haus von dem Alten und ... o ja, darüber bin ich auch im Bilde.« Kleine Fältchen bildeten sich um seine Augen. »Ich hab meinen eigenen heißen Draht. Ich weiß genau, wie brav du mit Heller ›zusammengearbeitet‹ hast, wie regelmäßig du mit ihm telefoniert und ihm sogar Zeitungsausschnitte geschickt hast. Und daß du ihm die eine Information, für die er seine Seele verkaufen würde, die ganze Zeit vorenthältst.
Aber morgen geht's zurück nach Hause, zurück nach Hause. Und ich wette, dann rennst du sofort zu meinem Freund.«
Sein Gesicht berührte ihre Wange, sein Mund war dicht an ihrem Ohr.
»Aber das werd ich nicht zulassen, Baby«, flüsterte er. »Das ist meine Bedingung, und ich bin absolut egoistisch.« Sie fühlte seine Zunge, und dann spürte sie, daß er wieder grinste. »Aber nicht in jeder Hinsicht.«
»Laß das«, sagte Ariel ganz ruhig.
Er legte seine Finger um die ihren und zog den Brieföffner aus ihrer Hand, als er sich aufrichtete.
»Dieses Spielzeug brauchst du nicht, Schätzchen. Ich hab alles, was du brauchst.«.
Ariel spürte, wie er die Plastikklinge unter ihre Bluse schob und den Stoff gespannt hielt, während er den obersten Knopf öffnete.
»Ich meine das ernst«, sagte sie. »Laß das.«
»Ich weiß nicht, wie du es geschafft hast, dich so zu ver-

ändern, Baby, aber es gefällt mir.« Der Brieföffner und die Finger nahmen sich den nächsten Knopf vor.

Langsam bewegte Ariel ihr Bein. Ihr Oberschenkel glitt außen an seiner Wade hoch.

Der nächste Knopf war offen und dann noch einer. »Hättest du dir das vor einem Jahr vorstellen können?« murmelte er. »Du und ich? ... In deinen wildesten Träumen ...?«

Sie zog ihr Knie an und schob ihr Bein vorsichtig zwischen seine Schenkel.

»Ich weiß noch, wie du mich immer angesehen hast ... Ob das wohl der wahre Grund dafür war, daß du bisher den Mund gehalten hast?«

Ihre Bluse war offen. Er hatte die Spitze des Brieföffners vorne unter ihren BH geschoben und tat so, als wolle er ihn zerschneiden.

»Eine kleine unerwiderte Liebe?«

Ariel hatte seine Schultern mit beiden Händen gepackt.

»O Baby, okay ...«

Sie zog ihn auf sich, während sie in dem Stuhl hinunterrutschte.

»Ich komme ja schon ...«

Sie rutschte immer weiter nach unten, bis sie ihr Knie in Position gebracht hatte. Sie konnte nicht weit ausholen und wußte nicht, wieviel sie würde ausrichten können.

Mit aller Kraft stieß sie zu.

Er jaulte laut auf und krümmte sich vor Schmerz.

Sie hatte sich aufgerichtet und wollte gerade aufspringen, als seine Faust sie traf und sie so heftig zurückgeworfen wurde, daß der Stuhl eine halbe Drehung machte. Zum erstenmal sah sie sein Gesicht – immer noch nicht deutlich, ein verschwommener weißer Fleck –, denn der Raum war plötzlich grell erleuchtet, und sofort danach war eine ohrenbetäubende Detonation zu hören.

Ariels ganzer Körper krampfte sich zu einer Schutzhaltung zusammen: die Schultern eingezogen, die Augen fest zugedrückt, die Hände über den Ohren.
Jemand schrie etwas, kam auf sie zu – sie spürte seine Gegenwart, ohne sie zu sehen –, doch sie war schon wieder aufgesprungen und versuchte zu fliehen.
»Ist alles in Ordnung? Ariel!«
Eine Hand packte sie. Sie versuchte, sich loszureißen.
»Hören Sie auf damit! Sind Sie verletzt?«
Sie schaute genauer hin.
Julian Taliaferro stand über sie gebeugt. »Hat er Sie verletzt?« fragte er. »Mein Gott, Mädel! Wie Ihre Wange aussieht! Die ist ja so rot wie ... Es tut mir so leid! Es tut mir so leid, daß ich so lange gewartet hab.«
Ariel betrachtete den Mann, der am Boden lag. Er versuchte, sich zu bewegen, zog ein Knie leicht an und streckte es wieder. Sein Schuh scharrte über den Boden, dann rührte er sich nicht mehr. »Haben Sie ihn erschossen?« rief sie. »Wieso haben Sie auf ihn geschossen?«
»Wieso? Weil er Sie mit einem Messer bedroht hat!«
»Was für ein Messer? Der hatte kein Messer.«
Sie war bereits auf den Knien. Der Verwundete atmete, allerdings sehr schwach. Er schien nicht bei Bewußtsein zu sein. Sie wollte Julian gerade bitten, die Polizei anzurufen, als sie ihn am Telefon sprechen hörte.
»Sie sind unterwegs«, sagte er kurz darauf. Dann fragte er: »Wer ist das?«
Es war der Mann, den Ariel vor wenigen Tagen vor dem Krankenhaus gesehen hatte; der Mann, den sie später vor der Polizeistation gesehen hatte.
»Ich bin mir ziemlich sicher«, sagte sie, während sie sich ihre Bluse zuknöpfte, »daß dieser Mann Richard Cummings heißt.«

»Aber was ... Schon gut. Erzählen Sie's mir später.« Julian starrte den mickrigen Brieföffner an, der nun auf dem Boden lag. »Gehen Sie. Machen Sie, daß Sie wegkommen. Es bringt nichts, wenn Sie auch noch in diese Sache hineingeraten.«

»Ich kann nicht gehen. Außer ... Sarge! O Julian. Wieviel Uhr ist es? Wie lange –« Sie hatte sich vom Boden aufgerappelt. »Hat Sarge eine Schußwaffe?«

Julian grinste gequält. Er hielt seine Hand mit der Pistole hoch. »Meinen Sie die hier?«

»Oh! Ich hatte befürchtet, er –«

»Ich auch. Ich bin hierhergekommen, um sie zu holen.« Er stieß einen tiefen Seufzer aus und legte die Pistole auf den Schreibtisch. »Jetzt gehen Sie schon. Los!«

Ariel ging statt dessen ans Telefon. Hattie nahm nach dem ersten Läuten ab.

»Er ist hier«, sagte sie. »Du warst höchstens zehn Minuten weg, als er ankam, und er konnte nicht mehr besonders gerade gehen. Inzwischen schnarcht er das Haus zusammen.«

»Er ist zu Hause«, sagte Ariel zu Julian.

»Mit wem redest du da?« wollte Hattie wissen. »Wieso hat es so lange gedauert, bis du angerufen hast?«

»Das erzähl ich dir morgen früh«, sagte Ariel und legte auf.

»Was wollen Sie denn der Polizei sagen?«

»Die Wahrheit. Oder zumindest soweit es nötig ist. Er ist in mein Haus eingedrungen. Und ich dachte, er hätte ein Messer.«

Sie sahen beide zu dem Mann am Boden hinunter. Er atmete, bewegte sich jedoch nicht.

»Wir sollten irgend etwas unternehmen«, sagte Ariel.

»Was denn?« Julian schüttelte hilflos den Kopf. »Ich hab Ihnen gesagt, Sie sollen machen, daß Sie hier wegkommen.«

»Ich hab Ihnen gesagt, ich kann nicht.«
»Das ist der falsche Zeitpunkt für Edelmut. Ich bin derjenige, der es getan hat.«
»Das hat nichts mit Edelmut zu tun. Warum haben Sie so lange gewartet, bis Sie eingegriffen haben?«
»Zuerst dachte ich, Sie steckten unter einer Decke und hätten zusammen Gott weiß was vor. Sie unter dem Schreibtisch, während er was von Herumschnüffeln redete. Ich war unschlüssig, wie ich reagieren sollte ... Und – ich konnte mir keinen Reim darauf machen. Es – es hörte sich so an, als ob er was mit dem Mord zu tun hätte. Ich fragte mich: Was ist, wenn Grace versucht, irgend jemanden zu schützen? Oder ich weiß nicht, ich dachte mir, vielleicht fängt er an, Namen zu nennen, wenn ich noch ein bißchen warte.
Und dann, als ich schließlich glaubte, Sie seien in Gefahr, fingen Sie plötzlich alle beide an zu flüstern, und Sie ... Es sah gar nicht so aus, als würden Sie sich wehren ... Verdammt, Ariel! Ich war drauf und dran, durch die Hintertür zu verschwinden und Sie Ihrem Vergnügen zu überlassen!«
Ariel ging zu ihm hin und legte ihren Kopf gegen seinen starken Arm. Sie umschlang ihn mit den Armen und sagte: »Dummkopf.«
Nach einer Weile fragte sie: »Wieso haben Sie sich mir gegenüber so gehässig verhalten?«
»Ach, weil ... Das spielt jetzt keine Rolle. Sie werden jeden Augenblick hiersein.«
»Dann reden Sie halt schnell.«
»Ich verabscheue das, was Sie tun, darum. Was Sie den Leuten damit antun. Diese Sensationsmache im Fernsehen, diese schwachsinnigen Talk-Shows ... Das ist doch Volksverdummung. Es ist primitiv und destruktiv, und es ist symptomatisch für alles, was in unserer Gesellschaft schlecht –«

Sie hörten die Polizeisirene, und Julian fügte mit einem wehmütigen Lächeln hinzu: »Es hat mich vor allem geärgert, daß ausgerechnet *Sie* so etwas machen, wissen Sie. Ich hatte mich irgendwie ein bißchen in Sie verliebt.«
Ariel hörte ihm verwundert zu. »Seit ich hierhergekommen bin, verfalle ich einem Irrtum nach dem anderen«, sagte sie. »Ich hatte tatsächlich angenommen, Sie wären schwul.« In jeder anderen Situation hätte sie über sein Gesicht gelacht. »Ich habe mich sogar mehr als einmal gefragt, ob Sie etwas mit John Williams Tod zu tun hatten.«

Der Heimflug am frühen Morgen war unheimlich. Ariel hatte das Gefühl, eingekapselt zu sein, durch eine lautlose Dunkelheit zu fliegen, in der die Zeit ebenso losgelöst war wie das Flugzeug selbst. Die Kabinenbeleuchtung war gedämpft. Das Flugzeug war nur halb voll, und die Passagiere, die Ariel sehen konnte, dösten vor sich hin. Bis auf ein gelegentliches Murmeln aus der Bordküche war nur das Dröhnen der Motoren zu hören.
Ariel war hellwach. Sie war mit wehenden Fahnen im allerletzten Moment am Flughafen eingetroffen und hätte beinahe den Flug verpaßt.
Julian hatte sie vom Krankenhaus aus noch nach Kiawah Island begleitet, hatte B. F. und Hattie beruhigt (Sarge hatte noch geschlafen) und ihnen gesagt, sie sollten nichts unternehmen, er würde noch einmal zurückkommen und ihnen erklären, was sich zugetragen hatte. Auf der Fahrt zum Flughafen hatten Julian und Ariel kaum miteinander gesprochen. Dann, nachdem sie sich hastig zum Abschied umarmt hatten, als es zu spät war, um noch etwas Vernünftiges zu sagen, hatten beide gleichzeitig zu sprechen angefangen.
Ariel hatte Henry erst gar nicht angerufen. Es schien ihr

übertrieben, ihn jetzt zu wecken, bloß um ihm mitzuteilen, daß er mit seinem Verdacht gegen Richard Cummings richtig gelegen hatte. Es wäre etwas anderes gewesen, wenn sie ihm den Namen der Person hätte nennen können, die Cummings erpreßt hatte. Aber Cummings würde weder diese noch irgendwelche anderen Informationen jemals wieder preisgeben.

Sie hatten seinen Porsche am Straßenrand geparkt gefunden, nicht weit hinter Ariels Wagen. Nummernschilder aus Georgia. Im Kofferraum ein Fernglas und ein Satz Golfschläger. Auf dem Beifahrersitz eine Rechnung aus dem Kiawah Island Inn. Dort, kaum eine Meile von B. F.s Haus entfernt, hatte er fünf Nächte verbracht.

Ein blauweißer Lichtstreifen hatte sich am Horizont gebildet. Ariel lehnte ihren Kopf gegen das kalte Fenster und hielt Ausschau nach dem glutroten Ball, der bald aus der Dunkelheit auftauchen würde. Allmählich schoben sich schon goldene und rosafarbene Streifen zwischen die grauen Wolken.

Der arme Julian, dachte Ariel. Der arme B. F. Der arme Sarge. Soviel Schmerz, soviel Schuld, und dabei hatten sie sich stets von nichts als ihren guten Absichten leiten lassen. Und der arme alte Richard Cummings. Er war vielleicht unmoralisch gewesen, aber nicht böse.

Über Grace Barron zermartete sie sich immer noch das Hirn.

Es stand außer Frage, daß sie drei Menschen kaltblütig ermordet hatte – ihren Mann, ihren Sohn und ihren Liebhaber. Aber auch nachdem Ariel mit angehört hatte, wie die Frau ihre Greueltaten bis ins Detail beschrieben hatte, konnte sie sich nicht damit abfinden, daß ein völlig vernünftig wirkender Mensch einer solchen Niedertracht fähig war. Waren ihre Taten womöglich darauf zurückzuführen, daß

sie wahnsinnig war? Sollte das Ganze so frustrierend einfach sein?
Sie schauderte. Wenn größere Geister als sie bisher keine Antwort auf die Frage wußten, ob das Böse in Reinform existiert, dann war kaum anzunehmen, daß sie eine finden würde.
Da war es einfacher, sich mit den Tatsachen auseinanderzusetzen. Grace hatte genau beschreiben können, in welcher Position sich die Leiche ihres Sohnes befunden hatte, und sie kannte die Tatzeit. Sie wußte von der Kopfverletzung, wußte, an welcher Stelle sie sich befand, und anscheinend – jedenfalls nach einer Bemerkung Albrights über mikroskopische Splitter zu urteilen – wußte sie auch, daß der Schlag gegen den Kopf mit einem hölzernen Gegenstand durchgeführt worden sein mußte. Grace wußte von dem Armband; sie hatte es an sich genommen. Sie war in dem Auto gewesen, und sie war im Haus gewesen, die Fingerabdrücke bewiesen es.
Ariel kramte den Sicherheitsgurt hinter ihrem Rücken hervor, schob sich das von der Fluggesellschaft zur Verfügung gestellte Kissen unter den Kopf und dachte über den Mord an John Early Barron nach, der so viele Jahre unentdeckt geblieben und der gestern bis ins Detail beschrieben worden war.
Grace hatte, bereits bevor sie dem Mann begegnete, der ihr Ehemann werden sollte, ein Verhältnis mit Hugh Cross gehabt. Die Ehe war von Anfang an ein abgekartetes Spiel gewesen, und von Anfang an hatte sie gewußt, wie sie enden würde. Sie hatte den einsamen Künstler umgarnt und sein Herz gewonnen, sie hatte ihn in den schweren Zeiten getröstet, als er darunter litt, daß er keine Anerkennung fand. Sie brachte Frohsinn in sein kostbares altes Haus. Und kaum ein Jahr nachdem John Barron diese junge, gierige Frau geheiratet hatte, war er tot.

Sie war sehr jung gewesen, hatte Grace betont, um zu erklären, wie es geschehen konnte, daß sie sich nach diesem ausgeklügelten Plan am Ende finanziell verkalkuliert hatte. Ihr Ehemann schwamm geradezu im Geld. In ihrer jugendlichen Naivität hatte sie sich in einem vertraulichen Augenblick lediglich vergewissert, daß er sein Testament geändert und seine Gattin berücksichtigt hatte. Von der Klausel hatte sie nichts gewußt.

Von dem potentiellen Wert seiner Bilder hatte sie damals nichts geahnt. Sie hatte sie zu einem Bruchteil dessen verkauft, was sie tatsächlich wert waren, und sich dabei noch glücklich geschätzt, daß sie sie losgeworden war.

Mit dem Abschiedsbrief hatte sie mehr Glück. Später in jenem Jahr hatte sie einen Brief gefunden, den ihr Mann angefangen hatte. In einem Augenblick der Verzweiflung, überzeugt, daß sein Talent ihn verlassen hatte, hatte John einem ehemaligen Mentor sein Herz ausgeschüttet. Er hatte den Brief weder unterschrieben noch jemals beendet. Er hatte die Krise überwunden und sich wieder an die Arbeit gemacht. Aber das Schreiben war in seiner Handschrift verfaßt, und der Abschnitt, den Grace aus dem Briefbogen riß, paßte hervorragend in ihre Pläne.

Ariel mußte an jene treffenden und doch mehrdeutigen Worte denken, die sie zuerst von Sarge und gestern noch einmal von Grace gehört hatte.

Das Schlimmste ist eingetreten. Die Flamme scheint verloschen zu sein, und diesen Schmerz kann ich nicht ertragen. Ich kann mich nicht länger mit Leib und Seele einer Sache verschreiben, die mir von Tag zu Tag sinnloser erscheint. Diese Impotenz und diese Selbstzweifel zermürben mich. Es erschreckt mich zutiefst, was die aus mir machen.

Die Polizei hatte den Brief als Ausdruck der Enttäuschung über unerfüllte Hoffnungen, als peinliche Zweifel an seiner

»Männlichkeit« gedeutet. Ariel fragte sich, ob die Zeilen außerdem eine Anspielung auf Kindesmißhandlung enthielten. In Wahrheit war John Barron tatsächlich wegen seiner Arbeit deprimiert gewesen, wie der nächste Abschnitt deutlich gemacht hätte. Er hatte das Gefühl, daß seine Selbstzweifel seinen Geist vergifteten. Und er hatte angefangen, seiner Frau zu mißtrauen.

Grace war davon ausgegangen, daß sie zwei Jahre brauchen würde, um sich als treusorgende Ehefrau zu etablieren. Sie hatte jedoch nicht einmal bis zum Ende des ersten Winters durchgehalten.

Einmal hatte John Halley nach North Carolina zu einem von der Kirche geleiteten Freizeitheim gefahren. Da er erst am nächsten Tag zurückkehren wollte, hatte Grace die Gelegenheit ausgenutzt und Cross zu sich eingeladen. Aber John kam früher als erwartet nach Hause. Grace lag zwar nicht mehr mit ihrem Liebhaber im Bett, aber ein halbvoller Aschenbecher auf dem Nachttisch ließ keinen Zweifel daran, wo sie sich eben noch aufgehalten hatten.

John Barron war ein stolzer Mann. Nachdem seine treulose erste Frau ihn wie eine Jammergestalt hatte dastehen lassen, war er nicht bereit, der zweiten zu vergeben. Die Scheidung würde in aller Diskretion durchgeführt, hatte er gesagt. Sobald er Gelegenheit gehabt hätte, seine Tochter persönlich zu informieren, würde er die nötigen Schritte in die Wege leiten.

Anschließend hatte er sich in sein Atelier zurückgezogen, bis spät in die Nacht hinein gearbeitet und dort auf einem Klappbett geschlafen. Ein spannungsgeladener Tag verging. Dann erhielt John einen Anruf. Halley hatte die Grippe und befand sich auf dem Heimweg.

Das war die Gelegenheit. Während John am Bahnhof war, um seine Tochter abzuholen, schlich Cross sich in das

Atelier und manipulierte den Propangasofen. Dann warteten er und Grace ab.

Auch in jener Nacht stürzte John sich in seine Arbeit. Aus einem Fenster im zweiten Stock konnte Grace in das Atelier sehen. Sie beobachtete, wie er seine Staffelei enthüllte, den Ofen einschaltete und sich die Hände wärmte. Nachdem er die Leinwand eine Zeitlang nachdenklich betrachtet hatte, hatte er die Vorhänge zugezogen und wahrscheinlich zu malen begonnen.

John litt seit Jahren an Migräne. Grace nahm an, daß er den Beginn einer Migräneattacke vermutet hatte, als sich die ersten Symptome der Kohlenmonoxidvergiftung bemerkbar gemacht hatten. Nach und nach füllte das tödliche, geruchlose Gas den ganzen Raum. Als John das Bewußtsein verlor, waren Grace und Cross zur Stelle. Sie riß die Fenster auf, während er den Ofen in Ordnung brachte und John in sein Auto schleppte, das in der verschlossenen Garage stand. Dort war John Barron gestorben, ohne je das Bewußtsein wiedererlangt zu haben.

Was sich danach ereignete, bereitete Ariel ziemliche Kopfschmerzen.

Nachdem Cross seinen Part erfüllt hatte, so jedenfalls hatte es Grace im Gefängnis erzählt, hatte er sich rar gemacht, und als er erfuhr, daß Grace keine reiche Witwe war, war er vollends von der Bildfläche verschwunden. Ariel dagegen nahm an, daß er einfach überflüssig geworden war, nachdem er seine Aufgabe erfüllt hatte.

Sie malte sich die Szene aus. Grace zieht die Waffe. Cross starrt sie verblüfft und ungläubig an. Sie drückt ab. Der überflüssige Liebhaber sinkt zu Boden. Anschließend wischt sie die Waffe ab, drückt sie ihrem toten Mann in die Hand und betätigt sie mit seinem Finger ein zweites Mal. Es bleiben nur noch zwei Dinge zu tun, und die sind schnell erledigt. Sie geht in Johns Atelier, um sich die Hände zu waschen und den Abschiedsbrief so zu plazieren, daß er nicht übersehen werden kann.

Wieso, fragte Ariel sich, hatte Grace nicht die Wahrheit über Cross gesagt? Und wieso hatte Halley seine Leiche nicht gesehen?

Halley. Aus dem Schlaf gerissen – von Schüssen, wie Ariel inzwischen wußte – und in einen Alptraum gestürzt.

Als Grace zu der Stelle gekommen war, wo das Mädchen ihre grauenvolle Entdeckung gemacht hatte, war ihre Stimme völlig tonlos geworden. Ariel hatte das Gefühl, es war vor allem der monotone Tonfall gewesen, mit dem Grace ihren Bericht abgeschlossen hatte, der ihr das Mark in den Knochen hatte gefrieren lassen.

»Irgend etwas«, sagte Grace, »hatte sie geweckt. Ich habe nie ... Ich weiß nicht, was es war. Sie war krank, hatte die Grippe und war benommen vom Fieber. Sie ging die Treppe hinunter. Sie konnte ihren Vater nicht finden. Dann roch sie die Abgase, ging hinunter und fand ihn.

Es war Pech für das Mädchen, daß sie an dem Abend zu Hause war. Ich weiß nicht, was geschehen wäre, wenn sie ein paar Minuten früher in die Garage gekommen wäre.«

47

In Los Angeles war es kurz vor acht in der Früh. Ariel bezahlte den Taxifahrer und nahm ihre Taschen auf. Bereits von der Straße aus hörte sie Stonewall bellen. Als sie die Haustür aufgeschlossen hatte, machte der kleine gelbe Hund einen seiner Megasprünge, landete in ihren Armen und leckte ihr zur Begrüßung das Gesicht ab. Falls dieser Tag auch für Jessie ein Freudentag war, so ließ sie sich jedenfalls davon nichts anmerken. Mit wedelndem Schwanz beschnüffelte sie zuerst alles an Ariel, was in Reichweite ihrer Schnauze lag, und anschließend das gesamte Gepäck. Ariel ließ die Inspektion geduldig über sich ergehen.

»Okay?« fragte sie. »Darf ich jetzt reinkommen?« Sie setzte ihre zappelnde Last ab und kniete sich hin, um den anderen Hund zu streicheln. »Wo sind denn eure Aufpasser?« Ariel sah sich um und erwartete fast, einen oder auch beide zu sehen, obwohl niemand ans Telefon gegangen war, als sie vor einer Stunde vom Flughafen aus angerufen hatte.

Es war still im Haus. Auf einem riesigen Stapel von Post, Katalogen und Zeitschriften fand sie einen Zettel. »Willkommen zu Hause«, hatte Henry geschrieben. »Sie haben heute noch nichts zu fressen bekommen. Sie sind brav gewesen. Wir sind auch brav gewesen. Wir sehen uns im Studio.« Es gab zwei Nachschriften. Die erste lautete: »Selbstgebackenes Rosinenbrot von Marguerite Harris im Brotkasten«, und die zweite, flüchtig hingekritzelt und fast

unleserlich: »Hattest du Ameisen im Haus, als du abgereist bist?«
Während das Kaffeewasser kochte und die Hunde ihr Frühstück verschlangen, versuchte Ariel, Henry zu Hause anzurufen, kam aber nur bis zum Besetztzeichen.
Sie machte einen Rundgang durch das Haus. Es waren keine Ameisen zu entdecken, und es war nicht zu übersehen, daß Henry sich ein Bein ausgerissen hatte, um alles ordentlich herzurichten. Die Kissen auf der Schlafcouch, die Sam benutzt hatte, standen verkehrt herum, so daß die Reißverschlüsse zu sehen waren. Ariels Bett war phantasievoll gemacht, und einige Dinge standen nicht an ihrem üblichen Platz, aber alles war sauber und ordentlich. Als sie neben ihrem Bett eine einzelne Gerbera aus ihrem Garten in einer Vase entdeckte, mußte sie lächeln. Bis zu diesem Augenblick war ihr nicht bewußt gewesen, wie sehr sie sich darauf freute, Henry wiederzusehen.
Als sie im Studio eintraf, fand sie ihren Schreibtisch unter einer Papierlawine begraben. Der Betrieb lief bereits auf Hochtouren, alles bewegte sich in einem Tempo, das schneller war, als Ariel es in Erinnerung hatte. Noch während sie ihre Kollegen begrüßte, Witzeleien über ihre Abwesenheit parierte, kam sie sich vor wie aus dem Rhythmus gebracht, ein ähnliches Gefühl wie damals vor sieben Monaten, als sie sich durch einen Job geblufft hatte, der ihr völlig fremd gewesen war.
Henry war nicht in seinem Büro.
Einen Augenblick lang erkannte Ariel die Frau nicht, die gerade einen Stapel Mitteilungen auf Henrys Schreibtisch deponierte. Tara Castanera war eine langhaarige Blondine gewesen, als Ariel abgereist war; jetzt war sie eine burschikose Brünette.
»Schön, daß Sie wieder da sind«, sagte Tara und verzog

ihren Schmollmund – offenbar kein Produkt ihres Temperaments, sondern ihrer Gene und heute hellrosa angemalt – zu einem freundlichen Grinsen.
Tara mochte vielleicht aussehen, als sei sie gerade von einer Bühne in Las Vegas gehüpft, aber der Eindruck täuschte, wie Ariel ziemlich schnell herausgefunden hatte, sie war kein leichtes Mädchen. Sie besaß einen messerscharfen Verstand, und sie verschwendete keine Zeit damit, um den heißen Brei herumzureden; sie pflegte die Dinge beim Namen zu nennen, und zwar mit einer Direktheit, die gelegentlich verletzend sein konnte.
»Er ist zu einer Frühstücksbesprechung in die Stadt gefahren«, sagte sie zu Ariel. »Er hat gesagt, er würde bis spätestens zehn zurück sein, aber Charles Kuralt ist Gastredner, also rechnen Sie lieber nicht vor elf mit ihm, wenn überhaupt. Sie sehen ganz schön geschlaucht aus.«
»Vielen Dank. Das kommt von der vielen Freizeit. Falls er anruft, möchte ich ihn sprechen. Es ist wichtig.«
Theo Bell war nicht an seinem Schreibtisch. Das konnte Ariel nur recht sein. Sie brauchte Zeit, um sich auf dieses Gespräch vorzubereiten.
Nach etwa einer Stunde hatte sie sich wieder an ihren alten Trott gewöhnt – falls man das von jemandem sagen konnte, der mit einem Auge auf ein leeres Büro starrte und mit einem Ohr auf das Telefon lauschte. Es wurde zwölf, und die Uhr rückte weiter. Tara war zu optimistisch gewesen: Henry war bisher immer noch nicht zurückgekehrt.
»Sie brauchen mich gar nicht so anzusehen«, erwiderte sie auf Ariels Nachfrage. »Als er angerufen hat, hab ich ihm ausgerichtet, was Sie mir gesagt haben, aber er meinte, er hätte noch eine Verabredung zum Mittagessen. Ganz schön stressiger Job, was?«

Henrys »Verabredung« war keineswegs so eine gemütliche, spesenintensive Angelegenheit, wie Tara sich das vorstellte. Als er sich im Studio gemeldet hatte, war ihm mitgeteilt worden, ein Mann namens Lacy habe für ihn angerufen. Jetzt saß er in Playa del Rey, einem Vorort von L.A., auf einer Parkbank am Strand, knabberte an gegrillten Rippchen und wartete. Er nahm an, daß der Mann, den er zurückgerufen und mit dem er sich verabredet hatte, Vaughn Lacy sein müsse; er war sich jedoch nicht sicher.
Wer immer er sein mochte, er war nicht pünktlich, und Henry schwitzte trotz einer leichten Brise, die vom Meer her wehte. Offiziell ist heute Herbstanfang, sagte er sich, selbst in Südkalifornien. Er warf einen Blick auf seine Armbanduhr, rutschte auf die Seite der Bank, die noch im Schatten lag, und fragte sich, was Grant Lacys Bruder wohl von ihm wollte.
Etwa zehn Meter von Henry entfernt paddelten ein paar gelassen dreinblickende Enten auf einem schlammigen Kanal herum. Der Park war so gut wie menschenleer, was ungewöhnlich war für eine Stadt, in der die Leute jede Menge Freizeit zur Verfügung zu haben schienen, wo zu jeder Tages- und Nachtzeit sämtliche Einwohner entweder in ihrem Auto unterwegs waren oder durch Straßen und Parks joggten oder in einem Straßencafé saßen und unter Sonnenschirmen Milchkaffee schlürften. Als Henry zum erstenmal hierhergekommen war, hatte er sich gefragt, ob in dieser Stadt überhaupt irgend jemand arbeitete.
Er zerknüllte seine Tüte und versuchte, den Papierkorb zu treffen. Daneben. Er stand auf und beförderte die Papierkugel in den Müll. Ein uralter VW-Käfer tuckerte am Park vorbei. Als er nicht mehr zu hören war, wirkte die Straße noch ruhiger als zuvor. Eine Latina stand am Ufer des Kanals und schaute einem blonden kleinen Kind zu, das mit

einem Plastikboot spielte. Auf der gegenüberliegenden Seite fummelte ein Radfahrer – mit Helm und hautengem Trikot, als hätte er sich von der Tour de France hierher verirrt – an seiner Fahrradkette herum. Ansonsten war weit und breit keine Menschenseele zu sehen. Henry überlegte, ob er das beunruhigend finden sollte.

Der Mann am Telefon hatte feindselig geklungen. »Sie rennen überall herum und fragen die Leute nach dem Tod meines Bruders aus«, hatte er gesagt. »Wieso?«

»Weil ich Antworten hören will«, hatte Henry geantwortet. »Haben Sie vielleicht welche, die mich interessieren könnten?«

Der Mann hatte ihn darauf hingewiesen, daß die Polizei offenbar zu dem Schluß gekommen war, es hätte kein Verbrechen stattgefunden. Soweit er wußte, waren sie dabei, die Ermittlungen wegen Mangels an Beweisen einzustellen.

»Ich nicht«, hatte Henry gesagt.

Er veränderte erneut seine Position auf der Bank, die mittlerweile ganz in der Sonne stand. Der Radfahrer war weitergeradelt. Die Frau wurde gerade von einem Mann angesprochen, der aussah wie ein Stadtstreicher. Nervös lächelnd und plappernd wich sie vor ihm zurück. Sie nahm das Kind an die Hand, hob das Boot vom Boden auf und ging. Mit unsicheren Schritten kam der Stadtstreicher auf Henry zu.

»Heller?« sagte eine Stimme direkt hinter ihm. Vaughn Lacy kam um das Ende der Bank herum und schaute durch verspiegelte Sonnenbrillengläser auf Henry herunter.

»Sie sind spät dran«, kommentierte Henry und widerstand dem Impuls, sich zu erheben. Die Sonne hinter Lacy blendete ihn. Er lehnte sich lässig zurück, schlug seine langen Beine übereinander und neigte seinen Kopf so, daß sein Gegenüber die Sonne verdeckte. »Was kann ich für Sie tun, Mr. Lacy?«

»Sie könnten mir mal erklären, warum Sie sich so brennend für den Tod meines Bruders interessieren.«

»Ich bin mir gar nicht so sicher«, sagte Henry, »ob es sein Tod ist, der mich so brennend interessiert ...«

Die Fältchen zwischen Lacys Brauen vertieften sich zu Furchen. Er war älter als Grant, das wußte Henry, und während die schlanke Gestalt und das dunkle Haar dem jüngeren Bruder eine extravagante Attraktivität verliehen hatten, wirkte der ältere hager und ernst.

»... aber, wenn wir schon mal dabei sind, wo waren Sie eigentlich, als er starb?«

Es dauerte mehrere Sekunden, bis Lacy reagierte. Dann sagte er ruhig: »Ich bin nicht hierhergekommen, um mich von Ihnen provozieren zu lassen, Heller.«

»Warum sind Sie denn hergekommen?«

»Ich *interessiere* mich für die Umstände von Grants Tod. Wenn es kein Unfall war, wenn Sie etwas wissen, das die Polizei nicht weiß ...« Lacys Hemd war naßgeschwitzt, aber er verschränkte die Arme vor der Brust, als wäre ihm kalt. Er begann, seinen Bizeps mit dem Daumen zu massieren.

»Wissen Sie etwas?«

»Darauf komme ich später. Sie haben meine Frage noch nicht beantwortet: Wo waren Sie?«

»Die Polizei weiß, wo ich war.«

Henry starrte Lacys Sonnenbrille an. Die konvexen, verspiegelten Gläser gaben ihm das Gefühl, als rede er mit einer Riesenfliege. »Kennen Sie einen Mann namens Richard Cummings?«

»Wen?«

»Kennen Sie ihn oder nicht?«

»Was hat das mit Grant zu tun?«

»Nachdem Ihr Bruder verschwunden war, wollten wir eine Sendung darüber machen. Cummings war als Produzent vorgesehen. Aber dann hat er die Sache fallenlassen – angeblich hatte sie sich als Sackgasse entpuppt – und ist kurz darauf plötzlich zu Geld gekommen. Er hat seinen Job hingeschmissen und ist von L.A. weggezogen.«

»Und?«

»Er hat uns einiges verschwiegen. Eine Sache davon war ein Anruf von jemandem, der behauptet hat, Informationen für ihn zu haben. Das war kurz bevor er zu dem Geld gekommen ist.«

»Ein Anruf von wem?«

»Ich weiß es nicht.«

»Mann oder Frau?«

»Das weiß ich auch nicht.«

»Sie glauben, daß der Anrufer ihm Geld angeboten hat?«

»Ich glaube, daß er das Geld angenommen hat.«

Henry konnte Lacys Augen nicht erkennen, aber sein langes Schweigen ließ darauf schließen, daß er nachdachte.

»Ich weiß nicht ...«, sagte er schließlich.

»Aber ich. Wissen Sie irgend etwas über die Umstände, unter denen Ihr Bruder zu Tode kam? Gab es etwas, das es nötig gemacht haben könnte, jemand für sein Schweigen zu bezahlen?«

Lacy schüttelte den Kopf. »Haben Sie mit der Polizei darüber gesprochen?«

»Nein.«

»Warum nicht?«

»Mir ist nicht daran gelegen, öffentlich herauszuposaunen, daß ein Nachrichtenredakteur, und auch noch einer, der für mich gearbeitet hat, sich hat kaufen lassen.«

»Aber wenn es Sie davon abhält, die Ermittlungen einzustellen –«

»Offenbar haben Sie irgendeinen Verdacht, Mr. Lacy. Mich würde interessieren, was das für ein Verdacht ist.«

»Mehr ist es nicht – nur ein Verdacht. Ich hatte gehofft, daß Sie ...«

Henry wartete ab.

»Hören Sie, Heller, ist es möglich, etwas sozusagen ›inoffiziell‹ mit Ihnen zu besprechen? So daß ich mich darauf verlassen kann, daß Sie das nicht veröffentlichen?«

Henry sah zu, wie seine Lippen sich in den verspiegelten Brillengläsern bewegten. »Im Moment bin ich nicht daran interessiert, irgend etwas zu veröffentlichen.«

»Okay. Es geht um Betty.« Vaughn Lacy setzte sich nachdenklich auf die Bank. »Da gibt es ein paar Dinge, die mir ziemlich merkwürdig vorkommen.« Offenbar kostete es den Mann Überwindung auszusprechen, was er zu sagen hatte, und er mußte sich seine Worte erst noch zurechtlegen. Obwohl Henry der Schweiß über den Rücken rann, trieb er ihn nicht zur Eile.

»Grant ist schon immer ... anders gewesen. Wahrscheinlich hätte er gar nicht heiraten sollen, jedenfalls nicht eine Frau wie sie. Eine, die so gesellig ist.« Er sah Henry von der Seite an, und Henry nickte. »Eine, die auf Geld steht. Auf Jachtpartys. Die sich nicht die Bohne für Kunst interessiert, es sei denn, es geht um eine Wohltätigkeitsveranstaltung. Wenn Grant sich in ein Projekt stürzte und Tag und Nacht daran arbeitete, dann hat sie nicht herumgesessen und Däumchen gedreht, darauf können Sie Gift nehmen.«

»War sie unglücklich?«

»Die alte Geschichte. Eine Frau heiratet einen Mann, weil er sie wie eine Königin behandelt, und, in ihrem Fall, weil er genug Geld hatte, um ihr ein entsprechendes Leben zu ermöglichen. Dann nervt es sie, wenn er seine Zeit damit verbringt, das Geld zu verdienen, und es stinkt ihr noch mehr, wenn er riskiert –«

Lacy brach mitten im Satz ab und sagte: »Mein Bruder ist

auf emotionaler Ebene immer ein Kind geblieben, aber er hatte einen Verstand wie jemand, der schon ein Dutzend Leben hinter sich hat und mit jedem schlauer geworden ist. Wahrscheinlich haben Sie schon gehört, daß er ein ziemlich ausgeprägtes Ego hatte? Der Grund dafür war sein Kopf, sein Gehirn, diese unheimliche Maschine, was die alles fertigbrachte. Das Laufen? Dann würden ›die Synapsen klicken‹, hat er immer gesagt. Beim Laufen spürte er ›die Kraft des Universums‹.
Das Universum! Er kannte ja noch nicht mal die Spielregeln von diesem Planeten! Geld bedeutete ihm überhaupt nichts. Das war lediglich ein Nebeneffekt, ein notwendiges Übel, um den Laden am Laufen zu halten. Er war ebensowenig fähig, in dem bis aufs Messer geführten Konkurrenzkampf in der Geschäftswelt zu überleben, wie ...« Lacy nahm seine Sonnenbrille ab und rieb sich nervös die geröteten Augen. »Ich weiß nicht, wie meine Eltern diesen Menschen zustande gebracht haben. Wir sind eine ganz normale Familie. Ich bin normal. Grant war naiv. Er hatte keinen ... Schutzpanzer.«
»Sie wollten etwas über seine Frau sagen?«
»Als Grant Betty kennenlernte, hatte er überhaupt keine Erfahrung mit Frauen. Er war immer so ein Bücherwurm gewesen, wissen Sie, ein Streber. Betty war hübsch und beliebt. Er konnte es nicht fassen, als sie begann, sich für ihn zu interessieren.« Er rutschte nervös auf seinem Platz herum. »Sehen Sie, er begriff nicht, wie sehr sich alles geändert hatte. Er wußte nicht, wie unwiderstehlich er durch das Geld und die Macht geworden war. Ich nehme an, Betty hat in ihm den wohlhabenden, attraktiven Typ Mann gesehen. Für ihn war sie wie eine exotische Blume. Sie war das Höchste. Er hätte ihr alles gegeben. Und das hat er auch tatsächlich getan. Sie hatte ein Leben, um das die meisten Menschen sie beneiden würden.«

»Wenn ihr ihr Leben nicht gefallen hat, warum hat sie sich dann nicht scheiden lassen? Sie hätte immerhin die Hälfte des Vermögens Ihres Bruders bekommen.«

»Tja, also ...« Henry sah, wie Lacy seine Worte abwog. Vielleicht hatte ihn der Schmerz über den Tod seines Bruders zum Reden veranlaßt, aber er war immer noch sehr vorsichtig. »Jetzt, wo er tot ist, wird sie alles bekommen, einschließlich der Versicherungssumme, und was noch wichtiger ist, die Firma. Sie wird die alleinige Eigentümerin sein.«

»Sie haben mir immer noch nicht gesagt, was Ihnen an ihr merkwürdig vorkommt.«

»Ich bin häufig bei ihr gewesen, in den ersten Tagen, nachdem sie Grant als vermißt gemeldet hatte. Betty war beunruhigt, das war deutlich zu sehen. Aber ich spürte auch, daß sie fast eher nervös als beunruhigt war. Sie fragte sich überhaupt nicht, wo er wohl sein mochte, darauf könnte ich schwören. Und ich will Ihnen sagen, worauf ich noch schwören würde: Sie wußte, daß er tot war!«

Nun war es an Henry, darüber enttäuscht zu sein, daß der andere ihm nichts Handfestes zu bieten hatte. Er grübelte über Betty Lacys Alibi nach, das lange Telefongespräch, von dem Marge ihm erzählt hatte und das von der Polizei überprüft worden war.

»Wenn ich irgendwie beweisen könnte, daß sie etwas mit Grants Tod zu tun hatte«, sagte Lacy, »würde ich mich mit der Polizei unterhalten, nicht mit Ihnen.«

»Mhmm«, brummte Henry. »Sagen Sie mal, hatten Sie je den Eindruck, daß Ihre Schwägerin und Clifford Gilroy ... sich mögen?«

»Cliff? Und Betty? Nein. Ich hab die beiden noch nie zusammen gesehen – ich meine, allein zu zweit –, bis gestern. Als Sie vom Leichenschmaus weggegangen sind.«

»Und worüber haben sie gesprochen?«
»Ich weiß nicht. Ich hab mich erkundigt, was los sei – hab sie gefragt, wer Sie sind –, und Betty hat nur gesagt, Sie seien von der Presse und hätten sich eingeschlichen. Claudia Wynn hat mir Ihren Namen genannt und mir erzählt, daß Sie überall herumlaufen und Fragen stellen.«
»Wo war Gilroy in der Nacht, als Ihr Bruder gestorben ist?« fragte Henry.
»Bei MicroStar. Der Wachmann hat ihn am frühen Abend bemerkt, als er in sein Büro ging. Er hat ihn nicht wieder rauskommen sehen. Die Polizei hat ihn am frühen Morgen, als sie nach Grant suchten, schlafend auf dem Sofa in seinem Büro vorgefunden.«
»Macht Gilroy öfter Nachtschicht?«
»Cliff ist ehrgeizig. Er ist auf seine Art genauso von seiner Arbeit besessen, wie Grant es war. Außerdem ist er Junggeselle. Er kann arbeiten, soviel und solange er will.«
Henry ließ sich das durch den Kopf gehen. »Was wollte Ihr Bruder in der Gegend, in der er überfahren wurde, haben Sie eine Ahnung? Wieso ist er dort gelaufen, wo er doch in einer so netten, ruhigen Gegend wohnt?«
»Das hat die Polizei mich auch schon gefragt, und ich kann Ihnen keine Antwort geben. Vielleicht, weil dort spätabends kaum mehr Verkehr ist? So daß er auf der Straße laufen konnte? Wer weiß?« Lacy begann, vor der Bank hin und her zu gehen. »Jedenfalls hat er sich in der Gegend gut ausgekannt.«
»Wieso?«
»Wir haben eine Lagerhalle in der Nähe der Stelle, wo er von dem Zug ... Wo Grant überfahren wurde, ist nur eine Meile davon entfernt. Höchstens zwei.«
»Haben Sie das der Polizei gegenüber erwähnt?«
»Es ist eins von den Lagerhäusern, die wir geschlossen haben. Es ist mir erst jetzt wieder eingefallen.«

Henry spürte, wie sein Radar die ersten schwachen Signale aussandte. »Würden Sie mit mir hinfahren?«
»Weswegen?«
»Machen Sie mir doch einfach die Freude.«
Lacy warf einen Blick auf seine Uhr. »Ich habe um halb fünf einen Termin, aber die Lagerhalle liegt mehr oder weniger auf meinem Weg.« Er gab Henry die Adresse. »Wir treffen uns dort, falls wir uns unterwegs verlieren.«
Sie waren kaum einen Block weit gekommen, als Henry Lacys Auto in einem Verkehrschaos aus den Augen verlor, das verursacht wurde durch ein paar Filmaufnahmewagen, riesige Scheinwerfer und Windmaschinen und die dazugehörigen Techniker – sowie die üblichen Gaffer, die an jedem normalen Tag einfach am Park vorbeigefahren wären. Ein Polizist regelte den Verkehr, und Lacy wurde zuerst durchgewinkt. Trotzdem kam Henry etwa eine halbe Stunde später als erster bei der Lagerhalle an.
Die Halle war mit einem Vorhängeschloß versehen und leer, und sie sah so aus, als wäre sie schon lange nicht mehr benutzt worden. In dem riesigen Betonwerk nebenan herrschte Hochbetrieb. Henry schaute zu, wie die schweren Betonmischmaschinen unter ohrenbetäubendem Lärm befüllt wurden, als Lacy auftauchte.
»Wieso benutzen Sie die Halle nicht mehr?« fragte Henry, während Lacy mit einem Schlüsselbund hantierte.
»Unsere Ware wird inzwischen per Lkw verfrachtet, nicht mehr über die Schiene.« Lacy probierte einen Schlüssel, der nicht paßte. »Wir versuchen schon seit einem Jahr, sie zu verkaufen.«
»Seit einem Jahr«, wiederholte Henry nachdenklich. »Würde ich weit danebenliegen, wenn ich vermutete, daß MicroStar vor einem Jahr dringend eine kleine Geldspritze nötig hatte?«

Lacy schaute auf, antwortete jedoch nicht. Er probierte den nächsten Schlüssel.
»Es heißt, Ihr Bruder sei an die dreißig Millionen schwer gewesen, und doch war er dabei, seinen Besitz Stück für Stück zu veräußern. Lagerhallen, seine Jacht, seine Kunstsammlung, alles, was er zu Geld machen konnte ... Ich frage mich, ob Betty wohl noch immer in dem Haus wohnen würde, wenn es nicht auf ihren Namen eingetragen wäre.«
Lacy senkte seinen Blick und probierte einen weiteren Schlüssel, ohne auf Henrys Bemerkung einzugehen. Mit lautem Quietschen ging die Tür auf.
Es war schummrig und heiß in der Halle, und auch das fahle Licht, das durch die hohen, von Spinnweben verhangenen Fenster hereinfiel, konnte das Dunkel kaum erhellen. Bis auf ein paar Schutthaufen schien das Gebäude leer zu sein.
»Hier gibt's nichts zu sehen«, sagte Lacy, dessen Stimme von den Wänden widerhallte. In diesem Augenblick entdeckte er einen Stapel Kartons in einer Ecke. Er runzelte die Stirn. »Ich hatte angenommen, die Halle wäre vollkommen leergeräumt worden.«
Entschlossen ging er auf die Kartons zu, während Henry durch die Halle schlenderte und in das fensterlose, schmuddelige ehemalige Büro spähte. Auf einem mit Wasserflecken übersäten Teppich stand ein Telefon und wartete vergeblich auf Anrufe.
Nebenan war eine Toilette und daneben eine Besenkammer. Eine weitere, verschlossene Tür verbarg nichts als einen leeren Raum, wahrscheinlich auch ein ehemaliges Büro. Henry war enttäuscht, doch sein Radar hörte nicht auf zu summen. Es kam nur selten vor, daß er zwei so widersprüchliche Signale empfing.
Lacy tauchte wieder neben ihm auf. »Irgend jemand hat

gepennt und diese Ware hier stehenlassen. Es wundert mich, daß man sie noch nicht abgeholt hat.« Er sah sich um. »Haben Sie genug gesehen?«

Henry schüttelte den Kopf und drückte die Tür ganz auf. »Seit wann wird dieses Gebäude nicht mehr benutzt?« fragte er.

»Seit einem Jahr, wie ich schon sagte.«

»Und wieso haben Sie diesen Raum dann frisch streichen lassen?«

»Haben wir nicht.« Noch während er das sagte, zuckten seine Nasenflügel, als ihm der schwache Geruch von frischer Farbe in die Nase stieg. Er schickte sich an, den Raum zu betreten, doch Henry hielt ihn zurück. Sie betrachteten die makellos sauberen Wände und dann den schmutzigen, abgewetzten Linoleumbelag auf dem Boden.

»Was ist mit dem Teppich passiert?« brummte Lacy vor sich hin.

»Würden Sie es wissen, wenn hier aus irgendeinem Grund gearbeitet würde?«

»Ich bin für den Vertrieb zuständig. Das schließt auch die Lagerhäuser ein.«

»Wer hat Zugang zu diesem Gebäude?«

»Zugang? Mein Assistent hat die Schlüssel. Grant hatte auch welche, und, ich nehme an, Betty ebenfalls. Cliff. Und der Makler.«

»Wo fahren Sie von hier aus hin?«

»Zurück zur Arbeit. Wieso?«

Henry schüttelte den Kopf. »Ich bin mir nicht sicher. Lassen Sie mich noch ein paar Minuten nachdenken.«

48

Ariel war wütend. Jedesmal, wenn sie im Laufe des Nachmittags an Henrys leerem Büro vorbeiging, wurde sie noch verstimmter, noch ungeduldiger und (sie mußte es zugeben) noch verletzter. Der Mann mußte einer Art Freßanfall erlegen sein, dachte sie. Zuerst ein Marathonfrühstück, und jetzt (nachdem der arme Kerl sich eine Stunde lang fast damit verausgabt hatte, mit Charles Kuralt Kriegsgeschichten auszutauschen) saß er anscheinend beim längsten Mittagessen der Welt. Bei welchem Gang mochten sie inzwischen sein? Tee? Sie warf einen Blick auf ihre Uhr. Möglicherweise waren sie schon beim Aperitif für das Abendessen angekommen.

Ihre Gegensprechanlage summte. »Mr. Heller auf Apparat drei«, verkündete Tara.

Ariel drückte die Taste. »Henry! Wo bist du? Wieso hast du nicht –« Sie hörte das unverwechselbare Klingeln einer Registrierkasse und im Hintergrund die ebenso unverwechselbare, schmachtende Stimme von Patsy Cline. »Bist du in einer Bar?«

»Geben Sie mir dreißig Sekunden, Lady, dann bin ich hier fertig, okay?« sagte Henry, offenbar nicht zu Ariel, und dann: »Tu mir 'n Gefallen, Ariel, ja? Ich sitze hier fest, und jemand muß Sam abholen.«

Bevor Ariel dazu kam, etwas zu sagen, hörte sie ein eindeutig weibliches Kichern, dann ein »Uups!« Henrys »Hey, Vorsicht!« war kaum zu verstehen, aber dann sagte er klar

und deutlich: »Also, was ist, kannst du das für mich machen, Ariel?«
Ariels Ohren glühten. »Bist du betrunken?«
»Ich hab keine Zeit, dir jetzt alles zu erklären. Aber du mußt das unbedingt für mich tun.«
»Ich muß ...!« Trotz ihrer Wut spürte sie plötzlich den dringlichen Ton in Henrys Stimme. »Wo bist du?« fragte sie. »Was ist los?«
»Es ist überhaupt nichts los. Es geht um diese Lacy-Sache. Möglicherweise ein Durchbruch. Ich erzähl dir alles später. Also, machst du's nun? Holst du Sam ab?«
»Hör zu! Du hattest recht, was Richard Cummings angeht. Er hat zugegeben, jemanden erpreßt zu haben, wen und warum, weiß ich nicht. Was immer du tust, sei vorsichtig! Henry? Hast du mich verstanden?«
Sekundenlang hörte Ariel nur blecherne Musik und Kneipengeräusche; dann begann Henry zu stottern: »Wann hast du ...? Wie ...?«
»Und, Henry, falls du immer noch darauf aus bist, Cummings zu schnappen, das kannst du vergessen. Ich fürchte, er ist tot.«
»Tot? Wieso tot? Seit wann? Wovon redest du überhaupt?«
»Er ist erschossen worden. In Charleston. Gestern nacht.«
»In Charles ... Erschossen, von wem? Es war jemand in South Carolina, der was mit Lacy zu tun hat?«
»Nein. Es war niemand von hier, und es war ein Unfall. Komm doch lieber –«
»Ariel ...! Und er hat nicht gesagt, wen er auf dem Kieker hatte? Hat er vielleicht wenigstens ›er‹ gesagt oder ›sie‹? Irgendwas?«
»Er hat nur gesagt ›jemand‹.«
»Und du hast keine Ahnung, was er in der Hand hatte? Was er wußte?«

»Tut mir leid.«
Abrupt sagte Henry: »Dann werd ich's rausfinden.« Und dann ratterte er eine Adresse herunter, von der Ariel annahm, daß es Emilys war. »Wir sehen uns später bei dir. Vielen Dank auch.« Dann war die Leitung tot.
Ariel steckte die Adresse in ihre Handtasche und eilte zu Taras Schreibtisch hinüber.
»Hat er Ihnen gesagt, von wo aus er angerufen hat?« fragte sie. Tara hob eine Augenbraue, die sie gerade mit kräftigen Strichen nachzog, und starrte Ariel mit gespieltem Erstaunen an.
»Hat er nicht. Aber bevor er Sie angerufen hat, hat er mit Freddy telefoniert. Vielleicht wollen Sie den ja mal kurz überfallen und sich bei ihm erkundigen.«
Ariel eilte zum Materiallager hinüber, aber sie kam zu spät. Der Kameramann war bereits unterwegs. Ein Auftrag von Henry, wurde ihr erklärt.

Die Eigentumswohnanlage war recht ansehnlich, und Emilys Vorgarten wirkte gepflegt, wenn auch von einem »Garten« kaum die Rede sein konnte. In dem Pflanzkübel neben der Eingangstür kämpfte eine einsame Geranie in knochentrockener Erde ums Überleben. Ariel wollte gerade klingeln, als Sam die Tür öffnete.
»Wo ist Dad?« fragte der Junge durch die Fliegengittertür.
»Hallo Sam! Du kennst mich doch sicher noch? Ariel Gold. Schön, dich zu sehen. Henry ist leider verhindert, darum bin ich an seiner Stelle hier.« Ariel hatte das ungute Gefühl, daß sie eher wie eine Sozialarbeiterin klang. »Ich hab ihm versprochen, dich abzuholen. Er kommt dich dann später bei mir abholen.«
»Wieso kann ich nicht einfach hier auf ihn warten?«
»Das kannst du natürlich.« Ariel rückte den Riemen ihrer

Handtasche auf ihrer Schulter zurecht. »Aber ich wette, du hast Hunger. Wir halten unterwegs an und kaufen was fürs Abendessen ein, okay? Holst du deine Sachen?«

Sam geriet sichtlich ins Wanken. »Yeah, okay.« Er trottete in die Wohnung zurück und erschien Sekunden später wieder an der Tür. »Wollen Sie reinkommen?« murmelte er und hielt die Fliegengittertür auf. Nach seinem unbeholfenen Versuch, ein Gespräch anzufangen, zu urteilen, war er offenbar noch verlegener als Ariel. »Stonewall«, sagte er, »ist ein ziemlicher Schisser, was?«

Ariel trat grinsend ein. »Ja, da hast du recht. Bist du gleich nach der Schule hergekommen?«

Sam nickte, während er ein paar Bücher in einen Rucksack stopfte.

»Wieso? Oh.« Ariel hatte das Klavier entdeckt.

»Ich muß noch meine Schuhe und meine Klamotten holen«, sagte Sam und verließ den Raum.

»Übst du jeden Tag?« rief Ariel hinter ihm her. Sie trat von einem Bein aufs andere, seufzte und schlenderte zu dem Klavier hinüber. Sanft schlug sie die mittlere C-Taste an. Ihre Finger schwebten über den Tasten und spreizten sich dann zu einem Akkord. Sie setzte sich auf den Klavierhocker, legte ihre linke Hand neben die rechte und begann zu spielen.

»›Für Elise‹«, sagte Sam hinter ihr. Vor Schreck machte sie einen solchen Patzer, daß sie beide zusammenfuhren. »Sie sind wohl nicht besonders gut, was?«

»Schrecklich.« Sie streichelte das weiche Holz des Klaviers. »Andererseits wußte ich gar nicht, daß ich überhaupt spielen kann.«

»Kapier ich nicht.«

»Hat Henry dir nichts erzählt?«

»Hä?«

»Ich leide an Amnesie.«
Sams Augen weiteten sich. »Ich werd verrückt! Das ist ja irre! Also, Sie können sich nicht mehr erinnern, wer Sie sind?«
Ariel lachte. Anscheinend war sie gerade von irgendeiner langweiligen Erwachsenen zu einem interessanten Objekt mutiert. »Das trifft es so ziemlich.«
»Aber im Moment wissen Sie, wer Sie sind«, sagte Sam herausfordernd. »Ich dachte, Leute, die an Amnesie leiden, würden ihren Namen und alles vergessen.«
»Gehen wir. Ich werd dir unterwegs mehr über Gedächtnisverlust erzählen, als du je wissen wolltest.«

Während Ariel auf dem Weg gewesen war, um Sam abzuholen, hatte Henry seinen alten Oldsmobile über seine üblichen Grenzen hinaus gequält und war zu der Lagerhalle zurückgerast.
Ariels Neuigkeiten hatten ihn umgehauen. Auch wenn er noch so neugierig war, was Cummings' Ableben betraf, er war vor allem besorgt; was zum Teufel hatte er in Charleston zu suchen? Und woher hatte er gewußt, daß Ariel dort war? Er mußte immer noch bei irgend jemandem auf der Gehaltsliste gestanden haben. Jemand, der herausgefunden hatte, was sie gesehen hatte. Wen sie gesehen hatte. Und da Cummings sich sowieso im Nachbarstaat aufgehalten hatte, war es naheliegend gewesen, ihn kurz rüberzuschicken, um mal nachzusehen, ob man Grund hatte, sich zu beunruhigen. Aber wußte dieser »jemand« auch, daß sie keine Gefahr darstellte?
Henry wäre beinahe auf der Stelle umgekehrt, doch es war zu spät; das Programm für heute abend war nicht mehr aufzuhalten. Vaughn Lacy mußte inzwischen zwei Anrufe erledigt haben: einen bei seiner Schwägerin und einen bei Clifford Gilroy.

»Rufen Sie auf keinen Fall vor sechs an«, hatte Henry ihm eingeschärft, denn es würde eine Weile dauern, bis er sein Kamerateam zusammengetrommelt hatte und bis seine Leute dann über die Autobahn und durch den unsicheren Verkehr an Ort und Stelle sein konnten. »Sagen Sie, Sie wären zufällig hier vorbeigefahren und hätten ein Auto vor der Lagerhalle stehen sehen, wahrscheinlich jemand, der hier rumschnüffelt. Die beiden wissen, daß Sie mich gestern auf der Party beobachtet haben, nicht wahr? Sagen Sie, Sie würden vermuten, daß ich das bin. Fragen Sie sie, was ich für einen Grund haben könnte, mich hier herumzutreiben, was ich hier suchen könnte ... so was in der Art. Okay? Und sagen Sie keinem von beiden, daß Sie den anderen auch angerufen haben, und tun Sie möglichst beiläufig. Geben Sie sich neugierig, nicht mißtrauisch. Würden Sie das tun?«

Nachdem Lacy in die Firma gefahren war, mußte Henry noch ein paar Anrufe erledigen, was leichter geplant als getan war.

Das Telefon in der Lagerhalle war mausetot. Nebenan – bei der Gibraltar Masonry & Ready Mix Plant, wie auf dem Firmenschild zu lesen war – hing ein Angestellter an dem einzigen verfügbaren Telefon, in das er brüllen mußte, um sich bei dem ohrenbetäubenden Lärm Gehör zu verschaffen. Das nächste Münztelefon fand sich erst in drei Kilometer Entfernung, und dort, in einer fast genauso geräuschvollen, von Zigarettenrauch vernebelten Kaschemme namens Jazzbo's hatte Henry sich mit Freddy abgesprochen. Dann hatte er bei Marge Luzzatto angerufen.

Er konnte sich vorstellen, was sie von seinem Vorhaben halten würde, die beiden auszutricksen – was sie von seinem ganzen Plan halten würde –, aber in diesem Büroraum hatte sich irgend etwas Merkwürdiges abgespielt, und das war eindeutig zu nah an der Stelle gewesen, wo Grant Lacy umgekommen war, um nichts damit zu tun zu haben. Henry hatte ein paar Stunden seines Lebens und ein gut Teil seines Budgets der OFFENEN AKTE darauf verwettet, daß er einen Ort aufgespürt hatte, an dem ein Mord begangen worden war. Er war sich sicher, daß der Mörder an den Tatort zurückkehren würde. Daß er oder sie nervös werden und nachsehen würde, ob irgendwelche Spuren hinterlassen worden waren. Daß er oder sie den Köder annehmen und heute abend hier aufkreuzen würde.

Es hatte lange, nervtötende Minuten gedauert (während denen er eine angetrunkene Frau hingehalten hatte, die unbedingt jemanden anrufen wollte, den sie »Süßer« nannte), bis er schließlich die Information erhielt, daß die Polizistin an einen Tatort gerufen worden war. Dann sei's drum, hatte Henry sich gesagt. Er würde sein Vögelchen schon zum Reden bringen, alles auf Band aufnehmen und damit zur Polizei gehen. Falls es in diesem leeren Raum irgendwelche Beweise gab, würden die Leute von der Spurensuche sie schon finden.

Henry hatte gerade aufgelegt, da war ihm sein Sohn eingefallen.

Während er jetzt über Ariels sensationelle Neuigkeit nachdachte, betete, daß Vaughn Lacy seine Sache nicht verpatzt hatte und niemand in seiner Abwesenheit dagewesen und wieder gegangen war, fuhr er in die letzte Kurve. Eine vertraute Erregung machte sich bemerkbar.

Henry war so etwas wie ein Cowboy, das würde er freimütig zugeben. Ihm machte es nichts aus, wenn im ganzen Jahr kein einziges UFO gesichtet wurde, kein Fehlurteil die Gemüter erregte und ihm keine Verbrechen-gegen-die-Menschheit-Horrorgeschichte den Magen umdrehte. Das hier war die Art Herausforderung, die er brauchte, die ihn auf Touren brachte. Er fühlte sich so gut, daß ihm erst jetzt klar wurde, wie schlecht es ihm in der letzten Zeit gegangen war.

Ein Tieflader donnerte in einer Staubwolke vorbei; dann war die Straße wieder leer. Die Sonne war untergegangen, aber es schien noch heißer geworden zu sein anstatt kühler, und ein Wind war aufgekommen. Henry blinzelte den Schweiß aus seinen Augen und fuhr langsam an der Lagerhalle vorbei. Der Parkplatz war leer.

Er parkte nebenan, hinter einem der Firmengebäude von Gibraltar. Während er auf das nervöse Ping-ping-ping seines abkühlenden Motors und dann in die Stille lauschte, die nur durch den Wind unterbrochen wurde, machte er sich über das spärliche Abendessen her – lauwarmen Kaffee und ein Sandwich –, das er sich bei Jazzbo's gekauft hatte. Henry fuhr zusammen, als die Sicherheitsbeleuchtung bei Gibraltar sich plötzlich einschaltete, doch alles blieb still in dem gelben Licht der Scheinwerfer.

Ungefähr um dieselbe Tageszeit mußte es gewesen sein, als Grant Lacy (oder seine Leiche) etwa eine Meile entfernt auf der Eisenbahnlinie gelandet war. Von dort, wo er saß, konnte Henry die Schienen sehen. Da es im Dezember geschehen war, überlegte er, war es vollkommen dunkel gewesen und ebenso einsam wie jetzt.

Henry wühlte in dem Krempel, der sich auf der Rückbank angesammelt hatte, und suchte nach einem Paar Sportschuhe, die er zuletzt bei einem improvisierten Baseballspiel mit Sam und seinen Kumpels getragen hatte. Er wechselte die Schuhe, suchte sich einen Stapel hölzerner Paletten aus, von dem aus er die Straße im Auge behalten konnte, kauerte sich dahinter und wartete ab.

Die Zeit verging schleppend. Der Wind blies Henry Zementstaub in die Augen und ging ihm fürchterlich auf die Nerven. Ungeduldig fragte er sich, wo sein Kamerateam blieb, und wünschte, er hätte noch etwas zu essen. Es dauerte nicht lange, und seine Gedanken wanderten zurück zu etwas, über das er schon im Auto nachgedacht hatte: das ungewöhnliche Unbehagen, das er empfunden hatte.

Er konnte sich nicht erinnern, schon einmal von einem solchen Gefühl befallen worden zu sein, aber etwa eine Woche lang, genauso lange, wie Ariel in South Carolina war, war er es nicht mehr losgeworden. Es hatte ihn, mehr oder weniger intensiv, begleitet, während sie weg war und er sich in ihrem Haus, inmitten ihrer Sachen aufgehalten hatte. Jetzt war sie wieder da, und das Gefühl war weg, statt dessen spürte er jetzt – ja, was eigentlich?

Henrys Gedanken kreisten um das »Was«. Es war weder die Neugier, die ihn in seine erste Ehe getrieben hatte, noch der Hormonüberschuß, der ihn in seine zweite Ehe hatte stolpern lassen, und es war auch nicht vergleichbar mit irgendeiner Art von »Verliebtheit«, die er hier und da erlebt hatte. Und es war ganz gewiß nicht das Pflichtgefühl (und die Untergangsstimmung), die seine Vermählung mit der schwangeren Emily begleitet hatten.

Einmal hatte er ein ähnliches Gefühl erlebt, erinnerte er sich jetzt. Er durchforstete sein Gedächtnis. Damals war er noch klein gewesen, zum erstenmal allein von zu Hause weg und von Heimweh geplagt. Die nagende Einsamkeit hatte sich fast genauso angefühlt. Und auch die Vorfreude war dieselbe gewesen, als der letzte Tag des Ferienlagers näher gerückt und schließlich dagewesen war.

Reiß dich zusammen, du Idiot, sagte er sich.

Ein herannahender Güterzug, den er spürte, bevor er ihn hörte, vertrieb Ariel aus seinen Gedanken. Der Scheinwerfer der Lokomotive durchschnitt die Dunkelheit, und Sekunden später donnerte der Zug vorbei, nur zwanzig Meter von der Stelle entfernt, wo Henry auf der Lauer lag. Ein

Waggon nach dem anderen ratterte über die Schienen, und Funken stoben von den Gleisen. Die Paletten neben Henry klapperten, Zementstaub stieg ihm in die Nase, und die ganze Erde schien zu erzittern, als der stählerne Koloß vorbeifuhr. Henry lief es kalt den Rücken hinunter; das Gewicht und die zerstörerische Kraft des Zuges waren unvorstellbar. Nicht auszudenken, was sie aus einem menschlichen Körper machen würden.

Der Zug verschwand in der Nacht, und es dauerte lange, bis Henry zwei sich nähernde Scheinwerfer entdeckte. Henry knirschte frustriert mit den Zähnen, als ein Mercedes in den Parkplatz vor der MicroStar-Lagerhalle einbog. Wo zum Teufel blieb sein Kamerateam? Der Wagen hielt an. Minutenlang blieben die Türen geschlossen.

Henry hatte mit Clifford Gilroy gerechnet und war überrascht, als er Betty Lacy aussteigen sah. Einen Moment lang blieb sie neben dem Wagen stehen, und der Wind blies ihr das blonde Haar ins Gesicht, während sie ihren Blick über das Gebäude, den Parkplatz und die Straße wandern ließ. Dann ging sie vorsichtig auf den Eingang zu.

Auch Henry suchte mit den Augen die Straße ab; von dem Wagen seines Kamerateams war weit und breit keine Spur zu sehen. Nervös beobachtete er, wie sie die Tür aufschloß. Als das Licht in der Halle anging, verließ er sein Versteck und schlich sich zu der offenen Tür.

Unentschlossen stand sie in der Halle, direkt unter einer der wenigen Glühbirnen, die noch funktionierten, und sah sich um, als wäre sie noch nie dort gewesen. Sie ließ ihre Schlüssel in ihre Handtasche gleiten, und das Klappern ihrer hochhackigen Stiefel hallte in dem leeren Raum wider, als sie auf die Büroräume zuging. Nachdem sie einen kurzen Blick in das erste Büro geworfen hatte, griff sie nach dem Türknauf der verschlossenen Tür, die zu dem zweiten Büro

führte. Sie schaltete das Licht an und starrte in den leeren Raum. Dann ging sie hinein. Henry folgte ihr schnell und lautlos.
Sie kniete in einer Ecke, als Henry sie ansprach.
»Ist es hier passiert?«
Betty Lacy fuhr zusammen, stützte sich mit einer Hand ab und stand schwankend auf.
Henry sah die Panik in ihren Augen, während sie die Situation erfaßte. Als sie auf die Tür zustürzte, war er vorbereitet. Er stellte sich ihr in den Weg, packte sie an den Schultern und wich ihren Tritten aus, als sie versuchte, sich loszureißen.
»Wo wollen Sie denn hinrennen?« knurrte er. »Kommen Sie, Mrs. Lacy, vergessen Sie's. Es ist vorbei!«
Die scharfe Spitze ihres Stiefels traf ihn am Schienbein. Er schrie vor Schmerz auf und stieß sie von sich. Sie stürzte und landete unsanft auf ihrem Hintern. Schwer atmend rappelte sie sich auf und wollte sich erneut auf ihn stürzen. Doch dann verzog sie das Gesicht und sackte entmutigt in sich zusammen.
»Die Polizei«, keuchte Henry, »muß jeden Augenblick hier sein.« Am liebsten hätte er sich sein Schienbein gehalten und wäre vor Schmerz jaulend herumgehüpft, statt dessen stemmte er sich mit beiden Armen in den Türrahmen, bereit, sie erneut aufzuhalten, falls es sein mußte. »Also warten wir einfach, bis sie kommen, okay?«
Als sie nicht aufhörte zu weinen, holte Henry tief Luft und entspannte sich. Er machte keine Anstalten, ihr aufzuhelfen. »Erzählen Sie mir doch einfach, was passiert ist. Wie haben Sie es gemacht? Wie haben Sie ihn umgebracht?«
Betty Lacy zischte etwas, das Henry nicht verstand.
»Wollen Sie lieber warten, bis die Polizei hier ist? Wollen Sie es lieber denen erzählen?«

»Ich war's nicht!« schrie sie wütend. Mit Tränen in den Augen wiederholte sie: »Ich hab überhaupt nichts getan!« Sie langte nach ihrer Handtasche, aber Henry zog sie mit dem Fuß zu sich heran. Während er die Tasche durchwühlte, in der sich offenbar nichts Gefährlicheres als eine Nagelfeile befand, begann Betty, ihn anzuschreien.
»Die gehört mir!« brüllte sie und schlug mit der Faust auf den Boden. »Was wollen Sie eigentlich? Dasselbe wie Ihr Freund? Ich wette, es ist überhaupt keine Polizei unterwegs! Sie sind genauso wie dieser Cummings! Noch so ein Blutsauger! Sie profitieren von den Nöten anderer Leute. Sie nehmen alles, was Sie kriegen können. Wieviel, Sie Blutsauger? Was kostet es, Sie zum Schweigen zu bringen?«
Henry lächelte. »Was hat es denn bei meinem Freund gekostet?«
Bevor die hysterische Frau auf dem Boden sich etwas anderes als eine neue Beleidigungstirade ausdenken konnte, hörte er in der Halle hinter sich ein Geräusch. Er wandte sich um in der Hoffnung, Freddy und seine Kamera zu erblicken. Clifford Gilroy tauchte aus dem Schatten auf. Der Mann wirkte wie im Schock, und ein Muskel in seinem Unterkiefer zuckte nervös. Die Pistole, die er in der Hand hielt, zuckte jedoch nicht.

49

Sam war wesentlich umgänglicher, als Ariel befürchtet hatte. Es machte ihr sogar Spaß, mit ihm zusammenzusein. Er war gescheit und dazu unglaublich neugierig. Seine Fragen über ihren Wiedereintritt in das Leben waren äußerst originell, ja verblüffend gewesen.

»Was ist, wenn Sie gegen irgendwas allergisch sind – meine Mom zum Beispiel ist allergisch gegen Muscheln – und sich nicht daran erinnern? Sie würden es essen und dann daran sterben«, überlegte er. »Was ist, wenn Sie was in die Reinigung gebracht und es immer noch nicht abgeholt haben?« Und: »Woher wollen Sie wissen, ob Sie nicht irgendwo wegen eines Verbrechens gesucht werden?«

»Okay ...« Er aß den Rest von einem der Räucherwürstchen, die Ariel gegrillt hatte. »An ein paar Dinge konnten Sie sich ja noch erinnern ... Wie man ein Auto fährt und wie man kocht und Klavier spielt, jedenfalls mehr oder weniger. Aber über Ihre Arbeit haben Sie alles vergessen, stimmt's? Und was ist mit Ihrer Jugend? Komisch! Was noch?« Er bemühte sich, analytisch dreinzublicken. »Wußten Sie zum Beispiel noch, wie man tanzt? Und wie man küßt und so?«

Ariel nahm ihm seinen Teller ab. Während sie die Reste von dem Teller in den Mülleimer schabte, überlegte sie, wie er auf die letzte Frage gekommen war.

»Ich hab bisher noch kaum Gelegenheit gehabt, das ›und so‹ auszuprobieren. Was ist denn mit dir? Weißt du, wie man küßt?«

»So was weiß man spätestens mit dreizehn«, erwiderte Sam beleidigt. »Sie haben wahrscheinlich keine Kinder, oder Sie – Hey! Was ist, wenn Sie welche haben und sich bloß nicht erinnern –«

»Keine Kinder«, sagte Ariel lächelnd. »Soviel weiß ich.«

»Ach so. Na ja, Kinder werden heutzutage schneller erwachsen, das können Sie mir glauben. Heute ist alles anders als in Ihrer Jugend.«

»Damals war das Küssen aber schon erfunden. Ich glaube, das war noch vor dem Feuer.«

»Yeah, aber damals war das Leben einfacher.«

Ariel packte den Teller in die Spülmaschine. Sie sah Sam nachdenklich an. »Ich nehme an, da hast du recht.«

Als Sam sich seinen Discman schnappte, nahm Ariel an, er hätte genug von dieser soziokulturellen Untersuchung, doch sie irrte sich. Er betrachtete das Gerät von allen Seiten, als wären ihm, seit er es zuletzt benutzt hatte, neue Tasten und Knöpfe gewachsen. Dann fragte er beiläufig: »Sind Ihre Eltern geschieden?«

»Nein.«

Sam nickte und verzog den Mund zu einer »Sehen Sie, was ich meine?«-Grimasse. »Sie hatten eine Mutter, die den Haushalt gemacht hat, und einen Vater, der abends nach der Arbeit zum Essen nach Hause kam, stimmt's? Die Kinder und der Hund sind ihm jedesmal entgegengerannt, als hätten sie ihn seit einer Woche nicht gesehen, und dann hat die ganze Familie Monopoly gespielt oder so was.«

Ariel nickte. »Ja. Und die Mütter trugen schon beim Frühstück hübsche Kleider und perfektes Make-up, und die Väter gingen in Schlips und Kragen und mit 'ner Aktentasche in der Hand zur Arbeit. So war das, ganz genau.«

Sam bekam die Ironie nicht mit. »Na ja, also, die Eltern von den meisten meiner Freunde leben getrennt. Ich kenne nur einen einzigen, dessen Mutter immer zu Hause ist – ich meine, dessen Mutter nicht arbeiten geht oder so. Sie wohnt mit ihrem Freund zusammen. Der arbeitet auch nicht.«

Ariel nickte wieder, verkniff sich aber eine schnoddrige Bemerkung.

»Ich habe einen Freund, Eric ...« Sam zögerte, dann sagte er schnell: »Sein Vater ist das allerletzte. Er prügelt Eric dauernd.« Er sah Ariel von der Seite an, vermutlich, um zu sehen, ob sie ihm glaubte. »Einmal war ich dabei, als er ihn verprügelt hat – ich hab's gesehen –, und dabei hatte Eric noch nicht mal was getan. Ich meine, überhaupt nichts! Sein Alter sagte: ›Wo bist du gewesen?‹, und bevor Eric irgendwas sagen konnte, ist er total durchgedreht und hat Eric gegen die Wand gedonnert. Dann hat er mich gesehen – er wußte nicht, daß ich mitgekommen war –, und auf einmal grinst er und sagt: ›Hallo, Junge‹, als wenn er bloß Spaß gemacht hätte oder so!«

Ariel war völlig ratlos. »Vielleicht hast du den Anfang von der Geschichte nicht mitgekriegt. Vielleicht hatte Eric vorher irgendwas gesagt oder getan, und du hast –«

»Nein! So war das überhaupt nicht, und es war auch nicht das erste Mal. Ich hab schon ganz oft blaue Flecken bei ihm gesehen. Wenn ich mir vorstelle, was dieser Arsch mit Eric machen würde, wenn er wüßte, daß er wirklich Mist gebaut hat ...«

»Ich glaube, es wäre gut, wenn du das, was du mir gerade erzählt hast, deinem Vater sagen würdest oder deiner Mutter.«

»Na klar! Und wenn sie sich einmischen – was sie garantiert nicht tun –, hat Eric hinterher noch größere Schwierigkeiten, als er jetzt schon hat.«

Plötzlich fiel es Ariel wie Schuppen von den Augen. »Es war Eric, der die CDs geklaut hat, stimmt's?«

Der Junge öffnete verblüfft den Mund, doch dann schob er entschlossen den Unterkiefer vor. »Ich hab sie geklaut. Ich hab's zugegeben.«
»Ach so.« Ariel wünschte, Henry wäre da. Sie warf einen Blick auf die Uhr und fragte sich, wo er blieb – oder warum er nicht anrief. Sie schob ihre Sorge beiseite und sagte: »Hey, wo sind die Hunde hingelaufen, hast du das mitgekriegt?«
Sam schnippte mit den Fingern. Auf dieses Zeichen hin war Stonewall am frühen Abend mehrmals zu ihm gerannt, doch diesmal ließ sich keiner der Hunde blicken.
Ariel fand sie neben der Haustür vor. Jessie lag auf dem Boden, die Vorderpfoten nebeneinander ausgestreckt, den Kopf hochgereckt, die Ohren aufgestellt. Stonewall saß stumm daneben. Er schaute von Jessie zu Ariel und wieder zurück. Jessie behielt einfach die Tür im Auge. Offenbar assoziierten sie Sams Anwesenheit mit Henrys und warteten darauf, daß er endlich zur Tür hereinkam.
»Hat das was mit Instinkt zu tun?« flüsterte Ariel. »Wißt ihr was, das ich nicht weiß, oder hat der alte Henry sich bloß mit Leckerchen bei euch eingeschmeichelt?« Beide Hunde reagierten auf das entscheidende Wort im Satz, verloren jedoch das Interesse, als ihnen nichts angeboten wurde.
Freddy wußte, wo Henry war.
Ariel ging in ihr Arbeitszimmer, rief im Studio an und legte wieder auf, als der Anrufbeantworter sich einschaltete. In ihrem Telefonverzeichnis von der Arbeit fand sie drei Telefonnummern vom Kamerawagen. Bei zweien meldete sich niemand. Beim dritten nahm ein erleichtert klingender Freddy nach dem ersten Läuten ab.
»Henry?«
»Freddy, hier ist Ariel. Wo seid ihr? Was geht da eigentlich vor?«

»Mann!« brach es aus dem frustrierten Freddy heraus. »Wir hängen fest! Wir stecken mitten zwischen zwei Abfahrten und haben uns seit einer Stunde keinen Zentimeter weit bewegt, und davor sind wir auch nicht gerade gut vorwärtsgekommen! Irgend so 'n Idiot mit 'ner Pistole läuft auf 'ner Autobahnbrücke rum, haben sie im Radio gemeldet. Er droht, sich umzubringen und wer weiß, was sonst noch, und sie haben die ganze Autobahn gesperrt. Hast du was von Henry gehört? Ich kann ihn nicht erreichen.«

»Wo solltet ihr ihn denn treffen?«

Ariel notierte sich die Adresse und fragte: »Wo seid ihr jetzt?«

»Auf der 110, keine fünfzehn Kilometer von der Adresse entfernt!«

»Und ihr habt nichts mehr von ihm gehört, seit er euch das erste Mal angerufen hat?«

»Keinen Ton. Wir waren ein paar Minuten lang nicht im Wagen – zehn, höchstens fünfzehn Minuten – um uns was zu essen zu holen. Wir dachten, wir hätten jede Menge Zeit. Und dann taucht dieser Psychopath –«

»Hat Henry die Nummer von eurem Wagen?«

»Klar.«

»Hat er gesagt, was genau ihr bei der Lagerhalle tun sollt?«

Freddy zitierte: Ruf Perc an, er soll dich begleiten. Bring die M-94 und die Infrarotlinse mit. Versteckt den Wagen hinter dem Nachbargebäude. Seht zu, daß ihr spätestens um Viertel nach sechs da seid. Freddy stöhnte. »Er sagte, wir würden uns verstecken und alles filmen, was wir vor die Kamera kriegen. Ach ja, und er hat gesagt, es könnte sein, daß wir jemanden daran hindern müßten, Beweise verschwinden zu lassen.«

Ariel hatte ein schlechtes Gefühl bei der ganzen Sache. Während sie nach einer Landkarte suchte, machte sich das Würstchen bemerkbar, das sie gegessen hatte.

»Okay«, sagte sie. »Ich hab euch gefunden.« Die kürzeste alternative Strecke wäre eine Fahrt von mindestens fünfundzwanzig Minuten. »Wir treffen uns an der Lagerhalle«, sagte sie. »Ich fahre sofort los.«

Sie schnappte sich ihre Tasche und lief in die Küche. »Sam«, sage sie und zwang sich zu einem Lächeln: »Ich muß mal kurz weg. Warte hier, bis ich wieder da bin. Ich ruf dich an.«

»Hat das was mit Dad zu tun?«

Ariel zögerte eine Sekunde zu lang.

»Ich komme mit.«

»Was hast du ihm gesagt?«

Die Frage hatte Clifford Gilroy an Betty Lacy gerichtet, aber er ließ Henry derweil nicht aus den Augen. Henry wiederum ließ die schwarze Mündung des Pistolenlaufs, der ziemlich genau auf sein Herz gerichtet war, nicht aus den Augen. Betty hatte sich von der Stelle auf dem Boden nicht wegbewegt. Auch sie starrte wie gebannt auf die Pistole und schien über diesen Gegenstand genausowenig erfreut zu sein wie Henry. Als der Wind die Eingangstür der Halle zuschlug, fuhr sie – und auch beide Männer – vor Schreck zusammen. »Ich hab ihm überhaupt nichts gesagt«, stammelte sie und wischte sich mit dem Handrücken die Tränen aus dem Gesicht. »Was hast du mit dem Ding vor?«

»Ich hab gehört, wie er nach Cummings gefragt hat.« Gilroys Stimme klang angespannt. In seinem teuren Anzug und dem Brooks-Brothers-Hemd sah er eher aus, als wolle er den Vorsitz in einer Versammlung übernehmen. Mit einer Pistole herumzufuchteln stand seinem Outfit nicht. Eigentlich fuchtelte er auch nicht mit der Pistole; er hielt sie sehr ruhig.

Auf seiner Krawatte waren kleine Entchen, Stockenten. Henry hatte keine, Lust, sich von einem Mann erschießen

zu lassen, der eine Krawatte mit Entchen trug. Henry hatte überhaupt keine Lust, erschossen zu werden.
»Was hast du ihm gesagt?« beharrte Gilroy. »Was hast du diesmal wieder ausgeplaudert?«
Henry fiel Betty ins Wort. »Die Lady sagt die Wahrheit«, begann er, bevor Gilroy ihm ebenfalls über den Mund fuhr.
»Was tust du hier, Betty? Hast du ihn hierhergebracht? Oder ...« Gilroy schüttelte ungeduldig den Kopf. »Sie!« sagte er zu Henry. »Vaughn hat gesagt, er hätte Sie hier herumschnüffeln sehen. Hinter was sind Sie her?«
»Wenn Sie diese Pistole auf etwas richten, das mir nicht so am Herzen liegt, sag ich's Ihnen.«
»Cliff«, sagte Betty zaghaft. Sie hatte sich aufgerichtet und massierte sich ihr schmerzendes Steißbein. »Du brauchst doch keine Pistole, oder? Wahrscheinlich will dieser Mann auch bloß Geld; warum sollte er sonst –«
»Würdest du mir ausnahmsweise mal vertrauen und den Mund halten? Er wird uns gleich sagen, was er will.«
Langsam drangen die Nuancen dieser Unterhaltung bis zu Henrys verblüfftem Gehirn durch. Betty Lacy schien geneigt, ihm Geld anzubieten, damit er verschwand, und Gilroy schien bereit zuzuhören. Es sah nicht so aus, als ob er es darauf anlegte, von der Schußwaffe Gebrauch zu machen. Aber sie war immer noch auf Henrys Brustbein gerichtet, zu nah, um ihr Ziel zu verfehlen, und Gilroy war nervös. Er schwitzte. Henry wußte, daß mehr Menschen durch nervöse Hände zu Tode kamen als durch kaltblütige. Dieses Wissen taugte nicht gerade dazu, ihn zu beruhigen.
»Hier liegt ein Mißverständnis vor«, sagte Henry. »Und wir sind uns offenbar alle einig, daß wir die Dinge nicht verschlimmern wollen. Also, es sind einige Leute auf dem Weg hierher. Die Polizei und ein paar Kollegen mit einer Kamera. Sie wollen doch sicherlich nicht mit der Pistole in der Hand –«

»Ehrlich gesagt, ich glaube Ihnen kein Wort. Was die Polizei angeht, von denen hab ich erst heute nachmittag gehört. Die Ermittlungen – sowieso nur eine Formalität – werden eingestellt. Ich habe keine Ahnung, welchen Blödsinn Sie zu wissen glauben, aber es gibt nichts zu wissen. Sie haben sich umsonst den ganzen Nachmittag in einer leeren Lagerhalle herumgetrieben.«

»Ein gutes Argument. Sie ist leer, nicht wahr. Ausgeräumt bis in die letzte Ecke und saubergemacht. Teilweise sogar frisch gestrichen.«

Gilroy warf einen kurzen Blick in den Raum hinter Betty. Er bewegte seine Schultern in seinem feinen Anzug und wischte sich die freie Handfläche an der Hose ab. Es war nicht zu übersehen, daß er sich in einem Dilemma befand. Wenn er Henry gehen ließ, ließ er alles, was Henry wußte, mit ihm gehen, und offenbar wußte Henry irgend etwas. Wenn er sich allzu besorgt zeigte, verriet er, daß er Grund hatte, besorgt zu sein. Er entschied sich für eine kleine Schadensbegrenzung.

»Okay, Heller. Wir kennen also Cummings. Ihr Exkollege glaubte, er könne sich aufgrund von bösartigen, unausgegorenen Vermutungen auf unsere Kosten sanieren. Wir fanden, daß er letztlich billiger war als eine Batterie teurer Anwälte. Wir haben einen Fehler gemacht, aber bei einem Mann, der so tief sinkt, daß er sich auf das wirre Gefasel einer leidgeprüften Witwe –«

»Cliff –«

Gilroy hielt eine Hand hoch, um ihr Schweigen zu gebieten. »Wir sind hier die Opfer. Wir wurden erpreßt. Wenn Ihre Kollegin hier wäre, diese Miss Gold, die würde Ihnen das bestätigen.«

»Cummings hat Ihnen von ihr erzählt?«

»Er hat gesagt, sie würde überall rumschnüffeln und mir

vor allem Schwierigkeiten machen. Für eine weitere ›Rate‹ wollte er sich um sie kümmern.«
»Woher wußte er das?«
Gilroy zuckte die Achseln. »Irgend jemand, den er angerufen hat, nachdem sie mit ihm telefoniert hatte. Ich glaube, Cummings übertreibt. Sie hat überhaupt nichts unternommen, stimmt's? Weder damals noch heute.«
»Was meinte er mit ›sich um sie kümmern‹?«
»Sie können mich nicht für das verantwortlich machen, was solcher Abschaum wie Cummings tut oder nicht. Nicht ich habe ein Verbrechen begangen, sondern er.«
Henry sagte nichts. Er richtete seinen Blick vielsagend auf die Pistole.
Gilroy zögerte, abwägend. Ganz langsam senkte sich der Lauf der Pistole. In diesem Augenblick fiel ein Lichtstreifen durch die hohen verschmutzten Fenster der Lagerhalle. Alle drei hörten das Dröhnen eines Automotors.
»Cliff, er hat nicht gelogen!« Betty stürzte zu Gilroy und klammerte sich an seinen freien Arm.
»Wer ist das, Heller? Wer ist da draußen?«
»Was hast du vor?« schrie Betty, als Gilroy seinen Blick fest auf die Pistole heftete, die er inzwischen wieder auf Heller gerichtet hatte. Er sah so aus, als wisse er nicht, ob er abdrücken oder das Ding zum Teufel wünschen sollte.
So plötzlich, wie der Wagen aufgetaucht war, drehte er ab und fuhr wieder davon. Jemand hatte lediglich den Parkplatz zum Wenden benutzt.
Wimmernd vergrub Betty ihr Gesicht an Gilroys Schulter. »Ich kann nicht mehr, Cliff! Wer wird noch alles mit seiner schmutzigen Phantasie kommen und die Hand aufhalten? Wieso sagst du ihm nicht einfach die Wahrheit?«
Henry begann, sich langsam auf die Tür zuzubewegen.
Betty hatte Gilroy am Revers gepackt und schrie ihn an, ihr

Gesicht dicht vor dem seinen. »Du wolltest wissen, warum ich hergekommen bin? Um nachzusehen! Ich wollte selber sehen, wo es passiert ist. Ich wollte wissen, ob ich dir trauen kann. Ob ich die Wahrheit spüren kann! Aber ich spüre sie nicht! Also sag *uns beiden* doch einfach, was in jener Nacht geschehen ist. Ich will die Wahrheit wissen!«

Sie hatte angefangen, mit den Fäusten auf seine Brust zu trommeln, und Gilroy hatte Mühe, sich von ihr zu befreien.

»Reiß dich zusammen!« flehte er sie an, während sie weiterschrie: »Kann ich dir glauben? Cummings hat dir nicht geglaubt. Das hat er mir gesagt, aber ihm war es egal. Mir ist es nicht egal! Also, sag's mir, Cliff! Ist das die Pistole? Seine Pistole? Ist es das, was wirklich geschehen ist? Ist es das?«

»Betty, um Himmels –« In diesem Moment bemerkte Gilroy, wie Henry wegzulaufen versuchte. »Stehenbleiben!« befahl er, während er verzweifelt versuchte, Henry zu erwischen, der inzwischen auf den Ausgang zurannte.

Der Schuß wurde durch Bettys Körper gedämpft, aber er war laut genug, um endlos in dem leeren Gebäude widerzuhallen und Henry mitten im Laufen zum Stehen zu bringen.

Beide Männer waren starr vor Entsetzen. Henry machte einen Schritt auf die verwundete Frau zu. Sie stieß einen schwachen, verblüfften Schrei aus. Endlose Sekunden vergingen, während sie sich immer noch an Gilroys Revers klammerte. Ihr Mund öffnete sich, als wolle sie etwas sagen. Sie hatte immer noch kein Wort herausgebracht, als ihre Hände sich nacheinander lösten und sie zu Boden sank. Gilroy griff nach ihr, rief ihren Namen. Dann entdeckte er das Blut auf seinem Hemd und erstarrte.

»Betty ...?« sagte er. Sein Kopf fuhr hoch, und er brüllte Henry an: »Das haben Sie getan!«

Henry hechtete auf Gilroy zu, rammte ihm seine Schulter in den Magen. Gilroy klappte zusammen wie ein Taschenmesser. Beide Männer stürzten zu Boden. Henry gelang es, ein Knie auf Gilroys Brust zu drücken. Mit aller Kraft holte er aus und schlug ihm mit der Faust unters Kinn. Es schmerzte wie verrückt. Als er erneut ausholte und zuschlug, spürte er den Schmerz schon nicht mehr.

Er raffte sich auf, entdeckte Gilroys leere Hand und sah sich verzweifelt nach der Pistole um. Er hatte sie nicht fallen hören. Wo konnte sie hingekommen sein in einem praktisch leeren Raum, überlegte er in Panik. Wie weit konnte sie geflogen sein?

Sekunden vergingen, viel zu schnell. Gilroy bewegte sich. Während Henry einen Haufen Abfall durchwühlte, hörte er ein Stöhnen, sah, daß Gilroy versuchte aufzustehen. Er überlegte, ob er noch einmal zuschlagen sollte, doch seine Hand pochte wie der Teufel. Er flüchtete durch die Vordertür.

Hinter dem Nachbargebäude angekommen, blieb er plötzlich stehen. Direkt hinter seinem Wagen stand ein weißer Jaguar, der vorher nicht dagewesen war. Die Motorhaube seines Wagens war hochgestellt.

Gilroy hatte Vorkehrungen getroffen.

Henry strich sich die Haare aus den Augen, die der Wind ihm ins Gesicht blies, und verschwendete kostbare Zeit damit, seinen Motor zu inspizieren. Das Licht war zu schwach, um erkennen zu können, woran sich Gilroy zu schaffen gemacht hatte. Selbst wenn hellichter Tag gewesen wäre, hätte Henry wahrscheinlich genausowenig sehen können, was an dem Motor nicht in Ordnung war, und außerdem war sein Wagen sowieso blockiert. Er probierte die Fahrertür des anderen Wagens. Sie war verriegelt.

Sein erster Gedanke war: weglaufen, so schnell, wie seine

langen Beine ihn tragen würden, die Straße hinunterzurennen. Zwei Dinge brachten ihn dazu, es sich anders zu überlegen: der Jaguar, der startbereit dastand und wesentlich schneller war als seine Beine, und das entfernte Geräusch von Leder auf Kies.

Schnapp ihn dir! dachte Henry, doch noch bevor er den Gedanken zu Ende gedacht hatte, war er schon dabei, sich in den Schatten des Gebäudes zurückzuziehen. Was, wenn Gilroy die Pistole gefunden hatte? Er stieß mit dem Rücken an eine Ziegelwand. Ängstlich auf jedes Knirschen unter seinen Füßen lauschend, schob er sich langsam an der Wand entlang. Der Müllcontainer befand sich zwischen ihm und den Autos, als er hörte, wie Gilroy um die Ecke des Gebäudes kam. Henry blieb stehen.

Gilroy war ebenfalls stehengeblieben. Henry konnte ihn nicht sehen, aber er hörte ihn atmen: ein heiseres, häßliches Geräusch.

»Heller? Kommen Sie raus, Heller. Lassen Sie uns reden. Sie haben ja gesehen, was passiert ist. Sie haben gesehen, daß es nicht meine Schuld war. Nichts an dieser Sache ist meine Schuld! Ich habe nichts gegen Sie. Ich hatte auch nichts gegen Grant, aber ich konnte nicht zulassen, daß er mich ruinierte, daß er meine Karriere zerstört. Dafür habe ich zu hart gearbeitet. Das werden Sie verstehen. Wenn Sie mit den Tatsachen vertraut wären, würden Sie es verstehen. Kommen Sie. Ich werde Ihnen – alles erzählen.« Die Stimme klang dünn, verzweifelt. Gilroy, dachte Henry, war dabei, die Selbstbeherrschung zu verlieren.

Nach einer Weile hörte er erneut Schritte. Die Tür des Jaguar wurde entriegelt und geöffnet; Henry konnte erkennen, daß die Innenbeleuchtung angegangen war. Als die Tür zugeschlagen wurde, leuchtete ein stärkeres Licht auf.

»Hey, Heller!«

Zu Henrys Rechten wurde das Gebäude von einem hellen Lichtkegel erleuchtet, wahrscheinlich von einer starken Taschenlampe, vermutete Henry.
»Ich dachte, Sie wären so wild darauf zu erfahren, was sich hier abgespielt hat! Oder hat Betty ...« Gilroy stockte. »Hatte Betty etwa recht? Wollen Sie Geld? Ist es das? Ich habe Geld.«
Langsam bewegte sich der Lichtkegel nach links, beleuchtete die Stelle gegenüber von Henry. Dann hüpfte der Lichtstrahl zum MicroStar-Gebäude hinüber, schließlich zu den Eisenbahnschienen. Der Kies knirschte unter Gilroys Schritten, als er fortging, doch Henry wußte, es konnte sich nur um Minuten handeln, bis er zurückkam und den Lichtkegel auf ihn richtete.
Er wußte auch, daß Gilroy nicht hinter ihm her wäre, wenn er die Pistole nicht gefunden hätte.
Henry schlich bis zu der Ecke, wo der Zaun an das Gebäude stieß. Nur daß Gebäude und Zaun nicht ganz aufeinandertrafen. Der letzte Zaunpfahl war verbogen und der Maschendraht nach innen ausgebeult – möglicherweise war ein unvorsichtiger Lkw-Fahrer einmal beim Zurücksetzen dagegen gefahren.
Henry drückte sich gegen die Wand und schob ein Bein durch die Öffnung. Als er sich durch den schmalen Spalt quetschte, zerriß ein Stück Draht ihm die Jacke und stach ihm in die Brust. Henry bog den Draht zur Seite. Er stellte sich auf die Zehenspitzen, hielt die Luft an und zwängte sich hindurch.
Der Boden unter seinen Füßen war lehmig, und seine Sportschuhe verursachten kaum ein Geräusch, als er um das Gebäude herumrannte. Das Grundstück war riesig, überall waren Stapel von Steinen, hölzernen Paletten mit Ziegeln und Betonfertigteilen aufgetürmt. Ganz hinten am Ende des Areals stand eine Art Turm. Dazwischen ragten schwere

Baumaschinen auf – Raupenfahrzeuge und riesige Kehrmaschinen –, die aussahen wie irgendwelche schlammverkrustete, im Winterschlaf erstarrte Mammuts.
Die Türen des Gebäudes waren mit Vorhängeschlössern verriegelt, ebenso wie die Güterwagen, die daneben aufgereiht standen. Henry fuhr wie in Panik herum; wenn er es geschafft hatte, sich durch die Öffnung im Zaun zu zwängen, würde es Gilroy auch gelingen. Er hechtete hinter eine der riesigen Maschinen und kauerte sich am Boden zusammen; würde Gilroy die Öffnung entdecken? Würde er versuchen, sich hindurchzuzwängen?
Der Lichtkegel, auf die Entfernung ein blasser Streifen, huschte über die Stelle, an der Henry auf das Firmengrundstück gelangt war. Dann war das unverkennbare Geräusch eines Autos zu hören. Das Licht ging aus. Freddy, dachte Henry. Endlich!
Das Auto kam näher und fuhr vorbei. Henry hörte ein Knurren und Fluchen, und kurz darauf ging das Licht wieder an, diesmal leuchtete es heller, es war näher bei Henry. Gilroy hatte nicht aufgegeben.
»Ich finde Sie, Heller, machen Sie sich nichts vor.« Jeder Anschein von Verständigungsbereitschaft war aus seiner Stimme verschwunden. »Und wenn ich Sie finde, dann werden Sie für Betty bezahlen.«
Gilroy arbeitete sich von einem Stapel Baumaterial zum nächsten vor, von den schweren Maschinen zu Sand- und Kiescontainern, leuchtete in jedes potentielle Versteck. Dabei redete er die ganze Zeit vor sich hin, sprach seine Gedanken laut aus. »Ich bin hergekommen, weil ich gehört hatte, jemand würde hier herumschnüffeln. Vaughn wird das bestätigen. Dann habe ich Sie auf dem Grundstück erwischt. Sie haben mich angegriffen. Ich war gezwungen, Sie in Notwehr zu erschießen.«

Henry überlegte kurz, wie Gilroy erklären wollte, daß Betty aus kürzester Entfernung mit seiner Waffe erschossen worden war.
Gilroy schien denselben Gedanken gehabt zu haben. »Sie haben Betty in die Schußlinie gestoßen«, sagte er. Die Vorstellung schien ihn nicht besonders glücklich zu machen. Henry hörte etwas, das wie ein Schluchzen klang, dann ein paar wütend ausgestoßene Worte, die jedoch vom Wind davongetragen wurden. Der Lichtkegel wanderte über das Terrain jenseits der Stelle, wo Henry versteckt war, verweilte auf dem hohen Gebäude, das ihm vorher schon aufgefallen war.
Es war ein schmaler, gut dreißig Meter hoher Kasten, größer als das Silo, das dicht daneben stand, und kaum breiter. Eine von Stahlmasten getragene Rampe führte im Zickzack vom Boden bis zum Dach des Kastens. Ein ziemlich langer Weg. Die Treppe war bestimmt über siebzig Meter lang. Henry hatte keinen blassen Schimmer, wozu das Ganze diente.
»Sieh mal einer an!« sagte Gilroy zu sich selbst, dann hob er die Stimme, um sicherzugehen, daß Henry ihn hörte. »Wissen Sie, wie dieses Baby funktioniert, Heller? Ich weiß das. Ich hab mal als Student in so 'nem Laden gejobbt, und da hab ich einen Fahrmischer gefahren. So was nennt man Betonmischwerk. Da werden Sand und Kies und Zement reingeschüttet. Bis zum Abend ist der Wiegetrichter ziemlich leer. Da geht's ganz schön tief runter, bestimmt zwölf Meter. Ich werde Sie einfach bis da oben hin begleiten, was halten Sie davon? Vielleicht sterben Sie bei dem Sturz. Wenn nicht, werden Tonnen von Sand und Kies, die morgen auf Sie runterdonnern, das Problem schon lösen. Und Betty kann ich auch noch da raufschaffen.« Seine Stimme wurde wieder leiser. »Das schaff ich. Dann hab ich auch das Problem gelöst.«

Sich dicht am Boden haltend, hatte Henry sich von Gilroy entfernt, immer darauf bedacht, in Deckung zu bleiben. Bisher hatte er sich im Gegenwind zu Gilroy befunden, aber das nächste oder übernächste Mal würde er ihn garantiert hören. Seinem unbemerkten Rückzug würde irgendwann ein Ende gesetzt werden. Als er einen Blick auf das fluoreszierende Zifferblatt seiner Uhr warf, stellte er überrascht fest, daß erst eine Viertelstunde vergangen war, seit Gilroy aufgetaucht und die Dinge außer Kontrolle geraten waren.
Gilroy stieß einen Fluch aus. Aus dem schmatzenden Geräusch, das darauf folgte, schloß Henry, daß Gilroy in eine der vielen Pfützen getreten war. Er klang selbstsicherer, als er wieder zu sprechen begann – und boshafter.
»Ich werde Ihnen mal erklären, was mit all dem Sand und Kies und Zement passiert, Heller. Das ganze Zeug wird in Betonmischer gefüllt, direkt in die Mischtrommeln. Diese Mischtrommeln haben Mahlrippen, und diese Mahlrippen sind verdammt scharf. Die können Tonnen von Material zerkleinern – Tonnen!
Der Güterzug hat Grant ordentlich zermanscht. Diese Betonmischer werden dasselbe mit Ihnen und Betty machen. Sie werden einfach pulverisiert.« Als wäre es ein Trost, fügte er hinzu: »Vielleicht werden Sie eines Tages mal ein Teil eines berühmten Gebäudes sein.«
Gilroy kam immer näher. Er war nur noch gut zehn Meter entfernt, und Henry wägte seine Möglichkeiten ab. Er versuchte, seine geschwollene Hand zu bewegen, und wünschte sogleich, er hätte es gelassen. Seinen Verfolger anzugreifen war der letzte Ausweg, diese Möglichkeit stand ganz unten auf Henrys Liste. Er hatte Betty Lacys verzerrtes Gesicht noch zu frisch in Erinnerung, um es auf eine direkte Begegnung mit der Pistole ankommen zu lassen. Er brachte es einfach nicht fertig.

Der Kasten, den Gilroy Betonmischwerk genannt hatte, war höchstens zehn Meter entfernt. Nach dem, was Gilroy ihm so grauenhaft detailreich ausgemalt hatte, würde er kaum erwarten, daß Henry sich dorthin flüchtete. Wenn er es schaffte, in den Kasten hineinzugelangen und die Tür hinter sich zu schließen, wäre er in Sicherheit, dachte Henry.

Zwischen ihm und dem Kasten gab es kaum etwas, was ihm Deckung bieten konnte. Er nahm eine Handvoll Kies, zwang seine Finger, ihm zu gehorchen, und warf den Kies so weit wie möglich in die entgegengesetzte Richtung. Die kleinen Steine prasselten auf etwas Hartes. Gilroy fuhr herum und duckte sich. Das wenige, das sich bot, als Deckung ausnutzend, spurtete Henry auf den Kasten zu. Er schob die verrostete Tür zu.

In völliger Finsternis tastete Henry nach einem Schloß, einer Planke, irgend etwas. Er kniete sich hin und tastete den Boden ab ... kein Stock, kein Stein, keine Waffe.

Es blieb ihm nur noch eins übrig. Henry preßte sich neben der Tür an die Wand und machte sich bereit.

Die Tür wurde aufgerissen. Die verdammte, teuflische Taschenlampe leuchtete den engen Raum aus: die Wände, einen großen Trichter, der von oben herabhing, eine offene eiserne Treppe – alles verräterisch menschenleer. Niemand erschien in der Tür.

»Sie sind ja richtig kooperativ«, sagte Gilroy von draußen. »Jetzt geht's nur noch in eine Richtung weiter, und zwar nach oben.«

Als er hereinkam, wirbelte er blitzschnell um den Türpfosten herum zu der Stelle, wo Henry wartete. Henry ging mit beiden Armen auf ihn los. Er schlug gegen einen Unterarm, und die Taschenlampe flog im hohen Bogen durch die Luft. Im gleichen Augenblick war eine ohrenbetäubende Explosion zu hören, und blendendes Licht erfüllte

den Raum. Die Kugel schlug irgendwo hinter Henry auf Metall und prallte ab. Es war das furchterregendste Geräusch, das Henry je gehört hatte. Jede Zelle in seinem Körper zuckte zusammen, und er hatte das Gefühl, als ob ihm die Augäpfel versengt würden. Um sich herum sah er nichts als Weiß. Er blinzelte angestrengt und hob erneut die Arme. Gilroy schien von einem roten Lichtkranz umgeben. Auch er blinzelte, aber er hatte die Pistole, und sie war auf Henrys Bauch gerichtet. Langsam hob sich der Lauf.
»Die Treppe ist hinter Ihnen«, sagte er. »Gehen wir rauf.«

50

Genau sechsundzwanzig Minuten nachdem Ariel aus ihrer Einfahrt gefahren war, bretterte ihr Van über die Straße, die zu der Lagerhalle von MicroStar führte. Sie hatte mehr als einen Mitfahrer. In einem ihrer seltenen Anfälle von Ungehorsam war Jessie an Sam vorbei aus der Tür gerannt und hatte an dem Van gekratzt, zum Zeichen, daß sie mitwollte. Ariel hatte nicht die Zeit gehabt, sie zurechtzuweisen oder sich mit ihr zu streiten.

»Es müßte gleich dahinten sein«, sagte sie zu Sam, als sie an einem Schrottplatz vorbeifuhren, der aussah wie ein Friedhof für Schulbusse. »Halt Ausschau nach seinem Wagen oder nach dem Wagen mit den Leuten von der OFFENEN AKTE.«

Was sie tun würde, wenn sie die Fahrzeuge entdeckten – außer Henry dafür zusammenzustauchen, daß er ihr solche Sorgen gemacht hatte –, würde sich dann noch zeigen.

»Da drüben ist es!« rief Sam aus. Ariel schaltete ihre Scheinwerfer aus und fuhr in Schrittgeschwindigkeit weiter. Vor der Lagerhalle stand ein blitzblanker, ziemlich neuer Wagen, der auf keinen Fall Henry gehörte. Die Tür der Lagerhalle stand auf, und ein schwaches Licht fiel auf die Kühlerhaube des Wagens.

»Ich kann den Wagen vom Kamerateam aber nirgends entdecken«, sagte Sam.

»Henry hat ihnen gesagt, sie sollen hinter dem Nachbargebäude parken«, erinnerte sich Ariel. »Da drüben: Gibraltar …«, fügte sie hinzu, während sie langsam daran vorbeifuhr.

»Was haben Sie jetzt vor?«

»Wenden, in einiger Entfernung parken und zurücklaufen«, sagte Ariel und bemühte sich, ihre Stimme ruhig zu halten.

Sam und Ariel reckten die Hälse, als sie in entgegengesetzter Richtung erneut an dem Firmengelände vorbeifuhren, konnten jedoch nicht mehr erkennen als beim erstenmal. Fünfzig Meter von der Baustoffirma entfernt parkte Ariel ihren Wagen am Straßenrand.

»Du bleibst hier«, befahl sie. »Ich werde mal auf Erkundung gehen.«

Sie drückte die Fahrertür gegen einen heißen Windstoß auf und schlug sie zu, während Sam ein frustriertes »O Mann!« entfuhr. Mit knirschenden Schritten ging sie am Straßenrand entlang und wünschte sich im stillen, sie hätte sich nach der Arbeit andere Kleider, vor allem andere Schuhe angezogen.

Auf dem Parkplatz von MicroStar angekommen, schlich sie bis zur Tür und lauschte. Außer dem Wind war nichts zu hören. Vorsichtig betrat sie die Halle.

»O Gott!« hauchte sie. »O mein Gott!«

Betty Lacy lag auf der Seite. Ein Arm lag verdreht unter ihrem Körper, der andere angewinkelt vor ihrem Gesicht, die Handfläche nach oben. Ariel brauchte nur ein paar Schritte näher zu gehen, um die toten Augen und den schwarzen Fleck auf der Bluse zu sehen.

Ihre Augen wanderten von dem kahlen, hell erleuchteten Raum am einen Ende der Lagerhalle über den bis auf eine Handtasche leeren Fußboden zu einem Stapel Kartons, die sie in der Dunkelheit am anderen Ende ausmachen konnte. Sie schrie auf, als Jessie an ihr vorbeistrich.

Sam stand mit weit aufgerissenen Augen in der Tür. »Ist sie tot?«
»Ich hab dir gesagt, du sollst im Wagen bleiben!« zischte Ariel.
Sie schnippte mit den Fingern, um den Schäferhund bei Fuß zu bringen, und begleitete die beiden zurück nach draußen.
»Zurück! Sofort!« befahl sie.
Sam rührte sich nicht von der Stelle. »Ich will wenigstens nachsehen, ob Dads Auto da steht, wo Sie gesagt haben.«
Bevor Ariel ihn daran hindern konnte, rannte er auf das Nachbargebäude zu. Sie lief hinter ihm her, und gemeinsam entdeckten sie die beunruhigende Szenerie: Henrys Oldsmobile, die Kühlerhaube weit offen, und direkt dahinter ein weißer Jaguar.
»Wo ist Dad?« fragte Sam zaghaft.
»Ich würde sagen, wir sehen am besten zu, daß wir Hilfe bekommen.« Ariel legte Sam eine Hand auf die Schulter. »Gehen wir.«
Am Ende der Einfahrt angekommen, fiel Ariel auf, daß Jessie nicht mehr bei ihnen war. Sie drehte sich um und sah den Hund an dem Zaun schnüffeln, der das Firmengelände von Gibraltar einschloß.
»Jessie«, befahl sie. »Komm her!« Aber Jessie hatte ihre eigenen Pläne. Mit gesträubtem Fell und pfeilgerade aufgerichteten Ohren hob sie witternd die Schnauze in die Luft. Einen verrückten Augenblick lang dachte Ariel, die Schäferhündin sei drauf und dran, den Mond anzubellen wie der Hund von Baskerville, woraufhin sich ihre eigenen Nackenhaare sträubten. Sie rief nach Jessie, doch die hatte sich wieder dem Zaun zugewandt. Sie winselte kurz auf, dann trottete sie, die Nase am Boden, am Zaun entlang.
»Was ist das?« fragte Sam und deutete in die Ferne jenseits des Zauns.

»Was?«
»Sehen Sie? Da oben auf diesem Turm dahinten. Moment. Jetzt ist es wieder weg.«
Ariel schaute in die Richtung, in die Sam gezeigt hatte. »Was ist weg?«
»Da! Da ist es wieder. Sehen Sie das winzige Licht?«
Ariel sah mehr als ein schwaches Glimmen. Sie glaubte auf dem turmartigen Gebilde eine männliche Gestalt zu erkennen, die sich zusammen mit der Lichtquelle bewegte.
Ariel und Sam gingen auf den Zaun zu und versuchten, die Regungen dieses länglichen schwarzen Schattens im Turm auszumachen. Er bewegte sich.
Sam griff mit beiden Händen in den Maschendraht. »Könnte das Dad sein?«
»Ich weiß es nicht, aber ich kann mir nicht vorstellen, daß irgend jemand einen vernünftigen Grund haben könnte, jetzt dort oben rumzuturnen, wo hier alles geschlossen ist.«
Ariel sah sich besorgt nach Jessie um. Der Hund hatte sich in Luft aufgelöst.
»Sam«, sagte sie ernst, »kannst du Auto fahren?«
Sam machte den Mund auf und nickte eifrig. Er erholte sich schnell wieder, doch seine Stimme war um eine Oktave höher, als er sagte: »Dad hat's mir beigebracht.«
Während sie sich gleichzeitig im stillen fragte, ob sie es für den Rest ihres Lebens bedauern würde, reichte sie Sam die Autoschlüssel. »Erinnerst du dich an die Bar, an der wir vorbeigefahren sind? Fahr hin. Ruf die Polizei an. Sag ihnen, eine Frau ist erschossen worden und daß wir ... Sag ihnen, sie sollen sich beeilen.«
Sam schluckte. Er sah sie ernst an, konnte jedoch die Aufregung nicht ganz unterdrücken. Er wollte etwas sagen, doch dann nickte er nur und rannte los.
Ariel verschwendete keine Zeit darauf, ihm nachzusehen.

Sie nahm etwas aus ihrer Handtasche, steckte es in ihre Jackentasche und ließ die Handtasche dann zu Boden fallen. »Auf in den Kampf«, murmelte sie. Sie zog ihren Rock hoch, steckte die Spitze ihres Pumps in den Maschendraht und begann zu klettern. Oben angekommen, warf sie ein Bein über den Zaun und, bevor sie es sich anders überlegen konnte, auch das andere. Sie war drüben. Ihr Fuß rutschte ab, sie ließ sich los und landete auf den Knien.
Glücklicherweise war der Boden ziemlich weich. Unglücklicherweise war er mit Pfützen übersät, und schmutziges Wasser spritzte ihr ins Gesicht. Ein Schuh blieb im Schlamm stecken. Ariel schüttelte den zweiten auch noch ab und schaute an dem Turm hoch, der sich als Silo entpuppte. Dahinter ragte ein noch höherer Turm auf, der oben mit irgendwelchen Maschinen bestückt und von einem kaum hüfthohen Geländer umgeben war. Eine endlos lange, schmale, von immer kürzer werdenden Stahlmasten getragene Rampe führte von dort aus im Zickzack bis zum Boden. Ariel fühlte sich an eine Achterbahn erinnert, nahm jedoch an, daß es sich um ein Förderband handelte.
Zwei Männer waren oben auf dem Turm. Einer stand aufrecht und hielt offenbar eine Taschenlampe in der Hand; der zweite saß oder kniete, das konnte Ariel nicht genau sehen. Sie konnte keinen der beiden Männer erkennen, aber der stehende wirkte zu klein, um Henry zu sein.
Sie schlich sich näher heran. Als sie wieder nach oben schaute, sah sie, daß beide Männer aufrecht standen. Der große dünne war Henry. Er klammerte sich verzweifelt an das Geländer. Der andere hielt eine Pistole in der Hand. Ariel hörte eine vor Wut oder Erregung laute Stimme, doch die Worte waren in dem Wind, der die Jacken der Männer flattern ließ, nicht zu verstehen.
Sie duckte sich hinter einem Stapel Ziegelsteine und be-

trachtete die Konstruktion. Das Silo war ihr am nächsten. An seiner runden Wand war – von Hüfthöhe an bis nach oben – eine eiserne Leiter angebracht.
Gütiger Gott! dachte Ariel, sind sie etwa da raufgeklettert? Sie starrte die Sprossen an, die höher und höher hinaufführten. Bei dem Gedanken daran, diese Leiter zu erklimmen, drehte sich ihr den Magen um. Ihr Arm zuckte, ein unwillkürlicher Griff nach einem festen Anker, und ein Ziegel fiel zu Boden.
Beide Männer spähten hinunter. Ariel duckte sich.
Sie überlegte, ob sie es über die Rampe versuchen sollte. Sie war zwar weniger steil, aber der Zugang war zu weit weg; es würde ewig dauern, bis sie über das Ding nach oben gelangte, und außerdem würde sie sich die ganze Zeit direkt im Blickfeld der beiden befinden. Sie riskierte noch einen Blick auf die Männer. Sie schienen sich wieder aufeinander zu konzentrieren. Ariel rannte zu dem Silo hinüber und drückte sich dagegen. Aus der Perspektive der beiden war sie nicht zu sehen. Gab es noch einen anderen Weg nach oben? fragte sie sich. Innerhalb des Turms? Der Teil des Turms, den sie von ihrer Position aus sehen konnte, bestand aus nichts weiter als verrostetem Blech – keine Tür.
Sie konnte sich nicht darauf verlassen, daß Sam es bis zu der Bar schaffte. Sie wußte nicht, wie lange die Polizei brauchen würde, falls er es schaffte. Sie wußte nur, daß Henry dort oben war, nur Zentimeter vom Abgrund entfernt, während eine Pistole auf ihn gerichtet war.
Ein Stoßgebet auf den Lippen, schwang Ariel einen Fuß auf die unterste Sprosse der Leiter und begann zu klettern. Sie starrte unverwandt auf das Silo. Kein einziges Mal schaute sie nach unten, und sie hatte nur eine äußerst vage Vorstellung davon, was sie tun würde, wenn sie oben angekommen war.

In ihrer Tasche hatte sie Pfefferspray, das sie sich vor Monaten gekauft hatte. Sie hoffte, daß das Zeug seine Wirkung noch nicht verloren hatte. Zumindest konnte sie den anderen damit ablenken und Henry eine Chance geben, an die Pistole zu kommen.

Als ein heftiger Windstoß ihr die Haare in die Augen blies und ihren Rock aufblähte, stoppte sie und klammerte sich an die Leiter, bis der Wind sich wieder legte. Dann zwang sie sich, die nächste Sprosse zu erklimmen. Sie konnte die Männer nicht sehen – selbst wenn sie hingeschaut hätte; das Gute daran war, daß sie sie ebenfalls nicht sehen konnten.

Ein Satz ging ihr immer wieder durch den Kopf, während sie Sprosse um Sprosse emporkletterte. »Wir haben noch genug Zeit. Genug Zeit. Genug Zeit.« Wie ein stummes Flehen. Das hatte Henry an dem Abend zu ihr gesagt, als er sie geküßt hatte. Sie sah sein Gesicht vor ihrem geistigen Auge, nur einen Atemzug entfernt. Sie spürte ein Kribbeln im Nacken, als würde seine Hand sie dort immer noch berühren. »Wir haben später noch genug Zeit, um zu reden«, hatte er gesagt. Das war vor kaum einer Woche gewesen; es kam ihr vor, als wäre es Jahre her. Es schien Jahre her zu sein, seit sie zu klettern begonnen hatte.

Die Leiter machte plötzlich einen Ruck. Ariel fühlte es und hörte es. Wäre in ihrer jetzigen Verfassung noch Platz für Angst gewesen, sie wäre zu Tode erschrocken, aber sie befand sich in einem gefühllosen Zustand jenseits von Angst. Sie befahl ihren Beinen, die vor Erschöpfung schwer wurden, noch schneller weiterzuklettern.

Sie kam an der Stelle vorbei, wo ein Bolzen aus seiner Halterung geflogen war. Es gibt noch jede Menge Bolzen, sagte sie sich. Als ihre Hände die letzte Sprosse ergriffen, machte sie eine noch viel schlimmere Entdeckung. Das Dach des Silos, das sich über ihrem Kopf befand, war abgerundet.

Nirgendwo war eine waagerechte Fläche zu sehen, über die man zu dem anderen Turm hätte hinübergehen können, es gab nichts, an dem man sich festhalten konnte, und es gab keine Deckung, falls jemand blöd genug war, welche zu suchen.

Der Wind hatte etwas nachgelassen, und sie hörte eine Stimme, Henrys Stimme, sagen: »... werde mich nicht freiwillig da runterstürzen, und ich glaube nicht, daß Sie es fertigbringen abzudrücken. Sie können es einfach nicht, stimmt's?«

Ariel klammerte sich mit aller Kraft fest. Selbst wenn die Leiter in Flammen aufgegangen wäre, sie hätte sich nicht rühren können; aber sie konnte auch nicht bleiben, wo sie war, und warten, bis der Schuß fiel. Ihr Verstand meldete sich ab. Alles Blut, das aus ihren Gliedmaßen gewichen war, dröhnte ihr in den Ohren. Henry, dachte sie. Ein Schrei wollte aus ihr hervorbrechen.

In diesem Augenblick begann die Leiter zu vibrieren, zuerst nur ein bißchen, doch dann so heftig, daß sie gegen das Silo schlug. Rostspäne flogen durch die Luft, als die Welt zu explodieren schien und Silo und Turm plötzlich in taghellem Licht erstrahlten. Geblendet schmiegte Ariel sich noch dichter an die Leiter, als wolle sie mit ihr verschmelzen. Sie hörte jemanden aufschreien, es war ein schier endloser, von Todesangst ausgelöster Schrei, dann, tief unter sich, einen dumpfen Aufprall.

Im gleichen Augenblick wanderte plötzlich das Licht, und der Krach begann nachzulassen.

Als sie sich zwang, den Kopf zu heben, sah sie einen Hubschrauber, der gerade zur Landung ansetzte. Ein Hund bellte, und durch all den Lärm hindurch hörte sie jemanden schreien.

»Dad!« brüllte Sam, und jemand anders rief: »Henry!«

Ariel verdrehte den Hals, soweit sie konnte, und versuchte verzweifelt, auf das Dach des Turms zu sehen. Henrys Gesicht tauchte auf, leichenblaß. »Ariel?« sagte er. Während er sich an irgend etwas hinter sich festhielt, lehnte er sich vor und spähte über den Rand, starrte zuerst in Ariels Gesicht – mehr konnte er von ihr nicht sehen – und dann in den tiefen Abgrund.

»Sam?«

Ariel konnte ihn kaum hören. Sam würde ihn erst recht nicht hören können.

»Es geht mir gut, Sam«, rief Henry. »Bleib, wo du bist. Ich komme gleich runter.« Er machte jedoch keine Anstalten, sich zu bewegen.

Das Gebell des Hundes hatte sich in ängstliches Jaulen verwandelt, außerdem hörte Ariel ein fernes Stimmengewirr.

»Henry«, sagte sie, laut genug, daß er sie hören konnte. »Geht es dir wirklich gut?«

»Ja«, sagte Henry und wiederholte es gleich noch einmal, um sich selbst davon zu überzeugen, daß es stimmte.

»Wer war das?« fragte Ariel. »Wer ist gestürzt?«

»Clifford Gilroy.«

Von unten rief ein Mann ihnen zu: »Alles in Ordnung da oben? Können Sie runterkommen?« Und Sam schrie auch: »Dad? Kommst du jetzt runter, oder was?«

»Ich komme, Sam. Jetzt gleich.«

Ariel wartete gespannt darauf zu sehen, wie Henry es bis zu ihr schaffen würde. Er schaffte es nicht.

Von seiner erhöhten Position aus sondierte er die Lage – das glitschige, runde Metalldach des Silos und den etwa zwei Fuß breiten Abstand zwischen dem Silo und dem Betonmischwerk – und hob hilflos die Hände. »Es ist unmöglich, dich hier rüberzuholen, Ariel. Am besten, du

kletterst auf demselben Weg zurück, auf dem du raufgekommen bist.«
Zum erstenmal riskierte Ariel einen kurzen Blick nach unten. »Henry«, sagte sie, »ich kann nicht.«
»Was meinst du damit, du kannst nicht? Bist du verletzt?«
»Nein. Ich kann einfach nicht.«
»Okay«, sagte Henry. »Okay. Halt dich fest.« Was immer er als nächstes sagte, wurde vom Wind davongetragen, doch dann sagte er: »Ich kann nicht zur dir rüberkommen. Man kann sich nirgendwo festhalten. Mein Gürtel ist nicht lang genug, und es gibt hier nichts anderes. Ich werde dem Hubschrauberpiloten sagen, er soll eine Leiter runterlassen.«
»Nein!«
»Dann werde ich sehen, ob ich ein Seil finde, das ich hier an diesem Bügel festbinden kann – oder ein Netz. Halt dich fest.«
»Das mach ich ja die ganze Zeit«, sagte Ariel zu sich selbst. Henry war verschwunden. Noch einmal riskierte sie einen Blick nach unten, gerade lang genug, um sich ein Bild des hektischen Treibens zu machen. Tief unter ihr lief Freddy mit der Kamera herum. Uniformierte Männer standen um den leblosen Körper von Clifford Gilroy. Am Fuß der Leiter stand Jessie und winselte.
Dann spürte Ariel plötzlich, wie von unten an der Leiter gerüttelt wurde. In der Nähe ihrer Füße hörte sie ein Knacken. Sie klammerte sich noch fester und starrte durch die Sprossen auf das Silo, nur wenige Zentimeter von ihrer Nase entfernt.
»Miss?« Es war die Stimme eines Fremden. »Ich komme rauf und helfe Ihnen runter, okay?«
»Nein!«
»Ich werde –«

»Nein!«

»Was sollen wir denn machen?«

»Ich weiß es nicht«, schrie sie, »aber bleiben Sie von der Leiter, die hält nicht.« Sie wartete auf eine Eingebung, darauf, daß ihr eine andere Lösung einfiel. »Ich werde einfach runterklettern«, sagte sie sich. »Und zwar jetzt gleich.« Der heiße Santa-Ana-Wind zerzauste ihr das Haar. Sie fror. Ihre Hände waren an den Sprossen festgefroren.

Jessie bellte: eine kurze, scharfe Aufforderung. »Miss?« rief der Fremde.

»Ich komme!« Sie fühlte sich gedrängt, und das ging ihr fürchterlich auf die Nerven.

»Der Weg nach oben und der Weg nach unten sind ein und derselbe Weg«, flüsterte sie. »Du hast es in die eine Richtung geschafft, dann schaffst du es auch in die andere.«

Sie tastete sich mit einem Fuß nach unten, traf auf Metall. Löste ihre Finger und umklammerte die nächstuntere Sprosse. Hielt an, holte tief Luft und machte das gleiche noch einmal. Sie versuchte, an nichts zu denken. Statt dessen foppte sie ihr heimtückisches Unterbewußtsein mit: »Rock-a-bye-baby on the tree top ...« Mit zitternden Knien tastete sie sich von Sprosse zu Sprosse vor. »When the wind blows ...« Die Leiter wackelte an einer Stelle, wo ein Bolzen sich gelöst hatte. »... down will come baby, cradle and all.« Als ihr Fuß plötzlich nur noch Luft tastete, spürte Ariel Hände an ihrer Taille. Sie fuhr zusammen, als wäre sie aus dem Schlaf gerissen worden, dann wurde sie auf den Boden gehoben. Ihre Knie zitterten so heftig, daß sie kaum stehen konnte, aber sie schaffte es.

»Ich hab's geschafft!« sagte sie. Jessie bellte vor Freude oder Erleichterung, und ein Zucken in Ariels Mundwinkel ging als Grinsen durch.

Der Polizist grinste zurück und nickte, und im nächsten

Augenblick lag Ariel in Henrys Armen. Sie hatte nicht gewußt, daß ein Körper aus Fleisch und Blut sich so gut anfühlen konnte. »Was um alles in der Welt«, raunte Henry in ihr Haar, »wolltest du denn da oben?«
Ariel schüttelte nur den Kopf. Mehrmals schluckte sie krampfhaft und kam sich so albern vor wie eine Katze, die man gerade aus einem Baum gerettet hat. Da stand sie nun und ließ sich trösten, obwohl sie überhaupt nichts hatte ausrichten können. Sie war weder diejenige, die von einer Pistole bedroht worden war, noch diejenige, die gestürzt war. Sie löste sich von Henry. »Ist er tot?« fragte sie.
»Das Genick ist gebrochen«, sagte der Polizist.

»Mein persönliches Einsatzkommando! Ihr beiden habt mir das Leben gerettet.«
Während er das sagte, streckte er seinen langen Arm über Ariels Küchentisch aus und zerzauste seinem Sohn freundschaftlich das Haar.
»Da-a-d!« Sam zuckte zur Seite. Die Gleichgültigkeit in Person.
Henry hatte noch am Tatort bleiben müssen, um seine Aussage zu machen. Ariel war vorab mit Sam zu sich nach Hause gefahren. Der Junge hatte sich alle Mühe gegeben, sich von den Ereignissen des Abends unbeeindruckt zu zeigen, und trug die Maske einer angesichts zweier Todesfälle angemessenen Ernsthaftigkeit zur Schau. Doch alle paar Minuten war ihm wie einem überkochenden Topf eine Bemerkung über seine Solofahrt entschlüpft oder eine Frage nach dem, was sich in seiner Abwesenheit zugetragen hatte.
Ariel war nicht unbedingt mit sich zufrieden. Während sie auf seine Fragen genickt oder geantwortet hatte, hatte sie sich gleichzeitig im stillen gefragt, wie sie anders hätte reagieren können. Schlauer oder schneller.

Schließlich war Henry hungrig und erschöpft eingetroffen, und Ariel, ebenso hungrig und erschöpft, war gerade dabei, Speck zu braten.

»Wußtest du«, fragte Sam seinen Vater, »daß Ariel an ...« Er wandte sich an sie. »Wie hieß das noch?«

»Acrophobie«, murmelte sie.

»... an Acrophobie leidet?«

Henry sah sie nachdenklich an, dann sagte er: »Nachdem du weg warst, ist der Besitzer von dieser Baustoffhandlung gekommen. Er hat gesagt, die Leiter sei völlig durchgerostet. Sie haben sie schon seit Jahren nicht mehr benutzt.«

Ariel drehte sich noch im nachhinein der Magen um. »Es geht mir schon viel besser.« Fett spritzte, als sie noch ein paar Speckstreifen in die Pfanne legte.

»Erzähl mir von Cummings«, sagte Henry. »Was ist passiert?«

Mit einem vielsagenden Blick in Richtung Sam erwiderte sie: »Später.«

»Hey, Dad«, bohrte Sam. »Wie hast du das gemeint, daß wir dir das Leben gerettet haben?«

Henry sah seinen Sohn prüfend an. »Tja, Sam«, sagte er, »als ihr ankamt, hätte ich's beinahe hinter mir gehabt. Dieser Mann, Gilroy, wollte reden. Er mußte reden, um sich zu rechtfertigen, und wenn er sich auch nur einem Mann anvertraute, dem er den Tod wünschte. Aber je mehr er sich bemühte, mich davon zu überzeugen, daß er nur getan hatte, was er tun mußte, daß er einfach keine Wahl gehabt hatte, genau wie jetzt, um so mehr ist er in Wut geraten. Dann ist er plötzlich mit dem Pistolengriff auf mich losgegangen. Er hat mich völlig überrumpelt.

Aber bevor ich es richtig mitbekam, hab ich Ariel gehört.« Er lächelte sie an. »Genau in diesem Augenblick hast du mich gerufen. In diesem verdammten, unheimlichen Wind dachte ich, ich höre Stimmen, Engel rufen. Auf jeden Fall hab ich mich nach deiner Stimme umgedreht, und das hat mich gerettet. Gilroy hat danebengehauen, und sein eigener Schwung hat ihn in die Tiefe gerissen.«

»Komisch ...« Ariel runzelte die Stirn. »Ich kann mich gar nicht daran erinnern, dich gerufen zu haben.«

»Na, wenn du's nicht warst, dann war's ein Engel. Er sagte ›Henry‹, und dann hat er geschrien. Also, wenn du nicht dagewesen wärst ...«

»Aber ich dachte ...« Sam war offensichtlich von der Geschichte enttäuscht.

»Oh!« Henry spulte noch einmal zurück. »Hab ich das noch nicht gesagt? Du hast den Hubschrauber genau im richtigen Moment geholt. Als dieser Scheinwerfer plötzlich anging, muß das Licht Gilroy total geblendet haben, sonst hätte er bestimmt nicht das Gleichgewicht verloren.«

»Erzähl Henry doch mal ganz genau, was du gemacht hast«, schlug Ariel vor.

»Na ja, also, ich bin mit Ariels Wagen zu dieser Bar gefahren, Dad, aber das Telefon dort ging nicht. Irgendeine besoffene Frau hatte es kaputtgemacht, hat der Mann gesagt. Dann bin ich wieder in den Van gestiegen – ich wußte gar nicht, was ich machen sollte! –, und dann hab ich die Leute vom Sender mit mindestens hundertfünfzig Sachen die Straße runterkommen sehen. Ich hab gehupt und geblinkt, und da haben sie angehalten. Sie haben mich gefragt: ›Wo ist Ariel?‹ und ›Wo ist dein Dad?‹ und ›Was ist denn hier los?‹

Also hab ich ihnen von der toten Frau erzählt und daß wir glaubten, du wärst oben auf diesem Turm. Und daß der, der die Frau erschossen hatte, jetzt hinter dir her war.«

»Und wer hat von ihrem Wagen aus die Polizei angerufen?« sagte Ariel. »Und wer ist unter dem Zaun durchgekrochen, um seinem Dad zu helfen?«

Sam hob eine Schulter. »Also, Jessie hat das Loch gegraben. Es war, als wenn sie sich in Super Gopher verwandelt hätte! Wenn sie nicht gewesen wäre, hätten wir dich nie gesehen, Dad. Sie hat dich gerochen oder irgendwas. Sie hat uns jedenfalls davon abgehalten, wieder wegzufahren.«
Die heroische Jessie starrte wie gebannt auf Ariel, die gerade einen Teller mit Salat und Speck vor Henry auf den Tisch stellte, sie beobachtete mit hängender Zunge jede ihrer Bewegungen.
»Warum hat der das gemacht, Dad?« wollte Sam wissen. »Wieso wollte der Mann dich umbringen?«
Henry brach ein Stück Speck ab und hielt es Jessie hin. Schnell, beinahe mechanisch, berichtete er, was sich an dem Tag und dem Abend zugetragen hatte, bis Gilroy ihn gezwungen hatte, auf das Betonmischwerk zu klettern. Dann fügte er nachdenklich hinzu: »Ich hatte Gilroy die ganze Zeit im Verdacht, Lacy umgebracht zu haben. Heute abend hat er mir gesagt, er hätte ihn nicht getötet. Und ich glaube ihm.«
Ariel zog die Brauen zusammen. »Mrs. Lacy ...?«
Henry schüttelte den Kopf. »Ich erzähle euch, was ich über Grant Lacy erfahren habe«, sagte er.
»Er war ein Typ, der nirgendwo hinpaßte, nicht mal in seine eigene Familie. Zu schlau, zu komisch, zu introvertiert. Bis er MicroStar gegründet hat. Plötzlich war er das Wunderkind von Silicon Valley. Seine Firma war führend auf dem Markt, und plötzlich war sein IQ, der sonst immer nur alle Leute verscheucht hatte, sehr gefragt. Das häßliche kleine Entlein hatte sich als Schwan entpuppt, er wurde zitiert, er wurde hofiert, und er wurde reich. Er galt plötzlich sogar als gutaussehend. Das interessierte ihn aber nicht, und auch das Geld war ihm egal, doch die Macht und der Respekt waren für ihn wie ein Rausch.

Er war verblendet. Ein Junge im Sandkasten, der es mit den großen Cracks in der Wirtschaft aufnehmen wollte. Aber in der Industrie wehte inzwischen ein anderer Wind. Die lukrativen Fusionierungen der achtziger Jahre hatten Riesenfirmen entstehen lassen, die zu kapitalstark waren, als daß man mit ihnen einfach so hätte konkurrieren können, und langsam, aber sicher ging Lacy baden.
Er arbeitete wie besessen an seinem Sicherheitsprogramm fürs Internet. In der Überzeugung, mit ein bißchen mehr Geld und ein bißchen mehr Zeit eine erste Testversion vorlegen zu können, hat er alles auf eine Karte gesetzt. In der Zwischenzeit hat er seine Geschäfte vernachlässigt. Er verprellte seine Kunden aus dem Einzelhandel und traf zunehmend irrationale Entscheidungen. Er wurde immer eigenbrötlerischer, und gleichzeitig hat er das Geld mit beiden Händen aus dem Fenster geworfen.
Er hat alles, was er besaß, zu Geld gemacht, Millionen eingenommen, sagt Gilroy, die er gleich wieder ausgegeben hat, und niemand war mehr bereit, ihm Kredit zu gewähren. Jedenfalls nicht, solange er nichts Handfestes vorweisen konnte und solange er nicht bereit war, seine Firma grundlegend umzustrukturieren. Aber ersteres konnte und letzteres wollte er nicht. Er wollte weder mit öffentlichen Mitteln arbeiten, noch war er bereit, über Risikobeteiligungen zu verhandeln. Er sagte, er wolle seine Zeit nicht mit Geldeintreiben vergeuden, Investoren würden ihn nur unter Druck setzen, sein Produkt vorzeitig auf den Markt zu werfen. In Wahrheit fürchtete er, man könnte ihm die Kontrolle über seine Firma aus der Hand nehmen, und er hatte sogar recht.
Gilroy sah, wie die Firma langsam, aber sicher den Bach runterging. Auf eigene Faust nahm er Kontakt zu einer Gruppe von Investoren auf, und irgendwann gelang es ihm tatsächlich, Lacy dazu zu überreden, sich mit ihnen an einen

Tisch zu setzen. Sie machten zur Bedingung, daß Gilroy die steuerliche Abwicklung übernehmen und den Investoren gegenüber Rechenschaft ablegen müsse. Lacy stand vor der Entscheidung: Arm ab oder Bein ab. Er war sich selbst darüber im klaren, daß er keine Wahl hatte.«

Nach einem kurzen Seitenblick auf Sam fuhr Henry fort: »Seine Ehe war inzwischen auch längst hinüber, aber er war zu besessen mit seinem Projekt beschäftigt gewesen, um irgendwas zu merken. Seine Frau mußte zusehen, wie er das Geld mit vollen Händen aus dem Fenster warf, wie er alles, was ihr wichtig war, zu vernichten drohte. Sie war nicht glücklich, und Gilroy war auch nicht glücklich. Schließlich haben die beiden zusammengefunden. Als sie um die Scheidung bat, muß das der letzte Tropfen gewesen sein, der das Faß zum Überlaufen brachte. Gilroy und Betty hatten angenommen, Lacy hätte nichts von ihnen gewußt.« Henry seufzte erschöpft. »Sie hatten sich geirrt. Lacy rief Gilroy an. Bat ihn, sich mit ihm in der Lagerhalle zu treffen; er wolle ihm etwas zeigen. Als Gilroy ankam, war Lacy in einem der ehemaligen Büroräume. Er saß auf dem Boden, sagt Gilroy, im Schneidersitz wie ein Buddha. Er hatte eine Pistole und wartete. Er wollte, daß Gilroy sah ... Daß er ihm bei dem, was er vorhatte, zusah.«

Sekunden vergingen, bevor Ariel begriff. »Lacy hat sich selbst erschossen? Hat Gilroy dir das erzählt?«

Henry nickte.

»Aber wieso? Ich meine –«

»Er war ausgerastet. Komplett durchgedreht. Sah aus, als hätte er seit einer Woche nicht geschlafen, sagt Gilroy, aber er grinste von einem Ohr bis zum anderen, als würde ihm seine kleine Show einen Riesenspaß machen, und nachdem er gesagt hatte, was er sich vorgenommen hatte, hat er abgedrückt.«

Sam hatte die ganze Zeit wie gebannt zugehört. Ihm war bewußt, daß man ihm etwas ganz Bestimmtes sagen wollte, indem man ihm gestattete, bei dem Gespräch dabeizusein. »Aber Dad«, sagte er, »ich verstehe immer noch nicht, wieso dieser Gilroy dich umbringen wollte.«

»Ich auch nicht«, sagte Ariel. »Und ich verstehe noch eine ganze Menge anderer Dinge nicht. Was war mit dem Zug? Und Cummings – wieso hatte Gilroy Cummings bezahlt, wenn es Selbstmord war?«

»Lacy hätte zugegeben ...« Henry rieb sich das Gesicht mit der Handfläche, so daß es sich wie eine Gummimaske verzog. »Er war mit seinem Projekt in einer Sackgasse gelandet. Es bestand keine Hoffnung auf dieses oder irgendein anderes neues Projekt – er jedenfalls würde keins liefern. Ihm seien die Ideen ausgegangen, hat er Gilroy erklärt. ›Mit Anfang Dreißig weg vom Fenster‹, hatte er gesagt und sich darüber kaputtgelacht. Dann hatte er abrupt aufgehört zu lachen. Hatte Gilroy vorgeworfen, er hätte ihm nicht nur die Frau, sondern auch noch die Firma gestohlen. Dann hat er irgendwas gesagt wie: ›Genieß es, solange du kannst, denn du wirst dich noch wundern.‹«

»Und was sollte das bedeuten?« fragte Ariel.

»Mr. Lacy war offenbar noch nicht so weit abgedreht, daß er nicht an Rache gedacht hätte. Er war irgendwie an Gilroys Pistole gekommen, verstehst du.« Henry schaute erst Sam und dann Ariel an. »Er hat sich mit Gilroys Pistole erschossen.

Zuerst hat Gilroy gar nicht begriffen, was das alles sollte, aber Lacy hat sich einen Spaß daraus gemacht, dafür zu sorgen, daß er genau verstand, was er vorhatte. Er fragte Gilroy, wie er irgend jemandem gegenüber glaubhaft machen wolle, daß es sich um einen Selbstmord handelte, wo es doch seine Waffe war, mit seinen Fingerabdrücken drauf.«

»Wenn Gilroy seine eigenen Abdrücke abgewischt hätte«, sagte Ariel, »hätte er Lacys gleich mit abgewischt. Und Gilroy konnte auch schlecht die Pistole verschwinden lassen und gleichzeitig behaupten, es sei Selbstmord gewesen.«
»Genau. Lacy sagte, die Polizei würde aus den Fingerabdrücken auf einen Kampf zwischen den beiden schließen, und dann ...« Henry schüttelte den Kopf, als könne er diesen Teil der Geschichte immer noch nicht glauben. »Dann hat Lacy die Pistole auf die Wand gerichtet und abgedrückt. Ein Selbstmörder schießt nicht daneben, meinte er, aber wenn zwei Männer um eine Waffe kämpfen, kann sich schnell mal ein Schuß lösen.
Er hörte nicht auf, Gilroy zu verhöhnen, sagte, es gebe weder einen Abschiedsbrief noch irgendwelche Zeugen. ›Wer weiß davon, daß wir uns hier getroffen haben?‹ fragte er ihn. ›Wem habe ich davon erzählt?‹ – lauter solches Zeug. ›Hat dich irgend jemand gesehen?‹ Und: ›Hast du ein Alibi? Wer weiß, daß du meine Frau ...‹« Henry beeilte sich, den Satz anders zu formulieren: »›Wer weiß von deiner Affäre mit meiner Frau?‹«
»Was für ein –« begann Ariel.
»Es kommt noch besser. Lacy hatte sich offenbar eingehend mit Selbstmordfällen befaßt, bei denen die Leute sich erschossen hatten. Er sagte Gilroy, er würde sich den Lauf der Pistole nicht in den Mund stecken oder an seine Schläfe halten wie ein typischer Selbstmörder; er würde die Waffe gerade nah genug auf seinen Körper richten, ›daß es funktioniert‹. Er meinte, ein steiler Winkel wäre ›nicht schlecht‹, so, als hätte jemand über ihm gestanden und dann geschossen. Er sagte, vielleicht würde es ihm ja sogar gelingen, mehr als einmal abzudrücken – er könnte sich ja zunächst an einer ungefährlichen Stelle verwunden. Er hat Gilroy gefragt, ob er jemals gehört hätte, daß ein Selbstmörder sich so verhält?

Er wollte, daß Gilroy versuchte, ihm die Pistole zu entreißen, er hätte ihn mit dem größten Vergnügen mitgenommen. Dann, während er Gilroy noch herausforderte, er solle versuchen, ihn daran zu hindern, hat er die Pistole auf seinen Kopf gerichtet und abgedrückt.«

»Mann!« fauchte Sam, und dann, mit mehr Nachdruck: »Irre!«

»Ganz genau«, sagte Henry. »Tja, und dann ist Gilroy völlig in Panik geraten. Zuerst ist er abgehauen. Nachdem er in seinen Wagen gestiegen war, sah er die Schienen, und da ist ihm die rettende Idee gekommen: kein Selbstmord, kein Mord – ein Unfall.«

»Großer Gott!« flüsterte Ariel, und Henry nickte.

»Er ist wieder zurück, hat die Leiche – bis auf ein paar Schädelsplitter – in altes Verpackungsmaterial gewickelt und sie in seinem Kofferraum ein paar Kilometer weit weggebracht. Dann hat er Lacy so drapiert, als sei er auf die Knie gestürzt, und seinen Kopf direkt auf die Schienen gelegt. Der Körper ist von dem Zug durch die Luft geschleudert worden, aber nicht der Kopf. Der Kopf –«

»Okay«, sagte Ariel. »Du brauchst nicht ins Detail zu gehen.«

»Danach ist Gilroy zurück zu MicroStar und in sein Büro geschlichen, aus dem ihn niemand hatte weggehen sehen. Da hat er gewartet, bis der Anruf kam, der ihn über den ›tragischen Unfall‹ unterrichten würde. Er hat gewartet und sich den Kopf zerbrochen. Außerdem behauptete er, er hätte sich erst da an die Versicherung erinnert. Ein weiterer Nagel zu seinem Sarg.«

»Welche Versicherung?«

»Eine Zehn-Millionen-Dollar-Lebensversicherung, die MicroStar auf Lacy abgeschlossen hatte. Das war Gilroys Idee gewesen. Er hatte darauf bestanden, als er in die Firma eingestiegen war, aber sie war noch zu frisch, um im Fall von Selbstmord ausgezahlt zu werden.«

»Ich schätze, die Versicherung hätte sowieso nicht gezahlt«, sagte Ariel, »nachdem Craig Fiore sich eingemischt hatte.«

»Genau, unser kleiner Bigamist hat die Sache ganz schön durcheinandergebracht. Gilroy muß fast durchgedreht sein, als kein Anruf kam! Einerseits wurden dadurch, daß es keine Leiche gab, die Chancen verringert, daß man die Sache mit ihm in Verbindung brachte und das Debakel in der Lagerhalle ans Tageslicht kam; andererseits hatte er den ganzen Streß am Hals und noch nicht mal einen Nutzen davon.«

Henry runzelte die Stirn. »Weißt du was? Marge Luzzatto hat mir erzählt, sie hätten einen Erpresseranruf erhalten. Würde mich nicht wundern, wenn das Gilroy war, der die Theorie von Lacys Verschwinden bestätigen und die Polizei auf eine falsche Fährte lenken wollte, indem er ihnen weismachte, Lacy sei entführt worden.« Er zuckte die Achseln. »Heute abend hat Gilroy jedenfalls behauptet, die Polizei sei dabei, die Akte Lacy zu schließen. Dann wäre die Version von dem Unfalltod offiziell geworden.«

Sam interessierte sich nicht für Erpresseranrufe. Er kam auf das zurück, was für ihn der wichtigste Teil der Geschichte war. »Und dann bist *du* aufgetaucht.«

Henry wollte gerade in sein Sandwich beißen, als Ariel ihn noch einmal nach Cummings fragte.

»Es sieht so aus, als ob Gilroy Betty die Wahrheit erzählt hätte«, sagte Henry. »Aber anscheinend hat sie ihm nicht so ganz geglaubt, so gern sie es auch getan hätte. Es gab immer noch Teile von Lacys Besitz, die er nicht zu Geld gemacht hatte, einschließlich der Firma, die Gilroy jetzt leitete, und das würde alles Betty gehören. Außerdem war die Witwe selbst ja noch zu haben, eine Witwe ohne Anhang, mit

einem beträchtlichen eigenen Vermögen und einer Lebensversicherungsprämie in Aussicht.
Cummings muß sie in einem schwachen Augenblick erwischt haben. Er hat immer schon ein Händchen für Frauen gehabt. Er hat sie so lange bedrängt, bis sie nachgegeben hat. Sie hat ihm erzählt, was sich nach Gilroys Angaben zugetragen hatte, vielleicht, um Cummings davon abzubringen, sie weiterhin zu belästigen, vielleicht auch, um sich zu vergewissern, daß es wirklich so geschehen sein könnte. Vielleicht wollte sie auch nur sich selbst schützen.
Das war die Gelegenheit für Cummings. Er hat Gilroy damit gedroht, die Sache in DIE OFFENE AKTE zu bringen, und Gilroy ist wieder in Panik geraten. Er hat Cummings bezahlt, und zwar mit dem Geld von Betty. Je mehr er vertuschte, um so größer wurde sein Bedürfnis zu vertuschen – genau wie heuteabend.«
Obwohl sie es gewesen war, die sich nach Cummings erkundigt hätte, hatte Ariel nur mit einem Ohr zugehört.
»Was ist mit dir?« fragte Henry, als er bemerkte, daß sie in Gedanken versunken durch ihn hindurchstarrte.
Ariel blinzelte. »Ich habe gerade gedacht, daß man aus einem falschen Grund recht haben kann.«
»Wie? Noch mal bitte, und langsamer.«
»Du warst dir immer sicher, daß Gilroy, was Lacys Tod anging, nicht die Wahrheit sagte; das stimmt, aber in Wirklichkeit hat er nicht seine Schuld, sondern seine Unschuld vertuscht.«
»Unschuld? Man könnte auch behaupten, daß beide Lacys noch leben würden, wenn Gilroy nicht gewesen wäre. Aber du hast recht: er hat sich nicht des Mordes, er hat sich der Feigheit schuldig gemacht. Er hat vor lauter Angst, daß die Polizei ihm womöglich nicht abkaufen würde, was wirklich passiert war, durchgedreht. Und so perfekt, wie er die

Spuren verwischt hat, hätten sie es ihm wahrscheinlich tatsächlich nicht mehr geglaubt. Er hat einen ›Unfall‹ fingiert. Er hat Beweismaterial vernichtet. Er hat am Tatort alles bereinigt, die Patronenhülsen verschwinden lassen ... Er hat sogar die Pulverreste von Lacys Haut gewaschen! Wie würdest du das denn nennen, wenn nicht das Werk eines Schuldigen?

Es war viel leichter, dem Lokführer Alpträume zu verpassen. Und Cummings für sein Schweigen zu bezahlen. Alles unter den Teppich zu kehren, mich eingeschlossen. Gilroy hat sich bis zum Schluß als Opfer betrachtet. Er hatte nichts Schlimmes getan, wollte keiner Seele etwas Böses. Er hat nur getan, was er tun mußte.«

Sam war schon vorausgegangen und wartete im Auto, als Henry sich erkundigte, was mit Cummings geschehen war. Ariel berichtete ihm die nötigsten, weitgehend bereinigten Tatsachen; es gab schon genug schreckliche Bilder, die sie in ihren Träumen verfolgten. Henry bohrte ausnahmsweise nicht nach. Kopfschüttelnd ging er durch das Haus, um nachzusehen, ob er irgend etwas vergessen hatte an dem Morgen – dem Morgen, der so lange her zu sein schien.

Ariel fand ihn im Schlafzimmer, wo er vor dem Bett kniete und darunterspähte. Sie sprach ihn leise an.

»Ich wollte dir nur sagen, daß du einen netten Jungen hast«, sagte sie.

»Ja, der hat das prima gemacht, heute abend, nicht wahr? Für einen jugendlichen Straftäter.«

»Darüber würde ich mir keine Gedanken machen.«

»Hmm?« murmelte er, mit der Socke beschäftigt, die er soeben wiedergefunden hatte. »Ist das deine oder meine?«

»Deine. Sprich mit ihm. Wir beide müssen uns auch unterhalten, glaub ich. Am besten bald.«

»Gibt es noch was über Cummings zu sagen?«
»Nein.«
»Gut. Ich bin fix und fertig.« Gähnend stopfte er die Socke in seine Hosentasche.
»Es geht ... um uns beide.«
Henry klappte den Mund hörbar zu. Immer noch auf dem Boden hockend, drehte er sich zu ihr um. Selbst im schwachen Licht der Nachttischlampe konnte er erkennen, daß sie ziemlich nervös war. Sie hielt sich sehr aufrecht, und ihre Brust hob und senkte sich in kurzen Abständen. Auf Henry wirkte sie wie ein Kind, das endlich den Mut aufbrachte, eine Sache in Angriff zu nehmen, die möglicherweise nicht gut ausging.
»Gibt es ein ›uns beide‹?« fragte er.
»Als ich heute abend gehört hab, wie Gilroy von diesem Turm stürzte, als ich dachte, das könntest du sein ...«
»Das war die Angst«, sagte Henry. »Überreizte Gefühle. Was auch immer. Danach kann man nicht gehen.«
»Wonach soll ich denn gehen?«
»Wenn du das fragen mußt, weiß ich nicht, was ich dir antworten soll.«
Ariels angespannte Haltung verschwand. »Schon gut«, sagte sie und wandte sich zum Gehen.
»Hey!« Henry stand auf. »Wir sind beide total k. o. Draußen wartet Sam. Das ist zu wichtig, um es jetzt zwischen Tür und Angel zu besprechen.«
»Später, ja?« Sie sah Henry direkt in die Augen. »Das hast du schon mal gesagt, daß wir noch genug Zeit haben würden, um über alles zu reden. Na ja, beinahe hätten wir überhaupt keine Zeit mehr gehabt. Hör zu, ich hab da anscheinend etwas mißverstanden. Tut mir leid, wenn ich dich in Verlegenheit gebracht hab, aber wenn man nicht viel Vergangenheit hat, dann kommt einem die Zukunft auch

nicht besonders verläßlich vor. Dann neigt man dazu, das Jetzt besonders wichtig zu nehmen.«

»Du hast mich nicht ›in Verlegenheit gebracht‹, und du hast mich auch nicht mißverstanden. Ich habe nur gesagt, daß der Augenblick nicht so glücklich gewählt ist.«

»Ich hab nicht gesagt jetzt; ich hab gesagt, möglichst bald.«

»Ich will mich nicht mit dir streiten. Wenn es ›uns beide‹ gibt, sollten wir nicht viel darüber reden müssen.«

Ariels Gesicht war plötzlich ebenso verschlossen wie ihre Hände, die sich zu Fäusten ballten. »In Ordnung. Dann machen wir einfach das, was du in der Vergangenheit auch immer gemacht hast. Das scheint ja ziemlich gut funktioniert zu haben.«

»Oh!« Henry sog die Luft ein, und die Zornesröte stieg in seinem Gesicht auf wie Quecksilber in einem Thermometer. »Hey!« sagte er. »Im Reden bist du ja richtig gut. In kürzester Zeit hast du es geschafft, mir die erste Bosheit an den Kopf zu werfen, die ich je aus deinem Mund gehört hab!«

»Ich hab nicht ... Ich wollte nur sagen, daß es dir vielleicht bessergegangen wäre, wenn du ein bißchen mehr geredet und ein bißchen weniger gehandelt hättest.«

»Großartig! Damit hätten wir also festgestellt, daß ich beziehungsunfähig bin. Oder, Moment mal. Worüber reden wir eigentlich genau?«

»Du mußt schon zugeben, daß drei kaputte Ehen auf eine gewisse – Neigung zu vorschnellem Handeln schließen lassen, oder? Da fragt man sich doch, wo dein Verstand die ganze Zeit gewesen ist.«

»Was willst du damit sagen? Daß ich ihn in der Hose hatte? Daß ich von meiner ...« Henry lachte kurz auf. »... von meiner Libido getrieben wurde?« Daß Ariel recht hatte, machte ihn nur noch wütender. »Du mußt mich mit irgend

jemand verwechseln, Ariel. Ich kenne dich jetzt seit fast drei Jahren. Ich hab dich bisher nicht einmal angerührt, und ich habe weiß Gott noch nie versucht, dich anzumachen. Aber ich bin ein echter Sexbolzen! Wenn Sam nicht draußen im Auto säße, würde ich wahrscheinlich jetzt in diesem Augenblick versuchen, dich flachzulegen!
Wunderbar, dieses Reden. Worüber möchtest du denn als nächstes diskutieren? Hey! Wie wär's mit unserem Altersunterschied? Was hältst du davon, wenn wir die Tatsache durchkauen, daß ich mehr als zehn Jahre älter bin als du?«

»Elf.«

»Elf. Richtig. Ich sagte, mehr als zehn, und elf ist mehr als zehn. Aber offenbar hast du dir über dieses Thema bereits ausführlich Gedanken gemacht, nehmen wir uns also ein anderes vor. Laß uns ein bißchen über Büroromanzen plaudern, ja? Laß uns darüber reden, daß so was nur Schwierigkeiten mit sich bringt und wie unprofessionell das ist und daß solche Beziehungen sowieso nicht funktionieren.«

»Ach ja, genau, dieses Problem kann ich aus der Welt schaffen. Laß uns kurz darüber –«

»Nein! Rede, soviel du willst. Ich bin weg.«

»Henry, du bist –«

Henry blieb in der Tür stehen, schlug mit der flachen Hand gegen den Türrahmen und fuhr herum. Er richtete seinen Zeigefinger auf Ariel, fixierte sie mit zusammengekniffenen Augen und machte den Eindruck, als würde er gleich zur nächsten Tirade ansetzen. Als er zu sprechen begann, klang seine Stimme jedoch überraschend weich.

»Ich will dir mal was sagen. Ich *weiß*, daß ich ein dreifacher Versager bin, und darauf bin ich nicht stolz. Ich *weiß*, ich bin nicht unbedingt der, den jede Mutter sich für ihre Tochter erträumt. Ich *weiß*, ich bin älter und verbrauchter, und du bist jung und wunderbar, und wahrscheinlich willst du Kinder haben, und ich weiß noch nicht mal, wie ich mit dem einen Sohn zurechtkommen soll, den ich habe. Ich kann mir durchaus vorstellen, mit was für Problemen wir rechnen müßten, wenn du auch nur einen Deut Interesse zeigen würdest, und ich habe keine Lösungen parat. Aber ich bin dir einen Schritt voraus. Ich weiß, was ich für dich empfinde, auch wenn du es nicht weißt, und ich habe noch nie in meinem Leben so etwas für jemanden empfunden. Ich will dich glücklich sehen, auch wenn es denn nicht mit mir sein soll. Ich will dich –«

Henry kam nicht weiter. Ariel hatte ihre Arme um seinen Nacken geschlungen und küßte ihn. Ihr Körper preßte sich an seinen, als gehöre sie zu ihm, wie ein Teil, der gefehlt hatte und nun wieder da. war. Der Kuß war lang und leidenschaftlich. Als Ariel schließlich ihre Augen öffnete, waren Henrys nur eine Handbreit entfernt, so dunkelbraun, daß sie fast schwarz wirkten, und vor Erschöpfung rot unterlaufen. Sie schauten ein wenig verwirrt drein. »Du redest zuviel«, sagte sie.

»Äh ... ich scheine aber langsam den Bogen rauszuhaben.«

Danach sagte keiner von beiden mehr etwas. Stonewall trottete herein, entdeckte nichts Interessantes und schlenderte unbemerkt wieder hinaus. Nach einer Weile fuhr Henry mit dem Finger über Ariels Oberlippe, folgte der sanft geschwungenen Linie, spürte die kleine Vertiefung über der Mitte.

»Trotzdem hast du dir einen schlechten Zeitpunkt ausgesucht«, sagte er.

»Später.«

»Morgen abend?«

»Wir haben morgen abend und Donnerstag abend. Freitag abend fliege ich nach Charleston.«

»Was?« Henry trat einen Schritt zurück. Er stieß gegen das Bett und ließ sich darauf fallen. »Bist du unter die Pendler gegangen?«
Ariel lächelte. Sie setzte sich neben ihn und nahm seine Hand. Während sie zärtlich jeden einzelnen seiner langen Finger streichelte, sagte sie: »Deine Hände haben mir von Anfang an gefallen. Hab ich dir das schon mal gesagt?«
»Du hast mir noch nie gesagt, daß du irgendwas an mir magst. Wieso fliegst du zurück nach Charleston?«
»Grace Barron.«
»Gott, Ariel. Nicht schon wieder!«
»Ich fliege nur übers Wochenende und verschwende nur meine eigene Zeit und mein eigenes Geld.«
»Geld. Ich schätze, darüber müssen wir uns auch unterhalten – schließlich bist du eine reiche Erbin. Apropos Probleme, was hast du gemeint, als du gesagt hast, das mit der Büroromanze könntest du ›aus der Welt schaffen‹?«
»Ach das …«, sagte Ariel. »Später.« Sie hob Henrys Hand und fuhr mit seinen Fingerspitzen über ihre Wange. »Ich erkläre dir lieber, warum ich zurück nach Charleston fliege.«
»Okay. Warum?«
»Ich glaube nicht, daß Grace ihren Sohn ermordet hat.«
Henry hatte das Gefühl, fast zu ersticken, als er den Protest schluckte, der ihm schon auf den Lippen lag. Dann sagte er nur: »Warum?«
»Clifford Gilroy.«
»Gilroy? Was hat der damit zu tun?«
Nachdenklich erwiderte Ariel: »Clifford Gilroy hat einen Selbstmord in einen Unfall verwandelt. Ich glaube, Grace hat einen Selbstmord wie einen Mord aussehen lassen.«
Bis in Henrys Fingerspitzen spürte Ariel, daß sie sein Interesse geweckt hatte. »Ich glaube, John William hat sich selbst das Leben genommen«, sagte sie. »Grace hat gelogen.

Genau wie Gilroy hat sie gelogen, um ihre Unschuld zu vertuschen.«

»Was bringt dich dazu –«

»›Ein kluger Lügner gibt Einzelheiten an, der klügste tut das nicht.‹ Grace hat zu viele Details beschrieben. Sie hat sich selbst so übel wie möglich dargestellt. Als ob sie sich dafür bestrafen wollte, daß ihr Sohn tot war. Und um sicherzugehen, daß sie wirklich bestraft wird.«

»Mehr nicht? Das ist alles?«

Ariel dachte an Hugh Cross, dessen Leiche fehlte. Sie fragte sich erneut, warum eine Frau, die sich selbst so schwer belastete, nicht gleich alles gestehen sollte, was sie auf dem Kerbholz hatte, aber diese Frage konnte sie nicht aussprechen, ohne preiszugeben, daß Sarge und ihr Großvater in die Sache verwickelt waren. »Nein«, sagte sie. »das ist nicht alles.«

»Was gibt's noch? Warum hat Barron sich deiner Meinung nach umgebracht?«

»Warum? Der Mann war völlig verkorkst, der wußte nicht, wer er war und was er war. Seine Mutter hat ihm vom ersten Tag an übel mitgespielt. Er hielt sich für einen Versager, er war verzweifelt, und sein Lover hatte ihn verlassen. Ich weiß nicht; es waren wohl all diese Gründe zusammen. ›Männer scheinen nicht aus wichtigen Gründen von der Brücke zu springen; sie tun es aus nichtigen Gründen.‹«

»Ich meinte eigentlich nicht, warum er es getan hat – falls er es getan hat. Ich meinte, wie kommst du zu dem Schluß, daß er es getan hat. Und wenn du mir jetzt wieder mit einem Zitat kommst, verpaß ich dir einen Kinnhaken, das schwör ich dir.«

»Ich hab dir bisher nichts von der Nachricht erzählt, die er Grover Washburn, seinem Exlover, hinterlassen hat. Grover hielt sie für einen todtraurigen Abschiedsbrief, denn er wollte ihn ja verlassen. Ich glaube, es war ein Abschiedsbrief, Punkt, aus. Ade, grausamer Grover, ade, grausame Welt. Daß er den Brief ausgerechnet an dem Abend, bevor er starb, in die Kasse gelegt hat, scheint mir den Zufall doch ein wenig stark zu strapazieren. Ach ja, und apropos Abschied …«

Ariel kniff die Augen zusammen, als könne sie so die Vergangenheit besser erkennen. »In der Nacht, in der ich ihm begegnet bin«, sagte sie, »hat John William nicht das geringste Interesse daran gezeigt, mich jemals wiederzusehen. Eigentlich interessierte es ihn überhaupt nicht, daß ich existierte. Er hat mir weder seinen Namen genannt noch sich die Mühe gemacht, sich zu verabschieden.«

»Und?«

»John William hat Jane wie eine Schwester geliebt. Es gab Zeiten, da war sie der einzige Mensch auf der Welt, der sein Leben erträglich gemacht hat. Als er mich gesehen hat – eine verrückte Hoffnung, denn er wußte ja, daß sie tot war –, hat er mich für sie gehalten.

Henry, stell dir einen normalen Menschen vor, an einem normalen Tag. Dieser Mensch trifft zufällig auf dich, den Zwilling von jemandem, den er seit seiner Kindheit geliebt hat. Bis zu diesem Augenblick hatte er keine Ahnung von deiner Existenz. Du siehst seinem geliebten Freund – dem toten Freund – so ähnlich, daß ihm bei deinem Anblick die Luft wegbleibt. Würde der sagen: ›Hallo, ich erzähle Ihnen jetzt die Geschichte von mir und Ihrem Zwilling!‹ – und dann weggehen, ohne sich auch nur mit einem Wort zu verabschieden?«

Henry dachte über die Frage nach.

»Das ist das Verhalten eines Mannes«, sagte Ariel, »der genau weiß, daß er gar nicht mehr so lange leben wird, daß er dich oder sonst irgend jemanden noch mal sehen kann, nicht wahr?«

Henry nahm ihre Hände in seine. »Wie wär's, wenn ich dich begleiten würde?« fragte er.

51

Don Quixote ist wieder unterwegs«, murmelte Ariel und klappte ihren Laptop zu. Die dunklen Ringe unter ihren Augen zeugten von einer weiteren langen Nacht und zu vielen Stunden im Flugzeug. Diesmal war sie nicht allein geflogen, sondern in Begleitung von Henry und Sam und einem Sack voll böser Vorahnungen.

Ihre Sorgen, daß es Probleme geben könnte, wenn West und Süd aufeinandertrafen, waren verflogen; als sie heute früh das Haus verlassen hatte, waren Vater und Sohn gerade dabei, Hatties Bisquits in Specksoße zu tunken und sich mit B. F. zu einem Strandspaziergang zu verabreden. Sie hatte immer noch ein schlechtes Gewissen, weil sie ihrem Großvater den wahren Grund für ihre Rückkehr verschwiegen hatte. Noch mehr machte ihr die Frage zu schaffen, ob es richtig gewesen war, noch einmal herzukommen.

Ariel ging in demselben kargen Raum, in dem Grace Barron vor weniger als einer Woche zwei Morde gestanden hatte, auf und ab und wartete. Sie blieb an einem der vergitterten Fenster stehen und starrte nach draußen, wo die Rasenflächen langsam, aber sicher die Farbe von Heu annahmen. Sie wußte, daß sie sich für den Rest ihres Lebens Vorwürfe gemacht hätte, wenn sie nicht gekommen wäre.

Inzwischen war sie sich, was John William anging, vollkommen sicher. Sie war sich ziemlich sicher, wie Grace reagieren würde; nicht jeder Gefängnisinsasse nahm Anstoß daran, wenn man ihn für unschuldig hielt.

Grace war jetzt seit neun Tagen und neun Nächten in Haft. Der liebgewonnenen Einsamkeit beraubt, in der sie seit Jahrzehnten gelebt hatte. Ohne Hoffnung. Ohne Alkohol. Während der ersten Tage hatte sie deutlich abgebaut; wie würde sie heute aussehen? Falls Ariel recht hatte und das Geständnis eine Lüge war (oder auch, wenn es keine war), dann war Grace von Anfang an nicht gerade in bester geistiger Verfassung gewesen.

Als sich die Tür öffnete, war Ariel auf den Anblick einer gebrochenen Frau vorbereitet.

Auf den ersten Blick war es schlimmer, als sie befürchtet hatte. Der Verband war weg, und die Verletzung, die er verborgen hatte, war eine schockierende, groteske Erinnerung an den Unfall, der Halley Barron das Leben gekostet hatte.

Die Fäden waren gezogen worden, und die Narben zogen sich wie eine ungleichmäßige rote Spur über die Wange, als hätte ein winziges, gefräßiges Tier sich unter der Haut bis zu dem verunstalteten Auge vorgewühlt, das nun herunterhing, als wäre das Fleisch rundherum geschmolzen. Der Effekt war unheimlich und offenbar nicht mehr zu korrigieren.

Ariel zwang sich, nicht wegzusehen. Grace Barron erwiderte ihren Blick gelassen. Sie wirkte auf unerklärliche Weise vollkommen abgeklärt und schien so gut wie überhaupt nicht neugierig zu sein.

»Miss Gold?« sagte sie. »Ich hatte nicht damit gerechnet, Sie noch einmal zu sehen.«

»Ich hatte auch nicht damit gerechnet, daß ich noch einmal herkommen würde«, erwiderte Ariel.

Grace lächelte sie nur fragend an. Ariel konnte keine Spur der Koketterie oder der hilflosen Verwirrtheit an ihr entdecken, die sie bei ihren letzten Begegnungen an den Tag gelegt hatte. Auch die verkrampfte, kaltblütige Frau, die zwei Morde gestanden hatte, war verschwunden.

»Und warum sind Sie noch einmal gekommen?« fragte Grace. »Es gibt einfach nichts mehr zu sagen, wissen Sie.«

Alles, was Ariel sich vorher zurechtgelegt und immer wieder in Gedanken vorgesagt hatte, war wie weggeblasen. »Sie könnten es ja mal mit der Wahrheit versuchen«, sagte sie.

»Die haben Sie bereits gehört, meine Liebe. In allen Einzelheiten.«

»Brutalen Einzelheiten.«

»Was ich getan habe, war brutal. Ich kann mir nicht vorstellen, warum Sie das alles noch einmal hören wollen.«

»Sie haben zu viele Details beschrieben, Mrs. Barron. Sie haben es zu gut gemeint. Der Staatsanwalt hat über jedes Wort aus Ihrem Mund frohlockt, nicht wahr? Und ich bin sicher, daß die Polizei sich gefreut hat, als Sie deren Verdacht bestätigt haben.«

Mit dem kleinen Finger betastete Grace die knöcherne Brücke über ihrem Auge. Auch dort waren die Fäden gezogen worden, und die Braue wuchs wieder nach. Das sah aus wie Stoppeln an einem Männerkinn.

»Ich schätze, ja«, murmelte sie seufzend. »Ich bin müde, mein Kind. Vergessen Sie Ihre Hirngespinste, wie immer sie aussehen mögen. Lassen Sie mich in Frieden.«

»Ich frage mich, warum Sie so eifrig bemüht waren, jeden verfügbaren Nagel in Ihren Sarg zu schlagen. Waren es die Schuldgefühle, die Sie wegen des Mordes an Ihrem Mann umtreiben? Ich weiß, daß es nicht die Schuld am Mord an Ihrem Sohn gewesen sein kann, denn Sie haben ihn nicht umgebracht.«

Ariel hatte erwartet, daß Grace schockiert sein würde, doch sie wurde enttäuscht. Die Bombe verzischte ohne Knall. »Wie provokativ!« sagte Grace. »Wer war es dann, ich bitte Sie?«

Leise erwiderte Ariel: »John William hat sich selbst das Leben genommen.«
Grace' gerötetes Gesicht wurde eine Spur dunkler, doch sie neigte lediglich den Kopf, immer noch die Geduld in Person. »Er hat sich selbst das Leben genommen«, wiederholte sie, »und ich gebe vor, ihn ermordet zu haben. Sagen Sie mal, hat das etwas mit Ihrer Fernsehsendung zu tun? Fällt es Ihnen so schwer, die Geschichte sausenzulassen?« Sie lächelte traurig. »Sie enttäuschen mich. Ich hätte nicht gedacht, daß Sie einer von diesen Medienhaien sind.« Das Lächeln war spurlos verschwunden. »Diese Art von niedriger Gesinnung kann ich wirklich nicht ausstehen«, sagte sie und wandte sich zum Gehen.
»Ich habe Louise Mullis heute morgen einen Besuch abgestattet«, sagte Ariel. »Sie hat mir erzählt, woher John William die Beule am Kopf in Wirklichkeit hatte.«
Grace wollte gerade auf den Summer drücken, um ihren Wärter zu rufen. Ariel sah, wie sie zögerte. Als sich ihre Hand schließlich senkte, unterdrückte sie einen erleichterten Seufzer.
Louise war zu Beginn ihres Gespräches genauso unzugänglich gewesen wie Grace in diesem Moment. Es hatte Ariel einige Zeit gekostet, aber schließlich hatte sie auch bei ihr Erfolg gehabt. Nachdem sie die Putzfrau davon überzeugt hatte, daß sie kein Interesse daran hatte, sie oder ihren »Freund« in die Sache hineinzuziehen, hatte sie ihre Geschichte bekommen.
Der Mann hieß Elko. Ein »Nichtsnutz«, wie Louise zugab, »ein Spieler«. An ihrem letzten Nachmittag im Haus der Barrons hatte er sie dort gesucht, weil er mal wieder Geld brauchte. Er hatte sie gefunden, aber sie hatte sich ihm widersetzt. Er war gerade dabeigewesen, sie von seinem Standpunkt zu »überzeugen«, als John William hereinkam.

Es entstand ein Handgemenge. Elko war nicht besonders gut darin, sich mit Männern zu prügeln. Er hatte Louise den Besen aus der Hand gerissen, John William damit auf den Kopf geschlagen und war getürmt.
Seitdem hatte Louise ihn nur noch einmal gesehen, und zwar an dem Tag, als Ariel bei ihr gewesen war. Sie hatte Elko gesagt, wenn er nicht schnellstens verduftete, würde die Polizei davon erfahren, daß er einen Mann angegriffen hatte, der später ermordet aufgefunden worden war. Louise glaubte nicht, daß er sich noch einmal bei ihr blicken lassen würde.
»Ich bezweifle nicht«, sagte Ariel jetzt zu Grace, »daß Sie in der Nacht, als Ihr Sohn starb, in seinem Haus gewesen sind. Machen Sie sich vielleicht Vorwürfe, weil Sie zu spät gekommen sind? Wollen Sie deswegen unbedingt bestraft werden?«
»In Ihrer Branche ist eine blühende Phantasie bestimmt eine gute Voraussetzung«, sagte Grace äußerst ungehalten. »Wahrscheinlich können Sie es kaum erwarten, mir zu sagen, was Sie auf diese Hirngespinste gebracht hat.«
»Mein anfänglicher Glaube an Ihre Unschuld entsprang meiner Naivität, der kindlichen Überzeugung, daß ich die Ausgeburt des Bösen erkennen würde, wenn ich ihr gegenübersäße. Dann haben Sie sich den unerfahrensten Anwalt genommen, den Sie finden konnten, und eine Vertreterin der Medien mit offenen Armen willkommen geheißen.« Ariel sprach sehr langsam, wartete darauf, daß Grace reagieren wurde. »Ziemlich verrückte Schachzüge, es sei denn, Sie waren an Publicity interessiert und daran, schlecht vertreten zu werden.«
»Faszinierend«, kommentierte Grace freundlich.
»Vor drei Tagen habe ich erlebt, wie weit ein Mensch – ein unschuldiger Mensch – gehen kann, um die Wahrheit zu

vertuschen. Es muß nur genug auf dem Spiel stehen. Ich frage mich, was für Sie auf dem Spiel steht.
Sühne? Fühlen Sie sich für den Selbstmord Ihres Sohnes verantwortlich –«

»Es hat keinen Selbstmord gegeben!«

»Ich wüßte zu gern, ob es das erste Mal war, daß er es versucht oder damit gedroht hat, und ob es ihm diesmal wirklich ernst war. Er hatte damit gerechnet, daß sein Liebhaber an dem Abend seinen Abschiedsbrief finden würde. Er hatte gehofft, Grover würde ihm zu Hilfe eilen. Er muß am Boden zerstört gewesen sein, als nichts dergleichen geschah. Er ging an den Strand, vielleicht, um seinen Kummer in Erinnerungen zu ertränken, vielleicht, um sich tatsächlich selbst zu ertränken. Aber ich bin ihm dazwischengekommen. Dann hat er Halley angerufen. Ich weiß, daß sie in den frühen Morgenstunden einen Anruf erhalten hat. Vielleicht hatte sie die ganze Leier schon öfter gehört? Vielleicht hat sie ihn nicht ernst genommen. Hat er Sie auch angerufen? Waren Sie betrunken? War es vielleicht so, daß Sie nicht schnell genug reagieren konnten, um ihn aufzuhalten?«

Grace hatte sich abgewandt und starrte die Wand an. Falls Ariel mit ihren Einschüchterungsversuchen Erfolg hatte, so sorgte Grace dafür, daß sie es nicht mitbekam.

»Es geht um schreckliche Schuld«, sagte Ariel, »und die Geschichte hat vor langer Zeit angefangen. Vielleicht denken Sie, daß der Mord an Ihrem Mann das erste von vielen großen und kleinen Verbrechen war, das Ihren Sohn dazu getrieben hat, sich das Leben zu nehmen.« Während sie unverwandt auf Grace' steife Schultern starrte, fügte sie hinzu: »Ich frage mich sogar, ob John William überhaupt Ihr eigener Sohn war.«

»Sie ...?« Grace fuhr abrupt herum. Panik lag in ihren Augen.

»Oder ob er Halleys Sohn war.«
Grace lachte laut auf. »Wie zum Teufel sind Sie denn auf die Idee gekommen?«
Ariel räusperte sich. »Anscheinend habe ich mich geirrt. In diesem Punkt.«
»In diesem und in allen anderen Punkten. Egal, was Sie sich einbilden, John William war ein Opfer. Egal, was alle anderen glauben, auch sein Vater war ein Opfer.«
»War er das? War Ihr Mann ein Opfer? Hören Sie, wir reden hier über einen Selbstmord, der plötzlich ein Mord gewesen sein soll ... und über einen – wie Sie behaupten – vor vierzig Jahren begangenen Mord, den jeder für einen Selbstmord gehalten hat.« Sich vorsichtig weitertastend, fügte Ariel hinzu: »Ich muß mich natürlich fragen: War der Tod Ihres Mannes vielleicht doch genau das, wonach es die ganze Zeit ausgesehen hat? Ein weiterer Selbstmord?«
Grace hatte die ganze Zeit über fast ungerührt zugehört, ein Abbild wohlerzogener Herablassung. Bei Ariels letztem Satz jedoch verzerrte sich ihr Gesicht, wobei der Ausdruck des Hohns durch die schlaffe Muskulatur in ihrer verletzten Wange noch verstärkt wurde. »Sie haben eine absurde Phantasie«, sagte sie. »Wenn eine verrückte Idee nicht funktioniert, lassen Sie sich gleich die nächste einfallen.«
»Sehen Sie«, fuhr Ariel fort, als hätte Grace nichts gesagt, »ich weiß, daß Sie John Barron geliebt haben. Vieles an dieser absurden Geschichte, die Sie mir aufgetischt haben, war reine Phantasie, aber was Sie letzte Woche zu mir gesagt haben ... ›Außergewöhnliche Menschen kann man nicht mit gewöhnlichen Maßstäben messen!‹ Erinnern Sie sich? Wie Sie Ihren Mann verteidigt haben ... Die Gefühle, die Sie zum Ausdruck gebracht haben, die waren echt. Darauf könnte ich schwören!«
»Was hätte ich denn sonst sagen sollen, Sie dumme Gans!

Was ich ihm angetan habe, ist länger mein Geheimnis gewesen, als Sie auf der Welt sind!«
Ariel spielte ein As aus. »Auch das, was Sie Hugh Cross angetan haben?«
»Was in aller Welt soll das denn heißen?«
»Sie wissen ganz genau, was ich meine. Sie haben ihn erschossen – Moment mal ... Haben wirklich Sie Cross erschossen? Welchen ›gewöhnlichen Maßstäben‹ hatte John Barron nicht genügt? Hatte er einen Mord begangen? Hat er zuerst Cross und dann sich selbst umgebracht, genauso, wie Sie es in jener Nacht vor vierzig Jahren behauptet haben? Sie haben ihn damals geschützt, und Sie tun es immer noch, weil Sie diesen Mann vergöttern. Ich würde mein Leben darauf verwetten!«
Im nächsten Augenblick glaubte Ariel, ihr Leben sei tatsächlich in Gefahr. Die Wut, die plötzlich aus Grace Barron herausbrach, war eine beinahe hörbare Schockwelle. Sie stürzte sich mit erhobenem Arm auf Ariel, die Faust geballt wie ein zürnender, Blitze schleudernder Gott. Ariel erstarrte. Die Veränderung war so abrupt geschehen, so ohne jegliche Vorwarnung, daß sie einen Augenblick lang vergaß, daß Grace doppelt so alt war wie sie, zehn Zentimeter kleiner, einarmig und unbewaffnet.
»Halten Sie den Mund!« zischte Grace, vor Wut nach Luft ringend. »Halten Sie Ihren dreckigen Mund! Sie wissen überhaupt nichts über meinen –« Plötzlich veränderte sich ihr Gesichtsausdruck, und so unvermittelt, wie die Wut aus ihr herausgebrochen war, war sie wieder verschwunden. Mit tonloser Stimme sagte sie: »Ich habe John ermordet. Mehr brauchen Sie nicht zu wissen.«
»Es ist das, was Sie brauchen, Grace.« Während Ariel die Worte so aussprach, wie sie ihr in den Sinn kamen, ging sie in Gedanken noch einmal alles durch; hatte Grace am Ende

doch die Kontrolle verloren, oder war sie einfach nicht darauf gefaßt gewesen, daß Ariel Cross zur Sprache bringen würde? »Ich weiß, warum Sie bereit waren, mich zu treffen«, sagte sie. »Weil Sie die Wahrheit sagen wollen! Ob Ihnen das bewußt ist oder nicht, Sie würden nicht hier sitzen und mit mir reden, wenn Sie nicht wollten, daß ich alles erfahre. Ich oder sonst irgend jemand.«
»Lächerlich!«
»Dann sagen Sie mir, warum.«
»Das habe ich bereits.«
»Dann sagen Sie's mir noch mal. Es ist mir schon beim erstenmal nicht ganz klargeworden.«
Grace atmete angewidert aus und trat, ohne zu antworten, an eins der vergitterten Fenster.
»Ich werde nicht zulassen, daß eine unschuldige Frau den Rest ihres Lebens hinter Gittern verbringt oder noch Schlimmeres auf sich nimmt. Ich gehöre vielleicht nicht zu den ›Medienhaien‹, aber ich werde eine Sendung darüber machen, ob Sie einverstanden sind oder nicht, und ich werde die Wahrheit herausfinden. Ich werde nicht aufgeben, bis Ihr Ruf wiederhergestellt ist.«
»Das ist er. Endlich ist er das.«
Grace hatte so leise gesprochen, daß Ariel sich nicht sicher war, ob sie sie überhaupt gehört hatte.
Gedankenverloren, als ob das welke Gras, oder was immer sie da draußen sah, ihre ganze Aufmerksamkeit in Anspruch nahm, sagte Grace: »Sie glauben, die Wahrheit sei das wichtigste. Und Sie sind die große Fackelträgerin!« Sie schnaubte verächtlich. »Diese Art von einfältigem messianischem Sendungsbewußtsein hat im Laufe der Geschichte schon viel Unglück über die Menschheit gebracht, mein Kind. Sie sollten wirklich etwas mehr Zurückhaltung üben, bis Sie dieser Phase entwachsen sind.«

Ariel wurde heiß. Mit hochrotem Gesicht klammerte sie sich an die eine Tatsache, der sie sich sicher war – daß Grace gelogen hatte, was die Kopfverletzung ihres Sohnes anging –, damit sie nicht Gefahr lief, ihr zuzustimmen und zu gehen. Sie setzte sich. »Die Wahrheit ist eine schreckliche Waffe«, sagte sie. »›Um der Wahrheit willen sind Menschen bereit zu lügen, ja sogar zu morden.‹ Sie sind eine Lügnerin. Aber eine Mörderin? Das kaufe ich Ihnen nicht ab – weder um der Wahrheit willen noch aus sonst irgendeinem Grund.«

»Interessantes Zitat. Adler?«

»Ich habe keine Ahnung.« Wie ein kleiner, irritierender Splitter setzte sich etwas in Ariels Kopf fest, doch sie nahm sich nicht die Zeit, es näher zu untersuchen. »Hier ist noch ein Zitat, mit dem Sie vielleicht etwas anfangen können. ›Die breite Masse ... geht eher einer großen Lüge auf den Leim als einer kleinen.‹ Adolf Hitler, wenn ich mich recht erinnere.«

Grace lachte in sich hinein und vertiefte sich wieder in die Betrachtung der Welt jenseits der Gitterstäbe.

»Miss Gold, ich sage es ein letztes Mal. Ich werde mich so ausdrücken, daß Ihr Gewissen Ruhe findet. Es wurde ein Mord begangen, und der Mörder wird endlich zur Verantwortung gezogen werden.«

»Interessant, wie Sie das formuliert haben.«

»Deutlicher kann ich mich nicht ausdrücken.« Als Grace zögernd von dem Fenster wegtrat, war deutlich zu erkennen, daß das Gespräch seinen Tribut gefordert hatte. Sie setzte sich neben Ariel und kam mit ihrem Gesicht ganz nah an sie heran. »Hören Sie, ich habe Ihnen gesagt, was Sie hören wollten. Bringen Sie es im Fernsehen. Machen Sie daraus irgendein siebenminütiges Wunder, von dem Sie annehmen, daß es die Produkte Ihrer Sponsoren verkaufen

hilft, Cornflakes oder Bier oder was auch immer das Geld reinbringt. Tun Sie sich keinen Zwang an. Aber gehen Sie!«
Sekunden vergingen. Auf der Straße quietschten Bremsen, das Geräusch kam von weit her. Ariel hörte es nicht. »Ihre Augen ...«, sagte sie.
Grace wich zurück. Aufgrund des Zustandes ihres Gesichts wirkte ihr Stirnrunzeln wie ein Krampf.
»Ihre Augen sind grau.«
»Das sind sie schon immer gewesen.«
»Aber es heißt, Ihre Augen seien blau. Leuchtend blau, hat mein Großvater gesagt.«
»Dann hat Ihr Großvater sich geirrt.«
Ariel schüttelte den Kopf. Ihr war nicht entgangen, daß Grace' Brustkorb sich plötzlich viel schneller hob und senkte. »Nein. Er hat sich sogar ausführlich über Ihre blauen Augen ausgelassen. Er hat sie sogar verglichen mit – er hatte einen Spitznamen für Sie. Wie war bloß dieser Spitzname?«
»Sie erwarten doch wohl nicht, daß ich mich an so was erinnere?«
»›Glory‹. Es war ›Glory‹, für Morning Glory.« Ariel spürte, wie ihr Puls schneller wurde, reagierte, noch bevor ihr Verstand richtig begriffen hatte. »Seit dem Unfall hat Ihnen niemand mehr in Ihre armen, verwundeten Augen gesehen, nicht wahr? Oder in Ihr Gesicht? Ärzte, ja. Fremde. Aber ich wette, alle anderen wenden sich betreten ab, wenn Sie Ihr verwüstetes Gesicht sehen.«
»Machen Sie sich nicht –«
»Zuerst der Verband. Und jetzt das entstellte Gesicht. Komisch, daß Sie keine kosmetische Operation haben vornehmen lassen. Sie könnten es sich doch sicher leisten.«
»Sie sind ja völlig verrückt!« Grace hatte geflüstert, das letzte Wort kaum herausgebracht. Doch noch bevor Ariel sich sicher war, was sie dachte, wußte sie, daß es stimmte.

52

»Mann o Mann o Mann!« Ariel hätte beinahe den Stuhl umgestoßen, als sie aufsprang, sie war zu aufgeregt, um sitzen zu bleiben. »Fast niemand hat Grace Barron seit Gott weiß wie langer Zeit zu Gesicht bekommen. Nur Halley ... Nur Halley!« wiederholte sie entgeistert. »Darum haben Sie immer nur ›John William‹ gesagt und nie ›mein Sohn‹! Und ›John‹ und nie ›mein Mann‹! Eben hätten Sie beinahe ›mein Vater‹ gesagt, stimmt's? Fast hätten Sie einen Fehler gemacht!«

Alles fügte sich so schnell zusammen, daß Ariel die Worte gar nicht schnell genug aussprechen konnte. »Sie haben einen Fehler gemacht! Als Sie das Adlerzitat erkannten. Das wäre Grace nie passiert. Sie ist nicht so gebildet, sie liest keine Bücher. Das haben Sie selbst gesagt.

Grace wußte von Cross, aber Sie nicht, nicht wahr? Grace ist – war! Es muß ›war‹ heißen, stimmt's? O Gott!« Ariel konnte die Ungeheuerlichkeit ihrer Entdeckung noch gar nicht fassen. »Jetzt weiß ich auch, warum es Ihnen überhaupt nichts ausgemacht hat, plötzlich ohne Stoff auskommen zu müssen! Jahrelang gesoffen, und man sieht Ihnen nichts an. Nicht an Ihrer Haut, nicht an Ihren Händen ... Wie alt sind Sie? Dreiundfünfzig? Vierundfünfzig?

Wie haben Sie das fertiggebracht? Nein! Das ist unwichtig! Warum haben Sie das getan?«

Die Frau ihr gegenüber sah aus, als hätte sie aufgehört zu atmen. Stocksteif starrte sie immer noch auf die Stelle, an

der Ariel sich inzwischen nicht mehr befand, und lähmende Sekunden lang zeigte sie nicht das geringste Lebenszeichen.
»Halley«, sagte Ariel. Sie geriet in Panik. »Halley?«
Die grauen Augen zuckten. Die Lippen öffneten sich und schlossen sich wieder.
»Geht es Ihnen gut? Möchten Sie ein Glas Wasser?«
»Sie können nichts beweisen.«
»Sie wissen, daß ich das kann, jetzt, wo ich weiß, mit wem ich es zu tun habe.«
»Nein!« Der Protest klang weder überzeugt noch überzeugend.
»Doch«, sagte Ariel, die erneut zu wanken begann, als sie begriff, womit sie es tatsächlich zu tun hatte. Und sie hatte behauptet, diese Frau sei nicht verrückt? »Diese Scharade ist Ihnen nur gelungen, weil niemand einen Grund hatte zu bezweifeln, daß Sie die waren, für die Sie sich ausgegeben haben. Wann haben Sie sich das ausgedacht?« rief sie. »Als Ihr Bruder sich das Leben genommen hat? Als Sie und Grace den Unf... O Gott, Halley! War es ein Unfall? Sie haben sie doch nicht umgebracht?«
»Ich wollte sie umbringen.«
»Wie bitte? Ich habe Sie nicht verstanden.«
»Auch das hat sie mir geraubt.« Mit trüben Augen, die Lider so schwer wie in einem Zustand der völligen Benommenheit, starrte Halley in ihre eigene Hölle. Schließlich, nachdem eine Ewigkeit vergangen zu sein schien, kamen die Worte wie in Zeitlupe, mit Pausen dazwischen, die so schwer wie Steine wogen.
»Ich wollte nicht, daß die Polizei sie bekam. Sie mußte sterben. Wo mein Vater gestorben war. Wo mein Bruder gestorben war.
Dann hat sie ins Steuerrad gegriffen ... Es ging viel zu schnell. Sie hätte richtig leiden sollen.«

»Warum?« Es war eine zentrale Frage, und Ariel stellte sie mit Nachdruck, doch Halley war noch nicht soweit.

»Als ich sah, daß sie tot war, wußte ich, daß ich alles falsch gemacht hatte. Wenn sie tot war, konnte sie nicht bestraft werden.«

»Sie haben das alles getan, um eine Tote zu bestrafen?«

Halleys Lippen bewegten sich lautlos. Es war, als hätte sie in den Wochen, in denen sie einsam und verbissen ihren Plan durchgeführt hatte, und in den Jahren, in denen sie ihre Meinung stets für sich behalten hatte, vergessen, wie man sich in Worten ausdrückt. Schließlich sagte sie wie in Trance: »Meinen Sie, es wäre schwer, in die Haut eines anderen zu schlüpfen? Wenn man jede Stimmung kennt? Jeden Tick? Jede Geschichte? Ihre Vergangenheit war meine Vergangenheit. Was ich nicht selber miterlebt habe, bekam ich auf anderem Weg zu hören ... Immer wieder.«

»Aber sie war älter ...«

»Ein bißchen. Ein paar mehr graue Haare unter der Farbe.« Sie berührte die silberne Strähne an ihrer Schläfe und seufzte. »Ich habe ihr jahrelang die Haare gemacht. Ich kenne ihre Frisur.«

»Ja, aber Halley! Ich weiß, sie ist nicht viel vor die Haustür gekommen, aber –«

»Wissen Sie, warum? Der Alkohol hatte angefangen, seinen Tribut zu fordern. Je älter sie wurde, um so weniger ging sie aus. Sie war sehr eitel.«

»Aber irgend jemand muß sie doch irgendwann gesehen haben!«

»Wer denn? Der Pizzaboy? Irgendein Hausierer? Die Zeugen Jehovas, vielleicht? Natürlich hab ich sie manchmal ausgeführt. Zum Essen oder ins Kino. Die Leute auf der Straße kannten sie nicht, und hier in Charleston hatte sie schon seit Jahren niemand gesehen.«

»Aber es muß doch jemand geben, der sie gekannt hat. Ein Freund. Ein Arzt ...?«
»Sie hätte längst an Leberzirrhose sterben müssen; aber sie bekam ja noch nicht mal eine Erkältung. Es gab keine Freunde. Ihre Bekannten hatten sich schon lange von ihr zurückgezogen oder sie waren gestorben ... Es gab nur noch mich.«
»Ihre geschäftlichen Angelegenheiten ... Mußte sie nicht ab und zu etwas unterschreiben?«
»Das hab ich alles gemacht. Ich habe auch ihre Rechnungen bezahlt. Sie war mit so was viel zu schlampig.«
»Und ihr Führerschein?«
Halley antwortete nicht, doch sie wußten beide, was damit passiert war.
»Aber Sie! Sie haben doch Freunde. Sie haben ...«
Ariel geriet ins Schwimmen, und sie wußte es. Halley lächelte. Es sollte ein sarkastisches Lächeln sein, doch ihr Gesicht verzerrte sich zu einer solchen Fratze, daß Ariel kaum hinsehen konnte.
»Ja. Aber wer würde mich jetzt noch erkennen, selbst wenn sie mich sehen könnten? Niemand. Die Leute wenden sich ab. Sie tun es unwillkürlich. Der Arzt ... Er ist so besorgt. Er wollte einen Schönheitschirurgen zu Rate ziehen ...«
Halley stieß ein Geräusch aus, das wie ein Lachen klang, dann verstummte sie.
»Aber –«, sagte Ariel, dann gab sie es widerwillig auf. Am liebsten hätte sie mehr über diese Verwandlungsgeschichte erfahren, über die Einzelheiten dieser absurden Maskerade, aber sie wußte, daß Halley auf jede Frage die passende Antwort parat hatte, und natürlich war ihr klar, daß Halley bisher mit ihrer Scharade Erfolg gehabt hatte. »Bitte, sagen Sie mir«, bat sie sie statt dessen, »was um alles in der Welt hat Grace getan, daß Sie bereit sind, Ihr Leben zu opfern, um –«

Darauf reagierte Halley sofort. »Welches Leben?« fragte sie unwirsch. »Es ist nichts! Eine vertrocknete, ausgelutschte Hülse! *Was Grace getan hat?* Das fragen Sie noch, nach allem, was sie meinem Bruder angetan hat? Sie –«

»Ihr Bruder hat den Motor selbst angelassen, Halley.«

»Das ist dasselbe, als wenn Grace es getan und anschließend die Garagentür verriegelt hätte! Sie hat ihn zu einem psychischen Krüppel gemacht. Er konnte sich von dem, was sie ihm angetan hatte, nicht befreien, selbst dann nicht, als er sich endlich von ihr befreit hatte.

Wissen Sie, warum sie ihn überhaupt bekommen hat? Durch ihn wollte sie ans große Geld kommen. Auf mich konnte sie sich nicht verlassen, aber mit ihrem Sohn glaubte sie einen Trumpf in der Hand zu haben. Durch ihn würde ihr die Hälfte des Vermögens meines Vaters zufallen!

Ich habe Grace immer verteidigt. Sie war so jung, als sie heiratete, und ihr Mann war wirklich ein schwieriger Charakter. Sie war nicht stark. Sie hatte eine harte Kindheit hinter sich. Sie konnte keine gute Mutter sein, weil sie ihre eigene nicht gekannt hatte. Sie brauchte mich. John William brauchte mich. Und ich wollte, daß man mich brauchte.

Heute sehe ich, wie es wirklich war. Grace war nicht besonders intelligent, aber sie war schlau genug, um mich an sich zu binden, von dem Tag an, als mein Vater starb. Sie hat ihn ›so geliebt‹, sagte sie mir immer wieder. Er war ein Genie, o ja! Aber auch ›ein Mensch mit Problemen‹ und ›krank‹. Als hätte sie sein Andenken schützen wollen. Sie machte Andeutungen und erzählte von mysteriösen Problemen, die nur ›Erwachsene‹ hätten und die ich nicht verstehen könnte, weil ich noch zu jung sei. Oh, sie hat nie direkte Beschuldigungen ausgesprochen. Dazu war sie zu schlau. Ich mochte vielleicht traumatisiert gewesen sein – und später auch irregeleitet –, aber ich hatte meinen Vater gekannt. Bei John William …

Ich war zu viele Jahre weggewesen. Sie hat ihn mit ihren Lügen vergiftet. Aus Selbstmitleid oder weil sie das Bedürfnis hatte, ihn zu beherrschen ... ich weiß es nicht. Er hatte keine Ahnung! Er weigerte sich, mir zu erzählen, was sie gesagt hatte. Er schämte sich, fürchtete sich, es könne alles wahr sein. Sie haben sich immer wieder fürchterlich gestritten ... Ich wußte nie, für wen ich mich entscheiden sollte, für den schwierigen Jungen, der zum Phantasieren neigte, oder für die Frau, die mein Mitleid erregte. Heute weiß ich es besser. Grace hatte nicht mehr mütterlichen Instinkt als irgendein Tier, das seine Jungen frißt, und sie hat John William mit Haut und Haaren verschlungen.
Äußerlich war er das Ebenbild unseres Vaters, aber er war Grace' Sohn. Deshalb konnte er sie schließlich so gut verstehen. Deshalb hat er sie gehaßt.« Halleys Mundwinkel zuckten. »Genauso, wie er sich am Ende selbst gehaßt hat.«
»Sind Sie in der Nacht, als er starb, zu ihm gefahren?«
»Er hat mich angerufen. Ich bin hingefahren, so schnell ich konnte! Er hing halb aus dem Wagen, als ich ihn fand. Er muß versucht haben ... O mein Gott!«
Ariel brachte kein Wort mehr hervor, als sie sich die Szene vorstellte. Dann fielen ihr die Einzelheiten dieser schrecklichen Nacht ein, eine nach der anderen, sie alle hatten später als Indizien auf »Grace« verwiesen: die Fingerabdrücke in dem Haus, auf John Williams Wagen, auf dem von Grace und wahrscheinlich auch auf John Williams Körper. Der Garagentoröffner, den sie in Grace' Auto vergessen hatte. Das Leck im Wagen.
»Woher wußten Sie von der Kopfverletzung?« fragte sie Halley.
»Er hat mir am Telefon davon erzählt. Ich glaube, er war mächtig stolz darauf. Er war nie ein besonders tapferer Kämpfer.«

»Die Pistole«, sagte Ariel und schien laut zu denken, »er wollte ihr dieses Geschenk doch schon vor einem Jahr machen. Aber Sie haben sie ihr nicht gegeben, nicht wahr? Sie kannten die Geschichte dieser Waffe nicht, aber Sie wußten, es würde Ärger geben. Sie haben sie behalten, und dann sahen Sie eine Möglichkeit, sie als Hinweis zu benutzen.«

Nach einer kurzen Weile fragte sie: »Gab es tatsächlich Briefe? Die, von denen Sie erzählt haben, John William hätte sie gefunden?«

Halley schüttelte den Kopf.

»Warum haben Sie sein Armband genommen?«

»Das hat meinem Vater gehört.« Ihr Gesicht verzerrte sich vor Schmerz. »Es war, als hätte ich ihn noch einmal gefunden! Ich kann mich gar nicht daran erinnern, wie ich es an mich genommen habe. Oder den Brief. Oder daran, wie ich nach Hause gefahren bin ...«

»Welchen Brief?«

»Den von meinem Vater. Er hat den Abschiedsbrief meines Vaters hinterlassen. Grace muß ihm den irgendwann einmal aus Gott weiß was für hinterhältigen Gründen gegeben haben. Und die Pistole auch. Wenn Cross in derselben Nacht gestorben ist, in der auch mein Vater starb, dann hat sie sicher auch daraus eine ihrer obszönen Geschichten gestrickt.« Eine Welle von Schmerz überflutete Halleys Gesicht. »John William hat den Brief an dieselbe Stelle gelegt. Er hat ihn ... Er hat ihn mit seinem Namen unterschrieben.«

Ariel bekam eine Gänsehaut bei der Vorstellung. »Halley, warum?« fragte sie. »Ich begreife es immer noch nicht.«

»Ich konnte diesen Brief nicht dort liegenlassen. Damit er noch einmal gefunden wird. Damit das Gerede wieder von vorne anfängt. Nicht noch einmal ...«

»Mein Gott«, sagte Ariel. »Mein Großvater hatte recht. Ihre ganze Familie hat den Sturm geerntet, den Ihr Vater gesät hat.«

»Was meinen Sie damit?«

»Den Selbstmord, mit dem dieser ganze Teufelskreis –«

Halley starrte Ariel an, als könnte sie nicht glauben, was sie soeben gehört hatte. »Sie glauben immer noch, mein Vater hätte sich umgebracht? Was glauben Sie eigentlich, worum es hier die ganze Zeit geht? Mein Vater wurde ermordet!«

53

Ariel trat aus dem Gefängnis in einen sonnigen Nachmittag. Sie war so in Gedanken vertieft, daß es eine Weile dauerte, bis sie sich erinnerte, wo sie ihren Mietwagen geparkt hatte. Eigentlich hatte sie vorgehabt, auf direktem Weg zurück nach Kiawah zu fahren, doch mit einem Mal befand sie sich auf dem Weg in die Innenstadt. Sie stellte den Wagen auf der Meeting Street ab und machte einen Spaziergang. Sie hatte das Gefühl, als ob jeder einzelne Muskel in ihrem Körper zu einem Knoten verdreht worden wäre.

Um sie herum herrschte emsiges Treiben in der alten Stadt. Ein Pferd klapperte gemütlich vorbei, blinzelte mit einem Auge nach dem Karren, den es zog. Auf dem Markt drängten sich die Touristen wie Fliegenschwärme, während farbige Frauen mit flinken, geübten Handbewegungen schweigend Körbe flochten. Sie schienen den Trubel um sie herum nicht wahrzunehmen.

Gedankenverloren ging Ariel in den langen Schatten der Kirchtürme, vorbei an einem Denkmal, das an den Bruch South Carolinas mit der Union erinnerte. Sie hörte die Glocken der St. Michael's Church, die zu ihrem melodischen, seit Jahrhunderten gespielten Geläut anhoben. Sie wanderte weiter, an einem Haus vorbei, das gebaut worden war, als Beethoven seine Fünfte Symphonie schrieb.

An der Hafenmauer ließ sie sich auf eine Bank fallen. Sie schaute auf den Hafen von Charleston hinaus und ließ die

letzten Ereignisse noch einmal vor ihrem geistigen Auge ablaufen.
Anfangs hatte sie Halley nicht geglaubt, als sie von Mord gesprochen hatte.
Sie hätte in diesem Moment gut daran getan, sich an alles zu erinnern, was sie über die Frau gehört hatte, von der sie bis heute geglaubt hatte, ihr nie begegnet zu sein. Es hätte ihr klar sein müssen, daß eine Frau, die ihr eigenes Schicksal in die Hand nahm, die es fertigbrachte, die Polizei wie ein Jäger Schritt für Schritt und Köder für Köder in die gewünschte Richtung zu lenken und gleichzeitig ihre Schuld zu bestreiten, einer Frau, der es gelang, ihre Geschichte auf die Titelseiten jeder Zeitung des Landes zu bekommen, genau wußte, was sie tat.
»Mein Vater wurde ermordet«, hatte Halley gesagt, verblüfft über Ariels Mißverständnis. »Grace hat ihn getötet. Zusammen mit Cross! Und, sehen Sie denn nicht? Sie muß Cross ebenfalls ermordet haben! Ach, zum Teufel mit ihm!«
»Aber«, hatte Ariel eingewandt, »Halley –«
»Nein! Jetzt hören Sie zu! Sie wollten ja alles genau wissen! Jetzt hören Sie zu! Sie haben recht«, sagte sie, als hätte Ariel eine Bemerkung gemacht. »Von Cross wußte ich nichts. Glauben Sie nicht, daß ich diese Geschichte auch benutzt hätte, wenn ich irgend etwas davon geahnt hätte? Nachdem ich die Leiche meines Vaters gesehen hatte, habe ich überhaupt nichts mehr gesehen. Wochenlang konnte ich an nichts anderes denken!
Nein, ich habe Cross nicht gesehen. Aber ich habe Gerüchte gehört ... Das ist eine kleine Stadt, Miss Gold, und zwar in verschiedenerlei Hinsicht. Geheimnisse dringen durch offene Fenster an die Luft und werden mit ihr davongetragen wie übler Geruch. Ich habe es flüstern hören ... Und wenn

ich es gehört habe, dann muß John William es auch gehört haben. Weiß Gott, was er all die Jahre gedacht hat, was er geglaubt haben muß!«

Halley stieß ein trockenes Lachen aus. »Wissen Sie, was Grace gemacht hat, nachdem ich ihr die Nachricht von John Williams Tod überbracht hatte. Sie ließ sich von mir trösten! Während diese Frau sich in Selbstmitleid erging, durfte ich für sie stark sein! Und das habe ich tatsächlich getan. Damals schon. Oh, ich war wie Muttergestein! Wie ich mich bemüht habe! Und mich auf Fragen konzentriert habe wie: Hatte ich die Blumen gegossen? Hatte ich den Herd ausgeschaltet? Brauchte ich noch eine neue Strumpfhose für die Beerdigung? Ich überlegte, wann ich das letzte Mal geschlafen oder etwas gegessen hatte. Ich habe viel Zeit damit verbracht, mich auf den Wortlaut eines Sprichwortes zu konzentrieren. ›Der Verbitterte rächt den Schmerz, den ihm die anderen zugefügt haben, an sich selber.‹

Und ich funktionierte. Grace lebte während der ganzen Zeit in ihrer eigenen Wirklichkeit. In dieser Woche war sie regelrecht gestört. Sie beobachtete mich. Meistens hockte sie dumpf herum, als erwartete sie, für irgend etwas bestraft zu werden, und im nächsten Augenblick fing sie an, die Hände zu ringen wie Uriah Heep.«

Halley hatte angefangen, im Raum auf und ab zu gehen. »Sie müssen wissen: Grace war eine kontrollierte Alkoholikerin. Sie trank gerade so viel, daß sie immer nur leicht bedröhnt war. Ich wußte es, und gleichzeitig wollte ich es nicht wissen. Wenn sie einen gewissen Pegel erreicht hatte, schlief sie einfach ein. Sie hatte fast nichts auf dieser Welt, sagte ich mir immer wieder – die arme, arme Grace!

An dem Tag, als John William beerdigt wurde, hatte sie viel getrunken. Zu viel, um zur Beerdigung ihres Sohnes zu

gehen. Nett, was? Ich habe sie schnarchen lassen. Zwei ganze Tage lang war sie im Vollrausch.
In jener letzten Nacht bin ich zu ihr gefahren, um nach ihr zu sehen. Sie war wieder betrunken. Ich sah, daß etwas an ihr nagte. Sie weinte und redete unzusammenhängendes Zeug, spuckte alles aus, was ihr auf der Seele lag.
›Ich wußte doch nicht, daß ich ein Baby in meinem Bauch hatte‹, jammerte sie, ›das alle meine Sünden aufsaugte!‹ Rührseliger Quatsch, dachte ich. Wie Betrunkene halt so reden. ›Wenn das mit John nicht passiert wäre, hätte er es nicht getan.‹ Das fand ich ziemlich einleuchtend. Ich dachte, sie hätte über die Methode gesprochen. Ich versuchte, sie zu trösten, glaubte, die Trauer hätte auf wundersame Weise Mitgefühl in ihr ausgelöst! Ich sagte ihr, sie solle sich nicht quälen; wenn John William sich nicht vergast hätte, hätte er irgendeine andere Möglichkeit gefunden, sich das Leben zu nehmen. ›Das meine ich nicht‹, sagte sie. ›Er hätte es überhaupt nicht getan.‹ Tja, Miss Gold, das war weder Mitgefühl noch Trauer. Es war Schuld und Angst. Nackte, primitive Angst vor göttlicher Vergeltung. Ich habe sie ausgequetscht. Sie mit Kaffee vollgeschüttet. Ich habe nicht lockergelassen, bis ich aus ihr heraus hatte, was sie meinem Vater vor siebenunddreißig Jahren angetan hat.
Sie war es, die den Sturm geerntet hatte, Miss Gold. Selbst diese erbärmliche Kreatur wußte, daß ihr Sohn nicht so ein psychischer Krüppel geworden wäre, wenn sie seinen Vater nicht kaltblütig ermordet hätte. In Schande geboren, betrogen um die Möglichkeit, seinen eigenen Vater kennenzulernen, und, Gott möge sich seiner erbarmen, dazu verdammt, von dem Tag an, als er auf diese Welt kam, von ihr abhängig zu sein.«
Halleys Gesicht war klatschnaß. Sie schien es nicht zu bemerken.

»Grace war nicht nur eine Mörderin, Miss Gold. Sie war auch eine Diebin. Sie hat mir meinen Vater geraubt. Sie hat mir meinen Glauben an ihn geraubt. Sie hat versucht, mir meine Liebe zu ihm zu rauben. Sie hat meinem Bruder seine Kindheit geraubt. Seine Männlichkeit. Seinen Wunsch zu leben. Sie hat uns unser Leben gestohlen, Miss Gold, so sicher, wie sie das meines Vaters gestohlen hat.«
»O Halley. Sosehr Sie Grace auch für das, was sie getan hat, hassen –«
»Das hat nichts mit Haß zu tun.«
»Trotzdem ... Sie können eine Tote nicht bestrafen.«
»Ich kann meinem Vater nicht all die Jahre zurückgeben, in denen ihm endlich Anerkennung für sein Werk entgegengebracht worden ist, aber ich kann einiges von dem Schaden wiedergutmachen, den Grace angerichtet hat. Ich kann die Schande auslöschen.«
»Ich verstehe nicht recht.«
Ungehalten, als würde sie eine Art Urteil aussprechen, sagte Halley: »Sie sind nicht hier aus der Gegend.«
»Ich verstehe nicht, was das damit zu tun hat.«
»Dann sprechen Sie mit Ihrem Großvater. Er wird es Ihnen erklären.«
»Versuchen Sie's doch!«
Halley überlegte. Es dauerte eine ganze Weile, bis sie leise sagte: »Das Schlimmste, was Grace getan hat, Miss Gold, ist etwas, das Grace nicht begriffen hätte, und Sie verstehen es jetzt wohl ebensowenig.«
Als wäre es das Einfachste auf der Welt, erklärte sie Ariel: »Diese Stadt war unsere Heimat. Unser Name war hier hoch angesehen. Das war er seit sehr vielen Jahren. Ich rede nicht von Reichtum oder Status; ich rede von Anstand. Integrität. Rückgrat.
Kommt Ihnen das altmodisch vor? Töricht? Mir nicht.

Meiner Familie auch nicht und auch nicht meinem Vater. Er war ein stolzer, verschlossener Mann. Der Respekt seiner Nachbarn war ihm wichtig. Sein Selbstrespekt war ihm noch wichtiger.«

Halley beugte sich über den Tisch, wollte sich Ariel begreiflich machen. »Grace hat aus dem Leben meines Vaters eine Lüge gemacht. Anständige Menschen wechselten das Thema, wenn sein Name fiel; sie schämten sich für ihn. Andere kicherten und zerrissen sich das Maul über ihn. Was hatte er getan, das so verachtenswürdig war, daß er den Leuten nicht mehr ins Gesicht sehen konnte? Was war so schlimm, daß er nicht mehr damit leben konnte? Natürlich war er ein Feigling, aber war er vielleicht auch kriminell? Hatte er jemanden betrogen? Oder war es irgend etwas Schmutziges, etwas Unmoralisches?

Grace hat meinem Vater seinen Namen geraubt, Miss Gold. Sie hat ihm seine Ehre geraubt.«

Unauslöschlich wie ein Epitaph standen die Worte zwischen ihnen. Dann richtete Halley sich auf. Unglaublich, aber sie lächelte. »Wann haben Sie dieses Wort zum letztenmal gehört? Denken Sie nach. Früher ist die Ehre für einen Mann immer das höchste Gut gewesen, wichtiger als sein Leben. Heute kennt man kaum noch die Bedeutung des Wortes, und wenn ...«, sie zuckte die Achseln, »... dann höchstens als Anachronismus.«

»Was ich immer noch nicht verstehe«, sagte Ariel leise, »ist, warum Sie der Polizei nicht einfach die Wahrheit gesagt haben.«

»Ohne jeden Beweis? Mit nichts in der Hand als der Aussage einer Toten? Sie können sich sicher vorstellen, wie weit ich damit gekommen wäre. Oh, es wäre viel geredet worden, bevor dann doch alles im Sand verlaufen wäre. Noch mehr Tratsch, noch mehr Spekulationen ... und Mitleid. Das

Mitleid, das mir meine Jugend zur Hölle gemacht hat. Glauben Sie, Miss Gold, ich könnte dieses Mitleid noch einmal ertragen?«

»Also haben Sie allen eine lebende Mörderin präsentiert.«

Halley nickte. »Ein Geständnis, das sie mit eigenen Augen sehen und mit eigenen Ohren hören konnten. Und es hat doch funktioniert, nicht wahr? Ich habe ihnen die Frau geliefert, die ihren Mann ohne einen Funken Reue umgebracht hat. Ich habe ihnen die Frau geliefert, die mit Mord davongekommen ist, weil Männer wie sie ihre Arbeit nicht sorgfältig getan haben. Aber um sicherzugehen, bin ich noch einen Schritt weitergegangen. Ich habe ihnen eine Frau geliefert, die des schlimmsten aller Verbrechen fähig ist.

Ebenso wie der Rest der Menschheit verabscheuen Sie, Miss Gold, die Vorstellung einer Mutter, die ihren eigenen Sohn ermordet. Aber im Gegensatz zu Ihnen haben die meisten Menschen keine Schwierigkeiten, auch das Schlimmste zu glauben. So, Miss Gold, was sagen Sie jetzt?«

Ariel fand keine Antwort.

»Sie müssen begreifen, daß mir nichts anderes übrigblieb. Es war die einzige Möglichkeit, dafür zu sorgen, daß die Wahrheit gehört und geglaubt wird und daß man sich an sie erinnert. Die einzige Möglichkeit, dafür zu sorgen, daß Gerechtigkeit geschieht.« Halley hatte ihren Blick von Ariel abgewandt, als sie hinzugefügt hatte: »Sie lieben die Wahrheit doch so sehr, Miss Gold. Dann muß Ihnen Gerechtigkeit doch auch viel bedeuten.«

Ariel blieb stehen und schaute zurück auf die Stadt: die Eichen, die Kriegsdenkmäler, die von Villen umsäumten Plätze, die lagenweise aufgestapelt schienen wie feine Torten, zum Meer hin ausgerichtet. Ariel spürte, daß sie die

Seele dieses Ortes niemals ergründen würde, selbst wenn sie den Rest ihres Lebens hier verbrächte.

Der Weg zurück ins Stadtzentrum kam ihr viel länger vor. Endlich, erschöpft, aber entspannt, entdeckte sie die hohe, stattliche Palme, unter der sie ihren Wagen geparkt hatte. Als sie gerade die Fahrertür aufschloß, fielen ihr eine Reihe weißer Flecken auf dem Dach auf. Die stattliche Palme hatte während Ariels Abwesenheit geflügelte Besucher gehabt, und die schienen es ausgerechnet auf ihr Auto abgesehen zu haben. »Ihr solltet euch schämen«, knurrte sie beim Einsteigen vor sich hin.

Sie hatte sich noch nicht überlegt, was sie Henry erzählen würde, aber sie hatte sich ein langes Gespräch mit ihrem Großvater vorgenommen. Er würde verstehen, daß sie all dies hatte tun müssen, davon war sie überzeugt. Es ging ihr nicht um eine Bestätigung von B. F. Tief in ihrem Herzen wußte sie, daß sie nicht anders hätte handeln können. Wie Halley.

Danksagung der Autorin

Mein Dank gilt Henry Dearing, Rechtsanwalt und unermüdlicher Unterstützer, und Kate Grimm, einer unerschrockenen Rechercheurin; außerdem Phil French, Mike Hope, Ken Sorensen, John Harris, Andy Roeser, Brad Sargent, Ellen Mason, Redakteurin bei Dateline NBC, Rich Camgros, Manager bei Shamrock Materials, Marin County, Ken Holmes, Assistant Coroner für Marin County; Detective III Dennis Tilton, Vermißtenabteilung beim Los Angeles Police Department, Amy Blyth, Direktor von Media and Public Relations im Trident Convention and Visitors Bureau von Charleston, Greg Davy, Pressesprecher der Metropolitan Transportation Authority, Peter Hidalgo, Manager bei Metrolink Media Communications, Rick Yatman von Acey Decy Lightning, Los Angeles, der Atchison, Topeka and Santa Fe Railway Company, Southern Pacific Lines und Forest Lawn Memorial Parks and Mortuaries, und ganz besonders Larry, weil er mir geholfen hat, an Wunder und an mich selbst zu glauben.

Judith Mercer

Die Fremde im Spiegel

Psychothriller

1995. 448 Seiten, gebunden.

Es könnte ein Alptraum sein, aber die Situation ist schreckliche Realität für die Heldin zu Beginn dieses rasanten Psychothrillers. Sie hat keine Ahnung, wer sie ist, nur eins wird ihr schnell klar, als sie ihre blauen Flecken, die verwüstete Wohnung, den Revolver und das blutverschmierte Sweatshirt auf dem Bett entdeckt: Ein schreckliches Verbrechen ist geschehen.

Mit ihrem ersten Roman ist Judith Mercer ein Psychothriller von atemberaubender Spannung gelungen, dessen mit herrlich trockenem Witz ausgestattete Heldin von der ersten Seite an die Sympathie des Lesers hat.

Wenn man einmal angefangen hat, kann man mit der Lektüre dieser Geschichte nicht mehr aufhören.
Martina I. Kischke, *Frankfurter Rundschau*

Ein außergewöhnlicher, brillant konzipierter Psychothriller, der alle Konkurrenz verblassen läßt.
Ulrich Baron, *Rheinischer Merkur*

LIST